AILEEN P. ROBERTS

Das magische Portal

W0206437

GOLDMANN
Lesen erleben

Buch

Darian hält sich für einen ganz normalen jungen Mann. Er studiert an der Universität von London, hat eine Menge Freunde und einen wohlhabenden Adoptivvater. Doch auf einer Reise in die schottischen Highlands enthüllt ihm seine Kommilitonin Mia sein wahres Schicksal: Darian stammt aus der Parallelwelt Albany. Nachdem er vor beinahe fünfundzwanzig Sommern bei einem heimtückischen Anschlag seine gesamte Familie verlor, wurde er von dem Zauberer Nordhalan durch ein magisches Portal nach Schottland gebracht. Denn Darian ist kein gewöhnlicher Einwohner Albanys – er ist der letzte Erbe des Königgeschlechts. Nun muss er zurückkehren, um rechtzeitig die Königsweihe zu erhalten. Schafft er dies nicht, verliert er nicht nur den Anspruch auf den Thron, sondern auch seine Unsterblichkeit, das Geschenk der Drachen an seine Ahnen.

Mia, in die Darian sich verliebt hat, zeigt ihm das magische Portal am Stein von Altnaharra, doch nur mit Hilfe eines ganz besonderen Amuletts kann der junge Thronerbe dieses durchschreiten. Die beiden machen sich auf die Suche danach und finden es schließlich im Besitz von Darians schlimmstem Feind, dem Zauberer Samukal. Dieser will um jeden Preis verhindern, dass Darian zurück nach Albany gelangt. Der Rückweg zum Portal wird zu einem lebensgefährlichen Wettlauf gegen die Zeit. Und selbst als es Darian gegen alle Widerstände gelingt, nach Albany zu gelangen, ist dies nur der Beginn eines langen, harten Kampfes um sein Leben, seinen Thron und seine große Liebe …

Autorin

Aileen P. Roberts ist das Pseudonym der Autorin Claudia Lössl. Sie hatte bereits mehrere Romane im Eigenverlag veröffentlicht, als 2009 mit »Thondras Kinder« ihr erstes großes Werk bei Goldmann erschien. Claudia Lössl hat sich eine große Fangemeinde aufgebaut. Sie lebt mit ihrem Mann in Süddeutschland. Mehr zur Autorin und ihren Büchern unter www.aileen-p-roberts.de.

Von Aileen P. Roberts sind im Goldmann Verlag außerdem lieferbar:

Thondras Kinder. Die Zeit der Sieben. Roman (47057)
Thondras Kinder. Am Ende der Zeit. Roman (47143)

Aileen P. Roberts

Das magische Portal

Weltennebel

Roman

GOLDMANN

FSC
www.fsc.org
MIX
Papier aus verantwortungsvollen Quellen
FSC® C014496

Verlagsgruppe Random House FSC-DEU-0100
Das FSC®-zertifizierte Papier *Super Snowbright* für dieses Buch
liefert Hellefoss AS, Hokksund, Norwegen.

1. Auflage
Originalausgabe Juli 2011

Umschlaggestaltung: UNO Werbeagentur, München
Umschlagmotiv: © Agentur Luserke / Chris McGrath;
© Schlück / Wheal Michael
Th · Herstellung: Str.
Satz: DTP Service Apel, Hannover
Druck und Bindung: GGP Media GmbH, Pößneck
Made in Germany
ISBN 978-3-442-47518-6

www.goldmann-verlag.de

Für alle, die von fremden Welten träumen
Alba gu bràth

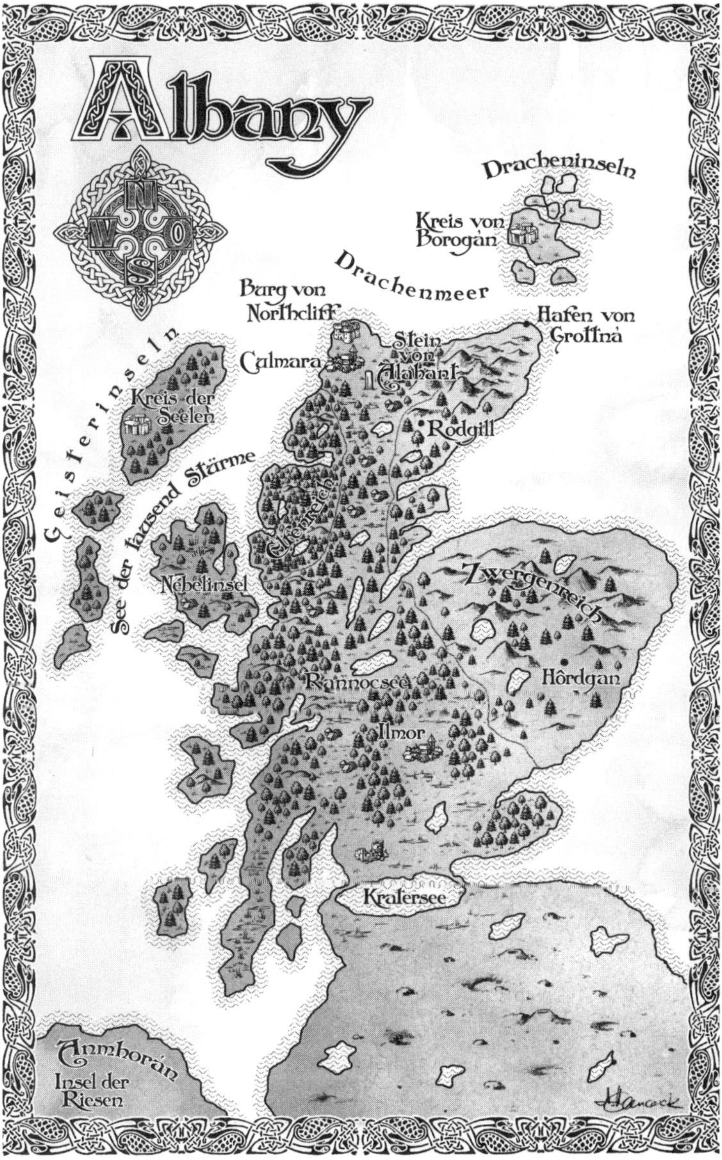
Albany
N
O
S
W
Dracheninseln
Kreis von Borogán
Drachenmeer
Burg von Northcliff
Hafen von Grottná
Stein von Alahant
Culmara
Geisterinseln
Kreis der Seelen
Rodgill
See der tausend Stürme
Elfenreich
Nebelinsel
Zwergenreich
Rannocsee
Hôrdgan
Ilmor
Kratersee
Anmhorán
Insel der Riesen
Hancock

Prolog

Hörner hallten durch den finsteren Wald mit den uralten knorrigen Bäumen. Die Schatten schienen sich wie von Geisterhand zu verdichten, und der aufziehende Bodennebel versperrte der verzweifelten Frau die Sicht. Immer wieder warf sie hektische Blicke über die Schulter, während sie das kleine Bündel fest an sich drückte.

»Beeilt Euch, Mylady!«, rief der Mann vor ihr und zog sie rasch mit sich. Er war ganz in einen grauen Umhang gehüllt und versuchte um jeden Preis, die ihm Anvertrauten in Sicherheit zu bringen. Doch so etwas wie Sicherheit gab es in Albany nicht mehr. Von den ehemals zehn Wachen, die ihre Flucht begleitet hatten, war keine mehr am Leben. Schatten huschten zwischen den knorrigen Bäumen umher – schon wieder der schaurige Klang der Hörner von rechts. Ein Pfeil zischte haarscharf zwischen dem Zauberer und Adenas Kopf hindurch, und die junge Frau konnte einen Aufschrei nicht unterdrücken. Sofort fuhr der Zauberer herum und ließ seinen magischen Stab aufflammen, woraufhin eine der schattenhaften Gestalten mit einem dumpfen Geräusch auf den gefrorenen Boden stürzte.

Rasch nahm der Zauberer Adena an der Hand und zog sie mit sich. Trotz seines hohen Alters rannte er mit wehenden Roben durch diesen Wald, den er seit seiner Kindheit kannte. Wohin nur sollte er Lady Adena und ihr Kind bringen? Er konnte erahnen, was in der jungen Frau vorging. Ihre Tochter war tot, ihr Mann höchstwahrscheinlich ebenfalls. Nun wollte sie zumindest ihren jüngsten Sohn in Sicherheit bringen, schon allein für ihn lohnte sich diese irre Flucht.

Auch in ihrem Gefährten arbeitete es, und seine Gedanken rasten wie ein wilder Hornissenschwarm durch seinen Kopf, während sein keuchender Atem unnatürlich laut in seinen Ohren klang. Wohin nur? Vielleicht auf die Inseln? Aber die waren hoffnungslos weit entfernt und die Feinde ihnen viel zu dicht auf den Fersen.

Sie rannten um ihr Leben, ihre Füße schienen kaum den moosbewachsenen Boden zu berühren. Als sie den nächsten felsigen Abhang hinaufgeeilt waren, hielt der Zauberer plötzlich so abrupt inne, dass Adena gegen seinen Rücken prallte. Vor ihnen hatte sich eine Front aus schemenhaften Gestalten in dunklen Umhängen aufgebaut. Er fasste die entsetzt aufkeuchende Frau an ihren Schultern und deutete auf die Senke unter ihnen. Im Mondschein, der silbrig durch den Nebel brach, sah man auf der Lichtung einen einzelnen großen Stein stehen.

Nach Atem ringend zog sich der Zauberer eine Kette über den Kopf. »Geh mit ihm, Adena. Du kennst die Legende vom Nebel, der die Portale zwischen den Welten verschleiert.«

Erschrocken riss die junge Frau die Augen auf. »Es ist nur eine Legende!«

Der alte Mann deutete in den wabernden Nebel. »Nein, das ist es nicht, und dies hier ist die einzige Möglichkeit, die dir bleibt.« Der Plan war aussichtslos, geboren lediglich aus purer Verzweiflung, und der Zauberer hatte keine Ahnung, ob das da unten wirklich einer der magischen Steine war. Er wusste nicht einmal, ob es sich um die Art Nebel handelte, die den Übergang ermöglichte, geschweige denn, in welche Welt dieser führen würde, aber er musste es versuchen. Adena drückte das Bündel mit ihrem jüngsten Sohn fest an sich. Ihre panische Angst war beinahe greifbar, und auch in dem Zauberer wallte sie nun hoch, packte ihn aus tiefster Dunkelheit. Rasch nahm die junge Frau die Kette mit dem Amulett an sich.

»Was ist mit dir?«

»Wenn die Legende wahr ist, kann ich auch ohne Amulett reisen«, versuchte der Zauberer sie mit unsicherem Lächeln zu beruhigen. »Wir bleiben nur für kurze Zeit in der anderen Welt. Sobald es hier wieder sicher ist, kehren wir zurück.«

Die beiden rannten den Abhang hinab. Wie die Berührung unsichtbarer Geister fühlte sich der Nebel auf ihren Gesichtern an, feucht und kühl, doch er war gnädig und schützte sie vor den Blicken ihrer Feinde. Beinahe hatten sie den uralten Stein mit den mystischen Zeichen erreicht, als etwas durch die Luft zischte. Die junge Frau stürzte zu Boden.

Erschrocken kniete sich der Zauberer neben sie und sah, dass aus ihrem Rücken ein schwarz gefiederter Pfeil ragte und ihre Lippen mit Blut benetzt waren. Das Kind in ihren Armen fing leise an zu wimmern.

»Adena, nein«, flüsterte der Zauberer entsetzt, drehte sie sanft zu sich herum und legte seine Hände an ihre Wangen.

Mit letzter Kraft richtete sie sich noch einmal auf, nahm die Kette von ihrem Hals, und hängte sie dem Kind um.

»Bring ihn in Sicherheit.« Ihre Stimme war schwach und zitterte.

Unschlüssig sah sich der alte Mann um. Pausenlos zischten nun Pfeile durch den Nebel, und er spürte, wie sich viele Füße und Pferdehufe unaufhaltsam auf sie zubewegten. Er konnte Adena nicht mehr retten, das war ihm klar, dennoch zögerte er zu gehen. Schließlich schloss er die junge Frau, die bereits nicht mehr atmete, noch einmal in seine Arme, schluckte die Tränen hinunter und nahm mit betrübtem Gesichtsausdruck das Kind an sich.

Er eilte die letzten Schritte zu dem Stein, der groß und unbehauen vor ihm aufragte wie ein Relikt aus uralter Zeit. Der Nebel schloss ihn beinahe vollkommen ein, und der Mann spürte ein Prickeln, das ihm eine Gänsehaut bereitete. Die Runen, die in das silberne Amulett am Hals des Säuglings eingraviert waren, begannen fahl zu glühen.

»Es ist wahr«, flüsterte der Zauberer, als er den Stein berührte. Noch einmal hörte er einen Pfeil an seinem Kopf vorbeizischen, dann wurde er von einer Art Strudel erfasst. Silberne und blaue Farben wirbelten so schnell um ihn herum, dass er beinahe das Bewusstsein verlor. Eine fremde Welt voller Nebel tat sich auf, und er wurde mitten in sie hineingezogen.

Kapitel 1

Zeichen

Eine wahre Flut von Studenten ergoss sich aus dem Hörsaal der Londoner Universität. Lachend und scherzend machten sich die jungen Leute zu ihrer mehr oder weniger wohlverdienten Mittagspause auf.

Darunter auch Darian, ein junger Mann mit kurzgeschnittenen dunkelblonden Haaren und fröhlichen blauen Augen. Er studierte ebenso wie seine Kommilitonen an der London Business School und wollte spätestens im nächsten Jahr seinen Abschluss als Master of Finance machen. Er war beliebt bei den Mädchen, hatte einige gute Freunde und musste sich nicht allzu viele Gedanken um seine Zukunft machen; sein Vater würde ihm einen angemessenen Job in seinem erfolgreichen Unternehmen verschaffen. Alles in allem war Darian sehr zufrieden mit seinem Leben.

Als er kurz stehen blieb, um seinen offenen Schnürsenkel zu binden, stieß ihn jemand heftig an und Bücher regneten auf seinen Kopf. Fluchend stand er auf und sah sich Mia Eshwood gegenüber, einer jungen Frau, die mit ihm im gleichen Semester studierte.

»Entschuldigung«, murmelte sie, ihre Stimme ebenso unscheinbar wie ihre gesamte Erscheinung. Meist trug sie sackartige Kleider, hatte die schwarzen Haare zu einem strengen Knoten gebunden, und hinter ihrer großen dicken Brille konnte man kaum etwas von ihrem schmalen, blassen Gesicht erkennen.

»Schon gut.« Darian gab ihr die Bücher zurück, dann wandte er sich ab.

»Was wollte denn die Vogelscheuche von dir?«, ertönte plötzlich eine helle Stimme hinter ihm. »Immer schleicht sie um dich herum.«

Lächelnd drehte sich Darian um und gab der hochgewachsenen blonden jungen Frau einen Kuss.

»Sie ist nur über mich gestolpert«, erklärte er und betrachtete seine Freundin mit Stolz. Melissa hätte einem Modemagazin entsprungen sein können. Sie war immer perfekt gekleidet, geschmackvoll und dezent geschminkt und noch dazu intelligent. John und Frederick, Darians Freunde, seufzten ein wenig neidisch. Melissa hätte auch ihrem Geschmack entsprochen.

»Ich frage mich nur, wieso die«, Melissa verzog ihre zierliche Nase, »überhaupt an der Business School studiert. Als Sozialarbeiterin Straßenpennern zu helfen würde besser zu ihr passen.«

Kopfschüttelnd zwickte Darian sie in die Nase, doch Frederick stieg voll darauf ein, wohl hauptsächlich, um Melissa zu gefallen.

»Neulich habe ich gesehen, wie sie im Park an der alten Eiche saß und Selbstgespräche geführt hat«, wusste er zu berichten, was Melissa zu einem Schnauben animierte.

»Weißt du noch«, mischte sich John in das Gespräch ein und grinste breit, »als ich sie vor kurzem gefragt habe, ob ich ihre Aufzeichnungen haben kann? Sie hat ja immer recht gute Noten«, fügte er entschuldigend hinzu, als er Melissas kritischen Blick bemerkte. »Dann habe ich gedacht, ich bin höflich und mache halt ein wenig Smalltalk. Ich hab sie gefragt, wann sie ihren Abschluss machen will.« Frederick lachte lauthals los. »›Bis zum nächsten Blätterfall werde ich bleiben‹, hat sie gesagt.« Nun schüttelte er sich geradezu vor Lachen. »Die sollte wirklich mal einen Psychiater aufsuchen!«

Während Melissa und ihre Freunde sich weiterhin über die

seltsame Mia lustig machten, folgte Darians Blick deren schmaler Gestalt, wie sie durch die weit auseinanderstehenden Bäume des Parks davonschlenderte.

Sicher, auch er fand Mia seltsam, doch er mochte es nicht, wie sich die anderen über sie lustig machten. Mia war höflich und hilfsbereit und tat niemandem etwas zu Leide.

»… die hatte sicher noch nie 'nen Kerl«, sagte John gerade und machte dann eine obszöne Handbewegung. »Der sollte es mal einer richtig …«

»Jetzt hört aber auf«, unterbrach ihn Darian. »Lasst uns lieber essen gehen.«

Und somit war Mia als Thema abgehakt, und die Freunde machten sich auf den Weg zur Mensa.

Die folgende Zeit war anstrengend, und die Prüfungen nahmen alle Studenten in Beschlag. Jetzt, nachdem Darian darauf achtete, fiel ihm tatsächlich auf, dass Mia sich häufig in seiner Nähe aufhielt, obwohl sie ihm nie wirklich nahe kam, ihn nicht einmal ansprach. Auch schien sie ihn nicht direkt zu beobachten oder gar zu verfolgen, wie Darian feststellte. Sie war nur immer zufällig dort, wo er auch war, ob in der Mensa, in der Bibliothek und häufig sogar auf Partys, auf die sie eigentlich überhaupt nicht zu passen schien. Meist stand sie dort dann in einer Ecke und starrte vor sich hin, ohne dass ihr irgendjemand Beachtung schenkte.

Auch an diesem Tag in der riesigen Bibliothek der alten, ehrwürdigen Universität von London stand Mia mal wieder rein zufällig vor dem gleichen Regal, in dem Darian gerade nach geeigneter Literatur suchte.

»Hast du deinen Vortrag schon fertig?«, erkundigte sich Darian freundlich und zog ein Buch aus dem Regal.

Erschrocken zuckte Mia zusammen, und ihr durch die Brille irgendwie eulenhaft aussehendes Gesicht wandte sich ihm zu.

»Ja«, antwortete sie knapp und wollte offensichtlich rasch

gehen. Dabei rutschte ihr ein Buch aus der Hand. Eilig half Darian ihr, es aufzuheben. Doch statt der erwarteten Lektüre über die Aktienentwicklung der letzten fünfzig Jahre oder Geschäftsbilanzen hatte er plötzlich einen Bildband über Schottland in der Hand.

»Was liest du denn da?«, fragte er überrascht und begann unwillkürlich in dem dicken Buch zu blättern.

Sein Blick fiel auf grüne Hügel, alte Schlösser, Wellen, die an eine zerklüftete Küste peitschten. Ein kleines strohgedecktes Farmhaus stand in einer mit Heidekraut bedeckten wilden Landschaft.

»Dort war ich schon einmal.« Verträumt strich Darian über die glatten Seiten des Papiers, dann runzelte er verwundert die Stirn. So lange hatte er nicht mehr an Mary und Daniel gedacht, die Pflegeeltern, bei denen er seine ersten Lebensjahre verbracht hatte. Darian hatte die ersten zwei Jahre seines Lebens in einem Waisenhaus gelebt, dann hatten ihn Mary und Daniel als Pflegekind aufgenommen. Er konnte sich undeutlich an Schafe, Hunde, Pferde und den Duft von Torffeuer erinnern. Sein Gefühl sagte ihm, dass es eine glückliche Zeit gewesen war. Doch dann, kurz nach seinem fünften Geburtstag, waren die beiden bei einem Verkehrsunfall ums Leben gekommen und Darian hatte neue Pflegeltern in England bekommen. Sie hatten ihn allerdings nach kurzer Zeit wieder zurück ins Heim gegeben, wo ihn fünf Jahre später Samuel Drake gefunden und adoptiert hatte. Der war mit ihm durch die halbe Welt gereist, hatte ihm jeden erdenklichen Luxus ermöglicht und finanzierte nun, nachdem sie vor drei Jahren wieder nach England zurückgekehrt waren, auch das Studium an der Business School. Samuel, den Darian als seinen Vater ansah, verdankte er sehr viel.

Darian war ganz gefangen gewesen von den schottischen Landschaftsaufnahmen, und erst jetzt erinnerte er sich wieder an Mia, die noch immer neben ihm kniete.

»Entschuldige bitte.« Mit Gewalt riss er sich von den Bildern los.

»Haben dir die Aufnahmen gefallen?«, fragte sie und bedachte ihn mit einem merkwürdigen Blick.

»Ja.« Ein melancholischer Unterton schwang in seiner Stimme mit, doch dann schüttelte er die Gedanken an das Vergangene ab. »Möchtest du einen Kaffee mit mir trinken? Wir könnten uns das Buch gemeinsam ansehen.«

Kurz schien Mia zu zögern, dann nickte sie. »Gerne, aber bitte draußen im Park. In der Cafeteria ist es mir zu laut, und es herrscht zu viel Gedränge.«

»Gut.« Darian erhob sich. »Dann hole ich den Kaffee, und wir treffen uns draußen.«

»An der großen alten Eiche«, meinte Mia und packte rasch ihre Sachen zusammen.

Auf dem Weg zur Cafeteria fragte sich Darian, was in ihn gefahren war. Normalerweise wäre er nie auf den Gedanken gekommen, mit der unscheinbaren, sogar fast schon unansehnlichen Mia Kaffee trinken zu gehen. Aber diese Bilder aus den Highlands hatten irgendetwas in ihm wachgerufen.

»Hoffentlich bekommt Melissa das nicht mit«, murmelte er, als er mit zwei Kaffeebechern beladen auf dem Weg ins Freie war.

Mia saß unter der alten Eiche und hatte ihre Hände in den Ärmeln ihres dicken grauen Pullovers versteckt. Es war ziemlich kühl, und ein frischer Wind wehte, der ein paar bunte Blätter über den Boden tanzen ließ.

»Wenn dir zu kalt ist, können wir auch nach drinnen gehen.«

»Nein, ich mag es nicht, wenn es so laut ist.« Mia legte den Bildband vor ihn und begann darin zu blättern.

»Gefällt dir Schottland?«, fragte Darian nach einer Weile.

»Es erinnert mich an zu Hause.« Bei diesen Worten klang Mia sehr wehmütig.

»Wo kommst du eigentlich her?« Erst jetzt wurde sich Darian bewusst, dass er überhaupt nichts über Mia wusste. Er konnte sich nicht einmal erinnern, wann sie hier an der Uni aufgetaucht war, glaubte jedoch, dass sie erst nach ihm angefangen hatte. Eigentlich sah sie nicht aus wie eine Schottin, auch nicht wie eine Engländerin. Überhaupt konnte er sie schwer einordnen.

»Aus dem Westen«, murmelte sie und senkte den Blick.

»Aus Wales?«

Sie nickte nur und blätterte weiter. Dann fragte sie, weshalb er vorhin gesagt habe, er kenne den Ort in Schottland. Und schon fing er an, Mia von seiner Kindheit zu erzählen, obwohl er das eigentlich sonst selten tat.

»Meine Eltern wollten mich wahrscheinlich nicht. Sie haben mich vor dem Waisenhaus abgelegt.«

»Hat man dir das erzählt?« Mia bedachte ihn mal wieder mit einem ihrer forschenden Blicke.

»Ja, und nachdem mich niemals jemand gesucht hat, wird es wohl auch stimmen.«

Mia legte ihm eine Hand auf den Arm und sah ihn eindringlich an, was durch ihre dicke Brille hindurch eher komisch anmutete.

»Deine Eltern hatten sicherlich ihre Gründe. Sie haben dich sehr geliebt.«

»Woher willst du das denn wissen?«

»Manchmal sind die Dinge nicht so, wie sie sich dir zeigen. Eltern können gezwungen sein, Dinge zu tun, die ihren Kindern nicht auf den ersten Blick als richtig erscheinen.«

»Was redest du denn da?«, fragte er gereizt und erhob sich. »Du hast doch keine Ahnung. Meine Eltern wollten mich nicht, das ist eben so, und es ist auch egal. Ich habe einen tollen Adoptivvater.« Kopfschüttelnd ging er fort und fragte sich, weshalb er sich überhaupt mit Mia getroffen hatte. Sie war eben doch ganz offensichtlich ein wenig verrückt.

Mia blickte ihm lange Zeit hinterher. »Ich hoffe, du wirst

eines Tages alles verstehen«, murmelte sie kummervoll und strich dann gedankenverloren über den Stamm der dicken Eiche, die ihr ein wenig Trost spendete.

In den nächsten Tagen musste Darian gegen seinen Willen häufig an Mia und ihr seltsames Gespräch unter der alten Eiche denken. Immer wieder sah er sie wie einen grauen Schatten in seiner Nähe, doch sie sprach nicht mehr mit ihm.

Nach einer anstrengenden Prüfung an einem Mittwochnachmittag war Darian auf dem Weg zu seinem Studentenwohnheim. Ein freudiges Lächeln erhellte sein Gesicht, als er am Tor der Universität einen hochgewachsenen Mann stehen sah.

»Vater, das ist aber eine Überraschung!« Darian umarmte seinen Ziehvater. »Ich dachte, du bist noch auf Geschäftsreise.«

»Die Verhandlungen waren schneller abgeschlossen, als ich dachte.« Samuel Drake war ein charismatischer Mann mit einem markanten Gesicht, dunklen, gut frisierten Haaren und Augen, die alles und jeden in ihren Bann zu ziehen vermochten. Jetzt musterte er Darian freundlich. »Sind deine Prüfungen gut gelaufen?«

»Ich denke schon.«

»Dann hast du dir ein Mittagessen verdient.« Samuel Drake lächelte, und ein paar kleine Fältchen bildeten sich um seine Augen. Er legte Darian einen Arm um die Schultern und führte ihn zu der großen Limousine, die am Straßenrand parkte. Mit einem unwilligen Stirnrunzeln entfernte er einen Strafzettel von der Windschutzscheibe und wies dann den Fahrer, der offensichtlich ein Nickerchen gehalten hatte, an, zu einem exklusiven Lokal in der Innenstadt zu fahren. Während der Fahrt durch den dichten Londoner Verkehr unterhielten sich Darian und Samuel angeregt über das Studium und Samuels Geschäftsreise in die USA. Schon immer hatte es Darian gefallen, dass er und Samuel eher ein freundschaftliches als ein klassisches Vater-Sohn-Verhältnis zueinander hatten.

Das Mittagessen verging rasch und angenehm. Am Ende bestellte Samuel Darian ein Taxi und steckte ihm dann noch zweihundert Pfund zu.

»Kauf deiner Melissa etwas Schönes.«

Achselzuckend steckte Darian das Geld ein. Sein Bankkonto war mehr als gut gefüllt, aber Samuel war schon immer sehr großzügig gewesen. »Melissas Schmuckschatulle quillt ohnehin schon über.« Darian schnitt eine Grimasse.

Mit einem Lächeln legte Samuel ihm eine Hand auf die Schulter. »Eine schöne Frau muss man verwöhnen und bei Laune halten.« Er musterte seinen Ziehsohn durchdringend. »Ich bin für eine Woche in Manchester, danach hoffe ich, von weiteren erfolgreichen Prüfungen zu hören.«

Lächelnd winkte Darian seinem Vater vom Taxi aus zu und fuhr ins Wohnheim, um sich wieder mit seinen Büchern zu beschäftigen.

Die Semesterferien rückten näher. Wie immer wollte Darian die Ferien bei seinem Vater in der großen alten Villa im Herzen Londons verbringen. Vielleicht würde er auch eine oder zwei Wochen mit Melissa in den Süden fliegen.

Doch dann blieb sein Blick eines Tages, kurz nach den Prüfungen, am Schwarzen Brett hängen. Irgendjemand hatte dort einen Zettel mit der Frage angebracht, wer Lust hätte, ein paar Tage mit in die schottischen Highlands zu fahren. In der darunter ausgehängten Liste hatten sich bereits acht Leute eingetragen.

Wieder sah Darian die grünen Hügel vor seinem geistigen Auge, glaubte den sanften Wind zu spüren, der den Geruch des Meeres mit sich trug, und wie von Geisterhand geführt ergriff er den Kugelschreiber, der neben dem Zettel hing. Dann ließ er ihn wieder sinken und blickte irritiert auf die Hand, die den Stift hielt, so als würde er zweifeln, dass es seine eigene war. Seine Gedanken kehrten zu Melissa zurück. Sie mochte den Norden nicht, das hatte sie schon mehrfach betont. Sicher würde ihr der Gedanke an eine Fahrt in diese kalte und unzivilisierte Gegend, wie sie die Highlands zu bezeichnen pflegte, nicht behagen.

Gerade wollte er sich wieder abwenden, da drängte sich Mia neben ihn.

»Nimmst du an dem Ausflug teil? Ich wollte mich gerade eintragen.«

»Nein. Ich glaube, das ist nichts für mich.«

»Neulich sagtest du, es würde dir dort gefallen.« Mia schrieb ihren Namen unter den der anderen Teilnehmer und blickte ihn durch ihre dicken Brillengläser hindurch auffordernd an.

»Ja, schon.« Er wand sich verlegen. »Aber Melissa wird es nicht recht sein, und mein Vater erwartet mich.«

Eine ganze Weile musterte ihn Mia eindringlich, und wieder glaubte er den Duft von Torffeuer und frischem Heu riechen zu können, so wie damals, als er ein Kind gewesen war.

»Du musst dich entscheiden, ob du auf dein Herz hören willst oder nicht.« Ohne ein weiteres Wort wandte sich Mia ab und ließ Darian stehen.

Dieses Mädchen war einfach unmöglich. Sie verwirrte ihn, und nach einem Gespräch mit ihr hatte er stets das Gefühl, seine Gedanken neu ordnen zu müssen. Nach kurzem Zögern seufzte er und schrieb seinen Namen doch noch auf die Liste. Irgendwie hatte sie Recht. Er hatte Lust, das Land wiederzusehen, in dem er die ersten Jahre seines Lebens verbracht hatte. Die Ferien waren schließlich lang genug, und falls Melissa nicht mitkommen wollte, würde ihnen noch genügend gemeinsame Zeit bleiben.

Ganz in seine Überlegungen versunken hatte Darian gar nicht bemerkt, dass Frederick in der Nähe stand. Mit einem breiten Grinsen im Gesicht kam dieser nun auf ihn zu.

»Wolltest wohl deine Walisischkenntnisse auffrischen?«

»Wieso Walisisch?«, fragte Darian verwirrt.

»Na, du hast doch neulich gemeint, die Vogelscheuche kommt aus Wales, und gerade hast du dich mit ihr in irgendeinem Kauderwelsch unterhalten.«

Darian hatte keinen blassen Schimmer, wovon Frederick sprach.

»Ich kann kein Walisisch, und ich habe Englisch gesprochen.«

Sein Freund klopfte ihm auf die Schulter und schüttelte dabei den Kopf. »Mias Wahnsinn scheint ansteckend zu sein, Junge, du merkst schon gar nicht mehr, wenn du eine andere Sprache sprichst.«

Verwirrt blickte Darian Frederick hinterher, der lässig in Richtung des großen Hörsaals schlenderte und dabei ein paar Mädchen aus dem ersten Semester zuzwinkerte. Darian sprach fünf Sprachen fließend, dafür hatte er schon immer ein Talent besessen. Wahrscheinlich, weil er als Kind seinen Vater in viele fremde Länder begleitet hatte und sich dort immer wieder an die jeweilige Landessprache hatte gewöhnen müssen. Doch in Wales war er noch nie gewesen.

Das Klingeln seines Handys riss ihn aus seinen Gedanken. Er hob ab und nannte seinen Namen, dann hielt er sich den Hörer eilig vom Ohr. Eine wohl bekannte, laut dröhnende Stimme tönte ihm entgegen.

»Darian, wie geht es dir?«

»Danke, Alvin, alles bestens, und dir selbst?« Er konnte den alten weißhaarigen Mann beinahe vor sich sehen. Schon als Kind hatte der ihn immer im Heim besucht, ihm Süßigkeiten und Spielzeug geschenkt und gelegentlich auch Ausflüge mit ihm gemacht. Alvin war beinahe wie ein Großvater für ihn, der ihn während seiner mehrjährigen Reisen mit Samuel nie vergessen hatte und ihm auch heute noch regelmäßig schrieb. Leider hatte Alvin eine große Abneigung gegen moderne technische Errungenschaften wie Handys oder Computer und Darian konnte es ihm einfach nicht abgewöhnen so laut ins

Telefon zu schreien, als müsse er die Entfernung durch seine Stimme überbrücken.

»Ich habe demnächst in der Nähe von London zu tun«, brüllte Alvin in den Hörer.

»Es wäre schön, wenn wir uns treffen könnten, allerdings fahre ich bald nach Schottland, aber danach hätte ich Zeit.« Darian hielt den Hörer so weit wie möglich von seinem Ohr und vereinbarte einen Termin mit Alvin, welcher allerdings meinte, er würde, wenn es jetzt nicht klappte, erst im Herbst wieder in London sein. Sie einigten sich auf November und Darian freute sich schon auf die Gespräche mit dem alten Mann, denn dieser hatte ihm immer mit Rat und Tat zur Seite gestanden.

Wie Darian bereits vermutet hatte, wollte Melissa nicht mit nach Schottland fahren. Dass sie einen derartigen Aufstand machte, verwunderte ihn dann allerdings doch. Melissa wurde regelrecht hysterisch, als er verkündete, notfalls auch allein an dem Trip teilzunehmen. Zornesfalten bildeten sich auf ihrer sonst so glatten Stirn.

»Dein Vater erwartet uns. Du kannst ihn nicht vor den Kopf stoßen.«

»Du liebe Güte, Melissa«, erwiderte Darian gereizt, »er ist ohnehin die ganze Zeit mit seiner Firma beschäftigt. Er wird es nicht einmal bemerken, wenn wir eine Woche später kommen.«

»Dort ist es kalt, es regnet dauernd, und die Mücken fressen einen auf. Wenn du allein fährst, ist Schluss mit uns«, kreischte sie und riss ihre blauen Augen weit auf.

»Bist du bescheuert? Du willst mit mir Schluss machen, nur weil ich nach Schottland fahre?«

»Überleg es dir gut.« Sichtlich beleidigt, aber dennoch anmutig wandte sie sich ab und stolzierte davon.

Darian blickte ihr kopfschüttelnd hinterher. Wahrscheinlich

war sich Melissa sehr sicher, dass er ihr zuliebe nicht fahren würde, doch den Gefallen würde er ihr nicht tun.

Wütend, dass Melissa sich derart zickig verhielt, ging er in sein kleines Zimmer und packte das Nötigste in seine Sporttasche. Plötzlich lief ihm ein kalter Schauer über den Rücken. Das Gefühl, beobachtet zu werden durchzuckte ihn. Ruckartig fuhr er herum. Aus dem Augenwinkel heraus glaubte er noch, einen Schatten durch die Ecke des Zimmers huschen zu sehen. So etwas war Darian schon häufiger passiert, aber wie sonst riss er sich auch jetzt wieder zusammen. Er war ein rationaler, erwachsener Mann, der nicht an Geister glaubte. Als Kind und Jugendlicher hatten ihm ähnlich verrückte Geschichten nur Ärger eingebracht, und mittlerweile ignorierte er solche Erlebnisse einfach.

Darian schrieb Melissa einen Brief und schaltete vorsichtshalber sein Handy aus. Momentan verspürte er wenig Lust auf Melissas Gejammer oder ihre berüchtigten Verbalattacken; außerdem befürchtete er, sie könne ihn am Ende doch noch überreden zu bleiben. Voller Vorfreude auf den kurzen Trip legte sich Darian ins Bett. Kurz bevor er einschlief, genau in jenen Sekunden, in denen Traum und Wirklichkeit verschwimmen, glaubte er, ein gefiedertes Wesen über seinen Kopf streifen zu sehen.

»Verschwinde«, murmelte er schlaftrunken und schlug träge nach dem imaginären Eindringling.

Lautlos verschwand der Schatten in einer düsteren Ecke des Zimmers und wachte über Darians Schlaf.

Ein kühler Morgen bahnte sich seinen Weg durch dunkle Wolken, als Darian mit acht weiteren Studenten in den Minibus stieg, der sie nach Schottland bringen sollte. Um diese frühe Uhrzeit waren Londons Straßen noch ungewohnt ruhig. Mia saß bereits ganz hinten im Bus, und Darian nickte ihr kurz zu, bevor er sich neben Phill setzte, der die Reise organisiert hatte. Die beiden kannten sich flüchtig aus der Uni. Phill war ein lustiger Kerl mit roten Haaren und stammte selbst aus den Highlands. Er versprach, keine »Öde Standardtouri-Reise« zu machen, sondern ihnen einige versteckte, mystische Flecken zu zeigen.

»Aber die Pubs nicht vergessen!«, rief ein junger Mann mit einem fröhlichen breiten Gesicht, den Phill später als Tom vorstellte.

»Ein Schotte, der einen Pubbesuch vergisst?« Phill plusterte sich auf und sagte im schönsten schottischen Dialekt: »Bist du von Sinnen, Laddie?«

Es wurde eine lustige Busfahrt, und die Studenten, die von unterschiedlichen Fakultäten kamen, unterhielten sich angeregt miteinander. Nur Mia saß mal wieder ein wenig abseits. Außer ihr waren nur noch zwei weitere Mädchen dabei.

»Hast du diesen Darian vorher schon mal gesehen?«, flüsterte Lisa, eine hübsche blonde Schwedin, die, ebenso wie ihre Freundin Amanda, Musik studierte.

»Er hat so schöne Augen«, seufzte Amanda verträumt und fuhr sich durch die kurzen dunklen Locken. »Aber er hat eine Freundin, soweit ich weiß. Außerdem ist sein alter Herr stinkend reich, mit so einfachem Volk wie uns gibt er sich sicherlich nicht ab. Es wundert mich, dass er überhaupt mitfährt.«

»Vielleicht ist er ja doch kein Snob.« Vorsichtshalber zog sich Lisa ihren Lippenstift nach.

Mia kuschelte sich in ihren Sitz. *Ja, schöne Augen hat er wirklich,* dachte sie, und ihr entfuhr ein leiser Seufzer. Dann wischte sie diese Gedanken energisch wieder zur Seite. Obwohl die anderen Mädchen ganz leise gesprochen hatten und zwei Reihen vor ihr saßen, hatte sie deren Unterhaltung mitgehört. Sie war zwar froh, dass Darian sich der Reise angeschlossen hatte, wusste jetzt aber nicht, wie sie weiter vorgehen sollte.

»Vahira, bitte komm rechtzeitig«, flüsterte sie in ihr Halstuch hinein und versank in ihren Grübeleien über die Zukunft.

Gegen Nachmittag hatten sie Edinburgh erreicht und ihre Sachen in einer Jugendherberge untergebracht. Den Abend beschlossen sie in einem gemütlichen, rustikalen Pub bei dunklem Ale und Whisky.

»Morgen schauen wir uns das Schloss und die Stadt an, und dann geht's in die Wildnis«, verkündete Phill und nahm einen Schluck Single Malt. »Slàinte mhath!«

Auch die anderen hoben die Gläser und prosteten sich zu. Lisa lief knallrot an, als Darian ihr zulächelte, und machte sich wohl schon wieder Hoffnungen. Mia hingegen beobachtete das Geschehen wie immer stumm. Als Pablo, ein schüchterner Student aus Brasilien, versuchte sich unbeholfen mit ihr zu unterhalten, blieb Mia zwar höflich, ging jedoch nicht auf seine ungeschickten Flirtversuche ein. Schließlich wandte er sich lieber der aufgeschlosseneren Amanda zu.

Der nächste Tag begrüßte sie mit Nieselregen, doch schon bald brach die Sonne zwischen den Wolken hervor. Die kleine Gruppe wanderte gut gelaunt und mit einem üppigen schottischen Frühstück gestärkt den Schlossberg hinauf, und Phill zeigte ihnen Edinburgh Castle.

Nachdenklich stand Darian an den gewaltigen Mauern neben den Kanonen und blickte über die Stadt. Von hier aus konnte man schon die beginnenden grünen Hügel der Highlands sehen.

Jemand zupfte ihn vorsichtig am Arm, und Darian drehte sich um. Lisa stand mal wieder mit hochroten Wangen hinter ihm.

»Wir gehen jetzt einen Kaffee trinken, kommst du mit?«

»Ja, gleich«, antwortete er zerstreut, wandte den Blick jedoch wieder nach Norden.

Eine kurze Weile stand Lisa, von einem Bein aufs andere zappelnd, neben ihm, dann wurde es ihr wohl zu peinlich und sie suchte seufzend nach den anderen.

Darian wusste nicht, was mit ihm los war. Diese alten Steine und das altertümliche Flair des Schlosses riefen irgendetwas in ihm wach, das er nicht genau benennen konnte. Plötzlich stand Mia neben ihm. Er hatte sie gar nicht kommen hören.

»Die Steine erzählen einem ihre Geschichte, nicht wahr?«, sagte sie mit einer irgendwie entrückt klingenden, leisen Stimme. »Sie sprechen von alten Zeiten, von lange vergangenen Schlachten, von Krieg, Tod und«, sie wandte sich ihm zu, »auch von Hoffnung.«

Überrascht betrachtete er die seltsame junge Frau. Sie hatte genau das ausgesprochen, was er gerade fühlte, jedoch nicht in Worte hatte fassen können.

»Ja, du hast Recht.« Er versuchte in ihrem Gesicht zu lesen, doch sie senkte den Kopf.

»Wir sollten den anderen hinterhergehen, Darian, sie sind schon lange fort.«

Ein kurzer Blick über die Schulter zeigte ihm, dass ihre kleine Reisegruppe tatsächlich nicht mehr zu sehen war. Er wusste gar nicht, wie lange er hier gestanden hatte.

»Weißt du, wo sie hin wollten?«

Mia nickte und ging los. Ihr langer grauer Rock schleifte beinahe über den Boden, und sie hielt den Kopf gesenkt. Der Wind hatte ihr eine schwarze Strähne aus dem Haarknoten gelöst, welche sich Mia nun ungeduldig aus dem Gesicht strich.

Schweigend liefen die beiden durch die belebten Straßen von Edinburgh. An der Brücke stand ein Dudelsackspieler, irgendjemand verkaufte Eis, und überall herrschte reger Betrieb. Mia ging zielsicher voran, und Darian fragte sich, ob sie wohl schon einmal hier gewesen war.

An einer Straßenecke, direkt in der belebten Fußgängerzone, saß auf einer karierten Decke ein Bettler. Schwarze, beinahe hüftlange Haare, die mit einer Vielzahl silbergrauer Strähnen durchsetzt waren, hingen ihm zottig und verfilzt ins Gesicht.

»… eines Tages wird er zurückkehren. Herrschen werden sie …«

Der kräftige Mann blickte mit verschleierten Augen auf die Passanten, aber vermutlich ohne sie wirklich zu sehen. Er war in zerrissene Lumpen gekleidet, und in einem braunen Filzhut, der vor ihm auf dem Boden stand, hatten sich einige wenige Münzen angesammelt. Die meisten Leute machten einen Bogen um ihn, denn sein Blick wirkte unheimlich und ein wenig irr.

»Herrschen werden sie …«, faselte er erneut.

Eher zufällig sah Mia zu dem alten Mann hinüber, dann blieb sie ruckartig stehen und drehte sich um.

»Was ist?«, fragte Darian, als sie wie in Trance auf den Bettler zuging, der auf seiner Decke zusammengesunken war und nun leise vor sich hin brabbelte.

Darian sah, wie sich Mia, die irritierten Blicke der Passanten ignorierend, neben den Bettler kniete und eine Hand auf seinen Arm legte. Peinlich berührt sah Darian sich um, dann ging er zu ihr und fasste sie an der Schulter.

»Mia, komm schon, was willst du denn von dem Penner?«

»Lass mich in Ruhe«, zischte sie mit ungewohnter Schärfe und schüttelte seine Hand ab.

Sie flüsterte dem Alten etwas ins Ohr, und Darian verzog angewidert den Mund. Der Mann stank bis hierher.

Plötzlich schienen sich die Augen des Bettlers zu klären, so als wäre der Schleier gefallen, der sich über seinen Geist gelegt hatte. Er murmelte etwas, das Darian nicht verstand, und blinzelte mehrfach. Doch dann sackte er wieder in sich zusammen und begann erneut, wirres Zeug zu stammeln.

Seufzend stand Mia auf, kramte in ihrer Tasche und legte, sehr zu Darians Verwunderung, einen Zwanzigpfundschein in den Hut des Mannes.

»Kauf dir etwas Vernünftiges zu essen. Ich komme wieder, ich verspreche es«, sagte sie leise und drückte dem Mann noch einmal die Schulter.

Der starrte erst sie an, dann das Geld.

»O edle Dame, tausendfach sei Euch gedankt. Die Götter werden es Euch vergelten.«

Mit gesenktem Kopf ging Mia zu Darian zurück und warf noch einmal einen traurigen Blick auf den Bettler.

»Sag mal, was war das denn jetzt?« Darian betrachtete Mia wie ein seltsames Insekt. »Du hast dem stinkenden alten Kerl gerade zwanzig Pfund gegeben?«

Mias Gesicht spannte sich an, und sie machte einen Schritt auf Darian zu. »Du hast doch keine Ahnung.«

»Wovon habe ich keine Ahnung?«, fragte er spöttisch. »Du gibst dich mit einem stinkenden alten Penner ab, der sich von deinem Geld ohnehin nur die nächste Flasche billigen Whisky kauft.«

»Woher willst du wissen, dass er nur ein stinkender alter Penner ist?«, fauchte Mia und wirkte nun beinahe bedrohlich mit ihren in die Hüften gestemmten Händen.

»Hä?!« Er drehte sich um und deutete auf den Mann. »Das sieht man doch.«

Sie schien nach Worten zu suchen, dann wandte sie sich ab. »Nicht alles ist, wie es scheint«, murmelte sie und ging einfach weiter.

Verwirrt blieb Darian stehen, dann folgte er ihr rasch, um sie im Gedränge nicht zu verlieren. Als er sie an der Schulter fasste, damit sie stehen blieb, sah er Tränenspuren auf ihren Wangen.

»Was hast du denn?«, erkundigte er sich bestürzt.

»Nichts, lass mich«, schnappte sie. »Die anderen warten dort vorne im Café.«

Darian hatte keine Ahnung, was das alles zu bedeuten hatte, und Mia schien auch nicht gewillt zu sein, irgendetwas zu erklären. Sie hielt sich fern von ihm, und während sie in den nächsten zwei Tagen durch die Highlands fuhren, redete sie auch nicht mehr mit ihm.

Phill stellte sich als ein guter Reiseführer heraus. Er zeigte ihnen viele versteckte und geheimnisvolle Ecken, die sonst wohl kaum ein Tourist auf seiner ersten Schottlandreise zu sehen bekam.

Bei dem Steinkreis Balnuaran of Clava in der Nähe von Inverness überkam Darian erneut ein merkwürdiges Gefühl. Es war ähnlich wie in Edinburgh Castle, jedoch noch viel intensiver. Die Sonne schien von einem strahlend blauen, beinahe wolkenlosen Himmel, als die kleine Gruppe den historischen Ort betrat. Im Schatten alter Laubbäume befand sich eine geheimnisvoll anmutende Ansammlung aus alten Grabstätten und Steinkreisen, die laut den Informationstafeln zwischen 4000 und 1000 v.Chr. erbaut worden waren. Bei Ausgrabungen hatte man in den gewaltigen runden Grabstätten, die zum Teil vermutlich ursprünglich begehbar und oben geschlossen gewesen waren, ein paar wenige Skelette gefunden.

»Das müssen sehr wichtige Vertreter ihres Volkes gewesen sein, wenn man ihnen solch monumentale Gräber errichtet hat«, sagte Darian leise zu sich selbst und strich über die grob behauenen hellgrauen Steine. Sie waren zu einem imposanten ringförmigen Wall aufgeschichtet, dessen Mitte, die ehemalige Grabkammer, man durch eine schmale Öffnung betreten konnte. Darian schien es, als würden diese Steine zu ihm sprechen, ihm ihre Geschichte erzählen – und als wolle etwas tief in seinem Inneren ihnen antworten. Auch die elf Monolithen, die eine der alten Grabkammern kreisförmig umringten und laut den Tafeln erst Jahrtausende nach der Erbauung der Gräber selbst errichtet worden waren, verursachten ihm eine Gänsehaut. Verwirrt und innerlich seltsam erschüttert verließ er die erste Grabkammer und wanderte durch die schattenspendenden Bäume zum hinteren Ringgrab, ganz am Ende der weitläufigen Anlage. Interessiert las er sich die Erklärungen auf den Tafeln durch und runzelte dann die Stirn. Sein Blick suchte die tiefstehende Sonne.

»Warum sie wohl die Graböffnung ausgerechnet in Richtung der untergehenden Sonne ausgerichtet haben?«, fragte er sich ohne zu merken, dass er laut gesprochen hatte. Und so zuckte er ordentlich zusammen, als Mia plötzlich hinter ihm stand und über seine Schulter auf die Tafel spähte.

»Die Seelen der Toten werden mit der untergehenden Sonne über den Rand der Welt getragen«, sagte sie ganz selbstverständlich, und ihm war, als hätte er das wissen müssen. »Große Ehre wurde diesen Menschen zuteil, denn der Tag der Wintersonnenwende ist ein machtvoller Zeitpunkt, um die Reise ins Licht anzutreten. Die Toten waren mächtige Zauberer oder weise Männer und Frauen.« Mia verbeugte sich und ging dann wie ein grauer Schatten davon, während Darian ihr verwirrt hinterhersah. Sie hatte geklungen, als wüsste sie ganz genau, was die Menschen vor vielen tausend Jahren im Sinn gehabt hatten, aber so lange er auch auf den Tafeln suchte, er fand nichts von ›Zauberern‹, ›Reich des Lichts‹ oder Ähnlichem. So sehr ihn dieser Ort faszinierte, jetzt galt seine Aufmerksamkeit Mia, die verträumt unter den Bäumen umherwandelte und beinahe selbst wie ein Wesen aus einer anderen Zeit schien. Während ihre Reisegefährten sich die steinernen Überbleibsel aus einer früheren Kultur einfach nur mit mehr oder weniger großem Interesse ansahen und sich irgendwann mit ihren Sandwiches unter einen der alten Bäume setzten, strich Mia mit den Händen über jeden einzelnen Stein und schien ganz weggetreten zu sein. Wieder einmal wurde Darian bewusst, dass sie vollkommen anders war als alle Menschen, die er kannte. Und dass, so seltsam und verrückt sie sich auch verhielt, gerade sie ihn nicht für irre halten würde, wenn er ihr sagte, wie sehr ihn dieser Ort in seinem Inneren berührte. Auf eine ihm unbegreifliche Weise fühlte er sich plötzlich zu Mia hingezogen, die eigentlich überhaupt nicht seinem Typ Frau entsprach. Und an die er doch in den letzten Tagen immer häufiger gedacht hatte, wenn er alleine gewesen war.

Ob das die berühmten ›inneren Werte‹ sind, die ich plötzlich an ihr zu schätzen weiß?, dachte er und lehnte sich an einen der mehr als mannshohen Monolithen. Er war ganz sicher kein oberflächlicher Typ, der eine Frau nur nach ihrem Aussehen beurteilte – aber ausgerechnet Mia? Sie war ihm doch eine Nummer zu seltsam. Auch jetzt schritt sie wieder zwischen den Steinen hindurch, als wäre sie ein Teil dieses Ortes, legte ihre Arme um den mächtigen glatten Stamm einer Buche und sah in den Wipfel hinauf. Plötzlich entstieg ein helles Lachen ihrer Kehle, und sie sagte irgendetwas, das Darian aus dieser Entfernung nicht verstand. Er sah sich nach Phill und den anderen um, aber die hatten zum Glück nichts bemerkt. Darian ertappte sich dabei, dass es ihm wehgetan hätte, wenn sie Mia ausgelacht hätten.

Verdammt, ich kann mich doch nicht in diese graue Maus verlieben, dachte er entgeistert. Und doch folgten seine Augen weiter Mias schmaler Gestalt, die ganz in ihrer eigenen Welt versunken die Bäume abschritt.

»Darian, bist du dort festgewachsen?«, rief Phill irgendwann lachend. »Komm jetzt, wir müssen noch einen Supermarkt finden, sonst haben wir heute Abend nichts zu essen.« Laut schwatzend und lachend gingen die jungen Leute zurück zum Bus, und Darian erschien es auf einmal irgendwie unpassend, an solch einem Ort an Supermärkte, Essen oder andere Banalitäten zu denken. Im selben Moment flog irgendetwas durchscheinend Grünes blitzschnell an seinem Kopf vorbei, und instinktiv schlug Darian danach. »Sie tut dir nichts«, meinte Mia und ihre Stirn kräuselte sich missbilligend.

»Ich weiß, Falter sind harmlos.«

»Falter?« Sie unterdrückte sichtlich amüsiert ein Kichern, strich noch einmal über den Baumstamm und murmelte: »Verborgen bleibt, was der Mensch nicht sehen will.« Dann beeilte sie sich zum Bus zu kommen, denn Phill drückte bereits ungeduldig auf die Hupe.

Darian hingegen ließ seinen Blick noch einmal über diesen mystischen Ort schweifen. Er verließ ihn nur langsam und beinahe widerstrebend.

»Heute Nacht werden wir zelten«, verkündete Phill, nachdem endlich alle am Parkplatz versammelt waren. Ein Vorschlag, der bei Lisa und Amanda ein Aufstöhnen hervorrief.

»Hey, das ist cool!«, rief er und sagte dann mit Grabesstimme: »Dort, wo wir schlafen, steht ein altes Geisterhaus, wer weiß, ob ihr nicht den Geist eines Highlandkriegers seht, der auf der Suche nach seiner Geliebten durch das Moor streift. Huuhhhh!« Mit ausgebreiteten Armen ging er auf die kreischenden Mädchen los und jagte sie in den Bus.

An diesem Tag fuhren sie noch gute zweihundert Meilen und hielten schließlich an einem Parkplatz im Nirgendwo an. Mit Rucksäcken und Zelten bepackt wanderten sie noch ein Stück in die menschenleeren Highlands hinein. Der Boden war von kurzem Gras und Heidekraut bedeckt, das bereits lila zu blühen begann. Die tief stehende Sonne warf ein warmes, rotgoldenes Licht über die sanften Hügel und verlieh ihnen einen beinahe schon unwirklichen Glanz. Schließlich erreichten sie die Ruine eines kleinen Turmes, die an einem Seeufer stand. Träge plätscherten die Wellen an ein steiniges Ufer, und ein paar Wildenten badeten in der Nähe.

Bald hatten die Studenten ihre Zelte aufgebaut, ein gemütliches Feuer knisterte in der Abenddämmerung, und selbst die Mädchen schienen nach einem ausgiebigen Abendessen versöhnt zu sein. Später setzten sie sich in Decken gewickelt ans Feuer, und Phill erzählte eine haarsträubende Geistergeschichte von zwei verfeindeten Clans, die sich angeblich hier am Ufer des Sees abgeschlachtet hatten.

Am Ende beugte Phill sich nach vorne, und der Widerschein des Feuers flackerte auf seinem Gesicht. »Noch immer wandern ihre rastlosen Seelen über das Land, das einst ihnen gehörte«, schloss er mit unheimlicher Stimme.

»Jetzt habe ich aber Angst«, sagte Lisa mit großen Augen und nutzte die Gunst der Stunde, um näher an Darian heranzurutschen.

Der grinste halbherzig, war jedoch so ritterlich, ihr einen Arm um die Schulter zu legen, wobei seine Gedanken automatisch zu Mia wanderten. Amanda hingegen war mittlerweile mit Pablo zusammen und kuschelte sich an dessen starke Schulter.

Lange noch saßen die jungen Leute am Feuer und unterhielten sich gegenseitig mit den haarsträubendsten Geistergeschichten. Nur langsam zerstreuten sie sich und zogen sich in ihre Zelte zurück, während über dem See ein leichter Nebel aufstieg.

Auch Darian wollte sich erheben, doch Lisa lehnte noch immer an seiner Schulter. »Ich werde dann mal schlafen gehen«, sagte er und machte Anstalten, sich zu erheben.

»Aber es ist doch eine so schöne Nacht.« Lisa sah ihn mit ihren großen hellblauen Augen verliebt an, und nachdem sie jetzt auch allein waren, nahm sie sichtlich all ihren Mut zusammen und machte Anstalten, ihn zu küssen.

»Ähm, Lisa«, Darian hielt sie von sich weg, »ich mag dich, wirklich, aber ich habe schon eine Freundin.«

Beleidigt runzelte die zierliche Lisa ihre Stirn. »Und warum ist die dann nicht dabei?«

»Melissa mag den Norden nicht.«

»Vielleicht ist sie dann doch nicht die Richtige für dich«, meinte Lisa hoffnungsvoll und rutschte wieder näher an ihn heran.

»Bitte, wir sollten es lassen!«

Enttäuscht schnaubend stand Lisa auf und stapfte wenig damenhaft in ihr Zelt, wo Mia bereits in ihre Decken gewickelt lag. Sie hatte sich schon kurz nach der Dämmerung unter dem Vorwand zurückgezogen, sie sei müde. Überhaupt fiel ihm jetzt auf, dass sie immer ungewöhnlich früh schlafen ging.

Auch Darian machte es sich in seinem Schlafsack bequem. Phill und Marc schnarchten bald lautstark, doch er selbst konnte nicht einschlafen. Diese Reise wühlte ihn auf – dieses Land, die alten Steine und jetzt die Sache mit Lisa. Hatte sie Recht? War Melissa vielleicht wirklich nicht die Frau seines Lebens? Seit etwa einem Jahr waren sie ein Paar, und Melissa war sicherlich eine tolle Frau, aber was hatten sie eigentlich gemeinsam? War Melissa mit ihm zusammen, weil sie ihn wirklich liebte, oder war es, weil sein Vater ein dickes Bankkonto hatte? Bisher war Darian dieser Gedanke noch nicht gekommen, aber hier, in dieser ursprünglichen Landschaft, fernab von alltäglichem Luxus und der Routine des Unialltags, wurde ihm bewusst, wie selbstsicher sich Melissa in der Villa seines Vaters bewegte, so als würde das alles schon jetzt ihr gehören. Und wieder schweiften seine Gedanken ab zu Mia. Zu diesem seltsamen Mädchen, das seine Gedanken und Gefühle lesen zu können schien, so wie auf dem Schloss oder auch beim Steinkreis. Rastlos warf er sich von einer Seite auf die andere. Mia schien nicht eine Spur von Interesse an jeglicher Form von Luxus zu haben, im Gegenteil, er kannte sie nur in diesen langweiligen grauen Kleidern, konnte sich nicht daran erinnern, sie jemals in einem Auto gesehen zu haben, und in Edinburgh hatte sie, ganz anders als die anderen beiden Mädchen, nicht einmal shoppen gehen wollen.

Schließlich gestand Darian sich ein, dass er beim besten Willen nicht mehr schlafen würde, und stand auf. Kühle, klare Nachtluft schlug ihm entgegen, als er die Zeltplane öffnete. Der Himmel war dunkel und wolkenlos, mit unzähligen glitzernden Sternen, die hier draußen so viel näher schienen als im Tag und Nacht beleuchteten London. Nachdenklich spazierte er zum Ufer des Sees. In der Dunkelheit glaubte er, eine Bewegung über dem Wasser zu sehen und kniff die Augen zusammen. Mit einem Ruck hielt er inne und ihm stockte der Atem. Was er zunächst für eine Nebelschwade gehalten hatte, manifestierte sich nun zu einem durchscheinenden Wesen, welches in einem Augenblick die Form und die Größe eines Pferdes zu haben schien, dann zu einer Art Schlange wurde und wenige Sekunden später einem überdimensionalen Seepferdchen ähnelte. Außerdem schien das geheimnisvolle Wesen über dem Wasser zu schweben, was Darian eiskalte Schauer über den Rücken laufen ließ. Auch nach mehrfachem Blinzeln verschwand die Erscheinung nicht.

Als Darian fasziniert und erschrocken zugleich näher heranging, erkannte er eine schmale Gestalt am Ufer, die nun offenbar seine Schritte gehört hatte und sich hastig umdrehte. Das nebelhafte Wesen über dem See verschwand, und als die Frauengestalt am Ufer herumfuhr, erkannte Darian Mia, die sich eilig entfernte.

»Warte!« Er rannte hinter ihr her. »Mia, was in aller Welt war das?«, keuchte er und hatte sie schon beinahe eingeholt.

Auf einem Hügel blieb sie stehen und hob abwehrend die Hände. »Komm nicht näher!«

»Was?« Verwirrt blieb er stehen. Langsam wurde das alles total verrückt.

»Das war nichts, geh schlafen.«

»Mia, ich habe irgendetwas …« Darian stockte und suchte nach einer geeigneten Bezeichnung, »… Unglaubliches gesehen, das vor dir aus dem Wasser aufgetaucht ist. Verdammt noch mal, jetzt sag mir, was hier los ist«, rief er ratlos und ging weiter auf sie zu.

Mia rannte einfach davon, und obwohl Darian ein guter Sportler war, konnte er sie nicht einholen. Sie war wie vom Erdboden verschluckt. Noch die halbe Nacht suchte er nach ihr, doch sie blieb verschwunden, und schließlich kehrte Darian todmüde ins Zelt zurück.

Als Phill ihn am nächsten Morgen weckte, wusste Darian nicht, ob er das alles nur geträumt hatte. Mia verhielt sich wie immer, saß still und unscheinbar abseits von den anderen, und als er sie ansprach, schaute sie ihn nur groß aus ihrem eulenhaften Gesicht an.

»Du hattest wahrscheinlich einen Traum«, sagte sie, als er sie nach den Ereignissen von letzter Nacht fragte. Ungerührt rollte sie ihren Schlafsack zusammen.

»Mia!« Er fasste sie energisch an der Schulter. »Ich habe dich am See gesehen, und etwas ist aus dem Wasser aufgestiegen.«

»Dir sind wohl die Geistergeschichten zu Kopf gestiegen«, meinte sie, sah ihm dabei jedoch nicht ins Gesicht.

»Ich bin doch nicht verrückt!«, rief er wütend und fuhr sich durch die Haare. »Bitte, Mia, sag mir, dass ich nicht geträumt habe.«

Darians flehender Blick schien Mia nahe zu gehen, sie öffnete den Mund, presste dann aber die Lippen fest zusammen und sah zu Boden.

»Ich weiß nicht, wovon du redest.« Und damit ließ sie ihn einfach stehen und ging zum Bus.

Voller Wut trat Darian gegen einen Stein und blickte zum See hinaus. Er hatte irgendetwas da draußen gesehen, da war er sich sicher.

Warum ist Vahira nur noch nicht hier, dachte Mia unterdessen verzweifelt, *ich bin nicht die Richtige, es ihm zu sagen. Aber die Zeit wird knapp.*

Die Reise führte die kleine Gruppe weiter in den wilden und zu großen Teilen unbewohnten Norden Schottlands. Zum Glück war Lisa nicht mehr lange beleidigt und wandte sich nun Phill zu, der ihren Annäherungsversuchen gegenüber weniger abgeneigt war als Darian. Letzterer war sehr nachdenklich und versuchte immer wieder, mit Mia ins Gespräch zu kommen, doch sie wich ihm ganz deutlich aus.

»Sag mal, willst du was von der Kleinen?«, erkundigte sich Phill grinsend, als sie gegen Mittag dieses Tages auf dem Weg nach Durness zwischen einigen riesigen grauen Felsbrocken Rast machten. »Ich meine, jeder hat seinen eigenen Geschmack, aber wie kann man denn etwas an diesem grauslichen Vogel finden?« Er deutete auf Mia, die in ihrem dicken grauen Pullover und dem grauen Rock auf einem ebenso grauen Felsen hockte.

»Ich will nichts von ihr«, knurrte Darian gereizt. »Sie soll mir nur etwas erklären.«

Phill zuckte die Achseln. »Mach was du willst, aber meiner Meinung nach bist du ein Idiot, dass du Lisa vergrault hast.« Er klopfte Darian auf die Schulter. »Was soll's, Glück für mich.«

Die nächste Nacht verbrachten sie in einer kleinen Pension, und am Morgen stand eine Fahrt zum Cape Wrath, dem nord-westlichsten Punkt Schottlands, auf dem Programm. Ein kleines Boot brachte die jungen Leute über eine Meerenge auf die gegenüberliegende Landzunge. Zu ihrer Rechten konnte man einen langen Strand sehen, dessen heller Sand einen starken Kontrast zum dunklen Blau des Meeres bildete. Das Land vermittelte das Gefühl von Endlosigkeit und Freiheit, Wildheit und Ursprünglichkeit. Die grünen Wiesen, teilweise mit Heidekraut überzogen, erstreckten sich, so weit das Auge reichte. Wieder überkam Darian dieses merkwürdige Gefühl, so als würde irgendetwas ihn rufen, konnte jedoch nicht ganz zu ihm durchdringen. Mias forschender Blick traf ihn, als er auf die steil aus dem Meer ragenden Klippen blickte, und sie schien tatsächlich wieder mit ihm reden zu wollen. Doch er wandte sich ab. Wenn sie sich weigerte, ihm die eigenartige Sache am See zu erklären, sollte sie ihn ganz in Ruhe lassen.

Ein Bus fuhr die jungen Leute zum Leuchtturm, und der Fahrer ermahnte sie, die letzte Tour um kurz nach vier nicht zu verpassen. Gut gelaunt machte sich die kleine Gruppe zu einem Picknick an den Klippen auf.

Es war ein schöner, warmer Tag. Wellen donnerten an die zerklüftete Steilküste, und Möwen zogen am Himmel ihre Kreise.

»Wie wär's mit 'ner kleinen Wanderung?«, schlug Phill vor.

Die beiden Mädchen wollten sich lieber am Rande der Klippen sonnen. Auch Darian verspürte keinen besonderen Drang, sich den anderen anzuschließen, er hatte das dringende Bedürfnis, allein zu sein. Da Mia schon seit einiger Zeit ohne ein Wort verschwunden war, zog Phill mit den restlichen Jungs los.

Ziellos schlenderte Darian an der wilden, einsamen Küste entlang und versuchte, seine Gedanken zu ordnen. Ein lauer Wind streichelte sein Gesicht, und die Sonne schien angenehm warm auf ihn herab. Plötzlich wurde ihm klar, dass er gar keine Lust mehr hatte, an die Uni zurückzukehren, und noch weniger reizte es ihn, in dem großen Konzern seines Vaters zu arbeiten. Auf einmal stellte er hier in dieser ursprünglichen Landschaft alles in Frage, was ihm früher so selbstverständlich vorgekommen war.

»Verdammt, was ist denn mit mir los?«, rief Darian in den auffrischenden Westwind und versuchte energisch die aufkeimenden Zweifel niederzuringen.

Eine schmale Hand legte sich auf seinen Unterarm, und er fuhr herum.

»Du wirst es bald verstehen«, sagte Mia sanft. »Hab noch etwas Geduld.«

»Verdammt, hier stimmt doch irgendwas nicht!« Darian fasste Mia an den Schultern. »Was ist los? Was werde ich verstehen?«

Die junge Frau senkte den Blick. »Es ist nicht meine Aufgabe, es dir zu sagen. Aber bitte, gedulde dich, jemand wird kommen und dir alles erklären.«

Vollkommen verwirrt sah Darian Mia an. Er verstand die

Welt nicht mehr. »O Gott, Mia, ich begreife das alles nicht!«, rief er und packte sie etwas gröber als nötig. »Werde ich verrückt?«

»Nein.« Sie wand sich aus seinem Griff und setzte sich an die Klippen.

Nach einer kurzen Weile ließ er sich neben sie ins weiche Gras sinken. »Bitte sag mir doch, was mit mir vorgeht«, bat er verzweifelt. »Ich erkenne mich selbst nicht wieder, weiß gar nicht mehr, wer ich eigentlich bin.«

Seufzend stützte Mia den Kopf in die Arme. »Du bist dabei, deine wahre Bestimmung zu erkennen.«

»Und was soll die sein?« Darian war hin- und hergerissen. Zum einen kam ihm das alles gänzlich verrückt vor, und er wünschte sich, niemals mit auf diese Reise gegangen zu sein. Zum anderen jedoch wusste er tief in seinem Inneren, dass er genau das Richtige getan hatte.

»Ich darf es dir nicht sagen«, murmelte sie.

»Mia!«, schrie er sie an und drehte sie grob zu sich herum.

Mia sprang auf und rannte davon.

Aber diesmal wollte Darian Antworten, er würde sie nicht wieder entkommen lassen. Es wunderte ihn, wie schnell sie in den Hügeln verschwunden war, und beinahe glaubte er, sie erneut verloren zu haben, doch dann sah er, wie ihr grauer Rock hinter einem hohen Felsen verschwand. Er hetzte hinter ihr her, und obwohl er sie immer wieder aus den Augen verlor, gab er nicht auf.

»Mia, verdammt, bleib stehen!«, rief er, während sie durch die menschenleeren Hügel floh.

Plötzlich hörte er einen unterdrückten Schrei, und als er keuchend die nächste Senke erreichte, sah er, wie sie am Boden lag und sich den Knöchel hielt.

»Hast du dir wehgetan?« Atemlos kniete er sich neben sie.

Mit schmerzverzerrtem Gesicht zog sie sich die Lederstiefel aus.

»Ich glaube, ich habe mir den Knöchel verstaucht. Das Kaninchen wusste sicher nicht, dass ich in sein Loch treten würde, trotzdem sollten wir es zur Strafe verspeisen.« Ihre Mundwinkel zuckten, und sie schmunzelte zaghaft.

»Kannst du aufstehen?«

Mia richtete sich auf und versuchte sich zu erheben. Sie verzog das Gesicht, als sie probeweise auftrat. »Es wird schon gehen.«

»Warum bist du weggelaufen?«

Statt einer Antwort blickte Mia erschrocken in den Himmel. »Wie weit ist die Zeit fortgeschritten?«

Darian warf einen Blick auf die Uhr. »Es ist kurz nach drei.«

»O nein, wir müssen zum Bus!«

»Ich könnte dich tragen«, bot Darian an, doch sie humpelte bereits entschlossen los. Obwohl ihr Fuß höllisch wehtun musste, gab Mia ein rasches Tempo vor.

»Wir sind zu langsam, wir müssen unbedingt rechtzeitig beim Bus sein«, jammerte sie kurz darauf und begann zu rennen.

»Mia, dein Fuß! Wir schaffen es schon noch.«

Doch sie hörte nicht auf ihn und rannte hinkend weiter, und ihr Anblick reizte Darian nun doch zum Lachen.

Die hat sie wirklich nicht alle, dachte er.

Sosehr sie sich beeilten, als sie am Treffpunkt ankamen, war alles menschenleer. »O nein!« Am Ende ihrer Kräfte ließ sich Mia auf den Boden sinken, und Panik stand in ihrem Blick.

Grinsend zuckte Darian mit den Schultern. »Jetzt haben wir wohl eine Nacht im Freien gewonnen.«

»Das geht nicht!«, protestierte Mia vehement, dann stand sie auf. »Wir laufen zum Steg, vielleicht liegt zufällig noch ein Boot dort.«

»Das sind bestimmt mehr als zehn Meilen, und du hast dir den Fuß verstaucht«, wandte Darian ein.

Doch Mia lief entschlossen los, und so folgte er ihr seufzend. Nach einigen Meilen verbissenen Laufens konnte Mia nicht mehr weiter. An einem hohen Felsen blieb sie schließlich stehen und lehnte sich mit Tränen in den Augen dagegen.

»Es ist doch nicht so schlimm«, versuchte Darian sie zu trösten. »Morgen nehmen wir gleich den ersten Bus. Gut, es wird etwas kalt heute Nacht, und wir haben nicht viel zu essen, aber ich denke, das halten wir schon aus.«

»Darum geht es nicht«, flüsterte sie mit zittriger Stimme und ließ sich auf den Boden sinken.

»Tut dein Fuß sehr weh?« Mitleidig legte Darian ihr einen Arm um die Schultern.

Mia schüttelte den Kopf, versteckte ihr Gesicht in den Armen und begann leise zu schluchzen.

»Was hast du denn?« Darian streichelte ihr über die Haare, die sich überraschend weich und ungewöhnlich seidig anfühlten.

»Ich kann nicht die Nacht mit dir verbringen, ich darf es nicht, ich habe alles falsch gemacht.«

»Hey«, Darian hob ihr Kinn an und grinste ihr zu, »ich habe nichts Unanständiges mit dir vor, da brauchst du wirklich keine Angst zu haben.«

Sie konnte sich jedoch gar nicht mehr beruhigen und weinte hemmungslos in ihren Pullover.

Schließlich hob sie das tränenverschmierte Gesicht. »Du musst mir versprechen, mich in der Nacht allein zu lassen. Du darfst nicht in meiner Nähe sein!«

»Mia, was soll das denn? Ich tue dir doch nichts, was denkst du denn von mir?«, fragte er entrüstet.

»Bitte frag nicht, und tu es einfach«, schniefte sie und wischte sich unter der dicken Brille die Tränen weg.

Kopfschüttelnd betrachtete er sie. Es machte wohl mal wieder keinen Sinn, sie nach einer logischen Erklärung zu fragen.

»Gut.« Er kramte in seinem Rucksack. »Dann nimm zumindest diesen Apfel, und ich werde es mir dort hinten bei den Steinen gemütlich machen.«

Mia nickte zustimmend und griff nach dem Apfel. »Aber du versprichst mir, nicht in meine Nähe zu kommen!«

»In Ordnung.« Darian schüttelte den Kopf und ging ein Stück den Abhang hinauf zu den Felsen. Er konnte sich einfach keinen Reim darauf machen, wieso Mia sich so anstellte.

Langsam wurde es dunkel. Eine Weile konnte Darian Mia noch beobachten, wie sie ein Stück unterhalb von ihm bewegungslos an dem Felsen kauerte. Bevor das letzte Licht verschwunden war, rief er: »Ist bei dir alles in Ordnung?«

»Ja, und bleib, wo du bist«, schallte ihre Stimme zu ihm herauf.

»Verdammt noch mal, ich möchte nur wissen, was in ihrem Kopf vorgeht«, murmelte er wütend.

Langsam, aber sicher brach die Nacht herein und erfüllte die Dunkelheit mit ihren seltsamen Geräuschen. Darian kauerte in der Felsmulde, die Arme um den Körper geschlungen, und versuchte, sich nicht zu viele Gedanken zu machen. Irgendwann frischte der Wind empfindlich auf, und er zog seine Jacke an. Kurz bevor er endgültig einnickte, musste er plötzlich an Mia denken. Sie hatte nur ihren grob gestrickten Pullover an und musste erbärmlich frieren. Er zögerte, wischte dann aber alle Bedenken beiseite und stieg langsam zu ihr hinab. Immer wieder verdeckten Wolken den Mond, und er musste sich seinen Weg vorsichtig über den mit Felsbrocken und Heidekraut übersäten Boden bahnen. Ab und zu gluckerte mooriges Wasser unter seinen Schuhen.

Unterhalb von sich sah er plötzlich eine schmale Gestalt, die die Hand ausgestreckt hielt, und – er traute seinen Augen nicht – auf dieser saß ein geflügeltes Wesen, das sich jedoch kurz darauf einfach aufzulösen schien.

Bevor Mia reagieren konnte, war Darian zu ihr hingestürzt

und hielt sie fest, als sie mit einem entsetzten Aufkeuchen wieder einmal vor ihm davonlaufen wollte.

»Was war das?«, schrie er und schüttelte sie, als sie sich von ihm losmachen wollte. »Da hat irgendetwas auf deiner Hand gesessen, und du sagst mir sofort, was das war!«

»Da war nichts«, behauptete Mia und drehte den Kopf zur Seite.

»Lüg mich nicht an!« Darians Stimme überschlug sich beinahe. Energisch drehte er Mia zu sich um, die eisern den Kopf gesenkt hielt und die Lippen aufeinanderpresste.

»Mia!« Er schüttelte sie so fest, dass sich ihr Haarband löste und sich eine Flut von schwarzen Haaren über ihre Schultern ergoss. Überrascht stellte Darian fest, dass sie ihr beinahe bis zur Hüfte reichten.

Als er ihren Kopf anheben wollte, schlug sie nach ihm.

»Du darfst mich nicht ansehen«, verlangte sie und drehte sich weg.

Doch jetzt reichte es Darian mit ihrer ewigen Geheimniskrämerei. »Ich habe dich schon oft genug ange… «

Als er ihr Gesicht energisch in seine Hände nahm, blieb ihm das letzte Wort im Halse stecken. Im milden Schein des Mondlichts stand vor ihm das begehrenswerteste Mädchen, das er je gesehen hatte. Behutsam nahm er ihr die dicke Brille ab, die ihr schief von der Nase hing. Unendlich lange Wimpern hoben sich zögernd, und Darian blickte in dunkelgrüne Augen, die selbst im fahlen Licht des Mondes noch wunderschön leuchteten. Von Staunen erfüllt, betrachtete er ihr ebenmäßiges Gesicht mit den fein abgezeichneten Wangenknochen, welches von seidig weichen Haaren umschmeichelt wurde. Nichts von all dem, worüber er und seine Kommilitonen sich lustig gemacht hatten, war von der unscheinbaren, eulenhaften Mia geblieben.

»Wer bist du?«, keuchte er und ließ sie vor Schreck los.

Mia sackte geradezu in sich zusammen. »Sie hatten Recht,

die Ältesten hatten Recht, ich hätte niemals hierherkommen dürfen«, flüsterte sie und versteckte das Gesicht in den Händen.

»O Gott, Mia, jetzt sag mir endlich, was das alles zu bedeuten hat.«

Doch sie schüttelte nur immer wieder den Kopf und konnte sich offensichtlich nicht beruhigen.

»Warum ist Vahira nur nicht gekommen«, schluchzte sie irgendwann. »Sie hat versprochen zu kommen, und sie hätte dich nach Hause bringen sollen. Wo ist sie denn nur?«

»Mia, bitte«, flehte Darian und fasste sie vorsichtig und noch immer irritiert an der Schulter. »Ich verstehe es nicht.«

Als sie den Kopf hob, konnte er erneut nicht glauben, dass das hier Mia sein sollte. Er kniff sich in den Arm, doch offensichtlich träumte er nicht.

»Darian«, sie nahm seine Hand in ihre, »das, was ich dir jetzt erzählen werde, wird für dich vollkommen verrückt klingen, aber auch, wenn das eigentlich nicht hätte passieren dürfen, bin nun ich es, die dir dein Schicksal verkünden wird.« Mia warf einen Blick in den Himmel. »Die Zeit wird knapp, vielleicht bleibt uns ohnehin keine andere Wahl.«

Verwirrt und fassungslos musterte Darian diese außergewöhnliche Frau; doch als er dann ihren Erklärungen lauschte, verblasste selbst das Wunder von Mias Verwandlung.

»Darian, du stammst nicht von dieser Welt, du bist der Sohn des Königs von Albany.« Sie beugte sich heran, und er sah nur noch ihre grünen Augen, deren Blick ihn gefangenhielt. »Deine Eltern wurden vor beinahe fünfundzwanzig Sommern ermordet, doch deiner Mutter gelang es, dich durch den Weltennebel hierherbringen zu lassen.« Darian war sprachlos. »Du bist einer der Unsterblichen. Im Augenblick ist Fehenius der Regent über Albany, aber er stürzt das Land ins Verderben.« Mias Stimme wurde traurig. »Du bist unser aller einzige Hoffnung, aber du musst vor deinem fünfundzwanzigsten Geburtstag zurückkehren und in einem der drei vorangehenden Monde die Weihe auf der Insel der Drachen erhalten, sonst verlierst du deine Unsterblichkeit.«

Zu mehr als einem Keuchen war Darian immer noch nicht fähig, während er sich haltsuchend gegen den kalten Stein hinter sich lehnte.

»Was redest du denn da?«, fragte er ungläubig.

»Das alles ist sicher sehr verwirrend«, gab sie zu und drückte seine Hand, »aber du musst mir glauben.«

Ruckartig wich er zurück. »Ich soll der Sohn eines Königs sein, noch dazu unsterblich und aus einer anderen Welt?« Er schüttelte den Kopf. »Mia, du bist verrückt.«

»Noch bist du nicht unsterblich«, stellte Mia richtig. »Erst wenn du die Weihe …«

»Hör auf!« Darian raufte sich die Haare und rannte einfach in die Dunkelheit davon. Mia war tatsächlich irre, er hatte es immer gewusst. Aber gleichzeitig ahnte irgendetwas in ihm, dass sie doch die Wahrheit sprach, auch wenn er sie nicht akzeptieren wollte und innerlich dagegen ankämpfte. Und genau diese innere Ahnung war das, was ihn wirklich aus der Fassung brachte.

Darian war weit in die menschenleeren Hügel hineingelaufen. Wiederholt stolperte er in der Dunkelheit über Steine und trat geräuschvoll in Matschlöcher. Er wusste nicht mehr, was er glauben sollte, hatte das Gefühl, den Verstand zu verlieren. Schließlich hockte er sich in eine Senke und versteckte den Kopf in den Händen.

Wenig später hörte er leise Schritte und fragte sich unwillkürlich, wie Mia ihn in der Dunkelheit so schnell hatte finden können.

Mia strich ihm über die Haare. »Ich weiß, wie seltsam das alles für dich sein muss«, sagte sie sanft. »Eigentlich hätte eine der älteren Zauberinnen es dir erklären müssen, aber sie kam nicht.«

»Wie beruhigend«, erwiderte Darian und verzog zynisch den Mund.

Er hob den Blick und starrte in Mias schmales Gesicht. »Deine Geschichte ist total verrückt, und ich glaube sie dir auch nicht, aber sag mir bitte eins: Warum siehst du auf einmal so … so ganz anders aus?«

Seufzend ließ sich Mia neben ihm auf den Boden sinken. »Das ist schwer zu erklären, und du wirst mir auch das nicht glauben.«

»Mia«, er betrachtete sie eingehend, »du warst vollkommen unscheinbar. Niemand hat dich bemerkt, und plötzlich bist du die faszinierendste Frau, die mir jemals begegnet ist. Wie kann das sein? Ich war doch nicht die ganze Zeit blind.«

Offensichtlich rang sie nach Worten, dann begann sie zögernd zu erzählen. »Ich habe eine Art Schleier über mich gelegt, der euch allen etwas vorgegaukelt hat. Ich war ja eigentlich nur hier, um über dich zu wachen, nicht, um dir dein Schicksal zu enthüllen.«

»Aber wie hast du diesen Schleier über dich gelegt?«

»Ich verfüge über magische Fähigkeiten«, erklärte sie. »Aber weil ich keine wirklich starke Magierin bin, kommt in der Nacht mein wahres Wesen zum Vorschein. Ich kann nichts dagegen tun, das ist das Erbe meines Volkes.«

»Dein wahres Wesen?«, keuchte er und streckte die Hand aus, um sie zu berühren. Doch Mia wich zurück.

»Nicht! Du hättest mich niemals so sehen dürfen. Ich hatte gehofft, dass diese Gläser, die den Menschen beim Sehen helfen«, sie deutete auf die dicke Brille, »meine Verkleidung auch nachts aufrecht erhalten, aber es hat nichts genützt.«

»Aber warum soll ich dich denn nicht so sehen, wie du bist?«

»Du weißt doch gar nicht, was ich bin.«

»Und was bist du?«

»Eine Nebelhexe. Mein richtiger Name ist Aramia von der Nebelinsel.«

»Eine Nebelhexe, natürlich«, lachte Darian, und seine Stimme nahm einen leicht hysterischen Tonfall an. Seine Gedanken überschlugen sich, und er wollte irgendetwas sagen, doch seine Lippen zitterten nur statt Wörter zu formen – dies alles überforderte ihn hoffnungslos. Mia zwang ihn, ihr ins Gesicht zu sehen, und wenngleich ihn diese wirre Geschichte von Königreichen, Zauberern, Nebelhexen und Unsterblichkeit an den Rand der Verzweiflung brachte, war er erneut von ihr in den Bann geschlagen.

»Ich bin ein magisches Wesen, und wir stehen in dem Ruf, einem Mann den Verstand rauben zu können«, versuchte sie zu erklären.

»Das kann ich bestätigen«, stöhnte er, doch sie sah ihn weiterhin mit ihren unergründlichen Augen an.

»Nachdem du und der Zauberer Nordhalan in diese Welt verschwunden seid, hat man nach euch gesucht. So viele Zauberer wurden ausgesandt und sind nicht zurückgekehrt – irgendwann wollte niemand mehr das Risiko eingehen, dich in dieser fremden Welt zu suchen.« Dann erzählte Mia von einem Königreich, das führerlos war und zunehmend dem Chaos verfiel. Ein Mann, der Fehenius hieß und entfernt mit Darian verwandt war, hätte die Macht an sich gerissen und wollte nun selbst König werden. Der einzige Ausweg war, dass er, Darian, zurückkehrte und den Thron für sich beanspruchte.

»Ich bin nur eine Nebelhexe«, erklärte Mia resigniert. »Viele halten uns für minderwertige Wesen. Übrigens können nur die weiblichen Nachkommen aus den Verbindungen zweier Rassen zaubern, warum, das weiß niemand. Wir leben sehr zurückgezogen auf einer Insel im Westen. Eines Tages kam Vahira, eine weise Zauberin, zu uns. Sie hat den Widerstand gegen Fehenius ins Leben gerufen und bat eine von uns Nebelhexen, noch ein einziges Mal zu versuchen, in die fremde Welt zu gelangen und dich zu finden.« Traurig blickte sie Darian an. »Die Wahl fiel auf mich. Ich kann mit den Elementarwesen beider Welten reden und sie bitten, Botschaften zu übermitteln.«

»Elementarwesen«, wiederholte Darian.

Mia nickte mit unsicherem Lächeln. »Ich sagte Vahira, ich würde es versuchen und ihr eine Nachricht schicken, sobald ich dich gefunden hätte. Viele waren dagegen, dass ich gehe, doch nachdem ich versicherte, meine wahre Identität zu verschleiern, erlaubten sie es, da niemand sonst sich traute.«

»Und was ist an deiner Identität so schlimm?«, hakte Darian nach.

»Ich bin ein unreines Wesen, ich bin nichts wert.«

»Wie kommst du denn auf so etwas?«, protestierte er entsetzt.

»Ich bin ein Bastard. Meine Mutter wurde von einem Dunkelelfen geschändet, und ich bin das Resultat.«

Darians einzige Reaktion bestand in einem fassungslosen Keuchen.

Betrübt senkte Mia den Blick und ihre Stimme war nur noch ein Flüstern. »Ich wusste, dass auch du es schrecklich findest.«

Einen Augenblick benötigte Darian, um sich zu sammeln, dann schüttelte er den Kopf. »An dir ist gar nichts schrecklich. Ich frage mich nur, was ein Dunkelelf ist, das sind doch Wesen aus Geschichten, aus Fantasybüchern.«

»Und wer sagt, dass diese Bücher nicht wahr sind?«, fragte Mia mit zögerndem Lächeln.

»Mia, du bist ganz sicher kein minderwertiges Wesen, was auch immer du sein magst. Und wenn dieser Dunkelelf«, er konnte kaum glauben, dass er wirklich in Erwägung zog, dass sie die Wahrheit sagte, »deine Mutter vergewaltigt hat, dann ist es ganz bestimmt nicht deine Schuld.«

»Das sehen die Menschen und Elfen in meiner Welt ein wenig anders.« Dann blickte sie Darian auffordernd an. »Glaubst du mir? Wirst du mit mir nach Albany zurückkehren?«

In Darians Kopf drehte sich noch immer alles.

»Bitte, lass mich das Ganze im Tageslicht überdenken«, bat er und legte ihr dann seine Jacke über die Schultern. »Das ist verrückt, das ist vollkommen verrückt.«

»Ich weiß.« Mia murmelte noch etwas davon, dass sie große Schuld auf sich geladen habe und hoffe, die Zauberer würden nicht allzu wütend auf sie sein.

Obwohl Darian geglaubt hatte, dass er kein Auge zutun würde, schlief er ein. Ein Sonnenstrahl kitzelte ihn am Morgen an der Nase, und er rieb sich verwirrt die Augen.

»Was für ein irrer Albtraum«, flüsterte er. Doch dann sah er Mia, die im Licht der aufgehenden Sonne saß und ihre langen Haare mit den Fingern durchkämmte. Sie war immer noch hübsch, doch dieses unirdische Strahlen, das in der Nacht auf ihrem Gesicht gelegen hatte, war verblasst. Wenn er es sich genau überlegte, wäre sie ihm vermutlich auf den ersten Blick nicht einmal aufgefallen.

Zögernd trat Darian näher, und Mia lächelte ihn vorsichtig an. Ihre Augen, die alle Schattierungen der Farbe Grün zu vereinen schienen, musterten ihn unsicher.

»Es war kein Traum«, stellte er ungläubig fest und sank neben ihr auf die Knie.

»Nein.« Mia band sich die Haare zu einem dicken Zopf.

»Ich hätte dich auch jetzt nicht wiedererkannt«, sagte er mit zögerndem Grinsen. »Warum legst du den Schleier nicht wieder über dich?«

»Es ist auf Dauer ziemlich anstrengend und nun schließlich nicht mehr nötig.« Sie seufzte tief. »Ich werde ihn erst heraufbeschwören, wenn wir wieder bei den anderen sind, sonst wundern sie sich.«

Darian fuhr sich über das Gesicht. »Bitte, erzähl mir mehr.« Wenngleich ein Teil von ihm noch immer nicht glauben wollte und konnte, dass er tatsächlich der Sohn eines Königs aus einer anderen Welt sein sollte, dass es Zauberer, Elfen und Nebelhexen gab, so drängte ihn ein anderer Teil, der weniger rationale, mehr zu erfahren. Er beobachtete Mia, die im strahlenden Licht des beginnenden Morgens auf diesem Felsen saß, und in diesem Augenblick kam es ihm entgegen aller Vernunft plötzlich gar nicht mehr so abwegig vor, dass sie ein Wesen aus einer fremden Welt war. Die Sonne ließ das ganze Land funkeln und leuchten, und all die intensiven Farben vermittelten Darian den Eindruck, als wäre er tatsächlich der Wirklichkeit entrissen worden.

»Vor etwa fünfundzwanzig Sommern«, begann sie zu erzählen, »geschah etwas Furchtbares. Dein Vater hatte beinahe vierhundert Sommer und Winter lang gut und gerecht von Northcliff aus über Albany geherrscht.«

»Vierhundert Sommer?«, keuchte Darian.

»Man könnte auch Jahre sagen«, meinte Mia und runzelte die Stirn. Doch dann wurde ihr wohl klar, dass es nicht ihre Formulierung gewesen war, woran er sich störte. »Ich erwähnte doch, dass du einer Linie von Unsterblichen entstammst.«

»Oh.« Darian nickte und bat sie fortzufahren.

»Eigentlich war deine Familie sehr beliebt, doch der eine oder andere neidete euch eure nicht enden wollende Herrschaft und eure Unsterblichkeit. Ein Geheimbund bildete sich. Leider kam niemals heraus, wer wirklich alles zu ihnen gehörte. Zunächst töteten sie deinen ältesten Bruder, der eigentlich König hatte werden sollen.«

»Ich hatte einen Bruder«, flüsterte Darian.

»Sein Name war Atorian.« Sie lächelte traurig. »Er sah dir ähnlich und war sehr beliebt. Soll ich weitererzählen?«, fragte sie, als sie sein fassungsloses Gesicht sah.

Statt einer Antwort konnte er nur nicken.

»Moment«, unterbrach er sie dann jedoch, als sie fortfahren wollte. »Du sagtest, meine Familie sei unsterblich. Wie kann mein Bruder tot sein?«

»Ihr seid nicht davor gefeit, durch ein Schwert, einen Pfeil oder sonst eine Waffe zu sterben«, erklärte sie. »Ihr könnt viele hundert Sommer alt werden, wenn ihr nicht ermordet werdet oder an einer schweren Krankheit sterbt. Die Bezeichnung ›unsterblich‹ kam wohl eher von den Menschen, denen nur eine stark begrenzte Lebensspanne zur Verfügung steht. Bei Elfen, Zwergen oder Gnomen ist es nicht ungewöhnlich, sehr alt zu werden.«

Obwohl Darian all dies nicht wirklich begriff, nickte er und forderte Mia auf, weiter von seinem Bruder zu erzählen.

»Alle waren sehr traurig, denn Atorian hätte bald der neue König werden sollen. Viele vermuteten, dass er unter anderem auch deswegen sterben musste, weil er nach den verschollenen Chroniken Albanys suchte. Es gibt einen Mythos, der besagt, dass vor vielen tausend Sommern eine geheime Splittergruppe der Zauberer, die Diomár, damit begann, die Geschehnisse unserer Welt aufzuzeichnen. Sie lebten, oder leben angeblich auch noch heute, auf den Geisterinseln und zeichnen die Blutlinien aller Adelsfamilien Albanys auf. Außerdem gelten sie als Hüter der Geheimnisse unseres Landes.«

Erfüllt von atemlosem Staunen lauschte Darian Mias Ausführungen.

»Einige Mitglieder der Diomár bewegen sich der Legende nach unerkannt unter den Menschen. Sie beobachten nur, mischen sich jedoch nicht ein. Und angeblich sind sie im Besitz einer Karte aller magischen Portale, die in andere Welten führen.«

»Wer sollte etwas dagegen haben, dass Atorian die Karte oder diese Chroniken sucht?«, hakte Darian nach. »Waren es die Diomár?«

»Nein, Fehenius.« Abscheu lag in Mias Stimme. »Er behauptet, aus einer Linie zu stammen, die auf deinen Ururgroßvater Federan zurückgeht. Der hatte zwei Söhne, Dugal und Edevan. Der Tradition nach sollte Dugal, der Ältere, König werden, doch auch Edevan wollte den Thron. In einem Streit soll Dugal Edevan aus Versehen getötet haben. Fehenius behauptet nun, Edevan habe doch überlebt, und meint, als sein Nachfolger ebenfalls einen Anspruch auf den Thron zu haben, selbst wenn er nicht auf der Dracheninsel geweiht wurde. Ob Fehenius überhaupt Edevans Linie entsprungen sein kann, steht in den Chroniken, sofern sie überhaupt existieren.« Mia runzelte nachdenklich die Stirn. »Atorian wollte die Chroniken finden, um den ewigen Streit mit Fehenius auszuräumen. Fehenius strebt schon seit langer Zeit danach, in die Burg von Northcliff zu ziehen und mehr Einfluss zu haben.«

»Hmm.« Die ganze Geschichte wurde immer verwirrender für Darian. »Und diese Karte mit den Übergängen zu anderen Welten – was ist daran so besonders?« Noch während er diese Frage stellte, wunderte sich Darian selbst darüber, dass er sich mit Mia so ganz natürlich über diese Dinge unterhielt. Als wäre er bereits ein Teil davon. Aber war er das nicht auch?

»Es ist nicht ungefährlich, in eine andere Welt zu reisen«, erzählte Mia. »Viele Zauberer kehrten nie wieder zurück. Einer wurde vor vielen hundert Jahren sehr schwer verletzt, und er erzählte schlimme Geschichten von einer Welt, in der Dämonen herrschen. Wer weiß, wo sich die Tore befinden, kann unter Umständen entsetzliche Kreaturen in unsere Welt bringen.«

»In Ordnung, aber wie ging es mit meiner Familie weiter, nachdem Atorian starb?«

»Es kam noch schlimmer. Nachdem die erste Frau deines Vaters gestorben war, nahm er sich eine zweite, Adena. Sie hatten Glück und bekamen nur einen Sommer später ein Mädchen, im darauffolgenden Winter dich. Nun war das Volk wieder beruhigt.« Sie sah ihn aufmerksam an. »Du musst wissen, dass die Unsterblichkeit nur in der männlichen Linie vererbt wird.«

Zwar verwunderte Darian dies, er fragte jedoch nicht weiter nach.

»Dann, nicht einmal ganz einen Mond nach deiner Geburt, wurde eure Burg überfallen.« Mia wirkte sehr bedrückt, als sie fortfuhr. »Es war vermutlich Fehenius' Geheimbund, der Dunkelelfen angeheuert hatte. Sie metzelten alle nieder, sogar deine Schwester, die ja eigentlich keine Gefahr für sie gewesen wäre. Dein Vater versuchte, mit seinen loyalen Männern die Festung zu halten, und schickte deine Mutter, dich, zehn Wachen und den Zauberer Nordhalan durch einen Geheimgang fort. Sie flohen weit durch das Land in der Hoffnung, sich irgendwo in Sicherheit bringen zu können. Was dann geschah, weiß ich nur von den Nebelgeistern.«

»Nebelgeister.« Fragend zog er eine Augenbraue in die Höhe.

Mia nickte. »Sie sahen, wie deine Mutter von einem Pfeil getötet wurde und du beim Stein von Alahant mit Nordhalan in eine andere Welt verschwandest. Dein Bruder Atorian hat schon lange vermutet, dass dieser Stein einer der Übergänge sein musste. Er fand einmal den Fetzen einer uralten Karte, doch er war sich nicht sicher, denn die Zauberer glaubten ihm nicht.«

Auch das musste Darian erst einmal verarbeiten. »Und wo ist dieser Nordhalan dann abgeblieben? Warum hat er sich nicht um mich gekümmert?«

Mia musterte ihn durchdringend. »Erinnerst du dich an den Bettler in Edinburgh?«

»Ja, was ist mit ihm?«

»Das war Nordhalan. Ich weiß nicht, was mit ihm geschehen ist. Er war nicht mehr er selbst, und ich habe ihn erst auf den zweiten Blick erkannt.«

»Der Penner?« Darian raufte sich abermals die Haare. Das alles war einfach zu grotesk. »Der Penner ist ein Zauberer. Du meine Güte, Mia, das wird ja alles immer verrückter!«

»Ja, ich kann mir vorstellen, wie du dich jetzt fühlst, aber ich kann dir versichern, für mich war es nicht weniger verrückt, in diese Welt hier zu kommen. Ich brauchte einige Sommer und Winter, um mich an Dinge wie Autos, Telefone oder auch nur eure Art zu sprechen zu gewöhnen. Als ich das erste Mal ein Flugzeug sah, dachte ich, es handle sich um einen Drachen, und bin in Deckung gegangen.« Ein Schmunzeln zeigte sich nun auf ihrem ebenmäßigen Gesicht. »Die Menschen haben mich in der ersten Zeit wahrscheinlich für sehr seltsam gehalten, bis ich mich ein wenig angepasst hatte.« Sie holte tief Luft und musterte ihn eingehend. »Darian, ich habe dich auf der ganzen Welt gesucht und dann dort gefunden, wo ich dich am wenigsten vermutet habe. In England, nur einige hundert Meilen südlich des Portals, das in deine Heimatwelt führt.«

»Wie hast du mich denn gefunden?«

»Ich bin meinem Gefühl gefolgt und habe die Elementarwesen befragt, obwohl gerade diese ein wenig wankelmütig sind. Sie haben mich an so viele verschiedene Orte und Länder geführt, dass ich sie kaum noch zählen kann. Beinahe fünfzehn Sommer und Winter lang ist es mir nicht geglückt, dich ausfindig zu machen.«

»Ich bin viel mit meinem Vater gereist«, erklärte Darian und versuchte, seine sich überschlagenden Gedanken zu ordnen. Dann stockte er. »Fünfzehn Jahre? Du bist doch sicher nicht viel älter als ich. Du kannst mich unmöglich schon als kleines Kind gesucht haben.«

»Wie ich bereits gesagt habe, ich bin die Tochter eines Dunkelelfen, und die werden uralt.«

»Und wie alt bist du, wenn ich fragen darf?«

»Ich dachte, in dieser Welt ist es unhöflich, eine Frau nach ihrem Alter zu fragen«, meinte sie mit einem süßen Lächeln.

»Mia!«

»Also gut. Ich bin zweihunderteinundzwanzig Jahre alt.«

Darian entfuhr ein Keuchen. »Das kann doch nicht sein.«

In dem unbeholfenen Versuch, ihn irgendwie zu trösten, drückte sie seine Hand. »Wirst du mit zurückkommen? Die Zeit drängt. Wir haben nur bis zur Wintersonnenwende Zeit, danach ist es zu spät, weil du dann zu alt bist und deine Unsterblichkeit verlierst.«

Darian starrte mit leerem Blick in die grünen Hügel. »Ich soll König eines fremden Reiches werden?« Selbst diese Worte auszusprechen erschien ihm vollkommen irreal. »Mia, ich habe keine Ahnung, was ich dort tun soll. Ich kann doch nicht so eine Verantwortung auf mich nehmen.«

»Du wirst gute Berater haben. So lange wir noch in dieser Welt sind, werde ich dir einiges erklären. Ich werde dich lehren, mit dem Schwert zu kämpfen, und wir müssen Nordhalan suchen und ihn auf den richtigen Weg zurückbringen. Auch er kann dir helfen.«

»Ich weiß nicht … Ich weiß nicht, ob ich das kann.«

In Darian kam Unsicherheit auf, Zweifel und auch ein Hauch von Faszination kämpften miteinander. Sicher war es eine schwere Bürde, der Erbe von Northcliff zu sein – aber als Letzter seiner Familie schien dies seine Bestimmung.

»Ich bin mir sicher, du schaffst es«, sagte Mia aufmunternd und zog ihn dann auf die Füße. »Und jetzt komm, wir sollten zusehen, dass wir das erste Boot zum Festland erreichen.«

In Gedanken versunken stolperte Darian eine ganze Weile hinter Mia her. Plötzlich hielt er sie an der Schulter fest, damit sie sich zu ihm umdrehte.

»Warum hast du mir das alles nicht schon längst erzählt?«

Sie zögerte kurz. »Es war mir verboten, und ich sollte ja, wie gesagt, eigentlich nur über dich wachen. Vahira hätte dir alles erklären sollen.«

Seine Lippen pressten sich aufeinander, und eine Falte bildete sich auf seiner Stirn. »Du hättest mich langsam auf meine Aufgabe, oder wie auch immer du es nennen willst, vorbereiten können.«

»Hättest du mir etwa geglaubt?«, wandte sie ein.

»Vermutlich nicht«, gab er zu, trotzdem spürte er jetzt eine gewisse Wut auf Mia in sich aufsteigen.

Kurz vor dem Steg steckte sich Mia ihre Haare zu einem Knoten, und dann, Darian konnte es kaum glauben, stand plötzlich wieder das unauffällige Mädchen an seiner Seite, das er so lange Zeit gekannt hatte. Mit offenem Mund starrte er sie an.

Mia grinste ihn an. »Vielleicht könnte ich wenigstens diese scheußliche Brille weglassen.«

»Wie machst du das?« Darian sah sie aus seinen großen, blauen Augen an. Er war wirklich fassungslos.

»Das ist ein ganz einfacher Zauber«, antwortete sie achselzuckend. »Ich verändere durch meine Magie das Element Luft um mich herum so, dass man mich nur undeutlich wahrnimmt. Die Geister der Lüfte helfen mir dabei. Besser kann ich dir das nicht erklären, denn ich bin keine ausgebildete Magierin. Vahira hat mich diesen Zauber gelehrt.«

Noch war kein Boot zu sehen, und Darian fiel plötzlich etwas ein. »Mia, dieses geflügelte Wesen – was war das? Und die Gestalt damals am See?«

»Am See, das war ein Wassergeist. Ich habe ihn gefragt, ob Vahira schon eingetroffen ist. Und gestern Abend hast du eine Heidefee gesehen. In dieser Welt gibt es leider nicht sehr viele Elementarwesen. Den meisten gefällt es hier nicht mehr, weil alles so dicht besiedelt ist, die viele Technik ihnen die magischen Fähigkeiten raubt und ohnehin niemand mehr an sie glaubt. Kannst du dich an die alte Grabstätte und das Wesen erinnern, das du für einen Falter gehalten hast?«

Er nickte mechanisch.

»Das war ein Baumgeist, der sich übrigens sehr gefreut hat, endlich mal wieder jemanden zu treffen, der ihn nicht für ein fallendes Blatt oder ein Tier hielt.«

Mit einem Plumps ließ sich Darian ins Heidekraut sinken. »Dann war ich als Kind doch nicht so verrückt, wie alle gedacht haben«, flüsterte er und erklärte dann zu Mia gewandt: »Ich habe immer einen kleinen Kobold gesehen, der anscheinend in meinem Zimmer wohnte, und draußen auf den Wiesen hinter dem Kinderheim habe ich kleine geflügelte Wesen beobachtet.« Er verzog den Mund. »Sie haben mich zu einem Psychologen geschickt, und der hat mir nahegelegt, ich solle meine ›kleinen Freunde‹, wie er sie nannte, doch endlich gehen lassen und mir reale suchen. Irgendwann habe ich die Wesen dann aus meinen Gedanken verbannt, und auch wenn ich immer wieder Schatten gesehen habe, habe ich mich doch dagegen gewehrt.«

»Es wundert mich nicht, dass du diese Wesen gesehen hast«, versicherte Mia und grinste dann. »Zumindest seitdem ich hier bin, habe ich dich immer von einer Nachtnymphe beschützen lassen. Sie hat über deinen Schlaf gewacht und hätte mich gewarnt, wenn irgendjemand dich bedroht hätte. Nachtnymphen sind sehr selten, selbst in Albany, aber wenn man ihr Vertrauen gewinnt, sind sie beträchtlich zuverlässiger als andere Vertreter ihrer Art.«

»Das geflügelte Wesen in London war wirklich eine – Nachtnymphe?«

Mia streckte ihren Arm aus und flüsterte leise Worte in den Wind. Kurz darauf, Darian traute seinen Augen nicht, landete etwas auf ihrer Hand, das er zunächst für eine Libelle hielt. Bei genauerem Hinsehen jedoch erkannte er eine kleine Frau mit durchsichtigen Flügeln, die ihm mit spitzen Zähnen zulächelte. Sie war auffallend schlank und mit einem lilafarbenen Kleid aus winzigen Blütenblättern bekleidet. Ihre feinen langen Haare hatten das Rostbraun von verblühtem Heidekraut.

»Die Nachtnymphe kann ich dir leider nicht zeigen, aber diese Heidefee ist sehr erfreut, deine Bekanntschaft zu machen.«

Darian klappte der Unterkiefer herunter, und Mia musterte ihn mit amüsiertem Gesichtsausdruck.

Als plötzliche Motorengeräusche das Boot ankündigten, verschwand das Wesen wieder, Mia erhob sich und winkte dem Bootsführer zu.

Dieser erkundigte sich grinsend, ob die Nacht angenehm gewesen war, und erklärte dann, dass sich ihre Freunde schon Sorgen gemacht hätten.

»Ich nehme euch gleich wieder mit zurück«, bot er freundlich an, und Mia und der verdatterte Darian stiegen in das kleine Motorboot.

Endlich wieder auf dem Festland wurden sie von ihren Freunden mit Fragen überschüttet, doch Darian antwortete nur sehr einsilbig und überließ Mia das Sprechen.

Kapitel 2

Der Erbe von Northcliff

Nachdem sie sich am Abend auf einem Campingplatz bei Durness, einem kleinen Örtchen an der Nordküste Schottlands, einquartiert hatten, stand Darian an den Klippen und starrte aufs wogende Meer hinaus. Der kalte Wind fuhr ihm durch die Kleider und zerstrubbelte seine dunkelblonden Haare, aber darauf achtete er nicht.

Lautlos wie immer trat Mia neben ihn.

»Hast du eine Entscheidung getroffen?« Obwohl ihre Stimme ruhig war, konnte er die Anspannung darin hören.

»Warum fühle ich mich so sehr zu diesem Land hingezogen?«, fragte Darian statt einer Antwort.

»Weil Albany Schottland sehr ähnlich ist«, antwortete Mia zögernd. »Nur ist unser Land zum größten Teil von Wald bedeckt.« Sie deutete nach links. »Auf so einer Klippe befindet sich in unserer Welt die Burg deiner Eltern. Sie steht leer, wartet darauf, dass du zurückkehrst.« Sie musterte ihn scharf und aus zusammengekniffenen Augen. »Falls du zurückkehrst.«

Innerlich zerrissen fuhr sich Darian über das von der Kälte gerötete Gesicht. »Ich soll wegen einer verrückten Geschichte alles aufgeben? Mein Studium, meine Freundin, meine Zukunft? Wahrscheinlich existiert dieses Portal, durch das ich angeblich gekommen bin, gar nicht, von der Welt dahinter ganz zu schweigen.«

Mia lächelte verständnisvoll und auch ein wenig mitleidig. »Nur, wenn die Weltennebel aufziehen, ist es möglich die

Welten zu wechseln«, erklärte sie. Als er ungläubig schnaubte, fasste sie ihn am Arm. »Aber ich kann dich zu dem Stein führen und dir einen Blick in die andere Welt ermöglichen. Wirst du mir dann glauben?«

Einen Augenblick lang musterte er sie stumm, dann nickte er. »Aber das heißt nicht …« Er winkte ab. »Egal, zeig mir den Stein. Ich rufe uns ein Taxi, und wir fahren auf der Stelle hin.«

»Dann verpassen wir den Bus, und ein Taxi von hier bis Altnaharra dürfte etwas teuer werden«, wandte Mia ein.

»Ich habe genügend Geld«, entgegnete Darian knapp und eilte dann los, um seine Sachen zu holen. Phill und den anderen erzählte er, er müsse wegen einer dringenden Familienangelegenheit fort. Dass Mia ebenfalls mitfuhr, führte zu Getuschel, aber sie vermuteten wohl ohnehin alle, dass sich seit jener Nacht am Cape Wrath etwas zwischen den beiden anbahnte.

Es dauerte einige Zeit, bis ein älterer Mann in einem Taxi auftauchte. Auf der langen Fahrt in Richtung Süden versuchte er, mit den beiden jungen Leuten ins Gespräch zu kommen, doch irgendwann verfiel er in resigniertes Schweigen und starrte stumm auf die regennasse Fahrbahn. Darian lehnte seinen Kopf gegen die Fensterscheibe, und auch Mia saß nur schweigsam auf der Rückbank.

In einem winzigen Dorf ließ der Taxifahrer die beiden raus und fragte, ob sie jemand erwartete. Statt einer Antwort gab Darian ihm ein stattliches Trinkgeld und stand dann zusammen mit Mia verloren in der Dunkelheit und dem kalten Wind auf der Straße.

»Komm«, forderte Mia ihn auf, »wir machen an einer geschützten Stelle ein Feuer und warten auf den Morgen.«

Stumm folgte er ihr durch das feuchte Heidekraut. In einer Senke, wo einige vom Wind gebeugte Bäume wuchsen, fanden sie trockenes Holz, welches Mia aufzuschichten begann.

»Ich habe kein Feuerzeug«, murmelte Darian und runzelte gereizt die Stirn.

»Das brauchen wir nicht.« Mia murmelte einige Worte und plötzlich flackerte ein kleines Feuer.

Die Verwunderung stand Darian wohl ganz offen ins Gesicht geschrieben, und Mia lächelte ihn verlegen an.

»Falls du wirklich aus einer anderen Welt kommst«, erkundigte sich Darian plötzlich und starrte in die Flammen, »warum hast du deinen Namen geändert?«

»Meinst du«, Mia schnitt eine Grimasse, »in der Uni hätten sie mich als ›Aramia von der Nebelinsel‹ genommen?«

Gegen seinen Willen musste Darian lachen und schüttelte den Kopf.

»Mia Eshwood erschien mir am passendsten«, erzählte sie weiter. »Meine Mutter hieß Eshwood.« Plötzlich klang ihre Stimme sehr traurig und auch ein wenig wehmütig.

»Und wieso heißt du dann nicht Eshwood?«

»Uns Nebelhexen ist es nicht gestattet, den Namen unserer Eltern zu führen.«

»Was ist mit deiner Mutter geschehen?«

Mia hob die schmalen Schultern. »Sie war ein Mensch und starb mit etwa siebzig Sommern.«

Erneut musterte Darian Mia im Schein des Feuers. »Du siehst nicht aus wie ein …«, er zögerte, dieses Wort in den Mund zu nehmen, »… Dunkelelf.«

Beschämt senkte Mia den Blick, dann strich sie sich die langen, seidigen Haare aus dem Gesicht. »Das ist mein Glück. Ich habe die helle Haut meiner Mutter geerbt, aber sieh nur meine Ohren.« Sie deutete auf die leicht spitz zulaufenden Ohren, die Darian bisher noch gar nicht bemerkt hatte. »Außerdem fällt es früher oder später jedem auf, dass ich besondere Fähigkeiten besitze. Zum Beispiel kann ich im Dunkeln genauso gut sehen wie am Tag, Elementarwesen fühlen sich zu mir hingezogen, und ich kann zaubern.«

»Und was ist daran so schlimm?«

Mia biss sich auf die Lippe. »Nur reinblütige Zauberer sind angesehen. Wir Nebelhexen stammen alle aus einer Verbindung unterschiedlicher Rassen.« Ihre Stimme wurde immer dünner. »Und eine Nebelhexe, die einen Dunkelelfen als Vater hat, wird ganz besonders verachtet.«

»Das verstehe ich nicht.«

Darian sah, wie Zorn in Mias Augen aufflammte und sie sich anspannte. Dann aber sank sie in sich zusammen. »Du bist in einer anderen Welt aufgewachsen, ich vergaß, dass es hier keine Dunkelelfen gibt.« Sie lehnte sich gegen einen Felsen und blickte in den Sternenhimmel. »Dunkelelfen gelten von jeher als mörderisches, grausames Volk. Lange Zeit blieben sie für sich, mordeten nur untereinander und kamen kaum an die Oberfläche …«

»Leben sie tatsächlich unter der Erde, so wie es in diesen Fantasyromanen geschrieben steht?« Darian konnte einen gespannten Klang in seiner Stimme nicht verbergen.

»Im Prinzip schon«, bestätigte Mia. »Sie leben meist in unterirdischen Städten oder in Höhlen und kommen höchstens nachts heraus, um zu jagen. Obwohl von uns Oberflächenbewohnern kaum jemand viel über sie weiß, vermutet man, dass sie Einzelgänger sind und sich nur dann zusammenschließen, wenn es um einen Raubzug geht.«

»Hmm.« Darian stocherte im Feuer herum. »Trotzdem verstehe ich nicht, warum die Dunkelelfen so verhasst sind.«

»Es begann vor vielen hundert Sommern, lange, bevor sich dein Vater seine erste Frau nahm«, erinnerte sich Mia. »Einige Menschen, die deiner Familie ihre Unsterblichkeit neideten, warben Dunkelelfen an. Die ließen sich dazu hinreißen, für Gold und Edelsteine als Meuchelmörder zu arbeiten, töteten schließlich deinen Großvater und hatten es auch auf deinen Vater abgesehen. Zum Glück konnte der Anschlag verhindert werden, und die Dunkelelfen wurden zurück in ihr Unterreich getrieben. Allerdings hatten sie großen Schaden unter den Menschen angerichtet. Viele sind ums Leben gekommen und nur die perfekt ausgebildete Armee deines Vaters konnte sie zurückschlagen. Einige hundert Sommer herrschte Ruhe, dann erstarkte der Geheimbund wieder. Sehr bald nach dem Tod deines Vaters riss Fehenius die Macht an sich.« Mia machte ein wütendes Gesicht. »Zu bald für meinen Geschmack. Zwar konnte es ihm niemals nachgewiesen werden, aber es wird gemunkelt, dass er hinter den Anschlägen auf deine Familie steckt. Mittlerweile gibt er ganz offen zu, dass er König werden will, wenn du nicht mehr auftauchst. Er glaubt Anspruch auf den Thron zu haben.«

»Diese seltsame Sache mit dem angeblich doch nicht ermordeten Bruder, nicht wahr?«, hakte Darian nach.

Mia nickte. »Fehenius' Ururgroßvater hat vor vielen hundert Sommern den Tod deines Großvaters angeordnet und auch einen ersten Angriff auf deinen Vater verübt, der damals jedoch misslang. Auch wenn Fehenius das vertuschen will, alle wissen, dass seine Vorfahren mit den Dunkelelfen im Bunde waren.«

Nach und nach leuchtete Darian ein, was für ein Bösewicht dieser Fehenius war, und gegen seinen Willen fühlte er, wie Rachegedanken in ihm aufkamen. Rache für eine Familie, die er niemals kennen gelernt hatte.

»Damals, als die Dunkelelfen das erste Mal mit den Menschen verbündet waren, fielen sie im Norden ein.« Beschämt senkte Mia den Blick. »Ein Dunkelelf schändete meine Mutter, die als Magd bei euch auf der Burg arbeitete. Zunächst konnte sie meine Herkunft geheim halten, doch irgendwann merkten es die anderen Leute. Mutter schickte mich auf die Nebelinsel, wo meinesgleichen leben.«

»Sie hat ihr Kind weggegeben?« Entsetzen stand in Darians Augen.

»Sie hätte in Schande gelebt, so war es besser. Ich hätte nicht unter den Menschen aufwachsen können. Alle fürchten sich vor den Nebelhexen, denn uns allen ist eine magische Gabe zuteilgeworden. Den einen ist es gegeben, in die Zukunft zu sehen, andere verfügen über die Gabe des Heilens. Manche Mischlinge werden sogar in die Adelshäuser geholt, wenn sie Glück haben, aber das sind meist nur diejenigen mit Elfen- oder Feenblut. Niemals könnten sie jemanden akzeptieren, der Dunkelelfenblut in sich trägt. Menschen hassen die Dunkelelfen, und ich kann es ihnen nicht einmal verübeln. Selbst ich vergesse mich im Kampf häufig, das ist mein Erbe. Wenn mich jemand sehr reizt, bricht das Blut meines Vaters hervor, und ich kann mich nur sehr schwer beherrschen.«

Eine seltsame Vorstellung für Darian. Mia schien immer so ruhig und gefasst, auch jetzt, als sie ihn aus diesen unendlich grünen Augen ansah.

»Es tut mir leid«, sagte er etwas unbeholfen, aber sie wandte sich beschämt ab. »Mia, ich …«, setzte er an, denn er wollte sie irgendwie trösten. Doch er hielt inne, als sie ein seltsames, irgendwie klagendes und zugleich wunderschönes Lied anstimmte, dessen Töne leise durch die Luft schwebten und Darian tief in seinem Inneren berührten. Verblüfft riss er die Augen auf, als kleine Flammengestalten aus dem knisternden Feuer aufstiegen, kunstvolle Formationen ausführten und dann im Kreis umhertanzten, nur um sich urplötzlich wieder aufzulösen.

»Was ist das?«, fragte er, erschrocken und fasziniert zugleich.

»Feuergeister«, erklärte Mia lächelnd, »sie lieben Musik.«

»Bitte sing weiter«, bat er und konnte den Blick nicht von diesen fremdartigen Wesen lösen, die auf Mias Gesang hin wieder erschienen. Sie waren sehr klein, meist nicht größer als ein Finger, und Darian hatte den Eindruck, als würden sie flackernde rote und gelbe Gewänder tragen – falls Elementarwesen so etwas überhaupt nötig hatten. Auch ihre Haare, die winzige spitze Gesichter umrahmten, erinnerten an lodernde Flammen.

Irgendwann änderte Mia die Melodie ein wenig, und Darians Gedanken wurden träge und schwer.

Ein fahler Morgen dämmerte, als Darian steifgefroren und mit klammen Kleidern aufwachte. Wieder einmal war er sich unsicher, ob er das alles nur geträumt hatte. Anscheinend hatte ihm Mia eine Decke übergelegt. Sie selbst war verschwunden, und nach einiger Zeit fragte Darian sich, ob sie ihn vielleicht allein gelassen hatte und er nur das Opfer eines üblen Unistreichs geworden war. In seinen Gedanken sah er Phill, Mia und die anderen in einem gemütlichen, warmen Café sitzen und sich köstlich über ihn, den reichen Idioten, amüsieren.

Doch kurz nach acht Uhr tauchte Mia plötzlich mit zwei kräftigen kleinen Pferden am Zügel auf. Lächelnd hielt sie ihm eine Tüte hin. »Die Leute von dem Verleihstall waren sehr freundlich und haben mir auch noch etwas zum Frühstück verkauft.«

Verdutzt packte Darian zwei Sandwiches aus.

»Was willst du denn mit den Pferden?«

»Wir reiten zum Stein.« Mia warf einen zweifelnden Blick in den Himmel. »Allerdings befürchte ich, dass heute kein Nebel aufziehen wird.«

Darian ließ sein angebissenes Sandwich sinken. »Ich kann nicht reiten.«

»Dann wird es Zeit, dass du es lernst.« Elegant schwang sie sich in den Sattel, so als hätte sie dies schon hundert Mal getan. Zur Beruhigung sagte sie: »Highlandponys sind sehr gutmütig und trittsicher, reite mir einfach hinterher, es ist nicht schwierig.«

Zögernd ging Darian auf den kleinen, rundlichen Schimmelwallach zu, der ihn unter seinem dichten Schopf hervor freundlich ansah. Auf Mias aufmunterndes Nicken hin zog er sich in den Sattel und nahm anschließend die Zügel in die Hand.

»Ich bin als Kind mal geritten«, erinnerte er sich und hielt sich krampfhaft fest, als das Pony Mia auf ihrem Braunen folgte. »Mein Adoptivvater hat allerdings gemeint, das wäre was für Mädchen und hat es mir verboten, als ich zu ihm gezogen bin.«

»Schade«, seufzte Mia und warf einen Blick über die Schulter. »Falls du dich entscheidest, mit nach Albany zu kommen, wirst du reiten lernen müssen, denn anders kannst du dich dort kaum fortbewegen.«

»Ich könnte ein Auto mitnehmen«, versuchte Darian zu scherzen und hielt die Luft an, als das kleine Pferd einen Hang erklomm. Doch wie Mia gesagt hatte, fand das Pony zuverlässig den sichersten Weg und trug Darian ohne Probleme den steilen Pfad hinauf.

Leise lachend schüttelte Mia den Kopf und führte Darian zielsicher durch das menschenleere Hügelland. Der Weg verlief durch eine Ansammlung von Nadelbäumen, dann immer höher hinauf in eine wilde und menschenleere Felsenlandschaft. Man sah Herden von Rotwild, ein Bussard zog seine Kreise, und der Tag war klar und sonnig. Gegen Mittag, inzwischen hatte sich Darian halbwegs ans Reiten gewöhnt und hing nicht mehr ganz so verkrampft im Sattel, erreichten sie die Spitze des Berges. Darian ließ seinen Blick schweifen und erspähte schließlich in einem Talkessel einen einzelnen Monolithen. Ein eigenartiges Gefühl erfasste ihn beim Anblick des Steines.

»Möchtest du hingehen?«, fragte Mia vorsichtig. »Allerdings kann ich dir erst einen Blick in die andere Welt ermöglichen, wenn der Nebel aufzieht.«

Mechanisch stieg Darian ab und klopfte den Schimmelwallach gedankenverloren am Hals.

»Du bist gut geritten«, meinte Mia aufmunternd.

»Ich glaube, ich konnte mich an das ein oder andere aus dem

Reitunterricht erinnern«, antwortete Darian und ging dann wie hypnotisiert zu dem Stein. Irgendetwas in ihm schien sich an diesen Ort zu erinnern, obwohl das kaum möglich war. Selbst wenn Mia die Wahrheit sprach, dann war er damals, vor beinahe fünfundzwanzig Jahren, erst ein winziges Baby gewesen. Trotz allem trat er fasziniert näher und berührte den Monolithen, der etwa doppelt so groß war wie er selbst; um ihn umfassen zu können, hätte man mehrere Männer benötigt. Er fühlte sich rau und kühl an, jedoch zugleich seltsam lebendig. In den grauen Fels waren fremdartige Spiralen und Symbole geritzt, die teilweise mit Moos und Flechten zugesetzt und auf den ersten Blick kaum erkennbar waren.

Eine ganze Weile ließ Mia ihn bei dem Stein stehen, dann trat sie neben ihn.

»Was fühlst du?«

»Es ist wirklich wahr, oder?« Mit ungläubigem Gesicht drehte sich Darian zu ihr um. »Ich bin durch diesen Stein gekommen.«

»Nicht direkt durch den Stein. Er bezeichnet nur den Durchgang zu einem magischen Portal, das man betreten kann, wenn die Weltennebel aufziehen. Aber du hast Recht, hier hast du zusammen mit Nordhalan diese Welt betreten. Und wir müssen zu ihm, egal wie du dich entscheidest, denn er hat es nicht verdient, das Leben zu führen, das er im Augenblick fristet.«

»Es ist verrückt, aber ich weiß jetzt, dass du die Wahrheit gesagt hast.« Von seinen eigenen Worten überrascht sah Darian ihr in die Augen. »Es tut mir leid, dass ich dir zunächst nicht geglaubt habe. Aber Mia«, er zögerte, »ich denke nicht, dass ich mir das zutraue, ich meine, König zu werden …«

Sie trat näher zu ihm und legte ihm ihre Hand auf die Schulter. »Du wirst eine Menge Menschen haben, die dir zur Seite stehen. Nordhalan, wenn er erst wieder er selbst ist, Vahira, das Oberhaupt der Zauberergilde, und viele andere, denen du vertrauen kannst.«

»Und was ist mit dir?«

Verlegen nahm sie ihre Hand weg und senkte den Blick. »Ich muss auf die Nebelinsel zurückkehren, wenn meine Aufgabe erfüllt ist.« Für einen Moment glaubte er eine gewisse Traurigkeit in ihren Augen zu erkennen, dann wandte sie sich jedoch ruckartig ab. »Komm, wir reiten zurück.«

Verdutzt blickte Darian ihr hinterher.

»Warte, Mia, was soll das denn jetzt? Du hast mir versprochen, dass ich einen Blick in die andere Welt werfen darf.«

»Du hast ohnehin erkannt, dass ich die Wahrheit gesagt habe«, erwiderte sie knapp. »Und du brauchst das verzauberte Amulett, um nach Albany zu gelangen. Wir müssen Nordhalan holen und ihn fragen, was aus dem Amulett geworden ist, mit dem du hergekommen bist.« Mia setzte einen Fuß in den Steigbügel.

»Bitte.« Darians Stimme klang so flehend, dass sie sich schließlich doch noch umdrehte. »Nur ein kurzer Blick.«

Kurz zögerte sie, dann stimmte sie zu und sah Darian eine ganze Weile lang durchdringend an. Schließlich seufzte sie tief und ging auf die Bäume zu.

»Wir sollten die Zeit nutzen, bis Nebel aufzieht, und dich im Umgang mit dem Schwert vertraut machen.« Mia suchte zwei kräftige, gerade Stöcke und hielt Darian einen davon hin.

Dieser nahm die behelfsmäßige Waffe verdutzt an sich und meinte dann: »Eine Zeit lang, als wir in Paris gelebt haben, hatte ich in meinem Internat Fechtunterricht. Nachdem mein Vater es allerdings herausbekommen hatte, hat er ein fürchterliches Theater veranstaltet. Wahrscheinlich, weil er es für zu gefährlich hielt.«

»Dein Vater scheint dir eine Menge nützlicher Dinge verboten zu haben«, wunderte sich Mia und griff ihn plötzlich ohne jegliche Vorwarnung an. Als er sich halbwegs geschickt verteidigte, nickte sie anerkennend. »Das, was du damals gelernt hast, wird dir helfen.«

Den halben Tag lang zeigte Mia ihm, wie er am besten angriff oder sich verteidigte. Gegen Abend war Darian reichlich erschöpft und ließ sich in das von der Sonne gewärmte Gras plumpsen.

»Bitte, eine Pause«, keuchte Darian und breitete die Arme aus.

Seufzend ließ Mia ihren Stock sinken. »Es ist wichtig, dass du so viel wie möglich lernst. In Albany werden viele Gefahren auf dich warten.«

»Noch sind wir ja nicht in Albany«, murmelte er. »Hast du noch etwas zu essen?«

Mia holte aus den Satteltaschen Obst, Brot und Käse, dann entzündete sie ein Feuer. Eine Weile schwiegen sie beide, jeder suchte wohl ein unverfängliches Thema.

»Erzähl mir von Nordhalan«, bat Darian schließlich, als es zu dämmern begann.

Mia warf noch ein Stück Holz in die Glut. Funken sprühten auf. Im Schein der nächtlichen Flammen schien Mias Gesicht wieder in einer geradezu unirdischen Schönheit zu erstrahlen, und Darian merkte, wie ihn diese Schönheit tief in seinem Innersten berührte.

»Nordhalan ist Mitglied der Zauberergilde, er war ein enger Freund deines Vaters. Deshalb hat er ihm auch deine Mutter und dich anvertraut, damit er euch in Sicherheit bringt. Nordhalan war einer der wenigen, die Atorian dabei halfen, die Chroniken von Northcliff zu suchen. Obwohl ihn viele für verrückt hielten, war er der festen Überzeugung, dass der erste Unsterbliche aus einer anderen Welt gekommen war, und jetzt suchte er den Beweis.« Mia sah ihn eindringlich an. »Ich nehme an, er stammte aus dieser Welt. Sein Name war Atorian, dein Bruder wurde nach ihm benannt.«

»Und wie kommt ihr darauf, dass Atorian aus dieser Welt kam?«, hakte Darian nach. Wenngleich ihn diese Geschichte brennend interessierte, konnte er sich kaum noch konzentrieren und hatte Mühe, seinen Blick von dem loszureißen, was Nacht und Feuerschein von Mia offenbarten.

»Vor etwa zweitausend Sommern hat der Zorn der Götter beinahe alle Wesen unseres Landes ausgelöscht. Flammende Steine sind vom Himmel gefallen, haben die Erde aufgerissen. Die Meere haben sich erhoben, alles überflutet, und die Insel der Drachen spie Feuer. Viele sind ums Leben gekommen, nur die Wesen des Unterreiches, Dunkelelfen, Tiefengnome und Grottenzwerge überlebten fast alle. Einige Sommer lang haben sich die Menschen, Elfen und anderen Oberflächenbewohner in Höhlen und zu den Städten der Zwerge in der Mitte des Landes zurückgezogen. Als sie sich später wieder an die Oberfläche wagten, fanden sie einen großen Teil des Landes zerstört vor. Das Reich der Elfen im Süden war nicht mehr bewohnbar, deshalb zogen diese in ein kleines, urwüchsiges Stück Küstenlandschaft im Westen und besiedelten auch große Teile des Nordens. Die Zwerge nahmen sich den Osten. Die Menschen lebten größtenteils in der Nähe des Kratersees. Sehr schnell riss ein Mann namens Gilcam die Macht an sich. Viele schlossen sich ihm aus purer Verzweiflung an, denn wer sich ihm widersetzte, wurde hingerichtet. Mit dem kleinen Menschenreich gab er sich nicht zufrieden und führte Krieg gegen die ebenfalls stark dezimierten Völker der Elfen und Zwerge. Dann, nach vielen Sommern des Schreckens, erschien plötzlich Atorian. Die Elfen erzählten, er wäre an der Grenze zu ihrem Reich erschienen, gekleidet wie ein Krieger. Sie nahmen ihn als Gast bei sich auf, lehrten ihn ihre Sprache und lernten die seine. Seine Vision, dem Land Frieden und Wohlstand zu bringen und die Menschen auf den rechten Pfad zu führen, muss sie beeindruckt haben. Die Elfen versprachen, wenn es ihm gelänge, Gilcam zu besiegen, würden sie die Drachen um ein einzigartiges Geschenk bitten. Atorians Linie würde fortan mit einem Leben gesegnet sein, das fünfhundert Sommer und Winter umfassen könne, außerdem boten sie ihm einen

Großteil des Nordens von Albany. Sollten sich die Nachfahren Atorians als würdig erweisen, würden sie in den drei Monden vor ihrem fünfundzwanzigsten Geburtstag auf der Insel der Drachen ihre Weihe erhalten und fortan herrschen, bis sie den Thron an ihren nächsten Sohn abgeben.« Mia lächelte. »Du bist der lebende Beweis dafür, dass Atorian gesiegt hat.«

»Und was hat es mit dem Amulett auf sich, ohne das ich angeblich nicht durch das Portal gehen kann?«

»Die Legende berichtet, dass Atorian verhindern wollte, dass andere Menschen aus seiner Welt nach Albany gelangten, warum, das weiß man nicht genau. Er vertraute einem einzigen Elfenmagier an, wo er durch den Weltennebel getreten war und bat ihn, dieses Portal so zu versiegeln, dass ihm niemand folgen konnte. Da die Elfen und menschlichen Zauberer überglücklich waren, dass Atorian gesiegt hatte, taten sie ihm den Gefallen. Doch sie wollten das Portal nicht endgültig verschließen und es zumindest magischen Wesen ermöglichen, die Grenze zu überschreiten. Es muss eine aufwändige Prozedur gewesen sein«, erzählte Mia. »Sie baten die Zwerge, silberne Amulette herzustellen, in welche deren uralte Runen eingearbeitet waren. Die größten Magier der Elfen und Menschen sprachen ihre Zauber darauf. Anschließend wurden sie auf die Dracheninsel gebracht, wo die Drachen sie mit magischem Feuer segneten. Dann gaben die ältesten Zauberer Atorian vier Amulette, die ihm und seiner Familie ermöglichen sollten, das Portal zu durchschreiten. Soweit es berichtet wird, kehrte Atorian, der immerhin achtzig Sommer alt wurde, niemals zurück in seine Welt. Im Laufe der Zeit gingen zwei der vier Amulette verloren, irgendwann hielt man die Amulette nur noch für eine Legende, und kaum einer glaubte mehr daran. Der Elfenmagier hielt sein Wort und nahm das Geheimnis um das Portal mit ins Grab.«

»Warum war Atorian selbst nicht unsterblich, und wie viele Könige gab es nach ihm?«, wollte Darian wissen.

»Vahira erzählte mir, die Fähigkeit, magische Kräfte zu entwickeln, oder, wie in Atorians Fall, unsterblich zu werden, würde beim menschlichen Geschlecht sehr rasch verloren gehen. Nur in den ersten fünfundzwanzig Sommern sei dies möglich, und Atorian der Erste war bereits deutlich älter.« Ein Schmunzeln breitete sich auf ihrem Gesicht aus. »Ich bin selbst erst etwas über zweihundert Sommer alt, doch ich habe bereits einiges von den anderen Nebelhexen und Vahira gelernt. Was deine andere Frage betrifft, Atorians Sohn war der erste unsterbliche König. Er herrschte etwa dreihundertfünfzig Sommer, dann gab er den Thron an seinen Sohn weiter. Leider hat danach kaum einer deiner Vorfahren seine volle Lebensspanne erreicht. Die einen starben bei Unfällen, an Seuchen oder auch durch Mord. Dein Vater hat recht lange gelebt.« Nun lächelte Mia wehmütig. »Er hat sich sogar für uns Mischlinge eingesetzt und uns erlaubt, auf der Nebelinsel zu leben – darum nennt man uns auch ›Nebelhexen‹. Vielen Menschen hat Jarredhs Großzügigkeit missfallen.«

»Wo habt ihr denn vorher gelebt?«

»Wenn wir nicht gleich nach der Geburt getötet wurden, hat man uns häufig versteckt. In Kellerlöchern, Höhlen oder verlassenen Minen. Viele wurden auch einfach ausgesetzt und den wilden Tieren überlassen.«

»Das ist ja fürchterlich!« Darian war entsetzt. »So etwas würde auch ich niemals zulassen.«

»Deshalb wollte ich dem Sohn von Jarredh auch helfen«, erklärte Mia.

»Hm.« Darian blickte in den nächtlichen Sternenhimmel. »Eine Frage noch«, murmelte er, und fühlte, wie sich allmählich eine tiefe Müdigkeit in ihm ausbreitete. »Woher habe ich meinen Namen? Darian ist zwar nicht unbedingt ein häufiger Name, aber doch einer, den es auch in dieser Welt gibt.«

»Atorians Sohn trug den gleichen Namen wie du.«

Obwohl Darian noch so viele Fragen auf der Seele brannten, schlief er schließlich ein. Unruhig wälzte er sich hin und her, gefangen in Träumen von Männern in Rüstungen, blutrünstigen Gestalten mit spitzen Ohren und einer Festung, die vor seinen Augen in Flammen aufging.

Am nächsten Morgen fühlte sich Darian wie gerädert und blinzelte in die aufgehende Sonne, die sich über einem rot leuchtenden Horizont erhob. Dunst lag über den tiefer gelegenen Feldern und deutete das Nahen des Herbstes an. Mia war bereits wieder wach und hatte aus einer Quelle frisches Wasser geholt.

»Meinst du, der Nebel reicht heute aus?«, fragte Darian gespannt und rieb sich die restliche Müdigkeit aus dem Gesicht.

»Nein, die Weltennebel sind viel dichter«, machte Mia seine Hoffnungen zunichte. »Du wirst es spüren, wenn es soweit ist. Aber wir können die Zeit gut nutzen – ich werde dich weiter lehren, ein Schwert zu führen.«

Stöhnend stand Darian auf. »Mir tut noch von gestern alles weh«, jammerte er. »Ich habe gar nicht gewusst, dass ich an so vielen Stellen Muskeln besitze. Dabei habe ich mich eigentlich immer für sportlich gehalten.«

Leise lachend hielt Mia ihm den Stock hin.

»Ohne Frühstück?«, empörte sich Darian.

»Wir haben leider beinahe alles aufgegessen.« Mia wirkte nicht sehr beeindruckt. Dann grinste sie. »Diese Welt bringt offensichtlich nur verweichlichte Männer hervor.«

Mit einem empörten Schnauben ergriff Darian den Stock und verkündete, er würde ihr nun zeigen, *wer* hier verweichlicht war. Einige Zeit alberten sie nur herum, dann bestand Mia darauf, ernsthaft zu trainieren, und sie zeigte ihm unterschiedliche Angriffstechniken, wann er blocken oder wann er besser zur Seite oder zurückweichen sollte.

Im Laufe des Tages setzte leichter Nieselregen ein. Obwohl Darian bereits gegen Mittag das Gefühl hatte, ihm würden die Arme abfallen, wollte er sich vor Mia keine Blöße geben. Er biss die Zähne zusammen, ignorierte seine schmerzenden Muskeln und kämpfte weiter. Ein wenig wurmte es ihn, dass er ständig getroffen wurde. Mia bewegte sich so rasch und geschmeidig, dass er keine Chance hatte. Nur ein einziges Mal gelang ihm ein Treffer. Sein Stock streifte Mias Schulter – und ehe er sich's versah, fuhr sie mit wildem Blick herum und griff ihn mit so harten und raschen Bewegungen an, dass er rückwärts stolperte und hinfiel. Mit zornig funkelnden Augen stand sie über ihm und hielt ihm ihren Stock an die Kehle.

»Schon gut, Mia«, keuchte er erschrocken und hob zum Zeichen seiner Kapitulation die Hände. So hatte er sie bisher noch nie erlebt.

Plötzlich schien sich Mia zu besinnen, wirkte betreten und schuldbewusst. »Verzeih mir, es tut mir leid.«

»Ist ja noch alles dran.«

Nun war es an Mia, ihn eine Weile zu betrachten, und erst als Darian unter dem nachdenklichen Blick ihrer grünen Augen ganz seltsam zumute wurde, legte sie schließlich den Stab beiseite. »Du hast Talent, mit ein wenig Übung wirst du ein guter Schwertkämpfer werden.«

»Kann ich mir nicht vorstellen«, ächzte er und rieb sich die Schulter, die, wie er vermutete, nach Mias Treffer dunkelblau angelaufen war.

»Es ist mein Ernst«, versicherte Mia und blickte in den Himmel. Gerade brachen die Wolken ein wenig auf und die Sonne war ganz fahl zu erkennen. Kurz darauf begann der Boden zu dampfen.

»Das könnte gehen«, murmelte sie.

Von atemloser Spannung erfüllt erhob sich Darian wieder und unterdrückte ein Stöhnen.

»Die Weltennebel?«, fragte er leise.

Mia nickte vorsichtig. »Ich spüre ein leichtes Prickeln in meinem Inneren – eine Form von Energie, besser kann ich es leider nicht erklären. Es zeigt das Aufziehen des magischen Nebels an. Allerdings wird es noch etwas dauern«, meinte sie dann und hielt Darian ihre Flasche hin.

Durstig trank er daraus und starrte gespannt in die Umgebung. Zunächst wollte er es sich nicht eingestehen, aber irgendetwas hatte sich verändert. Eine merkwürdige Stimmung lag in der Luft, es war, als würde alles nur noch gedämpft wie durch einen Schleier zu ihm durchdringen. Selbst der Gesang der Vögel und das Rauschen des Windes im Gras rückten in weite Ferne. Dennoch gewann die Welt um ihn herum an Intensität.

»Wann die Weltennebel aufziehen, weiß man nicht«, erklärte Mia leise und stellte sich dicht neben Darian. »Entweder wir haben einfach Glück, oder der Stein spürt, dass jemand in seine Welt zurückmöchte. Damals, in Albany, musste ich achtzehn Tage lang warten.«

»Oh«, flüsterte Darian und blickte auf den großen Stein, der im aufziehenden Nebel kaum noch auszumachen war.

Nun nahm Mia seine Hand und zog ihn mit sich. »Du darfst den Stein nicht anfassen«, warnte sie eindringlich. »Nur Zauberer oder Wesen mit magischen Kräften können ohne das Amulett durch das Nebelportal treten.«

»In Ordnung«, hauchte Darian und glaubte, schemenhafte Gestalten in dem wabernden Weiß ausmachen zu können.

»Das sind nur die Nebelgeister«, versuchte Mia ihn zu beruhigen. Vergeblich, denn er fühlte sich seltsam beobachtet; eiskalte Finger schienen nach ihm zu greifen.

Ganz langsam gingen sie näher heran, Darian fühlte, wie Mias Hand sich fest um seine schloss. Er hatte das Gefühl, alles würde sich um ihn drehen. Undeutlich, von Nebelschwaden verhüllt, erschien plötzlich ein in fahlem Silber und Gold glänzendes Portal. In einem weiten Bogen spannte es sich über den Monolithen und beleuchtete auch diesen mit einem sanften Licht. Das Portal übte eine starke magische Anziehungskraft auf Darian aus. Zunächst sah er nur Nebel und die schemenhaften Gestalten der Nebelgeister, dann änderte sich etwas. Von weißem Dunst verschleiert erkannte er uralte, knorrige Bäume, wie es sie hier im Tal eigentlich überhaupt nicht mehr gab!

»Das ist die andere Welt, Darian.«

Darian verschlug es die Sprache, und er trat wie in Trance auf das Portal zu.

»Nicht so nah«, warnte Mia und zog an seiner Hand.

Doch Darian machte sich los, und obwohl er, je näher er dem Stein kam, ein immer lauteres, unangenehmes Dröhnen im Kopf spürte, konnte er nicht mehr stehen bleiben.

»Nicht!«, hörte er Mia noch schreien, als er den Stein berührte. Dann wurde auch schon alles dunkel um ihn herum.

Gleißendes Sonnenlicht blendete Darian, als er blinzelnd zu sich kam. Bei dem Versuch, sich aufzusetzen, hatte er das Gefühl, sein Kopf würde zerspringen. Ganz vorsichtig rollte er sich auf die Seite und sah zwischen seinen halb geöffneten Augenlidern hindurch, wie Mia auf einem Stein neben ihm kauerte und leise schluchzte.

Obwohl Darian sich bemühte, sich möglichst bedächtig zu bewegen, fuhr erneut ein stechender Schmerz durch seinen Kopf, der ihm beinahe das Bewusstsein raubte. Langsam krabbelte er auf Mia zu, die das Gesicht in den Händen verborgen hatte. Ihre langen Haare hingen wie ein Vorhang vor ihren Augen.

»Was hast du denn?«, fragte Darian krächzend und umklammerte dann wieder seinen Kopf.

Wie vom Blitz getroffen fuhr sie herum und umarmte ihn dann so stürmisch, dass er beinahe umfiel.

»Ich dachte, du wärst tot«, stammelte sie und streichelte ihm mit zitternden Händen beinahe schon zärtlich über die Wange. »Ich dachte, ich hätte dich umgebracht.«

»Ich bin mir auch nicht ganz sicher, ob ich wirklich noch lebe«, murmelte er und verzog das Gesicht, brachte jedoch kurz darauf schon wieder ein Grinsen zustande.

»Entschuldige, das hätte ich nicht tun dürfen«, sagte Mia beschämt und vermutlich vor ihrer eigenen Impulsivität erschrocken und zog rasch ihre Hand weg. Darian verspürte trotz seiner Schmerzen ein leichtes Bedauern. Mia tat unbeteiligt. »Leg dich wieder hin«, verlangte sie streng und holte eine kleine Flasche aus ihrer Tasche. »Und trink das.«

»Was ist das?« Darian war dankbar, die Augen wieder schließen zu können.

»Eine Art Allheilmittel.« Mia goss es ihm in den Mund. »Eine Freundin von der Nebelinsel hat es mir gegeben. Es lindert Schmerzen.«

»Ich mag deine Freundin«, seufzte Darian, bevor er einschlief.

Schuldbewusst streichelte Aramia über Darians Kopf. Eigentlich hätte sie es wissen müssen: Es war zu gefährlich gewesen, ihn ohne das magische Amulett so nahe an den Stein heranzulassen. Dabei hatte sie ihm nur einen Blick in die andere Welt ermöglichen wollen, damit er ihr endlich wirklich und vollkommen glaubte. Und hätte ihn fast umgebracht. Normalerweise wurden Menschen durch das unangenehme Dröhnen, das von dem Portal ausging, instinktiv davon ferngehalten und vergaßen anschließend auch gleich wieder, was sie gesehen hatten. Darian war wohl zu fasziniert und neugierig gewesen.

»Darian, es tut mir so leid«, flüsterte sie und traute sich jetzt, wo er schlief, seine Hand wieder in ihre zu nehmen.

Wahrscheinlich hatten die Zauberer Recht. Ich bin ungeeignet für diese Aufgabe, dachte sie sich. *Verflucht sei mein unreines Blut, ich habe ihn schon jetzt viel zu gern.*

Einige Stunden später wachte Darian wieder auf. Noch immer fühlte er sich seltsam benommen, aber die Kopfschmerzen waren zum Glück verschwunden.

Mia sah sehr schuldbewusst aus, doch er versicherte ihr, es würde ihm gut gehen. Sein Blick wanderte zu dem Monolithen, der jetzt ganz unscheinbar in dem friedlichen Tal stand. Eine ganze Reihe verwirrender Gedanken schossen ihm durch den Kopf. »Wie lange ist es eigentlich her, dass du mich in dieser Welt gefunden hast?«, wollte er wissen.

»Es sind annähernd zwei Sommer und Winter vergangen. Zum Blätterfall wollte ich nach Albany zurückkehren, um Rat von den Zauberern zu holen.«

Darian betrachtete Mia eine ganze Weile. Jetzt war ihm klar, weshalb sie häufig so seltsame Ausdrücke verwendete, und auch ihr ungewöhnliches Verhalten machte Sinn. »Wenn du mir in London eine Heidefee oder diese Feuergeister gezeigt hättest, hätte ich dir auch geglaubt. Du hättest mir diesen Ort schon viel früher zeigen müssen.« Jetzt, wo er wirklich mit letzter Gewissheit wusste, dass dieses Portal existierte, und dass diese ganze Geschichte der Wahrheit entsprach, fühlte er sich betrogen. Wenn er früher von alldem hier erfahren hätte, wären viele Sachen ganz sicher viel leichter für ihn gewesen.

Mia senkte beschämt den Kopf. »Wie gesagt, es war mir nicht erlaubt, ich als Nebelhexe …«

»Jetzt komm mir doch nicht wieder mit diesem Nebelhexenmist«, regte er sich auf. »Du hast es mir jetzt schließlich auch gesagt, und es war vollkommen egal, ob du das warst oder eine Zauberin. Für mich ist es ohnehin völlig verrückt!«

»Was weißt du schon von den Problemen der Nebelhexen«, fauchte sie, und ihre grünen Augen glitzerten gefährlich. »Du hast doch keine Ahnung!«

»Nein, ich habe keine Ahnung«, stimmte er provokativ zu. »Aber daran hättest du schon vor zwei Jahren etwas ändern können.«

Mit verschränkten Armen starrten sie sich eine Zeit lang schweigend an.

Schließlich hob Darian resigniert die Arme. »Es lässt sich nicht mehr ändern. Also, ich denke, wir sollten diesen Nordhalan suchen. Ein Zauberer in Edinburgh – ich glaube es einfach nicht.«

Während sie zusammenpackten, regte sich im Schutz eines hohen Felsens eine Gestalt. Bis eben war sie noch nahezu mit dem grauen Gestein verschmolzen gewesen, jetzt löste sie sich aus dessen Schatten. Zwei Wesen, nicht von dieser Welt, und das glimmende Portal über dem Stein – er musste dies unbedingt seinem Meister berichten.

Kapitel 3
Suche nach Antworten

Die Leute am Verleihstall erkundigten sich mit der typisch schottischen Herzlichkeit, ob sie Spaß mit den Pferden gehabt hätten und luden die beiden jungen Leute gleich noch zu Kaffee und Kuchen ein. Doch Darian und Mia lehnten höflich ab. Sie wollten schnellstmöglich nach Edinburgh und den Zauberer suchen.

Wie schon ein paar Tage zuvor rief Darian ein Taxi, und sie fuhren über schmale, holprige Straßen in Richtung der schottischen Hauptstadt.

Ein seltsames, unbehagliches Schweigen hatte sich zwischen den beiden breit gemacht und Darian spürte immer wieder, wie Mia zu ihm herüberblickte. Dennoch konnte und wollte er nicht so einfach vergessen, dass sie ihm viel zu lange verschwiegen hatte, wer er wirklich war. Auch wenn er sich eingestehen musste, wie stark er sich in letzter Zeit zu ihr hingezogen fühlte. Verstohlen musterte er die schlanke, dunkelhaarige Frau. Ohne ihren magischen Schleier sah sie deutlich anziehender aus als früher, doch er versuchte sich der Faszination, die ihr neues Ich bei ihm hervorrief, zu widersetzen. Sie war schließlich nicht ehrlich zu ihm gewesen, und noch dazu war sie ein völlig fremdes Wesen, nicht einmal zur Gänze menschlich. Woher sollte er wissen, dass sie es wirklich gut mit ihm meinte? War sie tatsächlich auf seiner Seite, oder war sie gar mit diesem Fehenius im Bunde? Unwillkürlich rutschte er von ihr fort – nur um sich kurz darauf einen Narren zu schelten. Er hatte sie mit dem Schwert umgehen sehen, eine Kriegerin mit Leib und Seele, und es wäre ihr ganz sicher ein Leichtes gewesen, ihm ein Messer in den Rücken zu rammen und damit dieses lästige Problem mit dem letzten Erben Northcliffs aus der Welt zu schaffen.

Nein, Mia will mir nichts Böses, dachte er, *aber wer sie wirklich ist, weiß ich trotz allem nicht.*

Auch in Aramia tobten widerstrebende Gefühle. Hatte sie das Richtige getan, als sie Darian zum Stein geführt und ihm sein Schicksal verkündet hatte? Hätte sie nicht lieber zuerst Nordhalan suchen und klären müssen, was mit ihm geschehen war? Vielleicht wäre es sogar besser gewesen, selbst durch das Portal zu reisen und Hilfe zu holen – aber dann hätte sie Darian allein lassen müssen, und gerade jetzt durfte sie dies nicht tun. Schließlich näherte sich der Tag, an dem er geweiht werden musste, und sollten sich seine Feinde in dieser Welt befinden, würden sie es nicht zulassen, dass er nach Hause zurückkehrte.

Ich könnte mir niemals verzeihen, wenn dir etwas zustößt, dachte sie und betrachtete sein markantes, von der Sonne leicht gebräuntes Gesicht, seine dunkelblonden, kurz geschnittenen Haare und die langen Wimpern, die seine faszinierenden blauen Augen umrahmten. Diese blickten jetzt allerdings düster hinaus auf die kargen Weiden des Hochlands, und sie wusste, dass er – aus seiner Sicht sicher nicht ganz zu Unrecht – wütend auf sie war.

Nach etwa sechs Stunden hatten sie Edinburgh erreicht.

»Komm, Mia, wir gehen erst mal was essen, und dann suchen wir den Zauberer«, schlug Darian vor, der sich auf der langen Fahrt etwas beruhigt zu haben schien und jetzt nicht mehr ganz so abweisend wirkte. Er blickte schmunzelnd an ihr herab. »Und falls es dir nichts ausmacht, könnten wir dir andere Kleidung kaufen, jetzt musst du dich ja nicht mehr vor mir verstecken.«

Mit zögerndem Lächeln stimmte Aramia ihm zu. Obwohl sie sich schon an die sackartigen grauen Kleider gewöhnt hatte, war sie ein wenig neugierig darauf, wie es sich anfühlen würde, die Kleidung einer ganz normalen jungen Frau dieser Welt zu tragen.

Sie schlenderten durch die Stadt, wobei Aramia immer wieder Ausschau nach Nordhalan hielt. Doch diesmal war er nirgends zu sehen. In einem Laden kauften sie eine Jeans, T-Shirts und Pullover. Sie kam sich seltsam vor in dieser Kleidung, auch wenn Darian ihr immer wieder versicherte, wie gut sie aussah. Im Gegenteil – es machte sie nervös, wie sein Blick über ihren Körper wanderte, von dem die neuen Sachen ihrer Meinung nach viel zu viel enthüllten.

»Bevor wir nach Albany gehen«, sagte sie, und zupfte an ihrem Ausschnitt herum, »müssen wir aber Kleidung kaufen, die für dort passend ist.«

»Es gibt hier sicher irgendwo einen Laden, der mittelalterliche Gewänder verkauft«, meinte Darian und machte sich auf die Suche nach einem Restaurant.

Langsam durchwanderten sie die mit Menschen gefüllten Gassen von Edinburghs Altstadt. Viele Touristengruppen waren unterwegs, aber auch Studenten, die fröhlich schwatzend durch die Stadt zogen.

»Ich falle auf«, jammerte Aramia, die das Gefühl hatte, alle würden sie anstarren. Rasch band sie ihre Haare zu einem Knoten. »Irgendjemand wird merken, dass ich eine halbe Dunkelelfe bin«, befürchtete sie.

»Mia.« Darian schüttelte lachend den Kopf. »Niemand würde jemals auf den Gedanken kommen, dass du kein Mensch sein könntest. Ich kann es ja selbst kaum glauben.«

Trotz seiner Worte war sie nicht überzeugt und hielt den Blick gesenkt.

Nach dem Essen in einem urgemütlichen rustikalen Pub gingen sie zu jener Stelle, wo sie Nordhalan das letzte Mal gesehen hatten, wurden aber enttäuscht. Aramia befragte eine Bettlerin, doch die zuckte nur mit den Schultern. Bis zur Dämmerung suchten sie nach dem alten Mann, konnten ihn jedoch nicht finden.

»Wir suchen uns ein Hotel«, schlug Darian vor, »morgen finden wir ihn sicher.«

Resigniert stimmte Aramia ihm zu und folgte Darian zu einer kleinen Pension mitten im Herzen Edinburghs, welche in einem alten mehrstöckigen Gebäude untergebracht war. An der Rezeption buchte er zwei Einzelzimmer, und als sie alleine war, ließ Aramia sich erschöpft auf das bequeme Bett sinken. Ihre Gedanken wanderten nach Albany, und sie fragte sich, was Vahira und die anderen Zauberer wohl sagen mochten, wenn sie erfuhren, dass sie Darian verkündet hatte, wer er wirklich war.

Leider erwies sich ihre Suche nach Nordhalan zunächst als aussichtslos. Tag für Tag wanderten sie durch die belebten Straßen Edinburghs, befragten Passanten und andere Stadtstreicher, aber niemand hatte Nordhalan gesehen. Darian bemerkte, dass seine Wut auf Mia allmählich verflog. Ihren, wenn auch widerwillig vorgebrachten, Erklärungen entnahm er, wie sehr man die Nebelhexen in Albany verachtete. Vielleicht hatte sie sich ja tatsächlich gescheut, ihm ihr wahres Wesen zu offenbaren, und hatte Ärger mit den Zauberern befürchtet. Häufig beobachtete er sie, wenn sie durch die Straßen lief. Auf den ersten Blick eine ganz normale junge Frau, doch wer genau hinsah, bemerkte ihr etwas sonderbares Verhalten, das sie von den anderen Menschen unterschied. Ihr Blick war wachsamer, misstrauischer, sie bewegte sich mit der Geschmeidigkeit einer Raubkatze und ließ ihn nicht aus den Augen, wenn sie in große Menschenansammlungen gerieten. Wenn sie ab und zu dem Lärm der Großstadt entflohen und hinaus aufs Land fuhren, wirkte sie deutlich entspannter, schien zu einem Teil der Hügel und der kleinen Wälder zu werden. Ihr Gesicht war weicher und lieblicher, und viele Male wurde er sich dann bewusst, dass sie mal wieder genau das aussprach, was er dachte.

Auch nach zwei Wochen hatten sie keine Spur von dem Bettler gefunden, obwohl sie das Gefühl hatten, schon jeden Winkel Edinburghs abgesucht zu haben. Darian befürchtete, dass Nordhalan vielleicht in eine andere Stadt gegangen sein könnte, aber Mia war sich sicher, dass er noch hier war, und bestand darauf weiterzusuchen. In den einsamen Nächten grübelte Darian über sein Leben nach, über diese absurde Situation, die er sich in seinen kühnsten Träumen nicht hätte ausmalen können. Und manchmal überkam ihn das Gefühl, er müsste jeden Moment aufwachen, und alles wäre wieder normal.

Ein weiterer regnerischer Nachmittag war verstrichen, ohne dass ihre Suche auch nur einen Hinweis auf Nordhalan ergeben hatte.

»Wo ist er denn nur?«, überlegte Mia unglücklich und blickte die belebte Hauptstraße entlang. »Zu dumm, dass Elementargeister in diesen großen Städten kaum zu beschwören sind. Ich habe es mehrfach versucht, aber Wind- und Nebelgeister waren so schnell verschwunden, wie sie gekommen waren, und wollten mir nicht helfen.«

»Sicher hat Nordhalan sich einen Unterschlupf gesucht«, vermutete Darian und stellte schaudernd den Kragen seiner Jacke auf. »Komm, wir gehen zurück.«

Auf halbem Weg zur Pension hielt Mia Darian am Arm fest. »Warte, ich möchte dir etwas zeigen.« Sie führte ihn in eine dunkle Hintergasse und blieb vor einem unscheinbaren kleinen Geschäft stehen. Vergilbte und verstaubt aussehende Bücher schmückten die Auslage.

»Der alte Mann, dem der Buchladen gehört, hat mir geholfen, als ich vor etwa fünfzehn Jahren aus Albany hierherkam«, erklärte sie und lächelte Darian an. »Du kannst dir nicht vorstellen, wie verwirrt ich war. Noch niemals zuvor hatte ich ein Auto gesehen oder einen Zug. In dem kleinen Dorf unterhalb des Steines fragte ich einen Bauern, wo die Herrscherfamilie dieses Landes lebte.« Mias verträumtes Lächeln ließ Darian vermuten, dass sie in der Vergangenheit versunken war. »Zunächst hat er mich seltsam angesehen und dann angefangen, darüber zu schimpfen, dass Schottland eigentlich unabhängig sein sollte und er nichts von der Königsfamilie in England hielte. Er begann von dem Schloss in Edinburgh zu schwärmen und meinte, eines Tages würde wieder ein schottischer König auf dem Thron sitzen. Also machte ich mich zu Fuß auf den Weg nach Edinburgh. Irgendwann nahm mich jemand in einem Auto mit. Am Anfang musste die arme Frau alle fünf Meilen anhalten, weil ich mich ständig übergeben habe.«

»Du Arme«, sagte Darian mitleidig und musterte Mia nachdenklich. Er hatte noch nie darüber nachgedacht, wie fremd das alles für sie gewesen sein musste.

»Diese riesige, laute Stadt hat mich beinahe erschlagen«, erzählte sie weiter. »Tagelang bin ich durch die Straßen geirrt, bis mich, an einem ähnlich regnerischen Tag, der alte Buchhändler in seinen Laden geholt hat. Dort, zwischen den alten Büchern, habe ich mich ein wenig wohler gefühlt. Der alte Mann war sehr nett, und ich habe ihn gefragt, ob er nicht zufällig weiß, wie ich herausbekommen kann, wo ein kleiner Junge namens Darian lebt. Möglicherweise in Begleitung eines Mannes, der sich Nordhalan nennt.«

Bei diesen Worten lachte Darian laut auf.

»Auch Mr. Gordon wirkte verwundert«, erklärte Mia. »Er sagte: ›Mädchen, du siehst aus, als wärst du einer Legende entsprungen.‹ Damals trug ich ein Gewand aus meiner Heimat, musst du wissen«, fügte sie noch hinzu. »Zwar hatte ich mein Gesicht verschleiert, aber die Kleidung war einfach ungewöhnlich.«

»Hat er dir irgendwie helfen können?«, wollte Darian wissen.

Doch eine plötzliche Windböe trieb ihnen Regen ins Gesicht, und statt eine Antwort zu geben, öffnete Mia die Ladentür. Düsteres Licht und abgestandene Luft schlugen ihnen entgegen, in der der nicht einmal unangenehme Geruch nach alten Büchern und Holz hing. In einer Ecke des vollgestopften Raumes saß eine weißhaarige Frau mit einer riesigen Brille auf der Nase. Sie trug einen langen grauen Rock und eine geblümte Bluse.

»Jetzt weiß ich, woher du diese furchtbaren Kleider hattest«, flüsterte Darian und unterdrückte krampfhaft ein Lachen.

Mia grinste zustimmend. »Mr. Gordon gab mir die Kleidungsstücke seiner Frau, und an diese Art von Gewändern habe ich mich gehalten. Und hinter so einer dicken Brille kann man kaum ein Gesicht erkennen, daher dachte ich, das wäre auch für mich gut.«

Mrs. Gordon lächelte den beiden unerwarteten Gästen freundlich zu, offensichtlich erfreut darüber, dass sich doch mal wieder jemand in ihren Laden verirrt hatte.

»Möchtet ihr eine Tasse Tee?«, fragte sie krächzend und erhob sich langsam aus dem Sessel. »Es ist ein garstiges Wetter.«

»Bitte, machen Sie sich keine Umstände wegen uns, wir sehen uns nur ein wenig um«, erwiderte Darian. Zu Mia gewandt sagte er leise: »Ich werde ihnen einige Bücher abkaufen, weil sie dir damals geholfen haben.«

»Das ist eine hervorragende Idee«, entgegnete sie zufrieden.

Die alte Frau war bereits in den Nebenraum geschlurft und hantierte klappernd mit Geschirr. Vermutlich bereitete sie doch den Tee zu.

Eine ganze Weile stöberten sie zwischen den alten Büchern herum. Viele schilderten die Geschichte Großbritanniens, einige beschrieben das Leben der Kelten, Römer oder Griechen.

Irgendwann hielt Mia ein abgegriffenes, in Leder gebundenes Buch in der Hand. Es handelte von der Sage um Uther Pendragon, und Mia begann interessiert darin herumzublättern.

Plötzlich ging die Ladentür auf, und ein alter, gebeugter Mann trat ein. Er war recht klein, und seine wirren grauen Haare verliehen ihm das Aussehen eines Vogels, der gerade aus dem Nest gefallen war.

Leise schimpfend schüttelte er den Schirm aus, bevor er rief: »Anne, ich bin zurück.« Erst jetzt bemerkte er die beiden jungen Leute und blickte überrascht über den Rand seiner Brille.

»Wir haben ja Gäste«, stellte er sichtlich erfreut fest. Dann ging er näher an Mia heran. »Du kommst mir bekannt vor.«

»Ich war …«, setzte sie an, doch Mr. Gordon hob abwehrend seine knorrige Hand. »Warte, du warst …«, er schien nachzurechnen, doch dann schüttelte er den Kopf. »Nein, du musst ihre Tochter sein.«

Nun blinzelte Mia verdutzt, und auch Darian staunte. Wie konnte der Mann sie nach über fünfzehn Jahren noch wiedererkennen?

Mr. Gordon kicherte leise. »Du wirst dich sicher wundern, aber ich kann mich gut an Menschen erinnern. Nicht an ihr Aussehen, denn meine Augen sind schon lange nicht mehr die besten. Aber ich habe gelernt, mich an Stimme, Geruch und der Ausstrahlung eines Menschen zu orientieren. Doch dass eine Tochter all dies von ihrer Mutter erbt, das ist selten. Schon an ihr habe ich diese seltsamen Schwingungen bemerkt, die ich noch niemals zuvor an einem anderen Menschen gespürt habe.«

»Ich bin Mia«, erklärte sie und der alte Mann bedeutete ihnen, mit ihm zu kommen.

»Ah, Anne hat bereits Tee gemacht«, stellte er zufrieden fest und ließ sich im Nebenraum auf einen antiken Sessel mit abgewetzter Sitzfläche plumpsen.

»Wenn du jetzt hier bist, gehe ich nach nebenan«, krächzte Anne. »Ich muss noch die Wäsche bügeln.«

»Ja, ja, ich unterhalte mich ein wenig mit unseren jungen Gästen.« Er beugte sich gespannt vor. »Und, hat deine Mutter ihren Darian gefunden?«

»Das hat sie, vielen Dank, Mr. Gordon«, sagte Mia, legte ihre Hand auf Darians und sah ihm mit einem warmherzigen Lächeln direkt in die Augen. Ein kribbelndes Gefühl machte sich in seinem Inneren breit. Er erwiderte ihren Blick, glaubte, in ihren grünen Augen zu versinken, und mühsam unterdrückte Gefühle für sie flammten wieder auf – viel intensiver, ehrlicher und tiefer, als er es jemals für möglich gehalten hatte. Die Zeit stand still für Darian, die Erde hörte für einen Moment auf, sich zu drehen. Dann blinzelte Mia plötzlich, schien wieder zu sich zu kommen und wollte ihm ruckartig ihre Hand entziehen. Aber er hielt sie fest, und diesmal wehrte sie sich nicht einmal dagegen, selbst wenn sie seinem Blick jetzt wieder auswich.

»Es freut mich, dass sie ihn gefunden hat, das freut mich wirklich«, murmelte Mr. Gordon unterdessen und schlürfte aus seiner mit rosa Blümchen verzierten Teetasse. Dann fiel sein Blick auf das Buch, das Mia in der Hand hielt.

»Ah, die Geschichte von Uther Pendragon, sehr interessant!«

»Ich würde Ihnen das Buch gerne abkaufen, Sir«, bemerkte Darian, während er das Kribbeln in seinem Bauch in den Griff zu bekommen versuchte, »und vielleicht noch ein oder zwei andere über die schottischen Highlands.«

»Glaubst du, dass die Helden der alten Zeit gelebt haben?«, fragte Mr. Gordon mit einer merkwürdigen Stimme. »Glaubst du an Robin of Sherwood, Siegfried, den Drachentöter, oder

Merlin, den Zauberer?« Mr. Gordons Gesicht nahm einen verträumten Ausdruck an.

»Ähm, ja, ich weiß nicht …«, stammelte Darian, denn seine Gedanken kreisten gerade um ganz andere Dinge.

Der alte Mann ließ die Schultern hängen. »Kaum einer interessiert sich heute noch für diese Art von Geschichten. Alle halten mich für senil, aber ich glaube an die alten Legenden.« Er beugte sich nach vorne, und seine eben noch trüben Augen funkelten nun mit der Begeisterung eines Kindes. »Ja ich glaube sogar an Elfen und Kobolde. Ich bin mir sicher, dass sich hier ein frecher kleiner Kobold herumtreibt und immer meine Bücher umstellt. Anne behauptet allerdings, ich würde zu viel Whisky trinken.« Wie zum Beweis flog plötzlich eine Landkarte aus dem Regal.

Mia lächelte und legte Mr. Gordon eine Hand auf den Arm. »Sie bilden sich das nicht ein. Der Kobold lebt schon seit sehr langer Zeit in diesen Gemäuern.« Dem alten Mann blieb der Mund offen stehen, als eine schemenhafte Gestalt auf Mias Schulter erschien und ihm zuwinkte. Nur einen Lidschlag später war sie wieder verschwunden.

Mr. Gordon schnappte nach Luft und deutete auf Mias Schulter. »Wer … Wer bist du?«, stammelte er.

Im Aufstehen sagte Mia mit ihrem bezaubernden Lächeln: »Teil einer Legende. Lasst Euch von niemandem einreden, es gäbe sie nicht. Ihr seid ein besonderer Mensch, Mr. Gordon.«

Mia eilte in Richtung Tür und Darian beeilte sich, ihr zu folgen. Zurück blieb ein fassungsloser Mr. Gordon, der mit zittrigen Händen und laut klappernd seine Teetasse auf den antiken Holztisch stellte. Bevor die beiden jungen Leute durch die Tür verschwanden, legte Darian ihm großzügig hundert Pfund neben die uralte Kasse.

»Ich hoffe, er bekommt keinen Herzinfarkt«, meinte Darian besorgt, als sie aus der Tür hinaus in den Regen traten.

»Mr. Gordon wird noch einige Tage über unseren Besuch nachdenken«, vermutete Mia.

Als sie rasch weiter laufen wollte, hielt Darian sie fest. »Komm, ich glaube, wir haben etwas zu bereden.«

»Was sollen wir denn zu bereden haben?«, fragte sie unbehaglich und wich seinem Blick aus.

Doch Darian wollte ihr seine Gefühle nicht mitten auf der Straße im strömenden Regen offenbaren und zog sie mit sich in das nächste Café. Sie setzten sich in eine dunkle Ecke, und mit einem Lächeln im Gesicht betrachtete Darian Mia eine ganze Weile, was ihr sichtlich unangenehm war.

»Mia, sieh mich an«, bat er dann mit zärtlicher Stimme.

»Über was möchtest du denn sprechen?« Ihre Worte klangen sehr nüchtern und betont ruhig, aber er sah, wie sie unsicher an ihrem Pullover herumzupfte.

»Du hast es auch gespürt, gib es zu.«

»Was soll ich gespürt haben?«, fragte sie unwirsch.

»Mia«, er streichelte ihre Hand und hielt sie fest, als sie diese wegziehen wollte, »ich habe mich in dich verliebt, und ich glaube …«

»Nein, das darfst du nicht. Es geht nicht.«

»Aber warum nicht?«

»Weil …« Sie rang nach Worten und blinzelte hilflos in die Luft.

Darian rutschte seinen Stuhl näher zu ihr und wollte ihr über die Wange streichen.

»Hör auf«, zischte sie.

»Mia, gib es doch zu, auch du spürst es schon die ganze Zeit, genau wie ich. Außerdem habe ich am Stein von Alahant, als du dachtest, ich wäre tot, ganz genau bemerkt, dass du dir Sorgen um mich gemacht hast.«

»Du bist der Thronerbe von Albany, man würde mich hinrichten, wenn dir durch meine Schuld etwas geschieht«, erwiderte Mia, und ihre Stimme klang plötzlich kalt und hart.

»Das allein war es nicht«, beharrte Darian und drehte ihren Kopf sanft, aber bestimmt in seine Richtung, hielt ihre kalte Hand fest, bis sie sich entspannte, sah ihr zärtlich lächelnd in ihre faszinierenden grünen Augen, bis ihr Blick ganz langsam weich wurde.

»Du darfst diese Gefühle nicht zulassen«, flüsterte sie, und zu seiner Bestürzung rann eine Träne ihre Wange hinab.

Jetzt erhob sich Mia ruckartig und floh beinahe aus dem Raum. Darian beeilte sich, einen Geldschein aus seiner Hosentasche zu ziehen, und folgte ihr. Draußen war allerdings keine Spur von Mia zu sehen, und er fragte sich, wie sie mal wieder so schnell verschwunden sein konnte. Da ihm nichts Besseres einfiel, eilte Darian durch den Regen zurück zu ihrer Pension, aber auch in ihrem Zimmer war Mia nicht zu finden. Die ganze Nacht hindurch wartete er dort auf sie, machte sich Sorgen und befürchtete schon, sie könnte einfach ohne ein Wort nach Albany verschwunden sein und ihn im Stich gelassen haben.

Erst im Morgengrauen öffnete sich die Tür und Darian fuhr ruckartig auf, denn er war auf Mias Bett eingedöst. Ihre langen Haare hingen ihr feucht in die Stirn und ihre Miene war sehr ernst.

»Mia, wo warst du denn die ganze Nacht?«

»Draußen, in der Natur«, antwortete sie knapp, dann sah sie ihn sehr eindringlich an. »Was du gesagt hast, musst du vergessen. Ich kann dir nur zur Seite stehen und mit dir nach Nordhalan suchen, wenn du mir versprichst, nie wieder zu erwähnen, dass … du weißt schon.« Sie blickte zu Boden, und Darian wusste zunächst überhaupt nicht, was er sagen sollte.

Schließlich nickte er traurig und ging hinaus, auch wenn er Mia einfach nicht verstehen konnte, denn ihre Augen straften ihre harten Worte Lügen.

»Versuch noch etwas zu schlafen. Bis nachher.«

Beim Frühstück am nächsten Morgen versuchte Mia ganz offensichtlich ein unverfängliches Thema anzuschlagen und überlegte laut, in welchem Teil der Stadt sie heute nach Nordhalan suchen sollten. Zu gern hätte Darian noch einmal mit ihr über seine Gefühle gesprochen, aber sie blockte ihn vehement ab, und so ließ er es auf sich beruhen. Der Regen hatte sich verzogen, als Mia und Darian durch die Straßen Edinburghs wanderten. Eine eigenartige, angespannte Stimmung herrschte zwischen ihnen, und ihre sonst so angeregten Gespräche waren heute seltsam gekünstelt, und so schwiegen sie bald. Trotz allem musste Darian grinsen, als er daran dachte, dass ganz sicher keiner der Passanten in ihm einen zukünftigen König und in Mia eine halbe Dunkelelfe sehen würde.

Auch heute befragten sie verschiedene Leute nach einem Stadtstreicher, auf den ihre Beschreibung von Nordhalan passte, doch niemand konnte ihnen helfen. Eine zwar sehr nette, jedoch äußerst redselige Frau verwickelte die beiden in ein Gespräch über Obdachlose und schien gar nicht mehr aufhören zu wollen.

Mia drehte sich leicht gereizt zu Darian um und sagte: »Sie geht mir auf die Nerven und hält uns nur auf. Komm, wir behaupten, wir hätten einen wichtigen Termin.«

Darian warf einen verlegenen Blick auf die ältere Dame und wandte sich flüsternd an Mia. »Du kannst doch nicht einfach so offen sagen ...« Doch die Frau hatte bereits innegehalten und blinzelte hinter ihrer Brille hervor Mia an.

»Ja, Mädchen, sprichst du etwa Gälisch? Das ist interessant, meine Großtante mütterlicherseits, die an der Westküste lebte, sprach auch Gälisch ...« Erneut verfiel die Frau in einen Monolog, aber Darian hörte ihr gar nicht mehr zu.

Mit einer gemurmelten Entschuldigung zog er Mia fort und ließ die verdutzte Frau einfach stehen. »Du hast gerade Gälisch geredet?« In seinem Gesicht stand ganz offenkundige Verwirrung. »Aber ich spreche kein Gälisch, wie kann ...«

Vorsichtig lächelnd drückte Mia Darian auf eine Bank, dann setzte sie sich neben ihn. Und zumindest hatte ihre Stimme jetzt wieder ihren normalen Klang, war nicht so kalt und abweisend, wie den ganzen Tag über. »Das war kein Gälisch, zumindest nicht so, wie man es hier spricht. Ich habe in der Sprache Albanys geredet, die ähnelt dem Gälischen in dieser Welt ein wenig.«

»Ich habe diese Sprache niemals gelernt!«

»Das ist das Erbe deiner Mutter. Königin Adena besaß die Gabe, die Sprachen beinahe aller vernunftbegabten Wesen in Albany zu verstehen. Gegner eures Königshauses behaupteten, das wäre eine Art von Magie und König Jarredh hätte sie gar nicht heiraten dürfen, denn Magier sind in den Herrscherfamilien nicht erlaubt. Da Adena jedoch sonst keine magischen Fähigkeiten zeigte, ließ man es auf sich beruhen.«

Leise keuchend sank Darian nach hinten. Immer mehr Geheimnisse über ihn und sein Leben kamen nach und nach ans Licht. Spannend, aber auch erschreckend.

»Hast du schon häufig in dieser Sprache mit mir geredet?«, wollte er wissen. Es verwirrte ihn, dass er es selbst gar nicht bemerkt hatte. Andererseits erinnerte er sich nun daran, wie sein Lehrer immer darüber gelacht hatte, dass er als kleiner Junge so mühelos von Englisch zu Französisch gewechselt hatte.

»Schon damals, als wir in der Universität waren, aber nur, wenn wir allein gewesen sind«, beantwortete Mia seine Frage.

»Das ist mir nie aufgefallen.« Ungläubig runzelte Darian seine Stirn.

»Mach dir keine Gedanken darüber«, entgegnete Mia, »es ist ja nichts Schlimmes. Die Gelehrten in unserer Welt sprechen auch eine Art altes Englisch, obwohl es nicht die Hauptsprache ist. Es wird nur zu Ehren von Atorian dem Ersten gelehrt.«

»Und du konntest Englisch?«

»Ja, Vahira hat es mir beigebracht, bevor ich durch das Portal ging. Sie ist eine der ältesten Elfen, und die waren die Ersten, die es von deinem Urahn lernten.«

Nach einem weiteren Tag vergeblicher Suche schlug Mia gegen Abend vor, doch zum Arthurs Seat, einem mitten in Edinburgh gelegenen Berg zu gehen. Darian vermutete, dass sie spürte, wie aufgewühlt er war, und stimmte daher nur zu gerne zu. Wenngleich so nahe am Zentrum, herrschte hier doch eine erholsame Ruhe; zum Glück waren nur wenige Menschen unterwegs, vermutlich, weil es heute recht kühl war. Schweigend stiegen sie den Berg hinauf, und Darian genoss den Ausblick über die ganze Stadt und das umliegende Land. Sein Blick wanderte in Richtung Meer, und er ließ sich den frischen Wind um die Nase wehen.

»Mit dem Wind wehen die Sorgen über das Meer davon«, sagte Mia leise, und Darian blickte sich zu ihr um.

»Immer wieder sprichst du meine Gedanken aus.«

Sofort verschränkte sie die Arme vor der Brust. »Das ist Zufall.«

»Nein, ist es nicht.« Obwohl sich Darian vorgenommen hatte, sie nicht weiter zu bedrängen, fasste er sie nun an den Schultern.

»Lass mich los!«, verlangte sie und wollte sich aus seinem Griff winden. Als er sie nicht freigab, hob sie ihr Kinn und sagte herausfordernd: »Ich könnte dich ohne die geringste Schwierigkeit besiegen.«

»Das könntest du, aber du wirst es nicht tun.«

»Und was macht dich da so sicher?«

»Deine Augen.« Er hielt sie mit seinem Blick gefangen, und auch wenn sie sichtlich dagegen ankämpfte, so bemerkte er doch, wie ihr Widerstand nachließ und wagte einen neuen Vorstoß. »Ich liebe dich, und ich glaube, dass ich dir auch nicht ganz gleichgültig bin.«

»Natürlich bist du mir nicht gleichgültig«, erwiderte sie und senkte den Blick. Diesmal ließ sie es sogar geschehen, dass Darian sie in seine Arme zog.

»Bitte, lass mich los«, flüsterte sie, und ihre Stimme klang heiser. »Mach es mir nicht noch schwerer, denn ich muss dich bald verlassen. Das Letzte, was Albany gebrauchen kann, ist ein König, der trunken vor Liebe einer Nebelhexe hinterherläuft. Es ist der Fluch meiner Art, die Männer zu betören. Vermutlich würdest du dich auch zu einer Troll-Gnomin hingezogen fühlen.«

»Ich habe keinen blassen Schimmer, was eine Troll-Gnomin sein soll, aber meine Gefühle für dich sind eindeutig.«

»Gefühle sind niemals eindeutig«, unterbrach sie ihn.

»Mia, ich habe es schon gespürt, bevor du diesen komischen Schleier abgelegt hast, ich wollte es nur nicht wahrhaben.« Nun zwang er sie, wieder in seine Augen zu sehen. »Du hast mich davon überzeugt, dass ich in die andere Welt zurückkehren muss, aber ich werde den Menschen, Elfen, Zauberern und was auch immer sagen, dass ich nur dann ihr König werde, wenn sie dich akzeptieren.«

»Das kannst du nicht«, keuchte Mia entsetzt und wich zurück.

»Dann bleiben wir eben hier.«

»Du kannst dein Volk nicht im Stich lassen.«

»Entweder sie nehmen uns beide, oder sie werden ohne ihren Erben auskommen müssen.« Selten in seinem Leben war Darian so entschlossen gewesen.

»Wir können kein Paar werden«, rief Mia, wobei ihre Stimme jedoch deutlich an Bestimmtheit verloren hatte.

»Doch, das können wir«, Darian drückte der entsetzt dreinblickenden Mia einen Kuss auf die Stirn, »denn du hast mich davon überzeugt, dass unmögliche Dinge wahr sein können.«

Unentschlossen stand Aramia im kalten Wind und wusste nicht, was sie denken sollte. Sie sah zu Darian hin, der sie abwartend musterte, dieses verträumte Lächeln im Gesicht und so viel Zärtlichkeit in seinen blauen Augen. Für einen Augenblick ließ sie sich dazu hinreißen, sich auszumalen, wie es wäre, für immer an Darians Seite zu sein. Es fühlte sich wunderbar und richtig an – aber gleichzeitig war es unmöglich. Ihr Herz schlug für Darian, aber ihr Verstand sagte ihr, dass sie ihn gerade dadurch in Schwierigkeiten bringen würde.

»Komm, es wird langsam dunkel.« Vorsichtig, beinahe schon ängstlich nahm er ihre Hand und lächelte zufrieden, als sie es geschehen ließ. Aramia wusste, dass es falsch war, aber sein warmer, fester Händedruck fühlte sich so vertraut und richtig an, dass sie ihn einfach nicht loslassen wollte. Auf dem Weg den Berg hinab malte Darian ihr ihre gemeinsame Zukunft aus. Und in einer windgeschützten Senke zog er sie schließlich an sich und wollte sie küssen. Aber sie wich ihm aus.

»Was hast du denn?«

»Eine gemeinsame Zukunft ist undenkbar«, flüsterte sie. »Darian, ich bin kein Mensch und viel älter als du.«

»Meine erste Freundin war auch älter als ich«, meinte Darian grinsend.

»Aber keine zweihundert Jahre!«, zischte Aramia.

Darians Grinsen wurde noch breiter, und Aramia stieß ihn empört in die Seite. »Du nimmst mich nicht ernst.«

»Mia«, Darian streichelte über ihre Wange, »wir werden es schaffen. Wenn die Menschen wirklich schon so lange Zeit auf mich warten, wie du sagst, dann werden sie doch nichts gegen eine so hübsche kleine Hexe wie dich an meiner Seite haben.«

»Du verstehst es nicht«, stöhnte sie, gab jedoch ihren Widerstand gegen seine Umarmung endlich auf. »Das fühlt sich wundervoll an.« Heftig auflodernde Gefühle brannten sich ihren Weg durch sämtliche Schuldgefühle und Zweifel. Sie ließ zu, dass sich seine Lippen ihren näherten, und die beiden versanken in einem leidenschaftlichen Kuss.

In Aramia tobten die widerstrebendsten Gefühle. Noch niemals in ihrem langen Leben war sie derart verliebt gewesen. Den einen oder anderen Mann hatte es gegeben, einmal sogar einen Elfen, doch sobald sie erfahren hatten, wer sie wirklich war, hatten sich alle von ihr abgewandt. Um sich weitere Enttäuschungen zu ersparen, war Aramia dann fast einhundert Sommer und Winter allein geblieben. Nur, um jetzt in der Umarmung Darians zu versinken, des zukünftigen Königs von Albany, den sie eigentlich nur hatte finden und beschützen sollen? Unter keinen Umständen hätte sie sich in ihn verlieben dürfen. Nur hier hätte ihre Beziehung vielleicht eine Zukunft gehabt, wo niemand etwas über die Dunkelelfen wusste. Für einen Augenblick wünschte sie sich, für immer hierbleiben zu können – doch dieser Wunsch war eigensüchtig und würde die Nebelhexen noch mehr in Verruf bringen.

Zumindest die wenigen Tage, die uns hier noch bleiben, möchte ich genießen, dachte Aramia und schmiegte sich ganz dicht an Darian, der sie verliebt anlächelte.

»Komm.« Darian ließ ihre Hand nicht los, bis sie in der Stadt angelangt waren. Auch im Taxi wollte er sie kaum loslassen, und als er in der Pension die Wirtin fragte, ob sie nicht vielleicht noch ein Doppelzimmer frei hätte, stockte Aramia der Atem.

»Warte einen Augenblick.« Aramia zog ihn ein Stück außer Hörweite der neugierig dreinschauenden Wirtin. »Ich kann nicht das Zimmer mit dir teilen«, brach es aus ihr heraus.

»Wieso nicht?«

»Wir sind nicht verheiratet, nicht einmal verlobt.«

Darian verkniff sich nur mühsam ein lautes Lachen und räusperte sich. »Ich weiß nicht, wie die Sitten in Albany sind, aber hier ist das kein Problem.«

Aramia war hin- und hergerissen. »Man würde mich in den Kerker werfen.«

»Und mich nicht?«, wunderte sich Darian mit hochgezogenen Augenbrauen und einem Lächeln.

»Du bist der König.«

Nun nahm Darian Aramias Hand und sah sie voller Zärtlichkeit an. »Weder bin ich hier König, noch wird dich irgendjemand in den Kerker werfen. Wenn es dir allerdings unangenehm ist, mit mir in einem Bett zu schlafen, dann belassen wir alles beim Alten.«

»Das ist es nicht«, stöhnte sie, »und das ist genau mein Problem. Wir Nebelhexen gelten als ungehemmt, zügellos und …«

Darian erstickte ihre Worte in einem Kuss. »Ich mag ungehemmte, zügellose Nebelhexen.«

Kurz versuchte Aramia sich noch zu wehren, doch dann ging sie mit ihm in das kleine, gemütliche Zimmer. Und als Darian sie dann erneut küsste, erwachte das Dunkelelfenblut in ihr, pulsierte glühende Lava gleich durch ihre Adern und ließ sie und Darian in einem Rausch der Leidenschaft versinken.

Lange vor der Morgendämmerung wachte Darian auf. Die silbrigen Strahlen des Mondes tasteten sich durchs Fenster und liebkosten Mias nackten Körper. Verzaubert strich er ihr ganz vorsichtig eine Haarsträhne aus dem Gesicht. Mit Mia hier zu liegen erschien ihm als der Gipfel allen Glücks. Obwohl er sie erst seit kurzer Zeit kannte, hatte er noch niemals derart tiefe Gefühle für irgendein Mädchen gehegt. Mia gehörte zu ihm, das spürte er tief in sich, hatte es vielleicht schon immer gespürt.

»Ich werde nicht zulassen, dass irgendjemand jemals wieder etwas Schlechtes über dich sagt«, versprach er und streichelte ihr über die Wange. »Ich werde dich vor allem Bösen beschützen.«

Unverhofft spürte er so etwas wie Vorfreude auf sein neues Leben in sich aufsteigen. Abenteuerlust erfasste ihn. Ihm war widerfahren, was sonst nur in Abenteuerfilmen, Büchern oder Legenden Platz hatte. Es war verrückt, es war unrealistisch, aber dennoch hatte er es gesehen. Das Portal, der Nebel, die andere Welt – das alles konnte er nicht mehr leugnen, und plötzlich erschien es ihm deutlich aufregender als ein Leben in irgendeiner Firma seines Vaters zu führen, gefangen zwischen Aktenbergen und von der Nachwelt vergessen, wenn seine Zeit abgelaufen war. Sicher, König eines Landes zu werden, einer anderen Welt, die er sich nicht einmal vorstellen konnte, das alles erfüllte ihn nach wie vor mit Unbehagen. Aber mit dieser wunderbaren Frau an seiner Seite würde er jede Herausforderung meistern.

Kapitel 4

Enthüllungen

Das Morgenlicht brachte Mias Schuldgefühle zurück. Verlegen raffte sie die Bettdecke vor ihrer Brust zusammen und sah Darian an wie ein verschreckter kleiner Vogel.

»Wir hätten das nicht tun dürfen.«

»Hat es dir nicht gefallen?«

»Doch«, widersprach sie eilig und lächelte ihn zögernd an, »aber es ist mir verboten.«

»Ist es nicht.« Darian küsste sie und richtete sich dann stolz auf. »Ich bin der König von Albany, und meine erste Tat wird es sein, alle Nebelhexen als vollwertige Mitglieder des Landes auszurufen.«

»Ich habe dir schon einmal erklärt, dass ich in meiner Welt als etwas Minderwertiges gelte.«

»Dann komm doch einfach in meine Welt.«

»Du musst zurückkehren!«, protestierte sie erschrocken.

»Damit meinte ich weder diese Welt hier noch Albany.« Zärtlich strich er ihr eine Haarsträhne aus dem Gesicht. »Ich kann nicht verstehen, wie irgendjemand ein so wunderbares Wesen wie dich für minderwertig halten kann.«

»Niemals würde dein Volk eine Nebelhexe an deiner Seite akzeptieren. Darian, es geht nicht. Wenn wir Kinder hätten, würden sie höchstwahrscheinlich magische Fähigkeiten besitzen. Es ist nicht erlaubt, gleichzeitig Magier und König zu sein, mal ganz abgesehen davon, dass es Nebelhexen sowieso strengstens verboten ist, sich fortzupflanzen.«

Das wollte Darian nicht gelten lassen und blickte ihr fest in die Augen. »Wenn ich wirklich König werde, dann lasse ich die Gesetze eben ändern, und wir müssen ja auch nicht gleich Kinder bekommen.«

Mit einem bitteren Lachen wand sich Mia aus seiner Umarmung. »Du kannst zweitausend Sommer Hass und Vorurteile nicht einfach per Gesetz aus der Welt schaffen.«

»Mia, gemeinsam können wir *alles* schaffen!«

»Wenn das nur so einfach wäre«, seufzte Mia, ließ sich dann aber doch wieder von Darian zurück in seine Arme ziehen.

Nach einem ausgiebigen Frühstück machten sie sich erneut auf die Suche nach Nordhalan. »Eins musst du mir versprechen«, verlangte Mia unterwegs.

»Was denn?«, fragte Darian und befürchtete, sie wolle ihre gerade erst begonnene, zarte Beziehung schon wieder im Keim ersticken.

»Nordhalan darf nichts von uns wissen, und wenn wir erst in Albany sind, müssen wir unsere Liebe geheim halten, so lange, bis deine Position gefestigt ist – und vermutlich auch noch darüber hinaus.«

»Von mir aus. Wenn du nur bei mir bleibst, verspreche ich dir alles.«

Nachdem sie den halben Tag lang erneut durch Edinburghs Gassen gewandert waren, kamen sie zu einem kleinen Platz, auf dem sich eine Menschenmenge gebildet hatte. Auch Darian und Mia blieben stehen, um den klagenden Tönen des Dudelsacks zu lauschen.

»Ein ähnliches Instrument gibt es auch in Albany«, flüsterte Mia ihm zu.

Als der Dudelsackspieler sein Lied beendet hatte, warf Darian ihm zehn Pfund in den Hut und fragte ihn, ob er nicht einen alten Mann mit langen schwarz-grauen Haaren gesehen hätte.

Der Dudelsackspieler kratzte sich am Kopf. »Der alte Norman? Ich glaube, der ist vor etwa einer halben Stunde hier vorbeigekommen.« Er grinste. »Hat wieder lauter wirres Zeug gebrabbelt.«

»Wo ist er hin?«, stieß Mia aufgeregt hervor.

Der Mann deutete vage nach rechts. »Dort, die Straße runter. Wahrscheinlich bettelt er vor dem Einkaufszentrum an der Waverly Bridge.«

Gleichzeitig rannten Mia und Darian los. Von prickelnder Aufregung erfasst hetzten sie die Princes Street entlang und eilten die Treppen zum Einkaufszentrum hinab. Als sie den alten Mann dort tatsächlich stehen sahen und auf Passanten einreden hörten, blieben sie wie vom Donner gerührt stehen.

Rasch ließ Mia Darians Hand los. »Überlass mir das Reden«, verlangte sie und ging langsam auf den in Lumpen gekleideten Bettler zu.

»Die Festung von Northcliff wird wieder in ihrem alten Glanz erstrahlen«, rief er gerade, was bei zwei älteren Damen zu Kopfschütteln führte. Eine warf ihm fünfzig Pence in den Hut und trippelte dann rasch weiter.

Jetzt, da Darian direkt vor Nordhalan stand, fiel ihm erst auf, wie groß der alte Mann eigentlich war. Auch wenn er nun abgerissen und schmutzig war und das harte Leben auf der Straße deutliche Spuren hinterlassen hatte, konnte man, wenn man genau hinsah, erahnen, dass er einst ein beeindruckender Mann gewesen sein musste. Noch immer war er kräftig gebaut und hoch gewachsen, doch seine blaugrauen Augen wirkten verschleiert und schienen in eine andere Welt zu blicken, eine Welt, die nur für ihn existierte.

»… ich muss auf das Kind achten. Ich muss den Erben beschützen …«, murmelte er und sank auf seiner dreckigen karierten Decke zusammen.

Mia kniete sich neben ihn. »Nordhalan, ich bin es, Aramia, ich bin zurückgekehrt, wie ich es dir versprochen habe.«

Mit unverwandtem Blick sah er sie an, leerte dann seinen

Hut aus und brabbelte wieder vor sich hin. »Das Königreich muss bewahrt werden, bis er zurückkehrt.«

»Sieh mich an«, verlangte Mia und drehte ihn mit sanfter Gewalt an der Schulter zu sich herum. »Ich bin Aramia von der Nebelinsel. Ich habe Darian gefunden und möchte ihn mit deiner Hilfe nach Hause bringen. Und du, du bist Nordhalan, Mitglied des Ordens der Zauberer.«

In ihrer Aufregung hatte es Mia versäumt, ihre Stimme zu senken, und einige Passanten waren stehen geblieben und schüttelten die Köpfe. Der Alte starrte Mia eine ganze Weile lang nur an und sagte keinen Ton. Darian bezweifelte, dass ihre Worte durch seinen vernebelten Geist gedrungen waren.

»Darian«, wisperte Nordhalan und seine Hände fingen an zu zittern. Er sah Mia mit einem Blick an, der vermuten ließ, dass ein Teil seines Verstandes in die Realität zurückgekehrt war. »Sie haben ihn mir weggenommen.«

Aufgeregt nickte Mia, und als der alte Mann wieder anfing, in sinnloses Gestammel zu verfallen, schüttelte sie ihn. »Nordhalan, ich habe ihn gefunden, wir können nach Hause zurückkehren. Darian ist hier, er steht vor dir.«

Nun ging ein Ruck durch den Bettler. Er sprang auf und stellte sich vor Darian, den er um mehr als einen halben Kopf überragte.

»Darian ist ein kleines Kind, das hier ist ein Mann.« Der Alte wirkte verwirrt.

»Es sind beinahe fünfundzwanzig Sommer und Winter vergangen«, erklärte Mia sanft und nahm Nordhalans Hand in ihre. »Komm mit uns, wir werden dir alles erzählen.«

Ohne den Blick von Darian zu wenden, der Nordhalan unsicher anlächelte, folgte der verwirrte Bettler Mia durch die laute, überfüllte Stadt. Sie führte ihn zu der Pension, in der sie wohnten, und zeigte ihm das Bad.

»Hier, du kannst dich säubern. Wir werden dir neue Kleider und etwas zu essen besorgen.«

Verdattert und mit noch immer nicht ganz klarem Blick ließ sich der alte Mann in das Badezimmer schieben. Mia ließ ihm eine Wanne voll Wasser ein und ging dann wieder hinaus.

»Meinst du, er kommt wieder ganz zu sich?«, fragte Darian skeptisch.

Seufzend setzte sich Mia auf das Bett. »Das hoffe ich sehr. Er ist der Einzige, der vielleicht weiß, was aus dem Amulett geworden ist.« Dann lächelte sie Darian an. »Könntest du Kleidung für ihn kaufen?«

»Ich möchte dich ungern mit ihm allein lassen«, warf er besorgt ein.

»Er wird mir nichts tun«, versicherte sie und gab ihm, mit scheuem Blick auf die Badezimmertür, einen Kuss.

»Gut, ich beeile mich.« Darian verschwand aus dem Zimmer.

Etwa eine Stunde später kam er abgehetzt und mit mehreren Tüten in der Hand zurück. Er hörte Stimmen und stürmte in den Raum.

Mit dem alten Bettler war eine grandiose Wandlung vor sich gegangen, zumindest äußerlich schien er ein anderer Mensch zu sein. Seine langen Haare und der Bart waren gewaschen, sein Gesicht sauber, und seine Augen wirkten nun ein wenig klarer. Er trug einen Bademantel und hatte sich zusätzlich eine Decke um seine Beine geschlungen.

Gerade kniete Mia vor ihm, hatte ihre zierlichen, schmalen Hände in seine großen gelegt, und redete eindringlich auf ihn ein. Nordhalan selbst wusste offensichtlich nicht, was er sagen sollte.

»Also, ich habe Kleider für ihn.« Unsicher hielt Darian dem Zauberer seine Einkäufe hin.

»Nordhalan, möchtest du dich umziehen?«, fragte Mia sanft.

Der alte Mann blickte mit gerunzelter Stirn von Mia zu Darian, dann nahm er wortlos die Tüten und verschwand damit im Bad.

»Kann er sich erinnern?«, wollte Darian gespannt wissen.

Tief seufzend ließ sich Mia in den Sessel plumpsen. »Hin und wieder habe ich schon den Eindruck, aber dann scheint sich sein Geist wieder zu verlieren.«

»Und was machen wir jetzt?« Irgendwie fühlte sich Darian mit der ganzen Situation ein wenig überfordert.

»Abwarten« war Mias wenig befriedigende Antwort.

Nach kurzer Zeit ging die Badezimmertür auf.

»Diese Gewänder sind ungewohnt«, stellte Nordhalan fest und zupfte an seinem gestrickten Pullover herum, bevor er sich setzte.

»Möchtest du etwas essen?«, erkundigte sich Mia freundlich.

Der alte Mann schien kurz durch sie hindurch zu sehen und griff dann nach einem Sandwich. Dieses betrachtete er kopfschüttelnd, bevor er hineinbiss.

Eine ganze Weile schwiegen sie, dann begann Mia erneut zu reden. Von Albany, von der Nebelinsel, dem Angriff der Dunkelelfen und Darians Familie.

»Darian«, flüsterte Nordhalan, »ich sollte auf ihn achten. Sie haben ihn mir fortgenommen, wahrscheinlich ist er tot.«

»Nein«, Mia streichelte die Hand des verwirrt dreinblickenden Mannes, »Darian ist hier, er steht vor dir. Eine lange Zeit ist vergangen, und er ist jetzt erwachsen.«

Nordhalans Blick wanderte zu Darian, der unsicher vor ihm stand. »Darian«, wiederholte der Zauberer, und man konnte an seinen Gesichtszügen erahnen, was gerade in ihm vor sich ging. Vermutlich liefen jetzt viele verwirrende und kaum in Worte zu fassende Jahre vor seinem geistigen Auge ab. Plötzlich trat er vor und nahm Darians Hand.

»Es tut mir leid, es tut mir so unglaublich leid, ich habe versagt«, stammelte er mit brechender Stimme.

Zunächst mochte Darian gar nicht glauben, dass Nordhalan sich wirklich erinnerte, während Mia zufrieden lächelte. Doch ihre Euphorie hielt nicht lange an, denn kurz darauf schien der Zauberer in seine eigene, wirre Welt zurückzusinken. So ging es weiter: Im einen Augenblick wirkte er recht klar und sprach von der Zeit, als Darians Eltern noch gelebt hatten, im nächsten murmelte er wieder unzusammenhängende Sachen vor sich hin.

Dieser Zustand hielt mehrere Tage an, und Darian war bereits kurz davor, die Geduld zu verlieren. Sie bekamen aus Nordhalan nicht heraus, wo sich das Amulett befand, welches er so dringend benötigte. Mia hingegen war sich sicher, dass sich der alte Mann auf dem richtigen Weg befand. Ununterbrochen schleppte sie Kräuter aus verschiedenen Läden der Stadt an und braute damit Tränke, bei denen Darian sich schon allein vom Geruch der Magen umdrehte.

Ständig nagten Zweifel an Darian, ob dieser alte Mann ihm wirklich würde helfen können. Andererseits musste er zugeben, dass die klaren Phasen bei Nordhalan mit jedem Tag länger andauerten.

Ein Sommergewitter hatte sich über Edinburgh zusammengebraut, und düstere Wolken türmten sich über den alten Gebäuden der Stadt. Auch an diesem Tag redete der Zauberer mit Darian, schilderte seine Flucht aus der Burg und sprach von der Verfolgung durch die Dunkelelfen. Erinnerungen, die ihn deutlich mitnahmen. Seine Augen trübten sich, und seine Stimme brach mehrmals, als er den beiden schließlich berichtete, wie Königin Adena, Darians Mutter, in seinen Armen gestorben war. Auch Darian presste die Lippen aufeinander, und in seinem Hals bildete sich ein dicker Kloß.

Unerwartet umarmte Nordhalan seinen ehemaligen Schützling, und obwohl es Darian zunächst unangenehm war, ließ er es geschehen. Nach einer kurzen Weile wischte sich der große alte Mann über die Augen und kniete sich urplötzlich hin. »Entschuldigt bitte, Eure Hoheit, aber die Gefühle haben mich übermannt. Mein Verhalten war ungebührlich.« Beschämt senkte er den Blick. »Ich werde es mir niemals verzeihen können, Euch so kläglich im Stich gelassen zu haben.«

»Ähm, er soll sich nicht hinknien«, flüsterte Darian, dem das peinlich war, Mia zu.

Mia legte Nordhalan eine Hand auf die Schulter. »In diesem Land ist Darian kein König, und er ist es auch nicht gewohnt, so behandelt zu werden. Bitte steh auf.«

Unsicher kam Nordhalan auf die Füße und konnte den Blick nicht von dem jungen Mann wenden, den er als winziges Baby in Erinnerung hatte.

»Mein Geist war verwirrt«, gab Nordhalan zu. Und diesmal versank er nicht wieder in diesem Zustand der geistigen Umnachtung, in dem er so lange Zeit gelebt hatte, sondern begann weiterzuerzählen. »... wir traten durch das Portal. Ich bin unendlich froh, dass dein Bruder Atorian damals den Kartenausschnitt gefunden hat, der ein Portal in der Nähe von Alahant vermuten ließ. Samukal, das Oberhaupt der Zauberer, hatte es uns früher immer verboten, nach dem Portal zu suchen, da er meinte, die Karte wäre ohnehin eine Fälschung. Außerdem hielt er es für lebensgefährlich, die fremde Welt zu betreten, und meinte, Atorian der Erste hätte das Portal ganz sicher nicht grundlos verschließen lassen. Aber in jenem Augenblick größter Verzweiflung habe ich es gewagt, da die Nebel aufgezogen waren. Ich wusste zunächst nicht, wo ich mich hinwenden sollte«, erzählte Nordhalan weiter. »Das raue, weite Land war im ersten Augenblick nicht ungewöhnlich für mich. Ich wollte Euch, Majestät ...«

»Darian genügt«, meinte Darian mit einem unsicheren Grinsen.

»Nun gut«, Nordhalan lächelte väterlich, »ich wollte versuchen, dich irgendwo in Sicherheit zu bringen, bis sich die Verhältnisse in Albany beruhigt hatten. Also lief ich mit dir bis ins nächste Dorf, wo ich erklärte, dass ich ein Zauberer von Albany und auf der Flucht sei. Ich erbat Schutz vor den Dunkelelfen, und wollte außerdem wissen, wer der König dieses Landes sei.«

Obwohl die Situation damals sicher sehr dramatisch gewesen war, musste Darian lachen. »Bitte entschuldige, aber die armen Leute müssen halb in Ohnmacht gefallen sein.«

Nordhalan nickte bedächtig. »Zunächst waren sie sehr höflich und versorgten uns mit Essen, doch als die Abenddämmerung einsetzte, standen plötzlich Männer in Uniform vor mir. Sie legten mir eine Art Kette an und führten mich ab. Ich wollte keine Magie anwenden, um die guten Leute nicht zu gefährden, und als ich mich wehrte, bekam ich einen Schlag auf den Kopf.« Er runzelte die Stirn. »Als ich erwachte, befand ich mich in einem merkwürdigen Raum, in dem kein Fenster zu sehen und die Tür verschlossen war. Männer in weißen Kutten befragten mich, und je mehr ich beteuerte, ein Zauberer zu sein und den Erben von Northcliff beschützen zu müssen, umso mehr gaben sie mir von diesen Tränken, die meinen Geist vernebelten. Einmal versuchte ich Magie anzuwenden, und ich glaube, ich habe zwei von ihnen getötet«, sagte er schuldbewusst. »Dann rammten sie mir einen spitzen Gegenstand in den Arm, und ich wusste irgendwann gar nicht mehr, wer ich war.«

Betreten blickte Darian Mia an. »Sie haben ihn in eine psychiatrische Anstalt gesteckt.«

»Was auch immer es war, es war entwürdigend. Lange Zeit blieb ich allein. Die geheimnisvollen Flüssigkeiten, die sie mir in den Arm spritzten, verwirrten mich derart, dass ich kaum noch wusste, was mit mir vorging. Irgendwann traf ich Gleichgesinnte, ich glaube, zwei von ihnen stammten ebenfalls aus einer anderen Welt. Doch selbst ich wusste irgendwann nicht mehr, wo meine Heimat ist, nur hier und da drangen Erinnerungsfetzen zu mir durch.«

»Wie konntest du von dort entkommen?«, wollte Darian wissen.

»Ich kann mich dunkel daran erinnern, dass ich und einige andere der armen Leute in ein seltsames Gefährt gesteckt wurden.« Er stand auf und deutete zum Fenster hinaus. »Ähnlich wie diese lauten, stinkenden Kutschen dort, nur größer.«

»Ein Bus«, vermutete Darian.

»Wir fuhren in diese Stadt und nach einer Weile gelang es mir zu fliehen.« Mit einem entschuldigenden Blick auf Darian fuhr Nordhalan fort. »Es tut mir leid, aber ich wusste nicht mehr, wer ich war, dass es dich gab, wie viel Zeit vergangen war und was meine Aufgabe war. Ich lebte von einem Tag auf den anderen, erbettelte mir einige dieser Münzen und Papierfetzen, für die man hier erstaunlicherweise Essen und Trinken bekommt.«

Mia musste schmunzeln und zwinkerte Darian zu. »Auch mir kam dies zu Anfang sehr seltsam vor.«

»Wie hast du es nur geschafft, hier zurechtzukommen, Aramia?«, erkundigte sich Nordhalan verwundert. »Haben sie dich nicht eingesperrt?«

»Nein, haben sie nicht, aber glaube mir, in der ersten Zeit war auch ich vollkommen durcheinander.« Dann schlich sich ein wehmütiges Lächeln auf ihr Gesicht. »Weißt du, Nordhalan, auch wenn wir Nebelhexen keinen sehr guten Ruf genießen, so heißt es doch, wir könnten uns an die widrigsten Umstände anpassen.«

»Aramia, ich bin so froh, dass du ihn gefunden hast«, sagte Nordhalan erleichtert und wandte sich dann Darian zu. »Du bist ein stattlicher junger Mann geworden.« Wieder betrachtete er ihn eingehend. »Du besitzt Ähnlichkeit mit deinem Vater, aber das Lächeln, das hast du von deiner Mutter.«

Mia nickte zustimmend und warf Darian heimlich einen liebevollen Blick zu.

»Wie hast du ihn gefunden?«, wollte Nordhalan von Mia wissen.

Sie erzählte, wie sie viele lange Jahre nach Darian gesucht

hatte, wie sie ihn letztendlich in London gefunden, sich an der Business School eingeschrieben und vergeblich auf das momentane Oberhaupt der Zauberergilde, die Elfe Vahira, gewartet hatte.

»Du kannst dir nicht vorstellen, welch eine Mühe es mich gekostet hat, mich an die Lebensweise der Menschen hier auch nur ansatzweise anzupassen«, erzählte Mia. »Ich konnte die nötigen Papiere fälschen, ich konnte mit Magie die Lehrer und Dozenten täuschen, aber vieles ist mir trotzdem fremd geblieben.«

»Diese Welt ist in der Tat verwirrend«, seufzte Nordhalan, dann blickte er Darian lächelnd an. »Aber ich spüre, dass du trotz allem ein guter und aufrechter junger Mann geworden bist.«

Zögernd erwiderte Darian Nordhalans Lächeln. Zwar war er froh, dass der Zauberer wieder im Vollbesitz seiner geistigen Kräfte war, dennoch wühlte ihn dies alles sehr auf.

»Weißt du, was aus Darians Amulett geworden ist?«, fragte Mia wie schon so viele Male zuvor. »Wir brauchen es, damit er nach Albany zurückkehren kann.«

»Das Amulett«, die Stirn zu tiefen Furchen gerunzelt versuchte der Zauberer sich zu erinnern, »Darian trug es um den Hals, als ich ihn zuletzt sah.« Bedauernd hob er die Schultern. »Mehr weiß ich leider nicht.«

Enttäuscht ließ sich Darian zurück in den Sessel sinken. Endlich hatten sie eine Antwort von Nordhalan, jedoch noch nicht die, die sie sich erhofft hatten.

»Wahrscheinlich hat es das Waisenhaus an sich genommen, als ich klein war«, vermutete er. »Später haben sie es möglicherweise meinen Pflegeeltern ausgehändigt.«

»Denkst du, sie könnten das Amulett noch haben?«, fragte Mia aufgeregt.

»Sie sind bei einem Autounfall ums Leben gekommen. Falls sie das Amulett hatten, wurde es wahrscheinlich wieder zurück ans Heim gegeben.« Nachdenklich kratzte er sich am

Kopf. »Bei den nächsten Pflegeltern war ich nicht sehr lange. Die einzige Hoffnung ist, dass es mein Adoptivvater noch aufbewahren könnte. Andererseits hat er niemals davon gesprochen.«

»Dann solltest du ihn aufsuchen«, schlug Nordhalan vor. »Ich werde nach Albany zurückkehren und Vorbereitungen für deine sichere Rückkehr treffen. Wenn ihr durch das Portal tretet, was hoffentlich bald geschehen wird, sollten dort Menschen auf euch warten, denen ihr vertrauen könnt.«

»Du willst ihn mir anvertrauen?«, staunte Mia, und als Nordhalan nickte und dann kurz darauf in seinem Sessel einschlief, wandte sie sich flüsternd an Darian. »Ich befürchte, er ist noch immer nicht bei klarem Verstand, sonst hätte er mich sicher nach Hause zurückgeschickt und sich selbst um dich gekümmert.«

»Vielleicht ist er auch einfach nur ein kluger Mann.« Wenngleich Nordhalan eindeutig schlief, war es Mia sichtlich unangenehm, dass Darian sie küsste. Aber seitdem der Zauberer aufgetaucht war, hatten sie ohnehin nur noch sehr wenig Zeit füreinander gehabt, und Mia kam nur hin und wieder heimlich und bei Nacht in sein Zimmer. Jetzt streichelte er liebevoll über ihre Wange. »Vielleicht ist es gar nicht so schlimm, dass ich nach London muss, denn ich wollte mich ohnehin von meinem Vater verabschieden, auch wenn ich ihm natürlich nicht sagen kann, wohin ich gehe. Außerdem muss ich mich offiziell von Melissa trennen, das bin ich ihr schuldig.«

Mia nickte nachdenklich und sah zu Boden.

»Nordhalan schläft, was wollen wir denn mit dem Rest des Tages anfangen, Mia?«

Sofort zuckte sie zusammen und warf dem alten Mann einen erschrockenen Blick zu. »Er könnte aufwachen.«

»Wird er schon nicht.« Darian grinste frech. »Komm, lass uns in dein Zimmer gehen und Dinge tun, für die man woanders in den Kerker geworfen wird.«

Empört schlug Mia ihm auf die Schulter. »Du sollst keine Scherze über so etwas machen. Wenn ich wirklich im Kerker sitze, was tust du dann?«

Darian umarmte sie und knabberte an ihrem Ohrläppchen herum. »Ich besorge mir ein Schwert und befreie dich.«

»Dann sollten wir noch ein wenig an deiner Schwertkampftechnik arbeiten«, erwiderte sie grinsend, wurde dann aber gleich wieder ernst. »Das müssen wir wirklich, und, Darian, bitte nimm das Ganze ernst. In Albany herrschen andere Regeln als hier, und ein Schwert in der Kehle beendet auch das Leben eines Erben von Northcliff.«

»Aber nicht heute.«

Auch nach zwei weiteren Tagen gab es keine Anzeichen dafür, dass Nordhalan in seinen umnachteten Zustand zurückgefallen wäre. Sicher fehlten ihm noch immer Bruchstücke seiner Erinnerung, doch die bezogen sich eher auf die Zeit nach seiner Flucht aus der Anstalt. Von seiner Entscheidung, Darian in Mias Obhut zu lassen, wich er nicht ab.

Mit traurigem Lächeln streichelte er über Mias Wange, als er ihr seinen festen Entschluss mitteilte, nach Albany zurückzukehren. »Du hast sehr viel besser auf ihn aufgepasst als ich.«

»Aber ich bin eine Nebelhexe.«

»Mia!«, rief Darian genervt, doch Nordhalan kam ihm zuvor.

»Mag sein, dass du eine Nebelhexe bist, aber du hast den Erben von Northcliff gefunden, du hast ihn beschützt und ihm gezeigt, was seine Bestimmung ist. Ich muss nach Hause und herausbekommen, was mit Vahira geschehen ist. Und ich muss Verbündete finden, denen ich vertrauen kann. Je näher Darians fünfundzwanzigster Geburtstag rückt, umso wachsamer werden Fehenius' Anhänger sein.«

»Eine Frage, Mia«, unterbrach Darian, »du hast mir neulich von diesem Zaubererbund, den Diomár, erzählt. Wieso habt ihr sie nicht einfach nach den Chroniken gefragt? Dann hätten Fehenius' Ansprüche auf den Thron doch widerlegt werden können.«

Bevor Mia etwas sagen konnte, hatte Nordhalan bereits das Wort ergriffen. »Die Diomár sind ein Mythos. Niemand fand jemals Beweise dafür, dass sie tatsächlich existieren.«

»Und was ist mit den magischen Feuern auf den Geisterinseln?«, wandte Mia ein, und Darian merkte, dass ihre Stimme dabei herausfordernd klang.

Auch Nordhalan schien das aufzufallen. Kritisch zog er seine Augenbrauen zusammen, und seine Miene wirkte plötzlich ungewohnt abweisend. »Auch das ist ein Aberglaube.« Der alte Zauberer wandte sich Darian zu. »Die Diomár sollen angeblich vom Anbeginn der Zeit an ihre Intrigen gesponnen, und manch ein Adelshaus mehr unterstützt haben als ein anderes. Nach dem Tod deines Großvaters Isarius gab es Gerüchten zufolge große Streitigkeiten innerhalb der Diomár. Man sah gewaltige magische Feuer auf den Geisterinseln auflodern, so erzählen es die Ältesten, und es wird spekuliert, dass sich die Diomár gegenseitig ausgelöscht haben. Die einen sollen Isarius unterstützt haben, die anderen Edevans angebliche Nachfahren. Beweise gab es nicht, aber es wird berichtet, dass einzelne Mitglieder der Gilde der Zauberer daraufhin nie wieder gesehen wurden.«

»Für mich ist das ein Beweis, dass es die Diomár gibt«, fügte Mia hinzu, doch Nordhalan wirkte skeptisch.

Der alte Mann warf einen Blick aus dem Fenster. »Wie auch immer, jetzt ist beinahe Herbst, spätestens bis zur Wintersonnenwende muss Darian auf der Insel der Drachen sein. Seht zu, dass ihr bis zum zweiten Herbstmond durch das Portal tretet.«

»Dann sollten wir schon morgen nach London fahren«, stellte Darian fest.

»Und ich werde zum Stein aufbrechen«, verkündete Nordhalan.

Nun erhob sich Darian. »Ich habe Hunger und werde nachsehen, ob uns die nette Pensionsbesitzerin nicht noch etwas kochen kann.«

»Er ist ein wunderbarer junger Mann geworden«, sagte Nordhalan, nachdem Darian durch die Tür verschwunden war.

»Das ist er«, entfuhr es Mia. Dann senkte sie rasch den Blick.

Leider war die Wirtin nicht da, und so mussten sie in ein Restaurant in der Nähe gehen, in dem sich Nordhalan nicht wirklich wohl zu fühlen schien. Er äußerte seine Bedenken, für Darians Sicherheit sorgen zu können, wenn er erst wieder in Albany war, doch Mia beruhigte ihn damit, dass die anderen Zauberer ihn sicher unterstützen würden. Nordhalan merkte noch einmal an, dass Aramia, Nebelhexe hin oder her, hier mehr von Nutzen sei als er selbst.

Mia erzählte, dass sie mehrfach Elementargeister beauftragt hatte, durch den Stein zu gehen. »Ich weiß, die Geister sind nicht unbedingt sehr zuverlässig, doch irgendeiner von ihnen hätte normalerweise Nachricht von Vahira bringen müssen. Das Letzte, was ich von ihr gehört habe war, dass Vahira auf dem Weg zum Stein sei. Das ist«, Mia rechnete kurz nach, »Ende des letzten Winters gewesen.«

»Hmm.« Nachdenklich nippte der Zauberer an seinem Rotwein. »Ich hoffe, ihr ist nichts geschehen. Aber was ist mit Samukal?«

Auf Darians fragenden Blick hin erklärte Mia: »Er war das Oberhaupt der Zauberer und ein enger Freund deines Vaters. Seit dem Anschlag auf euer Königshaus ist er verschollen, und wir vermuten, dass er in den Wirren getötet wurde. Nordhalan wäre sein Nachfolger geworden, doch der war mit dir verschwunden. Die Nächste war Vahira, eine mächtige Elfenzauberin.«

»Du musst wissen«, ergänzte Nordhalan, »seitdem so viele

Zauberer spurlos verschwunden sind, existiert unsere Gilde praktisch nicht mehr. Wir wählen stets ein Oberhaupt, welches über sehr starke magische Fähigkeiten verfügt, und dieses entscheidet dann, wer einen Schüler aufnehmen und zu seinem Nachfolger ausbilden darf. Wir sind sehr streng geworden, denn Zauberei ist eine mächtige Waffe und nur Menschen, Zwerge und Elfen gehören unserem Bund an. Die Trolle haben, soweit es mir bekannt ist, niemals einen Zauberer hervorgebracht, und auch Völker wie Gnome oder Kobolde verstehen sich nicht auf Zauberkunst.«

»Oh.« Noch immer kamen Darian diese Dinge verrückt und unwirklich vor.

»Ich werde sehen, was mit Vahira geschehen ist, wenn ich endlich wieder zu Hause bin.« Seufzend erhob sich der große alte Zauberer.

Nach einem eiligen Frühstück am Morgen rief Darian Nordhalan ein Taxi, das ihn bis zum Dorf in der Nähe des Steines bringen sollte. Zwar sah der Zauberer nicht sehr glücklich aus bei dem Gedanken daran, in diese, wie er es nannte, ›stinkende Kutsche‹ zu steigen, doch es leuchtete ihm ein, dass er zu Fuß viel zu lange gebraucht hätte.

»Seid vorsichtig«, ermahnte er Darian zum Abschied und nahm ihn bei den Schultern. »Hier, in dieser Welt, so seltsam sie auch ist, bist du sicher, aber sobald du durch das Portal trittst, kann es sehr gefährlich für dich werden.«

»Bitte hol Lilith«, bat Aramia aus einer plötzlichen Eingebung heraus. »Falls irgendetwas geschieht, kann sie das Schlimmste verhindern.«

»Lilith, die kleine Heilerin«, murmelte Nordhalan nachdenklich, dann verzog er den Mund. »Ich bezweifle, dass sie die Nebelinsel verlassen will.«

»Wenn du sagst, dass ich es bin, die nach ihr schickt, wird sie dir folgen.«

»Nun gut.« Mit einem letzten sorgenvollen Blick stieg Nordhalan umständlich in das Taxi. »Mögen die Götter euch auf eurem Weg in die andere Welt beschützen.«

Die beiden winkten ihm nach, bis das Taxi verschwunden war.

»Wer ist Lilith?«, wollte Darian wissen.

»Meine Freundin, sie ist ebenfalls eine Nebelhexe. Ihr Vater war ein Gnom, ihre Mutter eine Elfe.«

Darian entfuhr ein Lachen, und Aramia funkelte ihn giftig an.

»Entschuldige bitte, aber das muss seltsam aussehen.«

»Vielleicht«, antwortete Aramia und fuhr sich gereizt durch die Haare, »aber Lilith ist eine der besten Heilerinnen, die es jemals gegeben hat.«

»Mia, ich wollte deine Freundin nicht beleidigen«, versuchte Darian einzulenken.

»Überall werden wir Wesen von der Nebelinsel mit Verachtung angesehen.«

»Nicht mehr lange«, versprach Darian und drückte ihr einen Kuss auf die Stirn. »Ich werde das ändern.«

»So einfach wird das nicht werden. Bei manchen von uns tritt ein Elternteil zu stark in den Vordergrund. Murk zum Beispiel ist ein halber Troll. Er ist nett, hilfsbereit und freundlich, aber wenn ihn jemand reizt, wird er zu einer wilden Bestie.« Aramia hob die Schultern. »Wir Nebelhexen kommen damit zurecht, denn notfalls können wir ihn mit Magie im Zaum halten, aber unter Menschen würde er eine zu große Gefahr darstellen.«

Nun wurde Darian offenbar doch unsicher, und Aramia wurde mal wieder schmerzlich bewusst, wie wenig er von den Wesen der anderen Welt wusste. Doch dann lächelte er schon wieder. »Du wirst mir dabei helfen, eine gute Lösung zu finden.«

Erneut senkte sie traurig den Kopf. »Ich werde niemals Königin sein.«

»Doch, das wirst du«, versicherte er und versuchte sie zu kitzeln, doch Aramia sah ihn mit sehr ernstem Gesichtsausdruck an, und er hielt inne.

»Zarina, eine Weissagerin, hat mir prophezeit, dass ich immer eine Ausgestoßene bleiben werde«, erzählte sie, obwohl sie das eigentlich hatte verschweigen wollen.

»Das ist doch Blödsinn«, versuchte Darian sie aufzuheitern. »Ich glaube nicht an so etwas.«

»Zarina hat mit ihren Worten fast immer Recht behalten«, beharrte Aramia, und Tränen sammelten sich in ihren grünen Augen. »Sie hat einigen von uns Nebelhexen vorhergesagt, dass sie als Heiler in Adelshäusern arbeiten würden. Obwohl ihr das viele Sommer lang niemand glaubte, wurde es wahr, als dein Vater an die Macht kam. Und zu mir hat sie vor beinahe einhundert Sommern gesagt, mir stehe eine besondere Aufgabe bevor, die ganz Albany verändern würde.«

»Weissager müssen nicht immer Recht behalten, und wenn ich erst in Albany bin, werde ich ihr gehörig die Meinung sagen.«

»Sie starb vor achtzig Sommern.«

»Und wenn schon, wir verändern Albany, das verspreche ich dir.«

In der Nacht, Darian schlief schon seit geraumer Zeit tief und fest, wanderten Aramias Gedanken ziellos umher. So gern sie Darian auch hatte, er war noch sehr jung, in ihren Augen beinahe ein Kind, und seinen Optimismus konnte sie nicht uneingeschränkt teilen. Für ihn schien das alles ein großes Abenteuer zu sein, bei dem er die tödliche Gefahr, in der er schwebte, übersah. Aramia wollte alles dafür tun, ihn zu beschützen, aber sie war in Albany nun mal eine Ausgestoßene. Sicher war es ein großer Schritt, dass Nordhalan ihr Darians Leben anvertraut hatte, aber andererseits war der menschliche Zauberer den Nebelhexen von jeher deutlich weniger feindlich gesinnt gewesen als andere Mitglieder seiner Gilde. Dennoch würde auch er eine Verbindung zwischen ihr und Darian nicht gutheißen, und wenn sie ehrlich mit sich war, konnte sie sich, so sehr sie ihn auch liebte, nicht vorstellen, jemals Königin zu werden.

Sehr früh am nächsten Morgen fuhren sie zurück nach London, und Darian überlegte, ob er zuerst mit Melissa oder mit seinem Vater sprechen sollte. Ihm graute ein wenig vor beidem. Er konnte seinem Vater kaum diese verrückte Geschichte erzählen, dass er König einer fremden Welt war und nun dorthin zurückkehren musste. Daher waren seine Schritte zögerlich, als er mit Mia an der Hand auf das große schmiedeeiserne Tor zuging, welches den Eingang zum Anwesen seines Adoptivvaters Samuel Drake bildete. Die Wohngegend war sehr nobel. Ein luxuriöses Anwesen reihte sich an das andere, doch das der Drakes war eines der beeindruckendsten, mit einem parkartigen Garten, marmornen Statuen, die den Weg säumten, und dem prachtvollen Herrenhaus, das sich im Schatten großer Kastanien erhob. Wie immer standen zwei in schwarze Anzüge gekleidete Leibwächter vor dem Tor. Als sie Darian erkannten, öffneten sie sofort. Schweigend nickte er den beiden muskulösen, ernsten Männern zu, die respektvoll Platz machten.

Mia und Darian gingen die mit Kies bestreute Einfahrt hinauf.

»Dir ist es gut ergangen«, stellte sie zufrieden fest. »Ich habe mich nie sehr nah an euer Haus herangetraut und lediglich die Nachtnymphe zu dir geschickt.«

Darian lächelte ihr nervös zu und öffnete dann die große hölzerne Eingangstür.

»Mr. Drake, welch eine Freude, Sie zu sehen.« Malcom, der Butler, verbeugte sich leicht. »Darf ich Sie Ihrem Vater melden? Sie und Miss …?« Er machte ein fragendes Gesicht.

»Nein, danke, Sie brauchen mich nicht zu melden«, meinte

Darian und zog Mia die geschwungene Treppe hinauf in den ersten Stock. Alles in der Villa war von erlesener Qualität, die Wandteppiche, die Bilder bekannter Maler und exklusiven Vasen, die in den Ecken standen.

Vor dem Arbeitszimmer seines Vaters holte Darian noch einmal tief Luft, und Mia drückte aufmunternd seine Hand. Dann traten sie ein.

Auch dieser Raum strahlte Eleganz und zeitlosen Luxus aus. Der Schreibtisch war aus dunklem Mahagoni gefertigt, hohe Regale mit wertvollen Büchern zierten die Wände und in der Glasvitrine neben dem Fenster standen die edelsten Whiskys und Weinbrände. Darians Adoptivvater war ein Genießer.

»Vater?«, rief Darian, verwundert darüber, dass dieser nicht, wie gewöhnlich um diese Zeit, an seinem Schreibtisch saß.

In diesem Augenblick ging die Tür auf, welche in Samuel Drakes Schlafzimmer führte und nur angelehnt gewesen war. Ein stattlicher Mann, den man auf Ende vierzig schätzen konnte, betrat den Raum. Gerade knöpfte er sich sein Hemd zu und machte ein mehr als überraschtes, beinahe schon schockiertes Gesicht, als er sie erblickte. Doch er fasste sich rasch.

»Darian, welch eine Überraschung«, sagte er und zog die Tür eilig hinter sich zu. Dann fiel sein Blick auf die junge Frau, die hinter seinem Adoptivsohn gestanden hatte, und nun entgleisten ihm seine Gesichtszüge doch noch.

»Aramia!«, rief er, während Mia im gleichen Atemzug: »Lord Samukal, Meister, was tut Ihr denn hier?«, stammelte.

Verwirrt blickte Darian von einem zum anderen. In den Augen seines Vaters stand eine Spur Entsetzen, in Mias eher Verwunderung.

»Darian«, sagte sein Vater, und als er die Hand ausstreckte, kam Darian nicht umhin zu bemerken, dass sie zitterte. Etwas, das er noch niemals zuvor gesehen hatte, so lange er ihn kannte. Samuel Drake war als fairer, aber harter Geschäftsmann bekannt, immer überlegen, immer gefasst.

»Was hast du mit dieser Nebelhexe zu schaffen?« In Samuel Drakes Worten schwang Abscheu mit.

Mia war auf die Knie gesunken und hatte den Blick gesenkt.

Endlich hatte Darian seinen Schock ein wenig überwunden. »Die Frage ist doch eher, woher weißt du, dass Mia eine Nebelhexe ist?« Er zog Mia wieder auf die Füße.

»Meister, ich wusste nicht, dass Ihr in dieser Welt seid«, stammelte Mia und wagte offensichtlich kaum, den Blick zu heben. »Alle dachten, Ihr wärt tot. Nordhalan war verschwunden, und nachdem so viele Zauberer nicht zurückgekehrt sind, hat Vahira mich geschickt.«

»Vahira.« Samuel Drake kam auf seinen Sohn und Mia zu. »Sie war schon immer eine Närrin.«

»Verdammt noch mal, kann mir mal jemand erklären, was hier los ist?«, schrie Darian.

Samuel Drake warf einen nervösen Blick auf die Schlafzimmertür. »Darian, mein Junge, setz dich. Ich weiß, ich bin dir eine Erklärung schuldig.«

»Allerdings!«

Mit einer eleganten Handbewegung bat Samuel Drake die beiden, Platz zu nehmen. Er selbst setzte sich hinter seinen Schreibtisch und legte seine schlanken Hände an sein glatt rasiertes Kinn. Eine kurze Zeit musterte er Darian und dann Mia, die unter seinem Blick immer kleiner wurde.

»Mein Name ist nicht Samuel Drake, Darian«, erklärte der Mann, den Darian als seinen Vater ansah. »Ich bin Samukal Darakánn, Oberhaupt der Zauberer von Albany. Zumindest war ich das, bis dieser grausame Anschlag auf deine Familie verübt wurde.«

»Was?«, flüsterte Darian, der nicht fassen konnte, was er soeben hörte. »Warum hast du niemals etwas gesagt? Verdammt, du musstest doch wissen, dass ich zurückkehren muss, bevor ich fünfundzwanzig bin!«

»Natürlich, natürlich.« Samukal erhob sich und ging zu seiner Vitrine, wo er sich ein Glas Whisky eingoss. Darian hob abwehrend die Hand, als er ihm auch etwas anbot. Der durchdringende Blick seines Adoptivvaters bohrte sich in seine Augen. »Ich fürchtete um dein Leben«, erklärte Samukal eindringlich. »Zwar war Nordhalan mit dir durch den Stein gegangen, doch wir erhielten keine Nachricht mehr von ihm. Also folgte ich euch.« Samukal seufzte und ließ sich nach hinten sinken. »Es war sehr schwierig, dich ausfindig zu machen. Die Weltennebel zogen lange Zeit nicht auf, und als ich endlich hierhergelangte, war Nordhalan spurlos verschwunden. Ich brauchte beinahe zehn Jahre, bis ich dich in diesem Waisenhaus aufspürte.«

»Das erklärt aber nicht, warum du mir niemals etwas über meine wahre Identität verraten hast.«

»Es war nur zu deinem Schutz«, versicherte Samukal. »Ich wusste nicht, ob nicht vielleicht auch Feinde eures Königshauses hier in diese Welt gekommen waren. Ich habe selbst eine andere Identität angenommen und wollte dich so unauffällig wie möglich aufwachsen lassen.« Samukal ergriff über den Schreibtisch hinweg Darians Hand. »In diesem Winter wollte ich mit dir durch das Portal gehen und dir dein Erbe zeigen.«

Verwirrt zog Darian seine Hand weg. »Ich verstehe das alles nicht.«

Nun wagte Mia den Blick zu heben. »Warum habt Ihr nie Nachricht an Vahira geschickt?«

Samukals Blick wurde stechend. »Ich muss mich nicht vor einer Nebelhexe rechtfertigen!«

Empört sprang Darian auf. »Ich lasse nicht zu, dass du so mit ihr sprichst.«

Auch Samukal erhob sich zornbebend, dann jedoch entspannte er sich und senkte die Schultern. »Gut, verzeih mir. Es ist nur so, dass Nebelhexen …«

»Mia war ehrlich zu mir«, unterbrach Darian schneidend. »Ich vertraue ihr.«

»Es erscheint mir etwas früh, aber nun hat wohl sie dir gesagt, was zu verkünden eigentlich meine Aufgabe gewesen wäre.« Dann verbeugte er sich, wobei das ein wenig spöttisch wirkte, in Mias Richtung. »Ich wagte nicht, Nachricht nach Albany zu schicken, da ich nicht wusste, wem ich noch vertrauen konnte. Ich bin der Ansicht, dass der Tod deiner Familie nur durch Verrat in den engsten Kreisen verursacht worden sein kann. Ich wollte dich so lange wie möglich hier in Sicherheit wissen.«

Darian beobachtete Mia, die vorsichtig nickte.

»Ich brauche das Amulett, ich möchte nach Albany zurückkehren«, verlangte Darian bestimmt.

»Du solltest noch ein wenig warten, es ist sehr gefährlich für dich, nach Albany zu gehen, ich fürchte immer noch um dein Leben.« Samukal trommelte nervös mit den Fingern auf seinem Schreibtisch herum.

»Nein, ich will jetzt gehen. Nordhalan wird Vorkehrungen treffen, damit mir nichts geschieht. Wir haben ihn gefunden, er war die ganze Zeit hier in dieser Welt, nur ein wenig verwirrt.«

»Nordhalan.« Samukal hob überrascht die Augenbrauen. Er zögerte einen Augenblick, dann lächelte er väterlich und straffte die Schultern. »Nun gut, Darian, wenn Nordhalan für deine sichere Rückkehr sorgt, gebe ich dir das Amulett. Ich habe es all die Jahre für dich aufbewahrt.«

Kapitel 5

Rückkehr mit Hindernissen

Beinahe zwei Wochen hatte Nordhalan am Stein von Altnaharra, wie er in dieser Welt genannt wurde, ausgeharrt. Dabei war ihm vieles durch den Kopf gegangen, und die Vergangenheit belastete ihn sehr. Er hegte Schuldgefühle Darian gegenüber, für den er nicht dagewesen war, und auch was das bittere Schicksal Jarredhs und Adenas von Northcliff betraf. Der große alte Mann verneigte sich nach Westen, der untergehenden Sonne entgegen.

»Bitte verzeiht mir, ich werde versuchen, mein Versagen wiedergutzumachen«, murmelte er in den aufkommenden Ostwind, der dunkle Wolken mit sich brachte. Einer Horde wildgewordener Geister gleich jagten sie über den Abendhimmel und verliehen den menschenleeren Highlands eine düstere, bedrohliche Atmosphäre.

Im Schutz der Felsen war Nordhalan irgendwann eingeschlafen, in eine graue Decke gewickelt, dem kalten Regen trotzend. Doch nun, als der Morgen seine ersten zaghaften Boten schickte, wachte er auf. Ein Prickeln lief durch seinen Körper, erreichte seine Fingerspitzen – Magie. Seine ganzen Sinne waren seltsam geschärft, er nahm alles überdeutlich wahr, das Singen der Vögel, das Rascheln kleiner Tiere im Unterholz, und selbst der weiße Dunst verursachte ein Kribbeln auf seiner Haut.

Rasch erhob er sich. Dichter Nebel bedeckte das Land, dämpfte Nordhalans Schritte und verschlang regelrecht jedes Geräusch, als der Zauberer in Richtung des Monolithen ging. Voller Dankbarkeit schloss er kurz die Augen – die Weltennebel waren aufgezogen, und endlich, nach so langer Zeit, war es ihm vergönnt, nach Hause zurückzukehren.

Nordhalan schritt durch das magische Portal, welches sich silbern und golden leuchtend über den uralten Stein spannte. In die andere Welt begleitete ihn der feste Entschluss, alles für die sichere Rückkehr von Darian von Northcliff vorzubereiten.

Während Samukal zum Bücherregal am Fenster ging, schlossen und öffneten sich nervös seine Hände. Er lächelte den beiden jungen Leuten zu und zog an einem Buch, woraufhin eine Tür lautlos aufschwang.

Darian wunderte sich, denn er hatte gar nicht gewusst, dass es hinter dem Arbeitszimmer seines Vaters einen geheimen Raum gab.

»Kommt mit.« Samukal machte eine einladende Handbewegung.

Zögernd stand Darian auf, und Mia folgte ihm.

Sie betraten ein großes Zimmer, und Darians Augen weiteten sich vor Staunen. An den Wänden hingen Schwerter, Armbrüste, Säbel und Degen, Rüstungen standen in der Ecke. Er hatte keine Ahnung von dieser Sammlung gehabt.

Mit festen Schritten ging Samukal auf ein Bild zu, das einen alten schottischen König auf seinem Thron zeigte. Er klappte es zur Seite, und ein Tresor kam zum Vorschein. Nachdem er die Kombination eingegeben hatte, wühlte er darin herum.

»Aramia, würdest du bitte kommen und mir helfen? Ich habe mehrere Schmuckstücke hier und weiß nicht, welches das richtige ist.«

Mia trat neben den großen Mann und spähte in den Tresor. Darian stieß ein entsetztes Keuchen aus, als in der Hand seines Vaters wie aus dem Nichts heraus ein Dolch erschien, den er urplötzlich an Mias Kehle hielt. Nun waren Samukals eben noch freundliche Gesichtszüge so hassverzerrt, wie Darian es sich in den letzten fünfzehn Jahren noch nicht einmal hätte ausmalen können.

»Was tust du?«, rief Darian vollkommen perplex. Der Boden unter ihm schien auf einmal zu schwanken, als stünde er an Deck eines in Seenot geratenen Schiffes.

»Du verdammter Narr«, zischte Samukal und drückte den Dolch weiter in Mias weiche Haut. »Wieso lässt du dich mit einer verfluchten Nebelhexe ein? Alles lief nach Plan, und dann taucht dieses Miststück auf.«

Erschrocken und verwirrt zugleich riss Mia die Augen auf. Auch sie schien keine Ahnung zu haben, was gerade vor sich ging.

»Meister, was ...«

»Meister!«, höhnte Samukal und hob abwehrend seine Hand, als Darian näher kommen wollte. »Einen Schritt näher, und ich schneide ihr die Kehle durch.« Die Knöchel seiner Hand traten vor Anspannung weiß hervor, und ein hauchzartes Rinnsal aus hellrotem Blut bildete sich auf Mias Haut.

»O Gott, Vater, was tust du denn?« Darian war vollkommen verstört. Zuerst erfuhr er, dass Samuel gar nicht der war, für den er ihn so lange Zeit gehalten hatte, sondern ein Zauberer aus einer anderen Welt, und nun bedrohte er die Frau, die er liebte. Sein ganzes Leben geriet aus den Fugen.

Auf Samukals Gesicht erschien ein überlegenes, triumphierendes, und zugleich grausames Lächeln, welches so gar nicht zu dem Samuel zu passen schien, den Darian gekannt hatte. Zwar war sein Ziehvater immer ein selbstbewusster Mann gewesen, der gewusst hatte, seine Interessen durchzusetzen, aber nun schien er sich in einen vollkommen anderen Menschen, nein, in ein Monster verwandelt zu haben. Seine markanten Gesichtszüge, welche die meisten Menschen als attraktiv bezeichneten, waren zu einer dämonischen Maske verzerrt und in seinen Augen, die ebenso dunkel waren wie seine gut frisierten kurzen Haare, funkelte eine Spur von Wahnsinn.

»*Ich* bin für den Niedergang deines Königshauses verantwortlich. *Ich* war es, der deinem närrischen Vater das Schwert ins Herz gestoßen hat.«

Entsetzt torkelte Darian zurück, und auch auf Mias Gesicht zeigte sich Fassungslosigkeit.

Samukal lehnte sich gegen die Tresorwand, Mia nach wie vor in seinem eisernen Griff. »Du kannst dir nicht vorstellen, wie wütend ich war, dass meine Männer dich und Nordhalan entkommen ließen. Erst nach drei Jahren fand ich heraus, dass diese Legende von dem Portal am Stein von Alahant tatsächlich wahr ist und ihr dort hindurch geflohen seid. Niemals zuvor sind die Weltennebel aufgezogen, und auch damals musste ich lange Zeit warten.« Er fuchtelte mit dem Dolch gefährlich nah vor Mias Gesicht herum. Darian bemerkte Mias Anspannung, die feinen Adern, die an ihren Armen hervortraten. »Zunächst verwirrte mich diese Welt ein wenig, das muss ich zugeben, aber ich habe schließlich gelernt, dass man hier mit einfachen Zauberkräften Großes bewirken kann. Ich habe mir ein Imperium aufgebaut, dumme Politiker und Geschäftsleute bestochen. Ha! Besonders diese Banker, die hinter Geld her sind, welches nur in ihren Computern existiert, sind noch viel leichter zu beeinflussen als die Adligen von Albany. Denn die wollen Greifbares wie Gold und Edelsteine und merken zumindest, wenn Magie im Spiel ist.« Samukal schien ganz euphorisch angesichts seiner Triumphe, doch dann wurde seine Stimme ein wenig sanfter. »Und schließlich habe ich dich gefunden, Darian.«

Darian runzelte die Stirn.

»Warum hast du mich nicht gleich getötet?«, fragte er dann voller Hass und tastete zitternd nach dem Schwert, das hinter ihm an der Wand hing.

»Lass das, Junge«, meinte Samukal gelassen, »du kannst damit nicht umgehen, und die Kleine hier wäre tot, ehe du es auch nur in der Hand hältst.«

Resigniert ließ Darian die Schultern sinken.

»Du bist mir ans Herz gewachsen«, behauptete Samukal, und für einen Augenblick schien Darian beinahe geneigt, ihm zu glauben, denn der alte Ausdruck von Zuneigung zeichnete sich auf dem Gesicht seines Adoptivvaters ab.

»Dass derjenige, der einen Unsterblichen tötet, der Legende nach auf ewig verflucht ist, hat dabei wohl keine Rolle gespielt«, warf Mia provozierend ein. Ihr schockierter, ängstlicher Gesichtsausdruck war gewichen, ihre dunkelgrünen Augen funkelten zornig.

»Schweig, du Bastard«, befahl Samukal voller Hass.

Von hilfloser Wut erfüllt ballte Darian die Fäuste. Selten in seinem Leben hatte er sich so machtlos gefühlt.

»Ich wollte dich nicht töten.« Samukal musterte Darian eine ganze Weile, dann fügte er leise: »Ich hatte meine Gründe«, hinzu. Nur Sekunden später hatte er wieder diesen überlegenen, berechnenden Blick auf dem Gesicht. »Deine Pflegeeltern musste ich allerdings aus dem Weg räumen.« Samukals Stimme troff nun wieder vor Hohn.

»Du warst das!«, zischte Darian und beugte sich nach vorne. In seiner Wut riss er nun doch das Schwert von der Wand und kam mit Funken sprühenden Augen näher.

»Lass es fallen«, verlangte Samukal, ritzte Mias Haut auf, und ein kleiner Streifen frischen Blutes rann ihren Hals hinab.

Mit einem wütenden Schrei schleuderte Darian das Schwert gegen die Wand. Laut scheppernd riss es einen Kerzenhalter aus der Verankerung, und Darian sank auf dem Boden in sich zusammen.

»Nachdem deine ersten Pflegeltern tot waren, entschloss ich mich, dich zu adoptieren«, erzählte Samukal ungerührt weiter. »Es gelang mir nicht gleich, aber zum Glück waren die Leute, bei denen du anschließend warst, ohnehin mit einem Jungen mit so ausgeprägter Fantasie überfordert. Hier und da musste ich jemanden bestechen oder durch Magie beeinflussen.« Er grinste. »Schon lange hatte ich mich an den Komfort dieser Welt gewöhnt und hegte nicht mehr den dringenden Wunsch, nach Albany heimzukehren. Und so lange auch du nicht zurückkehrst, kann mein Bruder dieses primitive Land regieren. Ich habe hier genügend Macht, wenngleich ich es bedauerlich finde, dass meine Zauberkräfte in dieser Welt nicht so ausgeprägt sind wie in meiner Heimat.« Seufzend blickte er auf seine Hände und wandte sich dann Darians Freundin zu. »Wie siehst du das, Aramia?«

Sie ersparte sich eine Antwort und schnaubte nur.

»Dein Bruder?«, fragte Darian hingegen verwirrt.

»Fehenius. Niemand weiß es, aber er ist mein Halbbruder.« Samukal seufzte übertrieben. »Da ich über Zauberkräfte verfüge, hätte ich ohnehin niemals König werden können. So habe ich meinen geliebten Halbbruder unterstützt, und der sollte mir im Gegenzug zu mehr Macht und Einfluss in Albany verhelfen. Ursprünglich wollte ich warten, bis du fünfundzwanzig bist und dann mit der Nachricht nach Albany zurückkehren, dass du leider in der anderen Welt getötet wurdest. Aber es gefällt mir hier.« Samukal lachte, griff mit seiner freien Hand in den Tresor und ließ einige Fünfhundertpfundscheine auf den Boden regnen. »Das hier ist die wahre Macht, hiermit kann ich alles erreichen! Diese Welt ist großartig«, tönte er, hatte sich offensichtlich in Ekstase geredet. »Hier dem einen Politiker einen Scheck zugesteckt, dort einem Machthaber ein paar Waffen besorgt.« Samukals Blick bohrte sich in Darians Augen. »In wenigen Jahren werde ich diese Welt beherrschen.«

»Du bist vollkommen wahnsinnig«, keuchte Darian entsetzt. Der Mann, den er jahrelang geliebt, verehrt und bewundert hatte, hatte sich innerhalb weniger Augenblicke in ein Ungetüm verwandelt.

Samukal lachte nur, dann räusperte er sich. »Gut, ich habe

dich angelogen, aber in einer Sache habe ich die Wahrheit gesprochen.« Er sah Darian ernst an. »Ich hätte es nie für möglich gehalten, doch du bist mir ans Herz gewachsen und wie ein Sohn für mich geworden. Hier hast du alle Möglichkeiten. Vergiss diese andere, primitive Welt, du kannst mein Imperium übernehmen …«

»Halt den Mund!«, schrie Darian außer sich. »Du bist die widerwärtigste Kreatur, die mir jemals untergekommen ist.« Seine Stimme überschlug sich beinahe. »Lass Mia sofort los, und gib mir das Amulett.«

Gespielt betrübt schüttelte Samukal den Kopf. »Nein, das kann ich nicht. Ich bin es meinem Bruder schuldig, dass ich dich zumindest so lange hier festhalte, bis du fünfundzwanzig bist. Oder glaubst du im Ernst, ich habe dir das alles erzählt, um euch einfach gehen zu lassen?« Samukals Augen bohrten sich brennend in die seines Adoptivsohnes. »Du bist ohnehin nicht zum König geschaffen, du bist viel zu weich.«

Darian entfuhr ein unartikulierter Laut, und er stieß eine Rüstung zu Boden, die laut scheppernd in ihre Einzelteile zersprang.

»Welch eine Unbeherrschtheit«, seufzte Samukal und schob Mia vor sich her. »Komm mit, Darian, ich werde mir überlegen, was ich mit euch anstelle.«

Von unglaublicher Wut und Hilflosigkeit erfüllt folgte Darian Samukal, der, Mia immer noch fest im Griff, zurück ins Arbeitszimmer ging.

Dort erwartete Darian der nächste Schock. Nur in ein spitzenbesetztes Unterhemd gekleidet und mit vom Schlaf zerstrubbelten Haaren stand Melissa in der Tür.

»Samuel, was ist das denn für ein fürchterlicher Krach?«, säuselte sie gähnend. Als Darian im Zimmer erschien, lief sie knallrot an.

Abermals riss Darian die Augen auf und starrte sie an wie eine Erscheinung.

»Kindchen, geh wieder ins Bett«, verlangte Samukal und achtete nicht auf Melissas schockierten Gesichtsausdruck. Ganz offensichtlich wusste sie nicht, was sie schlimmer fand – dass Darian hinter ihre Affäre mit seinem Vater gekommen war oder dass Samuel einer ihr unbekannten Frau einen Dolch an die Kehle hielt.

»Samuel, was geht hier vor?«, kreischte Melissa auf und schlang ihre nackten Arme um sich.

»Leider ist mein lieber Sohn zur falschen Zeit am falschen Ort gewesen. Geh in den Raum hinter mir, nimm dir das Geld, das am Boden liegt, und verlass das Land.«

»Wie bitte?« Jetzt war es an Melissa, ihre Augen aufzureißen.

Noch immer starrte Darian sie an, denn er konnte – oder wollte – nicht glauben, was sich gerade abspielte.

Darians Blick meidend schlich Melissa in den geheimen Raum, stieß einen überraschten Schrei aus und tauchte kurz darauf mit einem Arm voll Geldbündel auf, nur um dann eilig das Zimmer zu verlassen.

»Mach nicht so ein schockiertes Gesicht, Darian. Die kleine Melissa hat mir geholfen, dich ein wenig unter Kontrolle zu halten.« Dann grinste Samukal selbstgefällig. »Allerdings findet sie mehr Gefallen an echten Männern mit Macht und Geld.«

»Ich glaube, mir wird schlecht«, murmelte Darian, torkelte zurück und stützte sich an der Wand ab. In der Tat wurde ihm schwindlig, seine Gedanken fuhren Achterbahn.

Samukal grinste höhnisch. »Ich brauchte jemanden, der dich davon abhält, nach Schottland zu gehen, am Ende hättest du deine Wurzeln wiedergefunden. Eigentlich wollte ich gar nicht nach Großbritannien zurückkehren, aber dann haben sich die Geschäfte hier so gut entwickelt. Und dir wollte ich die bestmögliche Schulbildung ermöglichen.« Nun schlug Samukal wieder den vertrauten Tonfall an, den Darian so viele Jahre gekannt hatte, und seine Stimme klang beinahe schon flehend.

»Darian, bitte, schließ dich mir an. Wir können diese Welt beherrschen, und selbst wenn du kein Unsterblicher wirst, so kannst du doch hier ein sehr viel angenehmeres Leben führen als im primitiven Albany.«

Kreidebleich im Gesicht musterte Darian seinen Adoptivvater und konnte es einfach nicht fassen. Die Tatsache, dass sein falscher Vater, der sich eben als wahnsinniger Zauberer Albanys entpuppt hatte, angeblich ihm gegenüber echte väterliche Gefühle hegte, machte die Sache nur noch grotesker.

»Darian«, flüsterte Mia mitleidig, konnte sich aber nicht aus Samukals Griff lösen.

»In meinem ganzen Leben werde ich mich jemandem wie dir nicht anschließen«, stieß Darian mühsam hervor. Dann beäugte er Samukal aus zusammengekniffenen Augen, und seine Stimme war nur noch ein heiseres Zischen. »Es gibt keine Kreatur auf der Welt, die ich mehr verachte!«

Kurz zeigte sich ein Ausdruck von Trauer auf dem Gesicht des dunkelhaarigen Zauberers, dann zuckte er bedauernd mit den Schultern. »Geh zu dem Regal neben der Tür«, befahl Samukal. Als Darian nicht reagierte, ließ er seine Stimme durch das Zimmer donnern. »Geh zu dem Regal neben der Tür und zieh das dritte Buch in der dritten Reihe heraus!«

Darian zuckte zusammen und hätte gerne aus Trotz nicht reagiert, aber er wusste, dass er dann Mia in Gefahr brachte. So tat er, was Samukal ihm befohlen hatte, und zog ein dickes, in rotes Leder gebundenes Buch heraus. Erneut schwang das Regal lautlos zur Seite und ein winziger, fensterloser Raum wurde sichtbar.

»Geh hinein«, befahl Samukal. Als Darian zögerte, fragte er schneidend: »Muss ich heute alles zweimal sagen?«

Mit weichen Knien betrat Darian das dunkle Zimmer. Ehe er sich versah, schubste Samukal Mia zu ihm, und die Tür schloss sich wieder. Nun standen beide im Dunkeln.

»Oh, Darian, das tut mir alles so leid«, flüsterte Mia voller

Mitgefühl und umarmte ihn. »Samukal besitzt viel stärkere magische Kräfte als ich, ich wagte keinen Angriff.«

Zitternd ließ er sich auf den Boden sinken und versuchte seine sich überschlagenden Gedanken zu ordnen. Sein ganzes bisheriges Leben war gerade als Lüge enttarnt worden.

Zunächst versuchte Aramia ihn mit liebevollen Worten zu beruhigen, aber nachdem er nicht reagierte, drückte sie ihn einfach an sich und streichelte ihm über die Haare. Er tat ihr unendlich leid. Was Samukal ihm angetan hatte, war unverzeihlich, und Aramia konnte nicht fassen, dass Samukal, das weise und ehrwürdige Oberhaupt der Magier von Albany, wirklich ein gemeiner Verräter sein sollte. Auch wenn Samukal ebenso wie die anderen Menschen Albanys nichts für Nebelhexen übrig hatte, so hatte sie ihn dennoch bewundert.

Nach einer kleinen Ewigkeit hob Aramia Darians Kinn mit dem Finger an. Dank ihres Dunkelelfenblutes konnte sie auch in der Dunkelheit sehen und erkannte den verstörten Ausdruck auf seinem Gesicht.

»Darian, bitte, sag doch irgendetwas.«

Zunächst reagierte er nicht, dann lehnte er sich gegen die Wand und starrte an die Decke.

»Er hat mich mein ganzes Leben lang belogen und benutzt.« Darian lachte bitter auf. »Sogar meine Freundin hat er gekauft. Wie konnte ich nur so blind sein und nicht erkennen, was für ein Schwein er ist?«

Tröstend streichelte sie ihm über die Wange. »Wir alle haben ihn für einen aufrechten, ehrlichen Zauberer gehalten, und niemand ahnte, dass er ein Verräter ist. Samukal war der größte Schwertmeister Albanys und Anführer der Zauberer. Dein Vater hat ihm vertraut.«

»Er hat ihn getötet«, flüsterte Darian, wobei seine Worte seltsam unwirklich in dem dunklen Raum klangen. »Wie soll es denn nur weitergehen?«

»Ich weiß es nicht«, gab Aramia zu. »Aber ich verspreche dir, ich werde alles dafür tun, dass du nach Albany kommst.«

Darian schloss Aramia fest in seine Arme. Im Augenblick war sie sein einziger Halt und Trost, während die Welt um ihn herum im Chaos versunken war.

Unruhig schritt Samukal in seinem Arbeitszimmer auf und ab. Wie hatte es ihm entgehen können, dass sich Aramia, die Nebelhexe, in dieser Welt befand? Kopfschüttelnd nahm er einen Schluck Whisky. Die Angestellten hatte er bis auf die Leibwächter, die vor dem Tor Wache hielten, alle nach Hause geschickt. Er hatte versucht, Rashkár zu erreichen, jedoch vergeblich. Dummerweise hatte sich sein finsterer Untergebener bisher standhaft geweigert, eine der modernen Errungenschaften wie zum Beispiel ein Handy zu benutzen. Daher trat Samukal immer über einen handtellergroßen, verzauberten Kristall mit ihm in Verbindung. Doch der war unhandlich, und Samukal hatte ihn auf seiner wichtigen Geschäftsreise nicht dabeigehabt. Ein Schmunzeln breitete sich auf seinem Gesicht aus, als er an seine letzten Unternehmungen dachte. Waffenschmuggel war doch einfach zu lukrativ, als dass man sich ihm hätte entziehen können. Er hatte eine Menge Geld damit verdient.

Darians Auftauchen, und vor allem das der Nebelhexe, verstörte ihn mehr, als es den Anschein hatte. Doch Samukal war ein Mensch, der sich sehr schnell an neue Situationen anpasste, und so war es ihm zu seinem Glück gelungen, Aramia und seinen Adoptivsohn so lange zu täuschen, bis er die Nebelhexe in seiner Gewalt gehabt hatte.

»Vielleicht kann ich es zu meinem Vorteil nutzen, dass sich der kleine Narr in die Hexe verliebt hat«, grübelte der Zauberer und setzte sich wieder in seinen gewaltigen Chefsessel.

Mitten in seine Überlegungen hinein spürte er plötzlich Unbehagen in sich aufsteigen. Die Haare an seinen Unterarmen stellten sich auf, und er schauderte. Dann manifestierte sich wie aus dem Nichts heraus eine in einen dunklen Umhang gehüllte Gestalt direkt vor dem Fenster.

»Kannst du nicht die Tür benutzen wie ein anständiger Mensch?«, schnappte Samukal gereizt.

»Ich bin kein Mensch«, tönte eine dunkle Grabesstimme aus den Tiefen der Kapuze hervor.

Samukal winkte ab. »Wo hast du so lange gesteckt? Ich habe versucht, dich zu erreichen.«

Eine weiße Hand mit ungewöhnlich langen Fingern glitt aus dem Umhang und legte den gleichen Kristall, wie Samukal ihn besaß, auf den Tisch.

»Auch ich versuchte, mit Euch in Verbindung zu treten.« Rashkárs Stimme kannte keine Zwischentöne, die, wie bei einem Menschen, irgendwelche Emotionen angedeutet hätten. Sie hatte immer den gleichen, grausig hohlen Klang, der selbst Samukal nach all den Jahren noch erschaudern ließ, auch wenn er sich das nicht anmerken lassen durfte.

»Die Nebelhexe muss bereits vor zwanzig Sommern durch das Tor gekommen sein. Warum hast du das nicht bemerkt?«, fragte Samukal scharf.

Die schattenartige Gestalt bewegte sich wie flüssiges Quecksilber, langsam glitt sie auf Samukal zu. Beinahe glaubte man, sie würde schweben. »Ich sah sie und Euren Sohn vor einem halben Mond am Stein. Es erschien mir seltsam, deshalb heftete ich mich an ihre Fersen. In der großen Stadt verlor ich ihre Spur, daher kam ich nun zurück zu Euch.«

»Mittlerweile ist Darian mit der Nebelhexe hier. Du bist ein Versager, du hättest sie töten müssen, als sie durch den Stein kam, so wie alle anderen.« Samukals Hand schoss vor, und plötzlich hing die schattenhafte Gestalt in der Luft, die skelettartigen Hände verzweifelt um ihren Hals geklammert. Ein widerwärtiger, für menschliche Ohren kaum noch hörbarer hoher Schrei erfüllte den Raum.

Einen Augenblick lang genoss Samukal die Todesangst seines Untergebenen, dann ließ er ihn los.

Röchelnd sackte Rashkár auf dem Boden zusammen.

»Nun gut, es sei dir verziehen, du hast mir bisher gut gedient«, sagte der Zauberer betont gelassen. »Die anderen Zauberer und zuletzt Vahira hast du schließlich alle getötet.«

Rashkár erhob sich wieder und verbeugte sich unterwürfig. Er war ein fleischgewordener Dämon aus dem tiefsten Unterreich, welches im Nebel zwischen den Welten lag. Auf seiner Reise hatte Samukal das gefährliche Experiment gewagt und den Dämon beschworen, um einen gewissenlosen Handlanger zu haben. Nur ein mächtiger Zauberer, der in dunklen Künsten ausgebildet war, konnte ein solches Wesen beschwören und beherrschen. Einen Teil von Rashkárs Geist hatte Samukal in einen kleinen schwarzen Opal transformiert und besaß so Macht über ihn. Rashkárs einziges Verlangen war, zu töten und seinem Meister zu dienen. In seinem Urzustand verfügte der Dämon über keine richtige Gestalt, sein momentanes Aussehen, das einem Albtraum entsprungen zu sein schien, hatte er Samukal zu verdanken. Denn Dämonen nahmen immer das Aussehen an, das ihre Schöpfer ihnen zu geben wünschten.

Und so glich Rashkárs Gesicht einer vernarbten, bleichen Fratze, und seinen beinahe durchscheinenden, sehnigen Körper verdeckte er auf Samukals Geheiß hin mit einem langen Umhang. Denn auch der Zauberer selbst fand den Dämon mittlerweile widerwärtig und abstoßend.

»Kehr zum Stein zurück. Lass niemanden das Portal passieren«, befahl Samukal und entließ den Dämon anschließend mit einer Handbewegung.

Mia und Darian hatten jegliches Zeitgefühl verloren und saßen von wachsender Sorge erfüllt in der Dunkelheit. Rashkárs Schrei hatten auch sie vernommen, doch nicht einmal Mia wusste, was das gewesen sein konnte.

Irgendwann hörten sie Schritte, dann Samukals Stimme.

»Ich öffne jetzt die Tür. Wenn du irgendeinen Zauber versuchst, Aramia, seid ihr beide tot.«

Tatsächlich hatte Mia mit dem Gedanken gespielt, ihn zu überrumpeln, vielleicht hätte zumindest Darian entkommen können. Aber nach Samukals Drohung bemühte sie sich, ihre hochkochende Wut zu unterdrücken und zügelte ihr Temperament.

Lautlos öffnete sich die Tür, und Samukal stand vor ihnen.

»Darian, komm zu mir, mein Sohn.«

»Ich bin nicht dein Sohn, du Mörder.«

»Komm trotzdem heraus, ich muss mit dir sprechen.«

»Was ist mit Mia?«

»Mia … – ja, das macht Sinn, schließlich muss man in dieser Welt seinen Namen ein wenig abändern«, kicherte Samukal, dann wandte er sich an Darian. »Sie bleibt hier, ihr wird nichts geschehen.«

»Es ist in Ordnung«, versicherte Mia.

Zögernd stand Darian auf und warf noch einen letzten Blick auf Mia, während die Tür wieder zuschwang.

Samukal führte ihn in den Salon, wo ein Feuer im offenen Kamin knisterte, und bedeutete ihm, sich zu setzen.

»Ich habe mir folgendes überlegt«, begann er mit seiner befehlsgewohnten, ruhigen Stimme. »Ich werde dich und die Hexe am Leben lassen.«

»Wie großzügig«, knurrte Darian. Seine Augen spiegelten blanken Hass wider.

»Das ist es in der Tat«, entgegnete Samukal gelassen. Dann setzte er sich auf das antike Sofa, welches er vor kurzem zu einem horrenden Preis auf einer Versteigerung erworben hatte. »Auch wenn du mir nicht glaubst, du bist tatsächlich wie ein Sohn für mich geworden.«

Von Darian kam nur ein angewidertes Schnauben. Diesem Mann würde er niemals wieder auch nur ein einziges Wort glauben. Ohne Darian zu beachten fuhr Samukal fort. »Du wirst dein Leben ganz normal weiterführen können. Du wirst an die Universität gehen und leben wie all die anderen Menschen in dieser Welt.«

»Wie bitte?«, fragte Darian nach, denn diesen Vorschlag konnte er nicht fassen. »Ich soll einfach weitermachen wie bisher? Das ist doch nicht dein Ernst! Und was ist mit Mia?«

»Dieses widerwärtige Geschöpf ...« Als Darian empört aufsprang, hob Samukal abwehrend eine Hand. »Nun gut, sie hat deine Sinne betört, das liegt diesen Wesen im Blut, aber egal. Sie wird so lange leben, wie du nicht versuchst, durch das Portal zu gehen.«

Verständnislos starrte Darian seinen Adoptivvater an.

»Ich behalte sie als Pfand. Von mir aus kannst du sie nach deinem fünfundzwanzigsten Geburtstag sogar haben, wenn du sie dann noch willst.«

»Was redest du denn? Du kannst sie doch nicht bis Ende Dezember gefangen halten.«

»Natürlich kann ich das«, lachte Samukal. »Ich kann sie auch gleich töten, wenn dir das lieber ist. Das Amulett bekommst du aber trotzdem nicht.«

»Nein!«, rief Darian erschrocken und suchte fieberhaft nach einem Ausweg. Samuel, nein, Samukal, war verrückt. Wenn er sich nicht kooperativ zeigte, würde er Mia auf jeden Fall töten.

»Und, was sagst du?« Mit einer gewohnt eleganten Bewegung schenkte sich Samukal ein Glas Sherry ein.

»Mir bleibt wohl keine Wahl«, erwiderte Darian bitter. »Aber woher weiß ich, dass Mia überhaupt noch lebt und du mich nicht wieder anlügst.«

»Ich bin kein Unmensch. Du darfst sie jeden Abend für einen Augenblick sehen.«

»Kein Unmensch – natürlich nicht!« Darian verzog spöttisch den Mund und erhob sich. »Also gut, ich gehe jetzt auf mein Zimmer.«

»Tu das, mein Sohn.« Darian glaubte, tatsächlich so etwas wie Erleichterung in Samukals Stimme zu hören, und wieder sträubte sich alles in seinem Inneren. Ganz langsam drehte er sich noch einmal um. »Nenn mich nie wieder Sohn.«

Dann ging er, den Kopf voller wirrer Gedanken, die Treppe hinauf. Irgendwie musste es ihm gelingen, Mia zu befreien. Er spielte mit dem Gedanken, zum Stein zu reisen, in der Hoffnung, Nordhalan dort zu treffen, doch er hatte keine Ahnung, wann und ob der alte Zauberer zurückkehren würde, und er selbst konnte ohne das Amulett nicht durch das Portal gehen. Es war zum Verzweifeln.

Kapitel 6

Gegen die Zeit

In den nächsten Tagen arbeitete Darian fieberhaft an seinen Fluchtplänen. Er hatte gedacht, Samukal würde Mia in dem kleinen Zimmer hinter dem Bücherregal gefangen halten, doch das hatte sich als Irrtum erwiesen. Auch seine Versuche, in den geheimen Raum mit den Waffen einzudringen und den Tresor zu knacken, waren fehlgeschlagen. Darian gelangte einfach nicht mehr hinein.

Jede Minute, die er mit Samukal im gleichen Haus verbringen musste, erfüllte ihn mit Abscheu, aber zum einen traute er sich nicht fortzugehen, zum anderen fieberte er jeden Abend dem Moment entgegen, in dem er Mia sehen konnte. Samukal schien seine Gefangene in Ruhe zu lassen, was ihrer Verzweiflung jedoch keinen Abbruch tat. Die beiden durften sich nicht unterhalten, und nach wenigen Augenblicken führte Samukal Mia wieder fort. Darian bekam nie einen Hinweis darauf, wo sie gefangen gehalten wurde.

Langsam, aber sicher wusste Darian nicht mehr, wie er aus dieser verfahrenen Situation herauskommen sollte. Obwohl er es sinnlos fand, beugte er sich dem Willen seines Adoptivvaters, wieder zurück auf die Schule zu gehen. Melissa tauchte nicht mehr auf, und Darian vermutete, dass sie sich mit dem vielen Geld abgesetzt hatte. Auf die Fragen seiner Mitstudenten antwortete er nur einsilbig. Mia schien an der Business School niemand zu vermissen.

Es wurde Ende Oktober, dann Anfang November. Darian

war unendlich verzweifelt, und ihm war schmerzlich bewusst, dass ihm die Zeit davonlief. Eines Tages war er, nachdem er Mia am Abend gesehen hatte, den ganzen Weg bis zum Stein in Schottland gefahren in der Hoffnung, auf Nordhalan zu treffen. Auch wenn er absichtlich den ganzen Tag geschlafen oder sich ausgeruht hatte, war es anstrengend gewesen, an die sechshundertfünfzig Meilen am Stück zu fahren, und leider wurde er ohnehin enttäuscht, denn von dem Zauberer oder einem anderen potentiellen Helfer aus Albany war nichts zu sehen. Zumindest hatte er eine Nachricht in eine durchsichtige Tüte eingeschweißt und diese für ihn direkt neben dem Stein hinterlassen. Die ganze Zeit über hatte sich Darian beobachtet gefühlt, dies jedoch auf seine ohnehin schon überreizten Nerven geschoben. Resigniert und übermüdet war er den langen Weg wieder zurückgefahren, hatte zwischendurch in einem Motel übernachtet, und sich verflucht, Mia an diesem Abend nicht gesehen zu haben. Nur der kurze Blick, den Samukal ihm am nächsten Tag auf sie gewährte, tröstete ihn ein kleines bisschen.

Als es Ende November wurde und der Butler ihm plötzlich Besuch ankündigte, wusste er überhaupt nicht, wer ihn besuchen wollte. Ihn beschlich die vage Hoffnung, es könne sich sogar um Nordhalan handeln, und daher hastete er so schnell die steinernen Stufen des Herrenhauses hinunter, dass er beinahe stürzte.

Allerdings fand er in der Eingangshalle statt des ersehnten Zauberers einen weißhaarigen Mann mit gebeugten Schultern vor, der ihn freudig anlächelte.

»Alwin, was tust du denn hier?«, wunderte sich Darian.

»Wer von uns ist denn schon über achtzig?«, kicherte Alwin. »Wir hatten doch vereinbart, dass ich dich besuche.«

Darian fasste sich an die Stirn. In dem ganzen Chaos um seine neu entdeckte Identität hatte er seinen alten Freund vollkommen vergessen. »Stimmt, entschuldige.«

Jetzt umarmte ihn Alwin, dann fasste er ihn jedoch an den Schultern und sah ihn prüfend an. »Geht es dir nicht gut, Junge? Du siehst abgespannt aus.«

»Alles in Ordnung«, behauptete er. Er wusste selbst, dass die vielen schlaflosen Nächte und die Grübeleien um seine Zukunft inzwischen Spuren auf seinem Gesicht hinterlassen hatten, aber er konnte Alwin wohl kaum erzählen, was los war.

»Darian, ich kenne dich.« Alwin zog seine buschigen Augenbrauen zusammen, fuhr sich über seinen kurzen Bart, dann legte er ihm eine Hand auf die Schulter. »Komm mit raus, ein Spaziergang wird deine Gedanken klären.«

Wenngleich Darian weder der Sinn nach einem Gespräch noch nach einem Spaziergang stand, nahm er seine Jacke und folgte Alwin hinaus. Der alte Mann war stets der Überzeugung gewesen, frischer Wind würde alle Sorgen fortblasen, aber Darian befürchtete, dass seine jetzigen Probleme auch der stärkste Orkan nicht einfach vertreiben würde.

Auf seinen abgegriffenen hölzernen Stock gestützt ging Alwin neben Darian her und erzählte von seiner Schaffarm in Schottland, die er trotz seines hohen Alters noch immer mit nur einem Farmhelfer betrieb. Darian beruhigte die vertraute Stimme seines alten Freundes, und er entspannte sich sogar ein klein wenig.

Schließlich setzten sie sich am Rande des weitläufigen Parks auf eine Bank.

»Du musst mir nichts erzählen, Junge, aber ich spüre doch, dass dich etwas beschäftigt.« Alwins blaugraue Augen musterten ihn mit sichtlicher Sorge.

Eigentlich hätte Darian ihm jetzt doch gerne sein Herz ausgeschüttet, etwas von der Last geteilt, unter der er zu zerbrechen drohte, aber er wollte und konnte den alten Mann nicht mit dieser völlig verrückten Geschichte überfordern.

Lange sah er Alwin an, dann sagte er leise: »Was würdest du tun, wenn jemand, der dir sehr am Herzen liegt, in Gefahr ist, und du trotzdem etwas unternehmen musst, das ihn möglicherweise in noch größere Gefahr bringt?«

»Hmm, eine schwierige Frage.« Alwin fuhr sich über seinen Bart. »Was würde denn geschehen, wenn du einfach nichts unternimmst?«

»Es würde vermutlich vielen Menschen die Hoffnung auf eine bessere Zukunft nehmen.«

Alwins runzlige Hand legte sich auf seinen Arm. »Bist du in irgendwelche krummen Geschäfte verwickelt? Darian, du nimmst doch nicht etwa Drogen?!«

»Nein, keine Angst, das ist es nicht.«

»Kann dir Samuel nicht helfen, er hat doch gute Kontakte?«

Dem habe ich das alles ja zu verdanken, dachte er bitter, dann schüttelte er zu Alwin gewandt den Kopf. »Samuel kommt nicht in Frage.«

»Gut, Darian, wenn du nichts unternimmst, ist diese Person – ich vermute, es handelt sich um ein Mädchen –«, er lächelte vorsichtig, »in Sicherheit?«

»Nein, eben nicht.« Darian spürte, wie seine Stimme heiser wurde, und er fuhr sich über die Augen.

Jetzt legte der alte Mann seinen Arm um ihn und drückte ihn tröstend. »Ich weiß nicht, was ich dir raten soll, aber ich denke, es ist immer besser zu handeln, als tatenlos abzuwarten. Außerdem lohnt es sich stets, um die, die man liebt, zu kämpfen. Tu mir nur einen Gefallen und bring dich nicht selbst in Gefahr. Falls du meine Hilfe brauchst, dann sag mir Bescheid!«

Das Gespräch mit Alwin beschäftigte Darian noch einige Tage, und nicht zuletzt waren es dessen Worte, die ihn dazu trieben, einen aus purer Hoffnungslosigkeit geborenen Entschluss zu fassen. In einem Antiquitätengeschäft kaufte er einen Säbel aus dem 1. Weltkrieg und ging an diesem Abend, die Waffe unter einem langen Mantel versteckt, in das Arbeitszimmer seines Adoptivvaters. Der saß am Computer und sah sich die neuesten Börsenkurse an. Jetzt, da Darian wusste, dass der Mann vor ihm ein Zauberer aus einer anderen Welt war, kam ihm dies vollkommen grotesk vor.

»Oh, Darian, schön, dass du mich besuchst«, sagte Samukal, ohne aufzusehen. Er hatte den vertraulichen Tonfall angeschlagen, der jahrelang zwischen ihnen geherrscht hatte und den Darian nun nur noch als abstoßend empfand.

»Darf ich mir ein Glas Whisky einschenken?« Darian versuchte, seiner Stimme einen kalten und ruhigen Tonfall zu geben.

»Natürlich.« Samukal schüttelte den Kopf, murmelte etwas von einer Fehlinvestition und starrte weiterhin auf den Bildschirm. Mit zitternden Händen goss sich Darian etwas Whisky in sein Glas, in der Hoffnung, so von seinem Vorhaben ablenken zu können. Er trank einen Schluck, dann schloss sich seine Hand fester um den Griff des alten Säbels, den er unter seinem Mantel versteckt hatte. Mit langsamen Schritten näherte er sich Samukal, der immer noch in seine Börsenkurse versunken war. Darian spürte sein Herz in seiner Brust heftig pochen, doch nun gab es kein Zurück mehr. Mit einer raschen Bewegung setzte er die Spitze der antiken Waffe an Samukals Hals.

»Was soll das denn, Junge?«, sagte Samukal gelangweilt.

»Du sagst mir jetzt sofort, wo Mia ist, sonst schlitze ich dich auf.« Darians Stimme bebte vor Wut und Aufregung.

»Du meine Güte, Darian, ich könnte dich mit einer einzigen Handbewegung an die Wand schleudern und töten«, erwiderte Samukal ruhig.

»Dann bist du verflucht«, widersprach Darian mit aller Entschlossenheit, die er aufbringen konnte. »Und vielleicht töte ich dich vorher doch.«

»Vielleicht, aber dann verhungert die kleine Schl…« Als sich die Klinge weiter in seine Haut bohrte, korrigierte er: »… die Nebelhexe, die deinen Geist verwirrt hat, in ihrem Verlies.«

»Sag mir, wo sie ist«, schrie Darian, denn allmählich verlor er wirklich die Nerven.

Betont langsam stand Samukal auf, die Klinge noch immer an seinem Hals. »Ein netter Säbel.« Er lächelte Darian an. »Wollen wir einen kleinen Kampf austragen? Wenn du gewinnst, bekommst du die Hexe, wenn ich gewinne, wirst du an dem Empfang teilnehmen, den ich nächste Woche für meine Geschäftspartner ausrichte.«

Angewidert verzog Darian sein Gesicht. In Anbetracht der Umstände hatte er sich geweigert, an der alljährlichen Feier teilzunehmen, die sein Vater für die wichtigsten Geschäftspartner aus aller Herren Länder veranstaltete. Es gab immer das beste Essen, den edelsten Wein und einen rauschenden Ball.

»In Ordnung«, stimmte Darian zu, obwohl er sich kaum vorstellen konnte, dass sich Samukal an sein Wort hielt, sollte er gewinnen.

Der Zauberer lachte auf, dann sagte er mit einem zynischen Grinsen: »Wenn du dich mehr als drei Minuten auf den Beinen hältst, darf sogar deine kleine Hexe an diesem Abend mit raus, denn ohne das Amulett kommt ihr ohnehin nicht weit. Du brauchst schließlich eine Tischpartnerin, und auch wenn sie von abscheulichem Geblüt ist, so ist sie doch recht ansehnlich, und hier wird niemand ihr unreines Blut bemerken.«

»Wenn du tot bist«, erwiderte Darian voller Hass, »dann brauchen weder Mia noch ich auf diese lächerliche Veranstaltung zu gehen.«

Aufreizend langsam trat Samukal zu dem Bücherregal, hinter dem er das geheime Waffenlager versteckt hatte.

Wütend runzelte Darian die Stirn. Er selbst hatte genau das gleiche Buch herausgezogen, doch jetzt hörte er, wie Samukal leise Worte flüsterte. Erst dann schwang das Bücherregal lautlos zurück. Die beiden traten in den Raum mit den Waffen, und

Samukal wählte eine schlanke silberne Klinge mit Korbgriff aus, die dekorativ an der Wand hing.

»Ich werde keine Magie verwenden«, versprach er und fuhr beinahe zärtlich über das blanke Metall. »Dieses Schwert hat deinen Vater getötet«, fügte er beiläufig hinzu.

Fast wäre Darian wütend auf ihn losgestürmt, doch dann besann er sich. Samukal wollte ihn zu einer unbedachten Handlung verleiten, und vermutlich stimmte gar nicht, was er gesagt hatte.

Behalt einen kühlen Kopf, und lass dich niemals provozieren, hallten Mias Worte in seinem Kopf wider.

Er griff den Säbel fester und beobachtete seinen Gegner, so wie er es von Mia gelernt hatte. Samukals Bewegungen glichen einem Tanz. Geschmeidig schwang er das Schwert und griff irgendwann an. Darian sprang zurück, und die Klinge zischte haarscharf an seiner Schulter vorbei.

»Besser, als ich gedacht hatte«, bemerkte Samukal mit einer Spur von Anerkennung in der Stimme. Dann deckte er Darian mit einer Reihe von Schlägen ein, die so schnell hintereinander erfolgten, dass dieser nicht einmal ihren Bewegungen folgen konnte. Darian wich immer weiter zurück und schaffte es im letzten Augenblick, eine Rüstung auf Samukal zu schubsen, bevor dieser ihn endgültig in die Ecke gedrängt hatte.

Nun startete Darian einen mutigen Angriff, täuschte einen Schlag von schräg oben vor und zog das Schwert dann im letzten Augenblick nach unten in Richtung Samukals Oberschenkel.

Samukal blockte den Angriff mühelos und ließ dann eine Abfolge von wirbelnden Schlägen auf Darian niederprasseln, sodass dieser nur noch zurücktorkeln konnte und gar nicht wusste, wie ihm geschah, als plötzlich seine Klinge durch die Luft flog. Samukal versetzte ihm mit dem Schwertknauf einen Schlag auf den Kopf, der ihn taumeln ließ. Darian spürte, wie Blut seine Schläfe hinablief und stolperte gegen die Wand.

Mit spöttischem Blick hielt ihm Samukal die Schwertspitze an die Brust. »Du hast doch nicht ernsthaft geglaubt, einen Schwertmeister besiegen zu können?«

Darian ersparte sich die Antwort und starrte seinen Adoptivvater trotzig an.

»Trotzdem, du hast dich gar nicht schlecht gehalten.« Samukal blickte auf seine goldene Uhr. »Beinahe vier Minuten und du stehst noch auf den Füßen – beachtlich. Das verschafft deiner Nebelhexe einen Abend Freigang.«

Er ließ das Schwert sinken und wandte Darian den Rücken zu. Ohne sich noch einmal umzudrehen, schickte er sich an, den Raum zu verlassen.

In dem irrsinnigen Wunsch, den verhassten Mann doch noch zur Strecke zu bringen, sprang Darian vor, hob seinen Säbel und wollte ihn Samukal in den Rücken rammen.

Eine einzige Handbewegung von Samukal ließ Darian gegen die Wand krachen. Bevor er das Bewusstsein verlor, sah er noch das zynische Grinsen seines Adoptivvaters.

»Du bist nichts weiter als ein dummes Kind …«, drangen die Worte verzerrt in sein Bewusstsein, während ihn Schwärze umfing.

Voller Scham und Ärger über seine eigene Dummheit betrat Darian am Abend des nächsten Tages Samukals Arbeitszimmer. Er war in seinem Bett aufgewacht, und sein Schädel brummte immer noch ein wenig, doch viel mehr wurmte ihn sein Versagen.

Nun warf er den täglichen Blick auf Mia, die erschrocken auf die Platzwunde an seiner Schläfe sah.

»Dein stolzer Ritter wollte dich befreien«, höhnte Samukal, bevor er Mia zurück in sein Schlafzimmer stieß. Darian vermutete dort ebenfalls einen Zugang zu einem geheimen Zimmer, doch so gründlich er auch gesucht hatte, er hatte nichts finden können.

Während der nächsten Tage überlegte Darian krampfhaft, was er tun sollte. Die Zeit wurde knapp, jetzt waren es nur noch achtzehn Tage bis zur Wintersonnenwende, und er musste möglichst bald durch das Portal nach Albany gelangen. Seine einzige Chance war das große Fest, denn falls Samukal sein Wort hielt und Mia tatsächlich an diesem Abend herausließ, mussten sie versuchen zu fliehen. Andererseits war ihm klar, dass auch Samukal das wusste und ihn dementsprechend scharf bewachen würde. Und es blieb das Problem mit dem Amulett.

Am Tag der Feier fand Darian einen neuen Anzug in seinem Zimmer vor. Er schnaubte nur abfällig und behielt seine Jeans und das weiße Hemd an, denn er hatte keine Lust, Samukal irgendeinen Gefallen zu tun. Am späten Nachmittag kam Samukal mit der unglücklich dreinschauenden Mia am Arm die Treppe hinab. Es waren schon einige Gäste anwesend, und nicht nur Darian verschlug es den Atem. Mia trug ein langes, fließendes Kleid aus grüner Seide. Die Ärmel waren weit ausgestellt und die Ränder kunstvoll bestickt.

»Sieht sie nicht aus, als käme sie aus einer anderen Welt?«, fragte Samukal laut, als er Mia zu Darian führte und erntete dabei zustimmendes Lachen von seinen Geschäftspartnern. Kaum merklich brachte er seinen Kopf an Mias Ohr und flüsterte: »Wenn du irgendeine Dummheit versuchst, dann stirbt Darian.« Als sie etwas erwidern wollte, legte er ihr einen Finger auf die Lippen. »Nicht ich werde ihn töten, aber jemand, dem es gleichgültig ist, ob der Fluch ihn trifft.«

Er schob die fassungslose Mia in Darians Richtung und stellte sie einem Geschäftspartner als Darians neue Freundin vor.

Mit einem nervösen Blick auf die vielen Leute, die sie anstarrten, allesamt aufgeblasene Männer und Frauen aus Politik und Wirtschaft, zog Darian Mia ein wenig an den Rand des Geschehens. Er war unendlich froh, sie wieder im Arm zu halten und mit ihr sprechen zu können.

»Darian, was soll das alles? Wieso lässt er mich plötzlich raus, und was tun all diese Menschen hier?«

»Das ist nur ein grausames Spiel von ihm.«

Als Mia die verkrustete Platzwunde berührte und ihn fragend ansah, senkte er beschämt den Blick. »Eigentlich wollte ich ihn töten, aber das ist mir nicht gelungen. Er hat mich zu einem Schwertkampf herausgefordert, und gesagt, wenn ich gewinne, lässt er dich frei. Wenn nicht, muss ich an dieser dämlichen Party teilnehmen.« Er grinste verlegen. »Er hat gesagt, wenn ich mich länger als drei Minuten auf den Beinen halte, darfst du mich an diesem Tag als meine Tischdame begleiten.«

»Wie konntest du dich auf so etwas einlassen?«, zischte Mia entsetzt. »Er ist ein Zauberer und der beste Schwertkämpfer des ganzen Landes! Du hättest nicht einmal gegen ihn bestehen können, wenn ich in den letzten zwanzig Jahren täglich mit dir geübt hätte. Verdammt, Samukal hatte neunundachtzig Sommer und Winter Zeit, seine Kampfkünste zu perfektionieren.«

»Neunundachtzig Jahre?« Verwirrt blickte Darian auf seinen Ziehvater, der aussah, als wäre er noch nicht einmal fünfzig.

»Durch ihren Umgang mit Magie ist menschlichen Zauberern meist ein längeres Leben vergönnt. Sie können bis zu dreihundert Sommer alt werden. Nordhalan ist, soweit ich mich erinnere, etwa einhundertfünfzig.«

»Ich war ein Idiot«, stöhnte Darian, und wieder einmal wurde ihm schmerzlich bewusst, wie wenig er von den Bewohnern dieser anderen Welt wusste. Dann zuckte er unglücklich mit den Schultern. »Aber ich musste doch irgendwie versuchen, dich zu befreien.«

»Ach, Darian!« Hilflos, aber auch sichtlich gerührt streichelte Mia über seine Wange.

»Heute ist eine einmalige Chance«, flüsterte Darian, wurde jedoch unterbrochen, als Samukal mit aufgesetztem Lächeln auf sie zusteuerte.

»Wir werden nun zu Tisch gehen«, verkündete Samukal und schob Mia und Darian in Richtung der langen Tafel, die in der Halle aufgebaut war. Er setzte sich den beiden gegenüber und beobachtete sie scharf.

Ein fetter, aufgeblasener Amerikaner namens Bush, der eine eigene Ölquelle besaß, redete pausenlos darüber, welch eine Schönheit Darians neue Freundin sei und dass man doch sicher bald auf eine rauschende Hochzeit hoffen könne. Schmatzend biss Mr. Bush in eine Fasankeule, und der Bratensaft rann über sein feistes Doppelkinn. Oft hatte Samukal erzählt, dass Mr. Bush überall herumposaunte, mit dem ehemaligen Präsidenten verwandt zu sein, doch böse Zungen behaupteten, er hätte nur seinen Namen ändern lassen, um sich wichtig zu machen.

»Dieser Fummel ist ganz nett«, verkündete er mit breitem texanischen Dialekt. »Könnte meiner Meredith auch stehen. Wirkt direkt etwas mittelalterlich.« Vertraulich legte er Mia seine fetttriefende Pranke auf den Oberschenkel.

Besagte Meredith unterhielt sich gerade mit gackernder Stimme mit einem Waffenhändler, und Darian dachte, dass Meredith Bush sicher die vierfache Menge von jenem Stoff benötigen würde, aus dem Mias Kleid gefertigt war. Der antike Stuhl bog sich unter ihrem Gewicht wie eine reife Banane.

Wiederholt versuchte Darian mit Mia zu reden, doch entweder ein wichtiger Geschäftsmann belaberte ihn mit belanglosem Zeug, oder Samukal hielt sich in seiner unmittelbaren Nähe auf. Als Samukal darauf bestand, den Ball mit Mia zu eröffnen, kochte Darian vor Zorn.

»Na, na, dein Vater wird dir die Kleine kaum wegnehmen«, meinte ein Scheich mit hartem arabischen Akzent, der schon lange mit Samukal Geschäfte machte. Mittlerweile wollte Darian lieber nicht mehr wissen, welcher Art diese Geschäfte waren. »Samuel ist ein ehrenhafter Mann.«

»So ehrenhaft wie der Rest dieser Gesellschaft«, entgegnete

Darian mit so viel Abscheu in der Stimme, dass Scheich Abdul-Hakim verwirrt zurückwich. Darian stürzte ein Glas Wein hinunter und nahm Mia dann in Empfang, als Samukal sie zu ihm führte.

»Amüsiert euch, es wird für lange Zeit der letzte Abend für euch sein«, sagte er leise und führte anschließend eine mit Juwelen behängte Milliardärin auf die Tanzfläche.

Während Mia und Darian zum Takt der Musik tanzten, redete er eindringlich auf sie ein, denn es war bereits Anfang Dezember und ihnen blieben nicht viel mehr als drei Wochen, um nach Albany und auf die Dracheninsel zu gelangen. Heute war vielleicht die einzige Gelegenheit für sie zu entkommen.

»Und Samukal weiß das«, entgegnete Mia gereizt, als er ihr von seinen Fluchtgedanken erzählte.

»Ich habe einen Plan.« Darian wirbelte sie herum. »Ich habe Schlafmittel besorgt. Wir suchen das Amulett und verschwinden.«

»Samukal ist sehr schlau, er wird es bemerken, und du hast selbst gesagt, dass du nicht an das Amulett herankommst.«

»Ich habe gesehen, wie er die Tür öffnet. Er hat irgendeinen Zauberspruch aufgesagt, vielleicht kannst du das auch«, sagte er hoffnungsvoll. »Du kannst doch zaubern.«

»Ich bin nicht einmal ansatzweise so stark wie Samukal. Er ahnt etwas, ich sehe es in seinen Augen.«

»Dann geh zumindest du durch das Portal. Ich bin mir sicher, er tötet dich, wenn ich erst fünfundzwanzig bin.«

»Ohne dich gehe ich nicht!« Erschrocken blieb Mia mitten auf der Tanzfläche stehen. Um nicht Samukals Aufmerksamkeit zu erregen, zog Darian sie rasch weiter.

»Du musst. Du kannst Nordhalan auch ohne Amulett herholen.«

»Ich kann dich nicht hierlassen.«

»Vielleicht gelingt mein Plan ja auch, und wir können beide gehen.« Darian wollte sich diesen Funken Hoffnung nicht nehmen lassen. »Und falls nicht, machen wir einen Treffpunkt in der Nähe des Steins aus. Dort bin ich eher in Sicherheit als hier.«

»Samukal hat etwas vor, er hat gesagt, wenn ich versuche zu fliehen, wird jemand dich töten.«

»Das war sicher nur eine leere Drohung«, meinte Darian zuversichtlich. »Er weiß von dem Fluch.«

Bevor Mia etwas entgegnen konnte, kam Samukal schon wieder auf sie zu.

»Sind sie nicht ein schönes Paar?«, bemerkte er gegenüber zwei wichtigen Männern von der englischen Regierung. »Mia tanzt beinahe wie eine Elfe, finden Sie nicht, Mr. Edwards?« Als Mr. Edwards, ein großer, hagerer Mann im Streifenanzug, bewundernd nickte, fügte Samukal mit aufgesetztem Lachen hinzu: »Allerdings haben Elfen ja bekannterweise blonde Haare. Die junge Dame hier ist wohl eher eine Dunkelelfe, ha, ha, ha!« Die Männer stimmten in das Gelächter mit ein, und Darian wollte mit geballten Fäusten auf seinen Adoptivvater losgehen.

Mia hielt ihn im letzten Augenblick zurück, ihre angespannten Kiefermuskeln verrieten ihm jedoch, dass es auch in ihr zu brodeln begann.

»Hör auf, er will dich nur quälen, tu ihm den Gefallen nicht!«, zischte sie und lächelte den Männern zu, wenn auch etwas künstlich und gequält.

»O Gott, wie hasse ich diesen Mann«, presste Darian zwischen den Zähnen hervor und hielt dann einen der Diener auf. Er nahm drei Gläser mit Champagner, drückte sie Mia in die Hand und füllte heimlich in eines davon das Schlafmittel.

Mia schien nicht ganz wohl bei der Sache zu sein, stellte sich jedoch so vor Darian, dass Samukal nichts sehen konnte. Wenig später ging Darian zu seinem Adoptivvater und hielt ihm eines der Gläser entgegen.

»Lass uns auf diesen gelungenen Abend und meine hübsche Begleiterin trinken.« Er hob sein Glas in die Höhe und wandte sich nun mit lauter Stimme an die Gäste. »Ich möchte unsere Verlobung bekannt geben.«

Lautes Klatschen und Jubelrufe ertönten. Mias überraschtes Gesicht bemerkte niemand. Auch Samukal waren die Gesichtszüge entgleist. Er fasste sich jedoch rasch, hob sein Glas und verkündete, wie sehr er sich doch für das junge Paar freue. Bevor er trank, stellte er sich jedoch neben seinen Adoptivsohn.

»Netter Versuch, aber ich glaube, ich möchte lieber aus deinem Glas trinken«, sagte er leise und hielt Darians Hand fest.

Der hielt Samukals Blick mit Mühe und Not stand. »Glaubst du im Ernst, ich will dich hier vor aller Leute Augen vergiften?« Seine Stimme zitterte leicht.

»Wer weiß.« Rasch entriss er Darian das Glas, drückte ihm sein eigenes in die Hand, und prostete lächelnd seinen Geschäftsfreunden zu.

»Möchtest du nichts trinken?«, fragte er anschließend zynisch und durchbohrte ihn mit Blicken.

»Doch.« Darian zuckte mit den Achseln und stürzte den Champagner in einem Zug herunter.

Mia schlug erschrocken eine Hand vor den Mund und zerrte Darian mit sich.

»Du musst sofort auf die Toilette gehen und dich erbrechen. Wie viel war es? Kann man davon sterben?« Ihre Augen waren geweitet vor Angst.

Da Darian aus dem Augenwinkel sah, dass Samukal sie beobachtete, drehte er ihm den Rücken zu, dann lächelte er. »Mach weiterhin ein entsetztes Gesicht.«

»Was?«

»Mia, es hat funktioniert. Ich habe damit gerechnet, dass er glaubt, ich will ihn vergiften. In etwa einer halben Stunde wird er sich zurückziehen, weil er sich unwohl fühlt. Anschließend haben wir Zeit, um das Amulett zu suchen und zu verschwinden.«

Voller Unglauben riss Mia die Augen auf und konnte offenbar nicht fassen, dass es wirklich gelungen sein sollte, den größten Zauberer Albanys so einfach zu überrumpeln.

»Ich werde jetzt so tun, als wäre mir schlecht«, erklärte Darian. »Du musst mitspielen. Samukal wird dich nicht mit mir gehen lassen, ich warte in seinem Arbeitszimmer. Sobald er sich zurückzieht, kommst du nach.«

»Na gut. Los, wir müssen uns beeilen«, flüsterte sie.

Zum Schein krümmte sich Darian plötzlich stöhnend zusammen und zwinkerte Mia dabei zu. Sofort setzte sie ein bestürztes Gesicht auf und beeilte sich, ihn zu stützen. Wie erwartet trat Samukal zu ihnen, als sie durch die Tür verschwinden wollten.

»Na, na, meinem lieben Sohn geht es wohl nicht gut?«, fragte er scharf. Er hielt Mia mit mehr Kraft als nötig am Arm fest. »Du bleibst hier, er wird das alleine schaffen.«

»Ich … Ich muss ihm helfen«, jammerte sie sehr überzeugend und warf Darian einen besorgten Blick zu. Den musste sie nicht einmal spielen, als er taumelnd durch die Tür nach draußen verschwand, denn noch immer zweifelte sie am Gelingen von Darians Vorhaben.

»Was hat der Junge denn?«, wollte Mr. Bush wissen und kippte einen Whisky Cola hinunter. Wohl nicht den ersten, denn er schwankte bereits ein wenig.

»Die Jugend von heute«, seufzte Samukal und zog Aramia anschließend mit sich, »die vertragen einfach nichts mehr.«

»Sag mir, Nebelhexe«, zischte er voller Abscheu, als sie etwas abseits der anderen an der Tanzfläche standen, »für wie blöd haltet ihr mich?« Dann grinste er dämonisch. »Wenn er sich jetzt selbst umgebracht hat, dann habe ich zwei Fliegen mit einer Klappe geschlagen. Er wird nicht König, und ich bin nicht verflucht, weil er sich selbst getötet hat.«

Aramia hingegen wandte sich ab und ließ ihre Schultern in einem vorgetäuschten Heulanfall zucken.

Als sie sich wieder umdrehte, hatte Samukal allerdings bereits einen verschleierten Blick. Schwankend hielt er sich an einem antiken Kleiderständer fest.

»Was hast du denn, mächtigster Zauberer aller Zeiten? Ich glaube, du solltest dich ein wenig hinlegen.«

»Mist…stück…«, lallte er und konnte kaum noch gerade gehen, als Aramia ihn eilig durch eine Nebentür nach draußen führte. Eigentlich hätte sie ihn gerne in eines der Geheimzimmer gesperrt, doch so weit schaffte sie es nicht mehr. Im Gang knickten die Beine unter ihm weg, und er unternahm noch einen unbeholfenen Versuch, Magie zu wirken. Kurz flimmerte die Luft, und Aramia spürte ein Prickeln, als sich seine Finger um ihr Handgelenk schlossen, aber Schaden fügte ihr dies nicht zu. Ihr gelang es, den reglosen Körper in eines der vielen unbewohnten Zimmer zu schleifen. Einen Augenblick spielte sie mit dem Gedanken, ihn auf der Stelle zu töten, doch sie fand nichts, was sie als Waffe hätte benutzen können, und so sperrte sie einfach von außen zu und rannte dann die Treppe hinauf.

Darian fuhr herum, als die Tür aufging.

»Hat es geklappt?«, fragte er aufgeregt.

Mia umarmte ihn stürmisch. »Ja!« Sie blickte zu ihm auf. »Wird er daran sterben?«

»Nein, ich habe nicht gewagt, zu viel zu nehmen«, erklärte Darian. »Falls der Kelch an uns gegangen wäre«, Darian musste ob des Wortspieles grinsen, »wäre uns nicht allzu viel passiert. Wir müssen uns beeilen«, drängte er und deutete auf das Buch. »Ich bekomme das verdammte Ding nicht auf.«

»Hast du die Worte verstanden, die Samukal sprach? «

»Leider nicht.« Unzufrieden runzelte Darian die Stirn.

Mia fuhr mit ihren Händen über die Bücher. »Hier wurde ein Bann verwendet«, stellte sie fest und rezitierte die gängigsten Zaubersprüche. Beim dritten öffnete sich das Regal lautlos.

Strahlend lächelte sie Darian zu. »Er hat nicht damit gerechnet, dass ein Zauberer dieses Zimmer betritt. Der Zauberspruch war einfach.«

»Zum Glück«, seufzte er erleichtert und hastete in das Waffenzimmer. Vor dem Gemälde blieb er stehen und klappte es eilig zur Seite.

»Liegt wieder ein Bann darauf?«, fragte er und Mia streckte die Hand aus.

»Nein, ich glaube nicht.«

»Dann ist es eine Zahlenkombination.« Krampfhaft überlegte er, welche Zahlen Samukal genommen haben könnte und drehte wahllos irgendwelche Kombinationen.

»Vielleicht sein Geburtstag«, murmelte er. Samukal hatte, in seiner Rolle als Samuel Drake, immer am 12. Mai Geburtstag gefeiert. Doch das funktionierte nicht.

»Dein Geburtstag«, schlug Mia vor.

Darian stellte den 30. Dezember ein, aber auch das brachte keinen Erfolg. Fluchend schlug er mit der Hand gegen den dicken Stahlschrank.

Sie versuchten Melissas Geburtstag, den Tag, an dem sie vermuteten, dass Darian durch das Tor gegangen war, zumindest, soweit man das auf diese Zeit hier umrechnen konnte.

Nach beinahe einer Stunde waren sie drauf und dran aufzugeben.

»Darian, ich muss ihn töten, bevor er zu sich kommt«, sagte Mia plötzlich und nahm eines der Schwerter von der Wand.

Obwohl Darian seit Tagen nur noch Hass empfand, bekam er plötzlich Skrupel. »Ich weiß nicht, ob das Mittel so lange wirkt. Am Ende hat die Betäubung schon nachgelassen.«

Eine Falte erschien auf Mias glatter Stirn, und sie schimpfte, dass sie nicht sofort zurückgegangen war. Es war ein Fehler gewesen, denn selbst ein leicht betäubter Samukal wäre noch immer eine zu große Gefahr.

»Dann müssen wir ohne das Amulett gehen«, beschloss Darian. »Er weiß, wohin wir wollen. So haben wir zumindest einen kleinen Vorsprung.«

»Ich will dich nicht hier zurücklassen«, sagte Mia heiser und nahm sein Gesicht in ihre Hände.

»Ich weiß«, erwiderte Darian traurig und wollte schon losstürmen.

»Warte! Wann ist in diesem Jahr die Wintersonnenwende?«, stieß sie aufgeregt hervor.

Darian zuckte mit den Achseln, dann eilte er ins Arbeitszimmer von Samukal zurück und ergriff den Kalender, der auf dem Schreibtisch stand.

»Am einundzwanzigsten Dezember«, sagte er und blickte Mia erwartungsvoll an.

»Du wurdest vor fünfundzwanzig Wintern zur Sonnenwende geboren. Dieser Tag zählt. Nach diesem Tag verlierst du deine Unsterblichkeit.«

Die beiden stürzten zurück zum Tresor, und Darian tippte mit zitternden Händen 2112 ein. Mit einem leisen Knacken öffnete sich das Schloss, und die beiden fielen sich vor Glück in die Arme. Dann räumten sie dicke Bündel mit Geld zur Seite, einige Goldbarren, und schließlich hielt Darian eine Silberkette mit einem kleinen Amulett in der Hand. Mit unverhohlenem Staunen betrachtete er das kunstvoll gearbeitete Schmuckstück. Es war nur etwa fünf Zentimeter groß, und die ovale Silberplatte war mit fremden Runen und keltisch wirkenden Knotenmustern verziert. In der Mitte schimmerte ein leuchtend roter Rubin.

»Wir haben es«, flüsterte er ergriffen. Hastig steckte er einige Geldbündel in seine Hosentasche und nahm anschließend Mia an der Hand. »Schnell jetzt!«

»Warte, nimm auch ein Schwert mit«, schlug sie vor.

Beide ergriffen jeweils eine der scharfen Klingen, die an der Wand hingen, dann rannten sie die Treppe hinab. Die verwirrten Gesichter der Gäste beachteten sie nicht.

Durch leichten Nieselregen eilten sie auf die große Garage zu, in der Samukal seine zahlreichen Autos aufbewahrte.

»Den Jaguar«, keuchte Darian. In aller Eile schnitt er im Vorbeilaufen mit dem Schwert den anderen Autos die Reifen durch und nahm den Schlüssel für den nagelneuen Jaguar seines Vaters in die Hand.

Er setzte sich hinters Steuer und öffnete das elektrische Tor. Mit quietschenden Reifen raste er bis zur Einfahrt.

»Wir müssen noch mal weg«, sagte er lässig zu den Leibwächtern.

Die nickten mit unbewegten Gesichtern und machten das eiserne Tor auf.

In rasendem Tempo fuhr Darian durch das nächtliche London. Unterwegs öffnete er das Fenster und warf bündelweise Geldscheine hinaus.

»Kennst du die Redensart, Geld zum Fenster hinauswerfen?«, fragte er grinsend.

Mia betrachtete ihn nur fragend mit hochgezogenen Augenbrauen. »Ich habe ohnehin nie verstanden, wieso sich die Menschen in dieser Welt wegen bedruckter Papierfetzen zum Narren machen.« Mit freudigem Gesicht beförderte er nach und nach die englische Landeswährung aus dem Fenster.

»Morgen früh werden sich einige Menschen sehr freuen«, lachte Darian und lenkte sein Auto auf die M1 nach Norden.

Etwa zweieinhalb Stunden nachdem Samukal das Schlafmittel bekommen hatte, öffnete er zögernd die Augen. Im ersten Augenblick wusste er nicht, was geschehen war. Er lag auf dem glatten Fußboden eines unbenutzten Gästezimmers und ihm war schwindlig. Stöhnend richtete er sich auf, dann durchzuckte ihn die Erinnerung wie ein Schwertstich – Darian und die Nebelhexe hatten ihn hereingelegt. Halb stolpernd, halb laufend schwankte er auf die Tür zu, die jedoch von außen verschlossen war. Rasend vor Wut hämmerte Samukal dagegen, doch sie öffnete sich nicht. Schließlich warf er einen, wie er zugeben musste, recht unbeholfenen Zauber auf die Tür. Nachdem er ein Stück aus der Wand gesprengt hatte, zerbarst die alte Holztür endlich in hunderte von Splittern. Noch immer leicht benebelt stürzte er die Treppe hinauf. Wie er befürchtet hatte, war der Safe geknackt. Fluchend nahm Samukal seine Armbrust von der Wand und rannte die Treppe hinab, mitten in seine verdutzt dreinblickenden Gäste hinein. Die hatten ihren Gastgeber noch niemals derart aufgelöst gesehen. Seine Haare standen wirr vom Kopf ab, das Hemd war zerknittert, die Krawatte verrutscht.

»Wo ist Darian?«, schrie er außer sich.

Augenblicklich kehrte Stille ein, und alle starrten auf die Waffe in seiner Hand.

»Ähm«, antwortete ein Bankmanager neben ihm und deutete mit zitternder Hand in Richtung Ausgang. »Vor etwa eineinhalb Stunden rannte er mit dem Mädchen hier raus …«

Bevor der Mann auch nur seinen Satz beendet hatte, stürmte Samukal durch die Menge und schubste wahllos seine mehr oder weniger geschätzten Geschäftspartner zur Seite. Noch immer war sein Blick verschwommen, am meisten aber ärgerte ihn, dass er sich derart hatte überrumpeln lassen.

Die Garage stand offen, und Samukal sprang in seine teure Limousine, fuhr mit quietschenden Reifen los – nur um wenige Meter später anzuhalten, weil ein schabendes Geräusch ertönte – die Reifen waren platt. Fluchend sprang er aus dem Wagen und sah sich seine übrigen Autos an. Es war überall dasselbe.

»So ein Mistkerl!«, tobte er. Samukal hastete zurück in seine Villa, das Getuschel und die Blicke der Gäste missachtend. Im Arbeitszimmer holte er den verzauberten Kristall aus dem Safe.

Nach einer kurzen Beschwörung erschien die schattenhafte Gestalt von Rashkár im Kristall.

»Sie kommen, töte das Mädchen und nimm Darian gefangen«, lautete Samukals Anweisung. Obwohl er ein gieriger, rachsüchtiger Mann war, hatte Samukal die Wahrheit gesprochen. Darian bedeutete ihm etwas, und er wollte ihn am Leben lassen. »Und, Rashkár, benutze ein Schwert, für den Fall, dass er sich einmischen will.«

»Euer Wunsch sei mir Befehl, Meister.«

Nachdem Darian London verlassen hatte, drückte er das Gaspedal durch. Zum Glück herrschte nicht viel Verkehr auf der Straße. Er war sich sicher, dass Samukal sie verfolgen würde, und wollte so rasch wie möglich vorankommen. Weit über sechshundert Meilen lagen vor ihnen, und sie mussten den Stein von Altnaharra so schnell wie möglich erreichen.

Mia wurde in ihrem Sitz immer kleiner, und als Darian einmal haarscharf einen Laster überholte, der gerade ausscheren wollte, konnte sie einen leisen Schrei nicht unterdrücken.

»Tut mir leid«, sagte er mit einem kurzen Seitenblick auf Mia. »Normalerweise rase ich nicht so.«

Unsicher lächelnd blickte Mia auf die Tachonadel, welche gerade auf über einhundertachtzig Meilen pro Stunde kletterte, und schluckte schwer. Sie selbst hatte niemals Autofahren gelernt, und diese rasenden Kisten machten ihr immer noch Angst, wie Darian sehr wohl wusste.

»Hoffentlich bringst du uns nicht um, bevor Samukal es tut«, jammerte sie und versank noch weiter in ihrem Sitz.

»Keine Sorge«, meinte Darian, wagte aber nicht, ihr beruhigend eine Hand auf den Oberschenkel zu legen.

Samukal beruhigte sich ein wenig, nachdem er mit Rashkár in Verbindung getreten war. Er strich sich die Haare nach hinten und ging zu seinen noch immer verwirrten Gästen zurück.

»Eine kleine Familienangelegenheit.« Er lächelte beruhigend, dann wandte er sich an einen kleinen, wieselhaften Bänker, dessen vollbusige Begleiterin ihn um einen Kopf überragte.

»Nigel, bist du mit deinem Porsche hier?«

Besagter Nigel nickte eifrig und schien eine Handbreit zu wachsen.

»Gib mir die Schlüssel«, verlangte Samukal.

Der kleine Mann räusperte sich verlegen. »Normalerweise verleihe ich mein Auto nicht.«

Samukal schwieg, hielt Nigel jedoch mit seinem Blick gefangen, während sich ein süffisantes Grinsen in seinem Gesicht bildete. Mit sichtlicher Verwunderung beobachtete Nigel, wie seine Hand, obwohl er es nicht wollte, in seine Tasche glitt und Samukal den Schlüssel aushändigte.

»Einmal ist immer das erste Mal«, meinte Samukal gelassen und hastete nach draußen, während Nigel ihm mit offenem Mund hinterherstarrte.

Da Samukal von dem Schlafmittel noch immer etwas benommen war, schnappte er sich einen seiner Bodyguards und warf ihm den Schlüssel zu.

»Den Porsche von Nigel Summers. Du musst mich fahren.« Samukal funkelte den großen, muskulösen Mann an. »Und zwar schnell.«

Ronald, der Bodyguard, nickte nur. Er stellte niemals Fragen. Auch als sein Arbeitgeber ihn aufforderte, mit mehr als hundert Meilen pro Stunde durch die Stadt zu rasen, gehorchte er widerspruchslos.

Als der Verkehr etwas dichter wurde, konnte Darian sein halsbrecherisches Tempo nicht mehr beibehalten. Außerdem stellte er fest, dass es ihm zunehmend schwerer fiel, sich zu konzentrieren. Noch immer überschritt er sämtliche Geschwindigkeitsbegrenzungen und war schon von einer Menge empörter Autofahrer angehupt worden. Er hoffte inständig, nicht auf eine Polizeistreife zu treffen, die ihn dann mit Sicherheit irgendwann ausbremsen würde.

Beim Tanken auf einer gut besuchten Autobahnraststätte musste er Mia zum Bezahlen schicken, während er sich mit vor Anspannung zitternden Händen zurück in den Sitz sinken ließ.

»Bring bitte etwas zu essen und vor allem Kaffee mit«, seufzte er und schloss kurz die Augen.

»Du musst dich ausruhen«, sagte Mia besorgt, warf dabei jedoch einen nervösen Blick über die Schulter, als befürchte sie, Samukal könne gleich hinter ihr auftauchen.

»Das geht nicht«, murmelte Darian, ohne die Augen zu öffnen.

Seufzend ging Mia in die Tankstelle, bezahlte und eilte dann zum Auto zurück. Als sie Darian an der Schulter berührte, zuckte er erschrocken zusammen. Dann nahm er den Kaffeebecher in die Hand und raste erneut los.

Er wusste selbst, dass er diesmal nicht die ganze Strecke am Stück durchfahren konnte, schon gar nicht in diesem irrsinnigen Tempo, denn im Gegensatz zum letzten Mal war er den ganzen Tag wach gewesen und hatte vor lauter Aufregung, ob sein Plan gelingen würde, auch die Nächte zuvor kaum Schlaf gefunden. Und da Mia nicht fahren konnte, musste er sich etwas einfallen lassen. Nach einer weiteren Stunde rasender Fahrt wäre Darian beinahe hinten auf einen Lastwagen aufgefahren – ihm waren ganz kurz die Augen zugefallen. Resigniert hielt er am nächsten Rastplatz an

»Samukal kann auch nicht ohne Pause fahren«, versuchte Mia ihn zu trösten, bot jedoch selbst nicht gerade einen gelassenen Anblick.

Darian öffnete die Fahrertür und trat schließlich in den kalten Wind hinaus. Der Temperaturschock machte ihn kurzfristig wach, aber er wusste, dass er höchstwahrscheinlich mitsamt Mia an der nächsten Leitplanke landen würde, wenn er weiterfuhr.

»Komm mit«, sagte er plötzlich. Er eilte auf das Tankstellengebäude zu und suchte einen Geldautomaten, wo er tausend Pfund abhob. Sein Blick fiel auf einen Souvenirshop.

»Mia, wir sind viel zu dünn angezogen«, stellte er fest. »Dort gibt es Decken, kauf zwei davon, wir treffen uns gleich wieder hier.«

»Was hast du vor?«

»Du wirst schon sehen«, antwortete er mit müdem Lächeln. Er sah Mia hinterher, die in ihrem wehenden Kleid bereits Blicke auf sich zog. Wahllos ging Darian auf einen jungen Mann Anfang zwanzig zu, der hinter der Kasse der Essensausgabe saß, und geschäftsmäßig freundlich lächelte.

»Bist du ausgeschlafen?«, fragte Darian.

Zwar wunderte sich der junge Mann, der seinem Namensschild zufolge Peter hieß, sichtlich über die merkwürdige Frage, doch er nickte. »Klar, meine Schicht hat gerade erst angefangen.«

»Kannst du Auto fahren?«

»Ähm, ja!?«

»Möchtest du dir tausend Pfund verdienen?«

Nun lachte Peter. »Aber immer doch.«

»Gut.« Darian zückte sein Bündel mit Geldscheinen. »Du musst mich und meine Freundin so schnell wie möglich in den Norden fahren. In die Nähe von Altnaharra.«

»Und dafür willst du mir tausend Pfund geben?«, fragte Peter misstrauisch.

»Ja, aber du darfst nicht auf Geschwindigkeitsbegrenzungen achten. Wir haben es wirklich eilig.«

»Sag mal«, Peter grinste über sein ganzes sommersprossiges

Gesicht, »ist das hier 'ne Show mit versteckter Kamera?« Erwartungsvoll blickte er über Darians Schulter.

»Nein, verdammt! Willst du jetzt die Kohle oder nicht?«

Noch immer zögerte der junge Mann und wusste offenbar nicht, was er von dem Ganzen halten sollte. Darian, dem nur allzu gegenwärtig war, wie wenig Zeit sie hatten, wollte sich schon abwenden und einen anderen Fahrer suchen.

»Okay, warte«, rief Peter, »ich mach's!« Dann grinste er. »Ich hoffe, du bist kein Freak, der mich am nächsten Parkplatz abmurkst.«

»Ich nicht«, murmelte Darian in sich hinein, fasste Peter am Arm und zog ihn mit sich. Peter stieß einen bewundernden Pfiff aus, als er Mia erblickte. Die drei rannten zum Auto, und Darian und Mia setzten sich nach hinten.

»Coole Kiste«, stellte Peter begeistert fest.

»Gib Gas«, verlangte Darian.

Peter kam dies alles sicherlich vollkommen verrückt vor, doch die tausend Pfund in seiner Tasche und ein Auto, von dem er vermutlich immer geträumt hatte, erhöhten seine Entscheidungsfreudigkeit deutlich.

Obwohl Darian todmüde war, konnte er nicht schlafen. Immer wieder hielt er Peter dazu an, noch schneller zu fahren, dem es irrsinnigerweise sogar Spaß zu machen schien. Mit einem breiten Grinsen drückte er das Gaspedal durch.

»Ich versuche jetzt ein wenig zu schlafen«, sagte Darian irgendwann, nachdem er sich versichert hatte, dass Peter schnell, jedoch sicher fuhr. »Später will ich selbst weiterfahren.«

»In Ordnung«, flüsterte Mia und streichelte ihm über die Haare, als er seinen Kopf an ihre Schulter legte.

Während der Fahrt versuchte Peter, sich mit Mia zu unterhalten, doch die war nicht sehr gesprächig. Ständig drehte sich ihr Kopf nach hinten, und sie befürchtete, Samukal zu sehen. Darian war mittlerweile vor Erschöpfung eingenickt, worüber sie durchaus erleichtert war. Mia selbst bekam jedoch kein Auge zu – Samukal würde sie nicht so einfach entkommen lassen.

Auch Samukal fuhr gerade mit halsbrecherischer Geschwindigkeit über die M1. Zunächst hatte er Ronald fahren lassen, bis sich sein Geist vollständig geklärt hatte. An einer Tankstelle hatte er den Bodyguard dann allerdings zurückgelassen und raste nun vollkommen rücksichtslos in Richtung Norden. Hinter ihm hatten sich bereits mehrere Unfälle ereignet, doch das kümmerte ihn nicht. Den Fahrer einer Polizeistreife, die ihn schließlich an einer Ausfahrt doch noch ausbremste, beeinflusste er mit einem eilig ausgeführten und recht simplen Zauber so, dass der Mann urplötzlich felsenfest davon überzeugt war, der Schuldige sei ein Mann in dem rostigen Ford hinter ihm. Vermutlich würde diese Beeinflussung nicht allzu lange anhalten, aber Samukal war fürs Erste aus dem Schneider und setzte seine irrsinnige Raserei fort.

Als Peter das zweite Mal zum Tanken anhalten musste, wachte Darian auf und rieb sich die Augen.

»Wo sind wir?«, fragte er gähnend.

»Kurz vor Perth«, antwortete Mia. »Ich gehe rasch auf die Toilette.«

Darian streckte sich und stieg aus dem Auto. Es war kalt und ein eisiger Ostwind peitschte ihm Regenschauer ins Gesicht.

»Danke, Peter, das reicht, jetzt fahre ich selbst weiter.«

Peter trat unruhig von einem Bein aufs andere. »Die Fahrt war cool, ich kann auch gerne noch weiter fahren.«

Doch Darian schüttelte den Kopf, dann zog er seinen Geldbeutel heraus. »Sieh mal, das sind meine Kreditkarten. Ich brauche sie nicht mehr. Auf meinem Konto sind etwa zehntausend Pfund, du kannst sie haben. Nur heute kannst du kein Geld mehr abheben.«

Mit offenem Mund blickte Peter auf die Kreditkarten.

»Du willst … äh, wieso, also …«, stotterte er.

»Ich habe keine Zeit für Erklärungen.« Ungeduldig drückte Darian Peter den Geldbeutel in die Hand. »Die Geheimzahl lautet zwei, vier, neun, neun.« Darian setzte sich wieder hinters Lenkrad und wartete nervös auf Mia.

Peter stand noch immer im Regen und starrte auf die Kreditkarten. Dann klopfte er noch einmal gegen Darians Fensterscheibe.

»Sag mal, ist das jetzt ein Traum? Du schenkst mir im Ernst deine Kreditkarten, und ich soll die ganze Kohle abheben? Wie bist du denn drauf?« Als Darian sich mal wieder nervös umdrehte, fragte Peter aufgeregt: »Ist das hier so 'ne Art James Bond Film? Seid ihr irgendwelche wichtigen Regierungsleute, die von jemandem verfolgt werden?«

Endlich tauchte Mia auf und stieg ein.

»So ähnlich«, antwortete Darian, und bevor er das Fenster hochfahren ließ, grinste er Peter an. »Wir werden von einem irren Zauberer aus einer anderen Welt verfolgt, der uns umbringen will.« Dann fuhr er mit quietschenden Reifen an und ließ einen perplexen Peter zurück.

»Wie kannst du ihm denn die Wahrheit sagen?«, empörte sich Mia.

»Er wird mir das kaum glauben«, antwortete Darian und machte sich daran, die letzten zweihundert Meilen hinter sich zu bringen.

Als sich die beiden langsam dem kleinen Angler- und Bergsteigerparadies Altnaharra näherten, war es immer noch stockdunkel. Der Regen hatte ein wenig nachgelassen, aber die Kälte war geblieben. Sie parkten das Auto versteckt hinter einem Gebüsch und stiegen aus. Beinahe erwarteten sie, Samukal irgendwo auftauchen zu sehen, doch alles blieb ruhig. Sie wickelten sich in die karierten Wolldecken, denn ein eisiger Wind wehte über das Land.

»Wie sollen wir denn in der Nacht den Weg finden?«, fragte Darian leise und zuckte zusammen, als es hinter ihm knackte.

Blitzschnell hielt Mia das von Samukal gestohlene Schwert in der Hand und stellte sich kampfbereit vor das Gebüsch. Atemlose Sekunden vergingen, doch es war wohl nur ein Vogel gewesen. »Mein Dunkelelfenblut ermöglicht mir doch auch bei Nacht zu sehen«, erklärte sie, senkte das Schwert und nahm ihn an der Hand.

»Sag bloß noch einmal, dein Blut sei von Nachteil!«, murmelte er und stolperte halb blind hinter ihr her.

Dank der Hilfe seines Bodyguards und seiner eigenen Rücksichtslosigkeit am Steuer hatte Samukal einiges an Zeit gutgemacht. Daher erreichte er Altnaharra nur etwa eine Dreiviertelstunde nach Mia und Darian. Mit grimmigem Blick griff er sich seine Armbrust und wanderte in die Hügel hinein. Ein magisches Licht anzuzünden wagte er nicht, da er keine Aufmerksamkeit auf sich ziehen wollte. Ein Ärgernis – doch der Gedanke an Rashkár, der den beiden in der Dunkelheit sicher schon auflauerte, wog dies mehr als auf.

Angespannt eilten Mia und Darian durch die Finsternis. Im Gegensatz zu Mia stolperte Darian ständig, und einmal fiel er der Länge nach hin, als er an einer Wurzel hängen blieb.

»Verdammt, ich halte dich auf«, schimpfte er, erhob sich rasch wieder und wischte sich die Nässe aus dem Gesicht.

»Das macht nichts.« Mia spähte nervös hinter sich. »Ich hoffe nur, dass die Nebel heute auch aufziehen.«

»Und was, wenn nicht?«, fragte Darian gereizt. Er selbst konnte überhaupt nichts sehen, und die nächtlichen Geräusche zerrten an seinem ohnehin schon zerrütteten Nervenkostüm. Geisterhaft rauschte der Wind durch die Gräser und Bäume, und obwohl es stockdunkel war, glaubte Darian immer wieder schattenhafte Bewegungen zu erahnen.

»Dann müssen wir uns in der Nähe des Steins verstecken und warten.«

Darian holte tief Luft, blies die Backen auf und schüttelte den Kopf. »Dann findet dieser Verrückte uns mit Sicherheit.«

Keuchend folgte er Mia weiter bergauf, und zuckte jedes Mal zusammen, wenn sie stehen blieb, weil sie etwas zu sehen geglaubt hatte.

Hinzu kam, dass Darian seit kurzer Zeit eine nicht in Worte zu fassende Unruhe verspürte, die nicht nur etwas mit der kalten Dunkelheit und der schaurigen Faszination des herbstlichen, einsamen Hochlands bei Nacht zu tun hatte. Nicht einmal die Ahnung, dass Samukal sie höchstwahrscheinlich verfolgte, war Ursache der bedrückenden Stimmung. Irgendetwas schien seine eiskalten Hände um seine Seele gelegt zu haben und immer fester zuzudrücken.

Von dem raschen Aufstieg waren beide erschöpft. Noch immer war es stockdunkel, und der eiskalte Wind pfiff ihnen immer heftiger durch die Kleider. Wieder einmal blieb Mia stehen.

»Was ist denn jetzt schon wieder?«, zischte Darian in die Dunkelheit, doch da stieß ihn Mia auch schon zurück, und er hörte Schwerter klirren.

»Mia!«, rief er hilflos und hielt sein eigenes Schwert nervös vor sich. Er hatte keine Ahnung, was um ihn herum geschah.

Nur ganz schemenhaft konnte er die Umrisse zweier kämpfender Gestalten sehen, die sich links von ihm bewegten.

»Halte dich zurück!«, hörte er Mias Stimme, die einen leicht hektischen Unterton angenommen hatte.

Blind tastete Darian mit seinem Schwert den Boden ab. Dann riss der Himmel plötzlich auf und ein beinahe voller Mond kam zum Vorschein. Im fahlen Mondlicht sah er Mia mit einer in einen Umhang gehüllten Gestalt kämpfen, und der Tanz ihrer Schwerter ließ ihm das Blut in den Adern gefrieren. Er hatte mit Mia trainiert, und er wusste, dass sie gut war, aber nun focht sie mit solch einer Eleganz und Leidenschaft, dass er daran zweifelte, die gleiche Frau vor sich zu haben.

Immer wieder schoben sich Wolken vor den Mond, sodass Darian nur schemenhafte Ausschnitte des Kampfes zu Gesicht bekam. Die Phasen der Dunkelheit erfüllten ihn mit hilflosem Entsetzen, denn er hörte nur Schwerterklirren, keuchenden Atem und ein Rascheln im Gras. Zu gern hätte er Mia geholfen, alles in ihm schrie danach, sich ebenfalls in den Kampf zu stürzen. Doch gleichzeitig war ihm bewusst, dass er ohne die Fähigkeit, im Dunkeln zu sehen, nur im Weg sein würde.

Wieder einmal riss die Wolkendecke auf, und der Mond warf seinen sanften Schein auf die Kämpfenden. Mia war ganz in seiner Nähe, und es gelang Darian, einen Blick auf ihr Gesicht zu werfen, während sie mit ihrem unheimlichen Gegner focht. Was er sah, rief zugleich Bewunderung und Furcht in ihm hervor. Denn auch wenn Mia wieder über diese faszinierende Schönheit verfügte, die ihr nachts zu eigen war, so strahlte sie nun auch etwas ganz anderes aus: Sie war zur tödlichen Kriegerin geworden, und vielleicht erkannte er erst heute den nicht ganz menschlichen Ausdruck auf ihrem fein geschnittenen Gesicht. Durch die Anstrengung schienen ihre hohen Wangenknochen wie gemeißelt, und in ihren Augen sah er für die wenigen Augenblicke, die ihm gewährt waren, Mordlust aufblitzen.

Dann war der Mond wieder verschwunden und ließ Darian erneut hilflos in der Dunkelheit zurück, während das metallische Scheppern der Schwerter mal näher, mal weiter entfernt erklang. Er hatte das Gefühl, der Kampf währte Stunden, obwohl in Wirklichkeit nicht einmal wenige Minuten vergingen, bis der Mond ihm erneut einen Blick auf Mia gestattete. Zu seinem Entsetzen erkannte Darian, dass sie immer weiter an einen Abhang zurückgetrieben wurde.

»Hierher, zu mir, Samukal!«, rief er in seiner Verzweiflung.

»Nein!«, vernahm er Mias entsetzten Schrei.

Doch das Wesen, das, wie er nun erkannte, gar nicht Samukal sein konnte, kam bereits mit seltsam fließenden Bewegungen auf ihn zu.

Darian schaffte es gerade noch, sein Schwert hochzureißen, bevor ihm eine messerscharfe Klinge den Schädel spaltete. Die Wucht des Schlages ließ ihn taumeln. Mit nicht nachvollziehbaren Bewegungen griff das Wesen an und erwischte Darian am Arm. Von der Schnittwunde behindert stach Darian unbeholfen nach seinem Gegner, konnte dessen wirbelnden Angriffen jedoch nicht standhalten.

Rashkár konnte seine Lust am Töten nicht mehr zügeln. Zwar hatte ihm sein Herr und Gebieter aufgetragen, den jungen Mann am Leben zu lassen – doch Samukal war nicht hier, um ihn zurückzuhalten, und Rashkár verfiel in Raserei.

Ohne dass Darian etwas dagegen tun konnte, näherte sich die Klinge des Wesens seinem Herzen. Es war wie in einem Albtraum. Als hätte sich die Zeit um das Zehnfache ausgedehnt, sah er im bleichen Mondlicht die schimmernde Klinge auf sich zukommen und schaffte es dennoch nicht, sich aus seiner Starre zu lösen. In der festen Überzeugung, sein Schicksal sei besiegelt, schloss er die Augen. Doch kurz bevor ihn das Schwert traf, sprang etwas die Kreatur von hinten an und brachte sie ein wenig aus dem Gleichgewicht. Die Schwertspitze bohrte sich in Darians Oberschenkel statt in seine Brust, und im ersten Augenblick verspürte er nicht einmal Schmerz – denn im Zurückweichen enthüllte sein Gegner das, was unter der Kapuze lag. Darian war schockiert. Kein menschliches Gesicht starrte ihn an, sondern eine Dämonenfratze, die statt Augen nur schwarze Löcher hatte. Schuppenartige, vernarbte Haut spannte sich über einen länglichen Schädel. Gefangen von dem Anblick schreckte Darian erst dann auf, als eine Klinge das unheimliche Wesen von hinten durchbohrte. Es stieß einen ekelerregenden, unmenschlichen Schrei aus und verschwand wie ein wabernder Schatten in der Nacht.

Mia stand vor ihm, ihre Umrisse zeichneten sich klar gegen das Licht des Mondes ab. Schwer atmend und mit einem Schnitt an der Stirn, aus dem Blut tropfte, eilte sie auf Darian zu.

»Schnell, wir müssen hier weg!«

Noch immer unter Schock ließ Darian sich von Mia mitziehen.

»Was war das?«, fragte er, während sie durch die Nacht hasteten.

»Ich weiß es nicht.« Mia nahm Darians Hand fester und stürmte weiter.

Nachdem der erste Schrecken ein wenig nachgelassen hatte, spürte Darian den Schmerz in seinem Oberschenkel. Außerdem lief ihm etwas warm und klebrig das Bein hinab.

»Warte, Mia«, keuchte er irgendwann und blieb stehen.

»Wir müssen uns beeilen«, drängte sie ungeduldig und warf nervöse Blicke um sich.

Stöhnend ließ sich Darian auf einem Stein nieder. Immer wieder schoben sich schwarze Wolken vor den Mond, und eine beklemmende Dunkelheit breitete sich aus.

»Das Ding hat mich erwischt«, gab er zu.

»Was?« Erschrocken kniete Mia sich neben ihn und drückte dann rasch ihre Hand auf die klaffende Wunde. »Verdammt noch mal, warum hast du denn nichts gesagt?«

»Ich habe zuerst nichts gemerkt«, murmelte er, und plötzlich wurde ihm ein wenig schwarz vor Augen.

»Darian!« Mia rüttelte ihn an der Schulter. »Drück deine Hand fest drauf, ich mache einen Verband.« In fliegender Hast schnitt sie Streifen aus ihrem Kleid und der Decke, während Darian zusah, wie glitzernde Schweißtropfen im tiefen Ausschnitt ihres Kleides verschwanden. Dann legte sie einen festen Druckverband an. »Kannst du laufen?«

Obwohl ihm schwindlig war, nickte er; als er jedoch das Bein belastete, musste er krampfhaft ein Stöhnen unterdrücken. Mia legte ihm einen Arm um die Hüfte und führte ihn vorsichtig weiter.

»Warum hast du dich nur eingemischt?«, fragte sie mit einem wütenden Unterton in der Stimme, der ihre Angst allerdings kaum verbergen konnte.

»Das Wesen hat dich immer weiter auf den Abhang zugetrieben«, antwortete Darian zwischen zusammengebissenen Zähnen hindurch und konzentrierte sich eisern darauf weiterzugehen. »Ist es tot?«

»Ich bin mir nicht sicher. Ich habe keine Ahnung, was das für eine Kreatur war. Nicht einmal bei den Dunkelelfen, die zu den besten Schwertkämpfern zählen, habe ich jemals solch einen Kampfstil beobachten können. Es kann nicht mehr weit bis zum Stein sein«, versuchte sie ihn zu trösten, während er neben ihr herhumpelte.

Endlich hatten sie den Gipfel des kleinen Berges erklommen. Der Mond wanderte unaufhaltsam nach Westen, und in der Dunkelheit konnte Aramia Darians schmerzverzerrtes Gesicht sehen.

»Komm, wir ruhen uns kurz aus.« Sie führte ihn in den Schutz eines Felsens.

Mit einem leisen Stöhnen ließ er sich auf den Boden sinken. »Was ist mit dem Nebel?« Darian drückte eine Hand auf seinen durchgeweichten Verband.

»Er wird sicher aufziehen.« Unruhig blickte Aramia sich um. Sie hoffte inständig, dass sie Recht behielt. »Schmerzt dein Bein sehr?«

»Es geht schon«, behauptete er und deutete auf ihre Stirn. »Was ist mit dir?«

»Das Schwert hat mich nur gestreift.« Mit einer ungeduldigen Bewegung wischte sie sich das Blut aus dem Gesicht.

Dann stand sie auf und sah sich um. Hinter dem nächsten Hügel lag der Stein, aber hier waren sie zu ungeschützt und leicht zu entdecken. Vielleicht sollten sie in dem kleinen Wäldchen warten bis – hoffentlich – der Nebel aufzog. Ganz schwach glaubte man, im Osten einen Streifen der herannahenden Dämmerung zu erahnen.

»Darian«, Aramia rüttelte ihn sanft an der Schulter, »wir müssen noch ein Stück laufen.«

Gewaltsam riss er die Augen wieder auf, die ihm gerade zugefallen waren.

»Hmm«, murmelte er und erhob sich mit einiger Mühe. Aramia stützte ihn so gut sie konnte, aber schon nach wenigen Schritten schwankte er verdächtig. Die anstrengende Flucht, der Schlafmangel, der kräftezehrende Marsch auf den Berg und vor allem der Blutverlust forderten ihren Tribut.

»Ich schaff das schon«, behauptete er, als die besorgte Aramia mitten auf offenem Feld vorschlug, eine kurze Pause einzulegen.

Langsam gingen sie weiter, und als Darian endlich den Stein in der fahlen Dämmerung erkannte, seufzte er erleichtert.

»Wir haben es geschafft.«

Aramia lächelte zögernd, denn ohne den Nebel würde ihnen der Stein nicht viel bringen. Samukal war ihnen dicht auf den Fersen, und dann war da noch dieses merkwürdige Wesen, von dem sich Aramia nicht sicher war, ob es nicht zurückkehren würde.

Als Darian sich hinter einem von Büschen umgebenen Felsen vorsichtig niederließ, tastete sie nach seinem Bein. Aramia konnte spüren, wie er zitterte, und glaubte zu erahnen, welche Ängste er ausstehen musste. Sie zog den Verband noch einmal fest und umarmte Darian dann.

»Auf der anderen Seite wartet Lilith auf uns. Für sie ist so eine Verletzung überhaupt kein Problem«, versprach sie.

»Dann ist es ja gut«, murmelte er und lehnte den Kopf gegen den kalten Felsen. Aramia drückte seine kalte Hand und blickte angespannt um sich.

Rashkár war verletzt. Das Mädchen hatte ihn mit ihrer Klinge verwundet, und auch wenn er keinen festen Körper besaß, so konnte er doch, seitdem Samukal ihn aus seinem Zwischenreich beschworen hatte, Schmerzen spüren. Viel mehr störte ihn allerdings seine Niederlage. Beinahe hätte er den Sohn seines Meisters getötet, doch dann war ihm dieser Dunkelelfenmischling in die Quere gekommen. Der Dämon würde einige Zeit brauchen, um seine Schwäche zu überwinden Noch während er neue Kraft schöpfte, leuchtete der Kristall, den er in seinem Umhang verborgen trug, auf, und sein Meister sprach zu ihm.

»Wo bist du?«

»In der Nähe des Steines«, zischte Rashkár.

»Überlass sie mir«, verlangte Samukal. »Und warte auf mich.«

Lautlos fluchend und seine Mordlust unterdrückend verbeugte sich der Dämon. Zu gern hätte er die beiden auf seiner Klinge aufgespießt. Doch stattdessen schleppte er sich zu seinem Meister, der ihn auf dem Gipfel des Berges erwartete.

»Darian, ich habe Wasser geholt«, hörte er wie aus weiter Ferne eine sanfte Stimme an sein Ohr dringen. Er war müde und wollte die Augen nicht öffnen, aber Mia rüttelte ihn energisch an der Schulter. Sie hielt ihm ein Stück Rinde hin und erzählte, dass sie aus einem nahe gelegenen Bach etwas Wasser geschöpft hatte. Darian hatte gar nicht bemerkt, wie durstig er gewesen war. Nun trank er gierig, verschüttete dabei jedoch die Hälfte.

»Hier, meine Decke.« Besorgt legte sie ihm die Wolldecke über.

Obwohl er am ganzen Körper bebte, wollte er sie jedoch

nicht annehmen. »Dann hast du keine mehr«, sagte er mit klappernden Zähnen.

»In mir fließt Dunkelelfenblut, daher friere ich nicht so leicht«, behauptete sie und wischte ihm den kalten Schweiß von der Stirn. Darian musterte Mia aus fiebrigen Augen und bemerkte, wie viel Angst sie hatte. Er wusste selbst, dass er nicht mehr lange würde durchhalten können. Dann ruckte Mias Kopf herum und so etwas wie Erleichterung legte sich über ihr Gesicht.

»Sieh nur«, flüsterte sie voller Hoffnung in sein Ohr. »Es zieht Nebel auf, alles wird gut.«

Auch Samukal bemerkte den Nebel und grinste wölfisch. »Jetzt machen sich diese Narren sicher Hoffnungen«, sagte er. Dann wandte er sich an Rashkár. »Du wartest dort hinten auf ein Zeichen von mir.«

Der Dämon verbeugte sich und glitt hinter eine Gruppe Felsen.

»Komm, bald wird der Nebel dicht genug sein«, sagte Mia aufmunternd und bemühte sich, den schwankenden Darian auf die Füße zu bekommen. Sie küsste ihn auf den Mund. »Wir schaffen es, du wirst sehen.«

Darian hatte keine Ahnung, wie er die Strecke bis zum Stein überstehen sollte, dennoch nickte er. Selbst das Stehen kostete ihn unglaubliche Kraft, und er glaubte, jeden Augenblick umzukippen.

Gerade waren sie mühsam ein paar Schritte gegangen, als eine vertraute Stimme aus dem dichter werdenden Nebel ertönte.

»Darian, mein Junge, noch ist Zeit, umzukehren.« Samukal stand mit ausgebreiteten Armen vor dem Stein. »Komm zu mir, und ich gebe dir eine letzte Chance!«

»O nein.« Mia blickte erschrocken zu Darian auf, der resigniert seinen Kopf gegen den Stamm einer jungen Eiche legte. Jetzt war alles aus.

»Ich gehe zu ihm«, sagte Darian mit tonloser Stimme. »Entweder ich verblute, oder er bringt mich zu einem Arzt. Kehr du nach Hause zurück und sag ihnen, du hättest es versucht.«

»Nein!« Mia nahm Darians Gesicht in ihre Hände. »Ich kann dich nicht allein lassen.«

»Dich bringt er sicher um«, entgegnete Darian müde. Er hatte kaum noch die Kraft, sich über irgendetwas Gedanken zu machen. »Mich lässt er vielleicht am Leben, wenn ich nicht durch das Portal gehe.«

»Er wird auch dich töten«, flüsterte Mia, und eine Träne rollte über ihre Wange.

»Wenn ich noch lange hier bleibe, werde ich ohnehin verbluten«, vermutete Darian und umarmte Mia noch einmal. »Falls er mich am Leben lassen sollte, kann ich später noch mal versuchen, nach Albany zu gelangen.« Mit einiger Anstrengung zog er sich die Kette mit dem Amulett vom Kopf und wollte sich bücken, um sie am Fuße der Eiche zu vergraben. »Mach du das bitte«, bat er, als es ihm schwarz vor Augen wurde.

Unentschlossen hielt Mia die Kette in der Hand. Zunächst machte sie Anstalten, Darian seinen Wunsch zu erfüllen, dann schüttelte sie energisch den Kopf.

»Meinst du, du schaffst es bis zum Stein?« Im Augenblick war Samukal von Nebelschwaden verdeckt. »Ich habe eine Idee.«

»Mia, wir haben verloren«, murmelte er, doch als sie ihn langsam weiterführte, hatte er nicht mehr die Energie, ihr zu widersprechen.

Schon wieder rief Samukal Darians Namen, und sein Lachen hallte unheimlich durch das kleine Tal. Sie näherten sich dem vom Nebel verborgenen Stein.

»Ich spüre ein magisches Kribbeln, die Weltennebel sind tatsächlich aufgezogen«, stieß Mia hervor. Hinter einem Gebüsch hielt sie an. »Darian, hör mir bitte zu. Du musst das letzte Stück alleine schaffen, hörst du?« Als er schwankte, half sie ihm, sich auf einen dicken Felsbrocken zu setzen. »Ruh dich kurz aus. Ich werde versuchen, die Elementargeister der Umgebung zu beschwören. Sie werden Samukal so lange ablenken, bis wir das Portal durchschritten haben«, erklärte sie entschlossen.

»Was?« Gewaltsam riss Darian die Augen auf, die ihm immer wieder zuzufallen drohten.

»Es kann gelingen. Ich werde warten, bis du kurz vor Samukal bist, dann schicke ich die Geister los.« Sie blickte ihm fest in die Augen. »Das ist der Zeitpunkt, wo du so schnell es geht durch das Portal fliehen musst.«

»Und was ist mit dir? Du hast gesagt, du bist nicht so stark wie Samukal.«

»Ich folge dir«, versprach sie. Als sie seinen skeptischen Blick sah, versicherte sie: »Ich bin nicht verletzt, ich kann rennen, und Elementargeister spüren es angeblich, wenn jemand in arger Not ist.« Dann umarmte sie ihn. »Darian, ich liebe dich, bitte vergiss das niemals, auch wenn sie uns in Albany trennen sollten.«

»Niemand wird uns trennen, falls wir diesen Wahnsinn hier überleben sollten.« Obwohl Darian stark an Mias Vorhaben zweifelte, nahm er das Amulett wieder an sich. Dann sammelte er seine letzten Kräfte und stellte sich hin. Mia gab ihm rasch einen dicken Stock, auf den er sich stützen konnte.

Noch einmal küsste sie ihn, dann verlangte sie, er solle losgehen.

Bei jedem Schritt musste Darian hart darum kämpfen, bei Bewusstsein zu bleiben. Das silbern leuchtende Portal spannte sich über den alten Monolithen, und erneut verspürte Darian den Drang, hindurchzugehen. Diesmal blieb zumindest das Dröhnen aus.

Stattdessen hallte die höhnische Stimme seines Adoptivvaters in seinem Kopf, während er langsam weiter auf den Stein zuging. Wenige Schritte vor Samukal kam Bewegung in die

Nebelschwaden. »Oh, Darian!« Samukal lachte laut. »Hat dich der gute Rashkár etwa aufgehalten?« Darian klammerte sich mit schmerzverzerrtem Blick an seinem Stock fest, während Samukal suchend hinter ihn blickte. »Und wo ist deine kleine Nebelhexe?«

»Er hat sie getötet«, behauptete Darian.

Samukal kam auf ihn zu. »Wenn du nicht endlich zur Vernunft kommst und mir das Amulett gibst, wirst du ihr bald folgen. Ich möchte dich nicht töten, Darian, werde es aber tun, wenn du mir keine andere Wahl lässt.«

Der Zauberer hob die Arme, und in diesem Augenblick sausten seltsame Lichtblitze auf Samukal zu. Kleine Wesen huschten um seine Füße, und Darian sah Heidefeen, Geschöpfe, die er für Kobolde hielt, und andere, für die er nicht einmal einen Namen hatte, um den Zauberer herumschwirren. Fluchend schlug sein Adoptivvater um sich.

»Lauf!«, hörte Darian Mias Stimme hinter sich. Sein schmerzendes Bein missachtend, stolperte er auf den rettenden Stein zu. Als er sich umdrehte, erkannte er, dass Mia schon wieder gegen das unheimliche Wesen kämpfte, dem er seine Verletzung zu verdanken hatte. Samukal selbst war nicht zu sehen, nur sein Fluchen hallte gedämpft durch den Nebel.

»Darian, ich komme zurecht«, schrie Mia. »Geh durch das Portal, geh durch das Portal!«

Da er wusste, dass er ihr kaum von Nutzen sein würde, humpelte er weiter. Als er kurz danach vor dem Monolithen stand, sah er bereits, wie sich durch das Portal aus silbernem und goldenem Licht schemenhaft die andere Welt herauskristallisierte. Im Zentrum des Portals stand der Stein, dessen uralte, geheimnisvolle Zeichen hell leuchteten. Für einen Augenblick hielt Darian inne und widerstand dem Drang, hindurchzugehen, immer noch in Sorge um Mia. Kurz darauf hörte er den abstoßenden Schrei Rashkárs, dann stand Mia mit einem erleichterten Lachen im Gesicht neben ihm.

»Komm jetzt«, drängte sie, und er drehte sich um, um den letzten Schritt durch das magische Portal zu tun.

Da sackte Mia plötzlich gegen ihn. Zunächst wusste er nicht, was geschehen war. Er fing sie auf und schrie entsetzt, als er sah, wie sich dunkles Blut auf ihrer Brust ausbreitete. Ein Armbrustbolzen ragte aus ihrem Rücken heraus.

»Mia, nein!« Und mit letzter, aus purer Verzweiflung geborener Kraft zog er sie auf die andere Seite.

Kapitel 7
Albany

Während der letzten Monde hatte Nordhalan unablässig die Sorge um Aramia und Darian geplagt. Nachdem er durch das Portal nach Hause gereist war, war ihm die Suche nach Verbündeten schwerer gefallen als gedacht. Der Bund der Zauberer, der das Königshaus der Unsterblichen von jeher beschützt hatte, existierte nicht mehr. Nach Vahiras spurlosem Verschwinden war er endgültig zerfallen. Und auch die Elfen in den westlichen Hügeln scherten sich nicht mehr um König Jarredhs Nachfahren, sie hatten ihre eigenen Probleme. Nordhalans Worte trafen häufig auf taube Ohren. Er war beinahe fünfundzwanzig Sommer fort gewesen und musste sich nun mehr als einmal zweifelnde Stimmen anhören, dass der Thronerbe tatsächlich noch lebte. Wahrscheinlich hätte Nordhalan in Begleitung von Darian von Northcliff selbst erscheinen müssen, um die Menschen von der Wahrheit zu überzeugen.

Unerwartete Unterstützung hatte er bei den Nebelhexen gefunden, und Lilith war sofort dazu bereitgewesen, zum Stein von Alahant zu reisen. Sie vertraute ihrer Freundin Aramia und war stolz auf sie. Und dann war es Nordhalan zumindest noch gelungen, einen seiner alten Zaubererfreunde, Ohaman, dazu zu überreden, am Stein auf Darians Ankunft zu warten. Murrend hatte Ohaman, ein immer ernst dreinblickender Mann mit den dicken dunkelbraunen Haaren und struppigem Bart, Liliths Gesellschaft akzeptiert und zehn vertrauenswürdige Krieger aufgetrieben, die schon unter Darians Vater gedient hatten.

Ergebene Männer, die allerdings bereits vom Alter gezeichnet waren.

»Nordhalan«, hatte Ohaman ernst gesagt, »ich tue dir diesen Gefallen nur um der alten Zeiten willen und weil du nun offiziell das Oberhaupt unserer Gilde bist.«

Zwar hatte Nordhalan insgeheim mit mehr Unterstützung gerechnet, doch in Ohaman setzte er große Hoffnungen. Nun konnte er selbst nach den restlichen Zauberern suchen, die sich über ganz Albany verteilt zu haben schienen.

Als Aramia und Darian auch in der Mitte des Herbstes noch immer nicht aufgetaucht waren, bereitete ihm dies einerseits Unbehagen, andererseits war er auch froh darum. Er wähnte sie sicher in der anderen Welt, und nun blieb ihm zumindest mehr Zeit, die bevorstehende Reise Darians zur Insel der Drachen so sicher wie möglich zu gestalten.

Nachdem der zweite Mond des Herbstes sich unaufhaltsam füllte, machte er sich jedoch ernsthaft Sorgen. Und auch in Culmara, der großen Stadt des Nordens, wo Fehenius als Regent das Zepter schwang, wurden einige Menschen nun zunehmend unruhig. Sie wussten, dass es an der Zeit für die Rückkehr eines Erben von Northcliff war. Beinahe fünfundzwanzig Sommer und Winter waren seit Jarredhs Tod vergangen, und dessen verschollener Sohn war ihre letzte vage Hoffnung auf das Wiederaufleben der goldenen Zeiten, wie sie einst unter den Northcliffs geherrscht hatten.

Fehenius' Soldaten setzten alles daran, die Unruhen im Keim zu ersticken, und verbreiteten Angst und Schrecken. Während der letzten Sommer und Winter waren ohnehin unzählige Menschen entweder wegen Lappalien hingerichtet worden, im Kerker gelandet, oder schlicht und einfach verschwunden. Offiziell hieß es, die Dunkelelfen hätten erneut ihr Unwesen getrieben, aber hinter vorgehaltener Hand munkelte man, dass Fehenius' Männer die Untaten begangen hatten.

So war es nicht verwunderlich, dass Nordhalans Vorhaben,

Verbündete zu finden, zu einer wahren Herausforderung wurde. In den kleineren Dörfern hatte man ihm schlicht und einfach die Tür vor der Nase zugeschlagen, in der Stadt wäre er mehrfach beinahe verhaftet worden. Letztendlich war es Zufall gewesen, dass Jeroman, der ein kleines Wirtshaus in der Stadt besaß, ihn im letzten Augenblick vor Fehenius' Soldaten gerettet hatte. Schon lange Zeit waren Nordhalan und der Gastwirt befreundet. Der eher kleine Mann besaß kräftige Muskeln, die er dem Stapeln der vielen Bierfässer verdankte, welche Tag für Tag in seinem Gasthaus geleert wurden. Er hatte ein freundliches, rundes Gesicht und eine beginnende Halbglatze. Viele hielten ihn für einfältig, doch das täuschte – er wusste genau, was vor sich ging. Denn wie Nordhalan es sich erhofft hatte, bekam Jeroman vieles mit in seinem Wirtshaus und berichtete ihm dies nun. Obwohl der Wirt, im Gegensatz zu seiner Frau, nicht viel sprach und meist nur stumm hinter der Theke stand, hörte er doch eine Menge. So wusste er, dass es bereits Gerüchte gegeben hatte, dass Nordhalan zurückgekehrt sei, und viele sprachen sogar davon, dass er Darian von Northcliff mitgebracht hätte. Zwar wünschten sich durchaus einige Menschen ihren unsterblichen König zurück, doch offen aufzubegehren traute sich inzwischen niemand mehr. Jeroman konnte das nicht verstehen, und obwohl er mittlerweile an die sechzig Sommer und Winter erlebt hatte, hätte er sich Nordhalan am liebsten sofort angeschlossen und Fehenius gestürzt. Als junger Mann von knapp siebzehn hatte sich Jeroman nichts sehnlicher gewünscht, als in die Armee von König Jarredh aufgenommen zu werden. Nachdem er Prinz Atorian bei einem Jagdausflug durch Zufall das Leben gerettet hatte, war sein Wunsch in greifbare Nähe gerückt. Obwohl dies angesichts des großen Standesunterschiedes nicht unbedingt üblich war, hatten sich Atorian und Jeroman angefreundet. Atorian hatte ihn Schwertkampf und Bogenschießen gelehrt und seinen Vater schließlich überredet, ihn zum Krieger ausbilden zu dürfen. Doch nur wenig später war Atorian getötet worden. Nach den grausamen Morden an der Königsfamilie hatte Jeromans Vater, der damalige Gastwirt, seinen Sohn gezwungen, seine frühere Freundschaft zu Atorian geheim zu halten. Sie wäre viel zu gefährlich gewesen, denn Fehenius hatte sofort die Macht an sich gerissen – angeblich, um die Dunkelelfen, die maßgeblich an den Morden beteiligt gewesen waren, zurückzudrängen. Doch es war nie herausgekommen, wer tatsächlich hinter den Morden steckte, und viele glaubten insgeheim, dass Fehenius selbst eine wichtige Rolle dabei gespielt hatte.

An diesem kalten Tag – der Herbst war dem Winter gewichen – verabschiedete sich Nordhalan von dem Gastwirt.

»Sei vorsichtig, und sammle so viele vertrauenswürdige Männer wie möglich in Culmara«, ermahnte Nordhalan noch einmal, bevor er sich im Morgengrauen auf sein Pferd schwang. »Schick sie zum Stein von Alahant, Ohaman wartet dort auf euch. Wenn Darian auftaucht, braucht er unsere Hilfe.«

Der Wirt versprach, sein Möglichstes zu tun, und Nordhalans Blick wanderte nach Norden. Hinter den dicht bewaldeten Hügeln, am Rande der sturmumtosten Klippen, thronte die gewaltige Burg von Northcliff, die schon so lange auf ihren Erben wartete.

Voller Unruhe ritt Nordhalan durch das hügelige, zum größten Teil von Wald bedeckte Land. Die Trägheit der Bewohner Albanys ärgerte ihn. Sicher, solange sie ihre horrenden Steuern zahlten und nicht gegen Fehenius aufbegehrten, führten sie ein halbwegs angenehmes Leben. Aber Fehenius' Soldaten, die regelmäßig durch die Dörfer patrouillierten und willkürlich Häuser durchsuchten, hatten nach Nordhalans Ansicht zu viele Befugnisse. Angeblich war es ja nur zum Schutze der Menschen vor den räuberischen und mordenden Dunkelelfen. Dass sich ein Dunkelelf allerdings in Vorratslagern versteckt hielt, wäre Nordhalan neu gewesen. Das Ganze diente vielmehr dazu, die Menschen auszuspionieren und zu überprüfen, ob sie nicht Korn, Gemüse oder Gold versteckten, auf das Fehenius Steuern erheben könnte. Steuern, die der Regent dann von seinem Steuereintreiber Berem einsammeln ließ, einem äußerst unangenehmen Zeitgenossen, der in Culmara lebte.

Zwei Zauberer konnte Nordhalan in den nächsten Tagen noch aufspüren. Die beiden zeigten allerdings erst einmal große Empörung darüber, dass Nordhalan den Thronerben von Northcliff in der Obhut einer Nebelhexe zurückgelassen hatte. Um sich dann schlicht und einfach zu weigern, sich der, wie sie meinten, ohnehin aussichtslosen Sache anzuschließen. Sie führten schließlich ein zurückgezogenes Leben weitab von Fehenius' Tyrannei.

»Wollt ihr den Jungen tatsächlich im Stich lassen?«, regte sich Nordhalan auf, woraufhin die beiden älteren Männer ein wenig beschämt die Köpfe senkten.

»Es sind schon genügend von uns verschwunden«, versuchte sich Revtan, der Zwergenzauberer, zu rechtfertigen.

»Was ist nur aus euch geworden?«, fragte Nordhalan enttäuscht. »Wir haben so lange für die Könige von Northcliff gekämpft, und jetzt, wo unser Ziel in greifbarer Nähe ist, wollt ihr aufgeben?«

»Er ist nicht einmal hier, und wir wissen nicht, ob er überhaupt zum König taugt«, wandte Dimitan ein, der äußerlich das genaue Gegenteil seines Freundes war, beinahe sieben Fuß groß und so hager wie ein Besenstiel. »Außerdem hast du ihn in Obhut einer Nebelhexe …«

»Die Nebelhexe hatte zumindest den Mut, in die andere Welt zu gehen«, explodierte Nordhalan, und die beiden Männer zogen ob seines Zornes instinktiv die Köpfe ein. »Aramia hat ihn gefunden, sie hat ihn beschützt, und sie bringt ihn zum Stein. Sie hat sich an die Gegebenheiten der anderen Welt sehr viel besser angepasst, als ich es jemals gekonnt hätte«, fügte er nachdenklich hinzu.

Ein gespannter Ausdruck trat in Revtans rundes Gesicht,

das von buschigen, weißen Haaren umrahmt wurde. »Wie ist es denn dort?«

»Seltsamer, als ich jemals in Worte fassen könnte. Wenn Darian von Northcliff durch das Portal tritt, brauche ich zuverlässige Männer, die ihn beschützen, und er benötigt Geleit zur Insel der Drachen.«

Dimitan erhob sich langsam. »Mir ist die Sache zu gefährlich. Es heißt, dass Fehenius ohnehin Jagd auf Zauberer machen lässt. Und ob die Nebelhexe Darian jemals hierherbringt, ist ebenfalls fraglich.« Angewidert verzog er das Gesicht. »Schließlich fließt Dunkelelfenblut in ihren Adern.«

»Wenn du es vorziehst, dich den Rest deines Lebens vor Fehenius' Schergen zu verstecken, dann verschwinde doch, du Feigling!«, brüllte Nordhalan, der normalerweise nicht so rasch die Beherrschung verlor.

Ohne ein weiteres Wort eilte der große, hagere Mann mit langen Schritten und einem beleidigten Gesicht aus der kleinen Hütte, in der sie sich getroffen hatten.

Resigniert ließ sich Nordhalan auf den einfachen Holzstuhl sinken und stützte den Kopf in die Hände.

»Du auch, Revtan«, sagte er müde, ohne den Zwerg anzusehen.

Der erhob sich räuspernd und trat unruhig von einem stämmigen Bein auf das andere.

»Also, falls König Darian tatsächlich auftaucht, werde ich mit den Zwergen sprechen«, bot er zögernd an.

Überrascht hob Nordhalan den Kopf. In der Regel scherten sich die Zwerge kaum um einen menschlichen König. Die meisten von ihnen lebten in den östlichen, windumtosten Bergen des Landes oberhalb des Kratersees, ein Teil von ihnen auch ganz oben im Norden von Albany, wo es Eisenvorkommen gab und die Torffelder, welche sie für die Herstellung ihrer stark alkoholhaltigen Getränke benötigten. Eigentlich hatte Nordhalan auf Dimitan gebaut, doch vielleicht würde ja auch

Revtan von Nutzen sein. Der König der Zwerge hatte zumindest noch eine Rechnung mit den Dunkelelfen offen, die irgendwann einmal eine der größeren Zwergenstädte überfallen und beinahe vollständig ausgelöscht hatten. Da Darians Familie ebenfalls einem Dunkelelfenanschlag zum Opfer gefallen war, hatten sie zumindest einen gemeinsamen Feind.

»Danke, Revtan, ich werde dir Nachricht schicken.«

Ein wenig beschämt wirkte der Zwerg schon, als er rasch aus der Hütte verschwand, aber nach Samukals angeblichem Tod und dem Verschwinden so vieler Zauberer, darunter auch Vahira, hatten einfach alle Angst.

Langsam erhob sich auch Nordhalan und trat nach draußen vor die Hütte, wo ein Schneeschauer die Bäume mit einer Zuckerschicht bedeckte.

Gerade, als er auf sein Pferd steigen wollte, trat die hagere Gestalt Dimitans auf ihn zu.

»Ich habe nachgedacht. Wenn es dir gelingt, Darian von Northcliff heil in diese Welt zu bringen, werde ich mich dir anschließen.« Schaudernd zog der hagere Zauberer seinen grauen Umhang um sich und schickte sich an zu gehen.

Nordhalan wusste nicht, was er von dem Sinneswandel halten sollte, aber in der Regel hielt Dimitan sein Wort. Trotzdem wollte Nordhalan keine allzu großen Hoffnungen in ihn setzen, denn Dimitan hatte schon immer sein eigenes Süppchen gekocht und war meistens nur auf seinen persönlichen Vorteil aus.

»Weißt du zufällig, wo sich Minera, Lorgrim, Redeban und Atene aufhalten?«, rief er dem großen Mann nach, da er diese Mitglieder der Zauberergilde nicht hatte ausfindig machen können.

Dimitans ohnehin schon unwilliges Gesicht verzog sich noch mehr, als er antwortete. »Minera ist bereits seit sechzehn Sommern tot, Lorgrim fand man im Frühling mit einer Schlinge um den Hals an einem Baum hängend. Was aus den anderen geworden ist, weiß ich nicht, ich habe seit langer Zeit keinen Kontakt zu ihnen. Die Elfen halten sich zurück, nachdem Vahira nicht aus der anderen Welt zurückgekehrt ist, und haben sich geweigert, weitere Zauberer zu schicken, sofern sie überhaupt noch welche haben. Die Elfen halten sich ja ohnehin schon seit langer Zeit bedeckt, wenn es um die Northcliffs geht.«

Dimitans Auskunft betrübte Nordhalan, denn Lorgrim war ein zuverlässiger Mann gewesen und Minera eine bescheidene kleine Zwergenzauberin, die große Heilkräfte besessen hatte. Dass man auf die Elfen nicht unbedingt zählen konnte, war ihm ebenfalls klar, denn die waren mit ihrem kleinen Reich im Westen schon lange nicht mehr zufrieden, und Vahira hatte häufig berichtet, dass ihr Volk überlegte, mehr Land von den Menschen zu fordern.

Er nickte Dimitan zu, der sich wieder langsam entfernte, und dachte dann nach. Nun waren es nicht einmal mehr zwanzig Tage bis zur Wintersonnenwende, und die Zeit wurde knapp. Er musste unbedingt zum Stein von Alahant reiten, denn Darian und Aramia würden sicher bald durch das Portal treten, und nachdem Nordhalan so wenig Verbündete gefunden hatte, wollte er selbst dem jungen König zur Seite stehen.

Hätte er gewusst, dass sich an diesem Tage in der anderen Welt jenseits des Steins von Alahant derart dramatische Dinge ereigneten, wäre er sicher viel schneller geritten.

Undeutlich drangen Stimmen an Darians Ohr, und immer wieder versank er in der tröstlichen Schwärze, die seinen Geist umfangen hielt. Hin und wieder vernahm er Wortfetzen, die verzerrt in seinem Kopf widerhallten.

»... er muss sich ausruhen ...«

»... das ist eine Anordnung ... Ihr habt hier nichts zu sagen ...«

»... Nordhalan ist noch nicht hier ...«

»… Jemand wie du hat keine Rechte …«

Als Darian sich stöhnend bewegte und seine Sinne sich langsam an die Oberfläche durchkämpften, beugte sich plötzlich ein älterer Mann mit schlohweißen Haaren und spitzem Gesicht über ihn.

»Wie fühlt Ihr Euch, Majestät?« Der Mann hielt ihm einen Becher mit dampfender Flüssigkeit hin.

»Mir ist kalt«, murmelte Darian und rutschte weiter unter die grobe Wolldecke.

»Legt mehr Holz auf«, rief eine unangenehm laute Stimme links von ihm, und irgendjemand legte Darian eine weitere Decke über.

Beinahe wäre er wieder eingeschlafen, doch dann zuckte er zusammen. Wie hatte der Mann ihn genannt? Majestät? Plötzlich konnte sich Darian wieder erinnern. Der Stein – Samukal – Mia!

Mit einem Ruck fuhr er auf, auch wenn er das einen Augenblick später bereute, denn sein Blickfeld verengte sich bedrohlich, und die Gestalten um ihn herum verloren ihre Konturen.

Der merkwürdige Mann mit dem spitzen Gesicht drückte ihn zurück auf die Kissen. »Ihr habt eine Menge Blut verloren, Ihr müsst Euch ausruhen. Ich bin Edvan, der Heiler.«

»Mia«, würgte Darian hervor und kämpfte darum, bei Bewusstsein zu bleiben.

Edvan machte ein verwirrtes Gesicht und hielt ihm schon wieder diese seltsam riechende Flüssigkeit unter die Nase.

»Ihr solltet jetzt wirklich schlafen«, verlangte der Heiler.

»Samukal – er hat mit der Armbrust auf sie geschossen. Er ist ein Verräter«, keuchte er und schnappte nach Luft. »Aramia, ihr müsst sie retten.« Darian packte den Heiler mit überraschender Kraft am Arm, auch wenn seine Stimme deutlich schwächer wurde. »Rettet sie … Ich liebe sie …« Dann schwanden seine Sinne, und er sackte wieder auf dem Bett zusammen.

Aus der linken Ecke des kleinen, spärlich eingerichteten Raumes hörte man plötzlich ein Poltern. Ein Mann von mittlerer Statur, der schon etwas älter war und von weißen Strähnen durchzogene blonde, glatte Haare hatte, war ruckartig von seinem Stuhl aufgestanden und machte ein verwirrtes Gesicht. Ein gestutzter Bart bedeckte sein Kinn. In jüngeren Jahren hatten ihn manche Frauen sicherlich als attraktiv bezeichnet. Seine ganze Erscheinung, vom sauberen weißen Hemd bis zu den dunklen Samthosen, die in hohen schwarzen Lederstiefeln steckten, wirkte höchst gepflegt.

»Kann es sein, dass er Fieberträume hat?«, fragte er scharf, und sein Blick bohrte sich in den des Heilers.

»Nein, Lord Fehenius.« Edvan verbeugte sich leicht. »Er hat kein Fieber, er ist erschöpft und …«

Mit einer harschen Handbewegung schnitt Fehenius ihm das Wort ab und begann im Zimmer auf und ab zu gehen.

»Er liebt eine Nebelhexe.« Fehenius' Gesicht zeigte erst einen angewiderten Ausdruck, dann eine Spur von Belustigung. Kurz darauf wurde er wieder ernst. »Was ist das für eine Geschichte mit Samukal?«, murmelte er mehr zu sich selbst.

Fehenius war ungehalten. Zwar war er zum Glück rechtzeitig darüber informiert worden, dass Nordhalan beabsichtigte, den verschollenen Darian von Northcliff zurück nach Albany zu bringen, doch leider waren auch die Männer des Zauberers am Stein gewesen, und so war es ihm nicht gelungen, den verhassten Konkurrenten einfach klammheimlich verschwinden zu lassen. Nun waren ihm die Hände gebunden, denn wenn in der Bevölkerung offiziell bekannt geworden wäre, dass er den jüngsten Sohn des beliebten Königs Jarredh von Northcliff kaltblütig hatte ermorden lassen, hätte sich das dumme Volk vielleicht endgültig gegen ihn aufgelehnt.

Zumindest hatte er durchgesetzt, dass Ohaman und die Nebelhexe Lilith in den nächsten Tagen abreisten, auch wenn die beiden lautstark protestiert hatten. Doch Fehenius' Männer waren in der Überzahl gewesen, und die beiden hatten, wohl um diesen Darian zu schützen, kein Blutvergießen provozieren wollen.

Nun war Darian zumindest in seiner Obhut. Allerdings machte ihm die Sache mit Samukal zu schaffen. Niemand wusste, dass der Zauberer sein Halbbruder war, das hatten sie immer geheim gehalten. Ihr gemeinsamer Vater, Lord Dervis, war ein hoher Lord gewesen, der als junger Mann seine Frau mit der Gattin eines einflussreichen Adligen betrogen hatte. Um einen Skandal zu vermeiden hatten sie beide geschwiegen, und so war Samukal als Sohn von Evenius Darakánn aufgewachsen. Fehenius war erst etwa dreißig Sommer später von der zweiten Frau von Lord Dervis geboren worden, und sein Vater hatte ihm auf dem Sterbebett anvertraut, dass Samukal, der es mittlerweile durch sein außergewöhnliches magisches Talent und seinen Ruf als Schwertmeister zu großem Ansehen gebracht hatte, sein Halbbruder war. Fehenius hatte sein neues Wissen für sich zu nutzen gewusst, und die beiden hatten heimlich ein Bündnis geschlossen, ohne ihre Verwandtschaft preiszugeben. Auch dass Samukal noch am Leben war, war ein Geheimnis, das Fehenius nun schon seit beinahe fünfundzwanzig Sommern hütete. Während dieser Zeit hatte Samukal sich nicht mehr blicken lassen.

Insgeheim hatte Fehenius niemals an diese fremde Welt geglaubt. Sie war ihm im Prinzip auch völlig gleichgültig gewesen, so lange Darian nicht aufgetaucht war. Doch jetzt lag der Sohn von Jarredh hier vor ihm. Und seine Verletzung war dummerweise nicht schwer genug gewesen, dass man glaubhaft hätte verkünden können, er wäre daran gestorben.

Daher hatte Fehenius beschlossen, Darian auf seine Seite zu bringen und ihn zu gegebener Zeit aus dem Weg zu räumen. Interessant war die Angelegenheit mit der Nebelhexe. Diesbezüglich musste er unbedingt mehr herausfinden, denn es bot sicher eine Möglichkeit, den Erben von Northcliff unter Druck zu setzen. Leise verließ er den Raum und herrschte Edvan an, er solle auf Darian achten. Fehenius musste nachdenken.

Gegen Abend wachte Darian erneut auf. Wieder saß der alte Heiler an seinem Bett und reichte ihm einen Becher.

Diesmal waren Darians Sinne wesentlich klarer. »Wo bin ich, und wie geht es Mia, ähm, Aramia, meine ich?«

Eine unangenehm kalte Stimme antwortete ihm aus der Ecke des Zimmers.

»Ihr befindet Euch in einem Dorf in der Nähe des Steins von Alahant, und die Nebelhexe ist gestorben.« Spöttisch verzog der Mann den Mund. »Ein sehr ehrenvolles Ende für solch eine Kreatur.«

»Was?« Darian konnte oder wollte den Sinn der Worte des Fremden nicht erfassen. »Das ist nicht wahr«, flüsterte er und wurde kreidebleich. »Mia hat gesagt, Lilith sei die beste Heilerin. War sie denn nicht hier?«

»Doch, aber sie hat versagt.«

Darian hatte das Gefühl, das Blut würde aus seinem Kopf weichen. In seinem Bauch verkrampfte sich alles.

»Nein!«, schrie er entsetzt. Sein verletztes Bein missachtend stand er hektisch auf. »Das stimmt nicht, Lilith hat sie gerettet. Du lügst!«

»Legt Euch wieder hin«, verlangte Edvan nervös.

»Ich will sie sehen, ich will Mia sehen«, rief Darian mit Panik in der Stimme und drängte an dem alten Mann vorbei.

Dieser versuchte ihn aufzuhalten, und beinahe wäre es zu einem Handgemenge gekommen.

»Ich hole die Nebelhexe her, wenn Ihr uns nicht glaubt«, beendete der Mann mit der kalten Stimme den Tumult.

Zitternd ließ sich Darian auf dem Bett nieder. Er wollte einfach nicht glauben, was er gerade gehört hatte. Kurz darauf tauchte ein kräftiger, großer Mann mit dicken braunen Haaren und einem ebensolchen struppigen Bart auf, der sich als Ohaman vorstellte. Neben ihm stand eine zarte, kleine Frau, die auf den ersten Blick recht hübsch erschien, wäre da nicht eine dicke Knollennase gewesen, die ihr feines Gesicht verunstaltete.

»Das ist die Nebelhexe Lilith«, bemerkte Edvan, und man konnte sehen, dass ihm ihre Anwesenheit überhaupt nicht behagte.

»Wie geht es Euch?« Lilith hatte eine sanfte, beinahe singende Stimme, und jetzt nahm sie Darians kalte Hände in ihre.

Er ignorierte ihre Frage und sah sie nur aus weit aufgerissenen Augen hilfesuchend an. »Was ist mit Mia? Bitte sag mir, dass Mia nicht tot ist«, verlangte er verzweifelt.

»Mia, so habt Ihr sie genannt.« Liliths Stimme klang traurig, und sie senkte den Blick. »Es tut mir leid, aber auch ich konnte nichts mehr für sie tun.«

»Das darf nicht sein«, stammelte er und bedeckte das Gesicht mit den Händen. Dann sprang er plötzlich auf, und nur Ohaman konnte ihn im letzten Augenblick vor dem Hinfallen bewahren, als sein verletztes Bein nachgab. »Ich will sie sehen. Bevor ich sie nicht gesehen habe, glaube ich es nicht.«

Lilith machte ein erschrockenes Gesicht und schüttelte wild den Kopf. »Euch geht es nicht gut, mein Herr, Ihr müsst Euch ausruhen, und es ist eiskalt …«

Ungeduldig machte sich Darian los. »Ich will sie sehen!«

»Gut, ich bringe Euch zu ihr«, lenkte Ohaman mit seiner dunklen, ruhigen Stimme ein.

»Nicht, das geht nicht …«, protestierte Lilith, doch der Zauberer legte ihr eine Hand auf den Arm und sah sie beruhigend an.

»Ich gebe ihm meinen Mantel, der kurze Weg zur nächsten Hütte wird ihm sicher nicht schaden.«

Noch immer wirkte Lilith ein wenig verwirrt und verlangte eindringlich, dass Darian bleiben solle, doch Ohaman beharrte auf seinem Entschluss. Also führte er Darian in die Dunkelheit und Kälte einer eisigen Nacht. Ohamans Umhang schützte ihn nur unzureichend, denn es wehte ein kalter Wind durch die Bäume, der immer wieder kleine Fontänen aus Schnee durch die Dunkelheit tanzen ließ. Verbissen humpelte Darian neben Ohaman her, und seine Gedanken drehten sich im Kreis. Er kannte diese Menschen nicht. Wo war Nordhalan? Und konnte Mia wirklich tot sein?

Vor der nächsten, in völliger Dunkelheit liegenden kleinen Holzhütte hielt Ohaman an und bat Lilith, Darian zu stützen. Er selbst öffnete die knarrende Holztür und trat ein. Im hintersten Teil des kleinen Raumes entzündete er ein Feuer.

Darian war in der Tür stehen geblieben und wagte nun kaum einzutreten. Weiße Wolken bildeten sich beim Ausatmen vor seinem Mund. Als er zwei Schritte weiterging, erkannte er im flackernden Kerzenschein ein Strohbett. Unter einer braunen Wolldecke lag jemand. Es war Mia – bewegungslos und blass.

»Nein.« Seine Stimme war nur ein heiseres Flüstern. Langsam ging er zu ihr. Seine zitternde Hand streckte sich nach Mia aus, und als er sie berührte, als er sich vergewissern wollte, dass sie wirklich nicht mehr lebte, gaben seine Beine beinahe nach, und Ohaman fing ihn erneut auf. Mias Haut fühlte sich kalt und fremd an – Ohaman und Lilith hatten die Wahrheit gesprochen.

»Kommt jetzt, diese Nacht ist eisig, und Ihr habt sehr viel Blut verloren«, murmelte Ohaman und wirkte sehr betreten.

»Nein, ich will bei ihr bleiben!«, begann Darian plötzlich zu toben, und der kräftige Mann hatte seine liebe Müh, ihn festzuhalten.

»Ihr müsst zurück ins Bett!« Schließlich schob ihn Ohaman einfach nach draußen und führte ihn, beruhigend auf ihn einredend, zurück in die Hütte.

»Samukal! Ich muss zurück durch das Portal, ich bringe ihn um. Er hat Mia getötet«, schrie Darian wie von Sinnen und kämpfte darum freizukommen. Doch sein Körper ließ ihn im Stich, und seine Gegenwehr wurde schwächer.

»Natürlich könnt Ihr zurück durch das Portal, wenn Ihr wieder zu Kräften gekommen seid«, sagte der gepflegte Mann schmeichelnd.

»Er muss auf die Dracheninsel«, entgegnete Ohaman scharf.

»Der Wunsch des Königs sollte auch Euch Befehl sein«, entgegnete sein Gegenüber zynisch. »Und nun lasst meinen Heiler zu ihm und geht.«

»Lilith kann sich besser um ihn kümmern«, beharrte Ohaman.

»Eine Nebelhexe.« Der andere Mann schnaubte entrüstet. »Geht nun.« Er machte eine Handbewegung, und plötzlich standen drei Soldaten im Raum.

Langsam und mit zögernden Schritten ging Ohaman zur Tür. Er drehte sich um, öffnete den Mund, als wolle er etwas sagen, schloss ihn dann aber wieder.

Mit starrem Blick sah Darian an die Wand. »Wo ist Nordhalan, warum ist er nicht gekommen? Er hätte uns helfen müssen«, murmelte er plötzlich.

Sein Gesprächspartner blickte auf, dann grinste er in sich hinein.

»Ihr habt Recht, mein Herr, Nordhalan hat Euch im Stich gelassen.«

»Trinkt das.« Edvan hielt Darian eine Flüssigkeit hin.

»Samukal muss bestraft werden«, sagte Darian, ohne den Trank zu beachten, und setzte sich mühsam auf.

»In der Tat, mein König«, stimmte der andere Mann mit schmeichlerischer Stimme zu und beugte sich zu Darian hinab. »Ich werde Euch dabei helfen. Viele Sommer und Winter habe ich für Euch regiert und auf Eure Rückkehr gewartet.«

»Ihr seid Fehenius?« Darian zuckte zurück, denn während seiner Anwesenheit war der Name des Regenten noch nicht gefallen. »Aber Samukal ist Euer Bruder, und ihr habt gemeinsame Sache gemacht …« Erneut flammte glühender Zorn in Darian auf.

Fehenius hob beruhigend eine Hand, während Edvan verwirrt blinzelte. Der Regent warf ihm einen scharfen Blick zu.

»Sicher, Samukal ist mein Halbbruder. Ich habe es allerdings niemals verraten, weil …«, er zögerte »… weil ich bereits wusste, dass er ein wenig verrückt ist und unbedingt an die Macht wollte. Ich bin auf Eurer Seite«, schnurrte Fehenius. »Hätte ich Euch etwas Böses gewollt, hätte ich Euch gleich am Stein töten lassen. All diese dummen Gerüchte, ich hätte Eure Eltern auf dem Gewissen, das ist üble Verleumdung.«

Darian wandte sich ab. Fehenius' Worte verwirrten ihn. Nordhalan und Mia hatten schlecht von ihm geredet, andererseits schienen seine Erklärungen im Moment glaubwürdig. Doch im Grunde genommen interessierte das alles Darian im Augenblick nicht wirklich. Mia war tot, an etwas anderes konnte er kaum denken. Albany oder die andere Welt, beide waren ihm gleichgültig. Ohne Mia war er nirgends zuhause.

»Hier, trinkt das, es beschleunigt die Heilung und hilft Euch, alles zu vergessen.«

Alles vergessen. Diese Aussicht klang für Darian zu verlockend, als dass er weiter darüber nachgedacht hätte. Er nahm den Becher und stürzte die seltsam metallisch schmeckende Flüssigkeit hinunter. Ihm wäre auch egal gewesen, wenn Fehenius ihn jetzt umgebracht hätte.

Lauernd beobachtete der Regent Darian, dessen Gesicht sich plötzlich entspannte. Fehenius war wütend, dass die Nebelhexe gestorben war, denn nur zu gerne hätte er Aramia als Druckmittel gegen Darian eingesetzt. Aber gestern erst hatte dieses andere, hässliche Geschöpf, das sich Lilith nannte, ihm berichtet, Aramias Verletzungen wären zu schwer gewesen. Auch Edvan, sein Heiler, hatte nur noch ihren Tod feststellen können.

Der Gedanke, dass Darian zurück durch das Portal ging, gefiel Fehenius jedoch außerordentlich. Entweder Samukal tötete den Jungen, oder er würde nicht rechtzeitig auf die Dracheninsel gelangen, um seine Weihe zu empfangen. Beides würde Fehenius' Thronanspruch festigen.

Ein Blick auf das Bett zeigte dem Regenten, dass Darian eingeschlafen war.

»Könnt Ihr mehr von dem Trank herstellen?«, fragte Fehenius an den Heiler gewandt.

Edvan räusperte sich und fuhr sich nervös über den weißen Spitzbart. »Ja, mein Herr«, antwortete er schließlich.

»Und Ihr seid sicher, dass er wirkt?« Der lauernde Blick des Regenten ließ Edvan nicht los.

»Ja, Lord Fehenius, ich gehe davon aus.«

Die Antwort stellte Fehenius zwar nicht vollständig zufrieden, denn er wusste, dass Edvan nur ein einfacher Heiler war, dem er eine schwierige Aufgabe gestellt hatte. Doch eine bessere Alternative hatte er im Augenblick nicht. »Nun gut.« Bevor Fehenius ging, drehte er sich noch einmal um. »Und Edvan, die Tatsache, dass Samukal mein Halbbruder ist, bleibt unter uns, sonst wirst du eines Tages ohne Kopf aufwachen.«

Edvan riss die Augen auf, nickte dann aber eilig und verbeugte sich. Fehenius entging der mitleidige Blick des Heilers auf Darian nicht, aber er baute darauf, dass der kleine Mann ebenso wie die meisten anderen Menschen genügend Angst vor der Macht hatte, die ihm seine Regentschaft verlieh.

Während der nächsten zwei Tage wollte Darian niemanden sehen. Er war müde und erschöpft und noch immer schockiert darüber, dass Mia nicht mehr bei ihm war. Der Trank, den Edvan ihm mehrmals am Tag gab, ließ ihn für einige Zeit alles vergessen. Eine merkwürdige Welt aus bunten Farben und Formen lullte ihn ein und gewährte ihm seliges Vergessen. Wenn er dann allerdings aufwachte, war alles umso schlimmer. Er war hier in einer fremden Welt, sollte König eines Reiches werden, das er gar nicht kannte, und man würde Entscheidungen von ihm verlangen, die er nicht fällen konnte und wollte. Und Mia, das einzige Wesen, dem er vertraut hätte, war nicht mehr an seiner Seite.

Lilith und Ohaman machten sich große Sorgen, denn noch immer war Nordhalan nicht aufgetaucht. Sie selbst hatten nur ein paar wenige Soldaten und Darian war in Fehenius' Gewalt.

»Ich muss zurück auf die Nebelinsel«, verkündete Lilith an diesem Abend, als sie alleine mit dem Zauberer in der kleinen Scheune saß. Es war so kalt, dass sich Eiskristalle an Ohamans Bart gebildet hatten. »Kannst du versuchen, mit Darian zu sprechen? Es ist wichtig, dass jemand für ihn da ist, dem er vertrauen kann«, fügte sie noch hinzu.

Bedächtig wiegte Ohaman seinen breiten Kopf hin und her. »Sicher, aber er will niemanden sehen, und Fehenius lässt keinen von uns allein zu ihm.« Er fluchte leise. »Warum ist alles so schlecht für uns gelaufen?«

Lilith legte ihm ihre zarte Hand auf den Arm. »Nordhalan wird kommen, so bald es geht. Ich werde heute Nacht zu Darian gehen, niemand wird mich bemerken.«

»Wie willst du das denn anstellen?«

Ihre weißen Zähne blitzten, als sie lächelte. »Ich bin eine halbe Elfe, ich kann mich für die Augen der Menschen beinahe unsichtbar machen. Und wenn ich erst in das Zimmer geschlüpft bin, werde ich einen Bann auf den Heiler legen.«

»Das ist gefährlich«, entgegnete Ohaman besorgt. Zwar hatte er sich früher niemals vorstellen können, dass er sich einmal Sorgen um eine Nebelhexe machen würde, doch er hatte Lilith als gute Gefährtin zu schätzen gelernt, und seine Vorurteile waren verschwunden.

»Du könntest nachhelfen«, schlug sie vor. »Du könntest den

Dorfbewohnern etwas Bier abschwatzen und Fehenius' Männer betrunken machen.«

»Gut, dann soll es so sein«, stimmte der Zauberer zögernd zu und hoffte, dass ihr Plan aufging.

Der Schnee dämpfte Liliths ohnehin schon beinahe schwebende Schritte, als sie, in einen unscheinbaren grauen Umhang gekleidet, durch die Nacht schlich. Dank Ohamans Bier dösten die meisten Wachen bereits sehr nachlässig an den Hütten. Sie hatten sich alle in ihre Mäntel gehüllt und hofften wohl auf baldige Ablösung, denn es war bitterkalt.

Vor der einfachen Holzhütte, in der Darian schlief, startete Lilith ein kleines Ablenkmanöver. Sie warf einen dicken Ast ins nächste Gebüsch, und schon hörte sie den Wächter ungehalten knurren und sich leise fluchend erheben. Als er um die Ecke wankte, schlüpfte sie in Darians Hütte. Wie ein Schatten drückte sie sich an der Wand entlang und sah, dass der alte Heiler Edvan auf einem Stuhl schnarchte. Ganz vorsichtig tröpfelte sie ihm einen starken Schlaftrank in den Mund. Sie hielt die Luft an, aber der alte Mann erwachte nicht, sondern bewegte sich nur kurz, brummte etwas und schlief wenige Augenblicke später umso fester weiter. Erleichtert kniete sich die zierliche Lilith neben Darians Bett. Zu ihrer Überraschung schlief er nicht, sondern lag mit offenen Augen da und starrte an die Wand. Als sie ihn berührte, zuckte er erschrocken zusammen.

»Keine Angst, ich bin es nur, Lilith«, flüsterte sie beruhigend.

Darian registrierte das mit einem Nicken.

»Ich muss mit Euch reden«, sagte Lilith leise und setzte sich auf die Bettkante.

»Was?«, fragte Darian gereizt.

»Ich muss fort, und bis Nordhalan eintrifft, solltet Ihr sehr vorsichtig sein.«

Gelangweilt drehte Darian den Kopf zur Seite, und Lilith

fasste ihn mit ihren zarten kleinen Händen kräftig am Arm. »Ihr dürft Fehenius nicht trauen.«

Obwohl Darian nicht reagierte, fuhr sie fort. »Darian, Ihr müsst auf die Insel der Drachen, Ihr müsst die Weihe erhalten, und Samukal …«

»Ich will keine Weihe!«, rief Darian voller Wut. »Ich will keine fünfhundert Jahre lang leben, wenn Mia nicht mehr bei mir ist, und ich will kein verdammter König werden. Das war von Anfang an eine Schnapsidee.« Zornig setzte er sich auf und verschränkte die Arme vor der Brust.

»Ich weiß, wie schlimm das alles für Euch ist«, setzte Lilith sanft an und wollte ihn an der Schulter berühren, doch Darian wandte sich ab.

»Du weißt überhaupt nichts«, zischte er, seine Stimme klang bitter.

Lilith musterte ihn eine ganze Weile durchdringend. »Aramia hat Euch sehr geliebt, sie war meine beste Freundin, und da es ihr ausdrücklicher Wunsch war, dass Ihr König werdet, bin nun ich es, die Euch dabei helfen muss.« Mit einem Mal kehrte Leben in Darian zurück, und er drehte sich wieder zu Lilith um.

»Hast du … Hast du noch mal mit ihr gesprochen, bevor sie …« Seine Stimme brach, und er drückte die Hände gegen die Augen.

Mit einem mitleidigen Blick legte Lilith ihm tröstend eine Hand auf die Schulter. »Ja, das habe ich. Sie hat alles dafür getan, dass Ihr König werdet.«

»Ich muss Samukal töten«, sagte Darian mit rauer Stimme.

»Wenn Ihr jetzt zurückgeht, wird es für Euch zu spät sein, unsterblich und damit König zu werden. Und Ihr werdet Samukal kaum töten können, denn er hat magische Kräfte, Ihr hingegen nicht.«

»Das werden wir ja dann sehen.«

»Wenn Ihr es nicht für Euch tut, dann tut es für Aramia.

Werdet ein guter König, und lasst ihren Tod nicht umsonst gewesen sein.« Lilith zögerte. »Irgendwann wird dies alles einen Sinn für Euch ergeben, auch wenn es im Augenblick furchtbar und grausam erscheint.«

In Darians Gesicht arbeitete es, und Lilith konnte förmlich spüren, wie er mit sich rang. Am Ende nickte er und sagte mit heiserer Stimme: »In Ordnung.«

Erleichtert seufzend lächelte Lilith ihm zu. »Das ist wunderbar. Darian, Ihr dürft Fehenius seine schmeichelnden Worte nicht glauben. Im Augenblick wagt er nicht, irgendetwas gegen Euch zu unternehmen, aber er will noch immer König werden, da bin ich mir sicher. Leider haben wir zu wenige Verbündete, um Euch gefahrlos von hier fortzubringen. Aber Nordhalan wird sicher bald kommen, und wenn Ihr erst die Weihe empfangen habt, werden sich die Menschen zu Eurem Königshaus bekennen.«

Nachdem Lilith gegangen war, lag Darian noch lange wach. Obwohl ihn Fehenius und all das andere im Augenblick nicht interessierten und er eigentlich nur nach Rache an Samukal dürstete, hatten ihn Liliths Worte berührt. Es stimmte, Mia hatte gewollt, dass er König wurde, und ihr Leben dafür gegeben. Wenn er jetzt seinen persönlichen Rachefeldzug durchführte, wäre alles umsonst gewesen. Der Gedanke daran, seine Weihe zu empfangen und bald zu regieren, überforderte ihn, aber Mia zuliebe wollte er es versuchen. Trotzdem ließen ihn die Sorgen um die Zukunft und ganz besonders die Schuldgefühle, dass Mia nur seinetwegen gestorben war, nicht los. Unruhig warf sich Darian im Bett herum. Zu gern hätte er jetzt etwas von Edvans Heiltrank genommen, der ihm in den Stunden vor Liliths Auftauchen kostbares Vergessen geschenkt hatte. Jetzt war nichts mehr da, und der alte Heiler wachte auch dann nicht auf, als Darian ihn energisch rüttelte.

Am Morgen war Darian unausgeschlafen und gereizt.

»Ich brauche etwas von diesem Heiltrank«, sagte er bestimmt, als Edvan endlich blinzelnd erwachte. Der Heiler wunderte sich offenbar selbst darüber, wie fest er geschlafen hatte, doch dann zuckte er mit den Achseln und holte Darian etwas von dem Trank.

Gierig streckte Darian die Hand aus, zögerte dann jedoch. »Ich darf aber nicht einschlafen, ich muss zur Dracheninsel.«

»Aber Euer Bein«, protestierte Edvan nervös. »Lord Fehenius …«

Mit einer wütenden Handbewegung wischte Darian alle Bedenken zur Seite. »Ich schaffe das, und nicht Fehenius ist der König, sondern ich bin es.«

Edvan trat von einem Bein aufs andere. »Ähm, natürlich. Trinkt etwas weniger von dem Trank, dann schlaft Ihr nicht ein.«

Darian nahm nur ein paar kleine Schlucke und legte sich wieder aufs Bett. Nach kurzer Zeit setzte die Wirkung ein. Er fühlte sich irgendwie leichter, musste nicht mehr ständig grübeln und machte sich keine Gedanken mehr um die Zukunft.

Als Fehenius etwas später zu ihm kam und ihn zu überreden versuchte, nicht auf die Dracheninsel zu gehen – angeblich, weil er besorgt um seine Gesundheit war –, reagierte Darian kaum. Er war in seiner eigenen Welt gefangen, und da gab es keine Sorgen.

Fehenius war wütend und bedrängte Edvan, den Trank zu verändern. Darian müsse ansprechbar bleiben, sonst gebe es Schwierigkeiten.

Mit besorgtem Gesicht versprach der alte Heiler, sein Bestes zu tun.

Ohaman nahm Liliths Nachricht, dass Darian nun doch zur Dracheninsel gehen wollte, mit großer Erleichterung entgegen.

Den ganzen Vormittag lang war er damit beschäftigt gewesen, Anweisungen zu geben. Den Großteil der Verbündeten hatte er in der Hoffnung fortgeschickt, dass sie Nordhalan möglichst bald fanden. Dieser würde dann Darians sichere Reise in den Norden organisieren. Die fahle Wintersonne hatte daher ihren höchsten Punkt bereits weit überschritten, als er zu dem jungen König ging.

Mit angespanntem Gesicht saß Darian auf seinem Bett und starrte gegen die Wand. Edvan hatte ihm den restlichen Trank weggenommen, angeblich, um neuen zu brauen. Jetzt war Darian gereizt und hatte Kopfschmerzen.

»Geht es Euch gut, König Darian?«

»Natürlich«, antwortete dieser zynisch. »Die Frau die ich liebte, ist tot, ich bin in einer Welt gelandet, die ich nicht kenne, und soll König werden, obwohl ich keine Ahnung davon habe. Es ging mir niemals besser.«

Mit besorgtem Blick setzte sich Ohaman auf den Holzstuhl neben dem Bett. »Ihr seid nicht allein, Nordhalan und ich werden Euch zur Seite stehen, und wir haben einige Verbündete.«

Ohne auf den Zauberer zu achten, stand Darian auf und humpelte langsam zur Tür. Draußen war alles tief verschneit, fünf kleine Hütten standen auf einer Lichtung mitten im Wald. Im Zwielicht des schwindenden Tages konnte er einige Soldaten ausmachen, die wahrscheinlich Wache hielten. Darian wollte noch einmal in die Hütte gehen, in der Mia lag, sie noch ein letztes Mal betrachten.

»Wo wollt Ihr denn hin?«, verfolgte ihn Ohamans besorgt klingende Stimme.

Ohne zu antworten humpelte Darian weiter. Knarrend öffnete er die Tür der anderen Hütte und trat zögernd ein. Als er jedoch vor dem Strohbett stand, war es leer.

Wütend fuhr er herum. »Wo ist Aramia?«

»Man hat sie auf die Nebelinsel gebracht. Sie wird unter ihresgleichen begraben«, erklärte Ohaman ruhig.

»Wer hat das angeordnet?«

»Lilith hat sie mitgenommen. Sie war ihre liebste Gefährtin.«

Ein paar Mal schlug Darian mit dem Kopf gegen die Wand, dann hob er mit einer unendlich traurigen Stimme den Blick. »Sie hätte dort begraben werden sollen, wo ich leben werde.«

»Auf der Burg von Northcliff?« Der große Zauberer mit dem struppigen Bart wirkte überrascht.

»Ja.« Darian wandte sich ab und ging rasch zur Hütte zurück. Als Ohaman mit ihm sprechen wollte, reagierte er nicht und verlangte nach Edvan.

»Fehlt Euch etwas?«, fragte der Zauberer besorgt. »Ich kenne mich auch ein wenig mit Kräutern aus.«

»Bitte such ihn einfach«, presste Darian hervor und schloss die Augen.

Mit einem unzufriedenen Blick auf Fehenius' Wachen machte sich der Zauberer auf die Suche nach Edvan.

Pausenlos fragte sich Ohaman, was mit Nordhalan geschehen war. Noch immer hatte er keine Nachricht von seinem alten Freund – er schien wie vom Erdboden verschluckt zu sein. Ohaman gefiel die gesamte Situation überhaupt nicht. Er war kein Anführer, niemand, der wichtige Entscheidungen treffen konnte oder wollte. Widerwillig wies er einen seiner Vertrauten an, auf Nordhalan zu warten, und ihm zu sagen, dass sie bereits zur Dracheninsel aufgebrochen waren, falls dieser nicht noch heute auftauchte.

Ohaman musste nicht lange nach Edvan suchen, denn der kleine Mann war bereits auf dem Weg zur Hütte. »Der König verlangt nach Euch«, sagte der Zauberer und blickte den Heiler durchdringend an. »Welche Tränke gebt Ihr ihm?«

Sichtlich erschrocken sah Edvan zu dem großen, breiten

Mann auf. »Also, einen Kräutertrank gegen die Schmerzen und etwas, das ihm hilft einzuschlafen«, erklärte er dann rasch.

Misstrauisch runzelte Ohaman die Stirn. Zwar glaubte er nicht, dass es Fehenius wagen würde, Darian zu vergiften, aber Fehenius' Methoden waren bekanntlicherweise zweifelhaft.

»Kann ich die Kräuter sehen?«

»Es ist bitterkalt hier draußen, und ich muss dem jungen König …«

»Nur ein Blick auf die Kräuter«, verlangte Ohaman.

Noch immer machte Edvan ein widerwilliges Gesicht, doch da trat Fehenius zu ihnen. Ohne dass die beiden es bemerkt hatten, hatte er ihr Gespräch belauscht.

»Zeig ihm die Kräuter, dann sieht er, dass wir König Darian keinen Schaden zufügen wollen.« Der Regent fuhr sich über den gestutzten Bart und setzte ein unechtes Lächeln auf.

Widerwillig griff der Heiler in die tiefen Taschen seines Mantels, den er unter dem Umhang trug. Er zog einige Kräuter heraus.

»Hier, gegen Entzündungen«, erklärte Edvan mit säuerlicher Miene, »und das ist eine Wurzel aus dem Norden, sie hilft beim Einschlafen.«

Ohaman betrachtete alles genau, roch an den Kräutern und stellte dann mit einem Nicken fest, dass daran nichts auszusetzen war.

»Und nun geht und kümmert Euch gut um ihn!« Fehenius entließ den Heiler mit einer Handbewegung. Als Ohaman ihm folgen wollte, hielt Fehenius ihn auf. »Ich muss mit Euch sprechen. König Darian sagte, er wolle durch das Portal gehen, um Rache an Samukal zu nehmen.« Mit einem besorgten Blick, der sehr gespielt wirkte, sah Fehenius zu dem größeren Mann auf. »Ich mache mir ein wenig Sorgen um ihn und würde ihm gerne einige meiner Männer mitgeben.«

»Er hat seine Meinung geändert und wird zuerst auf die Dracheninsel reisen«, erklärte Ohaman ruhig.

Kurz entgleisten Fehenius die Gesichtszüge, dann nahm er den Zauberer am Arm. »Darüber müssen wir sprechen.«

Fluchend eilte Edvan durch den Schnee und war froh, dass es ihm gelungen war, die kleine Flasche, die er gerade geholt hatte, tief in der Tasche seines Umhangs zu verstecken, bevor Ohaman sie bemerkt hatte. Es hatte ihn einige Mühe gekostet, den Trank zu verändern, doch nun fehlte ihm ein wesentlicher Bestandteil, und er wusste nicht, ob er es wagen durfte, Fehenius um seine Mithilfe zu bitten. Es war eine heikle Angelegenheit.

Als Darian Edvan hereinkommen sah, wirkte er erleichtert.

»Dieser Trank ist sehr kompliziert herzustellen, und die Zutaten sind äußerst selten. Ihr müsst ihn Euch gut einteilen und solltet auch nicht zu viel davon nehmen«, warnte Edvan eindringlich. »Und sagt Ohaman nichts davon, er würde es nicht gutheißen.«

Darian zuckte mit den Achseln und trank von dem Gebräu.

»Wenn Ihr schlafen wollt«, erklärte Edvan, »nehmt einen kleinen Schluck zusätzlich. Ihr müsst mir morgen sagen, wie Ihr Euch fühlt, dann stelle ich mehr davon her.«

»Das Zeug ist gut, mach gleich mehr«, murmelte Darian benommen und nahm einen weiteren Zug aus der Flasche. Kurz darauf entspannten sich seine Gesichtszüge, während sein Kopf zur Seite sackte.

Am nächsten Morgen wachte Darian mit Kopfschmerzen auf. Edvan war nicht da, aber irgendjemand hatte ihm eine Schüssel mit Haferbrei hingestellt. Angeekelt versenkte Darian seinen Löffel in dem zähen, beinahe hart gewordenen Brei. Wenig später betrat Fehenius den Raum und blickte belustigt auf das Frühstück.

»Kein Mahl, das einem König gebührt!«

Darian grunzte gereizt. »Gibt's hier keinen Kaffee?«

»Bitte, was wünscht Ihr?« Der Regent machte ein fragendes Gesicht.

Stöhnend rieb sich Darian die Schläfen. »Schon gut, vergesst es einfach. Dieser Trank, den Edvan mir immer gibt, hat er etwas davon hergestellt?«

Für einen winzigen Augenblick flackerte ein zufriedener Glanz in Fehenius' Blick auf. »Der gute Edvan befindet sich in seiner Hütte und arbeitet daran.«

Darian nickte und bemerkte, dass ihn eine zunehmende Unruhe befiel. Nervös stand er auf und verfluchte dabei sein schmerzendes Bein. Fehenius zog eine flache Silberflasche aus seinem Mantel. »Das beruhigt Euch ebenfalls«, schlug er vor.

Misstrauisch nahm Darian die Flasche entgegen und roch daran. Ein scharfer Alkoholduft kam ihm entgegen. Obwohl er normalerweise zu dieser frühen Morgenzeit nicht trank, nahm er einen Schluck, denn er konnte kaum noch ruhig sitzen.

Die Flüssigkeit rann scharf und stark seine Kehle hinunter, und Darian musste husten. Auf leeren Magen war das nicht sehr angenehm.

Kurz darauf entspannte er sich ein wenig, und als etwas später Ohaman kam, gelang es Darin, sich so weit zusammenzureißen, dass er den Erklärungen des Zauberers folgen konnte.

»Ich habe nach einer Kutsche geschickt, wir können bis nach Culmara fahren, danach werdet Ihr reiten müssen«, stellte Ohaman bedauernd fest. Er warf einen unwilligen Blick auf Fehenius, der selbstgefällig in der Ecke saß und zuhörte.

»Das ist egal«, sagte Darian. Er wollte diese Weihe so schnell wie möglich hinter sich bringen.

»Gerne hätte ich noch etwas gewartet, bis es Euch besser geht«, versicherte Ohaman, »doch wie Ihr wisst, drängt die Zeit. Bis zur Wintersonnenwende sind es nur noch zwölf Tage, und die Reise zur Dracheninsel wird mehrere Tage in Anspruch nehmen …«

»Ich sagte doch, es macht mir nichts aus«, unterbrach ihn Darian gereizt, dann schob er die Schüssel energisch von sich.

»Soll ich Euch neues Essen bringen lassen?«, fragte Ohaman, der das kalte Frühstück bemerkte.

Darian schüttelte den Kopf. »Schick Edvan so bald wie möglich zu mir.«

»Selbstverständlich, Eure Majestät.« Mit einem irgendwie verschlagen wirkenden Grinsen verließ Fehenius gemeinsam mit Ohaman den Raum.

In ein derbes Hemd und eine Wollhose gekleidet stand Darian kurz darauf vor der Tür seiner Hütte. Wie Fehenius gesagt hatte, war dieser Aufzug zwar nicht eines Königs würdig, doch zumindest warm. Mit starrem Gesichtsausdruck stieg Darian in die von zwei kräftigen braunen Pferden gezogene Kutsche. Ohaman, Fehenius und Edvan, der wie so häufig einen fahrigen und unsicheren Eindruck machte, stiegen mit ein. Dank Edvans Trunk nahm Darian die Welt um sich herum seltsam gedämpft wahr. Lediglich die Trauer um Mia bohrte sich noch immer durch den Schleier, der sich um seinen Geist gelegt hatte. An das, was in der nächsten Zeit auf ihn zukommen würde, dachte er im Augenblick kaum. Auf Ohamans Fragen reagierte er mit Schweigen, schließlich gab der Zauberer auf.

In Culmara war mittlerweile die Nachricht eingetroffen, dass der Sohn von König Jarredh aufgetaucht sei. Im Gasthaus ging es hoch her, und Jeromans Frau Godana sah bereits eine Menge Silberstücke in ihrer Kasse klingeln. Mit ihren breiten, wiegenden Hüften brachte sie krügeweise Bier an die Tische der laut diskutierenden Männer.

»Jetzt wird alles besser«, rief ein Bauer, der am Rande der Stadt Schafe züchtete.

»Nicht, wenn Fehenius im Spiel ist«, meinte ein anderer kritisch.

»Die Northcliffs waren immer gute Herrscher«, wusste der Müller hinzuzufügen. »Der junge Darian wird sich durchsetzen.«

»Noch ist er nicht geweiht …«, und so wogte das Gespräch hin und her. Es herrschte eine Mischung aus Euphorie und Unsicherheit.

Jeroman hielt sich wie immer zurück und hörte nur zu. Er fragte sich, was schiefgegangen war. Wieso war Nordhalan noch nicht am Stein von Alahant, und warum waren Fehenius' Männer zuerst dort gewesen? Und wie hatten sie überhaupt davon erfahren, dass Darian durch das Portal kommen sollte? Jeroman selbst hatte einige Männer dorthin geschickt. Es waren nicht viele gewesen, und jetzt machte er sich Vorwürfe, nicht selbst gegangen zu sein. Irgendwie fühlte er sich dem jüngeren Bruder seines ehemaligen Freundes Atorian verpflichtet.

Der Morgen dämmerte bereits, als der letzte angetrunkene Gast sanft, aber mit Nachdruck aus dem Gasthaus geschoben wurde.

Mit einem Ächzen plumpste Godana auf eine der alten Holzbänke und klapperte mit den Münzen, welche sie in einem kleinen Säckchen gesammelt hatte. »Wie auch immer es ausgehen mag, dieser neue König bringt uns Glück.«

Jeroman setzte sich mit besorgtem Gesicht neben sie. »Wir müssen Darian von Northcliff unterstützen, er wird es nicht leicht haben.«

Godana schnaubte abfällig. »Wir unterstützen den, der gut für unser Gasthaus ist!«

Nur sehr selten widersprach Jeroman seiner resoluten Frau – es machte meist ohnehin keinen Sinn –, doch diesmal konnte er nicht anders. »Fehenius' Einfluss muss enden. Ich möchte nur wissen, woher er wusste, dass König Darian am Stein von Alahant in diese Welt kommen würde.«

Nur durch Zufall fiel sein Blick auf Godana, denn er hatte eigentlich mehr mit sich selbst gesprochen. Doch nun runzelte er misstrauisch die Stirn. Zwar versuchte Godana es zu verbergen, wirkte aber, während sie auffallend konzentriert über den eigentlich bereits sauberen Tisch wischte, mehr als schuldbewusst.

»Was ist, weißt du etwas?«, fragte Jeroman alarmiert.

»Ich? Wieso sollte ich etwas wissen?«, erwiderte sie. Doch ihre Stimme klang eine Spur zu schrill, etwa so, wie wenn sie sich ein neues Kleid gekauft hatte und Jeroman das nicht wissen durfte.

»Du sagst mir jetzt auf der Stelle, was du weißt«, verlangte er in einem Tonfall, der keinen Widerspruch duldete.

Godana war dies nicht gewohnt, und so plapperte sie erschrocken los: »Es ist schon einige Zeit her, du warst gerade unterwegs, um neues Bier zu kaufen. Ein Fremder kam herein und fragte, ob jemand Gerüchte über König Darian gehört hätte.«

»Weiter«, drängte Jeroman und beugte sich bedrohlich vor.

»Nun ja, zunächst war es nur das dumme Gerede, das immer herrscht«, versuchte sie auszuweichen, doch Jeroman drückte Godanas Arm so fest, dass sie laut aufschrie.

»So versteh doch, er hat zwei Goldstücke geboten, und unsere Wasserpumpe war kaputt«, jammerte sie mit weit aufgerissenen Augen.

»Was hast du ihm gesagt?« Jeromans sonst so sanfte Augen waren jetzt vor Zorn zu Schlitzen verengt.

»Ich … ähm … habe«, stammelte sie und bekam es offenbar wirklich mit der Angst zu tun, »ich … habe mitbekommen, wie du mit dem alten Mann mit den langen grau-schwarzen Haaren geredet hast. Ihr spracht vom Stein von Alahant und dass König Darian noch vor der Wintersonnenwende …«

Weiter kam sie nicht, denn Jeroman hatte ihr eine schallende Ohrfeige verpasst. Er konnte sich nicht daran erinnern, sie jemals geschlagen zu haben, doch nun bebte er vor Zorn. Er entriss ihr den Beutel mit den Silberstücken und sprang auf. »Du bist das dümmste Weibsstück, das ich jemals gesehen habe!« Noch in dieser Nacht verließ er das Gasthaus von Culmara, seine Frau und sein ganzes bisheriges Leben. Er wollte seinen Fehler wiedergutmachen und wusste, was er zu tun hatte.

Darians Reise führte stetig nach Norden. Zum Glück lag wegen des dichten Waldes, der ein beinahe undurchdringliches Dach über ihnen bildete, kaum Schnee, sodass auch eine Kutsche gut durchkam. In den kurzen Pausen sah sich Darian ein wenig um. Das Land war von uralten, knorrigen Bäumen überzogen, viele davon Nadelbäume, aber auch immergrüne Laubbäume, die Darian gar nicht kannte. Immer wieder unterbrachen Lichtungen, auf denen das jetzt im Winter bräunliche Heidekraut und verdorrte Farne oder teilweise bizarr geformte Felsen standen, die Szenerie. Das Land erinnerte Darian durchaus ein wenig an Schottland, vielleicht an ein Schottland, wie es vor vielen hundert Jahren ausgesehen haben mochte. Mia hatte Recht gehabt.

In seinen Pelzumhang gehüllt stand Darian nun regungslos auf einer solchen Lichtung. *Mia,* dachte er, und der Schmerz drohte ihm die Luft zum Atmen zu nehmen. *Eigentlich hätte sie jetzt an meiner Seite stehen sollen.*

Rasch nahm er einen Schluck aus Edvans Silberflasche, denn er wollte nicht an Mia denken, nicht jetzt. Zum Glück wurde er von dem Trank mittlerweile nicht mehr so müde, konnte aber dennoch seine Sorgen vergessen.

»Mein Herr«, ein nervöser Klang schwang in Ohamans Stimme mit, »wir müssen weiter. Vor Einbruch der Nacht müssen wir das nächste Dorf erreichen. Der Dunkelelfen wegen ist es gefährlich, sich nach Sonnenuntergang draußen aufzuhalten.«

»Dunkelelfen«, murmelte Darian und sah den Zauberer mit

einem seltsam starren Blick an, dann folgte er ihm langsam zur Kutsche zurück.

Während der nächsten Tage reisten sie weiter durch das dichte Waldgebiet. Wären die Fenster der Kutsche zum Schutz gegen die Kälte, den eisigen Wind und den Schnee nicht mit dicken Vorhängen verhangen gewesen, hätte Darian eine Menge Wildtiere entdecken können, die sein Königreich besiedelten. Majestätische Hirsche, Wölfe, Bären, wilde, zottelige Ponys, und sogar die scheuen Einhörner zeigten sich hin und wieder. In der Dämmerung kamen auch gelegentlich Waldgnome hervor, kleine Wesen mit bräunlicher Haut, die man auf den ersten Blick mit einem Erdklumpen verwechseln konnte.

Von alledem bekam Darian jedoch wenig mit. Er saß in der Düsternis der Kutsche und döste die meiste Zeit vor sich hin. In den Dörfern wurden sie mit einer Mischung aus der für die Bewohner Albanys üblichen Gastfreundschaft, aber auch spürbarer Angst aufgenommen. Vor Fehenius fürchteten sie sich, doch als sie erfuhren, dass Darian ihr neuer König werden würde, waren sie neugierig und zeigten sich nur allzu gerne bereit, ihre mageren Wintervorräte zu teilen.

Wenn Darians Tross dann weiterzog, wurde in vielen Wohnhütten nächtelang diskutiert, ob sich mit der Rückkehr von Darian von Northcliff die Zeiten ändern würden. Der junge Mann sah durchaus sympathisch aus, hatte Ähnlichkeit mit seinem verstorbenen Vater und dem Bruder, aber er redete kaum, und sein Gesicht wirkte verschlossen, mit einer Spur von Traurigkeit in den Augen. Außerdem beunruhigte es das Volk, dass Fehenius ihn begleitete, auch wenn dieser als Regent dem jungen König ja eigentlich sein Erbe zeigen musste.

Nach drei Tagen hatten sie Culmara, die Hauptstadt des Königreichs von Northcliff, erreicht. Darian spähte durch einen Spalt hinaus. Die Stadt lag auf einer freien Fläche, auch hier durchzogen große Felsbrocken das Land, und die Luft roch nach Meer. Die Bezeichnung Stadt war für Darians Begriffe ein wenig übertrieben. Es handelte sich um eine Ansammlung von etwas größeren Steinhäusern, die laut Fehenius den Adligen gehörten. Außen herum bildeten kleine, meist strohgedeckte Holzhütten einen Ring um Culmara, und außerhalb der Stadtgrenze lagen einige größere Bauernhöfe.

Dick vermummte Menschen hielten mit offenem Mund in ihrer Arbeit inne und starrten auf die Kutsche. Die Nachricht von der Ankunft des Königs war ihm vorausgeeilt, und nun wollten alle einen Blick auf Darian von Northcliff erhaschen.

»Heute werden wir in meinem Haus nächtigen«, verkündete Fehenius großspurig. »Die Weiterreise bis zum Hafen wird noch einige Tagesritte in Anspruch nehmen.«

Emotionslos nahm Darian dies mit einem Nicken zur Kenntnis, während die Kutsche vor einem großen Haus hielt. Es war aus dunkelgrauem Stein erbaut und hatte zwei Stockwerke mit Erkern. Das Dach war mit schwarzen Schindeln gedeckt, und aus zwei Kaminen drang weißer Rauch, der auf geheizte Räume hoffen ließ. Diener eilten den Ankömmlingen entgegen und verbeugten sich tief. Fehenius führte Darian in eine geräumige Halle und erklärte, dass er als Regent hier immer seine Audienzen abgehalten hatte.

Die Halle, welche bis auf einen thronartigen Stuhl eher kahl eingerichtet war, wurde von einem Feuer am hinteren Ende des Raumes nur spärlich gewärmt. An den Wänden hingen Schwerter, Lanzen und Trophäen von toten Tieren.

Mit aufgesetztem Lächeln fragte Fehenius: »Möchtet Ihr Euch zunächst ausruhen oder gleich zu Abend essen?«

Darian runzelte die Stirn und hob dann die Schultern. »Ich würde gerne duschen.«

Fehenius zog fragend die Augenbrauen hoch, und Darian verbesserte sich: »Habt Ihr ein Badezimmer?«

»Das Badezimmer, selbstverständlich, Ihr möchtet ein Bad nehmen.« Mit stolz geschwellter Brust erklärte er: »Ich besitze den einzigen Baderaum der Stadt!«

»Oh.« Darian wurde wieder einmal bewusst, dass er sich hier in einer ganz anderen Welt befand. In den Dörfern hatte es, sehr zu seinem Unbehagen, meist nicht einmal Toiletten gegeben. Viele der Menschen hatten gerochen, als hätten sie seit dem Einbruch des Winters nicht gebadet – vielleicht auch schon lange davor nicht mehr. Doch nach ein paar Tagen hatte Darian sich daran gewöhnt; vermutlich roch er mittlerweile ähnlich.

Fehenius klatschte lautstark in die Hände und fuhr eine kleine Dienerin mit rötlichen Haaren an. »Erhitz das Wasser, Matilda, dein König wünscht ein Bad, und richte das Essen im Speisesaal.«

Die Frau huschte verschreckt davon.

»Wenn Ihr erlaubt, mein König, werde ich mich kurz in meine Gemächer zurückziehen«, verkündete Fehenius und verschwand, bevor Darian auch nur sein Einverständnis hätte geben können.

Darian riss seinen Blick von dem abgeschnittenen Kopf eines Bären los und wandte sich an Ohaman, der sichtlich unschlüssig in der Halle stand, während schmelzender Schnee von seinen Lederstiefeln tropfte und große Pfützen hinterließ.

»Wo ist das Schloss?«, fragte Darian abwesend.

»Eure Burg? Die Burg von Northcliff?«, hakte der Zauberer nach.

Darian nickte stumm.

Ohaman zeigte mit seinem dicken Finger nach Norden. »Noch etwa vier Meilen, aber wir werden von einer anderen Stelle aus auf die Dracheninsel übersetzen. Die See ist rau im Winter, daher werden wir nach Osten reiten, wo uns unser Weg auch durch das Zwergenreich führen wird.«

»Aha.« Müde ließ sich Darian auf einem unbequemen Stuhl

in einer Ecke des Raumes nieder und starrte an die Wand. Es war schon einige Zeit her, dass er Edvans Trank genommen hatte. Kopfschmerzen kündigten sich an, und wieder übermannte ihn diese Unruhe. Aber der alte Heiler hatte ihm zugeflüstert, er müsse erst wieder neuen Trank herstellen.

Die rothaarige Dienerin erschien mit zwei Tonkrügen voll Wein, aus denen es verheißungsvoll dampfte. Mit scheuem Blick und einer eiligen Verbeugung reichte sie diese Darian und dem Zauberer.

»Heißer Wein, mein König, das Bad wird bald fertig sein.« Ihre Stimme klang, als müsse sie sich für irgendetwas entschuldigen.

»Vielen Dank«, sagte Darian freundlich und nippte von dem angenehmen Getränk, welches ihn zumindest ein wenig von innen wärmte.

»Ihr müsst Euch keine Sorgen machen«, erklärte Ohaman. »Ich werde auf Euch achten, und es warten zumindest ein paar von Nordhalans Männern an der Küste. Sicher wird alles gut gehen. Vielleicht ist sogar Nordhalan selbst zum Hafen von Grottná gereist. Ihr müsst wissen, dass wir die Erlaubnis der Zwerge haben, von dort aus auf die Dracheninsel überzusetzen, denn der Hafen liegt auf ihrem Land.«

»Nordhalan kann mir gestohlen bleiben«, erwiderte Darian scharf und stürzte seinen restlichen Wein beinahe in einem Zug hinunter. »Er hat uns in der anderen Welt nicht geholfen, er wird uns auch hier nicht helfen.«

»Es gibt sicherlich einen Grund«, versuchte Ohaman Darian und wohl auch sich selbst zu beruhigen, doch sein Gesichtsausdruck blieb verunsichert.

Mit einem Schnauben erhob sich Darian, viel zu schnell für sein Bein, denn ein stechender Schmerz raste durch seinen Körper. Er hatte keine Lust, weiter über Nordhalan zu reden, und war froh, als die Dienerin wieder erschien und erklärte, dass das Bad eingelassen sei.

Nach dem Bad in einem kleinen, aus Stein gebauten Becken fühlte sich Darian ein wenig besser. Er hatte sich noch einen weiteren Krug des heißen Weines bringen lassen und war beim anschließenden Essen angenehm benebelt. Schmackhaft zubereiteter Hirschbraten mit gewürzten Kartoffeln, Fisch und irgendeine Rübenart, die Darian nicht kannte, wurden auf dampfenden Platten serviert. Dazu reichten übereifrige Diener wieder den starken Rotwein. Offensichtlich pflegte Fehenius einen gehobenen Lebensstil.

Der Regent stellte Darian seine Frau Luvica, die besonders durch ihre ausgezehrte Erscheinung ins Auge stach, und einige Adlige vor, deren Namen er sich nicht merken konnte. Ähnlich wie Fehenius waren die Männer in Samthosen, helle Hemden und hohe Stiefel gekleidet. Der ein oder andere trug einen leichten Umhang, was bei den überraschend angenehmen Temperaturen im Raum eigentlich nicht zwingend nötig gewesen wäre, doch vermutlich wollten sie ihre prunkvollen goldenen oder mit Edelsteinen besetzten Fibeln zur Schau stellen. Die Damen trugen lange Kleider in den unterschiedlichsten Farben und Formen, je nach Alter hochgeschlossen oder mit etwas freizügigeren Ausschnitten. Ihre aufgetürmten Frisuren glichen teilweise wahren Kunstwerken, und an der Anzahl der Ketten oder Ringe, mit welchen sie behängt waren, glaubte Darian zu erkennen, wie gut betucht die jeweilige Familie war. Alle Anwesenden traten ihm betont höflich gegenüber, und wäre Darian zu diesem Zeitpunkt nicht bereits hoffnungslos betrunken gewesen, hätte er durchaus die Parallelen zu den Geschäftspartnern seines Adoptivvaters erkannt. Sie waren allesamt aufgeblasen, versuchten ihm nach dem Mund zu reden und sich beliebt zu machen. Darian lächelte nur über ihre Beteuerungen, er werde das Land sicher in eine glorreiche Zukunft führen, und auch ihre Bekräftigungen, ihn mit allen Mitteln zu unterstützen, nahm er nicht wirklich ernst.

»Dort, wo Ihr herkommt, mein Herr«, fragte eine Lady mit

hoch aufgetürmten blonden Haaren und einer näselnden Stimme, »hattet Ihr dort auch Schwierigkeiten mit Dunkelelfen?«

Breit grinsend nahm Darian noch einen Schluck aus seinem Kelch, was Ohaman mit einem besorgten Stirnrunzeln quittierte. »Dunkelelfen, nein!« Darian lehnte sich auf dem gepolsterten Stuhl zurück. »Aber jede Menge anderes Gesindel. Korrupte Politiker, sich selbst bereichernde Manager und Benzinpreise, bei denen du das Kotzen kriegst.« Ein wenig zu laut lachend bedeutete er einem Diener, der hinter seinem Stuhl stand, seinen Kelch erneut aufzufüllen. »Dagegen sollte man mit ein paar Dunkelelfen leicht fertig werden.«

Allen Anwesenden war anzusehen, dass sie keine Ahnung hatten, wovon er sprach. Doch er lachte nur über ihre irritierten und verständnislosen Gesichter und prostete ihnen dann zu.

»Das werden sicher sehr boshafte und widerwärtige Kreaturen gewesen sein. Ich gehe davon aus, Ihr und Eure Armee haben sie besiegt?«, bemerkte der kleine Lord Kamaris mit den Schweinsäuglein.

Darian verschluckte sich an seinem Wein. In seinem Kopf drehte sich alles. »Besiegt? Ich?« Albern kichernd versuchte er sich in seinem benebelten Geist vorzustellen, wie er mit einer Armee aus berittenen Kriegern einen Ölkonzern stürmte.

Die Lords und Ladys, einschließlich Ohaman, sahen Darian verwirrt an. Schließlich stand der Zauberer auf, beugte sich zu Darian hinab und legte ihm eine Hand auf die Schulter. »Es war ein langer Tag, Ihr solltet schlafen gehen.«

Ungeduldig schüttelte Darian seine Hand ab. »Aber ich amüsiere mich gerade prächtig«, lallte er.

»Morgen habt Ihr einen anstrengenden Ritt vor Euch«, beharrte Ohaman.

Zornig fegte Darian mit einer raschen Bewegung den Weinkelch vom Tisch. Eine rote Lache breitete sich auf dem steinernen Boden aus.

»*Ich* bin hier der verdammte König und kann selbst entscheiden, was ich tue.«

Ohaman verbeugte sich flüchtig und setzte sich wieder hin. »Selbstverständlich«, murmelte er unbehaglich, was Fehenius mit einem selbstzufriedenen Grinsen quittierte.

Nach Darians Ausbruch zogen sich die Gespräche etwas zögerlich dahin, und irgendwann wurde er tatsächlich so müde, dass er sich in eines der – für Albanys Verhältnisse durchaus komfortablen – Gästezimmer führen ließ. Im Kamin brannte ein Feuer, die Fenster hatten Glasscheiben und waren zusätzlich mit dicken Vorhängen gegen die Kälte abgeschirmt. Benebelt und mit einem Gefühl, als würde er Karussell fahren, legte sich Darian in das überraschend weiche und gemütliche Bett mit den dicken Decken und Fellen.

»Edvan, ich brauche meine Medizin«, lallte er und streckte unbeholfen eine Hand aus, doch bevor der alte Heiler, der ihn begleitet hatte, etwas sagen konnte, war er bereits eingeschlafen.

Edvan stellte ein kleines Fläschchen auf der Kommode neben dem Bett ab und verließ dann den Raum. Zögernden Schrittes ging er zu Fehenius' Gemach.

Ein Wachmann, der vor der Tür stand, verkündete, der Regent hätte sich bereits für die Nacht zurückgezogen, doch Edvan bestand energisch darauf, vorgelassen zu werden. In diesem Moment öffnete sich jedoch bereits die Tür und Fehenius stand nur in einen Mantel gekleidet vor ihm.

»Was soll das Geschrei? Ich bin müde!«, fuhr er den Heiler an.

»Es geht um …«, Edvan beugte sich nach vorne und flüsterte: »… die Medizin des Königs, wenn Ihr wisst, was ich meine.«

»Hmm«, grummelte Fehenius und bedeutete Edvan, einzutreten.

Der Raum war komfortabel eingerichtet, mit zwei Feuerstellen, dicken Teppichen und einem gewaltigen hölzernen Bett.

Ohne Edvan einen Platz anzubieten, setzte sich Fehenius ans Feuer und schlug die Beine übereinander.

»Was ist damit?«

»Ähm«, Edvan trat unruhig von einem Bein aufs andere, »der Trank ist sehr schwierig herzustellen und … Ihr müsst wissen …«

»Ihr wollt mehr Gold?« Fehenius fuhr mit drohendem Blick auf.

Sogleich hob Edvan abwehrend die Hände, denn er wollte Fehenius auf keinen Fall erzürnen. »Nein, nein, Ihr entlohnt mich mehr als ausreichend. Es ist nur«, erneut räusperte er sich, »der Trank enthält einen seltenen Pilz und den, nun ja, wie soll ich sagen, den gibt es nur bei den Dunkelelfen.«

Einen Augenblick lang war Fehenius sichtlich überrascht, dann hob er fragend seine Augenbrauen. »Und wieso kommt Ihr damit zu mir? Ihr seid der Heilkundige, nicht ich.«

Edvan sank immer weiter in sich zusammen. »Man … man erzählt sich, mein Herr«, stammelte er und verbeugte sich hektisch, »dass Ihr, nun, wie soll ich es ausdrücken … gewisse Beziehungen zu den Dunkelelfen pflegt.« Für einen Moment war Edvan froh, dass es heraus war, doch als er Fehenius' wütenden Gesichtsausdruck sah, bereute er es sogleich wieder.

»Ich?« Die Stimme des Regenten klang gefährlich leise. Er stand auf und beugte sich drohend über den kleinen Heiler. »*Ich* soll Beziehungen zu diesem Abschaum haben?«

Panik breitete sich in Edvan aus, schon glaubte er, einen der Dolche, welche über dem Kamin hingen, in seiner Kehle zu spüren. Doch dann entspannte sich Fehenius urplötzlich.

»Ich weiß nicht, wer solche Lügen über mich verbreitet. Man sollte ihn hinrichten lassen.« Langsam drehte er sich um und blickte in die Flammen. »Wie nennt man diesen Pilz?«

»Azetá, mein Herr«, antwortete Edvan zittrig.

»Hat König Darian genügend von dem Trank, um die Reise zur Dracheninsel zu überstehen?«

»Wenn er ihn sich gut einteilt.«

Mit einer ungeduldigen Handbewegung entließ der Regent den verunsicherten Edvan, ohne diesem seine Sorgen über die weitere Herstellung wirklich genommen zu haben. Doch nur fünf Tage nach seinem Gespräch mit Fehenius sollte der Heiler mitten in der Nacht von einem verhüllten Boten ein Päckchen mit einer ausreichenden Menge Pilze erhalten.

Kapitel 8

Allein in der Dunkelheit

Bereits seit zwei Tagen ritt Darian zusammen mit Ohaman, Fehenius und einer Leibwache von zehn Mann an der Küste entlang. Ein weitläufiger, breiter Sandstreifen, der bei Ebbe wahrscheinlich mehrere Meilen umfasste, erstreckte sich nach Norden. Die basaltfarbenen Klippen stürzten steil in die Tiefe und boten einen beeindruckenden Kontrast zum tiefblauen Meer. Seevögel kreisten unablässig über ihnen, und zeitweise nahm einem der eisige Wind die Luft zum Atmen.

Obwohl Darian kein geübter Reiter war, begann er die Reise ein wenig zu genießen. Der braune Wallach war zuverlässig, und wenn der nasse Sand unter den Hufen seines Pferdes davonflog, gelang es Darian seine Zweifel und Mias Tod für kurze Zeit zu verdrängen. Dieses Land war faszinierend, die unendliche Weite und die klare Luft hatten etwas Befreiendes. Der Himmel, sofern keine Stürme dunkle Regenwolken über ihn hinwegpeitschten, strahlte in einem Blau, wie Darian es noch niemals zuvor gesehen hatte.

Andererseits war der Ritt anstrengend, und Darian war ständig zu Tode erschöpft. Außerdem hätte er beinahe ununterbrochen essen können. Er hatte sich immer für sportlich und durchtrainiert gehalten, doch jetzt zehrten die kalte Luft und die ungewohnte Bewegung an seinen Kräften. In der ersten Nacht hatten sie einen Sandpfad die Küste hinauf erklommen und in einem winzigen Dorf geschlafen. So schmutzig und unbequem ihr Nachtlager gewesen war, Darians Erschöpfung hatte ihn in einen tiefen, traumlosen Schlaf fallen lassen.

Die kommende Nacht wollte Fehenius auf dem Anwesen eines Lords etwas weiter im Landesinneren verbringen und geriet darüber mit Ohaman in Streit.

»Es kostet uns zu viel Zeit, und der Weg führt durch ein dichtes Waldgebiet.«

»Ach was«, knurrte Fehenius und zog sich seinen Umhang über die Nasenspitze. Zwar war es heute trocken, jedoch beißend kalt. »Wir haben die Gelegenheit, eine bequeme und warme Nacht zu verbringen.« Fehenius beugte sich vertraulich zu Ohaman hinüber. »Und unser werter König ist nicht gerade das, was man einen geübten Reiter nennen könnte.«

»Er wird es aushalten«, knurrte Ohaman.

Doch der Regent hatte sein Pferd bereits zu Darian getrieben und verbeugte sich nun. »Wünscht Ihr, diese Nacht im Freien an den windigen Klippen zu verbringen oder im Hause von Lord Egmont?«

Darian runzelte die Stirn und versuchte, seine klammen Finger zu bewegen, welche an den Zügeln seines Pferdes festgefroren zu sein schienen. »Ich denke, das Haus wäre mir lieber.«

So gut ihm die ersten beiden Tage noch gefallen hatten, jetzt bemerkte er, wie rau und anstrengend das Leben in dieser fremden Welt war. Wobei es ihm selbst ja noch vergleichsweise gut ging, hatte er doch zumindest die letzten Nächte vor der Weiterreise im Warmen verbracht. Was mussten erst die einfachen Menschen oder Soldaten aushalten, die wahrscheinlich häufig tagelang im Freien schliefen oder nur zugige Hütten als Behausungen hatten?

Fehenius grinste triumphierend und verbeugte sich, während Ohaman leise fluchte und versuchte, Darian umzustimmen. Doch dieser war dermaßen erschöpft und durchgefroren, dass er sich beim besten Willen nicht vorstellen konnte, die Nacht in dieser eisigen Kälte zu verbringen. Die von Westen aufziehenden dunklen Wolken bekräftigten Darian noch in seinem Entschluss. Daher ritt die kleine, in Umhänge gehüllte Gruppe nun über einen schmalen, sandigen Pfad die steilen Klippen hinauf. Oben angekommen heulte der kalte Winterwind noch weitaus stärker als unten am Strand. Darians Blick schweifte über ein weites Hochmoor. Weiter im Süden begann ein dichter Mischwald.

Ohaman grummelte die ganze Zeit vor sich hin, es wäre eine irrsinnige Idee, den langen Umweg zu machen, nur um eine einzige Nacht im Warmen zu verbringen, doch Darian konnte es kaum noch erwarten, aus dem Sattel zu steigen und vielleicht sogar ein heißes Bad zu nehmen.

»So bescheiden kann man werden«, murmelte er in die Tiefen seiner Kapuze hinein. Früher hätte er sich niemals ausmalen können, so zu frieren. Er musste sich selbst eingestehen, dass er wohl ziemlich verwöhnt gewesen war.

Die Pferde sanken teilweise bis weit über die Fesseln in den sumpfigen, morastigen Boden ein. Als es zu dämmern begann, verstummte der Wind, und Nebel zog auf.

»Achtet nicht auf die Stimmen im Nebel«, warnte Ohaman eindringlich. »Das sind Nebelgeister. Die Seelen derer, die hier im Moor ums Leben gekommen sind.«

Schaudernd blickte der junge König über das weite, menschenleere Moorland hinaus. Irgendwann hörte er tatsächlich ein Wispern, doch er hielt sich an Ohamans Rat und folgte seinem Vordermann stur durch den Nebel.

Endlich wurde der Boden wieder fester, und nach einem scharfen Trab erreichten sie den Waldrand. Ächzend streckte sich Darian. Er fühlte sich, als hätte er sich den gesamten Hintern wundgeritten, und all seine Muskeln schienen verkrampft. Düsteres Zwielicht herrschte zwischen den riesenhaften Bäumen, die sicherlich uralt waren. Teilweise hätte man vier oder mehr Männer benötigt, um ihre gewaltigen Stämme zu umfassen. Ein schmaler Pfad, auf dem nur ein Reiter Platz hatte, wand sich durch Eichen, Buchen und andere Laubbäume.

»Es ist viel zu spät«, hörte Darian Ohaman vor sich rufen, »wir erreichen das Anwesen nicht vor der Dunkelheit.«

»Doch, wir müssen nur schneller reiten«, war Fehenius' Antwort.

Ohaman hielt seinen Schimmelwallach an. »Mein Herr, ich ersuche Euch dringend, den Befehl zu geben, dass wir außerhalb der Bäume nächtigen.«

Mit einem Stöhnen schüttelte Darian den Kopf. »Nein, mir ist so kalt, dass ich kaum noch die Zügel halten kann. Lieber noch eine Stunde reiten, als die Nacht im Freien zu verbringen.«

»Es ist gefährlich hier«, beharrte Ohaman und blickte sich unbehaglich um. »Hinter jedem Busch kann jemand im Hinterhalt lauern.«

»Es wird schon gut gehen«, erwiderte Darian stur und quetschte sein Pferd an dem des Zauberers vorbei.

Leise fluchend folgte Ohaman dem jungen Mann. Bedrohlich knarrend wogten die uralten Bäume im Wind, und die Düsternis des Abends senkte sich unaufhaltsam über das Land. Hier und da sah man Gestalten durchs Unterholz huschen, doch laut Ohaman handelte es sich dabei nur um Gnome oder Wildtiere.

Da sie bereits den ganzen Tag lang geritten waren, wurde Darian gegen seinen Willen schläfrig. Obwohl es hier kalt und unheimlich war, lullte ihn die zunehmende Dunkelheit ein, und in einem Zustand zwischen Wachen und Schlafen ritt er hinter seinem Vordermann her.

Ein Todesschrei ließ ihn auffahren, und er riss sein Pferd so heftig im Maul, dass dieses stieg. Und genau das rettete ihm das Leben. Er wurde aus dem Sattel ins Unterholz geschleudert und entging so haarscharf einem Pfeil, der zischend im Wald verschwand. Darian schlug schmerzhaft auf dem Boden auf und rollte dann einen Abhang hinunter. Um sich herum hörte er schreiende Männer, das Klirren von Waffen, und sah aus dem Augenwinkel schemenhafte Gestalten, bevor er mit dem Kopf gegen einen Baum krachte und das Bewusstsein verlor.

Totenstille herrschte, als Darian wieder zu sich kam. Wie viel Zeit vergangen war, konnte er nicht abschätzen, aber es war noch immer dunkel. Stöhnend richtete er sich auf und ertastete eine dicke Beule an seinem Kopf. Sein ganzer Körper fühlte sich an, als bestünde er nur aus Prellungen, doch er glaubte, sich nichts gebrochen zu haben. Langsam krabbelte Darian den Abhang hinauf. Er hatte keine Ahnung, wer oder was sie angegriffen hatte. Als er den Weg erreichte, entdeckte er fünf tote Körper am Boden. Nervös blickte er sich um, denn die Mörder konnten noch immer in der Gegend sein.

»Ohaman«, wagte er ganz leise zu rufen, aber niemand antwortete ihm.

Unsicher ging Darian ein Stück den Weg entlang, doch da stolperte er über eine weitere Leiche und beugte sich hinab. Zu seinem Entsetzen erkannte er selbst in der Dunkelheit, um wen es sich handelte. Die Größe und der buschige Bart waren unverwechselbar.

»Ohaman, o nein!« Erschüttert sank Darian auf dem Boden zusammen. Jetzt war er ganz allein, hatte niemanden mehr, dem er auch nur ansatzweise trauen konnte, keinen, der ihm in diesem fremden Land half. Alle hatten ihn verlassen.

Entsetzen und Panik drohten ihn zu überwältigen. Was sollte er tun? Er hatte nicht einmal mehr ein Pferd und wusste auch nicht, wie er zu dieser Dracheninsel kommen sollte. Mit zitternden Händen griff er in die Tasche seines Umhangs und nahm einen großen Schluck von Edvans Trank. Ganz langsam beruhigte sich sein Herzschlag ein wenig, und er zwang sich, das Grauen niederzukämpfen. Er musste warten, bis es hell wurde, vielleicht hatte irgendjemand überlebt und suchte nach ihm. Seine Gedanken kreisten um Fehenius. War etwa der Regent an dem Anschlag schuld? Immerhin war es Fehenius gewesen, der den Vorschlag gemacht hatte, in der Nacht weiterzureiten. Und der Regent selbst schien nicht unter den Opfern zu sein.

Mit einem dicken Kloß in der Kehle zog er Ohaman seinen Umhang aus – er brauchte ihn ja jetzt nicht mehr – und wickelte sich hinein. Dann ging Darian ein Stück abseits des Weges und ließ sich bebend am borkigen Stamm einer Eiche nieder.

Warum habe ich nur darauf bestanden, durch den Wald zu reiten, dachte er verzweifelt. *Jetzt sind Ohaman und fünf andere Männer tot, nur weil ich es bequem und warm haben wollte.*

Allein in der Dunkelheit steigerte sich Darian immer mehr in seine Schuldgefühle hinein. Seine Mutter war bei dem Versuch ihn zu retten gestorben, seine Adoptiveltern wegen Samukals Anschlag. Dann Mia und jetzt diese Menschen hier. Verzweifelt bedeckte Darian seine Augen und wusste nicht mehr ein noch aus – allen brachte er nur den Tod.

Irgendwann legte sich der Wind. Unnatürlich heftig pochte Darians Herz in seiner Brust, und jetzt, wo er ganz allein war, bemerkte er erst, wie laut der nächtliche Wald war. Es raschelte und knackte im Unterholz, der schaurige Schrei eines Nachtvogels in unmittelbarer Nähe ließ ihn aufschrecken. Hektisch zog er sein Schwert und umklammerte es, blickte ruckartig nach links und rechts, aber außer einem kleinen Kaninchen zeigte sich keiner der nächtlichen Waldbewohner.

Darian kauerte sich wieder zusammen, zog sich seine Kapuze noch weiter ins Gesicht und wartete auf den Morgen – was auch immer dieser bringen würde. Nach einer Weile begann es zu schneien, und bald schon bedeckte eine leichte Schneeschicht den Boden. Darian war wohl eingedöst, denn er zuckte zusammen, als er ein leises Heulen hörte. Urplötzlich brach der Mond durch die Wolken, und dort, wo seine Strahlen ihren Weg durch die Bäume fanden, breitete sich ein silbriges Licht aus.

Nervös tastete Darian nach seinem Schwert, welches neben ihm im Schnee lag. Ganz langsam erhob er sich und sah eine Frauengestalt im Schnee neben Ohaman knien. Sie hatte silbernes Haar, war vom Mondlicht beschienen, und trug trotz der beißenden Kälte nur ein dünnes Gewand, das im leichten Wind um ihren Körper tanzte.

Als Darian näher kam, fuhr das Wesen hastig herum. Aus einem bleichen Gesicht blickten ihn große, helle Augen an, und die auffallend schlanke Gestalt hob abwehrend ihre blasse Hand.

»Komm nicht näher«, verlangte eine leise Stimme, die wie ein Windhauch an sein Ohr drang.

»Wer bist du, und was tust du hier?«, keuchte Darian.

»Ich bin eine Banshee. Ich betrauere die Toten und begleite ihre Seelen zu den Hallen der Ahnen, wo sie eine Weile ausruhen, bevor sie ein neues Leben beginnen.«

Erfüllt von ungläubigem Staunen starrte Darian auf das seltsame Geschöpf. »Du bist was?«

Die Banshee musterte Darian eine ganze Weile durchdringend. »Ich begleitete deinen Vater, auch er starb eines gewaltsamen Todes.«

»Meinen Vater.« Darian schluckte schwer, und vor seinen Augen verwandelte sich die Banshee ganz kurz in einen großen, kräftigen Mann mit Bart, der einen silbernen Ring um den Hals trug.

Erschrocken torkelte Darian zurück.

»Ich wollte dich nicht erschrecken«, versicherte die Banshee rasch. Dann zuckte ihr Kopf nach links. »Du kannst nicht hier bleiben. Die Dunkelelfen kehren zurück und werden dich töten, wenn sie dich finden.«

»Dunkelelfen?« Hektisch blickte sich Darian um.

»Ja.« Die Banshee hob die mit Schnee bedeckte Kapuze

eines der toten Körper an. Überrascht blickte Darian in ein Gesicht, welches von silbernen Haaren umrahmt wurde und dessen Züge bestechend zart und markant zugleich waren. Die Haut war glatt und von deutlich dunklerem Teint als seine eigene.

»Das ist ein Dunkelelf?«, staunte er und musste erneut an Mia denken. Sie hatte wenig mit diesem Wesen gemein gehabt, höchstens die anmutigen Gesichtszüge.

»Du musst jetzt wirklich gehen«, drängte die Banshee und kam mit schwebenden Schritten auf Darian zu. Erschrocken erkannte er, dass sie keine Spuren im Schnee hinterließ.

»Aber wo soll ich denn hin?«

»Geh den Weg zurück, verlass den Wald.«

»Dort sind die Sümpfe.«

»Halt dich am Waldrand. Geh immer in Richtung Osten, dort wirst du Hilfe finden.«

Darian runzelte die Stirn und sah die Banshee aus großen Augen an.

»Hilfe?« Er wollte die geheimnisvolle Frau am Arm fassen, doch ihr Gesicht verzerrte sich zu einer Maske, als sie abrupt zurückwich und wie eine Wildkatze zischte.

»Wenn du mich berührst, musst du mir ins Reich der Ahnen folgen.«

Darian zuckte zurück. Er wusste so wenig von dieser Welt und ihren Bewohnern, wie sollte er da ganz allein zurechtkommen?

»Du musst jetzt gehen, und wisse, dass Eile geboten ist.« Das Wesen schwebte zurück zu den Leichen von Darians ehemaligen Gefährten.

»Ich hätte sie zumindest begraben sollen«, sagte er traurig. Doch er hatte ja nur das Schwert, und bei diesem gefrorenen Boden wäre es ohnehin unmöglich gewesen.

»Das ist nur die Hülle.« Plötzlich klang die Stimme der Banshee sanft und tröstend. »Ihre Seele, ihr ganzes Wesen und die Erinnerungen, welche diese Männer hier ausgemacht haben, sind längst an einem fernen Ort. Du jedoch musst jetzt aufbrechen.«

Darian schluckte hart, dann wandte er sich ab und eilte davon, so schnell es ihm sein erschöpfter, durchgefrorener Körper erlaubte. Als er einen kurzen Blick zurückwarf, schwebte die Banshee noch immer über den toten Körpern.

Du musst dich beeilen, blicke nicht zurück, Darian, Sohn von Jarredh, hörte er ihre Stimme in seinem Inneren, und er gehorchte ihr.

Darian rannte den Weg zurück durch den Schnee. Zwar machte er sich Sorgen wegen der Spuren, die er hinterließ, doch er hatte keine Alternative. Immer wieder blickte er sich um, erwartete beinahe jeden Augenblick einen Pfeil im Rücken zu spüren oder einen Dunkelelfen zu sehen, der hinter einem Baum hervorschnellte, um ihn aufzuspießen. In der Stille der Nacht kam ihm sein eigener rasselnder Atem unerträglich laut vor. Mechanisch rannte er weiter, nur mit dem Ziel, den Wald so schnell wie möglich zu verlassen. Als ein erneuter Schneesturm einsetzte, war er beinahe froh, denn dieser würde seine Spuren verwischen. Allerdings hielt seine Freude nur so lange an, bis er die schützenden Bäume tatsächlich verlassen hatte. Der Wind heulte auf wie ein verwundetes Biest und peitschte ihm mit brutaler Macht Schneeflocken und Eiskristalle ins Gesicht. Darian blieb die Luft weg. Er konnte keinen Meter weit sehen, und die Welt schien sich in eine tobende weiße Hölle verwandelt zu haben. Er zog sich die Kapuze weiter ins Gesicht und stapfte am Waldrand entlang durch den höher werdenden Schnee. Ständig trat er in blubbernde Moorlöcher, und seine an sich gut gefetteten Stiefel wurden irgendwann doch undicht. Das Laufen war äußerst anstrengend, trotzdem traute Darian sich lange Zeit nicht anzuhalten. Irgendwann konnte er dann einfach nicht mehr und ließ sich erschöpft hinter einem Felsen auf den Boden sinken.

In was für einem Albtraum bin ich nur gelandet?, dachte er und tastete mit seinen klammen Fingern nach der Kette, die um seinen Hals hing. Einen Augenblick lang zog er in Erwägung, zurück in die Welt zu gehen, die er so viele Jahre lang als seine eigene, nein, als die einzige überhaupt existierende angesehen hatte. Doch er würde ja nicht einmal den Weg zurück zum Stein finden.

»Verdammt, Mia, warum hast du mich nur allein gelassen?«, murmelte er und nahm einen Schluck aus seiner Flasche.

Obwohl er eine bleierne Müdigkeit in sich fühlte, raffte er sich irgendwann auf und stapfte weiter. Er wusste, wenn er liegen bliebe, würde er erfrieren. Die Worte der Banshee gingen ihm im Kopf herum – wer sollte ihm hier zu Hilfe kommen? Wohin führte ihn sein Weg, und hatte das alles überhaupt einen Sinn?

Wahrscheinlich werde ich schlicht und einfach hier draußen erfrieren, dachte er resigniert, *und das war's dann mit der Unsterblichkeit.* Ein bitteres Lachen verzerrte seine aufgeplatzten, eingefrorenen Lippen.

Mit der Morgendämmerung hörte der Schneesturm urplötzlich auf, und als die Sonne herauskam, tasteten sich ihre Strahlen fast schon liebevoll über eine glitzernde Märchenlandschaft. Darian blickte über weites, verschneites Moorland. Rechts von ihm waren die hohen, uralten Bäume mit einer dichten Schneekrone bedeckt.

Erschöpft, hungrig und durchgefroren kämpfte er sich weiter. Da Dunkelelfen ja angeblich Geschöpfe der Nacht waren, hoffte Darian inständig, dass sie zumindest im Augenblick keine Gefahr darstellten. In einiger Entfernung von ihm entdeckte Darian ein Rudel Wölfe, das aus dem Wald kam, und ihm blieb beinahe das Herz stehen, doch die Tiere interessierten sich offensichtlich nicht für ihn, sondern trabten leichtfüßig und zielstrebig auf einem für Menschen unerkennbaren Pfad durch das Moor.

Darian war so hungrig wie noch niemals zuvor in seinem Leben. Der Proviant hatte in den Satteltaschen seines Pferdes gesteckt, und wo das mittlerweile war, wusste der Himmel.

Nach mehreren Stunden anstrengenden Wanderns, welches ihn, so hoffte er zumindest, in die Nähe der Hafenstadt Grottná im Nordosten des Landes brachte, brach erneut die Dämmerung herein. Die Landschaft hatte sich ein wenig verändert. Der Wald war lichter geworden, der Boden weniger moorig, und es waren mehr große Felsen zu sehen. Da Darian der Gedanke an eine weitere Nacht in dieser Eiseskälte nicht sonderlich verlockend erschien, begab er sich am Waldesrand auf die Suche nach trockenem Holz. Das stellte sich als gar nicht so einfach heraus, erst unter einem Felsüberhang entdeckte er dann doch ein paar Äste. Wie er es schon häufig in Filmen gesehen hatte, platzierte er einen Ast senkrecht auf einem breiteren Stück Holz und begann, den Ast so schnell wie möglich zwischen den Handflächen hin und her zu reiben. Nachdem das Holz sogar ein wenig warm wurde, wurde er ganz euphorisch und vergrößerte seine Anstrengungen, aber es wollten sich einfach keine Funken bilden. Wie besessen rieb Darian weiter, doch als er erkannte, dass der Lohn seiner Mühe lediglich wunde Hände waren, warf er das Holz mit einem wütenden Aufschrei in den Wald zurück und begann dann in blindem Zorn mit seinem Schwert auf einen Baum einzuhacken. Eigentlich fehlte ihm dafür die Kraft, doch irgendwie musste er seiner wachsenden Verzweiflung einfach Luft machen.

»Wenn Ihr den Baum fällen wollt, solltet Ihr besser eine Axt nehmen«, erklang plötzlich eine Stimme hinter ihm.

Erschrocken fuhr Darian herum und hielt sein Schwert vor sich, in dem sicheren Glauben, angegriffen zu werden.

Doch auf Augenhöhe fand sich kein Gegner, und erst als er den Blick senkte, stand da ein kleiner, auffallend stämmiger Mann, der in einen grauen Umhang gekleidet war und dessen breit grinsendes Gesicht ein buschiger rötlicher Bart zierte.

Unter dem Umhang spitzte ein Kettenhemd hervor, seine Beine steckten in bräunlichen Wollhosen und endeten in klobigen Lederstiefeln. An seiner Seite hingen ein kurzes Schwert und ein Dolch.

Darian blinzelte und blickte mit offenem Mund auf die Gestalt vor ihm. Sollte das etwa ein Zwerg sein?

»Mein Name ist Edur.« Der kleine Mann sah sich suchend um. »Ihr habt nicht zufällig König Darian mit seiner Eskorte vorbeireiten sehen?«

Noch immer nicht fähig, ein Wort zu sagen, keuchte Darian nur und lehnte sich gegen den Baumstamm.

»Sag mal, Junge, kannst du sprechen oder nur auf unschuldige Bäume einschlagen, hihi«, kicherte Edur. »Wäre ich ein Elf, wärst du jetzt in Schwierigkeiten, denn die werden sehr zornig, wenn man schlecht zu Bäumen ist.«

»Bist … seid … ich meine, seid Ihr ein Zwerg?«, fragte Darian ungläubig.

»Ha, der Junge hat eine schnelle Auffassungsgabe«, lachte Edur und schlug sich auf die breiten Oberschenkel. Dann verbeugte er sich spöttisch. »Wärst du vielleicht auch noch in der Lage, mir zu sagen, ob du eine Gruppe Reiter gesehen hast?« Grinsend hob er eine buschige Augenbraue. »Ich gehe davon aus, dass du zumindest weißt, was ein Pferd ist.«

Endlich hatte sich Darian halbwegs gefasst und kam mit wackligen Schritten auf den Zwerg zu. »Nein, eine Gruppe Reiter habe ich nicht gesehen, aber ich bin es, den du suchst.«

»Ein guter Scherz! Selbstverständlich, du bist Darian von Northcliff. Hervorragend, der neue König der Menschen ist ein Verrückter, der keine Zwerge kennt, alleine im Wald herumrennt und mit einem Schwert einen Baum umhacken will.« Edur wischte sich die Lachtränen aus dem Gesicht, hielt jedoch urplötzlich inne, als Darian das Amulett herausholte und gelassen sagte: »Meine Eskorte wurde von Dunkelelfen überfallen, wahrscheinlich bin ich der einzige Überlebende. Ich bin am Rand des Moores entlang hierhergeflohen.«

Nun schnappte der Zwerg nach Luft und deutete mit seinem dicken, behandschuhten Finger auf Darian.

»Ihr … Ihr seid tatsächlich … Oh, beim Barte meines Urgroßvaters, warum kann ich nicht einmal nachdenken, bevor ich spreche.« Edur schlug sich mit der flachen Seite seines Schwertes gegen die Stirn, dann räusperte er sich und kniete sich vor Darian in den Schnee.

»Mein Herr, wenn Ihr mich nun hinrichten wollt, so ist das Euer gutes Recht …«

Mit einem leisen Lachen schüttelte Darian den Kopf und zog dann den Zwerg am Ärmel seines dick gepolsterten Hemdes nach oben. Dieser reichte ihm nicht einmal bis zur Brust, war jedoch beinahe doppelt so breit wie Darian.

»Ich bin dir nicht böse, ich habe mich wirklich wie ein Idiot benommen. Aber vielleicht kannst du mir helfen«, fragte Darian hoffnungsvoll. »Ich muss zur Dracheninsel.«

Erstaunt blickte der Zwerg zu ihm auf und stemmte die Fäuste in die Hüften. »Natürlich müsst Ihr das, wir Zwerge sind ja schließlich unterwegs, um Euch zu eskortieren. Es war Nordhalans Auftrag, Euch zu schützen. Einige von uns sind am Strand entlanggeritten, die anderen durch den Wald marschiert.« Edur räusperte sich verlegen. »Und ein paar wenige Späher sollten vorsichtshalber auch hier am Rande des Sumpfes Ausschau halten, falls Ihr einen anderen Weg nehmt, mein Herr.«

»Habt Ihr … Hast du …« Darian winkte ab und streckte dem Zwerg die Hand hin. »Was soll der Mist? Ich heiße Darian, wir sollten ›du‹ sagen.«

Perplex und mit offenem Mund nahm Edur die ihm dargebotene Hand an, während Darian fortfuhr.

»Ist Nordhalan bei euch? Wartet er auf mich?«

»Nein, unser König hat uns geschickt, die Vereinbarung mit

Nordhalan bestand darin, dass wir Euch schützen, falls Ihr wirklich auftaucht.« Mit vor Staunen geweiteten Augen schaute er zu Darian auf. »Ich soll Euch wirklich Darian nennen, wie einen Gemeinen? Nein, verzeiht, das wäre doch ungebührlich, und mein König würde mich in den Kerker werfen.«

Irgendwie wurde Darian der Zwerg immer sympathischer. »Ich war beinahe fünfundzwanzig Jahre lang ein ›Gemeiner‹, wie du so schön sagst. Aber gut, ich will ja nicht, dass du im Kerker landest«, erklärte er lächelnd. Dann trat er unruhig von einem Bein aufs andere. »Aber sag mal, gibt es hier irgendwo ein Haus? Mir ist verdammt kalt, und ich habe so einen Hunger, dass ich einen ganzen Hirsch verspeisen könnte.«

Obwohl Edur es offenbar noch immer nicht fassen konnte, dass Darian überhaupt keine königlichen Allüren zu haben schien, riss er sich zusammen. »Natürlich, allerdings, nein, ein Haus gibt es nicht, aber hier in der Nähe befindet sich eine Höhle. Ich könnte uns ein schönes Feuer machen.« Er deutete auf den Leinensack, der über seiner Schulter hing. »Und hier drin habe ich genügend Proviant für drei Tage.«

Erleichtert aufatmend folgte Darian dem Zwerg und erzählte ihm unterwegs von dem Überfall. Edur war schockiert, jedoch nicht aus dem Grund, den Darian vermutete.

»So eine Dreistigkeit von diesem Bastard von Fehenius«, spie er aus und spuckte auf den Boden. Dann entschuldigte er sich jedoch seiner rüden Worte wegen.

»Schon gut«, meinte Darian beruhigend, »aber wovon sprichst du überhaupt?«

Der Zwerg blickte ihn eindringlich an. »Jeder weiß, dass Fehenius den Thron um jeden Preis an sich reißen will, und der Anschlag der Dunkelelfen war sicherlich kein Zufall.«

»Du meinst, Fehenius hat das geplant?«, fragte Darian.

»Natürlich!«

»Aber seine eigenen Leute sind dabei ums Leben gekommen.«

»Die sind ihm doch egal.« Erneut spuckte Edur auf den Boden.

»Bisher hat er sich sehr korrekt mir gegenüber verhalten«, murmelte Darian. »Er hat mich am Stein von Alahant sogar von seinem persönlichen Heiler behandeln lassen.«

»Dann hatte das einen Grund«, behauptete Edur sehr selbstsicher. »Wahrscheinlich hat er sich nicht getraut, Euch offen umbringen zu lassen. Aber ein Dunkelelfenangriff …« Der Zwerg wurde ein wenig nachdenklich.

Schon wieder übermannten Darian Schuldgefühle. Warum hatte er nur nicht auf Ohaman gehört?

Es war schon beinahe dunkel, als sie ein größeres, mit Bäumen bewachsenes Felsmassiv erreichten. Ein schmaler Spalt, durch den sich Edur nur mit Mühe und Not quetschen konnte, führte in eine kleine Höhle. Rasch begann der Zwerg Holz aus einer Ecke zu holen und es mit Hilfe von zwei Feuersteinen zu entzünden. »Es kann sein, dass im Laufe der Nacht noch ein oder zwei andere Zwerge eintreffen«, erklärte er und gab Darian dann ein Stück Brot und eine handtellergroße Scheibe geräucherten Schinken. Ausgehungert, wie er war, glaubte Darian, niemals etwas Köstlicheres gegessen zu haben.

»Es sind noch fünf Späher auf der Suche nach Euch«, erzählte Edur weiter, während Darian das Essen hinunterschlang.

Edur beobachtete ihn eine ganze Weile, und Darian blickte ihn schließlich auffordernd an.

»Möchtest du mich etwas fragen, Edur?«

Der Zwerg fuhr sich nervös über die Lippen, dann nickte er. »Ich hätte eine Bitte an Euch, könntet Ihr vielleicht den unglücklichen Beginn unserer Begegnung für Euch behalten? Ich meine, sofern es Euch nichts ausmacht.« Der Zwerg sah so betreten aus, dass Darian lachen musste.

»Für dieses Festessen würde ich noch viel mehr verschweigen!« Zufrieden rutschte Darian näher ans Feuer heran. Endlich begann er den Großteil seines Körpers wieder zu spüren, auch wenn das Kribbeln in seinen Fingern und Zehen unerträglich war.

»Festessen? Ihr seid ein merkwürdiger König, das muss man schon sagen.«

Während des Essens erzählte Darian ein wenig von seiner Reise, wurde dann aber so schläfrig, dass ihm immer wieder die Augen zufielen.

»Ihr könnt ruhig schlafen«, bot Edur an, »Ihr seht verdammt müde aus.«

Darian nickte zustimmend und lehnte sich gegen die Wand der Höhle. *Hoffentlich hat der Zwerg die Wahrheit gesagt,* dachte er, bevor er in einen erschöpften Schlummer fiel. Andererseits hatte er ohnehin keine andere Wahl, als Edur zu vertrauen.

Der Streit von zwei männlichen Stimmen weckte Darian irgendwann aus seinem tiefen Schlaf. Nachdem er die Augen einen Spalt breit geöffnet hatte, sah er einen wesentlich dünneren Zwerg neben Edur stehen. Der andere Zwerg hatte borstige graue Haare, ein faltiges Gesicht und sah ziemlich griesgrämig aus.

»Ohh jeeh, das habe ich mir gleich gedacht«, sagte er gerade und fuchtelte mit einer Hand herum, »von Dunkelelfen überfallen, so ein Mist.« Dann schnaubte er und deutete auf den vermeintlich schlafenden jungen Mann. »Hüüüh, der soll König werden, sieh ihn dir mal an, noch ein halbes Kind und sieht aus als, wäre er fast tot. Das wird nix!«

Gewaltsam musste Darian ein Schmunzeln unterdrücken, während Edur den anderen Zwerg beschimpfte, er solle nicht so laut und abfällig von dem menschlichen König reden.

»Ich mag ihn«, sagte Edur gerade leise, »und schlimmer als mit Fehenius kann es ohnehin nicht werden.«

»Es kann immer schlimmer werden«, grummelte der dünne Zwerg schwarzseherisch und setzte sich ans Feuer.

Nun tat Darian so, als würde er gerade erst aufwachen. Er nickte dem Neuankömmling zu und rieb sich die Augen.

»Eure Majestät«, Edur zwinkerte ihm zu, »darf ich Euch Horac vorstellen? Er ist der einzige Zwerg den ich kenne, der niemals etwas Gutes in den Dingen sieht, die ihm begegnen.«

Horacs faltiges Gesicht zog sich wütend zusammen. »Du dummer Zwerg, wie soll man denn in diesen Zeiten irgendetwas Gutes sehen?« Urplötzlich stand er auf und begann, eigentlich völlig sinnlos, Holz zu hacken, denn es lagen genügend Holzscheite für mehrere Tage in der Ecke.

»Das macht er ständig«, erklärte Edur flüsternd und grinste breit. Dann zog er heimlich eine tönerne Flasche aus Horacs Bündel heraus und reichte sie Darian. »Horac hat immer etwas Bier bei sich, das macht seine Anwesenheit erträglicher. Trinkt!«

»Ich will ihm nichts wegnehmen«, wandte Darian ein.

»Ihr seid in der Tat ein seltsamer König«, grinste Edur, nahm selbst einen Schluck und reichte die Flasche zu Darian hinüber. »Jetzt trinkt schon, er säuft ohnehin zu viel. Ihr helft ihm damit nur.«

Lächelnd nahm Darian die Flasche entgegen. Das Bier war dunkel und süffig und hatte einen angenehmen Geschmack.

Nach einer Weile kehrte Horac leise vor sich hinbrabbelnd zurück, setzte sich, und nahm selbst einen Schluck aus der Flasche.

»Ständig ist das Ding leer«, schimpfte er und begann in seinem Bündel zu kramen. »Muss ein verdammter Kobold drin sein.«

Edurs Grinsen zog sich bis zu den Ohren hoch, und auch Darian musste sich ein Schmunzeln verkneifen.

»Ihr solltet noch ein wenig schlafen, König Darian«, schlug Edur vor, »es ist noch nicht einmal Morgen.«

»Und was ist mit euch?«, fragte Darian, obwohl er wirklich noch sehr müde war.

»Schlafen, ach was, ein Zwerg benötigt nicht so viel Schlaf wie ein Mensch.«

»Ha, das sagt ein Jungspund wie du«, grollte Horac, dann bekam sein Gesicht plötzlich einen merkwürdigen Ausdruck. Er sprang eilig auf und rannte mit einem »Ohhh jeeh!« aus der Höhle.

»Was hat er denn?«, wollte Darian wissen.

Kopfschüttelnd und unterdrückt kichernd erklärte Edur: »Er verträgt das Bier nicht, kann aber einfach die Finger nicht davon lassen.«

Leise lachend wickelte sich Darian wieder in seinen Umhang. »Ein merkwürdiger Kauz«, meinte er gähnend.

»Das trifft es sehr gut.« Edur legte etwas Holz nach. Als er sah, wie Darian darum kämpfte, wach zu bleiben, sagte er beruhigend: »Horac und ich können abwechselnd schlafen, sorgt Euch nicht.«

»Vielen Dank«, murmelte Darian, bevor ihm wieder die Augen zufielen.

Als die ersten Strahlen der Morgensonne in die Höhle fielen, wachte Darian auf. Eigentlich hätte er gerne noch weiter geschlafen, aber sein Kopf tat weh. Er erinnerte sich daran, am Abend nichts mehr von Edvans Trank genommen zu haben und holte dies nun gleich nach.

Edur schnarchte leise in einer Ecke, während Horac mit missmutigem Gesicht am Feuer saß und in einem Topf herumrührte. »Ist das Bier?«, wollte er mit einem neugierigen Blick auf Darians Flasche wissen.

Rasch schüttelte Darian den Kopf und packte die kleine Flasche wieder weg. »Nein, das ist Medizin. Ich habe eine Wunde am Bein und die ist noch nicht ganz geschlossen.«

»Ohhh jeeh!« Horac winkte ab. »Beinwunden – das wird meistens nix mehr, die reißen immer wieder auf, weil man sich zu viel bewegt. Einer meiner Großonkel hatte so etwas, dem musste man das Bein abnehmen, das ist auch nix mehr geworden. Gibt nur wundes Fleisch mit Eiter drin und die ganzen Fliegen …«

»Horac!«, unterbrach ihn Edur barsch, der gerade aufgewacht war und zumindest den letzten Teil des Gesagten mitangehört hatte.

»Sehr ermutigend«, murmelte Darian.

Edur schüttelte gereizt den Kopf. »Dein Großonkel wurde von einem Tiefengnomweibchen gebissen, als er versehentlich in ihre Höhle eingebrochen ist. Deren Zähne können Gift absondern«, fügte er zu Darian gewandt hinzu, »deswegen musste man ihm das Bein abnehmen.«

Horac grummelte unzufrieden vor sich hin. »Aber geworden ist es trotzdem nix mehr. Im nächsten Winter ist er gestorben.«

»Der Gute war beinahe sechshundert Sommer alt«, ergänzte Edur mit hochgezogenen Augenbrauen, während Horac abwinkte.

»Wollt Ihr etwas von der Suppe?«, erkundigte sich der ältere Zwerg dann mit einem Blick auf Darian. »Wahrscheinlich ist sie nix geworden, hatte kaum Gewürze für die Pilze.«

Misstrauisch spähte Darian in den Topf, doch nachdem Edur versicherte, er hätte das Essen von Horac schon mehrfach überlebt, ließ er sich zu einer Schüssel des immerhin vielversprechend dampfenden Eintopfs überreden.

Nach dem überraschend schmackhaften Frühstück packten sie rasch ihre Sachen zusammen, denn Horac befürchtete bereits wieder, es würde ›nix damit werden‹, vor Sonnenuntergang den Hafen zu erreichen. Edur hingegen machte sich fröhlich pfeifend daran, einige der Vorräte aus der Höhle einzusammeln.

Draußen wehte ein kalter Wind, und die Sonne schien von einem wolkenlosen Himmel herab, als Darian und die beiden Zwerge in Richtung Norden stapften, immer weiter hinein in die felsige Landschaft. Hier und da grasten Schafe und Ziegen zwischen den großen Felsbrocken. Edur erklärte, sein Volk hätte vor langer Zeit einen Großteil des Waldes abgeholzt, um ihre vielen unterirdischen Brennöfen zu befeuern, in denen sie Waffen schmiedeten.

»Das hat uns großen Ärger mit den Elfen eingebracht.« Edur schnitt eine Grimasse. »Ich muss gestehen, sie haben sogar Recht, denn durch die Abholzung und die rauen Winde hier im Norden wurden immer breitere Schneisen in den Wald geschlagen. Jetzt ist man hier oben beinahe ohne Schutz vor Sturm und Regen.«

Darian zog sich seine Kapuze weiter ins Gesicht, denn der Wind war in der Tat bitterkalt und pfiff gnadenlos über das Land. Westlich von ihnen erstreckte sich ein ausgedehntes Moorgebiet, und Edur geriet mit Horac in eine verbale Auseinandersetzung, ob der Weg nun sicher sei oder nicht.

Den Streit der beiden kleinen Männer aus seinen Gedanken verbannend, ließ Darian den Blick nach rechts schweifen, und was er dort erblickte, veranlasste ihn staunend stehen zu bleiben.

Mitten auf einer Insel von Heidekraut räkelte sich ein ungewöhnliches Wesen. Die Frau, trotz der Kälte nackt, war von schlanker und hochgewachsener Statur, hatte lange fließende Haare, die bis zu den Hüften reichten, und wohlgeformte Brüste. Zwar wirkte ihre gräulich-braune Haut, die der Farbe des Moores ähnelte, sonderbar, dennoch glaubte Darian in diesem Augenblick, niemals ein anziehenderes Geschöpf gesehen zu haben. Mit einer aufreizenden Geste fuhr sie sich durch die Haare und lächelte Darian aus dunklen Augen verführerisch zu. Wie in Trance ging er näher zu ihr heran und bemerkte nicht einmal, dass er bis zum Knie im Sumpf versank.

Komm zu mir, ich kann dir all deine geheimen Wünsche erfüllen, hallte eine knisternde Stimme in seinem Inneren wider und weckte ein wohliges Gefühl in seinen Lenden.

Darians Sinne waren dermaßen benebelt und von diesen verführerischen Worten eingelullt, dass er gar nicht mitbekam, wie er tiefer und tiefer in dem morastigen Untergrund versank.

Und auch die warnenden Schreie von Horac und Edur – die endlich bemerkt hatten, dass er zurückgeblieben war – hörte er nur ganz am Rande, wie durch einen Schleier. Die lockende Stimme der Frau füllte seinen Geist ganz und gar aus. Erst der Schlag einer kleinen, kräftigen Zwergenhand auf seine Wange brachte ihn ein Stück weit in die Realität zurück.

»Sieh sie nicht an, und komm hier raus!«, rief Edur hektisch und zerrte an Darians Hemdsärmel.

»Aber sie ist wunderschön«, murmelte er noch immer ganz verzaubert und drehte sich erneut der Frau zu, die mit der Hand betörend über ihren perfekten Körper strich.

»Schön?!« Horac riss Darian energisch nach hinten und zwang ihn, seinen Blick von der Frauengestalt zu lösen. »Verdammte, schlammige Moorschlampen, ohh jeeh, Sumpfnyaden – ich habe ja schon gehört, dass sie Menschen den Kopf verdrehen!«

Mit vereinter Kraft schafften es die Zwerge, Darian aus dem Sumpfloch zu ziehen. Er hörte noch ein enttäuschtes Kreischen, aber als er den Kopf drehte, war dic Sumpfnyade verschwunden, und er kam sich ziemlich lächerlich vor, wie er hier, mit klatschnassen, vom Moorwasser durchweichten Hosen zwischen den Zwergen stand.

»Was hatte das denn zu bedeuten?«, fragte er verwirrt.

Während sie weiterliefen erzählte Edur, dass die Nyaden schon vielen Menschen den Kopf verdreht und sie in den Tod getrieben hatten. Je nachdem, ob man Mann oder Frau war, erschienen sie in Gestalt des anderen Geschlechts und versuchten, ahnungslose Opfer in ihr Reich zu locken. Dort verwickelten sie ihre Beute in ein sinnliches, jedoch tödlich endendes Liebesspiel und verwandelten sie anschließend in einen Moorgeist. Edur behauptete, Zwerge seien weitgehend immun gegen den Zauber der Sumpfnyaden, und Darian solle in Zukunft diesen Wesen sofort den Rücken zudrehen, wenn er sie auch nur von weitem sah. Mit Grauen überlegte Darian, wie hilflos er allein in dieser fremden Welt gewesen wäre, und große Dankbarkeit gegenüber den beiden Zwergen erfüllte ihn.

Nachdem sie zur Mittagszeit etwas Brot, Schinken und harten Käse verspeist hatten, konnte man bald in der Ferne das Meer erkennen. Endlos erstreckte es sich in tiefem Blau bis zum Horizont, und die Strahlen der Sonne glitzerten auf den rauschenden Wellen. Immer weiter wanderten sie über die Hochebene, und Darians nasse Hose klebte mittlerweile gefroren an seinen Unterschenkeln.

Plötzlich durchschnitt der Klang eines Horns die nur vom stetigen Heulen des Windes erfüllte Stille. Erschrocken blieb Darian stehen und zog sein Schwert, doch Edur hielt seinen Arm fest.

»Keine Angst, das sind nur unsere Späher.«

Kurz darauf hörte man auch schon Waffengeklirr und das Schnauben von Pferden. Auf dem nächsten Hügel wurden fünfzehn Zwerge sichtbar, die auf zotteligen Ponys saßen.

Edur erklärte im Vertrauen: »Wir Zwerge sind eigentlich keine sonderlich guten Reiter, noch finden wir besonderen Gefallen an dieser Fortbewegungsart. Aber mit diesen Bergponys haben wir uns angefreundet. Das ist ein Teil der Zwerge, die den Strand nach Euch abgesucht haben, Darian.«

»Ohhh jeeh, das heißt ›König Darian‹ oder ›mein Herr‹«, schimpfte Horac und versetzte Edur einen Klaps auf den Hinterkopf. »Aus dir wird sowieso nix mit deinem losen Mundwerk.« Mit raschen Schritten stapfte Horac voran und den berittenen Zwergen entgegen.

»Wäre er nicht mein Onkel«, erklärte Edur leise, »hätte ich ihn wahrscheinlich früher oder später ins nächste Moorloch geworfen, allerdings hätten ihn die Sumpfnyaden sicher wieder zurückgebracht.«

Darian grinste den Zwerg an und folgte ihm dann zu seinen Landsmännern, die sich bereits mit Horac unterhielten.

»Hauptmann Brambur, das ist König Darian«, stellte Edur

vor, als sie vor den finster dreinschauenden Zwergenkriegern standen. Der Geruch von Pferdeschweiß, Metall und gefettetem Leder erfüllte die Luft. An der Spitze der Gruppe befand sich ein besonders grimmiger Zwerg mit einem Gesicht, welches unter dem imposanten, buschigen Bart, der ihm mehr als eine Hand breit vom Gesicht abstand, fast nicht zu erkennen war.

Nun verneigte er sich und stieg von seinem stämmigen Pony. »Seid gegrüßt, König Darian von Northcliff. Unser König, Baldur III., erwartet Euch am Hafen.«

»Vielen Dank.« Darian verbeugte sich ein wenig unbeholfen und wollte das Angebot von Hauptmann Brambur ausschlagen, ihm sein Pferd zu geben.

»Ihr solltet annehmen«, flüsterte Edur und drehte sich so zu Darian, dass die übrigen Zwerge ihn nicht sprechen sahen. »Es gehört sich nicht für einen König zu laufen, während die anderen reiten.«

»Oh.« Schon wieder bemerkte Darian, dass er auf seine Rolle als König überhaupt nicht vorbereitet war.

»Begleitest du mich zur Dracheninsel?«, bat er Edur aus einem Impuls heraus leise, und als dieser nickte, war Darian erleichtert.

»Vielen Dank, Hauptmann Brambur«, sagte er dann laut und streckte sich. »Edur soll mich begleiten.« Er mochte den jungen Zwerg, und außerdem würde er ihm bestimmt behilflich sein können.

Rasch verbeugte sich Brambur und bellte dreien seiner Männer zu, sie sollten absteigen.

»Hier, nimm das Pferd, Horac.« Brambur reichte dem älteren Zwerg die Zügel einer dicken braunen Stute.

Doch Horac hob abwehrend die Hände. »Ohhh jeeh, ich auf einem Pferd, das wird nix. Ich laufe, ihr habt ja jetzt den König und braucht mich nicht mehr.«

Hauptmann Brambur zuckte mit den breiten Schultern und

befahl einem seiner Krieger, wieder aufzusitzen. Er selbst nahm sich einen kleineren Schimmel und bedeutete seinen Leuten mitzukommen.

Darian fiel auf, dass alle Zwerge in matte, zierlose Rüstungen gekleidet waren. Viele trugen Helme und die meisten Bein- und Armschienen. Wenn sich die Zwerge bewegten, knarzte und klapperte es, und im Gegensatz zu dem freundlichen und lustigen Edur wirkten sie alle schweigsam und grimmig. Die meisten von ihnen hatten Äxte an breiten Ledergürteln hängen, der eine oder andere auch ein kurzes Schwert.

»Onkel Horac wollte, dass ich der Leibgarde des Königs beitrete«, erklärte Edur unterwegs und zwinkerte Darian dann zu. »Was meint Ihr, was passiert ist?«

»Ohhh jeeh, das ist wohl nix geworden«, vermutete Darian und lachte leise, woraufhin Edur mit einstimmte. Endlich fühlte sich Darian wieder ein wenig wohler. In Edur schien er einen Freund gefunden zu haben – so verrückt das für ihn noch immer war.

Während ihres gemeinsamen Rittes durch das raue Land unterhielten sie sich ausführlich, und so erfuhr Darian auch, dass Edurs Eltern bereits seit langem tot waren und er seitdem bei seinem Onkel Horac lebte.

»Es ist zwar nicht sehr angenehm, wenn einem ständig erzählt wird, dass sowieso nix aus einem wird«, der junge rothaarige Zwerg schnitt eine Grimasse, »aber eigentlich ist Onkel Horac ein guter Kerl, und ich bin dankbar, dass er mich bei sich aufgenommen hat.«

Nach einem vergleichsweise kurzen Ritt erreichten sie die Felsklippen, auf denen einige wenige strohgedeckte Hütten standen. Bei diesem kräftigen Wind wunderte sich Darian, dass überhaupt eins der Dächer hielt und sie nicht hinaus aufs weite Meer geblasen wurden. Unterhalb der gewaltigen, steil abfallenden Klippen erkannte man einen langen weißen Sandstrand. Ein aus Stein gebauter Steg führte weit hinaus in das wogende Blau, und mehrere Ruderboote lagen dort vertäut, während man noch weiter draußen auf dem Meer ein großes Schiff erahnen konnte.

»Wir werden die Nacht hier verbringen«, erklärte Hauptmann Brambur und verneigte sich vor Darian. »Das Meer ist wild so kurz vor der Sonnenwende, und niemand möchte in der Nacht auf die Dracheninsel segeln.«

Darian stimmte zu, obwohl er keine Ahnung von diesen Dingen hatte. Im Dorf hielten sich etwa fünfzig Zwerge auf, die sich flüchtig vor Darian verbeugten, während dieser Hauptmann Brambur folgte. Insgeheim hoffte Darian, dass Nordhalan doch noch auftauchen würde, aber dieser Wunsch erfüllte sich nicht. Dafür traf er auf einen Zwerg namens Revtan, der ihn im Namen Nordhalans willkommen hieß und erklärte, dass der Menschenzauberer ihn beauftragt habe, Darian sicher zur Dracheninsel zu bringen. Was Nordhalans Verbleib betraf, so wusste Revtan, sehr zu Darians Enttäuschung, genauso wenig zu berichten, wie alle anderen zuvor.

Als Edur ihm zuflüsterte, auf Revtan könne man sich verlassen, entspannte sich Darian ein wenig. Zu zehnt quetschten sie sich in eine Hütte hinein, während eine unsicher wirkende Bäuerin ihnen Eintopf und Bier brachte. Die Zwerge ließen es sich schmecken, und auch Darian genoss einen Krug von dem kräftigen dunklen Gebräu. Während sich seine zwergischen Gefährten murmelnd unterhielten, wurde ihm irgendwann klar, dass sie vermutlich nicht wussten, dass er ihre Sprache verstand, denn sie stellten Mutmaßungen an, Darian, König Jarredhs Sohn, sei noch viel zu jung für das Amt eines Königs. Jetzt, wo Darian genau hinhörte, bemerkte er auch den Unterschied im Klang ihrer Worte. Denn wenn sich die Zwerge in der Menschensprache an ihn wandten, nahm ihre Sprache einen deutlich weniger grollenden und harten Unterton an, als wenn sie sich untereinander in ihrem eigenen Dialekt unterhielten.

Die Dunkelheit war schon lange hereingebrochen, als draußen vor den Hütten Tumult entstand. Sogleich stürmten einige grimmige Zwergenkrieger hinaus, und kurz darauf stand Fehenius mit dreien seiner Männer in der Hütte. Alle sahen sie sehr mitgenommen aus, ihre Kleidung war zum Teil zerfetzt, und einer hatte einen tiefen Schnitt in der Wange. Fehenius trug einen Verband um den Kopf.

»Mein König!«, rief der Mann mit dem gestutzten weißblonden Bart und verbeugte sich tief vor Darian. »Ich habe nicht zu hoffen gewagt, dass Ihr noch am Leben seid!« Sein ganzes Verhalten wirkte übertrieben, und von Edur war ein verächtliches Schnauben zu vernehmen. Die anderen Zwerge sahen ebenfalls nicht so aus, als würden sie dem Regenten seine Freude abnehmen, dafür spähten sie viel zu misstrauisch unter ihren buschigen Augenbrauen hervor.

Sogar Darian zweifelte mittlerweile sehr daran, dass Fehenius überhaupt nach ihm gesucht hatte.

»Wie konntet Ihr entkommen?«, fragte er deswegen mit kalter Stimme.

Theatralisch seufzend ließ sich Fehenius auf einem Stuhl nieder. »Es war ein harter Kampf. Diese fürchterlichen Dunkelelfen haben gewütet wie die Berserker. Nur ich und drei meiner Männer konnten fliehen, wir hatten unglaubliches Glück.« Ohne zu fragen genehmigte er sich eine Schüssel voll Eintopf und verzog das Gesicht, als er davon kostete. Offensichtlich schien ihm dieses Essen seiner nicht würdig. »Selbstverständlich haben wir uns sogleich auf die Suche nach Euch gemacht, doch leider vergeblich, zumindest bis jetzt.«

»Ich habe beinahe bis zum Morgengrauen gewartet«, entgegnete Darian scharf.

Kurz zuckte Fehenius zusammen. »Wir mussten sicher sein, dass die Dunkelelfen fort waren, und wir sahen Euer Pferd fliehen, also dachten wir …«

Von plötzlicher Entschlossenheit erfüllt stand Darian auf

und packte den überraschten Fehenius am Arm. »Ich möchte Euch draußen sprechen.«

»Es ist kalt …«, protestierte Fehenius.

»Ich bin Euer König.« Zielstrebig ging Darian nach draußen, und Fehenius folgte ihm mit säuerlicher Miene.

Darian straffte die Schultern und trotzte dem kalten Ostwind. »Ich bin als Fremder in diese Welt gekommen, ich wusste nicht, wer Ihr wart und ob ich Euch trauen kann.«

»Selbstverständlich könnt Ihr …«, plusterte sich Fehenius auf, doch Darian unterbrach ihn mit einer energischen Geste.

»Man erzählte mir schlimme Dinge über Euch.« Erneut wollte der Regent ihm ins Wort fallen, doch Darian funkelte ihn an, so dass Fehenius schwieg und für einen flüchtigen Moment erschüttert dreinblickte.

»Mir wurde erzählt, dass Ihr am Tod meiner Eltern beteiligt gewesen seid, desweiteren sollt Ihr irgendwelche unlauteren Geschäfte mit den Dunkelelfen machen. Außerdem seid Ihr Samukals Halbbruder.«

»Also wirklich«, schnaubte Fehenius mit gespielter Empörung, doch Darian ließ sich diesmal nicht beirren.

»Trotz all dieser Dinge habe ich Euch eine Chance gegeben, denn ich mache mir gerne mein eigenes Bild von einem Menschen. Aber mittlerweile bin ich der Überzeugung, dass Ihr uns absichtlich in eine Falle geführt habt. Ohaman wollte mich warnen.« Betrübt senkte Darian den Blick. »Ich wünschte, ich hätte auf ihn gehört.«

Fehenius widersprach vehement, behauptete, das wären alles Lügen, aber je mehr er sich verteidigte, umso mehr festigte sich Darians Ansicht, dass seine Anschuldigungen ins Schwarze trafen.

»Ich möchte Euch nicht mehr an meiner Seite haben«, sagte Darian schließlich entschlossen. »Ich fahre mit den Zwergen zur Dracheninsel, und wenn ich zurückkehre, wünsche ich, dass Ihr Euer Haus in Culmara geräumt habt.«

Für einen Augenblick blieb Fehenius der Mund offen stehen, und er war sichtlich irritiert von Darians direkten Worten. »Ich habe Euer Königreich verwaltet!«, rief er empört. »Ich habe für Recht und Ordnung gesorgt …«

»Menschen, denen ich mehr vertraue, haben mir andere Dinge erzählt«, entgegnete Darian ruhig.

Nun platzte Fehenius der Kragen, und er trat mit zornig funkelnden Augen auf Darian zu. »Ein alter Zauberer, eine widerwärtige Nebelhexe und …«

Ohne weiter nachzudenken schlug Darian dem Mann ins Gesicht, und Fehenius torkelte zurück. »Sprich nie wieder so von Mia!«

Mit einem zynischen Lachen wischte sich Fehenius Blut von der Lippe. Nun war alles Unterwürfige von ihm gewichen, und sein wahres Wesen kam zum Vorschein, als er auf Darian zutrat. »Sie war eine Nebelhexe, und niemand hätte sie als Eure Gefährtin anerkannt. Aber egal, sie lebt ohnehin nicht mehr.« Fehenius musterte Darian eine ganze Weile, wobei sich das höhnische Lächeln auf seinem Gesicht noch verstärkte. »Geht nur allein auf die Dracheninsel, freundet Euch meinetwegen mit den dummen Zwergen an, aber Ihr werdet zu mir zurückkommen, weil Ihr mich braucht.«

»Wozu sollte ich Euch brauchen?«, fragte Darian kalt.

»Ich kenne mich in den Staatsgeschäften aus, ich bin ein Regent, Ihr nicht.« Dann beugte er sich zu Darian vor. »Und wenn ich es nicht befehle, wird Edvan Euch keinen Trank mehr brauen.«

Unwillkürlich wanderte Darians Hand in seinen Umhang, in dessen Tasche die kleine Flasche steckte.

»Die Beinwunde ist fast verheilt, ich brauche den Trank nicht mehr.«

Betont langsam ging Fehenius davon. »Ich warte in meinem Haus auf Euch«, seine Stimme troff vor Hohn, »Großer König von Northcliff.«

Nachdenklich betrachtete Darian die Flasche in seiner Hand und war schon drauf und dran, sie fortzuwerfen, doch dann steckte er sie wieder ein. Er verdrängte alle Zweifel und ging in die Hütte zurück.

»Wo ist Fehenius?«, wollte Hauptmann Brambur wissen.

»Ich habe ihn rausgeworfen.«

»Wohin habt Ihr ihn geworfen?«

Darüber musste Darian schmunzeln. »Rausgeworfen, entlassen, er ist kein Regent mehr.«

Kurz herrschte Stille, dann ertönte tosender Jubel in der kleinen Hütte, und die Zwerge prosteten ihm begeistert und enthusiastisch zu.

»Ich habe doch gleich gesagt, er wird ein phantastischer König«, freute sich Edur und strahlte über sein ganzes breites Gesicht.

Die Zwerge beglückwünschten Darian zu seiner Entscheidung, erzählten weitere Schreckensgeschichten über den Regenten, und tranken den ganzen Abend lang auf Darians kluge Entscheidung. Doch bei diesem regten sich derweil leichte Zweifel, ob Fehenius' Entlassung wirklich so klug gewesen war.

Kapitel 9

Die Insel der Drachen

Bis in den frühen Morgen tranken und feierten die Zwerge. Sie äußerten die Hoffnung, dass mit Darians Weihe die Zeiten besser werden würden. Der Handel mit Fehenius hatte sich für sie als schwierig herausgestellt, denn der Regent war der Meinung, der gesamte Norden solle den Menschen gehören, die Zwerge hätten ausreichend Platz im Süd-Osten.

Darian verhielt sich während der Feier recht ruhig, denn er fragte sich, was ihn am nächsten Tag wohl erwartete. Edur dagegen versuchte ständig, ihn aufzumuntern und wollte ihn mit einer goldgelben Flüssigkeit abfüllen, welche die Zwerge in ihrer kehligen Sprache ›Morscôta‹ nannten. Darian erinnerte das Gebräu stark an Whisky.

»Ihr werdet ein guter König werden«, versprach der junge Zwerg und prostete Darian mal wieder zu. Doch Darian war sich da nicht so sicher.

»Ich habe keine Ahnung, was man als König tun muss. Ich kann weder sehr gut reiten, noch mit dem Schwert umgehen.« Sein Gesicht wurde immer missmutiger.

Der leicht angetrunkene Edur wischte alle Bedenken mit einer Handbewegung zur Seite.

»Nordhalan wird sicherlich bald kommen, und ich kann Euch Unterricht im Schwertkampf geben.« Dann grinste der Zwerg breit. »Nur beim Reiten, da werdet Ihr Euch einen anderen Lehrmeister suchen müssen.«

»Du würdest mit mir Schwertkampf üben?« Darian verdrängte jeden Gedanken an Mia und ihre ersten gemeinsamen Lektionen. Mit leichtem Zögern und doch hoffnungsvoll wandte er sich an den Zwerg. »Möchtest du mich auf meine Burg begleiten, wenn ich zurückgehe?« Darian fand den Gedanken tröstlich, einen Freund wie Edur bei sich zu haben.

Für einen Augenblick wirkte der Zwerg verblüfft, dann schlug er Darian kräftig auf die Schulter. »Aber sicher doch! Edur, Sohn von Gadan, in der Burg von Northcliff«, rief er begeistert. »Das hätte ich mir auch niemals auszumalen gewagt.« Anschließend klärte Edur Darian darüber auf, dass Menschen und Zwerge normalerweise nicht sehr dicht zusammenlebten, was nicht zuletzt an den unterschiedlichen Lebensgewohnheiten lag.

Der nächste Morgen begann mit stürmischem Wetter. Der Zwergenzauberer Revtan kam in Begleitung eines großen, hageren Mannes mit Hakennase, der fünfzehn menschliche Krieger im Gefolge hatte, zu Darian.

»Darf ich Euch Dimitan vorstellen«, sagte Revtan mit einer Verbeugung. »Er ist Mitglied der Zauberergilde und hat einige von Nordhalans Vertrauten mitgebracht.«

Der Zauberer musterte Darian durchdringend, und Darian wurde unbehaglich zumute.

»Ist Nordhalan nicht bei Euch?«, fragte er schließlich und sah sich suchend um.

Das auffallend hagere Gesicht Dimitans verzog sich zu einer Vielzahl an Runzeln. »Nein, niemand weiß, wo er sich aufhält. Ich dachte, ich sollte einige Männer zu Eurem Schutz mitbringen.«

Revtan schien Darian seine Bedenken anzusehen. »Keine Sorge, Dimitan ist einer von uns. Nordhalan und ich kennen ihn schon sehr lange.«

Halbwegs beruhigt nickte Darian dem größeren Mann zu. »Dann danke ich Euch, dass Ihr gekommen seid.«

»Wir sollten aufbrechen«, stellte Dimitan knapp fest und blickte nach Norden.

Zu Fuß stiegen Darian, fünf Zwerge, der menschliche Zauberer und seine Begleiter einen steilen Klippenpfad hinab und gingen dann auf dem langen steinernen Landesteg in Richtung Meer.

Edurs Onkel Horac, der deutlich nach ihnen spät in der Nacht eingetroffen war, erklärte, bei diesem Wind würde ›die Überfahrt sowieso nix werden‹. Doch auch er stieg grummelnd in eines der kleinen Ruderboote, welche acht Zwerge, beziehungsweise einen Menschen und sechs Zwerge aufnehmen konnten, und sie hinaus aufs Meer brachten.

Die kleinen Boote schwankten beunruhigend in der rauen, schäumenden See, und der Wind nahm einem beinahe die Luft zum Atmen. Bald hatten sie ein großes Segelschiff erreicht, auf dem sich weitere Zwerge befanden. Sie alle verbeugten sich vor Darian, was diesem wieder einmal recht unangenehm war. Kurz darauf wurden unter lautem Knarren Segel gesetzt, und das Schiff steuerte in Richtung Nord-Ost.

»Wir haben Glück«, sagte Edur zufrieden. »Der Wind wird uns rasch an unser Ziel bringen.«

»Der Wind kann auch drehen«, knurrte Horac erwartungsgemäß, aber niemand achtete auf ihn.

Darian stand am Heck des Schiffes, und als er auf das im Dunst liegende Festland zurückblickte, bot sich ihm ein phantastischer Anblick. Die Sonne ließ den weißen Sandstrand funkeln, der einen faszinierenden Kontrast zum blauen Meer und den dunklen Klippen bildete. Dieses Land – *sein* Land, wie Darian immer noch nicht glauben konnte – war atemberaubend schön, wenn auch noch viel zu fremd für ihn.

Edur behielt Recht. Die Winde waren ihnen wohlgesonnen, und noch bevor die Sonne wieder im Meer versank, tauchte vor ihnen die Silhouette einer zerklüfteten Insel auf. Als Darian weit im Norden die Umrisse von gigantischen Wesen am

Himmel entdeckte, schwankte er zur Reling und deutete in Richtung der großen Himmelsgeschöpfe.

»Was sind das denn für riesige Vögel?«, fragte er atemlos an Edur gewandt.

Der Zwerg lachte laut auf. »Vögel? Was meint Ihr, warum die Insel den Namen ›Dracheninsel‹ trägt?«

»Drachen!«, staunte Darian und schloss seine Hände fester um die Reling des wogenden Schiffes. Trotz Edurs Worten konnte Darians Verstand nicht wirklich erfassen, was er sah.

»Wirst du wohl nicht so respektlos mit dem neuen König sprechen?«, schalt Revtan Edur in seiner eigenen Sprache. »Er kommt aus einer anderen Welt und hat vermutlich noch niemals einen Drachen gesehen!«

Edur zog die Schultern ein, doch Darian stellte sich neben ihn. »Ihr habt Recht, in meiner Welt gab es keine Drachen, aber Edur kann mit mir sprechen, wie er möchte. Außerdem wird er mich nach Northcliff begleiten, er ist mein Freund.«

Sichtlich entgeistert blickte Revtan zu Darian auf. »Ihr versteht unsere Sprache?«

»Es ist das Erbe meiner Mutter, hat …« Bevor Darian Mias Namen aussprechen konnte, hielt er inne. »… hat man mir gesagt.«

»Königin Adena«, murmelte der Zwergenzauberer mit den buschigen weißen Haaren, die ihm bis auf die Schultern hingen und beinahe direkt in einen dichten Bart übergingen. Kurz schien er in Gedanken versunken, dann ergriff er wieder das Wort. »Edur ist noch recht jung und entstammt nicht der königlichen Zwergenfamilie. Wir werden das erst mit unserem König besprechen müssen.«

»Darf er nicht gehen, wohin er will?«, wollte Darian mit hochgezogenen Augenbrauen wissen.

»Grundsätzlich schon. Es ist nur so, dass noch niemals …«

»Dann ist es eben ab heute so«, fiel Darian ihm ins Wort und wandte sich erneut ab. Fasziniert, jedoch auch mit leichtem

Unbehagen, starrte er die majestätischen Drachen an, die über der Insel kreisten.

Das Segelboot steuerte nun durch eine Art Kanal zwischen mehreren grünen, im Gegensatz zum Festland aber von deutlich weniger Wald bedeckten Inseln hindurch. Seevögel begleiteten sie und stürzten sich hier und da in waghalsigen Manövern in die Fluten. Unberührt und urtümlich wirkte diese Landschaft auf Darian. Edur erklärte ihm, nur die Hauptinsel, auf der Darian auch zum König geweiht werden sollte, sei von Menschen bewohnt. Die restlichen Eilande gehörten den Drachen und Wildtieren.

Bald wurden die Segel eingeholt und die Ruderer steuerten das Schiff durch ein natürliches Tor, welches das Meer über Jahrtausende hinweg in die Felsen gefressen hatte. Anschließend legten sie an einem steinernen Landesteg an, wo große, kräftige Männer, beinahe alle in karierte Wollumhänge gekleidet, den Neuankömmlingen an Land halfen.

»Wenn sie einen Kilt tragen würden, könnte man sie für Schotten aus den alten Tagen halten«, murmelte Darian leise vor sich hin.

»Was sagtet Ihr?« Edur sah sich neugierig um, denn auch er war noch nie zuvor auf der Dracheninsel gewesen. »Die Kleidung der Männer hier erinnert mich an die der Menschen des Landes, in das mich Nordhalan gebracht hat«, erzählte Darian.

Ein großer Mann mit einem üppigen blonden Bart verbeugte sich tief vor Darian. »Die Pferde stehen bereit. Wir bringen Euch zu den Hütern der Steine.«

»Ja, sehr nett«, erwiderte Darian ein wenig verkrampft. Dann beugte er sich zu Edur hinab. »Was zum Teufel sind jetzt wieder diese Hüter der Steine? Ich dachte, ich sollte irgendeine Weihe empfangen.«

Kopfschüttelnd zog der Zwerg Darian mit sich. »Man hat Euch aber verflucht wenig erzählt.« Edur deutete über die sanften, mit Heidekraut bewachsenen Hügel. »Die Hüter der Steine sind eine kleine Gruppe von Zauberern, die sich seit hunderten von Sommern mit dem Geheimwissen um die magischen Steine beschäftigen. Sie leben hauptsächlich hier auf der Insel in ihrem Eichenhain und waren schon immer bei der Königsweihe anwesend. Außerdem haben sie den Respekt der Drachen und verstehen ihre Sprache, denn die Drachen erlauben nicht jedem Menschen sie zu erlernen. Letztendlich werden sie darüber entscheiden, ob Ihr der neue König werdet oder nicht.« Der Zwerg hob seine buschigen Augenbrauen. »Selbst wenn das Schwert Euch als den Erben von Northcliff akzeptiert, könnten die Drachen Euch ablehnen.«

»Wie bitte? Welches Schwert? Und wie können Drachen mich ablehnen?« Das alles verwirrte Darian ungemein.

Der Zwerg wurde unruhig. »Wahrscheinlich habe ich schon wieder zu viel geredet. Die Hüter der Steine sollen es Euch erklären.«

Darian schüttelte Edur an der Schulter und wollte mehr erfahren, doch Edur weigerte sich, etwas zu sagen.

In Darian wallte Ärger auf, und obwohl die Beinwunde endlich verheilt war und er Edvans Trank eigentlich nicht mehr brauchte, nahm er einen kleinen Schluck.

»Jetzt sag mir wenigstens, was geschieht, falls die Drachen mich ablehnen«, verlangte er ungeduldig.

Gerade war Edur umständlich auf eines der kräftigen Ponys geklettert, die, an eisernen Ringen angebunden, geduldig warteten.

»Ähm, sie werden Euch zu Asche verbrennen«, murmelte er in seinen Bart. Als er vorsichtig den Blick hob und Darians entsetztes Gesicht sah, fügte er hinzu: »Es ist erst ein einziges Mal geschehen, da hat ein Mann behauptet, der erstgeborene Sohn des Königs zu sein. Offensichtlich hat er da aber gelogen.« Edur lächelte Darian aufmunternd zu. »Aber Ihr seid ja Jarredhs Sohn, oder nicht?«

Darian schluckte schwer. »Woher soll ich das so genau wissen?«

Aufmunternd schlug Edur ihm auf den Arm. »Nordhalan wusste es, also macht Euch keine Sorgen.«

»Prima, keine Sorgen machen!« Mit einem dicken Kloß in der Magengegend stieg Darian auf das größte der Ponys, welches einer der Männer zu ihm geführt hatte.

Die Dunkelheit war bereits hereingebrochen, als sie eine Ansammlung von kleinen, mit Schilf und Stroh gedeckten Hütten erreichten. Das letzte Stück des Weges wurde von Fackeln erhellt. In der Mitte des Dorfes stand ein einzelner Mann, gehüllt in einen schwarzen Umhang, auf dem die Schatten der Flammen geisterhaft flackerten.

»Das ist das Oberhaupt der Hüter der Steine«, erklärte Edur flüsternd.

»Und was soll ich jetzt tun?«, wisperte Darian nervös zurück.

»Ich nehme an, er wird Euch zum Eichenhain führen und auf Eure Weihe am morgigen Tage vorbereiten.«

Mit knochentrockenem Mund stieg Darian von seinem Pferd, und sogleich eilten Revtan und Dimitan an seine Seite.

»Readonn, Oberster Hüter der Steine, dies ist Darian Jarredh Isarius Welgarton von Northcliff, Sohn von Jarredh«, stellte ihn Dimitan mit seiner seltsamen, kühlen und scheinbar unbeteiligten Stimme vor.

Der große Mann vor ihnen verbeugte sich, ohne die Kapuze vom Kopf zu nehmen.

»Ich heiße Euch willkommen, Darian von Northcliff. Mein Name ist Readonn, wie Dimitan bereits erwähnte. Ich bitte Euch, mir zu folgen.« Readonns Stimme klang im Gegensatz zu der von Dimitan angenehm, dunkel und freundlich. Als er seine Hand einladend ausstreckte, blickte Darian ein wenig unsicher zu den beiden Zauberern und folgte dann dem hochgewachsenen Fremden. Stumm führte Readonn Darian durch mit Steinen übersätes Heideland. Sie wanderten über sanfte Hügel, und dann sah Darian im letzten Abendrot etwas, das ihm den Atem verschlug. Auf einer grünen Wiese, nicht weit vom Meer entfernt, erhob sich ein gewaltiger Steinkreis – und er hatte diesen Steinkreis schon einmal gesehen. In dem Bildband, den Mia ihm in der Uni gezeigt hatte. Allerdings gab es einige Unterschiede, denn dieser Steinkreis hier war – anders als der auf dem Bild – komplett, mit schätzungsweise sechzig grauen Monolithen, die teilweise mehr als viermal so hoch waren wie ein Mann und mehrere Tonnen wiegen mussten. Der letzte Hauch des schwindenden Abendrots ließ sie auffunkeln und verstärkte die mystisch anmutende Aura der uralten Steine. Mit, wie Darian schätzte, einem Durchmesser von mindestens hundert Metern wirkte der Steinkreis kolossal.

»Das ist der Ring of Brodgar«, keuchte Darian und torkelte zurück. »Wo zum Teufel bin ich hier?«

Der Mann neben ihm musterte ihn aus den Tiefen seiner Kapuze heraus. »Nein, König Darian, dies ist der Kreis von Borogán.«

Mit einer zitternden Hand deutete Darian auf den Steinkreis. »Ich habe diesen Steinkreis in der anderen Welt in einem Buch abgebildet gesehen. Dort standen weniger Steine, ich glaube, sie waren auch kleiner, und viele waren umgekippt, aber ich bin mir sicher, es gibt ihn auch dort.«

Nun wirkte Readonn interessiert. »Das mag sein, aber es tut nichts zur Sache. Morgen werdet Ihr dort Eure Weihe erhalten, aber zunächst möchte ich Euch in den heiligen Hain führen.«

Noch immer starrte Darian ungläubig auf den Steinkreis und fragte sich, ob er nicht doch träumte.

Schließlich fasste Readonn ihn am Arm und führte ihn auf einen etwas westlich gelegenen Hain zu. Uralte, mächtige Eichen wuchsen hier. In der Mitte, auf einer Lichtung, stand ein weiterer, jedoch sehr viel kleinerer Steinkreis. Er maß gerade einmal zwanzig Schritte Durchmesser und wurde von nur fünf mannshohen Monolithen begrenzt, die durch querliegende Steine miteinander verbunden waren. Im Zentrum befand sich eine schwach glimmende Feuerstelle.

Mit einer Handbewegung ließ der Hüter der Steine die Glut aufflammen und bedeutete Darian, sich zu setzen. Er hatte eine Mahlzeit aus Haferkeksen, hartem, goldgelbem Käse und erhitztem Holundersaft vorbereitet.

Vor lauter Aufregung hatte Darian gar nicht bemerkt, wie hungrig er gewesen war. Nun langte er kräftig zu, und irgendwie überkam ihn hier, in dieser mystischen Atmosphäre und mit Readonn an seiner Seite eine Ruhe, wie er sie schon lange nicht mehr verspürt hatte. Endlich schlug Readonn seine Kapuze zurück, und Darian blickte in das freundliche Gesicht eines Mannes, dessen Alter man unmöglich schätzen konnte. Er trug einen kurzen Bart, der ein etwas kantig aussehendes Gesicht bedeckte. Die dunkelblonden Haare hatten nur wenige graue Strähnen, doch seine Augen strahlten die Weisheit vieler Jahre aus. Obwohl Darian den Mann an diesem Tag zum ersten Mal begegnet war, erfüllte ihn doch das Gefühl, ihm vertrauen zu können.

»Ihr seid Jarredhs Sohn«, stellte Readonn nun mit einem einnehmenden Lächeln fest.

»Wahrscheinlich«, murmelte Darian verlegen, »ich habe ihn nie kennengelernt.«

»Nein, das habt ihr nicht, und das ist bedauernswert. Ich kannte Euren Vater viele Sommer lang, und er hat mich häufig auf der Insel aufgesucht.« Seine blau-grauen Augen wurden traurig. »Ich nannte Jarredh einen Freund.«

Diese Worte weckten Darians Interesse. Der Fremde war ein Freund seines Vaters gewesen und wusste wahrscheinlich mehr über ihn als Darian selbst.

»Meint Ihr, ich bin wirklich sein Sohn? Sehe ich ihm ähnlich?«

»Wie kommt Ihr darauf, dass Ihr es nicht sein könntet?« Ein irritierter Ausdruck zeigte sich auf Readonns Gesicht.

»Wenn nicht, werde ich morgen von einem Drachen gegrillt«, grummelte Darian und machte ein sehr missmutiges Gesicht.

Zu Darians Überraschung begann der Hüter plötzlich laut zu lachen. »Wer hat Euch das denn erzählt?«

Darian runzelte die Stirn. Er wollte Edur nicht verraten. »Das ist mir so zu Ohren gekommen.«

»Nur eine Kindergeschichte, um dumme, machtgierige Leute wie Fehenius davon abzuhalten, auf die Dracheninsel zu kommen und zu versuchen, sich als König über Northcliff auszurufen.«

»Dann werde ich also nicht dem Drachenfeuer zum Opfer fallen, falls ich nicht Jarredhs Sohn bin?«

Lächelnd schüttelte Readonn den Kopf, dann sah er Darian mit wehmütigem Blick an. »Ich sehe viel von Eurem Vater in Eurem Gesicht und einiges von Eurer Mutter, aber noch mehr ähnelt Ihr Eurem Bruder. Ich hätte Atorian zur Königsweihe führen sollen, wenn Jarredh abgetreten wäre.«

Zu seiner Überraschung fühlte Darian leise Trauer um die Familie, die er niemals gekannt hatte, in sich aufsteigen.

»Ich weiß so wenig von dieser Welt. Wie soll ich denn König werden, wenn ich nichts über mein Land weiß?« Er lachte bitter. »Ich hatte keine Ahnung, dass Zwerge, Elfen und Drachen etwas anderes sein können als Märchen für Kinder.«

»Von Nordhalan habe ich erfahren, dass Ihr in einer seltsamen Welt aufgewachsen seid, aber hat man Euch dort wirklich nichts über die anderen Völker erzählt?«, wunderte sich Readonn.

»Samukal hatte kein Interesse daran.« Darians Tonfall hatte einen bitteren Klang angenommen.

Kopfschüttelnd erwähnte Readonn, dass er selbst stets wenig mit dem Oberhaupt der Zauberer zu tun gehabt hatte und dass es während der wenigen Treffen meist Differenzen gegeben hatte. Dennoch hatte er niemals auch nur vermutet, dass Samukal ein derart dreister Verräter war.

»Und nun, Darian, trinkt einen Schluck von diesem Gebräu.« Er hielt ihm eine Schale mit einer nach Kräutern riechenden Flüssigkeit hin. »Es wird Euch helfen, Eure Gedanken und Sinne zu reinigen. Ich werde zu meiner Hütte gehen und eine Karte von Albany holen. Anschließend kann ich Euch erklären, wo die Wesen Albanys leben.«

»Vielen Dank.«

Readonn nickte nur und zog sich dann schweigend zurück. Darian nahm einen Schluck von dem Kräutertrank und lehnte sich gegen einen der Steine. Sein Blick wanderte in den klaren Himmel, aus dem tausende Sterne so intensiv auf ihn hinableuchteten, wie er es noch niemals gesehen hatte. Darian hatte sich früher nicht besonders viel für Astronomie interessiert, dennoch war er sich sicher, dass dies hier vollkommen andere Sternbilder waren. Obwohl es eine klirrend kalte Winternacht war, fror er nicht. Die Schatten der Flammen tanzten auf den dunklen Monolithen, und das Feuer strahlte eine intensive Wärme ab, welche von den Steinen reflektiert wurde.

Nach und nach wurden Darians durcheinanderwirbelnde Gedanken ruhiger. Er genoss die Stille hier im Eichenhain und den tiefgreifenden Frieden, den dieser Ort ausstrahlte. Dennoch wanderten seine Gedanken unwillkürlich zu Mia, und seine plötzlich aufwallenden Gefühle drohten ihn zu übermannen. Als er Schritte hörte, drückte er beschämt seine Hände gegen die Augen und atmete ein paar Mal tief durch.

Readonn stand vor ihm und musterte ihn eingehend, bevor er sich neben ihn setzte.

»Etwas bedrückt Euch.«

Darian spannte die Kiefermuskeln so stark an, dass er meinte, sie müssten zerreißen, und schüttelte entschieden den Kopf.

Readonn legte die Pergamentrolle, welche er in der Hand

gehalten hatte, auf einen flachen Stein und setzte sich neben Darian auf den Boden.

»Normalerweise überkommt die Menschen hier im Steinkreis eine wundersame Ruhe. Nur wenn ihnen etwas sehr Bedeutendes auf der Seele liegt, dann dringt dies an die Oberfläche.«

Noch immer wollte Darian es nicht zugeben und wandte den Kopf zur Seite.

Readonn bedrängte ihn nicht, sondern saß einfach stumm da, und nach einer Weile begann Darian mit heiserer Stimme zu sprechen. »So viele Menschen sind meinetwegen gestorben. Meine Mutter, als sie versucht hat, mich zu retten, die Familie, bei der ich die erste Zeit in der anderen Welt gelebt habe, Ohaman und – Mia.« Mit unendlich traurigen Augen sah Darian den älteren Mann an.

»War sie Eure Gefährtin?«, fragte er vorsichtig.

Schlagartig spannten sich Darians Gesichtszüge an. »Sie kam aus dieser Welt und hieß eigentlich Aramia, ich habe sie unter anderem Namen kennen gelernt. Sie war eine Nebelhexe, und ich weiß, dass Ihr jetzt sagt, sie wäre ein minderwertiges Wesen, aber …«

Mit einer beruhigenden Handbewegung unterbrach Readonn Darians Gefühlsausbruch. »Ich kannte Aramia flüchtig, und ich habe sie niemals für ein minderwertiges Wesen gehalten. Im Gegenteil, ich weiß die speziellen Fähigkeiten der Nebelhexen durchaus zu schätzen. Leider stehe ich mit dieser Einstellung ziemlich allein da.«

Überrascht sah Darian den Mann an und entspannte sich dann. »Ich habe sie geliebt, und ich hätte sie geheiratet, aber Samukal hat sie getötet.«

»Das tut mir sehr leid.« Voller Mitgefühl drückte Readonn Darians Schulter.

»Ich weiß nicht, was mit mir los ist«, erzählte Darian weiter, erleichtert, endlich loszuwerden, was ihn bedrückte. »Ich kannte sie nicht lange, aber es bestand eine ganz besondere Verbindung zwischen uns, etwas, das ich noch niemals erlebt habe. Sie wäre die Richtige für mich gewesen.«

Readonn nickte verständnisvoll, dann sah er Darian tief in die Augen. »Vor langer Zeit habe ich ein ähnliches Gespräch mit Eurem Bruder Atorian geführt. Er war verzweifelt, weil seine erste Frau gestorben war, leider lange bevor ihre Zeit gekommen war. Euer Bruder sagte, er wolle niemals wieder eine andere Frau haben und es sei ihm gleichgültig, wenn es dann keinen Erben für Northcliff gäbe.«

»Und was habt Ihr ihm geraten?«

Die unergründlichen Augen Readonns bohrten sich in die von Darian. »Ich erzählte ihm das Gleiche, was ich heute auch Euch sagen werde. Ihr habt ein sehr langes Leben vor Euch, und die Seele derjenigen, die Ihr liebt, ist nicht verloren.« Readonns Blick schien irgendetwas tief in Darians Innerem zu erreichen und nahm ihm den Atem. »Ich kann Euch nichts versprechen, Darian«, fuhr der Hüter der Steine fort, »aber wenn Eure Bindung wirklich so stark war, wie Ihr sagt, dann kann es sein, dass Aramia eines Tages zurückkehrt.«

»Wie meint Ihr das?«

»Aramia wurde Euch mit Gewalt weggenommen, und ihre Seele ist ins Reich des Lichts eingezogen. Entweder sie wartet dort auf Euch, bis auch Eure Zeit gekommen ist, oder sie beschließt, in einem anderen Körper zu Euch zurückzukehren.«

»Wiedergeburt«, flüsterte Darian mit einer Mischung aus Skepsis und Hoffnung.

Readonn nickte zustimmend. »Das eine oder andere Mal habe ich mit Menschen gesprochen, die sich sicher waren, schon einmal an einem bestimmten Ort gelebt zu haben.«

»Was geschah bei meinem Bruder?«, fragte Darian aufgeregt nach. »Hat er seine Frau wiedergesehen?«

Traurig schüttelte Readonn den Kopf. »Nein, Atorian wurde vorher ermordet, wie Ihr vielleicht wisst.«

Enttäuscht ließ Darian die Schultern hängen, aber dann sah er den Hüter der Steine erneut erwartungsvoll an. »Ihr meint also wirklich, sie könnte zu mir zurückkommen?«

»Ich will Euch keine falschen Hoffnungen machen, aber ich halte es nicht für ausgeschlossen.« Dann lächelte er aufmunternd. »Wer weiß, vielleicht läuft Euch in fünfzehn, sechzehn oder zwanzig Sommern ein Mädchen über den Weg, das Euch verzaubert. Es könnte jedoch auch länger dauern, also solltet Ihr lernen, Euch in Geduld zu üben«, warnte Readonn.

Zunächst war Darian ganz überwältigt von dieser Aussicht, Mia wiederzusehen, aber dann runzelte er kritisch die Stirn. »Wenn ich sie tatsächlich wiederfinde, bin ich weit über vierzig und damit viel zu alt, bis sie auch nur halbwegs zur Frau geworden ist.«

Ein leises Schmunzeln verlieh Readonns Zügen einen noch sympathischeren Ausdruck. Er legte Darian eine Hand auf den Arm. »Für Euch mag das ungewohnt erscheinen, aber da Ihr bis zu fünfhundert Sommer alt werden könnt, ist es in Eurer Familie keine Seltenheit, eine sehr viel jüngere Frau zu haben. Die Gefährtinnen Eures Bruders waren immer mehr als hundert Sommer jünger als er selbst.«

Verwundert betrachtete Darian den Hüter der Steine. Einerseits leuchteten ihm Readonns Worte ein, dennoch waren ihm, der in einer ganz anderen Welt aufgewachsen war, derartige Gedanken gänzlich fremd und sogar unheimlich.

»Vielleicht ist Aramia dann auch von einer Herkunft, die Euer Zusammensein etwas einfacher macht.«

»Es wäre mir gleichgültig gewesen, was die Leute sagen«, entgegnete Darian stur.

»Aber Ihr hättet einen sehr, sehr schweren Stand gehabt.«

Darian wollte sich nicht mit ihm streiten, und so nickte er Readonn zu.

»Ich habe noch eine Frage, Readonn. Wie werde ich altern?« Darian schnitt eine Grimasse. »Es wäre doch wenig sinnvoll, wenn ich ganz normal alt werde und dann ewig ein Greis bin.«

»Nein, keine Sorge. Mit der Weihe im Kreis von Borogán wird der Alterungsprozess bei Euch stark verlangsamt. Ihr werdet sehr lange so aussehen wie am heutigen Tage. Wenn etwa hundert Sommer und Winter ins Land gezogen sind, werdet Ihr einem Normalsterblichen ähneln, der etwas über dreißig ist, nach weiteren hundert Sommern seht Ihr aus wie ein vierzig Sommer alter Mann und so fort.«

Das beruhigte und erschreckte Darian zugleich. Ihn überkam das Gefühl, in einem endlosen Meer zu schwimmen, an dessen Horizont kein Land zu sehen war. Fünfhundert Jahre alt werden war beinahe so etwas wie unsterblich zu sein – etwas, das sich viele Menschen wünschten. Aber war es wirklich so erstrebenswert, wie es klang? Als Mia noch bei ihm gewesen war, hatte sich das alles aufregend und abenteuerlich angefühlt, aber jetzt glaubte Darian zu erahnen, dass ein hohes Alter und ein langes Leben auch einen hohen Preis haben mochten. Schließlich nickte er Readonn jedoch zu.

»Ich danke Euch vielmals. Jetzt habe ich ein wenig mehr Hoffnung für meine Zukunft.«

»Das freut mich, mein König.« Readonn lächelte väterlich. »Wann immer Ihr einen Rat braucht, könnt Ihr mich aufsuchen. Dies habe ich auch Eurem Bruder angeboten, denn er war wie ein Sohn für mich.«

Darian war erleichtert. Ebenso wie bei Edur hatte er bei Readonn gleich das Gefühl gehabt, ihm vertrauen zu können. Und solche Menschen waren wichtig für ihn in dieser fremden, oft feindseligen Welt.

Nun zog der ältere Mann eine Karte aus seinem Umhang und zeigte Darian die Ländereien, welche zu Northcliff gehörten.

Mit gerunzelter Stirn betrachtete Darian die Karte. Bis auf kleine Abweichungen kam ihm das Land überaus bekannt vor.

»Das dort unten, was ist das?«, wollte er wissen und deutete auf einen ausgedehnten schwarzen Fleck auf der Karte.

»Das ist der Kratersee. In jener Zeit, bevor Atorian der Erste König von Northcliff wurde und dem Land Frieden brachte, bekriegten sich Nord und Süd.« Er deutete auf die untere Hälfte der Karte. »Das Land südlich des Kraters existiert nicht mehr. Man sagt, die Götter zürnten den Völkern und beschlossen, alle Länder, die es zu großem Wohlstand gebracht hatten, zu strafen. Nur den Norden, Albany, verschonten sie zum größten Teil. Hier sammelten sich die letzten Überlebenden aller Reiche.«

»Was ist genau geschehen?«

»Es ist lange her, und selbst die ältesten Elfen haben diese Zeit nicht mehr erlebt«, erzählte Readonn und schien nun in der Vergangenheit versunken. »An diesem Tag soll die Erde gebebt haben. Gewaltige Steinbrocken wurden von den Göttern auf die Erde geschleudert, um allen Wesen zu zeigen, wie klein und unbedeutend sie doch sind.« Nun deutete Readonn weit nach Norden, wo mitten im Meer eine Insel zu sehen war. »Dort lebten früher die Drachen, auf der Feuerinsel, weit draußen im Meer. Die letzten Überlebenden ihrer Art kamen hierher auf die Inseln, die wir heute als Dracheninseln bezeichnen. Sie hatten uns offenbart, dass alle anderen Länder zerstört wurden.«

Darian deutete auf die Karte und war plötzlich sehr aufgeregt. »Dieses Land – die Umrisse sehen beinahe so aus wie Großbritannien, das Land, aus dem ich gekommen bin.« Dann zeigte er auf die Feuerinsel, im Norden. »Das hier könnte Island sein, und diese Insel, auf der wir uns befinden, wird in der anderen Welt Orkney genannt.« Er sah Readonn aufgeregt an. »Kann es sein, dass ich in der Vergangenheit gelandet bin, oder in der Zukunft?«

Eine ganze Weile dachte Readonn angestrengt nach, dann schüttelte er den Kopf.

»Nein, das glaube ich nicht. Wir vermuten, dass viele Welten nebeneinander existieren.« Er streckte seine langen, in Wollhosen steckenden Beine aus. »Wir, die Hüter der Steine, haben schon seit vielen Sommern und Wintern Nachforschungen darüber angestellt. Nach dem, was uns Nordhalan erzählt hat, denken wir, dass unsere Welt und die, in der Ihr aufgewachsen seid und wahrscheinlich auch Euer Vorfahre Atorian der Erste, sich bis zu einem gewissen Punkt recht ähnlich entwickelt haben.« Er zuckte mit den Achseln. »Heute scheint dies allerdings anders zu sein. In der anderen Welt gehen offensichtlich merkwürdige Dinge vor sich, die ich mir nicht einmal vorstellen kann.«

Darian grinste zustimmend. »Für mich ist hier ebenfalls vieles fremd. Niemals hätte ich gedacht, dass es wirklich Zwerge, Elfen und Drachen gibt.«

»Aber Ihr habt von ihnen gehört?«, wollte Readonn wissen.

»Ja, schon«, gab Darian zu, »aber das waren nur Geschichten.«

»Und irgendjemand muss damit begonnen haben, sie zu erzählen. Ich vermute, dass sich Elfen, Zauberer und Elementarwesen in alten Tagen mehr oder weniger frei zwischen den Welten bewegt haben.«

»Und warum tun sie das jetzt nicht mehr?«

»Vielleicht, weil sich die Zeiten ändern, vielleicht, weil die Weltennebel nicht mehr so häufig aufziehen, oder vielleicht auch, weil sich die einzelnen Welten nun zu stark voneinander unterscheiden.«

»Mia sagte, den Elementarwesen würde es in unserer Welt nicht mehr gefallen, weil niemand mehr an sie glaubt und weil das Land zu dicht besiedelt ist«, erzählte Darian leise und wurde schon wieder traurig.

»Das halte auch ich für möglich«, stimmte Readonn zu, dann seufzte er. »Es ist und bleibt ein Mysterium. Man erzählt sich, dass in der Vergangenheit viele Zauberer, die durch eines der

Portale gingen, niemals wieder zurückkehrten. Warum das so ist, entzieht sich unserer Kenntnis. Mittlerweile glaubt man, dass die meisten Portale, die in andere Welten führen, durch Magie versiegelt sind, damit niemandem etwas geschieht.«

»So wie der Stein, durch den ich gekommen bin«, murmelte Darian und spielte an seinem Amulett herum.

»Ja. Ich bin sehr froh, dass Euer Bruder Atorian so neugierig war und so lange Zeit nach den verschollenen Chroniken und der Karte gesucht hat.«

»Wo hat er denn die Überreste der Karte gefunden?«, wollte Darian wissen.

Readonn hob die Schultern. »Es war nur ein Zufall. Der zerfledderte Überrest der Karte wurde auf einem Markt im Süden verkauft. Atorian war zufällig dort und erwarb sie.« Lächelnd erinnerte sich Readonn. »Er war ganz aufgeregt, weil die Karte uralt war, und er brachte sie sofort zu mir. Ich war mir nicht ganz sicher, und Samukal hat sogleich behauptet, die Karte wäre eine Fälschung.« Nun schüttelte Readonn gramvoll den Kopf. »Heute weiß ich, warum er das sagte. Er wollte die Karte für sich.«

Als er Samukals Namen hörte, kochte wieder einmal Wut in Darian hoch. So lange hatte er ihn belogen.

»Eines Tages werde ich ihn für all das zur Verantwortung ziehen«, knurrte er zornig.

»Lasst Euch nicht zu sehr von Rachegedanken leiten«, riet Readonn. »Was geschehen ist, ist geschehen und kann nicht mehr rückgängig gemacht werden.«

»Trotzdem, er ist ein mieses Schwein.« In diesem Augenblick verspürte Darian wieder den dringenden Wunsch, einen Schluck von Edvans Trank zu nehmen, um sich zu beruhigen. Doch er schob den Gedanken energisch von sich.

Readonn erhob sich langsam. »Morgen ist ein großer Tag für Euch. Es kam erst ein einziges Mal vor, dass ein König zugleich die Weihe zur Unsterblichkeit und den Königstitel erhielt.« Nachdenklich blickte der Hüter in Richtung Süden. »Die Pforten von Northcliff werden sich wieder öffnen, und die Burg wird erneut mit Leben erfüllt werden.«

»Wieso waren sie geschlossen?«

»Auf Northcliff liegt ein Zauber. Als die Burg überfallen wurde, herrschte heilloses Chaos, aber nachdem klar war, dass Eure Eltern tot sind und Ihr verschwunden wart, legte Vahira einen Bann über die Festung, der sich erst dann lösen wird, wenn der rechtmäßige Erbe zurückkehrt.«

»Dann hat seit fünfundzwanzig Jahren niemand mehr dort gelebt?«

»Ganz recht. Die Festung liegt in einem tiefen Schlaf.« Readonn schmunzelte. »Wohl nicht zuletzt, um gierige Kreaturen wie Fehenius davon abzuhalten, die Schatzkammer auszurauben.«

Schatzkammer – zwar war Darian, seitdem ihn Samukal adoptiert hatte, in Wohlstand aufgewachsen, doch auf einer Burg zu leben und vielleicht einen ganzen Keller voller Gold zu haben, konnte er sich dann doch nicht vorstellen.

»Ihr solltet jetzt wirklich schlafen gehen«, schlug Readonn vor und klopfte Darian, der mit entrücktem Blick auf dem Stein saß, auf die Schulter.

Dieser reagierte zunächst nicht, erhob sich dann jedoch mechanisch und folgte dem älteren Mann zu einer Hütte. Plötzlich hielt er Readonn an seinem Umhang fest.

»Kann es sein, dass Ihr ein Druide seid?«

»Was meint Ihr damit?«

»Hüter der Steine, ein weiser Gelehrter, ein Zauberer«, sagte Darian aufgeregt. »In der anderen Welt, als die Kelten das Land bevölkerten, nannten sich Leute wie Ihr Druiden.«

»Druiden, hmm, mag sein, dass ich so etwas bin, und der Name hat einen angenehmen Klang«, antwortete Readonn und ließ sich noch eine ganze Weile von Darian erzählen, was er über die Druiden der anderen Welt wusste.

Irgendwann bestand Readonn dann darauf, dass sich Darian hinlegte. Doch dieser konnte nicht schlafen. Er war einfach zu aufgeregt wegen der Weihe am nächsten Tag und der vielen Dinge, die er heute erfahren hatte. Schließlich konnte er nicht anders und nahm einen Schluck aus der kleinen Flasche.

Wenn die Weihe vorüber ist, höre ich damit auf, versprach er sich – nicht ohne das selige Vergessen, das der seltsame Trank ihm für eine Weile bescherte, willkommen zu heißen.

Eine kräftige Hand rüttelte Darian an der Schulter. Blinzelnd blickte er sich in der Lehmhütte um, dann schüttelte er den Schlaf ab und erinnerte sich an Readonn und ihr Gespräch vom Vorabend.

»Guten Morgen.« Gähnend richtete sich Darian auf.

»Ich habe Euch Kleider hiergelassen, Ihr solltet Euch angemessen kleiden für die Weihe«, erklärte der Hüter und deutete auf den Stuhl neben der Tür. »Ich muss jetzt gehen und die Feier vorbereiten. Einer meiner Männer wird Euch abholen, wenn die Sonne im Meer versinkt. Zuvor müsst Ihr fasten und im Steinkreis meditieren.«

Prickelnde Aufregung erfasste Darian – jetzt wurde es ernst. In kurzer Zeit würde er unsterblich sein und noch dazu König. Er konnte es einfach nicht fassen.

Readonn erklärte ihm eindringlich, was während der Zeremonie geschehen würde, und Darian lauschte atemlos. Trotzdem bekam er vor lauter Nervosität vieles gar nicht richtig mit.

Nachdem Readonn wieder verschwunden war, nahm Darian das weite, mit verschlungenen Mustern bestickte weiße Hemd in die Hand, ebenso wie die schwarze Hose und den dunkelblauen Umhang. Auf diesen war kunstvoll ein Schwert gestickt, das über einer großen Festung schwebte.

Das alles kam ihm wie ein Traum vor. Er zog die Sachen an und ging dann unsicher hinaus, wo ihn strahlender Sonnenschein begrüßte. Einige schweigsame Männer huschten zwischen den Hütten umher, und niemand beachtete ihn. Darian ging zu dem kleinen Steinkreis im Eichenhain, in dem er am Abend zuvor mit Readonn gewesen war. Dort setzte er sich auf einen von der Sonne gewärmten Felsen und ließ seine Gedanken ziehen. Wieder überkam ihn eine angenehme Ruhe, und als er an Mia denken musste, rief er sich Readonns Worte in Erinnerung. *Vielleicht werdet Ihr sie eines Tages wiedersehen.*

Das wäre zu schön, um wahr zu sein, dachte Darian, auch wenn ihm der mögliche Altersunterschied noch immer Unbehagen bereitete.

Langsam schloss er die Augen und genoss die Stille des Hains. Es war windgeschützt hier und wunderbar friedlich. Lange Zeit saß er einfach nur so da, als plötzlich jemand aus dem Schatten eines Monolithen trat und sich räusperte. Erschrocken fuhr Darian auf. Er hatte gar nicht bemerkt, wie der Tag vorangeschritten war.

»Ich soll Euch zum Kreis von Borogán bringen«, kam eine dunkle Stimme aus den Tiefen der schwarzen Kapuze.

»Ja, sofort.« Hektisch zog Darian seinen Umhang wieder an. Jetzt war von der Ruhe nichts mehr zu spüren, die eben noch in ihm gewesen war. Er folgte dem schweigenden Hüter der Steine über den Hügel und das mit Heidekraut überzogene Land.

Heimlich nahm Darian einen Schluck aus der Flasche, denn er glaubte, die Anspannung sonst nicht ertragen zu können.

Als sie über den letzten Hügel traten, stockte ihm der Atem. Auf dem grasbewachsenen Erdwall rund um den mächtigen Steinkreis standen drei- bis vierhundert Menschen und Zwerge mit Fackeln, und als Darian hinunterschritt, setzten Trommeln ein. Die Hüter der Steine begannen zu singen, und die Luft flimmerte regelrecht und schien von Magie erfüllt zu sein. Gerade versank die Sonne wie ein glutroter Ball über dem westlichen Horizont und tauchte das Meer in flüssiges Feuer.

Wie in Trance schritt Darian weiter. Kleine Feenwesen tanzten in wilden Formationen über den uralten Steinen, und die in Kutten gekleideten Hüter der Steine beleuchteten nun mit Fackeln Darians Weg. Am Rande des Kreises standen zahlreiche Inselbewohner, festlich gewandet in ihren karierten Umhängen.

Langsam trat Readonn zu ihm. »In früheren Zeiten waren von jedem der freien Völker Vertreter anwesend, um den neuen menschlichen König zu feiern.«

»Und warum ist das heute nicht mehr so?«, fragte Darian mit heiserer Stimme und wusste nicht, wohin er zuerst blicken sollte.

Gerade schritt er an Edur vorbei. Der Zwerg winkte ihm zu und nickte aufmunternd, während sein Onkel Horac etwas vor sich hin grummelte – wahrscheinlich, dass das sowieso nix werden würde mit der Weihe. Im Augenblick war Darian gewillt, dem zuzustimmen, denn er fühlte sich schlicht und einfach überfordert.

»Die Elfen wollen von den Menschen nichts mehr wissen, seitdem Vahira spurlos verschwunden ist«, erklärte Readonn. »Das Problem mit den Dunkelelfen ist Euch bekannt. Die Gnome, Kobolde und anderen magischen Wesen sind sehr wankelmütig und eigentlich immer nur auf Wunsch der Elfen hin erschienen.« Er verzog das Gesicht. »Und auch dann meist nicht vollzählig.«

»Aha.« Darian nickte den Zwergen zu, welche sich hinter den Hütern der Steine aufgebaut hatten und sich nun vor ihm verbeugten. Ein besonders breiter Zwerg mit feuerrotem Bart stand ganz am Ende der Reihe. Readonn erklärte, dass dies König Baldur III. sei, und zählte dann die Namen der menschlichen Lords auf, von denen Darian den einen oder anderen schon in Fehenius' Haus gesehen hatte.

Readonn führte Darian in die Mitte des Steinkreises, wo ein einzelner Monolith stand. Schlagartig verstummten die Trommeln, und der Oberste Hüter der Steine begann leise zu singen, was die außergewöhnliche Atmosphäre noch unterstrich. Auch wenn Darian kein Zauberer war, so erfasste doch ein eigenartiges Prickeln seinen Körper, und er glaubte die Magie dieser Nacht beinahe greifen zu können.

Wie von Geisterhand entstand ein mannshoher Torbogen in dem Monolithen, der den Blick auf ein schimmerndes Schwert und das dahinterliegende Meer freigab. Darian konnte nicht anders, als die kunstvoll gearbeitete schlanke Klinge zu bewundern, die im rotgoldenen Licht der untergehenden Sonne funkelte. Die Parierstange war sanft geschwungen und zeigte komplizierte Gravierungen, und in den runden Knauf war ein weißer Edelstein eingelassen.

»Nehmt es, Darian, es ist das Schwert von Atorian dem Ersten«, forderte Readonn ihn auf.

Ehrfürchtig ging Darian näher und nahm das Schwert in die Hand, woraufhin Jubel von außerhalb des Steinkreises ertönte. Menschen und Zwerge gleichermaßen feierten die Rückkehr des Erben von Northcliff.

Bevor Darian noch etwas fragen konnte, wurde es still. Selbst der Wind schien zu schweigen, schien einem neuen Geräusch Raum zu bereiten, das nun allmählich hörbar wurde. Etwas peitschte mit gewaltiger Kraft durch die Lüfte, und obwohl Darian es noch nie vernommen hatte, wusste er, dass dieses Geräusch nur von mächtigen Schwingen stammen konnte. Ihm stockte der Atem, als sich im Licht der Sterne vier kolossale Wesen näherten, die in kunstvollen Formationen über den Steinkreis flogen. Schließlich ließen sich die Drachen jeweils auf dem nördlichsten, südlichsten, östlichsten und westlichsten Monolithen nieder. Mit einem peitschenden Geräusch legten sie ihre bunt schillernden Flügel an den Körper, und Darian spürte, wie sie ihn mit einem Blick aus ihren geschlitzten Augen erfassten. Ein Schauer – ihm war nicht wirklich klar, ob es Angst oder schlichte Ehrfurcht war – lief seine Wirbelsäule hinab, und er hatte das Gefühl, dass ihm die Drachen bis in die tiefsten Tiefen seiner Seele blickten.

Nun erhob Readonn die Stimme, und sie hallte weit über das Land.

»Turmalan, Herr der westlichen Winde, Bezwinger der Stürme, erkennst du Darian Jarredh Isarius Welgarton von Northcliff als den rechtmäßigen König an?«

Der große blaue Drache, der einen Kranz aus spitzen Hörnern um seinen Kopf trug, durchbohrte Darian erneut mit Blicken aus seinen geschlitzten Augen. Schließlich verneigte er sich und stieß ein ohrenbetäubendes Gebrüll aus, bei dem armlange, nadelspitze Zähne sichtbar wurden.

»Smaragonn«, wandte sich Readonn an einen etwas kleineren und filigranen Drachen, dessen Schuppen in unterschiedlichsten Grüntönen schimmerten, »Herr des Ostens, der über das Reich der Zwerge wacht, erkennst du Darian Jarredh Isarius Welgarton von Northcliff als den rechtmäßigen König an?«

Auch dieser Drache musterte Darian durchdringend, und sofern das bei solch einem Wesen überhaupt möglich war, wirkte er in Darians Augen etwas freundlicher. Smaragonn schlug kurz mit seinen grün und golden leuchtenden Flügeln, bevor er ein zustimmendes Gebrüll ertönen ließ.

»Aventura, Herrin des Südens, Trägerin der Drachenmagie. Erhält dieser junge Mann auch deinen Segen?«

Das rote Drachenweibchen, das eine Vielzahl an dunkelrot schimmernden Zacken auf dem Rücken und dem Schwanz trug, verneigte sich anmutig, dann hallte ihr Gebrüll weit über das Meer.

»Apophyllion, Herr des Nordens, Gebieter über die Drachen«, rief Readonn ehrfürchtig und verbeugte sich vor einem silber-weißen Drachen, der die anderen bei weitem überragte, »erkennst du Darian von Northcliff als Herrscher der Menschen an und gibst ihm den Segen deines Volkes?«

Der gewaltige Drache betrachtete Darian sehr viel länger als die anderen, und diesem wurde unwohl zumute. Apophyllion hatte eine Aura, die selbst einem jungen Menschen aus einer anderen Welt instinktiv klarmachte, dass sein Leben oder Tod allein von diesem Wesen abhing. Eine Entscheidung Apophyllions war sicher auch für die Hüter der Steine oder die beiden Zauberer unumstößlich, und wenn der Drache entschied, den neuen König von Northcliff in ein Häufchen Asche zu verwandeln, würde ihn ganz sicher niemand davon abhalten, egal was Readonn zuvor gesagt hatte.

Quälende Sekunden vergingen, in denen uralte Augen sich in Darians bohrten und er nicht zu atmen wagte. Schließlich senkte auch dieser Drache den Kopf, und sein Brüllen ertönte lauter und kräftiger als das aller anderen Drachen vor ihm. Dies war ein Augenblick, den Darian niemals vergessen würde, auch wenn er tatsächlich fünfhundert Jahre alt wurde. Diese Zeremonie war ergreifend, berührte etwas tief in seinem Inneren, und auf eine unerklärliche Weise fühlte er sich plötzlich mit all jenen Männern verbunden, die Jahrhunderte vor ihm genau an diesem Ort gestanden und dasselbe erlebt hatten. Atorian, Jarredh, Isarius und all die anderen – er hatte sie niemals gesehen, und doch war es, als würden ihn ihre Erinnerungen streifen, eingefangen von der Kraft der Steine, und eine schwache Ahnung dessen, für was sie gekämpft, was sie geliebt und verloren hatten, durchströmte ihn innerhalb weniger Sekunden, die ihm wie ein ganzes Leben erschienen.

»Halte das Schwert über deinen Kopf«, rief Readonn Darian zu, der wie versteinert dastand.

Darian reagierte gerade noch rechtzeitig, und obwohl ihn Readonn am Morgen vorgewarnt hatte, konnte er einen erschrockenen Schrei nicht unterdrücken, als plötzlich alle vier Drachen ihre Köpfe in seine Richtung wandten und ihm aus ihren geöffneten Rachen eine lodernde Feuersbrunst entgegenschoss. Zum Glück hörte ihn niemand, denn das Tosen der Flammen übertönte jegliches Geräusch. Darian glaubte, sie würden ihn verbrennen – doch das Drachenfeuer fügte ihm kein Leid zu, sondern sammelte sich in dem Schwert und floss in seinen Körper hinein, und er spürte instinktiv, dass dies der Moment war, in dem er unsterblich wurde. Einen Augenblick lang schienen die Monolithen in irrsinniger Geschwindigkeit um ihn herumzurasen, schien er Raum und Zeit zu verlassen. Darian sah seltsame Bilder vor seinem inneren Auge, fremde Menschen, Schlachten, Drachen, die majestätisch über das Land flogen, und schließlich ein kleines Mädchen mit langen schwarzen Haaren, das ihm zuwinkte.

Die Visionen gingen so schnell, wie sie gekommen waren, und plötzlich fühlte er sich seltsam leer und ausgelaugt. Darian bemerkte nicht einmal richtig, wie ihm Readonn etwas um den Hals hängte, er spürte nur schweres, kaltes Metall auf seiner Haut. Dann erhoben sich alle vier Drachen mit einem ohrenbetäubenden Geräusch gleichzeitig von den Monolithen, umflogen noch einmal den Steinkreis und entschwanden dann nach Norden.

Den Jubel und die einsetzende Musik vernahm Darian wie durch einen Schleier. Readonn klopfte ihm auf die Schulter.

»Ihr habt Eure Sache sehr gut gemacht, Darian, König von Northcliff. Nun müsst Ihr das Schwert wieder in die Obhut der Steine geben, und erst Euer Sohn wird es sein, der durch diese Klinge seine Unsterblichkeit erhalten wird.«

Darian tat, wie ihm geheißen, und steckte die Klinge in den Torbogen, woraufhin sich der Monolith mit einem leisen, schabenden Geräusch schloss. Dann stand auch schon der König der Zwerge vor ihm und gratulierte ihm mit seiner grollenden Stimme. Irgendjemand reichte ihm einen Becher voll mit dieser whiskyartigen Flüssigkeit. Noch immer vollkommen durcheinander ließ Darian alle Beglückwünschungen der Lords, Ladys und Hüter der Steine über sich ergehen. Er konnte es kaum glauben – jetzt lagen wahrscheinlich fünfhundert Jahre vor ihm, und er war König dieses Landes.

Rasch stürzte Darian den stark alkoholhaltigen und nach Torf schmeckenden Morscôta hinunter. Auch Edur eilte nun auf seinen kurzen Beinen herbei und beglückwünschte ihn. Die Männer und Frauen der Insel, alle in dunkel karierte Umhänge gekleidet, begannen Musik zu spielen und zu tanzen. Eine junge rothaarige Frau verbeugte sich errötend vor Darian und fragte, ob er ihr die Ehre erweisen würde, mit ihr zu tanzen.

Doch Darian war zu durcheinander. »Nein danke, im Augenblick nicht.«

Edur stupste ihn an. »Ihr solltet das tun. Sie verkörpert am heutigen Abend die Erdmutter, und wenn Ihr nicht mit ihr tanzt, heißt das der Legende nach, dass Ihr keine Nachkommen bekommen werdet.«

»Oh.« Darian starrte auf die junge Frau, die ihn erschrocken und unsicher ansah. Dann räusperte er sich und verbeugte sich vor ihr. »Entschuldige bitte, ich war etwas verwirrt.« Zögernd nahm er ihre Hand.

Nun lächelte sie wieder über ihr ganzes herzförmiges, niedliches Gesicht und führte Darian in den Kreis der wild tanzenden Inselbewohner. Und dann ging das ganze Fest für Darian vorüber wie ein Traum, wie ein Rausch. Er ließ sich einfach von der Musik mitreißen und drehte sich mit dem hübschen rothaarigen Mädchen, dessen Namen er nicht einmal kannte, im Kreis. Für kurze Zeit konnte er alles vergessen, Samukals Verrat, Mias Tod, und die große Verantwortung, die von nun an auf ihm lastete.

Fernab des tanzenden Feuerscheins und vor den Blicken der Feiernden verborgen standen zwei hochgewachsene, schmale Gestalten am Rande eines kleinen Hains. In ihre grau-grünen Umhänge gehüllt waren sie kaum von der Umgebung zu unterscheiden.

»Was meinst du, wird er ein würdiger Erbe seines Vaters sein?«

»Er ist noch sehr jung und unerfahren und zudem in einer anderen Welt aufgewachsen.« Eine plötzliche Windböe riss der Gestalt die Kapuze vom Kopf. Ein feines Gesicht mit spitzen Ohren kam zum Vorschein, umrahmt von hellen Haaren.

»Wir werden die Menschen gut beobachten müssen.«

Und damit wandten sich die beiden Gestalten ab und machten sich auf den Weg, um ihrem König Bericht zu erstatten.

Kapitel 10

Die Bürde der Verantwortung

Am nächsten Morgen konnte sich Darian kaum mehr an etwas erinnern. Er lag alleine in einer der Hütten im Eichenhain, und draußen tobte ein heftiger Wintersturm. Sein Kopf dröhnte, und er stand schwankend auf. Um die lästigen Kopfschmerzen loszuwerden, nahm er einen Schluck aus der kleinen Flasche, deren Inhalt langsam zur Neige ging. Darian runzelte die Stirn und trank aus der Kanne mit frischem Quellwasser, die auf dem kleinen Holztisch stand.

Als er nach draußen trat, verbeugte sich ein Hüter der Steine vor ihm, und Darian fragte sich schaudernd, ob er die ganze Nacht lang hier draußen Wache gehalten hatte. Der Wind nahm einem beinahe die Luft zum Atmen, und Eiskristalle peitschten wie kleine Geschosse durch die Gegend.

»Wo ist Readonn?« Rasch zog sich Darian seine Kapuze über den Kopf.

Der Mann in der schwarzen Kutte deutete auf die gegenüberliegende Hütte. »Soll ich ihn holen, Eure Majestät?«

Darian zuckte zusammen – er war jetzt tatsächlich der König. Dann verneinte er und machte sich eiligen Schrittes zu der anderen Hütte auf.

Readonn saß mit zwei weiteren Hütern in der Hütte zusammen, und sie hatten mehrere Platten mit Essen vor sich auf dem Tisch. Als er Darian sah, erhob er sich lächelnd, während sich die beiden anderen Männer eilig davonmachten.

»Sie hätten ruhig bleiben können«, sagte Darian verlegen.

»Sie waren ohnehin beinahe fertig«, entgegnete Readonn und bot Darian einen der Stühle an. »Ihr werdet sicher hungrig sein.«

»Ein wenig.« Darian nahm sich von dem dunklen Brot und etwas goldgelben, harten Käse.

»Eigentlich solltet Ihr heute zum Festland aufbrechen, aber bei diesem Wetter ist das zu gefährlich.«

»Hmm.« Darian nickte und legte das Brot wieder zur Seite. Plötzlich hatte er keinen Hunger mehr.

»Ihr macht Euch Sorgen, weil Ihr nun ins Schloss einziehen müsst und Euer Amt antretet, nicht wahr?«, vermutete der Hüter.

Betreten nickte Darian, denn Readonn hatte den Nagel auf den Kopf getroffen.

Readonn nahm ihn beruhigend am Arm. »Wann immer Ihr Hilfe benötigt, schickt einen Boten zu mir. Normalerweise verlassen die Hüter der Steine diese Insel sehr selten, aber in Eurem Fall würde ich eine Ausnahme machen. Und glaubt mir, noch ist das alles neu für Euch, aber Ihr werdet an Eurer Aufgabe wachsen, davon bin ich überzeugt.«

Seufzend lehnte sich Darian zurück. »Wenn ich mir da nur auch so sicher sein könnte.«

»Ich habe ein Angebot für Euch. Sollte Nordhalan bis zum nächsten Vollmond nicht bei Euch eingetroffen sein, werde ich zu Euch kommen und Euch helfen. Ihr braucht nur einen Boten auf die Insel zu schicken.«

Ein erleichtertes Lächeln überzog Darians Gesicht. »Vielen Dank, jetzt bin ich etwas beruhigter. Eine Frage noch, Readonn, letzte Nacht hatte ich keine Gelegenheit dazu.«

Darian nahm den schweren, vorne geöffneten Halsreif ab und drehte ihn in der Hand herum. Er bestand aus drei ineinander verschlungenen Strängen, zwei silbern, der mittlere bronzefarben. Die Enden stellten Drachenköpfe dar, in deren Augen rote Smaragde eingefasst waren. »Was ist das?«

Einen Augenblick lang schien der Hüter der Steine verdutzt über diese Frage, doch dann erinnerte er sich wohl daran, dass Darian nicht in dieser Welt aufgewachsen war. »Das ist der Königsring, genannt Torc, der dem rechtmäßigen König von Northcliff übergeben wird, wenn er sein Amt antritt.« Der ältere Mann lächelte aufmunternd. »Keine Sorge, Ihr müsst ihn nur zu offiziellen Anlässen tragen, oder, was hoffentlich nicht so bald geschehen wird, wenn Ihr in den Krieg zieht. Euer Vater hat ihn auch die meiste Zeit in seiner Schatzkammer aufbewahrt. Er ist ja auch ganz schön schwer.«

Offizielle Anlässe, Schatzkammer, Krieg ... Schon wieder übermannte Darian leichte Panik, dann verzog sich sein Mund zu einem etwas schiefen Grinsen. »Ich dachte eigentlich, Könige tragen eine Krone.«

»Seht Ihr, Darian, das ist ein Begriff, der *mir* nicht geläufig ist.« Readonn klopfte ihm aufmunternd auf die Schulter. »Ihr werdet Euren Weg gehen, auch wenn es nicht der einfachste sein wird.«

Von neuer Hoffnung erfüllt machte sich Darian mit seiner Eskorte aus Zwergen, einigen Inselbewohnern und den Hütern der Steine am nächsten Morgen auf den Weg zum Hafen. Er hatte den Entschluss gefasst, das Beste aus seiner Situation zu machen. Zudem wollte er mehr über seine Vorfahren erfahren und ein würdiger Nachfolger seines Vaters werden. Vielleicht wartete in Northcliff ja auch schon Nordhalan auf ihn, und falls nicht, würde Readonn kommen.

Der Sturm hatte nachgelassen, doch das Meer war noch immer rau, und Darian befürchtete mehrfach, das schwankende Segelschiff würde kentern. Als sie dann endlich gegen Mittag die Küste vor sich aufragen sahen, fühlte er eine ungeahnte Liebe zu seiner neuen Heimat in sich aufsteigen. Kleine Ruderboote wurden ins Wasser gelassen und brachten Darian und Edur zum Landesteg. Am Strand warteten Reiter. Die meisten waren in dunkelblaue Umhänge gekleidet, trugen schimmernde Kettenhemden und Helme.

Eine etwas kleinere Gruppe hingegen sah in ihren abgerissenen Umhängen eher bunt zusammengewürfelt aus, kaum einer von ihnen hatte Schutzkleidung, und die meisten waren schon in fortgeschrittenem Alter. Einer von ihnen, ein schlanker, durchtrainiert aussehender Mann, der sicher bereits die Mitte seines Lebens überschritten hatte, verbeugte sich vor Darian.

»Es ist mir eine Ehre, Euch begrüßen zu dürfen. Mein Name ist Torgal Elamánn. Ich war bereits der Hauptmann Eures Vaters und würde mich freuen, unter Euch dienen zu dürfen.«

Bevor Darian etwas entgegnen konnte, drängte sich ein wesentlich jüngerer Mann mit rötlichen Haaren und kurzgeschnittenem Bart vor, dem offensichtlich daran gelegen war, seinen muskulösen Körper in Szene zu setzen.

»Ihr wart beinahe fünfundzwanzig Sommer untergetaucht, Torgal. Ich bin der neue Hauptmann.« Auch er verbeugte sich vor Darian. »Mein Name ist Greshar, und es ist mir eine Ehre, Euch zu dienen.«

»Du bist eine von Fehenius' Ratten«, zischte Torgal.

Die beiden Männer hatten die Hände an den Schwertern und sahen aus, als wollten sie gleich aufeinander losgehen.

Darian war verunsichert. Das war wohl seine erste Entscheidung als König, die er treffen musste. Nach kurzem Zögern entschloss er sich, seinem Instinkt zu vertrauen, außerdem erinnerte sich Darian, dass Mia gut von Torgal gesprochen hatte, und ihrem Urteil vertraute er. Daher räusperte er sich nun lautstark, um sich Gehör zu verschaffen. »Ich habe Fehenius seines Amtes enthoben.« Dann nickte er Torgal zu, der sichtlich erleichtert wirkte. »Ich bitte Euch, Torgal Elamánn, mich zu begleiten«, sagte er so förmlich wie möglich.

Der ältere Mann bedeutete seinen fünfzehn Kameraden, alle etwa in seinem Alter, näher zu kommen.

Greshar knirschte mit den Zähnen. »Wir sind hier, um Euch sicher zu Eurer Festung zu geleiten, mein Herr, wir sind Krieger von Northcliff, und Torgal hat nicht die Befugnis …«

»Torgal hat die Befugnis, aber ihr könnt mit uns reiten«, sagte Darian mit allem Selbstbewusstsein, das er aufbringen konnte. Mit festen Schritten und in dem Bestreben, sich seine Unsicherheit nicht anmerken zu lassen, ging er zu dem Pferd, welches Torgal mit sich führte.

Neugierig betrachtete Darian das Tier und stellte fest, dass es größer war als die Bergponys und zudem eine ungewöhnliche grau-braune Farbe und eine dichte schwarze Mähne mit wenigen bräunlichen Strähnen hatte. Der Hals des Pferdes war gewaltig und passte gut zu seinem kräftigen Körperbau, gleichzeitig hatte es aber ein hübsches, freundliches Gesicht. Der Hengst schnupperte interessiert an Darian herum.

»Ich nehme an, das Pferd ist für mich?«

Hauptmann Torgal lächelte zustimmend, während Greshar verächtlich zischte: »Das ist doch eines von diesen Mischlingen.«

»Es sind die besten«, entgegnete Torgal gelassen. »Sie sind trittsicher wie die Zwergenponys und ausdauernd und schön wie die Elfenpferde.«

Angewidert spuckte Greshar auf den Boden und wendete sein eigenes grobknochiges Kriegspferd. Leise, aber doch vernehmlich zischte er einem seiner Männer zu, er solle sofort nach Culmara zurückkehren und Lord Fehenius Bericht erstatten. Darian dankte den Zwergen und entließ sie, damit sie nach Hause gehen konnten. Obwohl er Torgal nicht kannte, fühlte er sich in seiner Gegenwart relativ sicher.

Die Zwerge grüßten knapp, wendeten dann ihre Ponys und waren kurz darauf in den Dünen verschwunden. Lediglich Edur, der auf einem stämmigen braunen Pony saß, blieb an Darians Seite.

»Mein König.« Unvermittelt trat Dimitan neben ihn. Darian hatte gar nicht mitbekommen, mit welchem der Boote der Zauberer angekommen war. »Ich hoffe, Ihr werdet Euch dafür einsetzen, dass wir Zauberer fortan nicht mehr verfolgt werden, sondern als angesehene Mitglieder in der Gesellschaft von Northcliff leben können.« Dimitans seltsame kühle Augen trafen ihn.

Natürlich wollte Darian nicht, dass weiterhin Zauberer gejagt oder gar hingerichtet wurden, aber zunächst musste er sich einen Überblick verschaffen, denn am Ende gab es hier noch mehr hinterlistige Vertreter dieser Gilde, so wie Samukal, und Dimitan war ihm nicht wirklich sympathisch.

»Ich werde mich darum kümmern«, versprach er deshalb ausweichend.

Dimitan war genau anzusehen, dass er mit dieser Antwort alles andere als zufrieden war, dennoch verbeugte er sich, bevor er mit wehendem Umhang davoneilte.

»Dann reiten wir mal nach Hause«, sagte Darian mit unsicherem Lächeln und folgte Torgal, der seinen Männern zurief, sie sollten die Augen offen halten.

Heimlich beobachtete Darian den Hauptmann, der trotz seines fortgeschrittenen Alters bewundernswert aufrecht und stolz im Sattel saß. Darian wusste nicht so recht, wie er ein Gespräch beginnen sollte, daher fragte er das Erste, was ihm in den Sinn kam.

»Ihr sagtet, mein Pferd sei eine Mischung aus Elfen- und Zwergenpferden?«

»Richtig.« Torgal klopfte seinen eigenen Braunen am Hals. »Vor einigen Sommern und Wintern kam einer meiner Männer auf den Gedanken, die beiden Rassen zu kreuzen. Viele hielten ihn für verrückt, und ich verbot es ihm sogar.«

»Weshalb denn?«

Torgal räusperte sich verlegen. »Elfen verkaufen ihre Pferde nicht außerhalb ihres Landes, daher war es Ruwens Absicht, sich einen Hengst, nun ja … auszuleihen.«

»Er hat ihn gestohlen!«, lachte Darian.

Dem alten Hauptmann schien dies äußerst unangenehm zu sein, aber dann nickte er. »Ein prächtiger silbergrauer Hengst war der Urvater dieser Rasse, und Ruwen ließ mehrere Ponystuten von ihm decken, dann brachte er das Tier zurück zu den Elfen. Tatsächlich gelang es ihm, nach einiger Zeit äußerst ausdauernde und trittsichere Tiere zu züchten, die sich auch im rauesten Gelände zurechtfinden und kaum Futter benötigen, und wir alle dachten, die Elfen hätten gar nichts bemerkt.«

»Aber das haben sie doch«, vermutete Darian.

»Ja, und höchstwahrscheinlich sogar von Anfang an, allerdings bekamen wir es erst vor etwa vier Sommern heraus. Eine der trächtigen Stuten verschwand urplötzlich, und wir dachten, sie wäre einem Troll oder Wolf zum Opfer gefallen, aber eines Tages stand ein Elfenmädchen mit diesem ungewöhnlich gefärbten jungen Hengst vor uns. Sie erzählte, die Stute sei in ihr Reich gekommen, leider jedoch bei der Geburt des Fohlens gestorben. Die Elfen hätten den jungen Hengst aufgezogen, und nun wollten sie ihn zurückgeben.«

Staunend hatte Darian zugehört, und versuchte, sich eine Elfe vorzustellen.

»Die Elfe meinte, ihr Volk würde uns den kleinen Diebstahl nicht übel nehmen, forderte uns jedoch dazu auf, uns gut um das Pferd zu kümmern, und es einem besonderen Menschen zu geben, da es selbst etwas Besonderes sei.« Torgal räusperte sich. »Die Wünsche der Elfen soll man nicht missachten, und als ich hörte, dass Ihr nach Albany zurückkehrt, dachte ich, der zukünftige König von Northcliff sei eine gute Wahl. Natürlich könnt Ihr auch ein anderes Kriegspferd wählen.« Bescheiden und auch etwas unsicher senkte Torgal den Kopf.

»Nein, nein, er gefällt mir ausgesprochen gut«, versicherte Darian daher rasch. Er kannte sich nicht sonderlich gut mit Pferden aus, aber dieser Hengst war auf eine ungewöhnliche Art schön, temperamentvoll und trotzdem leicht zu führen.

»Er hat erst seinen vierten Winter gesehen, ist jedoch ein ausgesprochen zuverlässiges Reittier.«

»Danke, Torgal, ich mag ihn schon jetzt.«

Auf ihrem Weiterritt erzählte Torgal Darian, dass er und seine Männer sich nach dem Tod von König Jarredh in den Süden zurückgezogen hatten.

Davon, dass Jeroman, der Gastwirt von Culmara, ihn geholt hatte, erwähnte er nichts. Torgal kannte Jeroman noch von früher und hatte ihn immer gern gehabt. Vor kurzer Zeit war der vollkommen aufgelöste Mann im Süden angekommen und hatte keine Mühe gescheut, Torgal und seine Leute am Rannocsee aufzuspüren. Beschämt hatte der Gastwirt von seiner geschwätzigen Frau erzählt und sich für sie entschuldigt. Nach Culmara wollte er nicht mehr zurückkehren, und so hatte Torgal ihn gebeten, im ganzen Land nach Menschen zu suchen, die Darian von Northcliff unterstützten. Sie hatten vereinbart, sich im kommenden Frühling an einem geheimen Ort wieder zu treffen und zu sehen, wie sich die Lage entwickelt hatte.

»Meine Männer und ich wussten gar nicht, dass Nordhalan wieder hier ist«, sagte Torgal schuldbewusst, »sonst hätten wir uns ihm sofort angeschlossen. Aber so erfuhren wir erst vor etwa zehn Tagen durch Zufall von einem Händler, dass Ihr hier seid und Eure Weihe auf der Dracheninsel erhalten werdet. Hätten wir es früher gewusst, hätten wir Euch selbstverständlich begleitet.«

»Das macht nichts«, sagte Darian beruhigend und deutete auf Edur. »Die Zwerge haben mir geholfen.«

Der junge Zwerg grinste zu ihm hinauf.

Während des ganzen Rittes beobachtete Torgal den jungen Mann und musste feststellen, dass er viel Ähnlichkeit mit seinem Bruder Atorian hatte. Sein Äußeres würde den Damen sicher zusagen. Was Darian von Northcliff jedoch von Atorian unterschied, war seine offensichtliche Unsicherheit – kaum verwunderlich, bedachte man, dass er in einer anderen Welt aufgewachsen war. Eine Welt, die Torgal sich nicht einmal auszumalen wagte.

»Darf ich bemerken, dass Euer Vater sehr stolz auf Euch wäre?«, fragte Torgal aus einem Impuls heraus.

»Das dürft Ihr, Hauptmann. Bitte erzählt mir von ihm.«

Und das tat Torgal.

Nach wenigen Tagen erreichte Darian Culmara, wobei sie diesmal an der Küste entlanggeritten waren. Die Straßen der kleinen Stadt waren von Menschen gesäumt, und man hatte die Häuser mit Zweigen, Vogelbeeren und Misteln geschmückt. Das Volk von Northcliff jubelte Darian zu, und er wusste gar nicht, wo er hinsehen sollte.

»Einfach geradesitzen und freundlich winken«, raunte ihm Edur zu, der neben ihm ritt.

Heimlich schnitt Darian eine Grimasse und tat dann, was der Zwerg ihm geraten hatte.

»Die Menschen haben lange auf Euch gewartet«, erklarte ihm Torgal, der aufrecht und befehlsgewohnt auf seinem Pferd saß. »Aber seid vorsichtig, Fehenius wird nicht so leicht aufgeben.«

Tatsächlich stand der ehemalige Regent mit selbstgefälligem Lächeln ganz am Ende der Menschenmenge, die Darian auf seinem Ritt durch Culmara willkommen hieß.

Unwillkürlich griff der junge König nach der kleinen Flasche in seinem Umhang. Sie war beinahe leer, und bisher hatte er es nicht fertiggebracht, nichts von dem Trank zu nehmen, so sehr er sich auch bemüht hatte. Darian schob es auf seine völlig neuen, außergewöhnlichen Lebensumstände und war sich sicher, auf den Trank verzichten zu können, wenn er sich erst einmal an die neue Situation gewöhnt hatte.

Endlich ließen sie die jubelnde Bevölkerung hinter sich und trabten aus der Stadt hinaus über eine steinige Straße, die weiter nach Norden führte. Der kalte Wind pfiff über das Land und wurde von den wenigen Hainen kaum gebremst. Ihren Weg säumten viele Felder, die jetzt im Winter karg und verlassen dalagen. Schafe und Rinder grasten auf Weiden, die meist mit Heidekraut durchsetzt waren. Die wolligen kleinen Schafe konnte man in der schneebedeckten Landschaft kaum von den Hügeln unterscheiden. Je weiter sie nach Norden vordrangen, umso mehr erinnerte Darian die Landschaft tatsächlich an Cape Wrath. Mia hatte Recht gehabt, hier gab es zwar immer wieder kleine Wälder, aber die schroffe Felsküste und die ausgedehnten Heidekrautfelder und Moorlandschaften ähnelten der Nordküste Schottlands doch sehr.

Die Dämmerung brach herein, und Torgal ließ seine Männer dichter an Darian heranrücken, während Greshars zwanzig Soldaten hinter ihnen ritten. Als sie das letzte Stück des Weges über eine Hügelkuppe trabten, hielt Darian sein Pferd abrupt an. Was er sah, verschlug ihm den Atem. Ganz am Rande der Klippe ragte eine imposante, aus grauem Gestein erbaute Festung mit vier von Zinnen geschützten Türmen auf. Der zunehmende Mond tauchte alles in ein sanftes, weiches Licht. Durch den Schnee war es beinahe taghell, und man konnte die Umgebung sehr gut erkennen. Vor den hohen Burgmauern befand sich ein zusätzlicher Verteidigungsring, ebenfalls von Zinnen geschützt und etwa so hoch wie drei große Männer. Dies war Darians Erbe, die Burg seiner Vorväter, die so lange Zeit verlassen gewesen war.

»Im Inneren wird es schlimm aussehen«, vermutete Torgal. »Vahiras Zauber besagte zwar, dass die Menschen hinauskonnten, jedoch niemand mehr hinein, und während des Überfalls durch die Dunkelelfen ging einiges zu Bruch.« So wie Torgal gerade auf die Festung blickte, nahm Darian an, dass er in alten Erinnerungen versunken war. »Ich war an Eures Vaters Seite, als wir die feigen Mörder aus der Burg jagten, jedoch wurden wir westlich von hier«, er deutete auf ein Waldstück, »in einen Hinterhalt gelockt. Wir konnten nichts mehr tun. Einer der Dunkelelfen sprang direkt aus den Bäumen, riss Euren Vater vom Pferd und rammte ihm einen Dolch ins Herz.«

Entsetzt schloss Darian die Augen, und beinahe glaubte er, das Geschehene vor sich zu sehen.

»König Jarredh schrie uns noch zu, wir sollten fliehen, aber wir kämpften«, sagte Torgal grimmig, dann wurde seine Stimme leise, und er blickte Darian in die Augen. »Von etwa fünfzig Mann überlebten nur achtzehn, und viele Male habe ich mir gewünscht, ich wäre unter den Toten gewesen. Es war ein fürchterliches Gemetzel, das mich noch immer in meinen Träumen verfolgt.«

»Ich bin froh, dass Ihr überlebt habt«, sagte Darian freundlich, »jetzt könnt Ihr mir helfen, mein Erbe anzutreten und meine Familie zu rächen.«

Torgal nickte nachdenklich. »Zumindest hat der Dunkelelf, der Euren Vater ermordete, eine gerechte Strafe erhalten. Ich konnte ihn stellen und gefangen nehmen.«

»Habt Ihr ihn getötet?«

»Nein, wir schleppten ihn gefesselt mit uns, weil wir hofften, dass Nordhalan und Eure Mutter zu uns zurückkehren würden. Sie hätten entscheiden sollen, was mit ihm geschieht. Aber soweit kam es nicht.« Der alte Hauptmann verzog den Mund zu einem grimmigen Lächeln. »Der Arm, der Euren Vater tötete, ist ihm nach und nach abgefault. Am Ende hat er sich selbst getötet, indem er gefesselt über eine Klippe gesprungen ist. Das war der Fluch, der jeden ereilt, der einen der Könige von Northcliff tötet.« Die letzten Worte hatte er lauter gesprochen und drehte sich nun mit verdrießlichem Blick zu Greshar und seinen Männern um, die man im fahlen Mondlicht schemenhaft erkennen konnte.

Obwohl Greshar gelassen blieb, glaubte Darian, den einen

oder anderen seiner Männer unruhig im Sattel herumrutschen zu sehen.

Die letzten Meter zum äußersten Verteidigungsring der Burg legte Darian schweigend, aber aufgeregt zurück. Vor dem mächtigen hölzernen Tor, welches in die hohe Mauer mit Zinnen eingelassen war, standen einige Menschen, und Darian fragte sich, wer sie waren.

Greshar drängte sein Pferd neben das von Darian und beantwortete seine unausgesprochene Frage.

»Lord Fehenius war so freundlich, einige Diener hinauf zur Festung zu schicken, damit sie den größten Dreck beseitigen können.«

»Ich habe Lord Fehenius gesagt, er soll verschwinden«, knurrte Darian, und Greshar zog sich wieder zurück.

Die Bediensteten machten Darian Platz, und dieser überlegte, wer nun das verzauberte Tor öffnen sollte, denn Nordhalan war noch immer nicht erschienen, und es war auch kein anderer Zauberer anwesend. Doch als er vor dem Tor stand, welches mit Eisenbeschlägen verstärkt war, öffnete sich dieses wie von Geisterhand. Knarrend bewegten sich die meterdicken Flügeltüren nach innen, und kleine Staubwölkchen wirbelten durch die Luft.

Erstauntes Gemurmel erhob sich unter den Dienern, und auch die Reiter, die hinter Darian standen, begannen leise zu reden.

»Seht nach, ob die Zugbrücke noch intakt ist und uns trägt!«, rief Torgal. Sogleich stiegen zwei seiner Männer ab und führten ihre Pferde am Zügel auf die Brücke aus dicken Holzplanken, welche sich über den Burggraben spannte. Nachdem sie das Holz eingehend untersucht hatten, nickten die beiden Männer Torgal zu, und so ritten auch Darian und seine Gefolgschaft weiter auf den inneren Verteidigungsring zu. In der Tiefe schwappte Wasser gegen die Felsen. Offensichtlich war es Meereswasser, das zu beiden Seiten tosend in den tiefen

Graben strömte, so dass man die Brandung bis hier oben hören konnte – wahrscheinlich war gerade Flut. Auch das nächste Tor, eingelassen in eine weitere mächtige Burgmauer, öffnete sich vor Darian und gab den Blick auf einen mit groben Steinen gepflasterten Burghof frei, der von einer leichten Schneeschicht bedeckt war. Alte Bäume, zumeist knorrige Eichen, jedoch auch einige Ebereschen, die noch rote Beeren trugen, wiegten sich im leichten Wind, der nach Salz und Seetang roch. Alles sah verwildert aus und war von Efeuranken und Moos überwuchert. Darian musste unwillkürlich an das Märchen von Dornröschen denken. Im Burghof war alles noch so, wie es vor fünfundzwanzig Jahren zurückgelassen worden war. Hier ein alter Eimer, dort eine verbogene Mistgabel oder ein rostiges Schwert.

Langsam stieg er von seinem Pferd, welches ein Diener ihm rasch abnahm. Darian ging die steinernen Stufen zum Eingang der Burg hinauf, auf die mit verschlungenen Mustern verzierte Pforte zu. Ein protziger Türknauf in Form eines Drachenkopfes ragte aus einer dicken Eichenholztür.

»Vielleicht sollte ich vorausgehen«, meinte Hauptmann Torgal und hielt sein gezogenes Schwert in der Hand.

»Ich dachte, niemand konnte hier herein«, erwiderte Darian abwesend und öffnete die Tür. Es war stockdunkel. Muffige, abgestandene Luft, ähnlich wie in einem Museum, schlug ihm entgegen. Als eine Ratte über Darians Füße huschte, zuckte er zusammen.

Torgal befahl zwei Dienern, Fackeln zu entzünden, und geisterhaft hallten die Schritte der beiden Männer in der Finsternis wider. Hier und da flammten ihre Fackeln auf, konnten den großen Raum jedoch nicht ganz erhellen. Erst als weitere Fackeln und große Kerzen in geschmiedeten Kandelabern entzündet worden waren, drang deren Licht langsam auch in die entlegenen Winkel der Eingangshalle vor. Der Boden war von einer dicken Staubschicht bedeckt, hier und da lagen sogar noch halb verrostete Waffen oder Kleidungsstücke herum. Stumme Zeugen der Gräueltaten, die vor langer Zeit an diesem Ort verübt worden waren. Ein dicker Kloß bildete sich in Darians Kehle, als er sich auszumalen versuchte, wie der Überfall auf seine Familie stattgefunden hatte, doch es überstieg seine Vorstellungskraft.

»Richtet eines der Zimmer so her, dass der König es bewohnen kann«, befahl Torgal mit seiner festen, dunklen Stimme, und die Diener huschten rasch die breite Treppe am Ende der Halle hinauf. Der Hauptmann stand unentschlossen vor dem jungen König, der alles stumm musterte.

»Es wird nicht lange dauern«, versicherte Torgal.

»Ich will mir die Burg ansehen.«

Torgal hielt Darian am Arm fest. »Es ist spät, Ihr solltet bis morgen warten. Es könnte …«, der Hauptmann zögerte sichtlich es auszusprechen, »… euch ein unangenehmer Anblick erwarten.« Zunächst stutzte Darian, dann aber erinnerte er sich daran, dass es vor fünfundzwanzig Jahren grausame Kämpfe gegeben hatte und Torgal ihn wohl vor dem Anblick möglicherweise herumliegender Skelette bewahren wollte. Dennoch nahm Darian ohne auf Torgals Worte zu achten eine Fackel und ging auf eine weitere große Tür zu. Der Hauptmann folgte ihm eilig.

Als Darian die hölzerne Tür aufstieß, hallte es unheimlich durch das ganze verlassene Gebäude. Darian stand im Thronsaal, und der Hauptmann entzündete rasch die alten Kerzen, die noch an den Wänden hingen. Die kleinen Flammen flackerten heftig, denn eines der Fenster, welche zum Meer zeigten, war eingeschlagen worden, und man konnte das Donnern der Wellen hören. Das spärliche Kerzenlicht verursachte tanzende Schatten und enthüllte verdorrte Blätter, die auf den dick mit Staub bedeckten Marmorfliesen lagen.

Wie in Trance ging Darian auf den Thron zu, der aus Holz geschnitzt, kunstvoll gearbeitet und mit silbernen Applikationen verziert war. Mit einer Hand strich er über die Lehne, ohne sich jedoch hineinzusetzen.

Hauptmann Torgal fand einige alte Holzscheite und entzündete diese im großen offenen Kamin. Dann zog er einen der schweren, staubigen Vorhänge vor das kaputte Fenster, woraufhin der Wind ein wenig abgehalten wurde.

Stumm und von starken Emotionen überflutet schritt Darian an der Wand entlang. In großen Bilderrahmen hingen Ölgemälde von Männern und Frauen in edlen Kleidern, manche von ihnen saßen auf Pferden, manche auf dem Thron. Auch Schlachtenszenen aus vergangenen Tagen waren darunter.

»Sind das meine Vorfahren?« Beim Klang seiner Stimme zuckte Darian unwillkürlich zusammen. In dem großen Raum hallte sie unnatürlich laut.

Torgal trat neben Darian und deutete auf ein Gemälde, welches einen Kampf mit gewaltigen, klobigen Wesen zeigte, die derbe Gesichter und eine grünlich-graue Haut hatten. »Das war Euer Großvater Isarius bei einer Schlacht gegen Trolle. Man sagt von ihm, dass er sich vor nichts und niemandem fürchtete. Er war immer einer der Ersten, die in den Kampf gezogen sind.« Torgals Finger wanderte weiter zum nächsten Bild, auf dem ein großer Mann mit dunkelblonden Haaren zu sehen war. Er stand neben einer dunkelhaarigen Frau, die ein Baby im Arm hielt. »Dies ist Euer Vater mit seiner ersten Frau. Das Kind ist Atorian.«

Stumm versuchte Darian etwas von sich selbst in dem Bild seines Vaters zu erkennen. Die Haarfarbe und vielleicht auch etwas von den Gesichtszügen ähnelten ihm. Darians Blick wanderte weiter. Auf dem folgenden Gemälde befand sich die Ölzeichnung einer Frau, die auf dem Rücken eines Pferdes saß. Sie trug ein dunkelgrünes Kleid und hatte ihre hellbraunen Haare zu einem dicken Zopf gebunden.

»Königin Adena.« Torgal seufzte wehmütig. »Sie war bei allen beliebt, eine gute Reiterin und sehr mutig.«

Eine lange Zeit starrte Darian auf das Bild seiner Mutter und versuchte verzweifelt, sich irgendwie an sie zu erinnern. Natürlich war das Blödsinn, denn er war erst wenige Wochen alt gewesen, und so sehr er sich eine Erinnerung herbeisehnte, die Menschen auf den Bildern blieben Fremde für ihn. Abrupt wandte er sich ab.

»Könnt Ihr bitte nachsehen, ob mein Zimmer fertig ist?«

Torgal betrachtete den jungen Mann besorgt, dann verbeugte er sich leicht. »Sehr wohl, ich bin gleich zurück.«

Darian war froh, endlich einmal alleine zu sein. Er ließ sich auf einem der staubigen alten Stühle nieder, die um die große Festtafel herum standen, und stützte den Kopf in die Hände. In Gedanken versunken nahm er einen Schluck aus der kleinen Flasche und versuchte, seine wirren Gedanken zu ordnen.

Kurz darauf erschien Torgal in Begleitung einer blonden Dienerin, die Darian mit einer Mischung aus Neugierde und Furcht ansah.

»Euer Zimmer ist fertig, mein Herr«, piepste sie mit vor Aufregung sehr hoher Stimme. »Ich habe Euch ein kleines Nachtmahl zubereiten lassen.«

Darian nickte ihr mit verschlossenem Gesicht zu und folgte ihr die breite steinerne Treppe hinauf. Auch hier zierten Gemälde die Wände, zeigten Männer und Frauen, die wahrscheinlich ebenfalls zu Darians Vorfahren gehörten. Die Dienerin öffnete eine Tür, und Darian fand sich in einem eilig gesäuberten Raum wieder. Ein fröhliches Feuer prasselte im offenen Kamin, und auf dem großen Bett hatte man frische Decken und Felle ausgebreitet. Außerdem standen ein holzgerahmter Spiegel, ein wuchtiger Kleiderschrank, eine Truhe und ein kleinerer Tisch mit Stühlen in dem Zimmer. Darian sah zum Fenster. Auch hier konnte man das Meer donnern hören, wenn auch etwas gedämpfter als im Thronsaal.

Müde ließ sich Darian auf das Bett sinken.

»Ich werde vor Eurer Tür Wache halten«, versicherte Hauptmann Torgal.

»Meint Ihr, das ist nötig?«

»Man kann nie wissen.« Der pflichtbewusste Hauptmann verbeugte sich, bevor er die Tür hinter sich zuzog.

Seufzend ließ sich Darian nach hinten sinken. Obwohl er todmüde war, konnte er nicht einschlafen, seine Gedanken überschlugen sich. Schließlich nahm er einen weiteren Schluck aus der Flasche und stellte fest, dass sie beinahe leer war.

Ohne sich die Mühe zu machen, sich auszuziehen, schlüpfte er unter die dicke Wolldecke und schlummerte nur wenige Augenblicke später ein.

Darian hatte keine Ahnung, wie spät es schon war, als er aufwachte. Die Sonne schien durch einen Spalt im Vorhang herein, und offensichtlich hatte irgendjemand bereits frisches Holz nachgelegt, denn das Feuer im Kamin knisterte munter.

Er nahm sich ein Stück Brot von dem unangerührten Essen des Vortages und einen Schluck Wasser. Gewohnheitsmäßig griff er nach der kleinen Flasche mit Edvans Trunk, dann stellte er sie wieder weg. Sein Bein war gut verheilt, selbst die Kruste war nun abgefallen, und nur noch eine schmale Narbe und rosafarbene Haut kündeten von der Verletzung.

Ich brauche das Zeug nicht mehr, dachte er entschlossen und stellte die Flasche in die Kommode neben seinem Bett. Dann zog er den staubigen Vorhang zur Seite, hustete ein paar Mal kräftig und sah sich um.

Die Möbel waren alle gut gearbeitet, soweit er das beurteilen konnte, aus geöltem Eichenholz gefertigt und teilweise mit kunstvollen Ornamenten verziert. Als er die Schranktür öffnete, kratzte erneut Staub in seiner Kehle. Die alten Kleider waren von Motten zerfressen und rochen muffig, dennoch nahm er ein dunkelgrünes Gewand heraus, das einige Löcher aufwies. Es duftete schwach nach Lavendel, ein Geruch, der ihm irgendwie, tief in seinem Unterbewusstsein, bekannt vorkam.

Plötzlich erinnerte er sich an das Bild im Thronsaal und vermutete, dass dieses Kleid seiner Mutter gehört hatte. Darian musste schlucken und hängte es wieder zurück in den Schrank.

Im Spiegel begutachtete er sein mit Bartstoppeln bedecktes Gesicht. Er war schmaler geworden, wahrscheinlich durch die langen Ritte in der Kälte. Das dicke hellbraune Hemd war zerknittert, die Lederhose schmutzig. Als er sich umsah, entdeckte er frische Kleider auf der Kommode. Mit den Kleidungsstücken in der Hand trat er vor die Tür und fand Torgal dort vor.

Der Mann mit den kurzen grauen Haaren verbeugte sich mit seinem gewohnt ernsten Gesicht und fragte, ob Darian gut geschlafen habe.

»Ja, danke.« Er trat unruhig von einem Bein aufs andere. »Könnt Ihr mir sagen, ob es hier eine Art Baderaum gibt?«

Der Hauptmann nickte und führte Darian den Gang entlang in das nächste Zimmer. Zu seiner Erleichterung gab es dort einen großen Badezuber, eine steinerne Waschschüssel und etwas, das man mit etwas gutem Willen sogar als Toilette bezeichnen konnte: Ein Loch nahe der Wand führte durch ein Rohr in die Tiefe.

Erleichtert wusch sich Darian den Schmutz der Reise vom Körper und zog sich dann die frischen Kleider an. Zwar fühlte er sich in der schwarzen Samthose, dem weißen Hemd mit den weiten Ärmeln und dem dunkelblauen Umhang mit dem Wappen Northcliffs etwas unwohl, aber zumindest war die Kleidung sauber und durchaus bequem.

Nachdem Darian noch um ein Messer gebeten hatte und es ihm gelungen war, sich zu rasieren, ohne sich das ganze Gesicht zu zerschneiden, ließ er sich von Hauptmann Torgal in den Thronsaal führen, wo ein üppiges Frühstück auf ihn wartete. Auch Edur saß dort und biss gerade schmatzend in ein Stück kalten Bratens.

Bereits bei seinem Eintreten hatte sich Darian gewundert, dass die Zimmer und Gemächer so sauber waren. Die Diener mussten die ganze Nacht durchgearbeitet haben. Man sah kaum noch Staub, die Spinnweben waren entfernt worden, und irgendjemand hatte einen Strohsack in das Loch im Fenster gestopft. Darian bekam ein schlechtes Gewissen. Er hatte so lange geschlafen, während die Leute hier pausenlos geschuftet hatten.

»Entschuldigt bitte, aber ich hatte einen Bärenhunger«, sagte Edur und wischte sich über den fettigen Mund. »Nachdem es beinahe Mittagszeit ist, konnte ich einfach nicht mehr länger warten.«

Das vergrößerte Darians schlechtes Gewissen, und er setzte sich hin.

»Na, wie gefällt Euch Euer neues Heim?«, wollte der Zwerg fröhlich wissen. »Mein Zimmer war nicht übel, allerdings hatte ich am Morgen eine dicke Spinne auf meiner Nase sitzen.«

Gegen seinen Willen musste Darian grinsen. »Es ist ungewohnt«, sagte er dann ernst, und sein Blick schweifte, so wie am gestrigen Abend, über die Bilder an den Wänden, »aber es gefällt mir.«

»Das ist gut«, erwiderte Edur, schon wieder mit vollem Mund.

Zwei Wachen, der Kleidung nach Männer von Torgal, standen an der Tür. Torgal selbst war nicht zu sehen, er hatte sich entschuldigt, da er nach den Pferden hatte sehen wollen.

Gerade hatte Darian mit dem frisch servierten Speck begonnen, als Greshar hereintrat. Sein breites Gesicht sah ungehalten aus und hatte beinahe die Farbe seiner Haare – leuchtend rot.

»Mein König«, er verbeugte sich flüchtig, »ich möchte nun wissen, welchen Rang ich bei Euch bekleide. Torgal kommandiert meine Männer herum, als wären sie Knappen.«

Darian ließ seine Gabel sinken und blickte den wütenden Greshar unsicher an.

»Ähm, nun, Torgal ist der Hauptmann, und Ihr …« Er suchte nach Worten.

»Ich war der Hauptmann und lasse mich nicht behandeln wie ein dummer Junge«, schnappte Greshar und ballte die Fäuste.

Fragend und hilfesuchend blickte Darian den Zwerg an, da er keinen blassen Schimmer hatte, wie er mit der Situation umgehen sollte.

»Ich werde Euch später rufen lassen und Euch sagen, was Ihr tun sollt«, zog er sich schließlich aus der Affäre.

Wutschnaubend salutierte Greshar und verließ den Raum.

Darian stützte den Kopf in die Hände. »Verdammt, ich habe keine Ahnung von Hauptmännern, militärischen Angelegenheiten und so etwas.«

Der Zwerg blickte ihn mal wieder irritiert an, genehmigte sich dann ein weiteres Stück Speck und etwas dunkles Brot.

»Die beiden werden sich niemals einigen können.«

»Was soll ich tun?«

Edur dachte kurz nach, dann hob er die kräftigen Schultern. »Wenn Ihr Torgal behalten wollt, solltet Ihr Greshar fortschicken. Entweder nach Culmara, wo er einen Teil Eurer Armee anführen kann, oder besser noch auf irgendeinen Erkundungsritt, dann ist er aus dem Weg und kann keinen Schaden anrichten.«

Darian stöhnte. Das Regieren war ihm vollkommen fremd, und selbst dieser junge Zwerg schien ihm darin überlegen zu sein. Leichte Kopfschmerzen kündigten sich an, und irgendwie fühlte er sich gereizt.

»Torgal ist mir sympathischer. Er hat meinem Vater gut gedient, und Greshar war Fehenius' Hauptmann.«

»Dann schickt ihn fort«, meinte der Zwerg leichthin.

»Hmm«, brummte Darian und hatte plötzlich keinen Hunger mehr. Er ließ Greshar kommen und verkündete, er hätte entschieden, der ehemalige Hauptmann solle mit fünf Männern seiner Wahl auf die Suche nach Nordhalan gehen.

Greshars Gesicht lief erneut rot an, doch er traute sich offensichtlich nicht zu widersprechen. So machte er auf dem Absatz kehrt und verließ sichtlich empört den Thronsaal.

»Gut gemacht«, lobte ihn Edur lächelnd. »Ich glaube zwar kaum, dass er sich sehr anstrengen wird, aber zumindest ist er fort und Torgal kann seine Position festigen.«

»Hoffen wir's.« Darian rieb sich die Schläfen und merkte, wie er immer unruhiger wurde, dann erhob er sich ruckartig. »Ich werde mich jetzt noch ein bisschen umsehen. Können wir nachher mit dem Schwertkampfunterricht beginnen?«

»Klar.« Auch der Zwerg stand auf, dann runzelte er die Stirn. »Ihr seht aber müde aus. Wir können auch bis morgen warten.«

Das Dröhnen in seinem Kopf ignorierend winkte Darian ab. »Später um … Verdammt, hier gibt es ja keine Uhr.«

»Keine was?«

»Ich lasse dich einfach suchen«, sagte Darian ohne weitere Erklärung, eilte aus dem Raum und verschwand in seinem Zimmer, wo er sofort nach der kleinen Flasche in seiner Kommode griff. Er zögerte, drehte das Gefäß in seinen Händen hin und her, und wollte es schon wieder wegstellen. Die Unruhe und hämmernden Kopfschmerzen wurden jedoch unerträglich, und so nahm er einen Schluck. Kurz darauf fühlte er sich besser, war jedoch wütend auf sich selbst und schwor sich, am nächsten Tag ohne den Trank auszukommen.

Voller Neugier schritt Darian durch die alte Burg. Überall huschten geschäftige Diener umher, welche die Spuren der letzten fünfundzwanzig Jahre beseitigten, denn viele der Räume waren noch von Spinnweben überzogen und mit fingerdicken Staubschichten bedeckt. Die Burganlage war sehr weitläufig, und vermutlich würde Darian Tage brauchen, um alles zu erkunden. Etwas, das ihn allerdings am meisten interessierte, wollte er gleich erledigen, daher erkundigte er sich bei einem der Diener nach der Schatzkammer. Der Mann wusste nicht, wo diese sich befand, versicherte jedoch, er wolle Hauptmann Torgal suchen und dazu befragen.

Darian war noch ganz vertieft in die Betrachtung der Gemälde seiner Vorfahren gewesen, als er Schritte hörte. Der alte Hauptmann kam, einen mächtigen, mit Drachenköpfen verzierten Schlüssel in der Hand, auf ihn zu.

»König Darian«, er verneigte sich, »der Schlüssel zur Schatzkammer befand sich noch im Arbeitszimmer Eures Vaters, ich habe mir erlaubt, ihn zu holen.«

»Vielen Dank.« Darian lächelte ihm zu, dann nahm er den Schlüssel aus geschwärztem Eisen in die Hand. »Ich wollte nur den Torc endlich wegsperren«, erklärte er, dann nahm er den schweren Königsring vom Hals, denn er hatte nicht gewagt, ihn irgendwo liegen zu lassen, und ihn die ganze Zeit über mit sich herumgeschleppt.

»Ich werde Euch die Schatzkammer zeigen.« Festen Schrittes ging Torgal voran, führte Darian die Treppe hinab, einen weiteren Seitengang entlang, dann blieb er in einer dunklen Nische stehen und sah sich prüfend um, doch niemand hielt sich in der Nähe auf. »Hier befindet sich der geheime Zugang zur Schatzkammer. Dieser Stein hier ist etwas heller als die anderen, außerdem ist eine fingerdicke Kerbe in seiner Mitte, die Ihr drücken müsst.« Erst als Darian genau hinsah, erkannte er, dass Torgal Recht hatte. Nachdem der Hauptmann in die Kerbe gedrückt und dann den Stein herausgezogen hatte, schwang zu Darians Erstaunen ein Teil der Mauer lautlos zur Seite. Torgal nahm eine der Fackeln von den Wänden und trat durch die Öffnung in völlige Finsternis. Darian folgte ihm. Abgestandene, feuchte Luft schlug ihm entgegen, und unwillkürlich zuckte er zusammen, als Torgal durch das Herausziehen eines weiteren Steins die geheime Tür wieder schloss. Nach und nach entzündete der Hauptmann einige alte, zum Teil zur Hälfte heruntergebrannte Kerzen an den Wänden, dann ging er eine schmale Treppe hinab in die Tiefe. Der enge Gang, die feuchten Wände und der unheimliche Widerhall ihrer Schritte vermittelten Darian das Gefühl, in eine Gruft hinabzusteigen. Mehrfach glaubte er, irgendetwas Unsichtbares würde ihn streifen, doch wenn er über die Schulter sah, konnte er nichts erkennen. Zum Glück wurde der Gang wieder breiter, als sie am Ende der Treppe angelangt waren. Torgal hielt an einer etwas mehr als mannshohen Tür an. Ein dicker Riegel, an dem ein gewaltiges eisernes Schloss hing, verwehrte den Eintritt. Auf eine auffordernde Geste von Torgal hin steckte Darian den Schlüssel ins Schloss. Es klemmte ein wenig, und Darian musste einiges an Kraft aufwenden, aber dann knackte es und das Schloss öffnete sich. Eilig schob Torgal den Riegel zur Seite, dann öffnete er die mannsdicke, von Eisenstreben verstärkte Tür aus dunklem Eichenholz. Knarrend schwang sie nach innen, und Darian blieb in der Tür stehen, bis Torgal Licht gemacht hatte. Der Hauptmann tauchte seine Fackel in ein Behältnis und murmelte hörbar zufrieden: »Zum Glück ist noch Öl da«, und bevor Darian etwas sagen konnte, erstrahlte plötzlich alles in einem weichen Licht. Rings um den Raum, der sicher nicht kleiner war als der Thronsaal, flackerten jetzt Flammen auf. Vermutlich gab es eine Art Ölrinne, die dazu diente, alles auszuleuchten. Doch bevor Darian sich noch weiter wundern konnte, ließ ihn der Anblick, den die Flammen enthüllten, stumm und staunend verharren. In seinen kühnsten Träumen hätte er sich nicht auszumalen vermocht, welch ein Reichtum unter dieser Burg lagerte. Truhen mit Goldstücken, silberne Kerzenleuchter, an denen mit Edelsteinen verzierte Ketten und Ringe hingen, Schwerter, Rüstungen, ja sogar ein Stuhl aus purem Gold waren darin zu finden.

»Euer Erbe, König Darian«, bemerkte Torgal.

Darian brachte nicht mehr als ein heiseres Krächzen heraus,

dann ging er umher und berührte all diese wertvollen Gegenstände. Er hatte das Gefühl zu träumen.

»Dies war der Torc Eurer Mutter.« Torgal verneigte sich kurz, dann hielt er Darian das kleinere, leichtere Gegenstück seines Halsrings entgegen. »Euer Vater trug seinen während des Kampfes, deshalb konnte er nach seinem Tod auf die Dracheninsel gebracht werden«, erklärte er. »Wenn Ihr eines Tages heiratet, wird dieser hier Eurer Frau gehören.«

Ehrfürchtig strich Darian über die verschlungenen Silber- und Bronzestränge. *Mia hätte ihn tragen sollen,* schoss ihm durch den Kopf, dann legte er ihn jedoch rasch auf eine Truhe und seinen Torc dazu. Außerdem nahm er das Amulett von seinem Hals. Es hatte ihn hierhergebracht, aber jetzt brauchte er es nicht mehr. Noch einmal berührte er die verschlungenen Muster und den roten Rubin, wobei er sich fragte, was gewesen wäre, wenn er Samukal nachgegeben hätte und in der anderen Welt geblieben wäre. Wäre Mia dann noch am Leben?

Gequält schloss er die Augen, dann wandte er sich ruckartig an Torgal. »Hier liegt mehr Gold und Silber, als ich jemals ausgeben kann. Ich möchte, dass die Menschen, die für mich arbeiten ausreichend entlohnt werden.«

Kurz glaubte Darian einen überraschten Ausdruck auf Torgals Gesicht zu erkennen, dann verbeugte sich der Hauptmann. »Das wird Euer Volk sehr freuen.«

Nachdem sie die Schatzkammer verlassen hatten, bat Darian Torgal, ihm den Weg zum Arbeitszimmer seines Vaters zu erklären, denn er wollte den Schlüssel wieder sicher verwahren. Nachdem Darian die breite Treppe in der Eingangshalle hinaufgestiegen war, stieß er am Ende des Ganges auf ein halbrundes Turmzimmer. Ein wuchtiger Schreibtisch stand in der Mitte, alle Fenster gingen aufs Meer hinaus. Der Raum vermittelte ihm das Gefühl, direkt über dem tobenden Ozean zu schweben. Darian wurde schwindlig, als er die kerzengerade abfallenden Klippen hinabsah, doch der Ausblick war gigantisch. Über dem Meer hingen dunkle Sturmwolken, und weit draußen brach gerade ein Lichtstrahl hindurch und tauchte alles in ein rötliches Licht. Möwen flogen in wilden Manövern am Himmel, und Schaumkronen tanzten auf dem dunklen Wasser.

Seufzend setzte sich Darian in den großen, bequemen Ledersessel. Sicher hatte hier zuletzt sein Vater gesessen und irgendwelche wichtigen Entscheidungen getroffen. Darian fand einige vergilbte Blätter mit Auflistungen, welche die Ernte in jenem Jahr betrafen, in dem er geboren worden war.

Erntemond 1406 stand in geschwungener, gleichmäßiger Schrift dort geschrieben.

Mia hatte ihm erzählt, dass mit Erscheinen von Atorian dem Ersten die Zeitrechnung in Albany neu begonnen hatte, was an die zweitausend Jahre her sein musste. Allerdings hatte Dugal, Darians Ururgroßvater, darauf bestanden, dass auch ihm diese Ehre zuteilwurde, und mit Beginn seines Amtsantritts die Zeitrechnung auf null gesetzt. Demzufolge musste nun das Jahr 1431 sein, wenngleich Mia meinte, mit der Zeitrechnung würde es hier niemand so genau nehmen, schon gar nicht die Elfen oder Zwerge.

Kopfschüttelnd blickte Darian aufs Meer hinaus. Auf eine unerklärliche Weise beruhigte ihn dieser Raum, er strahlte eine gewisse Gemütlichkeit aus. In den hohen Regalen stapelten sich eine Vielzahl an alten Büchern, die im Augenblick noch verstaubt und mit Spinnweben bedeckt waren, aber irgendwann wollte er sich einmal die Mühe machen, sie alle zu lesen.

Ich habe ja jetzt fünfhundert Jahre Zeit, dachte er ein wenig ironisch, und unwillkürlich wanderten seine Gedanken abermals zu Mia. Konnte Readonn Recht haben, und er sah sie irgendwann wieder, in einem anderen Körper? Und würde er sie dann wirklich erkennen?

Rasch wischte Darian diese Grübeleien beiseite, schwang

sich aus dem Ledersessel und nahm willkürlich eines der staubigen Bücher aus dem hohen Eichenholzregal. Es war in schnörkeliger Handschrift geschrieben und handelte von irgendwelchen Geschäftsbeziehungen mit den Zwergen.

Irgendwann verlor er das Interesse daran, machte sich auf die Suche nach Edur und fand ihn schließlich in der großen Küche der Burg, wo er sich über eine beachtliche Rinderkeule hermachte. Zahlreiche Mägde hasteten geschäftig herum und schleppten beinahe ohne Pause Vorräte herein. Als sie Darian sahen, knieten sie sich sofort auf den Boden und wirkten verwundert darüber, dass der König in der Küche erschien.

»Steht bitte auf. Ich wollte nur diesen gefräßigen Zwerg zum Schwertkämpfen abholen.«

Edur grinste und legte die Keule zurück auf den Teller. »Ihr solltet auch etwas essen, die Frauen hier verstehen etwas vom Kochen.«

Aber Darian hatte keinen Hunger, und so ging er wieder hinaus. Mit kurzen, stampfenden Schritten folgte Edur ihm ins Freie. Kaum waren sie draußen, bildeten sich weiße Atemwolken vor ihren Lippen, doch die dicken Mauern hielten zumindest etwas von dem eisigen Wind ab.

Edur, mit einem kurzen, kräftigen Schwert bewaffnet, zeigte Darian einige Angriffe und Schrittfolgen. Schon nach kurzer Zeit war Darian vollkommen außer Atem. Er bedauerte, dass er das Schwert, welches er während der Weihe in der Hand gehalten hatte, auf der Insel hatte zurücklassen müssen, denn er vermutete, dass es magische Kräfte besaß. Es hatte sich so leicht und zugleich machtvoll angefühlt.

Nun musste Darian mit einem gewöhnlichen Zweihänder kämpfen, dessen Griff mit Leder umwickelt war. Edur hatte die Waffe irgendwo im Schloss aufgestöbert und ihm gegeben. In der anderen Welt hatte Darian immer viel Sport getrieben, aber diese ungewohnten Bewegungen und die kraftvollen Schläge des Zwerges machten ihm zu schaffen.

Er hatte zunächst gar nicht bemerkt, dass Torgal ihn heimlich beobachtete. Erst als er sich keuchend auf einen Stein setzte, fiel sein Blick auf den kritisch dreinschauenden Hauptmann.

»Sagt bitte nichts, ich weiß, ich bin ein lausiger Schwertkämpfer«, stöhnte er.

Torgal war zu wohlerzogen, um seinem König so etwas zu sagen, aber sein Gesicht sprach Bände. »Ihr könntet noch etwas Übung gebrauchen«, formulierte es Torgal höflich. »Wenn Ihr gestattet, werde auch ich mit Euch die Kunst des Schwertkampfes üben.« Er verbeugte sich vor Edur. »Edur hat das sehr gut gemacht, aber die Art der Zwerge zu kämpfen unterscheidet sich etwas von jener der Menschen.«

»Ha, einfach rein in die Schlacht und draufhauen!«, lachte Edur gutgelaunt und ließ sein kurzes Schwert kreisen.

Torgal musste schmunzeln, während Darian nickte.

»Und mit dem Reiten ist es bei mir auch nicht weit her«, gab er kleinlaut zu. »Mittlerweile kann ich mich zwar auf dem Pferderücken halten, aber zu Pferd kämpfen, das traue ich mir nicht zu.«

»Selbstverständlich werde ich Euch behilflich sein.«

»Danke«, seufzte Darian und lehnte sich gegen den kalten Stein.

»Wir sollten weitermachen«, sagte Edur nach einer Weile, was Darian zu einem unwilligen Knurren animierte, denn ihm reichte es für heute.

»Wenn es Euch recht ist«, schlug Torgal förmlich vor, »werden wir zu dritt trainieren.«

»Großartige Idee!« Edurs breites Gesicht verzog sich zu einem Lachen. »Ihr seid eine Schwertkampflegende, wenn ich das bemerken darf.«

»Nicht so gut, wie Prinz Atorian es war«, widersprach Torgal. »Er hat sogar seinen Vater bei weitem übertroffen. Und ich glaube, selbst seinen Großvater, wenn dies den Geist von König Isarius nicht zu sehr beleidigt.« Er drehte sich in Richtung Westen und verbeugte sich.

»Dann bin ich wohl die einzige Null in der Familie«, murmelte Darian wütend.

»Wie bitte?«, fragte Torgal nach, doch Darian winkte ab und nahm seufzend das Schwert in die verkrampften Hände.

Noch bis zur Dämmerung hallte der Burghof vom Klirren des Metalls wider, und am Ende glaubte Darian seine Arme nie wieder heben zu können. Das Training mit Mia war anstrengend gewesen, aber die beiden hier brachten ihn wirklich an den Rand der Verzweiflung. Torgal und Edur hatten ihn abwechselnd angegriffen, und Darian war es schwer gefallen, sich auf die unterschiedlichen Kampfesweisen einzustellen. Zu Tode erschöpft schleppte sich Darian in die Burg und war mehr als dankbar, als Torgal einer Dienerin befahl, sie solle den Badezuber mit heißem Wasser füllen.

Beim Abendessen konnte Darian zwar kaum noch die Augen aufhalten, dennoch verspeiste er eine gewaltige Portion Hirschbraten mit Kartoffeln. Nur als Edur nach dem Weinkrug griff, sah er noch einmal auf. »Du trinkst Wein? Ich dachte, ihr Zwerge mögt nur Bier.«

»Nein, wie kommst du denn darauf?«, lachte Edur und genehmigte sich einen tiefen Schluck. »Gut, du hast Recht, die meisten Zwerge bevorzugen Bier und Morscôta, aber immer wenn ich etwas Wein bekommen kann, scheue ich mich nicht, ihm ordentlich zuzusprechen. Für Horac ist meine Vorliebe für Rotwein natürlich ein sicheres Zeichen, dass aus mir nix mehr wird!«

Während Edur und Darian weiterhin über Alkohol philosophierten, beobachtete Hauptmann Torgal den jungen König heimlich. Kein Wort war über Torgals Lippen gekommen, aber es verwunderte ihn doch sehr, dass niemand den jungen Mann entsprechend ausgebildet hatte. Darian besaß durchaus

Talent, doch seine Fähigkeiten entsprachen höchstens denen eines Jungen von etwa dreizehn Sommern, nicht denen eines Thronerben von Northcliff! Trotzdem glaubte Torgal, einen guten Schwertkämpfer aus Darian machen zu können, außerdem war ihm der junge Mann sympathisch.

»Wenn die Festung wieder in ihrem alten Glanz erstrahlt, müsst Ihr die Lords von Albany einladen«, stellte der Hauptmann fest, denn er hatte mitbekommen, wie unsicher Darian in diesen Angelegenheiten war.

Darian stöhnte auf und murmelte, ihm würde alles wehtun, er wolle nur noch ins Bett.

Kapitel 11

Fehenius' List

Auch am nächsten Tag trainierte Darian wieder mit Hauptmann Torgal und dem Zwerg im Burghof. Am Morgen konnte er sich noch recht gut behaupten, doch gegen Nachmittag wurde er unkonzentriert und fahrig. Nichts wollte ihm gelingen, und seine ungeschickten Attacken wurden zunehmend aggressiv.

Hauptmann Torgal hielt mit einer gekonnten Bewegung Darians Klinge auf. »Ihr müsst Euch konzentrieren und Eure Wut zügeln.«

»Verdammt noch mal, das war doch ganz gut.«

»Ihr müsst Ruhe bewahren, mein König.«

Darian kniff die Augen zusammen. Torgals Worte drangen kaum durch das Dröhnen in seinem Kopf.

»Wir machen Schluss für heute«, sagte er entschlossen.

»Es ist noch Tageslicht übrig, und morgen …«, wagte Edur einzuwenden.

»Es reicht!« Darian stürmte in die Burg. Er brauchte unbedingt etwas von Edvans Trank, aber als er die Flasche an die Lippen hob, benetzten nur noch wenige Tropfen seine Lippen. Gereizt warf Darian das Behältnis an die Wand, und es zerschellte in hunderte von Splittern. Er presste die Hände gegen seine Schläfen, aber die Kopfschmerzen wollten nicht besser werden.

»Verdammt, was ist das für ein Teufelszeug?«, knurrte er und warf sich aufs Bett.

Auch als die Dunkelheit schon lange über die Burg von Northcliff hereingebrochen war, ging es ihm nicht besser. Mit barschen Worten schickte er eine Dienerin, die ihn zum Abendessen holen wollte, wieder weg. In dieser Nacht tat Darian kein Auge zu. Sein Kopf pochte und fühlte sich an, als wolle er jeden Augenblick zerspringen, außerdem wurde er immer gereizter.

Am Morgen hielt es Darian nicht länger aus, er musste Fehenius fragen, wo Edvan war. Noch wollte er es sich nicht eingestehen, aber er brauchte diesen Trank.

Hauptmann Torgal betrachtete Darian sichtlich beunruhigt, als er ihm auf dem Weg nach draußen über den Weg lief.

»Geht es Euch nicht gut? Ihr seht etwas ... bleich aus, wenn ich das bemerken darf.«

»Blödsinn. Ich reite nach Culmara, ich muss mit Fehenius sprechen«, antwortete er knapp und strich sich die wirren dunkelblonden Haare aus dem Gesicht.

»Heute ist das Wetter aber sehr schlecht ...«, wandte der alte Hauptmann ein und betrachtete Darian mit sorgenvoller Miene.

»Das ist mir egal.« Darian stürmte zu den Stallungen. Er befahl einem Knappen, sein Pferd zu satteln und schloss die Augen in der Hoffnung, die üblen Kopfschmerzen würden endlich nachlassen. Am Ende schaffte er es kaum noch, sich in den Sattel zu ziehen. Torgal hatte zwischenzeitlich sein eigenes Pferd gesattelt und zehn weitere Männer geholt, die sie nun begleiteten.

»Seid Ihr sicher, dass Ihr reiten wollt?«

Statt einer Antwort nickte Darian nur und trieb sein Pferd eilig an. Allerdings hatte er schon nach dem ersten Trab das Gefühl, sich übergeben zu müssen, und auch der Wind, der Regen mit sich brachte, half nicht unbedingt, sein Wohlbefinden zu steigern.

Als sie endlich die kleine Stadt erreichten, war er am Ende

seiner Kräfte. Vor Fehenius' Herrenhaus rutschte er erschöpft vom Pferd und wies Torgal an, in einem Gasthaus zu warten.

»Ihr solltet nicht alleine zu Fehenius gehen.«

»Er wird mich kaum umbringen«, würgte Darian mühsam heraus und konnte kaum noch aus den Augen schauen.

Torgal hielt ihn am Arm fest. »Ich kann Euch unmöglich …«

»Verdammt, dann wartest du eben draußen!«, schrie Darian und hastete die Stufen zum Herrenhaus hinauf.

Mit zitternden Händen klopfte Darian an die Tür. Ein dürrer Diener mit spitzem Gesicht öffnete und sah ihn gelangweilt an.

»Ich bin König Darian und will Fehenius sehen«, stieß Darian hervor.

Der Diener bedachte Darian mit einem kritischen Blick, und ihm war durchaus klar, dass er nass und erschöpft, wie er war, vermutlich keinen sehr majestätischen Anblick bot.

»König Darian?« Das Wort ›König‹ betonte er dabei besonders.

»Ja, verdammt.«

Bevor Darian noch etwas sagen konnte, erschien Fehenius. Wie immer war er gut gekleidet, seine hellblonden, von Weiß durchzogenen Haare waren sorgfältig frisiert, sein Bart frisch gestutzt.

»König Darian von Northcliff, was für eine Ehre«, sagte er mit falscher Begeisterung und verbeugte sich. »Sicher wolltet Ihr Euch erkundigen, ob ich schon ausgezogen bin.«

Mit einem gereizten Knurren nahm Darian den Mann am Arm und zog ihn in sein Arbeitszimmer. Er schlug die Tür zu und drückte Fehenius gegen die Wand.

»Was für ein verdammtes Zeug hat Edvan mir da gebraut?«, knurrte er wütend.

»Aber, aber«, sagte Fehenius ruhig und versuchte Darian abzuwehren. »Es ist ein Heiltrank, der Euch hilft …«

»Verdammt, mein Schädel zerplatzt, wenn ich von dem Zeug

nichts nehme«, schrie Darian außer sich und kniff dann gequält die Augen zusammen.

Fehenius neigte den Kopf zur Seite und musterte ihn abwägend.

»Möchtet Ihr vielleicht etwas davon haben?«, fragte er schmeichelnd und wand sich aus Darians Griff. Er ging zum Schreibtisch und zog eine kleine Flasche aus der Schublade.

So gerne sich Darian gewehrt hätte, er konnte es nicht. Mit zitternden Händen ergriff er die Flasche und nahm einen tiefen Schluck, dann ließ er sich in den weichen Stuhl fallen und schloss die Augen. Es dauerte nicht lange, und die Wirkung setzte ein. Wie von Zauberhand verschwanden die Kopfschmerzen, und seine Hände zitterten nicht mehr.

Fehenius hatte ein triumphierendes Grinsen im Gesicht.

»Was ist das für ein Trank, und wo ist Edvan?«, wollte Darian nun mit ruhigerer Stimme wissen.

»Nun, wie gesagt«, Fehenius lächelte süffisant, »es ist ein Heiltrank.«

»Halt mich nicht für blöd.« Darian beugte sich über den Schreibtisch, und seine Augen funkelten gefährlich.

Fehenius blieb gelassen und verschränkte die Arme, wobei noch immer dieses überlegene Lächeln um seinen Mund spielte, für das Darian ihn am liebsten eigenhändig erwürgt hätte.

»Der gute Edvan befindet sich an einem sicheren Ort, von wo aus er Euch noch lange diesen wundervollen Trank brauen kann.«

»Was ist das für ein Dreckszeug?«

Mit gespielter Empörung hob Fehenius die Hände. »Aber nicht doch, mein lieber König. Dies ist ein geheimes Rezept, das Euch«, er täuschte ein Lachen vor, »ein angenehmes Dasein verschafft und mir nun, wie soll ich es ausdrücken … den Einfluss in Regierungsangelegenheiten ermöglicht, der mir ohnehin zusteht.«

Darian schwieg zunächst, dann holte er tief Luft und fragte leise: »Was wollt Ihr?«

Ruckartig erhob sich der Regent und begann im Zimmer auf und ab zu gehen. »Eines der besten Zimmer in der Festung. Mitsprache in allen wichtigen Regierungsgeschäften und den Respekt, der einem Edelmann gebührt.«

Sprachlos starrte Darian ihn an. »Das kann nicht Euer Ernst sein! Ihr steht in Verdacht, meine Familie auf dem Gewissen zu haben, und ich wäre bei diesem Dunkelelfenangriff beinahe draufgegangen.«

Betont gelangweilt begann Fehenius seine Fingernägel mit einem Brieföffner zu säubern. »Das sind alles dumme Verleumdungen. Ich wollte immer nur das Beste für Albany.«

»Und für Euch.« Darian ging mit festen Schritten zur Tür. »Das könnt Ihr Euch aus dem Kopf schlagen. Ich verlange, dass Ihr in fünf Tagen dieses Haus geräumt habt.« Gereizt knallte er die Tür von außen zu. Er würde herausbekommen, was für ein Trank das war und dann alles dafür tun, um davon loszukommen. Von dieser Ratte Fehenius würde er sich nicht erpressen lassen!

Im Inneren des Raumes saß Fehenius mit zufriedenem Grinsen und schenkte sich ein Glas Weinbrand ein.

»Du wirst wiederkommen – König.«

Torgal hatte die ganze Zeit über im kalten Regen vor dem großen Herrenhaus des Regenten gewartet. Als er Darian hinausstürmen sah, nahm er Haltung an.

»Ich möchte, dass Ihr herausfindet, wo sich Edvan der Heiler befindet.«

Mit besorgtem Blick fragte Torgal: »Seid Ihr krank? Ihr saht heute Morgen schon nicht sehr gut aus.«

Gereizt winkte Darian ab und suchte nach einer guten Ausrede. »Nein, mir geht es gut. Ich möchte Edvan auf der Burg haben, falls sich jemand verletzen sollte.«

Der ältere Mann sah ihn fragend an, nickte dann jedoch. »Ich werde einen der Männer damit beauftragen, diesen Edvan zu suchen, auch wenn er mir unbekannt ist.«

»Wer ist denn der beste Heiler der Stadt?«, erkundigte sich Darian und bemühte sich, so unbeteiligt wie möglich zu klingen.

»Ich bin mir nicht sicher, mein Herr, aber damals, als ich Eurem Vater diente, war die alte Muirna die beste Kräuterfrau, die es gab. Ob sie noch lebt, weiß ich nicht.«

Darian nahm die Zügel seines Pferdes und saß auf. »Dann bringt das bitte in Erfahrung und schickt sie auf die Burg, sobald Ihr sie gefunden habt.« Er wendete sein Pferd und ritt in Richtung Northcliff zurück, gefolgt von Torgal und einem Großteil seiner Männer.

In den nächsten Tagen saß Darian wie auf Kohlen und versuchte, sich von diesem Trank fernzuhalten. Er, der in der anderen Welt niemals Drogen angerührt, ja nicht einmal geraucht hatte, wollte sich nicht eingestehen, von diesem merkwürdigen Gebräu abhängig zu sein. Doch genau so war es.

Nach ein paar Tagen gelang es Torgal, die alte Muirna zu finden. Die klapprige, spindeldürre Greisin tauchte eines Tages auf, und Darian führte sie sogleich in sein Arbeitszimmer. Dort beauftragte er sie herauszufinden, woraus Edvans Trank bestand. Die alte Frau blieb zwei Tage auf der Burg, dann teilte sie ihm mit, sie könne nur einige wenige Kräuter darin ausmachen, Geruch und Geschmack ließen sie darüber hinaus auch eine seltsame Substanz erahnen, die ihr jedoch leider unbekannt war.

Ihre milchigen Augen bohrten sich in die von Darian. »Diesem Trank haftet etwas Böses an, haltet Euch fern davon.«

Mit einem resignierten Nicken befahl Darian Muirna niemandem etwas davon zu erzählen, und schickte sie mit einem kleinen Beutel Gold nach Hause. Dann ließ er sich in den Ledersessel fallen, der mittlerweile sein Lieblingsplatz war, und starrte auf das tobende Meer hinaus.

Darian war verzweifelt. Er konnte es nicht fassen, dass es Fehenius tatsächlich gelungen war, ihn von diesem Trank abhängig zu machen. Angewidert betrachtete Darian die Glasflasche. Nun blieb nur noch Edvan, und er hoffte inständig, dass Torgal ihn fand.

Während der nächsten Tage trainierte Darian weiterhin mit Edur oder Torgal und bemühte sich sehr, seine wachsende Unruhe zu verbergen, doch in der kleinen Flasche war kaum mehr genug für weitere zwei Tage.

Nachdem Edvan offensichtlich nicht auffindbar war und niemand auch nur etwas von ihm gehört hatte, unternahm Darian noch einmal den Versuch, ohne den Trank auszukommen, doch nach einer Nacht und einem Vormittag, an dem er glaubte, sein Schädel würde platzen, befahl er schließlich, Fehenius holen zu lassen.

Erwartungsgemäß machte Hauptmann Torgal kein begeistertes Gesicht, doch er tat wie ihm geheißen.

Darian saß in seinem Arbeitszimmer und hielt seinen Kopf mit beiden Händen umklammert. Als es an der Tür klopfte, blickte er hoffnungsvoll auf, doch es war nur Edur, der ihn gutgelaunt zum Schwertkampftraining abholen wollte. Nachdem sie inzwischen viel Zeit zusammen verbracht hatten, hatte sich Edur während eines nächtlichen Trinkgelages endlich dazu bereiterklärt, Darian mit ›du‹ anzusprechen.

»Heute nicht«, knurrte Darian und schloss die Augen.

Der Zwerg kicherte. »Hast doch gestern gar nicht so viel gesoffen. Was ist denn los?«

»Nichts.« Gereizt rieb sich Darian die Schläfen. Selbst das Donnern des Meeres ging ihm heute auf die Nerven, auch wenn er den Klang der rauschenden Brandung sonst eigentlich mochte.

Edur begann munter vor sich hin zu plappern, bis Darian die Faust auf den Tisch knallen ließ. »Verdammt, ich habe Kopfschmerzen, kannst du nicht einfach mal den Mund halten?«

Erschrocken hielt der rothaarige Zwerg in seiner Rede über die Vorzüge der menschlichen Küche inne. »Entschuldige, wenn du möchtest, kann ich dir ein paar Kräuter bringen lassen, die helfen gegen den übelsten Kater und …«

»Nein!« Darian sprang auf. »Lass mich einfach allein.«

Sichtlich beleidigt ging Edur zur Tür und murmelte in seinen Bart: »Manchmal bist du unausstehlich.«

Die Mittagszeit war schon lange vorüber, als Torgal mit Fehenius an seiner Seite endlich eintrat.

»Lass uns alleine, Torgal«, befahl Darian.

»Mein Herr, ich muss darauf bestehen …«, setzte der Hauptmann an, doch Darian unterbrach ihn.

»Ich muss mit Fehenius unter vier Augen sprechen. Ihr könnt vor der Tür warten.«

Torgal zögerte. Es war unverkennbar, dass er sich Sorgen machte, aber letztlich verbeugte er sich mit unglücklichem Gesichtsausdruck und ging nach draußen.

Fehenius war sichtlich zufrieden und ließ sich betont langsam auf dem Stuhl vor Darians Schreibtisch nieder. »Ich wusste, dass Ihr auf meine Dienste nicht verzichten könnt.«

Darian bemühte sich, seine zitternden Hände unter Kontrolle zu halten. »Jetzt gebt mir schon den Trank.«

»Nicht so eilig.« Der Mann schlug die Beine übereinander. »Was ist mit meinen Forderungen?«

»Zuerst brauche ich diesen verfluchten Trank.« Nur mit äußerster Mühe gelang es Darian, sich zu beherrschen. Er hatte das Gefühl, irgendjemand würde seinen Kopf mit aller Gewalt zusammenpressen, und Fehenius' widerwärtiges Lächeln brachte ihn an den Rand des Wahnsinns.

»Bekomme ich mein Zimmer?«

»Ja, verdammt!«, rief Darian außer sich.

Als Fehenius in seinen Umhang griff und die Flasche auf den Tisch stellte, konnte sich Darian nicht mehr zusammenreißen. Er packte die Flasche und trank so hastig, dass er sich verschluckte.

Keuchend und nach Luft ringend wartete er darauf, dass die Wirkung einsetzte. »Ihr seid ein verdammtes Schwein, Fehenius«, murmelte er und blickte ihn aus geröteten Augen an.

»Vielleicht.« Der Regent begann wie selbstverständlich im Zimmer auf und ab zu gehen. »Wie Ihr wahrscheinlich bemerkt habt, habe ich den guten Edvan an einen sicheren Ort bringen lassen. Gewährt mir einige kleine Gefälligkeiten, und ihr bekommt regelmäßig so eine Flasche.«

Jetzt, wo Darian wieder einen klaren Gedanken fassen konnte, ekelte er sich vor sich selbst, aber er hatte es versucht – ohne diesen Trank kam er nicht aus.

»Und wie soll ich den Menschen bitte erklären, dass ich Euch plötzlich hier auf der Burg wohnen lasse?«, wollte er wissen.

Fehenius zuckte mit den Achseln, dann goss er sich wie selbstverständlich einen Schluck Weinbrand ein. »Ihr könntet sagen, Ihr seid zu der Überzeugung gekommen, dass an den dummen Gerüchten, dass ich am Verrat an Euren Eltern beteiligt war, nichts dran ist. Ihr seid jung, Ihr habt keine Erfahrung im Regieren, und Ihr braucht jemanden, der Euch unterstützt.«

In Darian brodelte es, und er verschränkte die Arme vor der Brust. Dieser Mann war ihm zutiefst zuwider, aber wie es aussah, hatte er momentan keine andere Wahl.

»Wer sagt mir, dass Ihr nicht immer mehr verlangt, damit ich diesen Trank bekomme?«

Mit einem leisen, aber bitterbösen Lachen fuhr Fehenius herum. »Niemand.«

Alle Bewohner von Northcliff, nicht wenige Menschen in Culmara und auch in den kleineren und größeren Städten und Dörfern des Nordens waren entsetzt, als bekannt wurde, dass

Fehenius als offizieller Berater eingesetzt worden war und nun auf der Festung von Northcliff lebte.

Mit triumphierendem Gesicht schritt der Regent durch die Burg, so als würde sie bereits ihm gehören. Fehenius war mehr als zufrieden. Edvan, der kleine, unbedeutende Heiler, hatte sich für ihn als Glücksfall herausgestellt.

Belustigt dachte Fehenius daran, wie Torgal verzweifelt versucht hatte, Darian ins Gewissen zu reden, doch der junge Mann hatte nicht reagiert. Edur, dieser lästige Zwerg, war sogar so empört gewesen, dass er in aller Öffentlichkeit angedroht hatte, Darian zu verprügeln. Ja, Fehenius fühlte sich gut, alles verlief so, wie er es sich wünschte.

Vierzehn Tage nach der Wintersonnenwende fand auf der Burg von Northcliff ein Fest statt, und die wichtigsten Adligen des Landes waren eingeladen worden, um den neuen König zu begrüßen. Eingangshalle und Thronsaal waren am Vortag von den Dienern festlich mit den Zweigen von Tannen, Kiefern und anderen immergrünen Bäumen geschmückt worden. Hier und da leuchteten auch die roten Beeren von Ebereschen, und über dem Thron hing ein Mistelzweig. Schon nach wenigen Stunden schwirrte Darian der Kopf, und diesmal lag das nicht an dem Trank, mit dem ihn Fehenius nun regelmäßig versorgte. Insgeheim hoffte Darian, irgendwann doch noch herauszufinden, wo Fehenius den alten Heiler gefangen hielt, um diesen dann zu fragen, welche Zutaten in dem Trank steckten und wie er von dem Zeug loskommen konnte. Doch obwohl er den Regenten beobachten ließ, ergab sich kein Hinweis über Edvans Aufenthaltsort, und selbst seine Familie, die in einem kleinen Dorf in der Nähe des Steins von Alahant lebte, wusste nichts über seinen Verbleib.

Die Lords und Ladys, die in Culmara oder auf großen Landsitzen residierten, versuchten durchaus, sich bei Darian anzubiedern, doch eigentlich war es Fehenius' großer Tag. Er spielte sich auf, als wäre *er* der Hausherr, und warb um die Gunst der Adligen, indem er ihnen Steuererhöhungen versprach. Ein besonders unangenehmer kleiner Mann, der Steuereintreiber Berem, versicherte, die Münzen mit äußerster Härte einzufordern, sollte das Volk murren.

»Ich habe dies bereits mit König Darian abgesprochen«, behauptete er immer wieder großspurig.

Hauptmann Torgal und seinen getreuen Männern sah man das Entsetzen deutlich an. Mit unverhohlener Ablehnung aber auch Ungläubigkeit beobachteten sie Darian, der verloren zwischen den in edlen Roben herumstolzierenden Adeligen stand und mit angespanntem Gesicht deren Glückwünsche entgegennahm.

»Ich habe seinem Vater die Treue geschworen«, zischte Torgal an diesem Abend Nassàr, einem seiner ältesten Kameraden zu, der sich über den jungen König empörte.

»Aber du siehst doch, dass er aus irgendeinem Grund unter Fehenius' Fuchtel steht«, knurrte der Mann mit den langen grauen Haaren, die er mit einem Lederband zusammenhielt. Eine Narbe zog sich über seine rechte Wange, wo ihn vor geraumer Zeit ein Schwert gestreift hatte.

»Und genau aus diesem Grund werde ich bleiben. Ich muss herausfinden, womit Fehenius Darian unter Druck setzt. In ihm steckt ein guter Kern, er ist der Sohn von Jarredh, er wird seinen Weg finden.«

Mit einem Schnauben wandte sich Nassàr ab, denn er wusste nicht, was er von der Sache halten sollte.

Kapitel 12

Gewissensbisse

Während der nächsten Zeit herrschte allgemeine Verwirrung in Albany, denn niemand wusste den neuen König einzuschätzen. Einerseits gewährte er dem Adel alle Vergünstigungen und traf zum Teil absurde Entscheidungen, andererseits hörte man immer wieder Geschichten vom einfachen Volk, dass König Darian selbst bei ihnen aufgetaucht sei, ihnen Entschädigung für das von Lord Berem beschlagnahmte Vieh gewährte, oder den Heiler für ihre kranken Kinder zu ihnen schickte, ohne eine Bezahlung dafür zu fordern.

Darian selbst war innerlich völlig zerrissen. Hinter jeder offiziellen Entscheidung stand Fehenius, er selbst war praktisch machtlos. Der dreiste Mann hatte sogar verlangt, Torgal zu entlassen – doch von seinem treuen Hauptmann, der trotz allem zu ihm hielt, ihn weiterhin unterrichtete und stets an seiner Seite blieb, konnte und wollte Darian sich nicht trennen. Schließlich hatte sich Fehenius breitschlagen lassen, Torgal gegen freien Zugang zu den beachtlichen Schatzkammern der Burg zu akzeptieren.

Darian fügte sich langsam, aber sicher in die Sitten dieser fremden Welt ein, kam mit dem einfachen Leben und selbst den Adligen zurecht, und wunderte sich sogar häufig, wie weit die Medizin hier fortgeschritten war. Hatte er zu Anfang noch Angst gehabt, ernsthaft zu erkranken oder gar operiert werden zu müssen, fand er nun heraus, dass Heiler und Heilerinnen grandiose Erfolge erzielten, und das teilweise mit einfachen

Kräutern. Für den Fall, dass diese natürlichen Mittel nicht mehr halfen, so war eine magiebegabte Heilerin, oft eine Nebelhexe, zur Stelle, die fast immer auch schwere Krankheiten kurieren konnte. Als Darian im Winter an einer schweren Lungenentzündung erkrankte, lernte er ein verschrobenes kleines Wesen kennen, welches laut Fehenius halb Gnom, halb Zwerg war, und das ihn innerhalb von zwei Tagen von hohem Fieber und quälendem Husten befreite. Doch so fähig diese Nebelhexen auch waren – keiner gelang es, das Geheimnis der abhängig machenden Substanz in Fehenius' Trank zu entschlüsseln, auch nachdem Darian den heilkundigen Mischlingen durch einen Boten Proben des scheußlichen Getränks zukommen ließ. Auch waren weder Nordhalan noch Edvan aufzufinden. Und so blieb Darian eine bloße Schachfigur in Fehenius' Spiel um die Macht.

Der Winter mit seinen tosenden Stürmen, Schnee und Regen verging, und ein neuer Frühling zog ins Land. Unbewusst spürte Darian, wie er sich immer mehr veränderte. Zwar entwickelte er sich nach und nach zu einem recht brauchbaren Schwertkämpfer, konnte inzwischen sogar besser reiten als die meisten seiner Leute, doch gleichzeitig wurde er auch aggressiver und gewissenloser. Mit Edur, seinem einzigen wahren Freund hatte er sich furchtbar zerstritten. Der Zwerg hatte mitbekommen, dass Darian einem Lord erlaubt hatte, einem Bauern das Land wegzunehmen, nur weil dessen Sohn einen Hirsch gewildert hatte. Der Streit war eskaliert, und Darian hatte Edur schließlich zu Boden geschlagen. Am nächsten Tag hatte der Zwerg seine Sachen gepackt und verkündet, er würde gehen.

»Du bist nicht mehr der, den ich damals in den Sümpfen kennengelernt habe«, sagte Edur zum Abschied enttäuscht. Kopfschüttelnd stieg der Zwerg auf sein Pony und ritt fort, ohne sich auch nur einmal umzudrehen.

»Edur, es tut mir leid, ich habe mich doch entschuldigt«,

rief Darian ihm hinterher. Tatsächlich bedauerte er seinen Ausbruch aufrichtig. Zumal er dem armen Bauern ja auch weiter im Süden heimlich ein neues Stück Land angeboten hatte, doch das hatte er natürlich nicht offen zugeben können.

Und so ritt Edur nun fort, während Darian verlassen im Burghof stand und der entschwindenden Silhouette nachblickte. Deprimiert verweilte er noch einige Zeit im warmen Sommerwind vor seiner Burg. Die Wiesen und Felder rund um Northcliff wiegten sich in der sanften Brise, die vom Meer her wehte. Darian hätte dieses Land aufrichtig lieben können, wäre da nicht Fehenius gewesen. Der hatte es zu verantworten, dass ihn jetzt auch noch sein einziger Freund verließ. Sicher, Torgal stand treu zu ihm, aber der war zu sehr Soldat, als dass er ihn einen wirklichen Freund hätte nennen können.

Fluchend trat Darian gegen einen Stein. Dann stürmte er in die Burg, schnappte sich sein Schwert, eine schlanke, etwa neunzig Zentimeter lange Klinge, die in einer sanft geschwungenen Parierstange endete und deren Griff mit braunem Leder umwickelt war. Das Schwert war nicht sonderlich auffallend gearbeitet, aber Darian hatte es irgendwann auf dem Markt in Culmara entdeckt, und bemerkt, wie hervorragend ausbalanciert es war. Zumeist führte er es mit beiden Händen, aber auch einhändig konnte er inzwischen kämpfen.

Den ganzen Nachmittag lang übte er mit einem unglücklichen jungen Soldaten, dem nun seine ganze Wut entgegenschlug.

Nachdem Darian sich ein wenig abreagiert hatte, beschloss er, endlich seinen Stolz zu überwinden und einen Brief an Readonn zu schreiben. Der Hüter der Steine hatte ihm schließlich seine Hilfe angeboten, und Darian hoffte, dass es dem weisen Mann, der sich offenkundig in magischen Dingen auskannte, gelingen würde, ihm tatsächlich zu helfen. Als der Brief fertig war, zögerte Darian jedoch, ihn einem von Torgals Männern anzuvertrauen. Diese hätten dem Hauptmann sicher Bericht erstattet, und Darian schämte sich entsetzlich vor ihm, denn während vieler Abende am Feuer sprach Torgal voller Stolz und Bewunderung von Atorian und Jarredh von Northcliff. Beide waren zur Legende geworden, und im Vergleich zu seinem Bruder und seinem Vater wollte Darian nicht als Schwächling oder gar Versager dastehen, der sich fremde Hilfe holen musste. Schließlich wählte er einen seiner Dienstboten aus und bot ihm einen Beutel voll Gold, wenn er den Brief sicher auf die Dracheninsel bringen würde. Der Junge, dessen Name Arden war, versicherte eifrig, er würde sofort aufbrechen und den Brief nicht aus den Augen lassen.

Noch am selben Abend traf ein Mann aus einem Dorf südlich von Culmara am Hofe ein. Er erzählte, es hätte ein Angriff von Dunkelelfen stattgefunden, die einige Männer getötet und Frauen und Kinder verschleppt hätten.

Darian saß auf seinem Thron und lauschte den Horrormeldungen. Wie immer war Fehenius an seiner Seite, doch die Geschichte schien den Regenten kaltzulassen.

Auch Torgal stand mit unbewegter Miene neben Darian und wartete, beobachtete den jungen König aber aus zusammengekniffenen Augen. »Wir erbitten dringendst Eure Hilfe«, flehte der Mann mit den blonden Haaren. Er trug einen Arm in einer blutdurchtränkten Schlinge und war sehr verzweifelt.

»Aber die Dunkelelfen wagen sich sonst selten so weit in die Nähe des Elfenlandes. Ihr lebt doch beinahe an den Rändern der großen Wälder, nicht wahr?«, fragte Fehenius mit beißender Stimme.

»Ja, Lord Fehenius.« Der Mann warf Darian einen hilfesuchenden Blick zu. »Aber sie haben viele von uns getötet. Wir können die Ernte nicht einbringen. Wir werden hungern im Winter und …«

»Du willst doch nur Gold herausschlagen«, behauptete Fehenius kalt, dann deutete er verächtlich auf die Armschlinge.

»Am Ende hat dich nur ein Hund gebissen, und jetzt bist du hier, um zu betteln.«

Von Torgal war ein empörtes Schnauben zu hören, doch Darian war bereits aufgesprungen. »Das reicht, Fehenius. Ich reite selbst mit fünfzig Mann in das Dorf, dann werden wir ja sehen, was wirklich passiert ist, und falls nötig die Dunkelelfen vertreiben.« Er nickte dem Bauern zu. »Ihr könnt Euch hier ausruhen und Eure Wunde behandeln lassen.«

Mit dankbarem Blick verneigte sich der junge Mann und trat zurück.

»Mein Herr«, protestierte Torgal erschrocken, »das ist gefährlich, und Ihr …«

»Es wird Zeit, dass ich meine neuen Fähigkeiten ausprobiere.« Mit grimmigem Gesichtsausdruck zog Darian sein Schwert. »Ich habe lange genug hier herumgesessen.«

Trotz seiner Abhängigkeit verspürte Darian einen wachsenden Drang, sich zu beweisen. Er sehnte sich danach, endlich als wahrer Erbe seines Vaters in dessen Fußstapfen zu treten.

Fehenius wirkte ein wenig verwirrt. Dann klatschte er jedoch übertrieben in die Hände. »Wie Euer Großvater! Der alte Isarius hat seine Angriffe auch immer selbst geleitet.«

»Mein König, ich ersuche Euch …«, flüsterte Torgal ihm ins Ohr, aber Darian wollte nichts hören. Er musste unbedingt aus Fehenius' Dunstkreis heraus und die Burg verlassen, sonst würde er noch ersticken. Bis der Junge, den er heute auf die Dracheninsel geschickt hatte, hoffentlich mit Readonn im Geleit zurückkehrte, würde ohnehin einige Zeit vergehen.

»Wir brechen morgen auf«, sagte er bestimmt und verließ den Raum.

In dieser Nacht konnte Darian nicht schlafen. Eine halbe Ewigkeit lang wälzte er sich im Bett herum, dann stand er auf und zog sich an. Die Wache vor seiner Tür zuckte zusammen, wahrscheinlich war der Mann eingenickt.

»Ich möchte allein sein«, sagte Darian, als der Mann sich anschickte, ihm zu folgen.

»Aber Hauptmann Torgal befahl …«

»Bin ich der König oder ist Torgal es?«, erwiderte Darian ruhig, dann ging er festen Schrittes die Treppe hinab. Fackeln erhellten die Burg, und in dem Kamin in der Eingangshalle flackerte noch die restliche Glut des Vorabends. Darian trat in den Innenhof hinaus und sog die frische, klare Nachtluft ein. Eine Luft, die niemals Autoabgase verpestet hatten, in der niemals ein Flugzeug geflogen war. Eigentlich war es wunderschön hier – wenn nicht einige Dinge verdammt falschgelaufen wären. Mittlerweile machte sich Darian keine Illusionen mehr, dass Nordhalan noch zu ihm kam. Entweder der Zauberer hatte ihn im Stich gelassen, oder er war tot. Zwar suchten Torgals Männer weiterhin das ganze Land nach ihm ab, aber Darian hatte alle Hoffnung aufgegeben. In Gedanken versunken schritt er über den Burghof. Als er Stimmen hörte, versteckte er sich schnell im Schatten eines großen Baumes.

Ein Stallbursche zog ein kicherndes Mädchen mit sich, und die beiden verschwanden in einem der Vorratshäuser. Für einen Augenblick beneidete Darian das junge Pärchen. Sie hatten keine Verantwortung zu tragen, mussten keine Entscheidungen wider ihr Gewissen treffen. Häufig fragte sich Darian, was geschehen würde, wenn Fehenius eines Tages starb. Zwar hatte der Regent ihm versprochen, ihm zu gegebener Zeit das Rezept des Trankes zu verraten, aber Darian traute dem Mann nicht. Angewidert zog er die kleine Flasche aus seiner Hosentasche.

»Soll ich den Rest meines jämmerlichen Lebens von dir abhängig bleiben?«, fragte er wütend. Mit zornigen Schritten eilte er in Richtung Meer. Hier waren die Mauern etwas niedriger, und der Wind riss an Darians Haaren. Es war mild, und die Sterne funkelten in unermesslicher Pracht von einem klaren Himmel herab. Unwillkürlich schlug Darian den Weg zu dem kleinen Friedhof ein, der unter uralten, vom Wind gebeugten Eschen lag.

Seine Eltern hatte man wegen Vahiras Bann nicht hier begraben können, aber Darian hatte einen Gedenkstein errichten lassen. Der stand nun neben den verwitterten Grabsteinen von Atorian und seiner Schwester Levinya, die nicht einmal ihren zweiten Geburtstag hatte feiern können. Stumm starrte Darian auf die Gräber. »Es tut mir leid, ich hätte alles besser machen sollen«, flüsterte er in den Wind. »Ich bin ein verdammter Versager.« Dann blickte er nach Süd-Westen, dorthin, wo er die Nebelinsel vermutete. »O Mia, wenn du wüsstest, was aus mir geworden ist.« Zum ersten Mal war er beinahe froh, dass sie den traurigen Anblick, den er bot, nicht mehr miterleben musste.

Tief in den Minen von Rodgill, einer Stadt nahe der Grenze zum Zwergenreich, saß derweil ein älterer Mann in einer durch Magie versiegelten Zelle. Er konnte nicht abschätzen, wie lange er schon hier festsaß, hatte schon längst jegliches Zeitgefühl verloren. Hier unten war es immer dunkel. Nach einem Überfall, an den er sich gar nicht mehr richtig erinnern konnte, war er in diesem berüchtigten Arbeitslager hier gelandet. In Rodgill mussten die Gefangenen, die Fehenius' Missfallen erregt hatten, ihre Strafe abarbeiten. Niemals zuvor hatte jemand lebend die Kohleminen verlassen. Nordhalan war kurz vor dem Stein von Alahant abgefangen worden, und er hegte den Verdacht, dass ein Zauberer unter den Angreifern gewesen sein musste. Denn sie hatten Nordhalan mit einem Bann belegt, mit unsichtbaren und doch unzerstörbaren Fesseln, die ihn von der Quelle seiner eigenen Macht abgeschnitten hatten. Wer dieser Zauberer gewesen war, das wusste er nicht, auch wenn er sich schon seit Ewigkeiten den Kopf darüber zerbrach. Der Einzige, dem er derartige Kräfte zugetraut hätte, war Samukal, doch der war ja schon seit Ewigkeiten verschollen – und zudem sein Freund gewesen. Ohaman? Nein, auch ihn zählte er zu seinen Freunden, und zudem war er kein sehr mächtiger Magier. Dimitan? Bei ihm hätte es ihn noch am wenigsten verwundert, aber auch Dimitans Zauber waren eher einfach gewoben und leicht zu durchschauen. Gleiches galt für Revtan und die restlichen Zauberer, Redeban und Atene, von denen er nicht einmal wusste, ob sie überhaupt noch lebten. Die Elfen schließlich hätten sich kaum zu so etwas hergegeben, wenngleich es in ihrer Macht gelegen hätte und sie wegen Vahiras Verschwinden erzürnt waren. Doch sie hätten ihn sicher nicht nach Rodgill gebracht … Es war zum Verzweifeln. Was er sich ebenfalls nicht erklären konnte, war, wieso man ihn nicht einfach umgebracht hatte. Und so saß er nun Tag um Tag verbittert in seiner vergitterten Zelle und wartete darauf, dass ihm ein Gnom schlechtes Essen brachte. Die einzige Abwechslung waren die schmutzigen, erschöpften und resignierten Männer, die mehrfach am Tag an seiner Zelle vorbeiliefen. Wahrscheinlich wusste kaum jemand, wer er war und wenn doch, so war es den Gefangenen egal. Sie schienen alle schon mit ihrem Leben abgeschlossen zu haben. Die Wächter – unter denen sich zu Nordhalans Entsetzen sogar einige gewaltige Trolle befanden – peitschten die armen Gefangenen Tag für Tag zu den Minen. Auf dem Rückweg mussten sie dann schwere Karren mit Kohle hinter sich her ziehen – und manchmal auch einen toten Mitgefangenen.

Pausenlos fragte sich Nordhalan, was aus Darian geworden war. War es Aramia gelungen, ihn sicher in diese Welt hinüberzubegleiten? Waren genug seiner Männer vor Ort gewesen, um ihm zu helfen, und hatten die Zwerge ihr Wort gehalten? Die Ungewissheit machte Nordhalan wahnsinnig, und er hatte das Gefühl, Darian erneut im Stich gelassen zu haben.

Gerade kam wieder ein Zug von zerlumpten Gefangenen vorbei. Mehr aus Langeweile trat Nordhalan näher an die Gitter heran. Er vermied es, die Stangen zu berühren, denn sie waren verzaubert, und er hatte sich schon mehrfach seine Hände daran verbrannt. Die Männer sahen alle gleich aus. Gebeugte Schultern, Schaufeln oder Hacken in den Händen, zottelige, lange Haare und Bärte, die ihnen, je nachdem wie lange die Männer schon hier waren, teilweise bis auf die Hüfte hingen.

Plötzlich blieb einer der Gefangenen stehen und stellte sich direkt vor den Zauberer. Er schnappte lautstark nach Luft, und Nordhalan runzelte die Stirn.

»Nordhalan«, keuchte der Mann mit den dunklen Haaren und einem Bart, der ihm bis weit über die Brust reichte.

»Kennen wir uns?«

Doch als der Gefangene ihm direkt in die Augen sah, da blieb Nordhalan beinahe das Herz stehen. Den magischen Schlag ignorierend, den es ihm versetzte, klammerte er sich am Gitter fest und starrte dem Gefangenen hinterher, der nun von seinem Aufseher weitergepeitscht wurde – das gerade eben konnte nur eine Illusion gewesen sein!

Dichte Regenwolken hingen am Himmel, als Darian am Morgen auf sein Pferd stieg. Er hatte keinen Schlaf mehr gefunden und war dementsprechend gereizt.

Seine Stimmung verbesserte sich auch nicht gerade, als Fehenius zu ihm geschlendert kam, gekleidet in einen neuen mit Goldnähten verzierten Umhang, den er sich extra hatte schneidern lassen.

»Euer Trank wird bis zum nächsten Vollmond reichen, wenn Ihr ihn Euch einteilt«, sagte er mit falscher Freundlichkeit und tätschelte Darians Pferd am Hals. Der Hengst, dem Darian den Namen Menhir gegeben hatte – seine Farbe und seine ganze Erscheinung hatten ihn an die mächtigen Monolithen des Steinkreises erinnert –, zeigte mal wieder seine Abneigung gegen den Regenten und biss ihn in den Arm. Darian konnte sich ein triumphierendes Grinsen nicht verbeißen, als Fehenius fluchend zurücksprang.

Mit säuerlicher Miene rieb er sich den Arm. »Lang lebe der König!«, rief er dem anreitenden Darian dann höhnisch hinterher.

Torgal trabte auf seinem Braunen dicht an Fehenius vorbei. »Dafür werde ich sorgen«, versicherte er mit stechendem Blick.

Fehenius grinste wölfisch. Er hatte gar nicht mehr vor, Darian umzubringen. Einerseits hatte er Angst vor dem Fluch, andererseits besaß er nun sehr viel mehr Macht als früher. Und die Leute würden nicht ihn, sondern den jungen König verantwortlich machen, wenn er Entscheidungen fällte, die dem Volk nicht gefielen.

Der Regent rieb sich die Hände und ging in die Burg zurück. Er wollte Darians Abwesenheit nutzen und in seinem Namen ausstehende Steuern eintreiben lassen.

Dann blieb er ruckartig stehen. Nein, zuerst musste er etwas anderes tun, und auch dies geschah besser in Darians Abwesenheit.

»Morgen nach dem Frühstück benötige ich eine Kutsche«, herrschte er den Stallmeister an, der gerade zwei Pferde auf die Weide bringen wollte.

»Sehr wohl, Lord Fehenius«, antwortete der ruhige, kräftige Mann und ging seines Weges.

Während der nächsten Tage fühlte sich Darian seit langer Zeit wieder einmal etwas freier. Im Sattel seines Pferdes war er mittlerweile zu Hause, konnte gut mit dem Schwert umgehen, und auch das Schlafen im Freien machte ihm weniger aus, als er gedacht hatte. Endlich konnte er allen erdrückenden Verpflichtungen und lästigen Entscheidungen entfliehen, und vor allem Fehenius selbst für einige Zeit hinter sich lassen.

Darian schloss die Augen. Hier, einige Meilen südlich von Northcliff und Culmara wurden die Wälder wieder dichter. Eine Vielzahl an Wildtieren bevölkerte das Land, und sogar Braunbären hatte Darian schon gesehen. Das Wetter war immer noch angenehm mild, mit einer leichten Brise vom Meer her, welche die besonders in den Abendstunden lästigen Mücken verscheuchte. Dann konnte man, wenn man genau hinsah, in der Dämmerung seltsame Wesen entdecken. Kleine, bräunliche Waldgnome, die knorrigen, zum Leben erwachten Wurzeln ähnelten, zarte Baumnymphen von schlanker, durchscheinender Gestalt mit schimmernden Flügeln, die im schwindenden Licht ihre geheimnisvollen Tänze aufführten, und Heidefeen, die über die Lichtungen schwebten. Für Darian waren das noch immer Wunder, die er jedes Mal aufs Neue bestaunte. Ein frecher Kobold hatte seinen Wachen in der ersten Nacht sämtliche Bierschläuche gestohlen. Während die Männer in der vergeblichen Hoffnung, die Kobolde noch zu erwischen, laut fluchend durch den Wald gestolpert waren, hatte Darian nur gelächelt. Den kleinen Kobold mit den feuerroten Haaren, der Knollennase und den spitz zulaufenden Ohren, der direkt über ihm auf einem Ast hockte und ihm zuzwinkerte, hatte er nicht verraten.

Auch Torgal war aufgefallen, dass Darian hier draußen in der freien Natur sehr viel gelöster wirkte. Sein sonst immer so ernstes und angespanntes Gesicht zeigte nun hin und wieder die Spur eines Lächelns.

An diesem Abend am Lagerfeuer fasste sich der ruhige und immer besonnene Hauptmann ein Herz. Eigentlich war es ihm als Soldaten nicht gestattet, so mit seinem König zu reden, aber er glaubte es Jarredh von Northcliff schuldig zu sein.

»Darf ich Euch etwas fragen, mein Herr?«, begann Torgal ernst.

Darian, der gerade eine Gruppe Baumnymphen beobachtet hatte, drehte sich um. »Was möchtet Ihr wissen?«

Torgal straffte die Schultern. »Ich habe gesehen, wie Ihr in Dörfern den Armen Gold und Silber zusteckt. Zudem lasst Ihr denen, die unter Euren Steuern leiden, heimlich Korn und Gemüse zukommen.«

Ertappt zuckte Darian zusammen.

»Keine Sorge, ich glaube nicht, dass ein anderer davon weiß«, versicherte Torgal rasch, der Darians Gesichtsausdruck richtig deutete. Der junge König hatte wohl gehofft, dass niemand seine milden Gaben bemerken würde. »Aber bitte verratet mir eins: Wieso lasst Ihr Fehenius auf der Burg wohnen und ihn all diese sinnlosen Gesetze erlassen? Es ergibt keinen Sinn, wenn das niedere Volk all seine Waffen abgeben muss.«

Darian musste schlucken, versuchte dann aber bestimmt zu klingen. »Es ist besser so, schließlich hat es schon einige Tote gegeben, wenn die Männer betrunken aus den Tavernen gekommen und in Streit geraten sind.«

»Die Bauern tragen in den Tavernen in der Regel gar keine Schwerter, und viele können sich nicht einmal eine solche Waffe leisten«, erwiderte Torgal scharf und beugte sich weiter vor. »Ist der Grund nicht vielmehr, dass sich niemand gegen die neuen Steuererhöhungen wehren können soll, die Fehenius schon wieder plant?«

Ruckartig stand Darian auf und drehte Torgal den Rücken zu. Und da vergaß der alte Hauptmann für einen Augenblick all seine Erziehung und Ausbildung, trat zu Darian und fasste ihn an den Schultern, so wie er es bei einem Freund getan hätte.

»Ich weiß, dass viel Gutes in Euch steckt. Ich habe es damals gesehen, als ich Euch das erste Mal traf.« Der ältere Mann blickte Darian fest in die Augen. »Ihr könntet ein wunderbarer König sein, so wie Euer Vater, wenn Ihr Euch nur von Fehenius lösen würdet.«

Darian starrte ihn stumm an, und der Hauptmann fuhr fort. »Womit hat er Euch in der Hand? Darian, erpresst er Euch mit irgendetwas?«

Für einen Augenblick schien es, als würde Darian etwas sagen wollen. Er fuhr sich mit der Hand über die Augen, runzelte die Stirn und biss sich auf die Unterlippe. Aber dann machte er sich mit einer wütenden Handbewegung los. »Niemand erpresst mich!«

»Aber Ihr hattet Fehenius doch schon fortgejagt«, wandte Torgal ein.

»Schluss jetzt! Ihr seid nur der Hauptmann, nicht der König, vergesst das nicht.« Darian stapfte zu seinem Bündel und wickelte sich in seine Decke.

Resigniert ließ Torgal die Schultern hängen. Einen Moment lang hatte er das Gefühl gehabt, Darian würde sich ihm anvertrauen, aber dieser Augenblick war leider viel zu schnell verflogen.

Innerlich bebend dachte Darian über das Gespräch mit Torgal nach. Fehenius wurde immer gieriger, er selbst immer verzweifelter. Zu gern hätte Darian Torgal alles gesagt, sein Gewissen erleichtert und seine Last geteilt. Schließlich war der Hauptmann derjenige, der einem Freund am nächsten kam. Würde Torgal ihm helfen können? Schon wollte Darian aufstehen, sackte dann wieder auf den harten Boden zurück. Heimlich und über mehrere Mittelsmänner hatte er erneut kleine Mengen des Trankes an sämtliche bekannten Heiler entsendet. Niemand hatte herausbekommen, worum es sich bei der Flüssigkeit handelte. Es schien hoffnungslos. Außerdem schämte sich Darian zuzugeben, dass er süchtig nach dem Trank war. All seine Hoffnungen lagen nun bei Readonn, der ihm vielleicht helfen konnte – dann musste er Torgal auch nicht die Wahrheit sagen. Es würde ihm leichter fallen, dem Hüter der Steine sein dunkles Geheimnis anzuvertrauen. Denn Torgal und seine Männer sprachen stets mit so viel Bewunderung und Achtung von seinem Vater und Bruder, dass er sich seiner eigenen Schwäche unendlich schämte.

Darians Augen wandten sich dem knisternden Lagerfeuer

zu, und er beobachtete die Funken, die über dem Holz aufstoben. Damals in Schottland hatte Mia Feuergeister beschworen. Nichts wünschte er sich sehnlicher in diesem Augenblick, als dass sie bei ihm wäre und es erneut tat.

In diesen felsigen Tiefen seines Gefängnisses fragte sich Nordhalan inzwischen, ob er einen Geist gesehen oder vielleicht geträumt hatte. Ununterbrochen hielt er Ausschau nach dem bärtigen Mann, doch er sah ihn nicht wieder. Irgendwann resignierte er und glaubte, sich tatsächlich geirrt zu haben.

Drei Tage nach seiner merkwürdigen Begegnung stand plötzlich Fehenius vor Nordhalans Zelle.

Der Regent lächelte triumphierend. »Das Oberhaupt der Zauberer in meiner Gewalt, welch eine Ehre.«

Mühsam behielt Nordhalan die Fassung. »Wozu sperrt Ihr mich hier ein? Welchen Sinn macht das?«

Lässig lehnte sich Fehenius gegen die kalten Steine. »Ich möchte gerne wissen, was aus Samukal geworden ist.«

»Samukal?« Nun war Nordhalan verwirrt, besonders als Fehenius ganz unbedarft fortfuhr und erzählte, dass Samukal ebenfalls in der anderen Welt gewesen war. »Er hat die Nebelhexe erledigt, kam jedoch nicht mit Darian durch das Portal. Denkt Ihr, er wird in der anderen Welt bleiben?«

Ein eisiger Schrecken durchfuhr Nordhalan – war Aramia wirklich tot? Er schluckte und bemühte sich, seine sich überschlagenden Gedanken zu ordnen. Dann antwortete er so ruhig wie möglich: »Wie kommt Ihr zu der Annahme, dass ich Euch etwas verrate?« Nur, wenn er Fehenius glauben machte, er hätte wertvolle Informationen, würde der ihn am Leben lassen.

»Weil ich Euch sonst verrotten lasse«, zischte Fehenius böse.

»Werdet Ihr das nicht sowieso?«, erwiderte der Zauberer.

»Ja, mag sein.« Der Regent grinste kurz und wandte sich ab.

»Lasst mich rufen, wenn Ihr gesprächsbereit seid«, rief er noch im Fortgehen.

»Was ist mit Darian? Wie geht es ihm?« So sehr Fehenius ihn anwiderte, Nordhalan konnte sich diese Frage nicht verkneifen.

Fehenius drehte sich noch einmal um, und im Licht der Fackeln erinnerte sein lachendes Gesicht an eine Dämonenfratze. »Der junge König entwickelt sich prächtig.«

Eine Antwort, die Nordhalan einen kalten Schauer über den Rücken laufen ließ.

Darian genoss den Ritt durch das wilde, von Wald, Felsen und Mooren durchzogene Land. Hier gab es keine richtigen Straßen, meist nur schmale Waldwege, die wohl hauptsächlich von Wildtieren oder den wenigen Bauern benutzt wurden, die ab und zu mal Holz schlugen und dieses dann zu ihren Siedlungen transportierten. Je weiter sie nach Süden kamen, umso mehr Bergseen durchzogen das Land. Dörfer wurden seltener, und das Waldstück westlich des Weges wirkte alt und undurchdringlich. Torgal erklärte, dass hier die Grenze zum Elfenreich verlief, und so warf Darian immer wieder neugierige Blicke in die Schatten der vielen Bäume. Irgendwie fühlte er sich beobachtet, doch es war ihm nicht unangenehm. Die Bäume schienen sich sanft, kaum sichtbar im Wind zu wiegen und ihr eigenes Lied zu singen, um ihn zu einem Besuch einzuladen.

»Überschreitet nicht die Grenze«, warnte Torgal eindringlich. Darian hatte bemerkt, dass Torgal und seine Männer während des Tages zunehmend unruhig geworden waren. Ihre Hände lagen jetzt stets am Schwertknauf. »Die Elfen mögen es nicht, wenn man ungebeten ihr Land betritt.«

Zu gern hätte Darian einen Elfen gesehen, doch er traute sich nicht, das zu sagen. Wahrscheinlich hätten es die Männer merkwürdig gefunden, dass er keine Elfen kannte.

»Morgen erreichen wir das Dorf, welches von Dunkelelfen überfallen wurde«, verkündete Torgal am Abend. Sie hatten einige Rebhühner geschossen und über dem Lagerfeuer gegrillt.

Nachdenklich nickte Darian und fragte sich, was ihn in dem Dorf erwarten würde.

Torgal teilte die Wachen ein und wickelte sich anschließend selbst zum Schlafen in seine Decke. Darian lag lange wach. Heimlich hatte er einen Schluck von dem Trank genommen, und nun starrte er mit offenen Augen in die leise im Wind wogenden Wipfel der Bäume.

Er glaubte, ein leises Singen zu hören; sanft wie ein Windhauch wehte es zu ihm herüber. Langsam stand er auf und versuchte, die Richtung zu bestimmen. Um ihn herum erklang unregelmäßiges Schnarchen. Hätte er in der Dunkelheit sehen können, hätte es ihn stutzig gemacht, dass selbst die Wachen an den Bäumen lehnten und schliefen.

Aus dem Augenwinkel heraus sah Darian, wie Menhir plötzlich den Kopf hob und eine ganze Weile in eine bestimmte Richtung schaute. Auf einmal wieherte er leise und trabte dann los.

»Menhir, wo willst du denn hin?« Darian wunderte sich, denn normalerweise musste er das Pferd nicht einmal anbinden, es blieb stets in der Nähe und entfernte sich nur wenige Schritte, um Gras zu suchen. Ohne sich Gedanken um seine eigene Sicherheit zu machen rannte Darian ihm hinterher. Das Pferd verharrte hin und wieder kurz, lauschte, aber Darian bekam den Hengst einfach nicht zu fassen, und so folgte er ihm immer tiefer hinein in den nächtlichen Wald.

Eigenartigerweise fühlte Darian weder Wut darüber, dass das Pferd einfach davonlief, noch Furcht. Es war vielmehr, als würde Menhir ihn irgendwohin führen, denn das Pferd blieb häufig stehen und schien auf ihn zu warten.

Wie hypnotisiert folgte Darian dem Hengst, der sich seinen

Weg durch dichtes Unterholz bahnte und über kleine Bäche sprang. Der Wald um sie herum hatte sich verändert, sah ganz anders aus als der, durch den sie am Tage geritten waren. Verwirrt blieb Darian stehen und sah sich um; auch der Hengst verharrte regungslos mit aufmerksam spielenden Ohren. Die Stämme der Bäume mussten uralt sein. Gewaltige Hauptstämme teilten sich in bis zu zehn einzelne Bäume, von denen jeder für sich schon mächtig war, und ihre dichten Kronen bildeten ein immenses Laubdach. Riesige Farne wuchsen zwischen den Stämmen, und mit Moos bewachsene Findlinge, auf denen schillernde Baumnymphen ungerührt im Mondlicht badeten, säumten seinen Weg. Überhaupt hatte der ganze Wald eine friedliche Ausstrahlung, so als wollten die Bäume alles und jeden, der unter ihnen wandelte, besänftigen. Ein kleiner graubrauner Hase hoppelte direkt vor Darians Füße und schnupperte an seinem Schuh herum, bevor er wieder zwischen den Farnen verschwand.

Nach einer ganzen Weile – Darian hatte jegliches Zeitgefühl verloren – trabte Menhir wieder an und war verschwunden. Darian hastete hinterher, und als er über den nächsten moosbewachsenen Hügel kam, erblickte er in dem Tal unter sich einen kleinen Steinkreis. In dessen Mitte streichelte ein Mädchen dem großen Hengst über die Nüstern. Irritiert blieb Darian stehen.

»Komm ruhig herunter«, rief die Kleine.

Zögernd ging Darian näher, und als er das Kind aus der Nähe betrachtete, kam ihm die Vermutung, dass das ein Elfenmädchen sein musste. Er schätzte sie auf zwölf Jahre, allerdings ohne zu wissen, ob Elfen genauso schnell heranwuchsen und alterten wie Menschen. Das Mädchen wirkte zart und zerbrechlich, und spitz zulaufende Ohren ragten durch ihre hellblonden Haare hindurch. Ihr schmales Gesicht strahlte Darian an, als er schließlich vor ihr stand.

»Er hat dich zu mir geführt.« Menhir legte seinen gewaltigen Kopf auf ihre schmalen Schultern und prustete ihr ins Ohr, was sie zum Kichern brachte.

»Du kennst Menhir?«, wunderte sich Darian.

»Menhir – das ist ein guter Name, früher trug er einen anderen, aber dieser gefällt mir besser.«

Verwirrt sah Darian auf das zarte Kind und seinen Hengst, der vertrauensvoll seine Nase an ihr rieb. Schlagartig fiel Darian ein, dass Torgal erzählt hatte, Menhir wäre im Elfenreich aufgewachsen, aber bevor er weiter darüber nachdenken konnte, sagte das Mädchen etwas Seltsames.

»Seit meiner Geburt warte ich auf dich.«

Verwundert runzelte Darian die Stirn. »Warum?«

»Ich heiße Lharina«, erwiderte sie, ohne auf seine Frage einzugehen. Plötzlich nahm sie seine Hand und begann mit einer Stimme zu sprechen, die gar nicht zu ihr zu gehören schien, sondern sehr viel älter und weiser klang. »Du bist der König der Menschen, aber das ist nicht deine Bestimmung. Du wirst die Völker vereinen, auch wenn du den Thron verlierst. Du musst in der Dunkelheit wandeln, um das Licht zu sehen.« Dann ließ sie ihn wieder los.

Vollkommen verwirrt starrte Darian das Mädchen an, doch bevor er noch etwas sagen konnte, standen plötzlich etwa zwanzig mit Langbogen bewaffnete Elfen rund um den Steinkreis. Darian hatte sie nicht kommen hören, sie waren plötzlich einfach da, teils dunkle, teils silbrig beleuchtete Silhouetten.

»Legt Eure Waffe nieder«, erklang die befehlsgewohnte Stimme eines hochgewachsenen Elfen mit langen blonden Haaren. In die Farben des Waldes gekleidet, trug er neben dem aufgespannten Bogen auch ein schlankes Schwert an einem Ledergürtel um die Hüfte. Lharina trat rasch zu Darian und drückte ihm etwas in die Hand. »Bewahre es auf, bis der richtige Zeitpunkt gekommen ist«, flüsterte sie, dann wich sie zurück.

»Er hat mir nichts getan«, rief sie mit ihrer glockenhellen Stimme.

Die Elfen schienen ihr das nicht zu glauben und zielten alle auf Darian, der unsicher im Steinkreis stand. Er wagte nicht nachzusehen, was das Mädchen ihm gegeben hatte.

Gehorsam zog er sein Schwert langsam aus der Scheide und legte es auf den Boden, dann hob er die Hände. Doch bevor er noch etwas sagen konnte, brach jemand durch das Gebüsch.

»Senkt Eure Bogen!«, rief Torgal zornig durch die Stille des Waldes.

Zehn der zwanzig Bogen drehten sich in Richtung der Soldaten, die auf der Suche nach Darian ins Elfenreich eingedrungen waren. Menschen und Elfen starrten sich an.

»Das ist unser Land, ihr habt hier nichts zu suchen«, sagte der große blonde Elf, der wohl der Anführer war.

Torgal, nicht viel kleiner, stand ihm gegenüber, nur etwa zehn Schritte entfernt. »König Darian hat sich verlaufen, wir wollten ihn nur zurückholen.«

»König Darian.« Der Elf hob überrascht eine Augenbraue. »Der Erbe von Northcliff«, fügte er hörbar zynisch hinzu.

»Ich wusste nicht, dass ich in Euer Land eingedrungen bin«, meldete sich nun Darian zu Wort. »Da war dieser Gesang und ich ...«

»Ihr habt die Tochter des Elfenkönigs entführt«, behauptete der Anführer der Elfen.

»Ich habe was?«, fragte Darian fassungslos.

Die Luft schien vor Spannung zu knistern, als die Bogen der Elfen noch etwas weiter aufgezogen wurden, ohne Knarren, ohne Geräusch. Die schlanken Krieger machten einen weiteren drohenden Schritt auf Darian zu, ließen Torgals Männer dabei aber nicht aus den Augen. Auch Torgal trat einen Schritt vor, und Darian konnte selbst aus der Entfernung die Anspannung auf seinem Gesicht erkennen.

Nun trat Lharina mit federnden Schritten zu dem blonden Elfen und legte ihm ihre kleine Hand auf den Arm. »Tahilán, er hat mir wirklich nichts getan. Ich war es, die ihn mit meinem Gesang zum Steinkreis gelockt hat.«

Nun wandelte sich die so beherrschte, strenge Miene des Elfen in Unglauben. »Warum habt Ihr das getan, Prinzessin?«

Lharina lächelte verträumt. »Die Ahnen haben es mir aufgetragen.« Sie wandte sich um und lächelte ohne Furcht zu dem großen Elfen auf. »Kommt jetzt, lasst uns gehen.« Mit hüpfenden Schritten verschwand sie hinter dem nächsten moosbewachsenen Findling.

Auf eine kaum wahrnehmbare Geste von Tahilán hin senkten die anderen Elfen ihre Waffen.

»Sie ist von den Ahnen gesegnet, und ihr Wort ist Gesetz. Geht in diese Richtung«, er deutete nach links, »und betretet das Elfenreich nie wieder ohne Erlaubnis.« Noch einmal warf er Darian einen merkwürdigen Blick zu, dann verschwanden Tahilán und seine Männer wie Rauch im Wind.

Torgal stieß hörbar die Luft aus und senkte sein Schwert. »Im Namen der Götter, König Darian, was ist nur in Euch gefahren, ganz alleine ins Elfenreich einzudringen?« Der ältere Mann hatte wütend die Stirn gerunzelt, doch man hörte auch die Sorge in seiner Stimme.

»Ich wusste nicht, dass das hier das Elfenreich ist«, versuchte Darian zu erklären. »Ich bin Menhir gefolgt, er rannte plötzlich los …«

»Es muss Zauberei im Spiel gewesen sein. Ich fand die Wachen schlafend vor. Die Strafpredigt, die ich ihnen gehalten habe, war offensichtlich überflüssig.«

Die Männer, die hinter Torgal standen, grinsten zögernd.

»Was hat das Mädchen zu Euch gesagt?«, wollte der Hauptmann wissen.

»Nicht so wichtig.« Darian fasste Menhir am Zügel und eilte in die Richtung, die der Elf ihnen gedeutet hatte. Es drängte ihn so schnell wie möglich nachzusehen, was in dem kleinen Säckchen war, das Lharina ihm gegeben hatte.

Mit wenigen Schritten war Torgal neben ihm. »Man erzählt sich, die Tochter des Elfenkönigs sei von den Ahnen der Elfen gesegnet und wäre die Wiedergeburt einer Elfe, die in die Zukunft sehen konnte.«

Mit einem Ruck blieb Darian stehen. Hatte ihm Lharina also wirklich seine Zukunft vorhergesagt? Aber was hatten ihre Worte zu bedeuten? Eine ganze Weile lang starrte er den Hauptmann an, dann ging er stumm weiter.

Als sie ihren Lagerplatz wieder erreichten, stand der Mond noch nicht weit im Westen, und so beschlossen sie, noch etwas zu ruhen. Torgal bestand darauf, diesmal selbst Wache zu halten. Es war Darian sehr wohl bewusst, dass ihn der Hauptmann beobachtete, daher tat er so, als würde er schlafen.

Erst im Morgengrauen holte Darian das kleine Stoffsäckchen wieder hervor und öffnete es gespannt – es enthielt nichts als silbrigen Staub.

»Und was soll ich mit dem Zeug?«, knurrte er enttäuscht, hängte sich das Säckchen jedoch trotzdem um den Hals. Überrascht stellte er fest, dass es plötzlich nicht mehr sichtbar war, obwohl er es noch deutlich spüren konnte. Verwirrt runzelte Darian die Stirn – eine seltsame Magie musste hier im Spiel sein.

Bewahre es auf, bis der richtige Zeitpunkt gekommen ist. Lharinas Worte beschäftigten ihn noch eine ganze Weile, aber ihren Sinn konnte Darian nicht enträtseln.

Wie der Hauptmann versprochen hatte, erreichten sie am nächsten Tag das auf einer Lichtung im Wald gelegene, übel zugerichtete Dorf. Die Felder waren verwüstet, fünf der neun Hütten verbrannt, und auf dem kleinen Friedhof sah man frische Gräber.

Verängstigt aussehende Männer und Frauen kamen zögerlich aus den verbliebenen Hütten und blickten die Soldaten aus Northcliff mit einer Mischung aus Hoffnung, aber auch Scheu an. Ein älterer Mann mit halblangen Haaren, die überwiegend weiß waren, trat vor. Er hinkte deutlich, und auf der Stirn hatte er eine verkrustete Wunde. »Wir danken Euch vielmals und sind sehr froh, dass König Darian Euch geschickt hat.«

»Das *ist* König Darian«, erwiderte Torgal scharf.

Mit offenen Mündern gafften die Bauern Darian auf seinem ungewöhnlichen Pferd an, dann knieten sie erschrocken auf den vom letzten Regen aufgeweichten Boden nieder.

»Mein Herr, wir haben diese Ehre nicht verdient«, stammelte der Mann. »Mein Name ist Rugen, ich bin der Dorfvorsteher und …«

»Bitte, steht auf«, sagte Darian verlegen und schwang sich von seinem Hengst. »Wir sind hier, um euch zu helfen.«

Hastig drehte sich Rugen um. »Los, bringt die Pferde auf die Weide und holt das beste Essen«, schrie er aufgeregt den anderen Dorfbewohnern zu.

Darian hob abwehrend eine Hand. »Wir haben genügend Proviant dabei. Ihr habt offensichtlich schon genug verloren.« Sein Blick schweifte über die zerstörten Felder.

Rugen riss die Augen so weit auf, dass sie ihm aus dem Kopf zu fallen drohten.

»Bitte zeigt uns alles«, verlangte Darian von Rugen.

Der Dorfvorsteher führte die Soldaten umher, zählte auf, was alles geplündert worden war und in welcher Richtung die Angreifer verschwunden waren.

»Wann fand der Angriff statt?«, wollte Torgal wissen.

»In der Abenddämmerung, mein Lord.« Rugen verbeugte sich ehrfürchtig.

»Ich bin kein Lord.« Torgals Blick schweifte über die Zerstörung, dann wandte er sich an Darian. »Das sieht nicht nach einem Dunkelelfenangriff aus.«

»Woran erkennt Ihr das?« Darian hielt inne darin, Goldmünzen an die sichtlich überraschten Dorfbewohner zu verteilen. Torgal machte ihm ein Zeichen, mitzukommen.

»Dunkelelfen greifen in der Regel mitten in der Nacht an, wenn alles schläft. Sie sind gewissenlose Mörder und stehlen, was sie brauchen, aber sie verwüsten weder Felder, noch stecken sie Hütten in Brand.«

»Gut«, Darian war nicht ganz klar, worauf Torgal hinauswollte, »und wer war es dann?«

Der Hauptmann zuckte mit den Achseln. »Wer von euch hat während des Angriffs einen Dunkelelfen aus der Nähe gesehen?«, rief er in die Menge.

Getuschel war zu vernehmen. Schließlich trat eine magere Frau vor. Sie hielt den Kopf gesenkt, und fettige Haare fielen vor ihr ausgemergeltes Gesicht. »Einer von ihnen kam in unsere Hütte, er zerrte meine Schwester mit sich.« Sie schniefte laut.

»Konntest du wirklich erkennen, dass es ein Dunkelelf war?«

»Einen schwarzen Umhang trug er, und lange silbrige Haare blitzten daraus hervor«, berichtete sie mit weit aufgerissenen Augen. »Er bewegte sich geschmeidig.«

»Und ihr habt gesehen, dass sie eure Felder vernichteten?«

»Nein, das waren die Trolle«, widersprach Rugen.

»Trolle?« Nun wirkte Torgal verwirrt.

Rugen nickte eifrig. »Nachdem die Dunkelelfen unsere Vorräte geplündert hatten, hörten wir ein Horn, und dann kamen die Waldtrolle. Sie hatten wohl im Unterholz gewartet und haben dann die Felder zerstört.«

»Dann waren die Angreifer keine Dunkelelfen«, behauptete Torgal, und seine Männer, alles erfahrene Krieger, nickten zustimmend.

Unter den Dorfbewohnern brachen hitzige Diskussionen aus.

»Wie kommt Ihr darauf, dass es keine Dunkelelfen waren?«, wollte Darian wissen.

Torgal fasste ihn am Arm, führte ihn zu den verwüsteten

Feldern, an deren Grenzen eine breite Schneise in den Wald geschlagen war. »Dunkelelfen stehlen und morden heimlich. Sie sind fantastische Schwertkämpfer und wären niemals auf die Hilfe von Trollen angewiesen. Andere Rassen halten sie ohnehin für schwächlich und minderwertig, aber die derben Trolle sind für sie der Abschaum der Schöpfung.«

»Aha.« Nicht zum ersten Mal kam sich Darian ziemlich dumm und unbeholfen vor. »Dann wissen wir zumindest, wer es nicht war.«

»Wir sollten ihre Spuren verfolgen«, schlug Torgal vor.

»Gute Idee.«

Also saßen die Männer rasch wieder auf, begleitet von den dankbaren Rufen der Dorfbewohner.

Torgal ließ mit routinierter Sicherheit seine Männer ausschwärmen und nach Spuren suchen. Die breite Schneise, welche die Trolle geschlagen hatten, verlor sich rasch wieder, offensichtlich hatten sich einige von ihnen abgesondert und nach Osten aufgemacht. Unterwegs fand man eilig verwischte Lagerfeuer, abgenagte Knochen und anderen liegengelassenen Unrat.

»Niemals würde ein Dunkelelf solch deutliche Spuren hinterlassen«, erklärte Torgal. »Sie wären schon lange wieder irgendwo unter der Erde verschwunden.«

»Bitte, erzählt mir mehr von den Dunkelelfen«, bat Darian.

»Leider wissen die Rassen der Oberfläche nicht viel über dieses Volk, denn die Begegnungen enden in der Regel tödlich. Was allgemein bekannt ist, ist, dass sie zu den besten Schwertkämpfern Albanys gehören. Ich glaube, sie können selbst die meisten Elfen besiegen, und die sind berühmt für ihre Kampfkunst – auch wenn der Umgang mit der Waffe nicht ihr vorrangiges Bestreben ist.« Torgal blickte Darian ernst an. »Dunkelelfen haben an die tausend Sommer Zeit, ihre Kampfkunst zu perfektionieren, und man sagt, während ihrer Grundausbildung machen sie nichts anderes, als Tag und

Nacht zu trainieren. Erst nach achtzig Sommern und Wintern wird es einem jungen Dunkelelfen überhaupt erlaubt, an die Oberfläche zu kommen, und dann ist er für die meisten Menschen schon der tödlichste Gegner, den man sich vorstellen kann.«

»Kann sie überhaupt jemand bezwingen?«

Torgal zuckte die Schultern. »Ich habe gegen sie gekämpft, und einige meiner Männer ebenfalls. Wie Ihr seht, war mir das Glück hold, vielen meiner Gefährten jedoch nicht.« Dann lächelte er traurig. »Euer Bruder Atorian hätte es mit ihnen aufnehmen können. Und vielleicht werdet auch Ihr es eines Tages vermögen, mein König.« Torgal legte ihm eine Hand auf die Schulter und blickte ihm fest in die Augen.

Mit vorsichtigem Lächeln nahm Darian dieses Lob an. Bisher hatte er nur Übungskämpfe ausgetragen, und obwohl ihm Torgal versicherte, dass er gute Fortschritte machte, war Darian sich nicht sicher, ob er Torgals Vertrauen auch wirklich verdiente. Andererseits war Torgal nicht der Mann, der ihm etwas vorlog, nur um ihm zu schmeicheln.

Nach einer feuchten Nacht im leichten Nieselregen trafen sie auf deutliche Spuren, die selbst Darian nicht übersehen konnte. Große Fußstapfen, die nur vier Zehen zeigten, prangten im frischen Matsch, und Büsche und kleinere Bäume waren niedergetrampelt worden.

Torgal bedeutete den Männern auszuschwärmen. »Ihr bleibt in meiner Nähe und haltet Euch zurück, falls es zu einem Kampf kommt«, wies er den König an.

Darian fasste die Zügel seines Pferdes fester und nickte. Plötzlich tauchten klobige Gestalten in Lederrüstungen vor ihnen auf. Einige etwas größer als ein hochgewachsener Mann, andere kleiner, aber alle deutlich muskulöser und breit wie ein Schrank. Ihre derben, wulstigen Gesichter waren von einer borkenartigen, grünlich-grauen Haut überzogen und aus ihren breiten Mündern ragten zum Teil Hauer wie bei einem Eber.

Die Trolle stapften achtlos durch den Wald und hatten meist Keulen oder schartige Schwerter in den dicken Händen.

Ehe Darian noch glauben konnte, dass sie tatsächlich mit Trollen kämpfen würden, hatte Torgal bereits den Befehl zum Angriff gegeben. Und bevor die Trolle wussten, wie ihnen geschah, zischten Pfeile und Armbrustbolzen durch die Luft. Die meisten von ihnen wurden niedergestreckt. Weiter vorne brach Tumult aus. Irgendjemand schrie etwas, dann rannten in schwarze Umhänge gehüllte Gestalten in Darians Richtung.

Torgal lenkte sein Pferd vor Darians Hengst, doch es gelang ihm nicht, alle Angreifer alleine abzuwehren. Auch Darian zog sein Schwert. Eine Gestalt mit einer langen spitzen Klinge verfehlte haarscharf sein Bein. Darian riss Menhir herum, und seine Waffe schlug die des anderen zur Seite. Mittlerweile hallte der ganze Wald wider von klirrenden Schwertern und Schreien. Ein weiterer Mann bedrängte Darian von rechts. Rasch stach er zu, und als er spürte, wie seine Klinge menschliches Fleisch durchschnitt, wurde ihm für einen Augenblick übel. Doch er konnte nicht lange darüber nachdenken, denn plötzlich sprang ihn der erste Angreifer an und riss ihn vom Pferd. Beide kugelten auf den Boden und rangen miteinander. Zum Glück war es Darian gelungen, sein Schwert in der Hand zu behalten. Hastig stand er auf, und er und sein Gegner umkreisten sich lauernd. Dieser war etwa so groß wie Darian, vielleicht ein klein wenig schlanker. Von seinem Gesicht war in den Tiefen der Kapuze nichts zu erkennen. Dann griff Darians Widersacher mit geschmeidigen, katzenhaften Bewegungen an. Darian wehrte ihn ab, so wie Torgal es ihm beigebracht hatte, musste aber dennoch hart um sein Leben kämpfen. Um ihn herum fochten der Hauptmann und seine Männer mit den restlichen Trollen und den verhüllten Kriegern, die sehr viel gefährlicher waren als ihre großen, ungelenken Verbündeten. Flink und mit wirbelnden Klingen schlugen sie gnadenlos zu und brachten Torgals Krieger sichtlich in Bedrängnis.

Verbissen kämpfte Darian mit seinem Gegner. Schon hatte er einen flüchtigen Treffer am Arm abbekommen, bei dem das Kettenhemd zum Glück Schlimmeres verhindert hatte. Darian stach zu, parierte, und versuchte, durch die Deckung seines Gegners zu dringen, doch er fand keine Lücke. Nach einer Weile merkte er, wie ihm der Schweiß in den Augen brannte; er wusste nicht, wie lange er noch durchhalten konnte. Dann riss der Gegner seine Waffe zu weit nach oben. Darian nutzte die Gelegenheit und schlitzte ihm das Bein auf. Dem Mann entfuhr ein unterdrückter Schmerzensschrei, er sprang geschmeidig zurück – und stolperte über eine dicke Wurzel. Darian setzte ihm nach und erwischte den Mann mit der flachen Seite seiner Klinge am Kopf. Der Fremde taumelte, schickte sich aber dennoch zum Gegenangriff an. Instinktiv stieß Darian vor. Er spürte, wie sein Schwert in den ungeschützten Bauch des Gegners schnitt, und zog erschrocken seinen Arm zurück. Wieder schwankte der Mann, sein eigenes Schwert erhoben, auf Darian zu. Dieser vergaß nun all seine Skrupel und stach noch einmal zu. Ein schmatzendes Geräusch ertönte, Blut lief die Rinne von Darians Schwert entlang. Darians Gegner brach zusammen, zuckte noch ein paar Mal, dann lag er still. Heftig atmend und zittrig starrte Darian auf die Leiche. Er hatte jemanden umgebracht, einen Mann, vermutlich einen Dunkelelfen. Plötzlich gaben seine Beine nach. Er ließ das Schwert in dem toten Körper stecken und schwankte zum nächsten Gebüsch, wo er auf die Knie sank. Verzweifelt versuchte er, die Übelkeit niederzukämpfen, aber die Erinnerung daran, wie er sein Schwert in den Leib eines fühlenden Wesens gebohrt hatte, ließ ihn nicht los, und schließlich übergab er sich heftig würgend.

Undeutlich bekam er mit, wie ein Horn ertönte, hörte Schreie, aber all das drang nicht wirklich in sein Bewusstsein. Irgendwann hatte er sich seines Mageninhalts entledigt, aber die Schuldgefühle, getötet zu haben, verschwanden damit nicht. Im Training hatte sich das alles immer so leicht angehört. Überliste deinen Gegner, durchbrich seine Deckung, und töte ihn, bevor er dich tötet. Die Realität war ganz anders und sicher nicht damit zu vergleichen, was er in England, gemütlich in einem Kinosessel sitzend, in heroischen Abenteuerfilmen gesehen hatte.

Darian zitterte am ganzen Körper, sein Gesicht war schweißbedeckt, und obwohl er nur noch Galle erbrach, wurde ihm schon wieder übel. Leise wimmernd schlang er die Arme um seinen Oberkörper und legte den Kopf auf den Waldboden.

»Darian, seid Ihr verletzt?« Zu Tode erschrocken fasste Torgal Darian an der Schulter.

Abwehrend hob Darian eine Hand und presste ein: »Lass mich«, hervor.

Große Sorge stand in Torgals Blick, als er sich neben Darian kniete und ihn prüfend musterte. »Lasst mich sehen, wo seid Ihr verwundet? Legt Euch hin, dann kann ich …«

»Nein, mir fehlt nichts.« Darian atmete tief durch und kam dann trotz Torgals Protest zittrig auf die Beine. Jetzt bemerkte Darian, dass der Hauptmann selbst einen Schnitt über dem Auge hatte und dass Blut über sein Gesicht lief.

»Ihr solltet das verbinden.« Darian hielt sich an einem Baum fest und sah sich um. Zwölf Trollleichen lagen am Boden, außerdem zwei Gestalten in dunklen Umhängen – eine davon hatte er getötet. Würgend schloss er ganz kurz die Augen und spürte dann, wie ihn Torgal fest am Arm fasste.

»König Darian, falls Ihr eine Kopfverletzung oder durch einen Sturz innere Blutungen …«

»Nein, Torgal, mir fehlt wirklich nichts, bis auf ein paar blaue Flecken vielleicht.« Ganz langsam legte sich die zittrige Schwäche etwas, und Darian blickte verlegen in Torgals noch immer besorgtes und leicht verwirrtes Gesicht.

»Ich habe heute zum ersten Mal in meinem Leben getötet«, gab Darian zögernd zu.

Torgal stutzte sichtlich, und Darian fühlte sich in diesem Moment wie ein dummes kleines Kind, ein Versager, komplett unwürdig. Torgal würde ihn bestimmt verachten.

Doch dann und zu seiner Verwunderung tat der alte Krieger etwas, was Darian dem stets korrekten und immer eher distanzierten Mann gar nicht zugetraut hätte. Torgal umarmte ihn und drückte ihn tröstend.

»Verzeiht, Darian, ich hätte daran denken müssen.« Er nahm Darian an den Schultern und sah ihm fest und mit großer Ehrlichkeit in die Augen. »Meine Männer und ich sind schon seit langer Zeit Krieger, und viele Sommer sind ins Land gezogen, seitdem ich einen jungen Mann ausgebildet habe. Jeder junge Krieger verspürt Schuldgefühle, Ekel und Zweifel, wenn er das erste Mal einem anderen Geschöpf das Leben nimmt.«

Darian lächelte unsicher.

»Ich kann mich an Fendor erinnern. Er war fünfzehn Sommer alt, als er seinen ersten Troll tötete, und er heulte die ganze Nacht lang. Aber bitte, erzählt ihm nicht, dass ich das verraten habe.«

»Ich bin aber nicht mehr fünfzehn«, murmelte Darian und runzelte wütend die Stirn.

Noch einmal drückte Torgal seine Schulter. »Nach dem, was Ihr mir von der Welt erzählt habt, in der Ihr aufgewachsen seid, war es dort nicht üblich, um sein Überleben zu kämpfen und zu töten. Ich denke, es ist gleichgültig, wie alt man ist. Der erste Gegner dem man das Leben nimmt, verfolgt einen eine lange Zeit in seinen Träumen. So war es auch bei mir.«

Insgeheim vermutete Darian, dass Torgal ihn nur trösten wollte, aber ganz abwegig klangen seine Erklärungen nicht. Dankbar nahm Darian Torgals Wasserschlauch und spülte sich den bitteren Geschmack aus dem Mund. Dann folgte er dem Hauptmann auf die Lichtung, wo sich langsam die anderen Männer sammelten.

»Habe ich wirklich einen Dunkelelfen getötet?«, fragte Darian unterwegs.

Torgals Antwort erübrigte sich, als er dem Mann, den Darian getötet hatte, die Kapuze vom Kopf riss und darunter ein mit Asche eingefärbtes Gesicht zum Vorschein kam. Der Tote hatte zwar graue Haare, doch es war eindeutig ein Mensch.

»Keine Dunkelelfen, dachte ich es mir doch«, sagte Torgal grimmig.

»Aber sie haben sehr gut gekämpft«, meinte Nassàr, ein ruhiger Mann mit einer Narbe über der rechten Wange.

»Allerdings.« Torgal wandte sich Darian zu und lächelte. »Und Ihr habt Euch wacker geschlagen.«

Ich hatte Glück, weil er gestolpert ist, und danach habe ich mir die Seele aus dem Leib gekotzt, dachte er beschämt, aber dann lächelte er zaghaft.

»Torgal war der Einzige, der außer Euch einen getötet hat«, bemerkte Fendor. Er war der Jüngste von Torgals Leuten, und Darian vermutete, dass Fendor noch ein halber Junge gewesen war, als der Angriff auf die Burg von Northcliff stattgefunden hatte.

Kopfschüttelnd blickte Torgal in den Wald. »Aber wieso tragen sie die Umhänge der Dunkelelfen und Schwerter, die denen der Dunkelelfen so ähnlich sind?« Er nahm die ungewöhnlich schlanke Waffe in die Hand und drehte sie hin und her.

Nach etwa zehn Tagen näherten sich Darian und seine Leute wieder der Festung von Northcliff. Fünf von Torgals Kriegern waren im Dorf zurückgeblieben, um es notfalls vor einem erneuten Angriff zu schützen. Mit jeder Meile wurde Darian bedrückter. Die Burg war zu einem Gefängnis für ihn geworden, und eigentlich wünschte er sich nichts sehnlicher, als einfach immer weiterzureiten. Doch Fehenius hatte ihn in der Hand.

In der Stadt war Markttag, und es herrschte geschäftiges

Treiben. Von allen Teilen des Landes waren die Bauern gekommen, um ihre Ware anzubieten. Ohne auf die Menschen zu achten, trabte Darian durch die Gassen und die Straße hinauf in Richtung der Burg. Die Felder und Wiesen waren erblüht und leuchteten in sattem Grün, das sich von den dunkleren Farben der im Süden liegenden Wälder abhob. Die Luft war kristallklar und frisch, und hoch droben zog ein Seeadler seine Kreise.

»Das Leben könnte schön sein«, murmelte er seinem Pferd zu und klopfte es am Hals. Menhir trabte kraftvoll und zielsicher in die Richtung, in die ihn sein Reiter lenkte.

Kurz vor den Toren trieb Torgal seinen Fuchshengst neben ihn. »Mein Herr, wenn Ihr Fehenius loswerden wollt, kann ich Euch helfen. Ich habe Männer, die …«, setzte der Hauptmann an.

Kurz flammte Verzweiflung in Darians Blick auf, doch dann wurden seine Augen wieder hart. »Ich weiß nicht, wovon Ihr redet.« Damit galoppierte er das letzte Stück bis zur äußeren Verteidigungsmauer, und Torgal seufzte enttäuscht.

Sofort suchte Darian Arden, der in den Stallungen arbeitete, auf und fragte ihn, ob er Nachricht von Readonn für ihn habe. Der Junge erzählte, beinahe schon etwas übereifrig, er hätte den Brief bei den Hütern der Steine abgegeben, dann reichte er Darian eine Schriftrolle.

»Dies ist die Antwort, mein König.« Arden blickte unterwürfig zu Boden.

Eilig zerrte Darian das Säckchen mit den Goldstücken aus seiner Hosentasche und gab es dem Jungen, welcher mit glänzenden Augen hineinspähte und dann wie der Blitz verschwand. Mit klopfendem Herzen und zittrigen Fingern löste Darian das Lederband, welches die Schriftrolle zusammenhielt.

Jetzt wird alles gut, Readonn wird mir helfen, und dann kann ich endlich diese Ratte von Fehenius aus dem Schloss werfen. Hastig und von freudiger Erwartung erfüllt überflogen seine Augen die mit Tinte geschriebenen, schnörkeligen Worte – dann keuchte Darian entsetzt auf. Wieder und wieder las er die Zeilen, konnte nicht fassen, was Readonn geschrieben hatte. Schließlich lehnte sich Darian gegen die raue Steinwand des Pferdestalles – Readonn hatte ihn zurückgewiesen.

Kurz schloss Darian die Augen, dann las er noch einmal Wort für Wort die knappe Antwort des Hüters der Steine.

… und so sind wir im Rat der Hüter der Steine übereingekommen, dass wir Euch nicht unterstützen können. Ich bin auf der Dracheninsel unabkömmlich, und wie aus Euren bisherigen Taten ersichtlich ist, seid Ihr Eures Titels nicht würdig.

Readonn

Eures Titels nicht würdig – Darian biss sich auf die Lippe. Ganz sicher hatte Readonn Recht, aber er hatte ihm in seinem Brief doch erklärt, dass er unter Druck stand, dass nicht er selbst für all die Grausamkeiten verantwortlich war, die an seinem Volk verübt wurden. Readonn hatte ihm bei seiner Weihe doch seine Hilfe angeboten, weshalb machte er jetzt einen Rückzieher?

Ob er mich nicht richtig verstanden hat?, grübelte Darian. Er hatte keine Namen genannt, aber klar und deutlich erklärt, dass er erpresst wurde und Readonn außerdem um Geheimhaltung gebeten. Jetzt hatte der Hüter der Steine offenbar sogar alles im Rat besprochen. Eine große Bitterkeit überkam Darian, denn er hatte Readonn gemocht, ja sogar beinahe für so etwas wie einen väterlichen Freund gehalten. Hatte er für einen Moment noch mit dem Gedanken gespielt, einen weiteren Brief zu verfassen, in dem er ganz offen gestand, von diesem merkwürdigen Trank abhängig zu sein, so verwarf er diesen nun. *Eures Titels nicht würdig* – er wollte sich nicht die Blöße geben und um Hilfe betteln. Nein, er musste einen anderen Weg finden. Darians Finger krallten sich um das dicke Pergament, dann nahm er die Schriftrolle und warf sie kurzerhand in die Esse des Burgschmieds, welcher gerade ein Pferd neu beschlug. Mit starrer Miene beobachtete Darian, wie die Flammen an dem Schriftstück leckten, und es nach und nach verzehrten. Die ablehnende Antwort Readonns schmerzte mehr, als er sich eingestehen wollte, aber er biss die Zähne zusammen und ging zurück in seine Burg.

In seinem Arbeitszimmer wartete Fehenius bereits auf ihn. »Der edle König ist von seiner ersten Schlacht zurückgekehrt«, sagte er vor Hohn triefend. »Wart Ihr siegreich?«

Abwesend, und in Gedanken noch immer bei Readonn, nickte Darian. »Wir haben sie vertrieben.«

»Dann habt Ihr Euch wohl eine Belohnung verdient.« Fehenius stellte eine weitere kleine Flasche auf den Tisch.

Plötzlich packte Darian ihn am Kragen. »Wo ist Edvan? Wann gebt Ihr mir endlich das Rezept?«

Fehenius schnappte nach Luft. »Ähm«, keuchte er, »wollt Ihr nicht zunächst einen Schluck nehmen?«

Wütend funkelte Darian ihn an und hätte ihm zu gern den Hals umgedreht, dann stieß er ihn angewidert von sich. »Ich habe noch etwas.«

Fehenius strich sich die Kleider glatt. »Ihr solltet Euch nicht so gehen lassen, schließlich bin ich der einzige Mensch, der Euch diesen Trank besorgen kann«, sagte er beleidigt.

Darian wandte sich dem Fenster zu und starrte auf das sanft wogende Meer hinaus. Im Augenblick war Ebbe, und es war ein schmaler Streifen Sandstrand zu sehen.

»Von nun an werde ich häufiger unterwegs sein«, erklärte Darian plötzlich. »Ihr bestimmt ohnehin, was geschieht, und so kann ich mein Königreich zumindest kennenlernen.«

Überraschung stand in Fehenius' Blick, dann grinste er zufrieden. »Ein weiser Entschluss.« Er lachte gekünstelt. »Selbstverständlich werde ich Euch regelmäßig Eure Medizin zukommen lassen. Ich habe übrigens ein Fest anberaumt. In fünf Tagen werden sich die Adligen des Landes hier einfinden. Ihr solltet daran denken zu heiraten.«

Darian wurde blass. »Ich werde mit Sicherheit nicht heiraten!« Er klammerte sich an Readonns Aussage, dass Mia eines Tages wiedergeboren werden könnte. Bis dahin wollte er ganz bestimmt keine Frau.

»Man erwartet das aber von Euch!«

Darian schnaubte nur und verschränkte die Arme. »Man erwartet auch von mir, dass ich das Beste für mein Land tue.«

Zynisch grinsend sah Fehenius ihn an. »Der Adel ist Euch durchaus zugetan.«

In Darian brodelte es, und er musste sich an dem dicken Eichenholztisch festklammern, um nicht auf Fehenius loszugehen.

»Wenn Ihr erst eine Frau und ein Kind habt, wird es einfacher für Euch werden«, schmeichelte Fehenius. »Ihr könntet Euch ganz aus der Politik zurückziehen und den Thron Eurem Sohn übergeben.«

Unglaubliche Wut kochte in Darian hoch. Ganz sicher würde er, sofern er mal einen Sohn hatte, diesen nicht den Machtspielen dieses Widerlings aussetzen. Bevor er sich vergaß, hastete er zur Tür.

»Ich werde nicht heiraten«, sagte er bestimmt und knallte die Tür von außen zu.

»O doch, du wirst heiraten, Darian von Northcliff.« Fehenius setzte sich in den weichen Sessel. Wenn der junge König erst einen männlichen Nachkommen hatte, konnte er diesen so lenken, dass er ohne Murren gehorchte, und Darian könnte irgendwann einen bedauerlichen Unfall erleiden. Liebevoll spielte er mit der kleinen Flasche herum, die sein Schlüssel zur Macht war.

Völlig außer sich stürmte Darian durch die hallenden Gänge. Als Torgal ihm über den Weg lief, rief er: »Ich will trainieren, draußen im Hof.«

Bis zur vollkommenen Erschöpfung schwang Darian das Schwert und beharrte darauf, immer neue Schlagfolgen zu lernen. Readonn, Nordhalan, sie hatten ihn beide im Stich gelassen. Fehenius, Edvan, die Adligen – Darian machte seiner grenzenlosen Wut Luft und ließ seine Klinge nur so auf seinen Gegner niedersausen.

»Es reicht für heute«, sagte Torgal irgendwann.

Darian hingen die Haare schweißverklebt ins Gesicht, und er keuchte heftig. »Nein, ich will weitermachen.«

»Ich bin nicht mehr der Jüngste«, meinte Torgal mit schiefem Grinsen.

»Nassàr, komm her, du trainierst mit mir weiter«, rief Darian nach kurzem Zögern dem grauhaarigen Krieger zu. Dieser warf einen fragenden Blick auf den Hauptmann, der jedoch nur resigniert die Schultern hob.

Erst in der Abenddämmerung beendete Darian seine irrsinnigen Übungskämpfe. Er ging den schmalen Pfad zum Meer hinunter und nahm ein Bad im eiskalten Wasser des wogenden Ozeans. Wie nur sollte sein Leben weitergehen?

Das Fest war eine einzige Farce. Fehenius spielte sich wie der Schlossherr persönlich auf, scheuchte Diener herum und hatte massenhaft Wild in den Wäldern jagen lassen. Die Fischer waren tagelang hinaus aufs Meer gefahren, um Hummer und Krabben zu fangen. Gegen Abend rollten die ersten Kutschen an. Darian saß, den schweren Halsring um seinen Nacken, mit starrem Gesichtsausdruck in seinem Thronsessel und nickte den herausgeputzten Lords und Ladys zu. Auffällig war, wie sie alle die Vorzüge ihrer mit Gold, Bronze und Silber behängten Töchter herausstellten – eine von ihnen sollte die nächste Königin werden.

Angewidert ließ Darian das alles über sich ergehen, wehrte gepuderte, mit übelkeiterregend aufdringlichen Düften besprühte junge Damen ab, die unbedingt mit ihm tanzen wollten, und musste tatenlos mitansehen, wie Fehenius einem fetten Lord mit Schweinsgesicht neue Ländereien zusprach.

In seinem Frust trank Darian viel zu viel Alkohol, und schließlich brachte Hauptmann Torgal ihn in sein Gemach.

»Das sind alles dumme, aufgeblasene Idioten«, lallte Darian, als er sich auf sein Bett fallen ließ. »Ich heirate keine von ihren hässlichen Töchtern!«

»Das braucht Ihr doch auch gar nicht«, versicherte Torgal.

In dieser Nacht hatte Darian einen merkwürdigen Traum. Er sah sich selbst mit offenen Augen auf seinem Bett liegen, und plötzlich flog ein gefiedertes, durchscheinendes Wesen über ihn hinweg.

Mia, dachte er in seinem Traum sehnsüchtig. *Sie hat mir immer Nachtsylphen geschickt, die auf mich aufpassen.* Plötzlich verwandelte sich die Decke über ihm in einen strahlenden Sommerhimmel. Kleine Wolken zogen an ihm vorüber, ganz entfernt glaubte er Drachen ihre Kreise ziehen zu sehen, dann vermischte sich der Himmel mit dem Blau des Meeres, und er erkannte ein kleines Segelschiff. An dessen Bug stand eine schmale Gestalt, und als sie sich näherte, sah er lange schwarze Haare, die in der Brise flatterten.

Mia! Darian streckte seine Hand aus, wollte sie berühren, aber sie sah ihn nur stumm an. Und als der Blick ihrer grünen Augen sich in die seinen versenkte, hatte er das Gefühl, es sei ein anklagender Blick.

Es tut mir so leid, Mia, ich wollte das alles nicht, rief er ihr zu, doch das Boot entfernte sich nur von ihm, und so sehr er sich auch bemühte, er konnte es nicht einholen.

Schweißgebadet fuhr Darian aus seinem Traum auf, und sein Herz klopfte zum Zerspringen. Kurz hatte er den Eindruck, etwas würde sich in der hintersten Ecke seines Zimmers bewegen, aber als er eine Kerze entzündete und nachsah, war da nichts. Er setzte sich auf die Bettkante und stützte den Kopf in die Hände. War das wirklich nur ein Traum gewesen? Es hatte sich so echt angefühlt. Hatte Mia ihm aus dem Reich des Lichts, an das die Bewohner Albanys so fest glaubten, eine Botschaft überbringen wollen?

»Wo auch immer du bist«, flüsterte er in die Dunkelheit, »ich werde dich niemals vergessen.«

Noch lange beschäftigte Darian sein merkwürdiger Traum, und es blieb auch nicht der einzige. Mal sah er Mia, wie sie auf dem unerreichbaren Boot stand, ein anderes Mal kam sie durch den Kreis von Borogán auf ihn zu. Doch bevor er sie berühren konnte, ging plötzlich alles in Flammen auf und verzehrte sie. Stets blieb sie stumm, nur ihre Augen musterten ihn voller Sehnsucht und, wie er meinte, auch stummer Anklage. Zum einen trösteten ihn diese Träume ein klein wenig, denn zumindest sah er sie in der Nacht, aber gleichzeitig machte es ihn wahnsinnig, dass er ihre Botschaft nicht entschlüsseln konnte. Nach weiteren zehn ruhelosen Tagen auf der Burg packte Darian erneut seine Sachen. Er hatte Gerüchte gehört, dass sich im Osten des Landes eine Gruppe raubender und mordender Bergtrolle herumtrieb. Daher machte er sich in Begleitung des Hauptmanns und zehn von dessen treusten Männern auf den Weg. Seine leise Hoffnung, Readonn könnte es sich doch noch einmal anders überlegen und vielleicht unverhofft auf der Burg erscheinen, erfüllte sich nicht.

Vorerst von Fehenius befreit, trabte Darian den Weg hinab in Richtung Culmara und war froh, bei den Kämpfen mit monströsen Bergtrollen seinen Zorn ein wenig verrauchen lassen zu können. Zu Anfang verspürte Darian noch Skrupel, selbst diese Wesen zu töten, aber mit jedem Mal, wenn er von Trollen zerstörte Siedlungen oder von ihnen ermordete Menschen sah, wurden seine Zweifel geringer und sein Kampfstil sicherer und entschlossener. Es wurde ihm zur Gewohnheit, durch das Land zu reisen. Die Wintersonnenwende und somit seinen sechsundzwanzigsten Geburtstag verbrachte er mit Torgal und seinen Männern in einem eingeschneiten Tal in den Bergen. Schon ein Jahr war Darian nun in Albany – und schon seit einem Jahr war er abhängig von Fehenius' teuflischem Trank. Immer wieder versuchte er, davon loszukommen, doch länger als einen Tag schaffte er es niemals und bezahlte das Ganze mit höllischen Kopfschmerzen, extremer Gereiztheit und innerer Unruhe.

Ansonsten kam er mit dem doch sehr einfachen Leben viel besser zurecht, als er jemals gedacht hatte. Gelegentlich träumte er zwar noch von geheizten Räumen, einer Dusche oder auch nur einer Tasse Kaffee, aber wirklich vermissen tat er aus der alten Welt eigentlich nichts.

In unregelmäßigen Abständen suchten ihn die Träume von Mia heim, und überraschenderweise sah Torgal sogar eines Nachts im Wald eine Nachtsylphe, die über Darians Kopf auf einem Ast saß. Der Hauptmann meinte, diese Elementarwesen seien sehr selten und würden sich kaum jemals zeigen. Einmal entdeckte auch Darian das gräulich schwarze Wesen, nur schemenhaft erkennbar als etwa ellengroße, gefiederte Gestalt mit riesigen schwarzen Augen und einem kleinen Schnabel. Doch kurz darauf war es schon wieder verschwunden, und Darian fragte sich, ob es sein konnte, dass Mia ihm aus dem Reich der Toten diesen Boten geschickt haben konnte, doch offen sprach er diese Gedanken nicht aus, denn vermutlich hätten Torgals Männer ihn nur insgeheim verspottet.

Während ein neuer Frühling, dann Sommer, Herbst und Winter ins Land zogen, hielt sich Darian nur sehr selten in der Festung von Northcliff auf, daher bemerkte er nicht einmal, dass Arden irgendwann nicht mehr da war. Darian hingegen zog durch das Land, kämpfte gegen Trolle, Plünderer und irgendwann einmal sogar gegen ein paar Dunkelelfen. Seine Skrupel zu töten verschwanden nun auch, wenn er gegen Menschen kämpfte oder gegen die Krieger des Unterreichs, und er wurde einer der besten Schwertkämpfer, die Torgal jemals gesehen hatte. Doch so sehr der Hauptmann seinen König auch dafür bewunderte – warum Darian Fehenius weiterhin freie Hand ließ, das konnte Torgal einfach nicht verstehen. Der Regent beutete das Volk schlimmer aus denn je und behandelte den König ohne jeglichen Respekt. Torgal war es völlig unverständlich, dass Darian sich das alles bieten ließ. Andererseits gab er die Hoffnung nicht auf, dass Darian eines Tages doch noch der König werden würde, den Torgal in ihm zu sehen glaubte – auch wenn seine Männer ihn einen Narren schalten. Nur ihrem Hauptmann zuliebe ritten sie noch an Darians Seite über das weite Land und kämpften mit ihm.

Kapitel 13

Intrigen

Weitere zwei Sommer und Winter zogen ins Land, in denen sich die eigenartigen Vorfälle wie in dem Dorf im Westen häuften. Eine Gruppe Gesetzloser gab sich als Dunkelelfen aus und überfiel ein Dorf nach dem anderen, aber auch wirkliche Dunkelelfen und vagabundierende Berg- und Waldtrolle trieben ihr Unwesen und setzten der Bevölkerung Albanys zu.

Darian wurde immer mehr zu einem einsamen, schweigsamen Krieger. Das entbehrungsreiche Leben während seiner zahlreichen langen Reisen und die vielen Nächte im Freien zeigten ihre Spuren. Seine Kleidung war abgerissen, seine Haare zottelig und wirr, und meist wucherte ein ungepflegter Bart in seinem Gesicht. Manchmal glaubte er, sein altes Leben in der anderen Welt wäre nur ein Traum gewesen. Häufig hatte er mit dem Gedanken gespielt, durch das Portal zurückzukehren, aber schließlich doch nicht den Mut gefunden. In England würde er erst recht nicht an den Trank kommen, und die Wahrscheinlichkeit, dass man dort herausfand, was genau ihn süchtig machte, hielt er für vernichtend gering. Mit möglicherweise magischen Bestandteilen kannte sich in der anderen Welt niemand aus, und am Ende würde er nur wie Nordhalan in der Psychiatrie enden und als der Irre, der sich für den König von Northcliff hielt, ein noch traurigeres Dasein fristen.

Während Darian auf der Jagd nach Dunkelelfen durch das Land zog, hatte Fehenius in Northcliff das Zepter fest in der

Hand. Das Volk wurde immer unzufriedener und murrte, auch da Berem die Steuern stets spätestens zur Ernte erhöhte. Meist behauptete Fehenius, mehr Verpflegung für die Soldaten zu benötigen, welche das Volk vor den Angriffen der Dunkelelfen schützten; oder er gab vor, neue Straßen bauen zu wollen. Doch nichts von alledem geschah, und so wurde Fehenius immer reicher, und der Groll des Volkes auf seinen König und dessen Regenten wuchs.

An einem stürmischen Abend saß Fehenius mit einem Kelch guten Rotweins im Thronsaal. Noch vor kurzem hatte er sich mit einer seiner Mätressen vergnügt. Fehenius' Frau war in dem Herrenhaus in Culmara zurückgelassen worden und wurde nur zu offiziellen Anlässen aufs Schloss geholt. Sie war merklich gealtert, und er fand kein Interesse mehr an ihrer dürren, ausgemergelten Erscheinung. Außerdem nahm er es ihr übel, ihm keinen Sohn geschenkt zu haben. Seine Töchter waren schon längst erwachsen und lebten auf Landsitzen weiter im Süden. Leise vor sich hin schmunzelnd musste er plötzlich an Arden, Darians Boten, denken, der in seiner jugendlichen Naivität tatsächlich die Hoffnung gehegt hatte, ein einflussreicher Lord zu werden.

Fehenius' Gedanken wanderten zurück zu jenem Tag, als Darian dem Burschen den Brief übergeben hatte. Fehenius hatte die beiden belauscht, und als der Dienstbote fröhlich pfeifend zum Burgtor hinausritt, hatte Fehenius ihn aufgehalten.

»Zeig mir, was du in deiner Tasche hast«, hatte der Regent verlangt.

»Nichts!« Arden hatte hektisch nach dem Brief in der Innentasche seines Umhangs gegriffen.

»Du hast einen wichtigen Auftrag für König Darian, nicht wahr«, vermutete Fehenius, und der junge Mann hatte zögernd genickt. »Gib mir den Brief, Arden.«

»Aber König Darian sagte ausdrücklich …«

»Gib mir den Brief!«

»Er sagte, es ist wichtig, und er wird mir das Gold wieder wegnehmen«, hatte Arden gejammert.

Doch Fehenius hatte ihm einen Handel vorgeschlagen. »Du bist mit der Tochter des Schmieds verlobt, nicht wahr?«

Leicht errötend hatte der junge Mann genickt, der kaum älter als siebzehn sein konnte. »Von dem Gold wollte ich uns eine Hütte am Rande Culmaras bauen und Vieh kaufen, deshalb brauche ich es unbedingt.«

»Was meinst du – würde es der hübschen jungen Dame nicht gefallen, als Lady auf einem großen Landsitz weiter im Süden zu leben?«

Verständnislos hatte Arden den Regenten angegafft. »Ja, äh … schon!«

»Gib mir den Brief, halt dich für einige Tage in den Wäldern versteckt, und übergib König Darian dann diese Antwort.« Er reichte dem Jungen eine Schriftrolle.

»Aber mein Lord …«

»Du bekommst die doppelte Menge an Gold, zum nächsten Neumond werde ich dich zum Lord ernennen, und ihr erhaltet einen Landsitz südlich von Culmara.«

Arden war der Mund offen stehen geblieben. »König Darian wird …«, hatte er begonnen, doch Fehenius hatte ihn unterbrochen.

»… nichts von unserem kleinen Handel bemerken. Was ist, Junge?« Fehenius hatte ihm einen weiteren Beutel mit klimpernden Goldmünzen übergeben. »Das muss unter uns bleiben, erzähle weder deiner Familie noch deiner Angebeteten davon. Und wage ja nicht, das Schriftstück zu öffnen! Wenn du erst eine Weile im Süden gelebt hast, werden wir behaupten, ein betagter Lord hätte dich an Kindes statt angenommen, dann stellt niemand Fragen, und ihr könnt den Rest eures Leben in Wohlstand leben.«

Kurz hatten in Ardens Gesicht Pflichtbewusstsein mit Gier

gerungen, dann hatte er den Brief aus seiner Tasche gezogen, ihn Fehenius schweigend übergeben und war rasch davongaloppiert. Mit leiser Belustigung hatte Fehenius den Brief gelesen, ihn dann zusammengeknüllt und in den aufkommenden Ostwind geworfen, und so war Darians Hoffnung aufs aufgewühlte Meer hinausgeweht, wo sie einen Moment lang zwischen den Schaumkronen hin und her geworfen worden, und dann in den kalten Tiefen des Ozeans versunken war.

Noch immer musste Fehenius schmunzeln, als er an damals dachte. Wenig später hatte er Arden in einer kalten Nacht persönlich verabschiedet und ihm einen Wagen und ein Pferd geschenkt. In den Wäldern südlich von Culmara waren Arden und seine Verlobte dann von verhüllten Männern niedergemetzelt worden und lautlos vom Angesicht dieser Welt verschwunden. Mit einer solchen Entlohnung hatte der Junge ganz sicher nicht gerechnet. Ihren Verwandten hatte er die Kunde überbringen lassen, es sei ein Dunkelelfenangriff gewesen, den Wagen und das Pferd hatte er ihnen großzügig überlassen.

Als ein Windstoß die Tür zu dem kleinen Balkon aufriss, zuckte Fehenius zusammen. Wahrscheinlich hatte einer der dummen Diener sie offen gelassen, und er nahm sich vor, einige von ihnen zur Abschreckung auspeitschen zu lassen. Den schweren Wein im Blut erhob er sich seufzend und schloss die Tür wieder. Als er sich umdrehte und plötzlich eine große Gestalt in einem Umhang vor ihm stand, ließ er vor Schreck seinen Weinkelch fallen, und ein roter Fleck breitete sich auf dem Marmorboden aus.

»Schade um den guten Wein«, flüsterte eine Stimme.

»Ich werde die Wachen rufen lassen«, keuchte Fehenius voller Angst und wich zurück.

»Nicht doch.« Der Mann schlug mit einer betont langsamen und eleganten Bewegung seine Kapuze zurück. Ein wohlbekanntes Gesicht grinste Fehenius spöttisch an.

»Samukal.« Fehenius torkelte nach hinten. Er hatte nicht geglaubt, seinen Halbbruder jemals wiederzusehen.

»Wie ich sehe, hast du es dir hier gemütlich gemacht.« Samukal goss sich ein Glas Rotwein ein, dann setzte er sich wie selbstverständlich auf den Thron.

»Was … was tust du hier?«

Seine Frage ignorierend schlug Samukal die Beine übereinander, lehnte sich zurück und trank mit sichtlichem Genuss. »Wo befindet sich mein hochgeschätzter Ziehsohn, der König von Northcliff?«

Völlig konsterniert starrte Fehenius auf seinen Halbbruder. »Wo warst du? Wo kommst du so plötzlich her?«

»Mein lieber Fehenius, zuerst muss ich erfahren, was in Albany vor sich geht. Also, zügle deine Ungeduld, auch wenn das noch nie deine Stärke war.«

Mit säuerlicher Miene hob Fehenius seinen Kelch auf und goss sich neuen Wein ein. Noch niemals war es ihm gelungen, sich gegen seinen Bruder durchzusetzen, daher erzählte er nun aus reiner Gewohnheit bereitwillig, was während der letzten Sommer und Winter geschehen war. »Darian ist mal wieder unterwegs und spielt den edlen Krieger, so ein Narr.« Dann grinste er wölfisch. »Aber er wird wahrscheinlich in wenigen Tagen eintreffen.«

»Ich hörte Geschichten, dass viele Menschen unzufrieden sind. Das einfache Volk würde ausgebeutet werden.« Mit gespielter Empörung blickte Samukal auf seinen Halbbruder. »Das passt gar nicht zu Darian.«

»Ich habe ihn gut im Griff. Aber nun sag mir, was willst du hier?«

»Sagen wir es so, in der anderen Welt sind bestimmte Ereignisse eingetreten, die es mir unmöglich gemacht haben, weiterhin dort zu bleiben. Und daran ist Darian nicht ganz unschuldig.«

Weitere Details blieb Samukal seinem Bruder schuldig, und

bestand stattdessen darauf, alles über Darian zu erfahren. Als er hörte, dass Fehenius ihn mit einem Pilz der Dunkelelfen abhängig gemacht hatte, stutzte er.

»Wie war gleich der Name des Pilzes?«

»Azetá.«

»Nie davon gehört.«

»Wissen die Götter, was Edvan noch alles hineinmischt, aber in jedem Fall ist es ihm gelungen, dass Darian ohne diesen Trank nicht mehr auskommen kann.«

Jetzt brach Samukal in Gelächter aus.

»Wunderbar, damit kannst du alles von ihm verlangen, was du willst! Ich sehe, unsere alte Allianz mit den Dunkelelfen trägt noch immer Früchte.«

»In der Tat, aber Darian hält sich kaum noch in der Burg auf. Nicht, dass mich das stören würde, aber der Adel drängt darauf, dass er sich langsam für eine Frau entscheidet. Der Dummkopf weigert sich jedoch.«

»Aber, aber, lass ihn drei Tage auf seinen Trank warten, dann kannst du alles von ihm haben.«

»Sicher.« Fehenius verzog das Gesicht. Natürlich hatte er selbst schon daran gedacht, wollte seinem Bruder aber nicht eingestehen, dass er sich vor Darian fürchtete, wenn dieser unter Entzugserscheinungen litt. Mittlerweile war er ein tödlicher Krieger und so abhängig, dass ihm alles zuzutrauen war, wenn er den Azetá-Trank nicht rechtzeitig bekam.

»Das Volk will also einen Erben.« Samukal legte die Fingerspitzen aneinander, ein Zeichen dafür, dass er angestrengt nachdachte.

»Ein Erbe würde in meine Pläne passen«, sinnierte Fehenius, »denn ein Kind ist leicht lenkbar, und man könnte Darian verschwinden lassen.«

»Hmm.« Samukal runzelte die Stirn. »Manchmal kommst du einfach nicht auf das Naheliegendste, Bruder.«

»Wieso?«, fragte Fehenius gereizt. Er hasste es, wenn Samukal ihn behandelte, als wäre er ein kleiner Junge. Ohnehin war da keinerlei brüderliche Zuneigung zwischen ihnen. Ihre Beziehung war schon immer eine rein geschäftliche gewesen.

»Ach Fehenius, du wolltest doch immer schon König werden«, seufzte Samukal übertrieben. »Aber langsam wirst du alt. Lohnt es sich überhaupt noch, dass du regierst?«

»Das ist eine Unverschämtheit!«, rief Fehenius entrüstet. Er hatte es seinem Halbbruder stets geneidet, dass er ein Zauberer und damit mit einem längeren Leben gesegnet war. Obwohl Samukal über dreißig Sommer älter war, wirkte er deutlich jünger und attraktiver als er selbst.

Ohne auf Fehenius' empörten Protest einzugehen, beugte sich Samukal zu seinem ungleichen Halbbruder vor. »Lass Darian eine Frau nehmen, aber sieh zu, dass du als Erster mit ihr das Lager teilst.«

»Was?« Fehenius war verwirrt.

Sichtlich genervt verdrehte Samukal die Augen. »Das Kind würde offiziell als König aufwachsen, aber es wäre von deinem Blut.« Mit intrigantem Lächeln sah er seinen Halbbruder an. »Dein Kind säße auf dem Thron, und deine Nachkommen würden als Könige regieren bis in alle Ewigkeit.«

Zuerst klappte Fehenius' Unterkiefer runter. Dann schlich sich kurz ein zufriedenes Lächeln auf sein Gesicht, das sich jedoch gleich wieder verfinsterte.

»Mein Sohn wäre nicht unsterblich, er würde nicht auf der Dracheninsel geweiht werden. Nach fünfundzwanzig Sommern käme alles heraus.«

»Ach was«, zischte Samukal, »diese dumme alte Legende. Lass uns das Land ins Chaos stürzen, vergiss die Drachen, vergiss die Hüter der Steine, Albany ist in unserer Hand, mir wurde eine neue Quelle der Macht zuteil.« Genüsslich lehnte er sich zurück und breitete seine Arme aus. »Bruder, lass uns eine neue Ordnung erschaffen.«

»Quelle der Macht? Wovon redest du?«

»Warte ab, es wird nicht zu deinem Schaden sein.« Er beugte sich nach vorne. »Dein Sohn wird regieren, Fehenius, all deine Wünsche werden wahr.«

Fehenius traute Samukal zwar nicht über den Weg, aber sein Halbbruder würde ohnehin nur im Hintergrund agieren können, denn die Bevölkerung würde niemals einen Zauberer als Herrscher über Northcliff akzeptieren. Und die Vorstellung, dass sein Sohn auf dem Thron sitzen würde, erregte Fehenius ungemein.

»Früher war alles schwieriger, die Verhältnisse waren geordnet, König Jarredh und seine Brut wurden geliebt und verehrt«, fuhr Samukal fort und warf höhnisch lachend den Pokal mit Wein gegen das Bild von Darians Vater. »Aber nun haben *wir* den Schlüssel zur Macht, bald werden *wir* herrschen.« Er hielt Fehenius seine Hand hin. »Schlag ein, Bruder.«

Abgekämpft, erschöpft und zerlumpt kehrten Darian und seine Männer zurück, nachdem sie kurz vor Culmara auch noch in einen Kampf mit Wegelagerern geraten waren. Müde schleppte sich Darian die Treppe zum Eingang hinauf. Als er in der großen Empfangshalle einen Auflauf an Männern, Frauen und Kindern sah, runzelte er gereizt die Stirn. Offensichtlich war wieder mal Zahltag. Lord Berem saß auf einem wuchtigen, mit Gold verzierten Stuhl, der an einen Thron erinnerte. Seit neuestem wohnte auch der arrogante Steuereintreiber auf der Burg. Eine Anordnung von Fehenius, der sich davon einen noch schnelleren Zugriff auf das Gold erhoffte. Der Steuereintreiber war ein kleiner Mann mit fettigen, dünnen Haaren. Seine mangelnde Körpergröße glaubte er durch herrisches Auftreten und eben jenen protzigen Stuhl wettmachen zu müssen, auf dem er gerade saß. Er überragte die Bauern, die mehr oder weniger verschüchtert vor ihm standen, nun um mindestens zwei Köpfe, und redete in diesem Augenblick in seiner typisch arroganten Art auf einen armen Bauern ein.

»Du meinst also, du bist nicht in der Lage, genügend Korn abzuliefern?« Berems Stimme klang verächtlich.

»Ja, mein Herr«, wagte der arme Mann zu sagen, »wenn ich Euch das Korn gebe, kann ich meine Hühner nicht mehr füttern. Dann kann ich sie nicht verkaufen und meine Familie hungert …«

»Deine Familie interessiert mich einen Dreck!«, schnappte Berem.

»Aber mein Herr!« Man sah dem Bauern genau an, wie schwer es ihm fiel zu widersprechen. »Wenn ich die Hühner auf dem Markt nicht verkaufen kann, kann ich beim nächsten Zahltag gleich gar keine Steuern zahlen.«

Zustimmendes Gemurmel wurde laut, und Lord Berem runzelte gereizt die Stirn. »Ich werde darüber nachdenken. Du schreibst mir genau auf, wie viel ein Huhn frisst, wie viele Hühner du zu verkaufen gedenkst und wer die Käufer der Hühner sein könnten.«

Die ungewohnte Aufforderung führte zu einer ganzen Reihe irritierter Blicke. Der Hühnerbauer indes murmelte verlegen, er könne nicht schreiben, woraufhin sich Lord Berem erneut aufplusterte und zu einer weiteren Schimpftirade ansetzte.

Darian hatte fassungslos zugehört, aber nun bahnte er sich seinen Weg durch die Menschen. Auf den ersten Blick unterschied er sich nicht von den Bauern, und Berem setzte bereits an, auch ihn zu beschimpfen: »Was fällt dir ein, eine Waffe zu tragen …«, doch da hatte Darian den kleinen Mann bereits am Kragen gepackt und seine Augen funkelten zornig.

»O mein König, verzeiht, ich erkannte Euch nicht …«, stammelte der Steuereintreiber.

»Wie kann man nur eine derart dämliche Anweisung geben?«, knurrte Darian, und Berem ruckelte nervös an seinem Kragen herum.

»Wie … wie meint Ihr?«

»Ist es nicht vollkommen logisch, dass ein Huhn zu fressen braucht, um es aufzuziehen und zu verkaufen?«

Lord Berem versank immer weiter in seinem Stuhl. »Ähm, ja, ich wollte doch nur eine Aufstellung, wer …«

»Ich fasse es nicht!« Darians Gesicht näherte sich bedrohlich der wieselartigen Visage des Steuereintreibers. »Wer, verflucht noch mal, kauft ein Huhn?«

Berem zuckte die Achseln, woraufhin ihn Darian voller Zorn am Hemd ergriff und zur Tür schleifte. Kurz bevor er ihn die Treppe hinabstieß, rief er laut: »Jemand, der Hunger hat, verdammt, und vor allem jemand, dem Gesindel wie du nicht das letzte Kupferstück aus der Tasche zieht!« Als er hinzufügte: »Manche Berufsgruppen sind offensichtlich in allen Welten gleich«, ging dies in dem Gelächter und zustimmendem Klatschen des Volkes unter.

Berem hingegen lag jammernd am Boden und meinte, er hätte doch alles mit Lord Fehenius abgesprochen.

Darian winkte müde mit der Hand. »Geht nach Hause«, sagte er zu den Leuten, »heute müsst ihr keine Steuern mehr bezahlen.«

Leise tuschelnd machten sich die Bauern auf den Heimweg, und mal wieder war den Gerüchten und Spekulationen um Darian von Northcliff neue Nahrung gegeben worden.

Natürlich wusste Darian, dass er nun Ärger mit Fehenius bekommen würde, aber er war wütend auf den Steuereintreiber gewesen, und im Grunde genommen war ihm auch Fehenius im Augenblick gleichgültig. Er ging hinauf in sein Arbeitszimmer und ließ nach dem Regenten rufen, welcher kurz darauf, gut gekleidet wie immer, hereinkam. Mit abschätzendem Blick betrachtete er Darians heruntergekommene Erscheinung.

»Der verlorene Sohn ist zurück.«

»Spart Euch Euer dummes Gerede, und gebt mir die Flasche«, erwiderte Darian müde.

»Ich hätte da noch ein kleines Anliegen.«

»Was wollt Ihr denn noch?«, fragte Darian hitzig. Sein Kopf tat weh, und er spürte schon wieder glühenden Hass in sich aufsteigen. Während der letzten Tage hatte er seinen Trank stark einschränken müssen, und seit gestern Abend hatte er gar nichts mehr gehabt. »Ihr trefft alle Entscheidungen, lebt in meiner Burg wie die Made im Speck, und ich rede Euch in nichts mehr hinein.«

Abwehrend hob Fehenius die Hände und brachte sich rasch hinter einem der hohen Lehnstühle in Sicherheit.

»Es ist nichts Schlimmes, und mich selbst kümmert es kaum, aber die Adligen und das Volk wünschen eine Königin an Eurer Seite zu sehen.«

Darians Augen verengten sich zu Schlitzen. Hatte er doch gehofft, mit wachsendem Einfluss würde Fehenius ihn endlich damit in Ruhe lassen.

»Ich will nicht heiraten«, sagte er gefährlich ruhig, und Fehenius schluckte hörbar.

»Ihr wisst, dass Ihr in gewissem Maße von mir abhängig …«

Bevor der Regent den Satz beenden konnte, fegte Darian mit einer wütenden Bewegung sämtliche Papiere und Bücher vom Tisch.

»Ja, das weiß ich«, schrie er. »Es gibt keinen Tag, an dem ich Euch und auch mich selbst nicht dafür verfluche.« Dann riss er sich zusammen. Darian wollte einfach nur den Trank und seine Ruhe haben. Langsam sank er in den bequemen, weichen Sessel, der schon seinem Vater gehört hatte und seufzte schließlich. »In Ordnung, ich werde heiraten. Gebt mir jetzt die verfluchte Flasche.«

Fehenius hatte die Luft angehalten. Nun holte er mit deutlich zitternden Händen eine kleine Phiole aus einer Innentasche seines Umhangs. »Später werde ich Euch mehr bringen lassen.«

Mit bewegungslosem Gesicht nahm Darian das Gefäß an

sich und ließ die so dringend benötigte Flüssigkeit seine Kehle hinunterlaufen. Wenn er heiratete, würde Fehenius endlich Ruhe geben. Nur eines würde er ganz sicher nicht tun: mit dieser Frau, wer auch immer sie sein mochte, ein Kind zeugen.

»Zum nächsten Halbmond findet ein Fest statt«, verkündete Fehenius steif. »Dort werdet Ihr eine der adligen Ladys wählen können.«

»Sucht einfach eine aus, ich habe doch ohnehin nichts zu sagen.«

»Es wird erwartet, dass Ihr Euch alle jungen Damen im heiratsfähigen Alter anseht.«

Mit einer müden Handbewegung winkte Darian ab. »Auch egal, lasst mich jetzt in Ruhe.«

Fehenius verließ den Raum, jedoch nicht ohne ein triumphierendes Lachen auf dem Gesicht – die Dinge nahmen ihren Lauf. Gleich würde er Samukal, der sich in seinem alten Herrenhaus in Culmara versteckt hielt, eine Nachricht zukommen lassen.

An diesem Abend, allein in seinem Zimmer, wanderten Darians Gedanken zu einem seltsamen Erlebnis. Ein paar Tage vor ihrer Rückkehr zur Burg hatten Darian wieder Träume heimgesucht, in denen er Mia ganz deutlich vor sich gesehen hatte, und als er mitten in der Nacht aufgewacht war, hatte er auf einer vom Mond beschienenen Lichtung einen schwarzen Wolf gesehen. Die Männer hatten ihn abschießen wollen, als er langsam auf Darian zugetrottet war, doch er hatte sie davon abgehalten. Irgendetwas in den Augen des Wolfes war ihm seltsam vorgekommen, beinahe menschlich. Torgal war der Meinung, es handle sich um eine Wölfin, und hatte ihn gewarnt, da Wölfinnen, sofern sie Junge hatten, ausgesprochen aggressiv waren.

Dennoch war Darian langsam näher herangegangen, und

seltsamerweise war er dabei sicher gewesen, dass die Wölfin ihm nichts tun würde. Tatsächlich war er bis auf wenige Schritte an sie herangekommen. Ein paar kleine, bräunliche Gnome waren aus ihren Baumhöhlen herausgekrochen und hatten neugierig zugesehen.

Als Darian die Hand nach dem Tier ausgestreckt hatte, war es wie ein Schatten in der Nacht verschwunden, doch von diesem Augenblick an begleitete die Wölfin ihn ständig, immer in sicherer Entfernung und außerhalb der Reichweite von Pfeil und Bogen. Eines Nachts hatte sie ihn sogar vor einem hinterhältigen Waldtroll gerettet, was nicht nur Darian verwunderte.

Das Fest wurde für Darian ein einziges Fiasko. Er musste den Abend mit gackernden jungen Mädchen verbringen, die, wie er sehr wohl wusste, nur daran interessiert waren, Königin von Northcliff zu werden. Da ihm nicht eine einzige der aufgeregt um ihn werbenden Damen sympathisch war, wollte er das Ganze so schnell wie möglich hinter sich bringen und sagte zu Fehenius einfach, seine Wahl wäre auf Elysia von Rodvin, eine Blonde mit hoch aufgetürmten Haaren und spitzem Gesicht gefallen. Während des Festes hatte Elysia kaum gesprochen und sich nicht ganz so heftig zur Schau gestellt wie die anderen jungen Damen; vielleicht wäre sie von allen noch die angenehmste Partnerin, so hoffte Darian zumindest.

»Ihr müsst mit Eurer Entscheidung mindestens vier Tage warten«, sagte der Regent entschieden, »sonst sind die anderen Lords beleidigt.«

Genervt rollte Darian die Augen und betrank sich aus Frust fast bis zur Besinnungslosigkeit, was auch dabei half, dem aufgeregten Gerede seiner potentiellen Schwiegermütter in spe zu entgehen.

Kurz vor Mitternacht wurde er von zwei Dienern in sein Gemach geschleppt und schlief auf der Stelle ein, aber viel Ruhe war ihm nicht vergönnt. Nachdem er sich mehrfach heftig übergeben hatte, brauchte er dringend etwas frisches Wasser, um den ekelhaften Geschmack aus seinem Mund zu vertreiben. Daher schlich er nun mitten in der Nacht durch das Schloss. Auf dem Weg zur Küche kam Darian an Fehenius' Gemach vorbei und verzog angewidert den Mund.

Mehr eine Ahnung als ein tatsächlich hörbares Geräusch ließ Darian innehalten. Aus dem Augenwinkel bemerkte er eine schattenhafte Bewegung. Irgendjemand drückte sich in die Nische hinter der nächsten Ecke. Alarmiert nahm Darian eines der alten Schwerter von der Halterung an der Wand und schlich vorsichtig weiter. In der Absicht, den Eindringling zu stellen, trat er vor – und ehe er sich's versah, wurde ihm sein Schwert aus der Hand gerissen und wirbelte durch die Luft. Bevor es jedoch auf dem Boden aufschlug, fing es eine schlanke, in einen schwarzen Umhang gekleidete Gestalt auf, und mit der gleichen behänden Bewegung hatte Darian einen Dolch an der Kehle.

»Ein Wort, und du bist tot«, zischte eine leise Stimme.

Darian verfluchte seine langsamen Reflexe. Hätte er sich nicht so betrunken, wäre er schneller gewesen.

Der Fremde zerrte ihn mit sich in eines der leeren Gästezimmer, und Darian überlegte fieberhaft. Der kalte Stahl des Dolches drückte unangenehm in seine Kehle.

»Ich bin König Darian, und wenn Ihr mich umbringt, seid Ihr verflucht«, stieß er hervor.

Kurz zögerte der Angreifer. »Es geht hier nicht um Euch.« Er drängte Darian gegen die Wand. »Wenn Ihr still seid, geschieht Euch nichts.«

Offensichtlich suchte der Eindringling nach etwas, mit dem er Darian fesseln konnte. Als sich die verhüllte Gestalt kurz umdrehte, wagte Darian einen riskanten Angriff. Er trat seinem Gegner gegen das Knie, tauchte dann blitzschnell ab und rollte sich zur Seite. Sofort setzte der andere ihm nach. Darian gelang es, seinen Widersacher zum Stolpern zu bringen, und im

Dunkeln begannen sie miteinander zu ringen. Sich der Gefahr durch den Dolch bewusst, schlug Darian die Hand, welche die Waffe hielt, mehrfach gegen einen alten Holzschrank. Er hörte einen unterdrückten Schmerzenslaut, dann fiel der Dolch klappernd zu Boden. Der andere biss Darian in die Hand, dennoch gelang es dem König, seinen leichteren, schmaleren Gegner auf den Rücken zu werfen. Schon wollte er triumphieren, da ließ der Eindringling seinen Kopf gegen Darians Nase krachen, dass er glaubte, Knochen splittern zu hören. Fluchend und mit blutender Nase drückte er seinem Gegner das Knie auf die Brust. Dann ließ er seine Faust gegen die Schläfe des Vermummten krachen, welcher kurz darauf erschlaffte.

»So ein verdammter Mist«, schimpfte Darian und hielt sich den Ärmel seines Hemdes unter die Nase. Im Dunkeln riss er sich die Kordel aus seinem Hemd und fesselte damit die Hände des Fremden. Kurz erwägte er, die Wachen zu holen, sah dann aber davon ab. Zunächst wollte er wissen, wen er da vor sich hatte, denn der Kerl hatte verdammt gut gekämpft. Schwankend tastete er sich zur Tür und holte von draußen eine Fackel. Nachdem er die Kerzen im Zimmer entzündet hatte, hob er seinen überraschend leichten Gegner hoch und riss ihm die Kapuze vom Kopf. Zu seinem Entsetzen kam ihm eine Flut von dunklen Haaren entgegen, und er blickte in das hübsche Gesicht einer jungen Frau. An ihrer Schläfe begann eine Beule zu schwellen.

»Mia?«, flüsterte er entsetzt, und hätte die bewusstlose junge Frau beinahe fallengelassen. In seinem Kopf drehte sich alles. Konnte das Mia sein? Wenn sie wirklich wiedergeboren worden war, hätte sie erst ein kleines Kind sein dürfen. Andererseits war dies eine mysteriöse Welt voller Magie … Konnte es am Ende wahr sein? Darians Herz schlug ihm bis zum Hals, aber als er ein zweites Mal genauer hinsah, erkannte er, dass es sich nicht um Mia handelte. Ja, die dunklen Haare sahen genauso aus, und auch ihr Gesicht zeigte eine gewisse Ähnlichkeit, allerdings fehlten die feineren, filigranen Züge, die Teil ihres Dunkelelfenerbes gewesen waren. Enttäuscht bettete er die Frau in einen Sessel und fragte sich, was das alles zu bedeuten hatte.

Während die Nacht verstrich, saß Darian einfach da und betrachtete grüblerisch die Fremde. Der Morgen begann langsam zu grauen, als die junge Frau leise stöhnend aufwachte. Erst blinzelte sie verwirrt, dann verzog sich ihr Gesicht hasserfüllt.

»Wer bist du?«, fragte Darian ruhig.

Die Fremde schnaubte nur und wandte den Kopf zur Seite. Als Darian ihn sanft, aber bestimmt wieder zu sich drehte, sah er zu seiner Bestürzung Tränen in ihren Augen stehen.

»Normalerweise schlage ich keine Frauen, aber ich wusste nicht, dass du eine bist. Ich hoffe, ich habe dir nicht zu sehr wehgetan? «

Die Schultern der jungen Frau begannen zu zucken. »Beinahe zehn Sommer meines Lebens habe ich nur auf diesen einen Tag hingearbeitet«, schluchzte sie. »Und jetzt kommt Ihr Nichtsnutz mir in die Quere.«

»Was?«, fragte Darian verwirrt.

Sie richtete sich wieder auf, und ihre Augen blitzten hasserfüllt. »Ich wollte Fehenius töten. Vielleicht hättet auch Ihr es verdient, aber meine Rache galt allein ihm.«

»Warum wolltest du ihn töten? Und bitte, verrate mir deinen Namen.«

»Ich werde ohnehin hingerichtet«, schnaubte sie. »Also gut, mein Name ist Kaya Eshwood.«

»Eshwood.« Ruckartig schnellte Darian nach vorne und musterte das Mädchen eine Weile, sackte dann jedoch wieder zurück in seinen Sessel. Wahrscheinlich war sie eine entfernte Verwandte von Mia. Daher also die Ähnlichkeit.

»Ja, Eshwood«, zischte sie. »Die Eshwoods, die in der Nähe der großen Sümpfe gelebt und denen Fehenius und seine verfluchten Schergen ihre ganze Lebensgrundlage genommen haben.«

»Was genau hat er getan?«

»Euer ehrenwerter Regent hat vor beinahe zehn Sommern unser Dorf verwüstet«, berichtete sie, und Darian bemerkte die Bitterkeit und den Hass in ihrer Stimme. »Seine Männer haben meinen Vater, meine Brüder und meine Mutter getötet und mich haben sie geschändet.« Ihre Kieferknochen waren so fest aufeinandergepresst, dass sie zu zersplittern drohten. »Fehenius hat auf seinem Pferd gesessen und sich alles angesehen, selbst als seine Soldaten über mich herfielen. Ich war gerade einmal vierzehn Sommer alt.«

»Das tut mir leid«, flüsterte Darian voller Entsetzen und Mitgefühl und wollte ihr über die Wange streicheln, doch sie spuckte ihn an.

»Ihr seid doch auch nicht besser! Eure Soldaten beuten das einfache Volk aus.«

»Wahrscheinlich hast du Recht«, gab er zu, und ihre Augen weiteten sich vor Erstaunen, als er ihre Fesseln durchtrennte. »Gut, sofern du keine Angst vor dem Fluch hast, mach meinem erbärmlichen Leben ein Ende.«

»Wie bitte?« Verwirrt rieb sich Kaya die Arme.

»Ich bin ein Versager, ich lasse das Erbe meiner Vorfahren verkommen, du hast vollkommen Recht.«

Darians Worte überraschten Kaya sichtlich, aber ihre Stirn blieb misstrauisch gerunzelt.

»Ich wollte mir etwas zu trinken holen. Wenn du mich nicht doch noch töten möchtest, kannst du mich begleiten und mir erzählen, wo du gelernt hast, so zu kämpfen.« Er grinste verzerrt und deutete auf seine Nase. »Selbst wenn ich gestern Abend nicht viel zu viel getrunken hätte, wäre ich in Schwierigkeiten geraten.«

»Ihr wollt mich nicht in den Kerker werfen oder auf der Stelle hängen lassen, König Darian?«, fragte die junge Frau ungläubig und band ihre langen Haare mit einem Lederband zurück.

»Nein, ich kann dich verstehen.«

Sie zog skeptisch eine Augenbraue in die Höhe. »Seid Ihr wirklich der König?«

»Ja, leider«, seufzte er und winkte ihr, mit ihm zu kommen. Darian war klar, dass er mit seinem struppigen Bart und den zerknitterten Kleidern ganz sicher nicht dem gängigen Bild eines Königs entsprach.

Spürbar durcheinander folgte ihm Kaya und beäugte ihn dabei aufmerksam. Sie schien aufs Äußerste angespannt und bereit, jeden Augenblick zu fliehen. Darian führte sie in die verlassene Küche, wo ein schwaches Feuer im offenen Kamin glomm. Von der hölzernen Anrichte nahm er sich einen Krug mit frischem Quellwasser und trank ihn beinahe in einem Zug leer.

»Was möchtest du? Wein, Bier, Wasser, etwas zu essen?«

»Wasser bitte«, antwortete sie verdattert. Als er ihr auch noch Brot, Obst und etwas vom Braten des letzten Abends hinstellte, drohten ihre Augen aus dem Kopf zu fallen.

»Ich bin eine Meuchelmörderin, die Euren Regenten umbringen will, und Ihr bewirtet mich wie eine Lady?«

Ganz langsam setzte sich Darian auf einen der Stühle. »Ich kann deinen Hass nachempfinden. Ich selbst würde nichts lieber tun, als Fehenius ein Messer zwischen die Rippen zu rammen.«

Hustend schluckte Kaya ihr angebissenes Brotstück herunter. »Und warum enthebt Ihr ihn nicht einfach seines Amtes oder bringt ihn wirklich um?«

»Das ist nicht so einfach«, murmelte Darian. »Wo hast du so kämpfen gelernt?«, fragte er erneut.

»Ich hatte mir zum Ziel gemacht, die beste Kriegerin des Landes zu werden«, verkündete sie und schob ihr Kinn vor. »Ich wollte Fehenius langsam und qualvoll sterben lassen. Die meisten Männer der umliegenden Dörfer hielten mich für ein dummes Mädchen, das verrückt ist. Niemand wollte mir beibringen, wie man mit einem Schwert umgeht. Also ging ich zu den Dunkelelfen.«

»Was?« Nun war es an Darian, verdutzt zu sein, und er beugte sich gespannt nach vorne.

»Ich weiß, Dunkelelfen genießen keinen sehr guten Ruf, und sie sind auch ein merkwürdiges Volk, aber meiner Meinung nach die besten Kämpfer Albanys.«

»Wieso haben sie dich nicht gleich getötet?«

Mit zufriedenem Grinsen schnitt sich Kaya ein Stück Braten ab. »Ich habe mich auf die Lauer gelegt und einem recht jungen Dunkelelfen eine Falle gestellt.« Sie lehnte sich zurück und verschränkte die Arme. »Es gelang mir, ihn in einem Netz zu fangen und ihn darin an einem Ast in die Höhe zu ziehen. Dunkelelfen sind ein sehr stolzes Volk. Ich habe ihm gesagt, wenn er mich ausbildet, würde ich nicht verraten, dass ich ihn überlistet habe.«

Darian starrte sie mit offenem Mund an, während sie fortfuhr. »Er hing beinahe zehn Tage im Baum, bis er nachgab.«

»Zehn Tage?!«

»Zunächst wollte er mich natürlich töten, aber ich sagte ihm, ich hätte jemandem einen Brief geschrieben und in dem stünde alles, was vorgefallen sei. Sollte ich nicht innerhalb von vierzehn Tagen zurückkehren, würde der Brief einem Dunkelelfen zugespielt werden.« Nun lachte sie leise. »Zum Glück wusste Bas'Akir nicht, dass ich gar nicht schreiben kann.«

»Bas'Akir«, stöhnte Darian.

Kaya hingegen nickte nur unbekümmert. »Später sind wir sogar so etwas wie Freunde geworden, und er zeigte mir hilfreiche Tricks beim Kämpfen. Als ich gut genug war, forderte ich seinen Gefährten heraus, der noch besser als Bas'Akir kämpfte, und der hat mich weiter unterrichtet.«

»Moment«, Darian hob eine Hand, »du willst mir allen Ernstes sagen, du hättest einen Dunkelelfen als Freund und einen weiteren zum Kampf herausgefordert?«

»Und besiegt.« Kaya nickte nachdrücklich.

»Du lügst.«

»Tue ich nicht!«, rief sie empört und rammte das Messer in den dicken Holztisch. »Dunkelelfen sind geheimnisvoll, sie schrecken nicht vor Morden zurück, wenn sie es für nötig halten, aber sie haben eine Schwäche.«

»Und die wäre?«

»Ihr Stolz. Ich ging zu Bas'Akirs Gefährten und sagte ihm, wenn ich ihn besiegen würde, müsste er mich für mindestens fünf Sommer unterrichten und anschließend meines Weges ziehen lassen, ohne mir jemals ein Leid anzutun. Ihr müsst wissen, man muss seine Forderungen in Gegenwart eines Dunkelelfen sehr genau formulieren, sonst finden sie eine Möglichkeit, dich doch noch aus dem Weg zu räumen.«

»Selbstverständlich.« Mit gerunzelter Stirn blickte Darian sie an. Er hatte ein paar Begegnungen mit Dunkelelfen gehabt, doch mit ihnen geredet hatte er noch nie. Es waren rasche und gnadenlose Kämpfe gewesen, die er nur mit Mühe und Not überlebt hatte.

»Und er ist darauf eingegangen?«, hakte er ungläubig nach.

Kaya bestätigte dies mit einem grimmigen Nicken. »Zunächst wollte er nichts davon wissen, doch dann sagte ich, er sei ein Feigling, der sich nicht traue, gegen ein Mädchen zu kämpfen.« Sie kicherte. »Das hat ihn in Rage versetzt. Er ist herumgewirbelt und wollte mich mit seinem Schwert einen Kopf kürzer machen. Aber ich bin einfach abgetaucht und habe ihm kräftig in die Weichteile getreten.«

Nun begann Darian zu lachen, und Kaya stimmte mit ein. Die beiden konnten gar nicht mehr aufhören, denn die ganze Situation war einfach zu absurd: Da saß der König von Northcliff mit einer von Dunkelelfen ausgebildeten Meuchelmörderin in der Küche seiner Burg und verspeiste mit ihr die Reste eines Festessens.

Schließlich wischte sich Darian über die Augen. »So gut

habe ich mich schon seit Ewigkeiten nicht mehr amüsiert.« Dann wurde er ernst. »Aber was mache ich denn jetzt mit dir?«

»Lasst mich mein Werk vollenden«, verlangte Kaya und trat auf Darian zu. Nun stand sie direkt vor ihm und sah ihn mit ihren braunen Augen leidenschaftlich an. Darian musste schlucken. So absurd die ganze Situation auch war – seit Mias Tod hatte er sich nicht mehr so sehr zu einer Frau hingezogen gefühlt wie jetzt zu Kaya. Er räusperte sich verlegen.

»Es tut mir leid, aber …«

Sie wurden unterbrochen, als schlurfende Schritte im Gang zu hören waren. Wie ein Blitz sprang Kaya auf und hielt Darian erneut ihren Dolch an die Kehle. »Ich tue Euch nichts, aber wenn jemand hereinkommt, nehme ich Euch zum Schein als Geisel.«

»Warte, versteck dich, wahrscheinlich ist es nur die Köchin«, flüsterte er und deutete auf die dunkle Nische neben der Tür. »Ich lenke sie ab, dann reden wir in meinem Gemach weiter.«

Kaya sah ihn misstrauisch an, aber Darian legte ihr beruhigend seine Hand auf die ihre, welche den Dolch hielt. »Vertrau mir.«

Kurz zögerte Kaya, dann verschwand sie wie ein Schatten in der Ecke.

Wie Darian vermutet hatte, kam die dicke Köchin Murga verschlafen hereingeschlurft. Sie gähnte und begann dann leise vor sich hinzuschimpfen. »So eine Schweinerei haben die hohen Herren wieder hinterlassen. Und wer darf den Dreck wegräumen – ich!«

Als sie Darian erblickte, der neben dem Tisch stand, zuckte sie zusammen. »O mein König, bitte verzeiht, ich …«, stammelte sie, und ihr ohnehin meist gerötetes Gesicht nahm die Farbe einer überreifen Tomate an.

»Macht Euch keine Gedanken«, sagte er freundlich, dann

deutete er auf den Tisch. »Ich hatte nur noch ein wenig Hunger.«

»Hunger.« Sie blinzelte ungläubig und fügte kaum hörbar hinzu: »Als wäre das Abendessen nicht mehr als üppig gewesen.« Anschließend verbeugte sie sich jedoch rasch.

Darian nahm sie an der Schulter und dirigierte sie mit sanfter Gewalt in Richtung des großen Holzofens, dann machte er Kaya hinter seinem Rücken ein Zeichen, dass sie verschwinden sollte. Aus dem Augenwinkel heraus sah er einen schmalen Schatten durch die Tür huschen.

»Ich wünsche zum Frühstück etwas von diesem köstlichen Haferbrot, das du immer backst, Murga.« Darian deutete auf die großen Fässer mit Mehl.

»Natürlich, wenn Ihr wünscht.«

»Sehr gut.« Darian tätschelte ihre Schulter, schnappte sich anschließend einen Krug mit Wein und zwei tönerne Kelche. »Gute Nacht.«

»Gute Nacht, mein König.« Murga blickte ihm kopfschüttelnd hinterher. »Was sollte das denn bedeuten?«, sagte sie zu sich selbst, dann zuckte sie mit den Schultern und begann den Tisch abzuräumen.

Kaya wartete in einer dunklen Ecke des Ganges. »Ihr habt Euer Wort gehalten«, stellte sie fest und machte einen überraschten Eindruck.

»Ja.« Darian nahm sie an der Hand, zog sie mit sich in sein Schlafgemach, und stellte dort die Kelche und den Krug ab. »Hier, der Wein ist gut«, erklärte er und schenkte sich selbst davon ein.

Kaya roch vorsichtig daran und nippte davon, dann überzog ein freudiges Lächeln ihr ebenmäßiges Gesicht.

»Also, lasst Ihr mich jetzt Fehenius töten?«, wollte sie wissen.

Seufzend setzte sich Darian auf sein Bett. »Wie schon gesagt, so einfach ist das nicht.«

»Warum nicht?« Kayas Augen begannen wieder zornig zu glitzern. »Er hat meine Familie auf dem Gewissen.«

Meine wahrscheinlich ebenfalls, dachte Darian und schloss beschämt die Augen.

»Ich habe … gewisse Vereinbarungen mit ihm«, gab er zögernd zu.

Kaya trat zu ihm und blickte ihn wieder mit diesem wilden Blick an. »Vergesst die Vereinbarungen, er ist ein Schwein und verdient es zu sterben.«

»Ich kann nicht. Wenn du ihn tötest, bringst du damit auch mich um.«

Kaya musterte ihn stumm, ihre dunklen Augen, unergründlich, geheimnisvoll und voller Leidenschaft. Zögernd streckte sie ihre Hand aus, berührte seine Wange, und er lächelte dabei zaghaft, denn die Berührung ihrer weichen Finger fühlte sich gut an.

»Dich will ich nicht töten.« Ehe Darian sich's versah, hatte Kaya sich zu ihm hinabgebeugt und ihm einen leidenschaftlichen Kuss auf die Lippen gedrückt.

Verdutzt hielt er sie ein Stück von sich weg, aber dann vergaß er alles. Er zog Kaya an sich heran, riss ihr die Kleider beinahe schon vom Leib und liebte sie mit einer aus der Verzweiflung der ganzen letzten Zeit geborenen Leidenschaft. Kaya war jung, sie war feurig und ließ ihn für kurze Zeit alles vergessen. Später lag er neben ihr und betrachtete sie im Mondlicht, welches durch das Fenster hereinfiel. Ihre Haare bauschten sich wie eine dunkle Wolke um ihren Kopf, und im Schlaf war ihr Gesicht weich und wirkte sehr viel jünger und unschuldiger. Noch immer erstaunt über sich selbst und berauscht von der Leidenschaft zwischen ihnen, fielen schließlich auch Darian die Augen zu.

Noch vor der Morgendämmerung packte Kaya ihre Sachen zusammen. Sie wusste selbst nicht, was mit ihr los war. Seit sie von Fehenius' Soldaten geschändet worden war, hatte sie niemals das Bedürfnis verspürt, mit einem Mann das Lager zu teilen. Aber dieser merkwürdige junge König hatte irgendetwas in ihr wachgerufen. Man hatte sich im Volk schon viele unglaubliche Dinge über Darian von Northcliff erzählt, doch er war noch sehr viel seltsamer, als sie ihn sich jemals hätte vorstellen können.

Vorsichtig, um ihn nicht zu wecken, streichelte sie ihm über die wirren dunkelblonden Haare. »Ich werde Fehenius dir zuliebe verschonen, aber eines Tages wird er für seine Taten bezahlen müssen.« Von leiser Sehnsucht erfüllt blickte sie auf Darian hinab. »Schade, dass du König bist.« Damit verschwand sie wie ein Schatten aus dem Zimmer, dem Schloss und fürs Erste aus Darians Leben.

In der folgenden Zeit fragte sich Darian häufig, was es mit der seltsamen Begegnung mit Kaya auf sich gehabt hatte. Er ärgerte sich, sie nicht nach Mia gefragt zu haben, denn vielleicht hätte Kaya sie ja gekannt. Darian ließ sie suchen, einerseits, weil er noch immer fürchtete, sie würde Fehenius umbringen. Andererseits hatte er sich in den Kopf gesetzt, dass er, wenn er schon heiraten musste, dann sie zur Frau haben wollte. Aber Kaya blieb verschwunden, und allmählich wurde sie nur noch zu einem Schatten der Erinnerung an eine verrückte, leidenschaftliche Nacht.

Und so ließ Darian zum nächsten Vollmond verkünden, dass er Elysia von Rodvin, Tochter eines Lords aus der Mitte des Landes, heiraten würde. Die Hochzeit war für den letzten Sommermond angesetzt – und Darian graute davor. Daher stürzte er sich zur Ablenkung in weitere gewagte Kämpfe mit Trollen, Diebesbanden oder Plünderern. In manchen Nächten wünschte er sich sogar, ihn würde einfach eine Klinge durchbohren, aber sein Hauptmann Torgal achtete stets gut auf ihn.

Die schwarze Wölfin erschien immer kurz nachdem er die

Festung verlassen hatte, und langsam gewöhnten sich die Männer an sie. Sie blieb stets in respektvollem Abstand, ließ sich jedoch gerne Knochen und andere Essensreste zuwerfen, und für Darian wurde sie eine treue, schattenhafte Gefährtin.

»Mia, bitte sag mir, was ich tun soll, ich will Elysia nicht heiraten.« Sehnsüchtig streckte Darian seine Hand nach seiner Geliebten aus, die diesmal am Rand einer sturmumtosten Klippe stand und ihn stumm ansah. Unter ihr schäumte und wogte das Meer, der Himmel war wolkenzerfetzt, und der Wind bauschte Mias langes grünes Gewand auf. Sie lächelte ihm wehmütig zu, eine Träne floss über ihre Wange, und er trat einen Schritt nach vorne.

»Ich liebe dich«, flüsterte er. Noch ein Schritt, diesmal verschwand sie nicht, nein, im Gegenteil, sie streckte sogar eine Hand aus, kühl strichen ihre Finger über seine Wange. »Mia, ich kann dich spüren!« Er wollte sie in seine Arme schließen, sie für immer festhalten, aber plötzlich trat sie zurück und stürzte rückwärts ins tobende Meer, wo sie die grauen Wogen verschlangen. Darian schrie entsetzt auf, sprang vorwärts, wollte sie festhalten.

Darian wachte von seinem eigenen Schrei auf, und nachdem sich sein rasselnder Atem etwas beruhigt hatte, bemerkte er, dass er kerzengerade im Bett saß. Verwirrt tastete er nach seiner Wange. Diese Berührung hatte sich so real angefühlt. Eine Bewegung, die er nur aus dem Augenwinkel heraus wahrnahm, ließ ihn herumfahren.

»Warst du das?« Er kam sich albern vor, mit einer Nachtsylphe – so sie sich überhaupt im Raum befand – zu sprechen, und trotzdem hatte Darian das Gefühl, Augen auf sich zu spüren. Langsam streckte er seine Hand aus. »Komm, zeig dich.« Ein dicker Kloß bildete sich in seiner Kehle, als er daran dachte, wie Mia ihm damals, am Cape Wrath, die Heidefee gezeigt hatte.

Ich kann keine Elementarwesen beschwören, dachte er enttäuscht, doch plötzlich zischte etwas beinahe Durchsichtiges auf ihn zu. Er ließ seine Hand wo sie war, und dann saß, vom Mondlicht beschienen, die Nachtsylphe auf seiner Handfläche. Ihre gefiederten Flügel flatterten leicht, ihre kleinen, dunklen Augen musterten ihn, und sie legte den Kopf schief.

»Hat dich Mia zu mir geschickt?« Natürlich erhielt er keine Antwort, und nur einen Lidschlag später war das Elementarwesen verschwunden. Darian rollte sich in seinem Bett zusammen, und wenngleich er in dieser Nacht keinen Schlaf mehr fand, tröstete ihn die Aussicht ein klein wenig, dass Mia auch aus dem Reich des Lichts über ihn wachte.

Der Tag seiner Hochzeit war wohl einer der schrecklichsten in Darians Leben. Elysia stand, in edle Roben gekleidet und aufgeregt gackernd, bei ihrer Familie, als Darian hereinkam. Eigentlich hatte er sie ja nur deshalb ausgewählt, weil sie damals auf dem Fest recht ruhig gewirkt hatte. Jetzt aber redete sie pausenlos auf ihn ein, was für eine Ehre es doch für sie sei, die Königin von Northcliff zu werden und dass sie sich bemühen wolle, ihm eine gute Ehefrau zu sein. Darian lächelte gezwungen und bemühte sich, seinen Geist gegen den Redeschwall abzuschotten.

Normalerweise hätte ein Hüter der Steine die Hochzeit segnen müssen, doch Fehenius war dagegen gewesen. Darian hatte nachgegeben, denn so gern er Readonn wiedergesehen hätte, ärgerte es ihn doch noch immer, dass der Hüter ihn so brüsk zurückgewiesen hatte.

Die Zeremonie wurde im Thronsaal abgehalten. Drinnen drängte sich der Adel, und draußen im Burghof stand das neugierige Volk.

Ein großer, hagerer Mann mit Glatze betrat langsam den Raum, gekleidet in eine dunkelblaue Robe, die beinahe über den Boden schleifte. Ihn umgab eine kühle, unnahbare Ausstrahlung.

»Das ist Zauberer Dimitan«, erklärte Fehenius, und sein faltiges Gesicht verzog sich zu einem Grinsen. »Er wird die Hüter der Steine würdevoll ersetzen.«

Darian erinnerte sich an den Mann. Er hatte ihn damals am Hafen von Grottná gesehen, als er zur Weihe auf die Insel der Drachen gefahren war. So viel Zeit war seitdem vergangen – Darian nickte Dimitan nur unverbindlich zu und trat dann zögernd mit seiner zukünftigen Frau auf den Zauberer zu. Elysia trug ein bodenlanges hellgelbes Kleid mit goldenen Borten, und ihr blondes Haar war zu einer kunstvollen Frisur aufgesteckt, in die Perlen eingeflochten waren. Darian selbst war in die traditionellen Farben Northcliffs gekleidet, eine schwarze Samthose, hohe Stiefel, ein weißes Hemd und den blauen Umhang mit dem aufgestickten Wappen. Um seinen Hals hing der schwere Köngisring, der heute mehr denn je auf ihm zu lasten schien.

Dimitan musterte sie beide mit kühlem Blick und begann schließlich mit der Zeremonie. In einer steinernen Schale verbrannte er ätherisch riechende Kräuter und rief danach die Götter des Windes, des Wassers und der Erde an.

»Im Namen des Volkes von Albany erkläre ich Darian Jarredh Isarius Welgarton von Northcliff und Elysia Dalea Wagarta von Rodvin im Angesicht der Götter auf ewig vereint.« Dimitans kalte Stimme drang in jeden Winkel des Raumes. Auf einem silbernen Tablett reichte er Darian den kleineren, schmaleren Torc aus der Schatzkammer, welchen er seiner Angetrauten um den Hals legen musste.

Ich musste nicht einmal ›Ja‹ sagen, dachte Darian, als ohrenbetäubender Jubel ertönte und Elysia sich, in Tränen ausbrechend, an seinen Hals warf. Für ihn war das ›Ja‹ immer noch der Dreh- und Angelpunkt einer Hochzeit, und so empfand er sogar Erleichterung über das Fehlen dieses kleinen Wortes. Diese aberwitzige Hochzeit verlor somit endgültig jegliche Bedeutung für ihn.

Unbeholfen tätschelte er seiner Gemahlin die Schulter und wünschte sich in diesem Augenblick, irgendwo in den Bergen gegen Trolle zu kämpfen – mit denen wäre er leichter fertiggeworden. Doch so ließ er die Gratulationen über sich ergehen und trat dann mit seiner Frau vor das Volk.

In einer sehr knappen und trockenen Ansprache erklärte er, wie sehr er sich freue, Elysia nun an seiner Seite zu wissen. Und wie Hohn klang der Jubel des Volkes in seinen Ohren.

Beim anschließenden Festmahl stand Fehenius mit zufriedenem Grinsen und einem Kelch des besten Rotweines an eine der großen Säulen gelehnt, welche den Thronsaal stützten.

Als eine verhüllte Gestalt ihn von hinten ansprach, zuckte er zusammen.

»Samukal, bist du wahnsinnig?«, zischte er erschrocken und kleckerte sich etwas Rotwein auf sein neues Hemd.

»Niemand wird mich erkennen«, sagte sein Halbbruder gelassen und nahm ihm wie selbstverständlich den Kelch aus der Hand, um selbst etwas zu trinken.

»Was willst du?« Fehenius nickte einem Lord aus Rodgill übertrieben zu.

»Der Hochzeit meines lieben Adoptivsohnes beiwohnen«, erklärte Samukal mit vor Hohn triefender Stimme, dann drehte er Fehenius energisch zu ihm um. »Füll ihn mit Alkohol ab, und dann besuche die Königin in ihrem Bett.«

»Ja, ja.« Fehenius leckte sich nervös die Lippen. Eigentlich hatte er gehofft, Elysia würde bereits einige Tage vorher eintreffen, doch ihre Eltern hatten beharrlich darauf bestanden, dass sie erst am Tag der Hochzeit auf die Burg kam.

Samukal zog zwei kleine Phiolen aus den Tiefen seines Umhangs. »Kurz vor Ende der Feier schüttest du Darian das hier in sein Glas, er wird schlafen wie ein Stein. Diese Flasche ist für Elysia. Sie wird nicht merken, dass du nicht Darian bist.« Dann holte er eine weitere Phiole heraus. »Und die hier macht es sehr viel wahrscheinlicher, dass sie ein Kind von dir empfängt, dann musst du dieses lästige Theater nicht zu häufig durchziehen.« Mit säuerlichem Nicken nahm Fehenius die Phiolen an sich. Die junge Königin entsprach durchaus seinem Geschmack. Blonde Haare, blaue Augen, nicht zu dürr und nicht zu fett. Es hätte ihm nichts ausgemacht, häufiger das Lager mit ihr zu teilen.

Bevor Fehenius noch etwas hinzufügen konnte, überreichte Samukal ihm eine weitere Phiole. »Und das hier stärkt deine Männlichkeit, du bist ja schließlich nicht mehr der Jüngste.« Er grinste anzüglich und gab Fehenius den leeren Weinkelch zurück. »Der Rotwein ist fantastisch. Ich verstehe nicht, warum du ihn immer verschüttest.« Langsam zog Samukal sich in den Schatten der Säule zurück.

»Und was ist, wenn …«, als Fehenius sich umdrehte, um noch etwas zu fragen, war sein Halbbruder verschwunden.

»Verfluchter Mistkerl«, murmelte Fehenius. Sein älterer Bruder vermittelte ihm mal wieder das Gefühl, nur ein bedeutungsloser Handlanger zu sein.

Im Laufe des Abends trank Darian viel zu viel Bier und Wein. Irgendwann hielt er die zum größten Teil doch sehr aufgeblasene Gesellschaft einfach nicht mehr aus und trat hinaus auf den großen Balkon, der an der windabgewandten Seite in Richtung Süden zeigte. Mit einem tiefen Seufzen sog er die klare, kühle Nachtluft ein. Millionen von Sternen strahlten auf ihn herab, und der volle Mond hing am östlichen Himmel.

»Was für ein widerwärtiges Theater. Wie konnte ich nur so tief sinken«, murmelte Darian und schlug mit der Hand gegen die steinerne Balustrade.

»Grämt Euch nicht«, ertönte eine emotionslose Stimme aus der Dunkelheit, »die meisten Ehen der Adligen werden nicht aus Liebe geschlossen.«

Die Hand am Schwert fuhr Darian herum und sah sich dem großen, dürren Zauberer Dimitan gegenüber, der ihn aus seinen stechenden Augen abschätzend musterte.

Obwohl Darian nicht glaubte, dass der kahlköpfige Zauberer ihm hier auf der Burg irgendetwas antun würde, blieb er wachsam, denn schließlich hatte Fehenius ihn hergebracht.

»Ihr wisst nicht zufällig, wo sich Nordhalan aufhält?«, fragte Dimitan mit einem für Darian etwas zu gleichgültigen Tonfall. Offensichtlich bemühte sich sein Gesprächspartner, seine Anspannung zu verbergen.

»Keine Ahnung.« Verbitterung schwang in Darians Antwort mit, hatte er selbst doch so lange nach ihm suchen lassen.

Dimitan räusperte sich. »Es war während der Herrschaft Eurer Vorfahren üblich, dass sich ein Hofzauberer auf der Burg aufhielt. Also, falls Ihr meine Dienste benötigt …«

Mit gerunzelter Stirn blickte Darian ihn an. Er kannte den Mann nicht, Nordhalan hatte ihn niemals erwähnt, und Dimitan wirkte auf ihn irgendwie unnahbar und distanziert.

»Weshalb seid Ihr nicht schon früher gekommen?«, erkundigte sich Darian. »Seit meiner Weihe habe ich nichts mehr von Euch gehört.«

»Niemand bringt sich leichtfertig in Gefahr. Zunächst musste ich sehen, ob die Zauberer weiterhin verfolgt werden, aber glücklicherweise scheinen diese Zeiten ja vorüber zu sein.« Darian bemerkte, wie Dimitans kalte Augen in seinem Gesicht forschten. Ironischerweise schien der Zauberer der einzige Mensch zu sein, der an seiner Herrschaft irgendetwas Gutes fand.

»Ich werde es mir überlegen«, antwortete Darian knapp und ging wieder hinein.

Weit nach Mitternacht war das Fest endlich vorüber. Nach und nach zogen sich die Gäste – mehr oder weniger betrunken – in ihre Schlafgemächer zurück. Mit gequältem Blick nahm Darian die aufgeregt gackernde Elysia an der Hand.

»Noch einen Schluck zur Beruhigung?«, fragte Fehenius, der mit anzüglichem Grinsen herbeigeschlichen kam und den beiden zwei gefüllte Kelche anbot.

Elysia ergriff ihren so rasch, dass sie beinahe die Hälfte verschüttete und trank von dem edlen Rotwein.

»Schlimmer kann es ja nicht werden«, murmelte Darian und leerte seinen Kelch in einem Zug. Er hatte an diesem Abend ohnehin schon so viel getrunken, dass, selbst wenn er gewollt hätte, die Hochzeitsnacht für Elysia sicher nicht allzu befriedigend ausgefallen wäre. Einen Umstand, den er keineswegs bereute, ja sogar willkommen hieß.

Stumm gingen sie die Gänge entlang in Richtung von Darians Schlafgemach, wobei Darian sich an der Wand abstützen musste, um nicht noch mehr zu schwanken. Im Gemach angekommen klimperte Elysia ihn mit ihren langen Wimpern aufgeregt an und zog ihn aufs Bett.

»Entschuldige bitte, aber ich …«, sagte er, dann wurde ihm irgendwie schwummrig zumute. Verzerrt sah er, wie Elysia ihn mit offenem Mund anstarrte, und bekam dann gar nicht mehr mit, dass auch sie kurz darauf aufs Bett kippte.

Abwartend und gespannt saß Fehenius in seinem Gemach und rieb sich die Hände. Er goss etwas von der Flüssigkeit, die Samukal ihm gegeben hatte, in ein Glas mit Wasser und machte sich von großer Vorfreude erfüllt zum Gemach des Königs auf. Grinsend stellte er fest, dass Darian und Elysia beide fest schliefen. Als er die junge Frau zu küssen begann, überkam ihn eine ungeahnte Erregung – endlich würde er herrschen, seine kühnsten Träume würden in Erfüllung gehen. Dann riss seine Leidenschaft ihn mit sich …

Am nächsten Morgen fand sich Fehenius nur halb bekleidet in seinem Schlafgemach wieder. Sich durch die schütteren weißblonden Haare fahrend setzte er sich auf und entdeckte eine der blauen Haarschleifen von Elysia in seiner Hand.

»Was war das denn?«, murmelte er und fasste sich an den Kopf. Konnte Samukals Trank zur Stärkung der Männlichkeit einen vergessen lassen, wie man in sein Gemach gekommen war? Dann schob er den Gedanken beiseite – und schwelgte in der Erinnerung daran, wie er Elysia genommen hatte. Selbst in ihrem benommenen Zustand hatte er sie vor Entzücken stöhnen hören.

Ähnlich wie Fehenius erging es Elysia. Sie wachte mit dem tief schlafenden Darian neben sich auf und konnte sich an gar nichts mehr entsinnen.

Als er die Augen öffnete, blinzelte er sie verwirrt an, so als wisse er nicht, was sie in seinem Bett tat.

»Ihr wart großartig, mein König«, hauchte sie und bedeckte ihre entblößte Brust züchtig mit der Bettdecke.

»Ich war was?«, fragte Darian und sah entsetzt auf seinen nackten Unterkörper hinab. »Ich habe dich nicht angerührt!«

»O doch!« Errötend zeigte Elysia auf einen roten Fleck auf dem blütenweißen Betttuch.

»Verflucht noch mal!« Darian sprang aus dem Bett. »Ich konnte nicht einmal mehr geradeaus gehen, geschweige denn …«

»Aber mein König, Ihr …««

»Ich habe nicht mit dir geschlafen!« Hastig streifte er seine Hose über und stürmte dann aus dem Raum.

Elysia hingegen war vollkommen durcheinander. Darian hatte sie geheiratet, und sie ging davon aus, dass er auch einen Nachkommen haben wollte. Wieso behauptete er jetzt, ihr nicht die Jungfräulichkeit genommen zu haben? Seufzend zog sie die edle Samtdecke bis zum Kinn hinauf, und ihre Verwirrung legte sich rasch bei dem Gedanken, nun für den Rest ihres Lebens ausgesorgt zu haben – sie war jetzt immerhin die Königin von Northcliff.

Voller verzweifelter Wut stürmte Darian zu den Stallungen, sattelte Menhir und schwang sich in den Sattel.

»Ich habe nicht mit ihr geschlafen«, murmelte er vor sich hin. Er konnte sich zumindest beim besten Willen nicht daran erinnern – doch der Blutfleck und sein eigener entblößter Zustand schienen eine andere Sprache zu sprechen.

Gerade als Darian losreiten wollte, kam Torgal aus der Unterkunft der Soldaten.

»Wartet, ich begleite Euch«, sagte er und winkte einem der Stallburschen, damit ihm dieser sein Pferd sattele.

»Ich will *einmal* in diesem verfluchten Leben alleine ausreiten«, schäumte Darian.

Torgal griff in die Zügel. »Ihr wisst, dass Ihr nicht nur Freunde habt. Ihr könnt nicht allein …«

Doch Darian schnaubte nur und trieb sein Pferd so heftig an, dass es stieg und Torgal die Zügel loslassen musste. Ohne auf die Menschen um sich herum zu achten, die zur Seite springen mussten, um nicht umgeritten zu werden, sprengte Darian zum Burghof hinaus, über die Brücke und galoppierte in halsbrecherischem Tempo über den steinigen Weg in Richtung Culmara. Doch er ritt nicht ins Dorf, sondern hinab zum Strand. Es herrschte Ebbe, und ein breiter Sandstreifen zog sich weit nach Osten.

Als er sich umdrehte, sah er die schattenhafte Silhouette der schwarzen Wölfin in den Dünen stehen, doch heute kümmerte er sich nicht um sie, er wollte nur eins – Geschwindigkeit.

Darian ließ Menhir in einer Wolke aus Sand und salzigem Wasser davonschießen. Die Hufe des Pferdes schienen den Boden kaum zu berühren. Darian beugte sich weit über den Hals des Hengstes, und beinahe schien es ihm, als würden seine wirren Gedanken mit dem heulenden Wind davonfliegen. Noch niemals zuvor war er so schnell geritten. Die Straßen Albanys waren meist schlecht befestigt, die Wiesen und Felder zu kurz und steinig für so einen rasenden Galopp.

Die dunklen Klippen von Northcliff waren bereits lange aus Darians Blickfeld verschwunden, als er Menhir zügelte. Das Pferd schnaubte und dampfte, aber Darian spürte Menhirs Erregung. Der Hengst tänzelte hin und her und warf herrisch den Kopf hoch; auch er hätte wohl noch ewig so weitergaloppieren können. Als Darian donnernden Hufschlag hinter sich hörte, drehte er sich um. Torgal kam auf seinem Fuchs angaloppiert, wobei sein Pferd deutlich erschöpfter wirkte als Menhir.

Obwohl sich Torgal eigentlich vorgenommen hatte, ein ernstes Wort mit dem jungen König zu reden, musste er sich eingestehen, dass ihm der rasante Ritt gefallen hatte. Darians strahlende Augen ließen seine Wut dann endgültig verrauchen.

»Menhir ist noch sehr viel besser, als ich jemals gedacht habe. Er ist beinahe so schnell wie die Elfenpferde.«

Mit deutlich entspanntem Lächeln klopfte Darian dem Hengst den Hals und hielt sein Gesicht in den Wind. »Noch vor weniger als vier Jahren konnte ich mich kaum im Sattel eines Ponys halten, und jetzt galoppiere ich mit diesem großartigen Pferd am Strand meines eigenen Königreiches entlang.«

»Ja, manchmal geht das Leben seltsame Wege.«

Die beiden ritten im Schritt zurück in Richtung der Sanddüne, welche hinauf zur Straße führte.

»Wart Ihr eigentlich jemals verheiratet, Torgal?«, fragte Darian plötzlich.

Der Hauptmann sah ihn überrascht an. »Nein, ich habe die ersten Sommer meiner Jugend ganz und gar meiner militärischen Ausbildung verschrieben.« In Erinnerung an die lange vergangenen Tage musste Torgal breit grinsen, etwas, das er äußerst selten tat. »Als ich mit Eurem Bruder durch das Land geritten bin, habe ich sehr viele Mädchen kennen gelernt, aber wir sind niemals lange genug geblieben, als dass daraus eine ernsthafte Bindung hätte werden können.«

»Dann war mein Bruder wohl ein Schwerenöter?«, lachte Darian, und der Wind fuhr ihm durch die dunkelblonden Haare.

»Er war beliebt bei den Damen«, gab Torgal schmunzelnd zu, dann wurde er wieder ernst. »Allerdings glaube ich, dass er insgeheim immer nur darauf gehofft hat, seine verstorbene Frau wiederzufinden.«

»Dann hoffe ich, dass sie jetzt vereint sind«, murmelte Darian traurig.

»Ich kannte Lorana nicht«, erzählte Torgal in Gedanken versunken, »aber Euer Bruder sprach auch nach beinahe achtzig Sommern noch immer voller Liebe und Leidenschaft von ihr. Ich wünsche Euch, dass Ihr Euer Glück mit Lady Elysia findet«, wandte sich Torgal dann an den jungen König.

Darian zuckte zusammen und trieb sein Pferd in einen leichten Galopp. »Kommt jetzt, ich habe noch nicht gefrühstückt.«

Zurück in den Stallungen – Darian bestand darauf, Menhir selbst abzusatteln und sein verschwitztes Fell zu striegeln – musste er über sein Gespräch mit Torgal nachdenken. Wie es aussah, hatte also tatsächlich auch Atorian darauf gehofft, dass seine Frau eines Tages wiedergeboren wurde, so wie Readonn es ihm schon erzählt hatte. Wie so oft wanderten Darians Gedanken zu Mia. Auch er würde sie in achtzig Jahren nicht vergessen haben, dessen war er sich sicher.

Elysia erwartete Darian bereits. Sie wirkte aufgeregt und wollte wissen, wo er gewesen war.

Energisch zog Darian sie zur Seite. »Jetzt pass mal auf. Ich habe dich geheiratet, aber ich werde mir nicht vorschreiben lassen, was ich tue!«

Elysia wich an die Wand zurück. »Aber mein Herr, ich …«

»Und nenn mich verdammt noch mal bei meinem Vornamen«, fügte er noch hinzu, bevor er in sein Gemach eilte und rasch einen Schluck von Edvans Trank nahm.

Kopfschüttelnd blickte er auf das Bett. »Ich habe nicht mit ihr geschlafen, das weiß ich einfach.«

Zu Darians Bedauern war es in Albany Tradition, dass sich die königlichen Hochzeitsfeierlichkeiten über mehrere Tage hinzogen, und so blieben ihm weitere ermüdende Empfänge mit Adligen nicht erspart. Am Tag nach der Hauptzeremonie erschien eine sehr auffällige Frau, die man nur als außergewöhnlich und attraktiv bezeichnen konnte. Als sie den Raum betrat, wandten sich ihr alle Augen zu, vor allem die der Männer. Ein dunkelrotes, bodenlanges Gewand, das in mit Silber verzierten Nähten endete, umschmeichelte ihre weiblichen Reize. Ihre Haare hatten die Farbe von dunklem, beinahe schwarzem Blut und umrahmten ein ebenmäßiges Gesicht. Zielstrebig steuerte sie auf Darian zu, der bis dahin gelangweilt auf seinem Thron gesessen hatte, die strahlende Elysia neben sich.

»König Darian, darf ich Euch zu Eurer Vermählung gratulieren?«, fragte eine dunkle, sinnliche Stimme.

Elysia hob kritisch die Augenbrauen, und auch Fehenius räusperte sich irritiert. »Ihr solltet zunächst Euren Namen nennen, Lady!«, befahl der Regent, auch wenn er nur schwer seine Augen vom Dekolleté der Dame abwenden konnte.

Mit einem aufreizenden Lachen verbeugte sich die Frau, doch bevor sie sich vorstellen konnte, hatte sich Dimitan seinen Weg durch die Menge gebahnt.

»Atene, was tust du hier?« Mit einer Spur von Abscheu blickte der große Zauberer auf die schöne Frau hinab.

Besagte Atene ließ sich jedoch offensichtlich nicht von seinem stechenden Blick einschüchtern, im Gegenteil, sie kraulte ihm vertraulich den Bart und meinte: »Dimi, deine Manieren lassen mal wieder zu wünschen übrig.«

Der sonst immer so kühle und beherrschte Mann schnappte nach Luft, während Darian schmunzeln musste. Diese Frau machte ihn neugierig.

»Mein Name ist Atene, wie mein alter Freund Dimitan bereits sagte. Ich bin eine Zauberin.«

»Und wo hast du die ganze Zeit gesteckt?«, fragte Dimitan scharf.

Wie selbstverständlich ließ sich Atene auf einem der Stühle vor Darians Thron nieder. Aufreizend schlug sie ihre langen, schlanken Beine übereinander und zeigte – vermutlich nicht ganz unabsichtlich – viel nackte, glatte Haut. »Ach, Dimi, die Sommer und Winter ziehen so schnell vorbei, wenn man mit den Studien der Magie beschäftigt ist.«

»Nenn mich nicht Dimi!« Die Augen des Zauberers funkelten zornig.

Atene lachte jedoch nur auf. »Früher mochtest du das, ich kann mich noch erinnern, in jenem kalten Winter …«

»Schluss jetzt«, zischte Dimitan, dann wandte er sich Darian zu. »Darf ich unter vier Augen ein Wort mit Euch wechseln?«

Darian zögerte, und die mysteriöse Zauberin kam seiner Antwort zuvor. Mit einer geschmeidigen Bewegung stand sie auf und hielt ihm ihre schlanke, von silbernen und goldenen Ringen geschmückte Hand hin. »Würdet Ihr mir die Ehre eines Tanzes gewähren?«

Perplex und wie in Trance stand Darian auf, das empörte Luftholen seiner Gattin überhörend. Doch Atene zwinkerte Elysia bereits zu. »Keine Sorge, ich nehme ihn Euch nicht weg, er ist ja jetzt schon verheiratet.«

Unter den Blicken und dem Getuschel aller Anwesenden schritten die beiden auf die Tanzfläche. Atene musterte Darian aus ihren sinnlichen dunklen Augen, und während des Tanzes erzählte sie ihm, dass sie einige Zeit für Studien auf den Geisterinseln gewesen sei.

»Sonst wäre ich schon viel früher zu Euch gekommen«, versicherte sie mit ihrer kehligen Stimme, und ihre vollen Lippen näherten sich gefährlich seinem Hals, so dass er ihren Atem spüren konnte.

Darian schluckte krampfhaft. Diese Frau machte ihn nervös.

Als der Tanz endete, verbeugte sich Atene elegant. »Es würde mich freuen, an Eurem Hof als Hofzauberin dienen zu können.«

»Ich … also … werde darüber nachdenken.« Mit einem unsicheren Nicken verabschiedete sich Darian und wischte sich den Schweiß von der Stirn. Sofort drängten sich ihm Fehenius und Dimitan auf, die nun natürlich äußerst wissbegierig waren.

»Was hat sie Euch erzählt?«

Darian goss sich ein Glas Rotwein ein. »Sie will ebenfalls meine Hofzauberin werden.«

Dimitan schnaubte empört. »Sie hat nur geringe magische Fähigkeiten, sie verdreht allen Männern den Kopf und …«

»Das würde ich an Eurer Stelle auch behaupten.« Darians Blick folgte Atene, die mit auffälliger Selbstsicherheit und Anmut durch den Raum schwebte. Gerade scherzte sie mit einem Lord aus Culmara, der unter ihren Blicken zwei Fuß zu wachsen schien.

»… sie war lange Zeit die Geliebte von Samukal«, beendete Dimitan seinen Satz mit kalter Stimme.

Wie vom Blitz getroffen zuckte Darian zusammen, und sogleich brandeten Zorn und unglaublicher Hass in ihm auf. In einem Zug schüttete er seinen Wein hinunter und stellte den Kelch mit einem lauten Geräusch ab. »Lasst sie aus der Burg werfen, Fehenius!«

Der Regent verbeugte sich, und Dimitan nickte zufrieden, als Darian nun kurzerhand verkündete, er solle sein Hofzauberer werden.

Draußen vor der Festung von Northcliff stand Atene, und der Wind ließ ihre dichten, blutroten Haare wie Flammen um ihren Kopf herumwirbeln. Leise lachend und ohne im Sumpf zu versinken machte sie sich auf den Weg durch das Moorland. Eine Sumpfnyade räkelte sich im Mondlicht, und Atene grüßte sie beiläufig – diese Wesen stellten für sie keine Gefahr dar.

Dimitan war jetzt Hofzauberer – nun gut. Sicher hätte sie auch einige Dinge über ihren ehemaligen Geliebten erzählen können, die den jungen Darian an seiner Entscheidung hätten zweifeln lassen, aber sie beschloss, sich ein wenig im Hintergrund zu halten. Hofzauberin von Northcliff zu sein wäre angenehm gewesen und hätte ihr einen gewissen Einfluss gesichert, allerdings war dies nicht ihr eigentliches Ziel bei diesem Besuch gewesen. Sie hatte Darian kennenlernen wollen, um zu sehen, was für ein Mensch er war. Außerdem gab es noch gewisse Ungereimtheiten in Bezug auf Nordhalan und Samukal, aber Atene war sich sicher, früher oder später würde sie alles herausbekommen, ob jetzt aus dem jungen König oder aus Dimitan. Ihre Zeit würde noch kommen, aber zuerst wollte sie an jenen Ort zurückkehren, den sie als ihr Zuhause bezeichnete. Sie war tatsächlich in den letzten drei Sommern und Wintern beinahe ununterbrochen auf der Geisterinsel gewesen, und hatte nach den verlorenen Chroniken von Northcliff und nach der Karte der Portale gesucht. Das Tückische an der Geisterinsel war, dass man dort jegliches Zeitgefühl verlor und die Geister einen nicht unbedingt dann gehen ließen, wen man es wünschte.

Nach dem Anschlag auf Jarredh von Northcliff hatte es Atene für sinnvoll erachtet, sich zurückzuziehen. Zum einen, weil einige weitaus stärkere Zauberer während dieser Zeit verschwunden waren, zum anderen, weil es etwas in ihrem Leben gab, das es ihr ohnehin nicht erlaubte, sich dauerhaft unter Mitgliedern der Gilde aufzuhalten. Aber sie hatte dazugelernt und würde ihre Gabe zu ihrem Vorteil einzusetzen wissen.

Wenige Tage später trabte Darian mit Torgal und den acht verbliebenen Soldaten seiner Truppe in Richtung Osten, erleichtert, der Festung entronnen zu sein. Es hatte Gerüchte gegeben, dass sich an der Grenze zum Zwergenreich Dunkelelfen herumtrieben, und das hatte Darian als Vorwand gedient, endlich verschwinden zu können. Zunächst blieben sie in Küstennähe, da sie auf dem breiten Sandstreifen rasch vorankamen. Weder für Darian und Torgal noch für die Soldaten war es verwunderlich, dass am ersten Abend ihrer Reise die schwarze Wölfin im Lichtkreis des Lagerfeuers auftauchte.

»Ihr solltet der Wölfin langsam mal einen Namen geben«, schlug Nassàr vor.

»Sie ist ein Wildtier, sie braucht keinen Namen«, meinte Darian und blickte mal wieder in die unergründlichen Augen der Wölfin, in denen sich der Widerschein der Flammen spiegelte. Offen und ohne Scheu fixierten sie ihn, schienen jede kleinste Regung von ihm zu registrieren.

Wenn es nicht zu verrückt gewesen wäre, hätte Darian beinahe glauben können, die Wölfin wäre Mias wiedergeborene Seele. Aber darüber sprach er nicht, wollte es nicht einmal vor sich selbst zugeben. Seit jener Nacht vor seiner Vermählung, als er im Traum Mia von der Klippe hatte stürzen sehen, hatte er nicht mehr von ihr geträumt, und auch die Nachtsylphe war nicht mehr erschienen. Manchmal fragte er sich, ob Mias Geist zornig war, dass er Elysia geheiratet hatte. Oder war sie in der Hoffnung aus seinen Träumen verschwunden, dass er mit der neuen Frau sein Glück fand? Wieder fiel sein Blick auf die Wölfin, dann aber schüttelte er rasch den Kopf.

Nach drei Tagen mussten sie die Sümpfe durchqueren und hielten auf den alten Wald zu, welcher das Land bedeckte. Darian musste an seine Ankunft vor über vier Jahren denken. Damals war er wie ein unbeholfenes Kind gewesen, das keine Ahnung gehabt hatte, wo es eigentlich gelandet war. Jetzt war er ein Krieger, konnte mit Schwert und Bogen umgehen, als hätte er niemals etwas anderes getan, und das Pferd unter ihm war sein bester Freund geworden. Menhir bedrängte ihn nicht, stellte keine lästige Fragen, versuchte nicht, ihn zu manipulieren. Dennoch fühlte er sich häufig einsam. Die Lücke, die Mia hinterlassen hatte, würde sich durch Elysia nicht schließen lassen, doch das hatte er ohnehin niemals erwartet. Er hatte ihr ein eigenes, komfortables Gemach zugewiesen und ihre mehr oder minder deutlichen Aufforderungen, mit ihr ins Bett zu gehen, immer abgeblockt, auch wenn sie das unübersehbar stutzig machte. Sicher erwartete man von ihm, dass es bald einen neuen Erben von Northcliff gab. Aber gerade das wollte er mit aller Macht verhindern, unter Fehenius' Tyrannei leben zu müssen, das konnte er keinem Kind zumuten.

Nach einem harten Ritt durch unwegsames Waldland erreichten sie die Ausläufer der Berge, welche die Grenze zum Land der Zwerge bildeten. Tiefe Schluchten teilten dieses wilde, ungezähmte Land. Rotwild zog über die zum größten Teil kahlen Berge, und Raubvögel kreisten am Himmel.

In einem kleinen Dorf – eigentlich nur ein paar armselige Hütten, die sich in die Hügel schmiegten und mit Heidekraut und Stroh gedeckt waren – wurden Darian und seine Leute freudig und erleichtert empfangen.

Die Wölfin war, wie immer, wenn sie menschliche Ansiedlungen besuchten, in einigem Abstand zurückgeblieben.

Ein dünner, grauhaariger Mann, der zwei rotznasige Kinder an der Hand hatte, erzählte mit zitternder Stimme, einige der Dorfbewohner hätten Dunkelelfen in der Nähe gesehen.

»Sie werden uns unsere Ernte nehmen, und dann können wir die Steuern nicht zahlen«, berichtete er unter heftigen Verbeugungen.

Darian stieg von seinem imposanten Hengst und ging auf den Mann zu. »Macht Euch keine Gedanken wegen der Steuern.« Er drückte dem fassungslosen Dorfbewohner einen kleinen Beutel mit Silberstücken in die Hand. Seitdem Fehenius freien Zugang zur Schatzkammer hatte, war der Vorrat beträchtlich geschrumpft, aber es war zumindest noch genügend übrig, um solchen Menschen zu helfen.

»Mein Herr, ich danke Euch vielmals«, stammelte der ältere Mann mit aufgerissenen Augen und eilte zu einer Hütte, um seiner Frau das Silber zu zeigen.

Währenddessen ließ sich Torgal von einem jüngeren Mann erklären, wo genau sich die Dunkelelfen gezeigt hatten.

Kopfschüttelnd blickte sich Darian derweil in dem kleinen Dorf um und schämte sich wieder einmal seiner eigenen Unfähigkeit, Fehenius' räuberischer Gier ein Ende zu bereiten.

Wütend trat er gegen einen Stein. »Verdammt, warum bin ich nur so ein Feigling?«, knurrte er und blickte so finster drein, dass eine Frau, die mit einem großen Korb Kartoffeln an ihm vorbeiging, erschrocken die Schultern einzog und in ihre Hütte flüchtete.

Als Torgal zurückkam, war Darian froh, aus seinen düsteren Gedanken gerissen zu werden. Der Hauptmann berichtete, dass die Dunkelelfen in einem Tal etwa drei Meilen entfernt gesehen worden wären.

»Die Männer waren auf der Suche nach verlorenen Schafen, da wollen sie Dunkelelfen gesehen haben, die in einer Höhle verschwunden sind.«

»Ich dachte, die würden hauptsächlich bei Nacht herauskommen«, meinte Darian und blickte nach Osten, wo sich dunkle Regenwolken über den hohen Bergen zusammenballten.

»Vielleicht ist es wieder diese Diebesbande, die sich als Dunkelelfen ausgibt. Oder falls es wirkliche Dunkelelfen sind, sind sie vielleicht erst spät von einem Beutezug zurückgekommen«, vermutete Torgal.

»Egal«, Darian schwang sich wieder auf Menhirs Rücken, »wir reiten los.«

»Aber es zieht ein Unwetter auf«, wandte der Hauptmann ein.

»Dann werden wir eben nass.« Ohne ein weiteres Wort trieb Darian den graubraunen Hengst mit der dicken schwarzen

Mähne an und trabte auf die Berge zu. Er wollte etwas tun, musste endlich irgendetwas unternehmen. Seufzend winkte Torgal seinen Männern und murmelte: »Ich bin wirklich langsam zu alt für so einen Blödsinn.«

Kurze Zeit später peitschte eine sintflutartige Regenfront durch das Tal östlich des kleinen Dorfes. Auch die Wölfin hatte sich ihnen erwartungsgemäß nach etwa einer Meile angeschlossen und trabte zehn Fuß versetzt neben Darian her. Die Krieger zogen sich ihre Kapuzen über, die ihnen der heulende Wind jedoch immer wieder von den Köpfen riss, und waren nach kurzer Zeit völlig durchnässt. Tapfer kämpften die Pferde gegen den tobenden Sturm an, und Darian versuchte, Menhirs Mähne, die ihm wie eine Peitsche ins Gesicht schlug, aus dem Weg zu gehen.

So schnell wie der Regensturm gekommen war, verzog er sich auch wieder. Kurz darauf kam die Sonne heraus, und ein Regenbogen von unglaublicher Farbenpracht spannte sich über die Berge des Zwergenreiches. Winzige Heidefeen, die Darian früher ganz sicher für Schmetterlinge gehalten hätte, tanzten über den Wiesen, die nun in der Sonne glitzerten.

»Ich kann mir nichts Schöneres vorstellen«, sagte Darian leise.

»Ich schon«, knurrte Nassàr und schüttelte angewidert das Wasser aus seinen langen grauen Haaren.

»Ja, ein warmes Bett und die hübsche rothaarige Küchenhilfe darin«, scherzte der braunhaarige Fendor und fing sich einen Hieb seines Freundes ein.

Auch die anderen Männer, durchweg mehr als doppelt so alt wie Darian, hatten schon lange keinen Sinn mehr für solche Naturereignisse.

»Ich zwinge niemanden mitzukommen«, erwiderte Darian schärfer als beabsichtigt und ritt den Abhang hinunter in eine Schlucht, wo ein wilder Bach sich seinen Weg durch das Gestein bahnte. Wie ein Schatten folgte ihm die Wölfin.

»Wie lange willst du dem Irren denn noch den Rücken freihalten, Torgal?«, fragte Nassàr. »Zuerst lässt er Fehenius die Leute ausbeuten und dann beschenkt er sie.« Schnaubend deutete der ältere Mann auf Darian, der bereits den Bach erreicht hatte. »Er hat doch nicht alle Sinne beisammen.«

»Hüte deine Zunge«, entgegnete Torgal mit stechendem Blick. »Er ist König Jarredhs Sohn und Prinz Atorians Bruder. Wir haben ihnen und ihren Söhnen auf Lebenszeit Treue geschworen.«

»Jarredh und Atorian sind tot«, sagte Nassàr kalt, »und beinahe hoffe ich, Darian würde endlich auch eine Dunkelelfenklinge durchbohren.« Von vielen der Männer kam ein zustimmendes, wenn auch zögerndes Nicken. Als Torgal seinem alten Freund jedoch blitzschnell seinen Dolch an die Kehle hielt, zuckten sie alle ertappt zusammen.

»Wenn das dein Ernst ist, dann will ich, dass du auf der Stelle verschwindest.« Seine Stimme war eiskalt. »Und falls wir uns jemals wieder begegnen, dann als Feinde.«

Obwohl Nassàr klar sein musste, dass es Torgal ernst war, blieb er ruhig.

»Wieso folgst du ihm noch immer?« Nassàr fasste seinen alten Freund, mit dem er unzählige Schlachten geschlagen hatte, mit dem er länger in Freundschaft verbunden gewesen war als mit jedem anderen Menschen, am Arm. »Verdammt noch mal, ich komme nur deinetwegen mit, und dir zuliebe würde ich selbst ins Unterreich der Dunkelelfen gehen, aber ich verstehe nicht, wieso du Darian unterstützt, obwohl er Fehenius nach dem Mund redet!«

Traurig senkte Torgal den Blick und nahm den Dolch von der Kehle seines Freundes. Manchmal fragte er sich genau das Gleiche. »Weil etwas Gutes in ihm steckt und es einen Grund dafür geben muss, warum er diese Ratte Fehenius noch nicht davongejagt hat. Darian verbirgt etwas, und ich will herausfinden, was.«

Nassàr rang nach Worten, dann machte er eine abwertende Handbewegung und folgte Darian, der seinen Hengst gerade durch den sprudelnden Bach getrieben hatte. »Ich hoffe, du findest es heraus, bevor er uns alle umgebracht hat«, rief er über die Schulter zurück.

Die anderen Männer folgten ihm und konnten dabei dem Hauptmann nicht in die Augen sehen, denn vermutlich ging es ihnen wie Nassàr.

»Seit wann bist du ein verdammter Feigling?«, schrie Torgal ihm hinterher. Doch tief in seinem Herzen wusste er, dass ein Funken Wahrheit an dem war, was Nassàr gesagt hatte.

Jenseits des Flusses wartete Darian bereits mit gezogener Klinge. »Wo soll jetzt die Höhle sein, in der die Dunkelelfen verschwunden sind?«, wollte er wissen.

»Irgendwo dort hinten, bei den drei hohen Felsen, die aussehen wie erhobene Finger«, antwortete Fendor widerwillig und schauderte, als der kalte Wind, der durch die Schlucht pfiff, ihm durch die durchnässten Kleider fuhr.

»Worauf warten wir noch?« Mit kampflustig blitzenden Augen ritt Darian auf die Felsen zu.

»Ihr könnt nicht einfach in eine Höhle stürmen, in der möglicherweise eine ganze Horde Dunkelelfen mit gezückten Klingen auf uns warten«, rief Torgal entsetzt.

Ungeduldig hielt Darian seinen Hengst an, der die Aufregung seines Herrn spürte und unruhig unter ihm tänzelte. »Warum nicht?«

»Ihr erinnert Euch vielleicht daran, dass sie im Dunkeln zehnmal besser sehen können als wir?«, fragte Nassàr, noch immer mit einer gewissen Schärfe in der Stimme.

»Na und, dann müssen wir eben unser Gehör benutzen«, erwiderte Darian ungerührt und ritt weiter.

»Er ist wirklich noch verrückter als sein Großvater Isarius«, meinte Nassàr seufzend und folgte Darian kopfschüttelnd.

Unwillkürlich musste Torgal an die Geschichten über König Isarius von Northcliff denken. Der war angeblich einmal unbewaffnet in eine Höhle voller Trolle gestürmt und hatte im Blutrausch deren Anführer erwürgt. Was sehr wohl auch nur eine vollkommen überzogene Legende sein konnte, denn diese ruhmreiche Tat lag beinahe achthundert Sommer und Winter zurück.

Die gezogene Klinge fest in der Hand betrat Darian den schmalen Durchlass, den das Wasser vieler Jahrhunderte in den Felsen gefressen hatte. Torgal war dicht hinter ihm. Wieder einmal spürte Darian die Erregung vor einem bevorstehenden Kampf, etwas, das ihn all seine Sorgen vergessen ließ.

Erdrückende Dunkelheit empfing die aufs Äußerste angespannten Männer, als sie vorsichtig die Höhle betraten. Eine ganze Weile lauschten sie, einige die Hände um die Griffe ihrer Schwerter geklammert, andere die Bogen aufgezogen und mit einem Pfeil auf der Sehne. Doch außer dem Geräusch von Wasser, das von der Höhlendecke tropfte, war nichts zu hören.

»Entzündet eine Fackel«, befahl Torgal mit leiser Stimme.

Kurz zischte es, dann erhellten zwei Fackeln die kleine Höhle.

Darian kniete sich auf den Boden. »Sie haben hier ihr Lager und werden sicher zurückkommen.« Seine Hand fuhr durch erkaltete Asche. Abgenagte Knochen lagen rund um das Feuer, und einige Decken oder Felle stapelten sich in der Ecke.

»Ich möchte nicht wissen, was das ist«, krächzte Markat, und stieß mit dem Fuß gegen einen Knochen. Markat hatte zwar ein paar Sommer und Winter weniger als Torgal gesehen, wirkte mit seiner sehnigen, ausgemergelten Figur und der Halbglatze aber wie ein Greis. Allerdings war er trotz seiner zerbrechlichen Statur ein ausgezeichneter Krieger, und es war ein tödlicher Fehler, ihn zu unterschätzen.

»Es heißt, sie essen auch Menschen«, sagte Fendor schaudernd.

»Dann braucht sich Markat ja keine Gedanken zu machen«, scherzte Nassàr, vermutlich, um die Düsternis und das beklemmende Gefühl aus der Höhle zu vertreiben, »an ihm ist ohnehin nichts dran!«

Die Männer stimmten mit nervösem Lachen ein. Viele hässliche Geschichten rankten sich um die Dunkelelfen, und dies war sicher kein Ort, um sie zu erzählen.

»Wir warten draußen auf sie«, bestimmte Torgal mit festem Blick auf Darian, der sich noch einmal in der Höhle umblickte, enttäuscht seufzte und sein Schwert senkte. Zu gern hätte er sich ein wenig abreagiert, sehnte sich danach, im Rausch des Kampfes seine eigene Unzulänglichkeit zu vergessen. Die Männer wandten sich in Richtung Ausgang – und dann überschlugen sich die Ereignisse. Draußen heulte die Wölfin auf, Gordan schrie noch eine Warnung und brach dann mit einem Dolch in der Brust zusammen. Plötzlich sah man überall nur noch wirbelnde Klingen. Torgal schrie den hinteren Männern zu, sie sollten in der Höhle bleiben, aber Darian war bereits im Freien und ließ sein Schwert auf den nächsten Angreifer niedersausen. Im Dämmerlicht, welches nur noch huschende Schatten erkennen ließ, konnte man kaum sagen, um wie viele Dunkelelfen es sich handelte. In silbergraue Umhänge gehüllt kämpften sie mit der ihrem Volk eigenen Kraft und Geschicklichkeit – dies waren keine Betrüger.

Darian sah sich einem Dunkelelfen gegenüber, der etwa eine Handbreit kleiner war als er selbst. Aus den Tiefen der Kapuze funkelten ihn zornige Augen an, und Darian musste all sein mühsam erlerntes Geschick und seine antrainierten Reflexe einsetzen, um sich zu verteidigen. Hinter ihm kämpften Torgal und die anderen voller Verzweiflung gegen die restlichen Dunkelelfen. Von überall her hörte man schweres Atmen und das Geklirr von Stahl auf Stahl.

Darian entging einer Abfolge wirbelnder Schläge nur dadurch, dass er sich hinter einem dicken Felsen in Sicherheit brachte. So konnte er kurz Atem holen, bevor er selbst zum Angriff überging und seinen wendigen Gegner nun seinerseits mit kraftvollen Hieben eindeckte. Hinter sich hörte er ein wütendes Knurren, und er wusste, seine stille Gefährtin hielt ihm den Rücken frei. In diesem Augenblick zischte auch schon die messerscharfe Klinge des Dunkelelfen vor und ritzte Darians Arm auf. Doch er ließ sich nicht aufhalten und drängte seinen Gegner mit einigen heftigen Schlägen zurück.

Dann wendete sich das Blatt wieder, und der Dunkelelf glitt zur Seite, ließ Darian ins Leere laufen und drängte nun seinerseits vor. Darian hatte Mühe, den Attacken seines Feindes, die rasend schnell aus immer anderen Richtungen kamen, zu entgehen. Schnell fand er sich selbst an den Felsen gedrängt, fühlte einen Stich am Bein, einen Schnitt am Arm, und schon raste die schlanke Waffe auf sein Herz zu.

Aus, vorbei. Fehenius, jetzt bin ich dir doch noch entkommen, dachte er bitter, dann schloss er die Augen und sah Mia vor sich, mit der er nun gleich vereint zu sein hoffte.

Ein lautes Knurren an seinem Ohr ließ ihn die Augen wieder aufreißen, und so sah er, wie die Wölfin regelrecht an ihm vorbeiflog und seinen Gegner unter sich begrub. Vergeblich versuchte der Dunkelelf sich zu schützen, als die Wölfin ihm die linke Gesichtshälfte zerfleischte. Dann gelang es dem Dunkelelfen trotz seiner Verletzung, die Wölfin mit einem Tritt von sich zu stoßen. Bevor er sich jedoch aufrappeln konnte, sprang Darian nach vorne und rammte ihm sein Schwert in die Brust. Röchelnd sackte der Getroffene zurück. Darian beugte sich zu ihm hinab und zog seinen Dolch, um ihm den Rest zu geben, doch die blutige Hand des Sterbenden krallte sich in seinen Arm.

»Warum lasst ihr uns nicht in Ruhe«, keuchte der Dunkelelf mühsam, »wann erkennt ihr eure wahren …« Bevor er seinen Satz beenden konnte, hatte Torgal ihm bereits sein Schwert in die Kehle gerammt.

Mit gerunzelter Stirn blickte Darian zu dem schwer atmenden Hauptmann auf. Er war schweißüberströmt, blutete aus mehreren Wunden und deutete hinter sich, wo Nassàr und Fendor gerade einen der letzten Dunkelelfen erledigten. Im Zwielicht konnte Darian drei Leichen erkennen.

»Ich glaube, zwei sind entkommen.«

Darian nickte geistesabwesend und blickte auf den toten Gegner vor sich. Was hatte er ihm sagen wollen?

Nassàr kam hinkend näher. »Gordan ist tot«, erklärte er mit kaltem Blick auf Darian.

Der senkte betrübt den Kopf. »Das tut mir leid. Wir sollten ihn begraben.«

Nassàr schnaubte nur und rief seinen übriggebliebenen sieben Gefährten zu, sie sollten Steine für ein Grab suchen.

»Der Dunkelelf wollte mir irgendetwas mitteilen«, sagte Darian zu Torgal, der sich erschöpft auf einen Felsen gesetzt hatte.

»Wahrscheinlich hat er Euch verflucht«, murmelte Torgal müde.

Mit einem Achselzucken ging Darian näher heran und betrachtete seinen besiegten Gegner nun eingehender. Er wirkte noch recht jung, seine silbrigen Haare waren mit einem Lederband zusammengehalten. Die Wölfin saß merkwürdigerweise neben dem Toten und heulte ihr einsames, klagendes Trauerlied.

»Wir sollten zusehen, dass wir ins Dorf kommen, bevor es vollkommen dunkel ist.« Torgal erhob sich ächzend, dann deutete er auf den Felsen über ihnen. »Wenn wir einen Steinschlag auslösen, ist diese Höhle verschüttet, und für den Fall, dass sich Tunnel dahinter befinden, kommt zumindest dort kein Dunkelelf mehr heraus.«

Darian erklärte sich einverstanden und machte sich gemeinsam mit Markat, Fendor und zwei weiteren Männern daran, den Berg hinaufzusteigen. Nachdem die Höhle verschlossen war, schichteten sie Steine über Gordans Leichnam auf, damit die wilden Tiere ihn nicht fraßen. Seine Freunde wendeten sich nach Westen. Jeder erzählte eine Anekdote aus Gordans ereignisreichem Leben und schoss dann einen brennenden Pfeil in den Himmel. Wieder einmal bemerkte Darian betrübt, wie wenig er über die Leute wusste, die mit ihm kämpften. Gordan war älter gewesen, als Darian gedacht hatte, und hatte vor vielen Jahren seine Ehefrau bei einem Trollangriff verloren. Am Ende hielten alle ihre Schwertspitzen zusammen und verneigten sich nach Westen.

»Möge deine Seele über das Meer getragen werden und sicher ins Reich des Lichts finden«, sprach Torgal die rituellen Worte. In Schweigen gehüllt stiegen die Männer auf ihre Pferde und ritten betrübt zurück zum Dorf. Schon häufig war Darian Zeuge dieser Trauerzeremonie geworden. Zwar glaubte er nicht ernsthaft an dieses Reich des Lichts, aber er mochte diesen Brauch, und so sagte er nichts.

Die alte Heilerin des Dorfes, eine resolute Frau namens Chanela, behandelte die mehr oder weniger schweren Verletzungen der Krieger. Zum Glück hatte nur einer von ihnen eine tiefere Wunde davongetragen, doch die Männer betrauerten den Tod ihres Kameraden Gordan, und Darian spürte ihre vorwurfsvollen Blicke durchaus.

»Ihr wart sehr großzügig, junger König«, bemerkte die alte Chanela, als sie Darians Arm und sein Bein mit einer seltsam riechenden Paste bestrich und dann mit einem Leinenfetzen umwickelte. Dann kicherte sie. »Ich hoffe nur, Eure Steuereintreiber holen sich nicht gleich wieder alles.«

»Chanela!«, erklang der empörte Ruf ihrer gutaussehenden blonden Schwiegertochter, die am offenen Feuer stand und Eintopf kochte.

»Ist doch wahr«, schimpfte die alte Frau und zog Darians Verband ein wenig fester als nötig. »Letzten Herbst haben die

Rüpel uns fast alles genommen und noch zusätzlich das ganze Bier gesoffen, das wir von den Zwergen geschenkt bekommen haben.«

Mit einem Blick auf Darian, der mit starrem Gesichtsausdruck am Feuer saß, zog die junge Frau ihre Schwiegermutter zur Seite. »Sie werden dich hinrichten lassen.«

Doch Chanela winkte ab. »Ich habe die Kerle hier zusammengeflickt und werde es vielleicht einmal wieder tun müssen. Es gibt wenig gute Heiler.«

Darian lächelte der blonden Katlyn zu. »Keine Sorge, von uns habt ihr nichts zu befürchten, und was die Steuereintreiber betrifft … Ich werde mit ihnen sprechen.«

Katlyn schnaubte nur und drehte sich wieder zum Feuer, um ihren Eintopf umzurühren.

In den folgenden Tagen tobten heftige Herbststürme über das Land, und Darian beschloss, nach Northcliff zurückzureiten. Der fatale Ausgang des Dunkelelfenangriffs und die nun offen spürbare Feindseligkeit der Männer hatten ihm jede Kampfeslust genommen. Auf einmal schien auch sein einziger Trost, der Rausch des Kampfes, sinnlos geworden. Dass Mia ihm nicht mehr in seinen Träumen erschien, frustrierte ihn zusätzlich, denn jetzt war ihm seine einzige Verbindung zu ihr genommen. Zurück auf der Burg zog sich Darian immer weiter in sich zurück, denn er spürte, dass ihm die Männer – sicher nicht zu Unrecht – die Schuld an Gordans Tod gaben. Natürlich war er nicht der einzige Freund, den sie während ihres Lebens im Dienste von Northcliff verloren hatten, aber inzwischen gestand sich Darian ein, dass es falsch gewesen war, in die Höhle zu gehen, nur um seine Kampfwut auszuleben. Seine eigene Schwäche und wie sehr ihn der Trank verändert hatte war ihm nur allzu schmerzlich bewusst, und daher beschloss er, Torgals Krieger nicht mehr in Gefahr zu bringen. Er ritt nicht mehr aus, trainierte nicht mehr mit dem Schwert und sprach kaum noch mit jemandem. Darian hatte aufgegeben. Sich selbst, seine Zukunft, sein Königreich.

In vielen Nächten hörte er die Wölfin vor der Festung heulen. Darian ignorierte ihren Ruf. Doch als das Tier nach etwa einem halben Mond verschwand, wurde seine Einsamkeit noch stärker.

Meist betrank er sich, bis ihm die Sinne schwanden. Nicht einmal sein Schwertkampftraining mit Torgal führte er weiter. Der Hauptmann versuchte zwar, ihn wachzurütteln, aber Darian blockte ab und schloss sich tagelang in seinem Zimmer ein.

Selbst Fehenius gefiel das Verhalten des Königs nicht sonderlich. Wenn Darian unterwegs war, hatte er deutlich mehr Freiraum. Mit wachsender Begeisterung stellte der Regent allerdings fest, dass Elysia immer rundlicher wurde.

Und tatsächlich, als der Winter das Land mit Eis und Schnee bedeckte, eröffnete die junge Königin eines Abends ihrem mal wieder vollkommen betrunkenen Mann, dass sie schwanger sei.

Darian lachte nur und schüttete einen weiteren Kelch Rotwein hinunter. »Dann bist du wohl die Jungfrau Maria, ich habe niemals mit dir geschlafen.«

»Das hast du sehr wohl«, sagte Elysia beleidigt. »Natürlich war ich Jungfrau, aber du weißt, dass mein Name …«

Mit einer wütenden Bewegung warf Darian den tönernen Kelch gegen die Wand. »Ist auch egal, wenn's ein Junge wird, kann ich endlich abtreten«, murmelte er und verließ ohne ein weiteres Wort Elysias Gemach.

Der jungen Frau traten Tränen in die Augen. Zwar liebte sie Darian nicht, aber mit so einer Reaktion hatte sie dann doch nicht gerechnet. Sie fuhr sich über ihren gerundeten Bauch. »Wenn das Kind erst da ist, wird er sich sicher freuen«, murmelte sie.

Kapitel 14
Elysias Sohn

Herbst und Winter vergingen mit Stürmen, Schnee und eisiger Kälte, gefolgt von einem neuen Frühling, doch in seinem Rausch aus Alkohol und der unbekannten Droge in dem Trank nahm Darian den Wechsel der Jahreszeiten kaum wahr. Elysia brachte einen Sohn zur Welt, und auch das nahm Darian nur ohne großes Interesse zur Kenntnis. Er glaubte noch immer nicht daran, dass das Kind von ihm war. Fehenius hingegen platzte beinahe vor Stolz und wähnte sich am Ziel seiner Träume.

Kurz nach der Geburt des kleinen Kayne von Northcliff, welcher vom Volk groß gefeiert wurde, tauchte Samukal auf. Auf Geheiß seines Bruders hin hatte Fehenius Elysia einen Schlaftrunk verabreicht. Nun stand Samukal stumm vor der mit Gold besetzten Wiege und blickte auf das Baby mit den dunklen Locken.

»Ein Prachtjunge.« Seine Stimme klang kühl und beinahe desinteressiert.

»Nicht wahr!« Fehenius warf sich in die Brust. »Er sieht mir sehr ähnlich. Nur wo er die dunklen Haare her hat, kann ich mir nicht vorstellen.«

»Ja, die Ähnlichkeit ist verblüffend«, erwiderte Samukal zynisch, dann wandte er sich einem anderen Thema zu. »In manchen Teilen Albanys ist Darian immer noch sehr beliebt. Ich denke, dagegen sollten wir etwas tun.«

Samukal runzelte wütend die Stirn, als er daran dachte, wie er damals, vor über fünf Jahren, in England verhaftet worden war, weil er bei Darians Verfolgung mehrere Unfälle mit tödlichem Ausgang verursacht hatte. Zwar war es ihm gelungen, sich mit Geld und Bestechung der richtigen Leute freizukaufen, aber irgendwie hatte er danach das Interesse an der Geschäftswelt und ihren Machtspielchen verloren. Er war von Darian ausgetrickst worden, und das hatte ihn schwer in seiner Ehre gekränkt. Und so hatte er damals, bevor Darian geheiratet hatte, den Entschluss gefasst, zurück nach Albany zu gehen, um sich zu rächen. Sein treuer Diener Rashkár hatte ihm den Weg geebnet und die Wächter vor dem Stein von Alahant beseitigt. Samukal hatte eine Reihe von Spionen angeworben, und was ihm diese zutrugen, gefiel ihm durchaus. Seinem Ziel, die Macht in Albany an sich zu reißen und sich gleichzeitig an Darian zu rächen, kam er immer näher. Fehenius und der kleine Kayne waren seinen Plänen dabei höchst zuträglich.

»Jetzt, wo er nur noch betrunken in seinem Arbeitszimmer sitzt, wird sich das von allein ändern«, riss Fehenius ihn aus seinen Gedanken an die Vergangenheit und eine glorreiche Zukunft.

Unruhig schritt Samukal im Zimmer auf und ab. »Für viele ist er noch immer ein Vorbild. Die Legende seiner Vorväter färbt auf ihn ab, und die Tatsache, dass er eigenhändig gegen Trolle und Dunkelelfen gekämpft hat, hat ihn bei den dummen Bauern zu einer Art Volkshelden gemacht.«

»In Culmara ist er nicht sehr beliebt«, wandte Fehenius ein.

»Culmara«, Samukal schnaubte verächtlich. »Ich will, dass *alle* ihn hassen.«

»Und was willst du tun? Sollen wir schon wieder die Steuern erhöhen?«

»Warum nicht.« Samukal grinste kurz. Geschmeidig schwang er seinen Umhang durch die Luft, als er sich umdrehte. »Aber das reicht nicht.« Er sah Fehenius durchdringend an und wurde ernst. »Diesmal soll der König selbst dabei sein, wenn säumigen Steuerzahlern der Hof abgebrannt wird, die Frauen geschändet werden und das Vieh geschlachtet wird.«

»Da wird er aber nicht mitspielen.« Energisch schüttelte Fehenius den Kopf, dann schnitt er eine verächtliche Grimasse. »Mal abgesehen davon ist er selten nüchtern genug, um in den Sattel zu steigen.«

»Fehenius«, mit gespielter Betrübtheit wiegte Samukal seinen Kopf hin und her, »du darfst nicht immer so einfältig denken.«

»Was?«, rief der Regent gereizt.

Der Zauberer blickte noch einmal kurz in die Wiege, dann wandte er sich erneut seinem Halbbruder zu und erklärte ihm seinen Plan.

»Du meinst … Das ist genial!«, entfuhr es Fehenius, als Samukal geendet hatte.

»Selbstverständlich ist es das!« Und mit einer eleganten Bewegung verschwand Samukal durch einen der zahlreichen Geheimgänge aus der Burg.

Der Herbst zog ins Land, und die Kunde mehrte sich, dass König Darian zu einem gewissenlosen Mörder geworden war. Höfe wurden niedergebrannt, Bauern, die ihre horrenden Steuern nicht bezahlen konnten, als Warnung an Bäumen aufgeknüpft oder ins Gefängnis geworfen. Auf den Märkten und in den Tavernen flüsterte man sich zu, dass König Darian diese Überfallkommandos meist selbst anführte.

Darian bekam von alledem nichts mit. Er ritt nicht mehr in die Stadt oder durch das Land, er hatte sich in seine eigene Welt zurückgezogen.

Eines Tages, als ein neuer Frühling angebrochen war, näherte sich eine große Abordnung von schwer bewaffneten, zum größten Teil finster dreinschauenden Kriegern der Festung. Die

Wachen traten dem Anführer, einem hochgewachsenen Mann, der ein Kettenhemd und Beinschienen trug, entgegen.

»Ich bin König Rocal von Adalonn«, verkündete er mit kräftiger, befehlsgewohnter Stimme. »Ich wünsche, König Darian zu sprechen.«

»Habt Ihr schriftlich um eine Audienz gebeten?«, verkündete der Wachmann steif.

König Rocal lachte nur und zog sich seinen Helm vom Kopf. Kurzgeschorene, braune Haare kamen darunter zum Vorschein, und seine kantigen, strengen, jedoch nicht unattraktiven Züge ließen ihn sehr selbstsicher wirken.

»Es wird ihn interessieren, was ich zu sagen habe.«

Der Wachmann verkündete, er würde nachfragen, und die fünfundzwanzig Krieger stiegen von ihren Pferden.

Nach kurzer Zeit wurde König Rocal hereingebeten, doch nicht König Darian war es, der ihn empfing, sondern Fehenius, sein Regent.

»Mein Name ist Lord Fehenius, König Darians Regent«, stellte er sich vor und musterte den Mann, von dem man im ganzen Land Gerüchte hörte, mit unverhohlener Neugier. »Leider hatten wir ja noch nicht persönlich das Vergnügen.«

Betont lässig ließ sich König Rocal auf einen der gepolsterten Stühle sinken. Zwei seiner Leibwächter standen mit starrer, aber wachsamer Miene hinter ihm, gekleidet in graue Umhänge und braune Hosen. Ihre Kettenhemden waren gut gearbeitet, wenn auch nicht so präzise, wie die Arbeiten der Zwerge, deren Ware man hier im Norden häufig zu kaufen bekam.

»Ich habe dem König ein Angebot zu machen und möchte ihn gerne sehen.«

»König Darian ist gerade … beschäftigt«, sagte Fehenius mit falschem Lachen.

Rocals Hand knallte auf den Tisch, und Fehenius zuckte zusammen. »Dann holt ihn her!«

Mit säuerlicher Miene straffte Fehenius die Schultern. »Ihr könnt gewiss sein, dass ich in seinem Namen spreche.«

Rocals Augen glitzerten gefährlich, als er sich vorbeugte. »Ich pflege meine Anordnungen nur einmal zu wiederholen, denn ein zweites Mal überlebt es der Bote meist nicht.«

Solch eine Behandlung war Fehenius schon lange nicht mehr gewöhnt. Er erhob sich mit beleidigtem Gesichtsausdruck. »Wie Ihr wünscht, aber Ihr werdet sehen …« Mit raschem Schritt verließ der Regent den Raum.

Nach kurzer Zeit kehrte Fehenius in Begleitung von Darian zurück. An König Rocals Gesichtsausdruck erkannte der Regent, dass dieser ganz sicher nicht solch einen Anblick erwartet hatte. Darians dunkelblonde Haare standen ihm wirr vom Kopf ab, ein zotteliger Vollbart verdeckte beinahe sein ganzes Gesicht und ließ ihn älter erscheinen, als er war. Das schmuddelige Hemd hing ihm zum Teil aus der Hose, und er sah aus, als sei er gerade aus dem Bett gefallen, obwohl die Mittagszeit bereits vorüber war. In einer Taverne in Culmara hätte man ihn für einen gewöhnlichen, heruntergekommenen Trunkenbold gehalten.

»König Darian von Northcliff«, stellte Fehenius mit spöttischem Grinsen vor. »Dies ist König Rocal von Adalonn.«

Darian nickte dem anderen Mann desinteressiert zu, schlenderte zu der großen gläsernen Vitrine und holte eine Karaffe mit Schnaps heraus. Zuerst nahm er selbst einen Schluck und bot dann Rocal davon an.

Der musterte Darian abschätzend. Nach einer Weile räusperte sich Rocal und begann darüber zu sprechen, dass er aus dem Süden des Landes kam und sich dort in einem der alten, verlassenen Schlösser seine Residenz aufgebaut hatte.

»Lange Zeit habe ich jenseits des Kratersees gelebt«, erzählte er, »aber das Leben dort ist hart. Nur Trolle, wilde Tiere, Dunkelelfen, keine Menschen, deshalb kam ich weiter nach Norden.«

»Ha, ein Engländer!«, lachte Darian auf und erntete einige verwirrte Blicke.

Rocal änderte seine Taktik und verzichtete nun auf das übliche belanglose Geplänkel, das Adlige sonst so gern auszutauschen pflegten.

»Ich beabsichtige, gegen die Zwerge in den Krieg zu ziehen«, platzte er heraus.

Fehenius verschluckte sich an seinem Wein, und auch Darian sah den fremden Mann nur fassungslos an.

»Ich denke, Ihr werdet gute Gründe haben«, formulierte Fehenius seine Bedenken vorsichtig, »die Zwerge gelten als starke Kämpfer, mit denen man sich lieber nicht anlegen sollte.«

Mit einer flinken Bewegung, die für seine Größe von knapp sechs Fuß und seine kräftige, muskulöse Statur sehr geschmeidig wirkte, erhob sich Rocal. »Die Zwerge sitzen im Osten auf unermesslichen Reichtümern. Sie bauen Gold und Silber unter ihren Bergen ab und verlangen für die Waffen, die sie herstellen, horrende Mengen an Gold.«

»Wahrlich«, stimmte Fehenius säuerlich zu. »Sie fertigen hervorragende Schwerter, Äxte und Schilde an, doch die Preise …«

»Weshalb sollen sie alles haben und wir gar nichts?«, fragte Rocal mit schneidender Stimme. »Ich versuchte, mit ihnen zu verhandeln. Fruchtbares Ackerland im Süden gegen einen Teil ihrer Vorkommen in den südlicheren Bergen, aber diese arroganten kleinen Mistkerle haben meine Boten davongejagt.« Rocals Augen flackerten. »Lasst unsere Königreiche gemeinsam in den Krieg ziehen!«

»Ein vielversprechendes Vorhaben …«, begann Fehenius begeistert, doch plötzlich meldete sich der bisher schweigsame Darian zu Wort.

»Die Zwerge haben uns nichts getan, ich sehe keinen Sinn darin, gegen sie in den Krieg zu ziehen.«

Fehenius verdrehte die Augen, während Rocal aufstand und

sich genau vor Darian stellte. »Unsere beiden Königreiche vereint wären eine unschlagbare Macht gegen die arroganten Zwerge. Wir könnten eine Allianz schaffen und zu sehr viel mehr Reichtum und Ansehen gelangen. Außerdem könnten wir das Zwergenreich bewohnbar machen, es ist ohnehin schon zu weiten Teilen gerodet.«

Nun trat auch Fehenius hinzu. »Mein König, ich ersuche Euch, über dieses Angebot nachzudenken.«

Plötzlich sprang Darian auf. »Lasst mich mit meinem Regenten allein!«

Rocal deutete eine Verbeugung an und winkte seinen Männern, mit ihm zu kommen.

»Ihr wisst, dass Euer Vorrat zu Ende geht«, erwähnte Fehenius betont beiläufig, »und ich würde einen Krieg gegen die Zwerge begrüßen, also …«

Bevor Fehenius weitersprechen konnte, hatte Darian ihn an der Kehle gepackt und drückte ihn mit irrem Blick gegen die Wand. »Ich werde nicht gegen die Zwerge kämpfen. Edur war mein Freund, das alles macht überhaupt keinen Sinn.«

Entsetzt und von Todesangst ergriffen schnappte Fehenius nach Luft. Obwohl Darian in letzter Zeit kaum trainiert hatte, war sein Griff noch immer eisern, und Fehenius sah Wahnsinn in Darians Augen aufflackern – der sicherlich nicht zuletzt von der regelmäßigen Einnahme des Trankes kam. Der Regent wedelte mit der Hand zum Zeichen, etwas sagen zu wollen, und Darian lockerte seinen Griff ein wenig.

Keuchend und hustend griff sich der ältere Mann an die Kehle.

»Schon gut, aber Ihr solltet es Euch überlegen.«

»Werft den Kerl raus. Ich will jetzt allein sein.« Schwankend verließ Darian den Thronsaal.

Mit dem Versprechen, beim König ein gutes Wort einzulegen, schickte Fehenius König Rocal wieder zurück nach Hause. Der Regent war wütend und ungehalten. Die ganze

Situation mit Darian entglitt ihm zunehmend, und er überlegte, wie er sich seiner endgültig entledigen konnte – schließlich gab es ja jetzt den kleinen Kayne, den er nach seinen Wünschen würde formen können.

Und so nahm Fehenius schließlich Kontakt mit den Dunkelelfen auf und beauftragte sie, einen Hinterhalt zu legen und Darian zu töten. Zu seiner Verärgerung jedoch weigerte sich das dunkle Volk. Offensichtlich steckte ihnen noch immer die Ermordung König Jarredhs in den Knochen, und keiner von ihnen wollte vom Fluch der Northcliffs getroffen werden. Nicht einmal auf seinen Vorschlag, einen dummen Troll den letzten Schwertstreich ausführen zu lassen, ließen sie sich ein. Frustriert und wütend brütete Fehenius vor sich hin.

Bis er eines Nachts überraschenden Besuch bekam. Wie aus dem Nichts stand Samukal vor ihm, den er seit langer Zeit nicht mehr gesehen hatte. Gepflegt, und in edle Roben gekleidet tat er sich an Fehenius' Vorrat an Weinbrand gütlich.

»Wo warst du so lange?«, fragte Fehenius ungehalten.

Der große Mann mit den dunklen Haaren lächelte ihn geheimnisvoll an. »Ich hatte zu tun. Und, wird Darian am Kampf gegen die Zwerge teilnehmen?«

Fehenius zuckte zusammen. »Woher weißt du davon?«

»Mein lieber Fehenius, mir entgeht nichts«, antwortete Samukal mit überlegenem Lächeln.

»Darian hat die Allianz abgelehnt«, gab Fehenius gequält zu. Bevor Samukal etwas sagen konnte, hob er die Hand. »Sicher, ich habe ihn durch den Trank in der Hand, aber er wird immer unberechenbarer. Er wollte mich umbringen!«

Seufzend setzte sich Samukal auf die breite Fensterbank. »Bruder, es gibt nun einen Nachkommen, wieso entledigst du dich nicht einfach des alten Königs.«

»Das wollte ich ja«, Fehenius trommelte gereizt mit den Fingern auf den Tisch, »aber niemand will ihn töten, alle haben Angst vor dem Fluch.«

Daraufhin seufzte Samukal übertrieben. »Alles muss ich selbst erledigen!«

»Du willst ihn töten?«

»Vielleicht, vielleicht auch nicht«, meinte Samukal und schlug dabei einen beiläufigen Tonfall an. »Also, Fehenius, wir locken Darian fort von der Burg. Zuvor lässt du ihn eine Schriftrolle unterschreiben, die besagt, dass Northcliff in den Krieg gegen die Zwerge zieht.« Erwartungsvoll hob er seine dunklen Augenbrauen. »Das bekommst du doch hin?«

»Ja, ja. Er ist ohnehin ständig betrunken. Aber er will die Festung kaum noch verlassen«, fügte er säuerlich hinzu.

Eine Weile schritt Samukal anmutig auf und ab, dann drehte er sich mit einem bösen Grinsen zu Fehenius um.

»Was hasst er am meisten?«

»Mich? Edvan? Die Dunkelelfen?«

Samukal schüttelte den Kopf und tippte auf seine eigene Brust. »Nein, mich! Ich habe ihn sein Leben lang angelogen. Ich habe seine kleine Nebelhexe getötet und seinen Vater. Lass das Gerücht verbreiten, ich wäre weiter im Süden gesehen worden. Ich bin mir sicher, Darian wird aus seiner Lethargie gerissen werden und nur allzu gerne fortgehen.« Er legte Fehenius eine Hand auf die Schulter und blickte ihm vielversprechend in die Augen. »Dann hast du freie Hand.«

»Und was, wenn er sich dennoch weigert?«

»Dann sperrst du ihn mit einem Dolch in der Hand in eine der Kerkerzellen unter der Festung und gibst ihm nichts mehr von dem Azetá. Vermutlich nimmt er sich nach wenigen Tagen selbst das Leben.«

»Fällt der Fluch dann nicht trotzdem auf mich zurück, weil ich ihm den Trank nicht mehr gegeben habe?«, fragte Fehenius ängstlich.

»Meine Güte, Fehenius, sei doch nicht so ein Feigling! Aber es wird ohnehin nicht nötig sein. Ich bin mir sicher, er wird mich suchen.«

»Mögen die Götter deine Worte erhören.«

»Wie entwickelt sich der Thronerbe?«, wollte Samukal nun wissen.

Augenblicklich erhellte sich Fehenius' verbitterte Miene. »Prächtig. Er kann schon fast laufen und hält jeden Stock, dessen er habhaft werden kann, wie ein Schwert.« Fehenius strahlte vor Stolz. »Er ist ganz mein Sohn.«

Samukals Mund verzog sich belustigt. »Mit diesen ausgeprägten Kampfkünsten und dem dunklen Haar kann er nur dein Sohn sein.«

Irritiert fuhr sich Fehenius durch die schütteren Haare. Sie waren nun schneeweiß, jedoch einst blond gewesen. Dass Elysia ebenfalls blond war, hatte ihn von Anfang an misstrauisch gemacht.

»Meinst du, Kayne könnte doch von Darian abstammen?«, fragte er und hielt den Atem an.

»Mein lieber Bruder, ich habe gescherzt. Darian ist doch selbst dunkelblond. Wahrscheinlich schlägt der Kleine nach einem anderen Vorfahren.«

Nachdenklich fuhr sich Fehenius über den spärlichen Bart an seinem Kinn, dann erhellte sich sein Gesichtsausdruck. »Mein Großvater – er hatte dunkles Haar«, rief er befreit aus.

»Na, siehst du!« Übertrieben klopfte Samukal Fehenius auf die Schulter, doch der achtete schon nicht mehr auf seinen Halbbruder und sonnte sich stattdessen in seinen Vatergefühlen.

Kapitel 15

Rückkehr ins Leben

Zehn Tage später erst getraute sich Fehenius zu Darian zu gehen. Er hatte ihm seinen Lieblingsrotwein und eine große Flasche voll mit Azetá mitgebracht, um ihn milde zu stimmen.

Der junge König saß mit verschleiertem Blick in seinem Sessel und starrte auf das stürmische Meer hinaus. Weit draußen im Westen hatte sich ein Regenbogen gebildet, der einen interessanten Kontrast zu dem düsteren Himmel bot.

Mit hochgezogenen Augenbrauen betrachtete Fehenius das Chaos um Darian herum. Umgekippte Krüge, zerknüllte Blätter und die Reste eines nicht beendeten Abendessens.

»Mein König, ich wollte Euch etwas sehr Wichtiges mitteilen«, begann Fehenius unsicher. Jeden Augenblick rechnete er mit einem Gewaltausbruch.

Doch Darian drehte sich nicht einmal zu ihm um.

»Ich habe Euch etwas mitgebracht, Rotwein und eine Flasche von Eurem Trank.«

Gelangweilt hob Darian eine Hand, und Fehenius überlegte schon, ob er lieber gehen und sein Glück zu einem anderen Zeitpunkt versuchen sollte, doch dann riss er sich zusammen. Heute war so gut wie jeder andere Tag. Kurz musterte er die hohen Lehnstühle, wägte ab, ob sie genügend Schutz bieten würden und brachte sich schließlich dahinter in Sicherheit.

»König Darian, ich habe Gerüchte gehört, dass Samukal sich wieder in Albany aufhält.«

Zunächst geschah nichts, und Fehenius bezweifelte, dass seine Worte durch Darians vernebelten Geist gedrungen waren, doch dann kam Regung in den jungen Mann, und er erhob sich. Langsam wandte er sich Fehenius zu, und seine sonst so trüben Augen zeigten seit Ewigkeiten mal wieder einen Funken von Leben.

»Samuel ist hier?«, fragte er ganz leise, und Fehenius glaubte einen bedrohlichen Unterton vernehmen zu können.

»Äh, Samukal!« Fehenius grinste unsicher und war sich nicht ganz sicher, ob Darian nun komplett den Verstand verloren hatte.

Doch auf einmal ging ein Ruck durch Darian. Er fixierte Fehenius mit eisigem Blick, und für den Regenten hatte es den Anschein, als würde irgendetwas in Darians Innerem den Schleier aus Alkohol und dem Rauschmittel zur Seite fegen. Mit wenigen Schritten war er bei dem Todesängste ausstehenden Fehenius, der sich schon mit gebrochenem Genick in einer Ecke liegen sah.

»Wo ist er?«, fragte Darian mit vor Zorn bebender Stimme.

Froh, dass die Wut offensichtlich diesmal nicht ihm galt, richtete Fehenius sich auf. »Im Süd-Westen. Er soll sich unten an der Küste in einem der alten Landhäuser aufhalten«, erzählte er eine Spur zu hastig, aber offenbar bemerkte es Darian gar nicht, den eine fieberhafte Erregung erfasst hatte.

Darian goss sich einen Pokal voller Rotwein ein und stürzte ihn in einem Zug hinunter. »Lasst Torgal und seine Männer Vorbereitungen treffen. Morgen brechen wir auf.«

Fehenius blieb der Mund offen stehen – damit hatte er nicht gerechnet.

»Eure Majestät«, sagte er kriecherisch, »darf ich bemerken, dass Torgals Männer sich nicht mehr in der Festung aufhalten?«

»Was? Wo sind sie denn?«, erkundigte sich Darian irritiert, winkte jedoch gleich darauf ab. »Dann reite ich eben nur mit

Torgal«, knurrte er, feuerte den Weinkelch in die Ecke und stürzte aus dem Raum.

Zwar war Torgal mehr als erleichtert, als er hörte, dass Darian endlich wieder einmal die Festung verlassen wollte, andererseits war er auch besorgt. Seine Männer waren fort, denn ihnen war Darians Treiben zu bunt geworden, und sie hatten sich geweigert, weiterhin für ihn zu kämpfen. Wo sie sich nun aufhielten, wusste nur er. Torgal selbst hatte lange mit sich gerungen. Sein Verstand sagte ihm, er solle mit ihnen verschwinden, aber letztendlich war er doch geblieben, in der verzweifelten Hoffnung, Darian würde eines Tages zur Besinnung kommen.

Doch er hatte den König seit langem nicht mehr gesehen, und nun war er schockiert. Darian sah aus wie ein Bettler im Armenviertel von Culmara. Seine Haare waren ebenso wirr und ungepflegt wie sein zotteliger Bart. Seine Haut hatte eine ungesunde gräuliche Färbung angenommen, und unter seinen Augen lagen tiefe Schatten. Statt des blauen Umhangs, der standesgemäßen Kleidung der Könige von Northcliff, trug er das Gewand eines Jägers: Lederhosen, ein helles Hemd und einen unscheinbaren grauen Umhang. Nicht einmal ein Kettenhemd hatte er zu seinem Schutz angezogen. Der Hauptmann war entsetzt, als er sah, was aus dem König geworden war. Dennoch erkannte Torgal eine Entschlossenheit in Darian, die fast schon an Besessenheit grenzte. Selbst Menhir wich schnaubend zurück, als sein Herr sich näherte.

»Hab dich lange nicht mehr besucht«, murmelte Darian, dann schwang er sich in den Sattel. »Wer sind die Kerle?« Darian deutete auf die fünf Soldaten, die hinter Torgal auf ihren Pferden saßen.

»Sie werden uns begleiten«, antwortete der Hauptmann und seufzte innerlich. Diesen zum größten Teil sehr jungen Kriegern brachte er bei weitem nicht so viel Vertrauen entgegen wie seinen ehemaligen Männern, die in all der Zeit zu seinen Freunden geworden waren.

»Wir reiten nur zu zweit«, sagte Darian bestimmt. »Samukal soll nicht gleich von weitem merken, dass wir uns nähern.«

»Aber mein König, das ist unmöglich«, entgegnete Torgal entsetzt. »Selbst fünf Mann sind zu wenig und …«

»Wir reiten zu zweit, oder ich reite ganz allein.« Darians Stimme war hart und ließ keinerlei Widerspruch zu. Kurz zögerte der Hauptmann, dann rief er den Männern zu, sie könnten zurück in ihre Unterkünfte.

Seufzend schwang sich Torgal in den Sattel seines Fuchses. Er hatte vor, Darian von dem irrsinnigen Vorhaben abzubringen, Samukal zu töten. Erstens bezweifelte er, dass der Zauberer wirklich in Albany war, und zweitens konnte es Darian in seinem jetzigen Zustand nicht einmal mit einem der jüngsten und ungeübtesten Soldaten aufnehmen.

Elysia stand mit dem kleinen Kayne an der Hand im Eingang zur Burg und blickte ihrem Gemahl hinterher. Unwillkürlich wünschte sie sich, Darian würde nicht mehr zurückkehren. Dann warf sie einen beschämten Blick zum Himmel – die Götter würden sie strafen für solche Gedanken.

Fehenius trat neben sie, streichelte Kayne über die rundliche Wange und sagte dann: »Kommt mit hinein, der Wind ist kühl.«

Elysia nickte und folgte dem Regenten in den Thronsaal zum Feuer, wo dieser begeistert mit dem kleinen Thronerben spielte.

Die Aussicht auf Rache an Samukal hatte Darian endlich aus seinem Delirium gerissen. Wut und maßloser Zorn brandeten durch ihn hindurch wie ein wütender Sturm durch ein vergessenes Tal. Samukal hatte Mia getötet. Seine Mia. All dem Alkohol und nicht einmal Edvans zerstörerischem Trank war es gelungen, jene verhängnisvollen Szenen am Stein von Alahant aus seinem Gedächtnis herauszubrennen. Noch immer sah er Mia, einen Armbrustbolzen in der Brust, sterbend in seinen Armen liegen. Er hatte zusehen müssen, wie das Leben aus ihr gewichen und dabei auch etwas in ihm selbst gestorben war. Seine Entschlossenheit trieb ihn voran, doch bald wurde er von seinem eigenen Körper in die Schranken gewiesen. Während der nächsten Tage wurde Darian bewusst, wie sehr er körperlich abgebaut hatte, und ab Mittag konnte er sich in der Regel kaum noch im Sattel halten. Jeden Abend fiel er in einen tiefen, erschöpften Schlaf. Darian sprach kaum und reagierte nicht auf Torgals Versuche, sich mit ihm zu unterhalten oder ihn von dem irren Versuch abzubringen, Samukal töten zu wollen.

Nach etwa einer Woche Reise durch die dichten Wälder, über die Hochmoore und durch Heideland fühlte sich Darian ein klein wenig besser. Zwar trank er noch immer zu viel, aber er hatte sich wieder ans Reiten gewöhnt, die aufgeriebenen Stellen an seinen Beinen begannen zu heilen, und er fühlte sich klarer im Kopf, als es lange Zeit der Fall gewesen war.

»Samukal ist einer der brillantesten Schwertkämpfer, die ich jemals gesehen habe«, sagte Torgal eines Abends am Lagerfeuer. Der alte Hauptmann hatte einen Hirsch geschossen – seine Jagdgewohnheiten waren wohl noch immer auf ein ganzes Dutzend Soldaten ausgelegt – und briet ihn nun über dem Feuer. »Außerdem müsst Ihr bedenken, dass er magische Fähigkeiten besitzt.«

»Ihr habt gesagt, ich wäre ebenfalls gut mit dem Schwert.«

»Das war schon vor beinahe zwei Sommern«, murmelte Torgal und zuckte zusammen, als ihn Darians stechender Blick traf.

Dann ließ der junge König die Arme hängen. »Ihr habt Recht, ich habe mich gehen lassen«, gab er zu. »Aber ab morgen möchte ich wieder mit Euch trainieren, wenn wir Rast machen.«

»Ob das ausreicht, bis wir auf Samukal treffen?«, gab der Hauptmann skeptisch zu bedenken.

»Ich bringe ihn um.« Darian stocherte mit einem langen Ast im Feuer herum, als hätte er den verhassten Mann bereits vor sich. Hastig nahm Darian einen Schluck Schnaps aus seiner Flasche.

»Ihr solltet das lassen«, bemerkte Torgal kritisch, doch Darian winkte ab und starrte düster in die Flammen.

Da der Frühling noch nicht allzu weit fortgeschritten war, wehten dieser Tage häufig eiskalte Winde durch die Wälder Albanys. Dennoch konnte man das Erwachen der Natur nicht leugnen. Besonders hier, an der Grenze zum Elfenreich, blühten die schönsten Blumen, die Bäume hatten frische Blätter bekommen, welche vor Saft nur so strotzten, und überall sah man Rehkitze, junge Hasen und auch Wölfe ungestüm herumtoben. Albany war voll von neu erwachtem Leben.

Torgal ermahnte Darian, weiter nach Osten auszuweichen, um nicht in Reichweite der Elfen zu gelangen.

»Ich höre manchmal ihren Gesang«, sagte Darian, als sie in leichtem Trab durch den Wald ritten. »Ich wünschte, ich könnte ihr Reich eines Tages wieder besuchen.«

»Das solltet Ihr lieber lassen. Sicher könnt Ihr Euch an Euer letztes Erlebnis im Elfenreich erinnern.«

Unwillkürlich griff Darian nach dem kleinen Beutel, den das Elfenmädchen ihm damals gegeben hatte. Lange Zeit hatte er nicht mehr daran gedacht, aber nun spürte er ihn wieder um seinen Hals. Darian fragte sich, ob er jemals erfahren würde, was es damit auf sich hatte.

»Hört Ihr den Gesang der Wälder nicht, Torgal? Spürt Ihr nicht den Wunsch, dorthin zu reiten?«

»Nein«, antwortete der Hauptmann und musterte Darian mit einem nachdenklichen Blick. »Das liegt wahrscheinlich an Eurem Erbe. Elfen und Drachen haben Atorian den Ersten gesegnet. Daher spürt Ihr die Magie des Elfenreichs mehr als wir Normalsterblichen.«

Beschämt senkte Darian den Kopf. Er wusste sehr wohl, dass er seinen Vorfahren Schande bereitete; andererseits würde er diese vielleicht ein wenig mildern, wenn er Samukal nun tötete.

Die beiden Gefährten kamen gut voran. Auf Darians Wunsch hin mieden sie Dörfer und abgelegene Bauernhöfe, denn er wollte keinen Menschen sehen. Verträumt beobachtete Darian Heidefeen, die in der Abenddämmerung über den grünen Lichtungen tanzten, Adler und Bussarde, die am Himmel ihre Kreise zogen. Und eines Tages sahen sie sogar einen Drachen, der offensichtlich seinem Jungen das Fliegen beibrachte.

»Drachenjunge sind sehr selten geworden.« Torgals Blick drückte Begeisterung aus. Er schirmte seine Augen gegen die Sonne ab, welche heute sehr kräftig aus einem beinahe wolkenlosen Himmel herabschien. Sie waren schon sehr weit nach Süden vorgedrungen, hatten jedoch fast bis an die Küste ausweichen müssen, da die Wege im bewaldeten Inneren des Landes nach den Winterstürmen unpassierbar gewesen waren.

In der Nähe der Küste wurden die Wälder lichter, viele Seen durchzogen das Land, und kleine Bauernhöfe schmiegten sich an sanfte Hügel. Schafe grasten auf saftigen Wiesen, und zottelige Hochlandkühe standen wiederkäuend im kalten Wind. Dies hier erinnerte Darian an das Schottland, das er jenseits des Portals kennen gelernt hatte. Und doch hatte er die dichten alten Wälder Albanys, die unberührt waren vom Raubbau der Menschen, lieben gelernt.

Wie Darian es gewünscht hatte, kreuzte Torgal jeden Tag mit ihm die Klingen, und langsam fand Darian ein wenig zu seiner alten Form zurück. Allerdings war er bei weitem nicht mehr der Schwertkämpfer, der er einmal gewesen war. Der Hauptmann äußerte hin und wieder vorsichtige Kritik an Darians noch immer sehr hohem Alkoholkonsum, doch jedes Mal, wenn sich der trostspendende Inhalt seiner Flaschen zu Ende neigte, kaufte Darian Nachschub in den kleinen Farmhäusern, ohne auf Torgals Ermahnungen zu hören. Hätte der Hauptmann von dem anderen Trank gewusst, hätte er sich noch sehr viel mehr Sorgen gemacht.

Ganz überraschend stand eines Morgens eine schwarze Wölfin vor ihnen.

»Das gibt es doch nicht«, rief Torgal überrascht aus. »Meint Ihr, das ist …«

Verwundert ging Darian näher. Es schien das gleiche Tier zu sein. Die Wölfin stand einfach nur da, sah ihn aus ihren unergründlichen Augen an, abwartend, ohne Vorwurf im Blick.

»Wo warst du denn die ganze Zeit?«, murmelte Darian und kniete sich auf den Boden. »Hast du etwa auf mich gewartet?«

Die Wölfin winselte und legte sich hin.

»Das ist ein seltsames Tier«, meinte Torgal kopfschüttelnd. »Ich bin gespannt, ob sie uns wieder begleitet.«

Am nächsten Abend hatten sie ein kleines Scharmützel mit Wegelagerern. Zerlumpte Männer sprangen urplötzlich aus dem Gebüsch. Doch einem von ihnen schnellte sogleich die Wölfin an die Kehle, ein weiterer wurde von Torgal kampfunfähig geschlagen. Die restlichen vier Männer flohen, als Darian und Torgal schwertschwingend auf sie zugerannt kamen. Keiner der Angreifer war ein sehr guter Kämpfer gewesen, und sie hatten schlechte Waffen gehabt.

Nur wenige Meilen weiter südlich machten die beiden Männer an einem ausgedehnten, nachtschwarzen See Rast. Die Wölfin lag in einiger Entfernung, und selbst der misstrauische Torgal wusste mittlerweile, dass sie Wache hielt und er in der Nacht beruhigt schlafen konnte. Darian saß vor seiner zweiten Flasche billigem Schnaps, den er den toten Wegelagerern abgenommen hatte, was den alten Hauptmann den Kopf schütteln ließ.

»Endlich mal wieder ein guter Kampf«, sagte Darian mit schwerer Zunge und warf die leere Flasche in den See.

Missbilligend runzelte Torgal die Stirn. »Wenn Ihr mit der Trinkerei aufhören würdet, wärt Ihr deutlich schneller und besser.«

»Die Trinkerei ist meine Sache«, murmelte Darian und entkorkte die nächste Flasche.

Nach einer Weile deutete er in den beinahe vollen Mond. »Der sieht so verflucht nah aus, dass man meint, man könnte nach ihm greifen.«

»Der Gott des Meeres ist der Mondgöttin Eluana in Freundschaft verbunden, und so leuchtet sie den Seefahrern den Weg, damit sie nach Hause finden«, sinnierte Torgal. »Mein Vater war Seemann. Anfangs hat er es gar nicht gerne gesehen, dass ich ein Krieger wurde.« Darian nahm die Worte nur langsam in sich auf, kicherte dann albern und ließ seinen Kopf gegen den Stein sinken, an dem er lehnte. »Du denkst also, ein Gott sitzt im Mond und schaltet die Glühbirne an?«

»Was ist eine Glühbirne?«, fragte Torgal verwirrt, doch statt eine Antwort zu geben, lachte Darian nur leise vor sich hin. Unbeirrt redete Torgal weiter. »Gewaltige Leuchtfeuer werden von den Dienern der Mondgöttin entzündet, damit wir hier unten auch bei Nacht unseren Weg finden.«

Lachend klopfte sich Darian auf den Schenkel. »Du meinst ernsthaft, dort oben macht einer Feuer?«

»Was denkt Ihr denn? Wie sonst sollten der Mond, die Sterne und die Sonne so hell scheinen?«

Vor lauter Lachen konnte Darian kaum sprechen. Dann beugte er sich vertraulich zu Torgal vor und winkte ihm mit einem Finger, näher heranzukommen. »Weißt du was? Kein Schwein sitzt im Mond.«

»Ich sprach auch nicht von einem Schwein.«

»Ein Gott erst recht nicht.«

»Woher wollt Ihr das wissen, König Darian?«, empörte sich Torgal.

»Weil in der Welt, in der ich aufgewachsen bin, die Menschen zum Mond geflogen sind.«

Nun blieb Torgal der Mund offen stehen. »Das ist nicht Euer Ernst! Wenn das wahr ist, müssen sie auf Drachen geritten sein – gewaltigen Drachen.«

Erneut bekam Darian einen Lachanfall. »Nein, Raketen, lange Dinger«, er machte eine ausholende Handbewegung und kippte dabei beinahe um, »ein tosendes Feuer und zisch … sind sie da hochgeflogen. Man konnte es im Fernsehen sehen. Da war garantiert kein Gott, kein Feuer und auch sonst gar nix.«

Torgal sah den betrunkenen König kritisch an. »Ihr erzählt selten von der anderen Welt und wenn, dann sehr merkwürdige Dinge.«

Darian schüttelte nur den Kopf und schleuderte voller Zorn die Flasche gegen einen Felsen. »Torgal, da oben hockt garantiert keiner«, lallte Darian schließlich, dann sank er schnarchend auf die Seite.

»Ihr habt auch gesagt, in der anderen Welt gab es keine Elfen und Zwerge«, sagte der Hauptmann leise. »Hier gibt es sie, also gibt es auch unsere Götter.« Er verbeugte sich in Richtung des Meeres und des Mondes, dann legte er sich schlafen. Die schwarze Wölfin hielt Wache und blickte mit ihren klugen Augen in den Mond.

Von dem, was Darian in der vergangenen Nacht gesagt hatte, wusste er am nächsten Morgen nichts mehr. Ein heftiger Kater quälte ihn, verursacht durch den billigen Fusel, und er war dementsprechend schlecht gelaunt. Ihr Weg führte nun dicht an der Küste entlang. Sie ritten durch Schluchten, über Berge und Landstriche, auf denen kaum menschliche Siedlungen zu finden waren. Auch heute flogen zwei große Drachen hoch über ihnen in den blauen Weiten eines wolkenlosen Himmels, und Darian bestaunte ihre Flugkünste.

Bald ritten sie einen steilen Pfad hinunter, und nur der Trittsicherheit ihrer Pferde hatten sie es zu verdanken, dass sie heil unten ankamen. Torgal meinte, sie sollten die Ebbe nutzen, und als sie am Strand angekommen waren, ließen sie die Pferde kräftig ausgreifen und brachten ein gutes Stück Weg hinter sich. Gerade als sie die Dünen hinauf wieder auf das Festland reiten wollten, heulte die Wölfin hinter ihnen auf. Mit gezogenen Schwertern fuhren die Männer herum, vermuteten einen Angriff. Doch das Tier saß nur da und starrte nach Westen.

»Was hat sie denn?«, fragte Darian verwundert.

Doch auch Torgal konnte sich keinen Reim auf dieses eigenartige Verhalten machen.

Langsam ritt Darian zu der Wölfin, die auf dem nassen Sand stand, wie gebannt in eine ganz spezielle Richtung blickte und leise winselte. Hinter einem sich weit nach Westen erstreckenden Sandstreifen, der von schmalen Wasserrinnen durchzogen war, glaubte Darian eine Insel zu erahnen, die von Nebel umgeben war. Das Wetter war mittlerweile ohnehin ein wenig diesig geworden.

»Was ist das dort hinten?«, wollte Darian wissen, als Torgal neben ihn getrabt kam.

»Die Nebelinsel«, erklärte der Hauptmann unbehaglich.

Wie vom Blitz getroffen zuckte Darian zusammen. »Die Nebelinsel«, flüsterte er, während er am ganzen Körper eine Gänsehaut bekam. Für kurze Zeit bemerkte er weder das ferne Rauschen des Meeres noch den Wind, der vereinzelte Sandkörner über den Strand wehte.

»Ich muss dorthin«, sagte er plötzlich mit neu aufkeimender Entschlossenheit.

»Das ist unmöglich«, keuchte Torgal.

»Ich muss Mias Grab sehen.« In diesem Augenblick waren Samukal und die Rache an ihm vergessen. Das einzige, was Darian jetzt noch wollte, war auf die Insel zu gelangen, auf der Mia gelebt hatte.

»Nein!« Torgal griff Darian in die Zügel. »Dort leben die Nebelhexen. Die Insel ist für Normalsterbliche verboten, sie ist gefährlich«, sagte er, und mit Überraschung erkannte Darian wirkliche Angst in der Stimme seines Gefährten.

»Blödsinn.« Energisch trieb Darian Menhir weiter auf das sich vor ihm erstreckende Watt zu. »Mia war eine Nebelhexe, und sie hat mir …«, er zögerte, während ihm die Stimme zu versagen drohte, »… geholfen. Ich will ihr Grab sehen.«

»Niemand weiß, wo sie begraben wurde. Und man sagt, die Nebelhexen haben Schutzzauber über die Insel gelegt, damit sie keiner angreift. In den Nebeln findet niemand zurück, und man verliert den Verstand.«

»Dann komme ich ja an den richtigen Platz«, meinte Darian mit Galgenhumor und trieb Menhir nun so energisch an, dass Torgal die Zügel loslassen musste. Doch als er angaloppieren wollte, sprang ihn der Hauptmann plötzlich und vollkommen unerwartet an und riss ihn aus dem Sattel. Beide landeten mit einem lauten Platschen im feuchten Sand.

Bevor sich Darian von dem Schreck erholen konnte, kniete Torgal über ihm.

»Im Namen der Ahnen, Ihr könnt nicht auf die Insel gehen!« Torgal schien völlig außer sich zu sein.

»Doch, das kann ich«, knurrte Darian und drehte sich blitzschnell zur Seite, um sich zu befreien.

Die beiden rangen eine Weile im feuchten Sand miteinander, dann gewann Darian die Oberhand. »Ihr müsst nicht mitkommen, ich gehe auch allein. Ich will zu Mias Grab!« Es war, als würde sich in Darian all die verschüttete Frustration der letzten Jahre einen Weg nach oben bahnen.

»Nein!«, brüllte Torgal verzweifelt und trat dem überraschten

Darian so fest in den Bauch, dass diesem für einen Augenblick die Luft wegblieb.

Torgal drückte ihn zu Boden. »Jetzt reicht es! Ich bin mit Euch gegen Trolle und Dunkelelfen ausgezogen, ich habe gegen Gauner und Wegelagerer gekämpft. Ich habe meine Freunde sterben sehen, während sie Euch beschützten, und das, obwohl Ihr einem Mistkerl wie Fehenius das Königreich kampflos überlassen habt.«

Die völlige Hoffnungslosigkeit in Torgals Augen ließ Darian für einen Augenblick inne halten, dann holte er jedoch aus und traf seinen Gefährten mit der Faust am Kinn.

»Du verstehst überhaupt nichts. Nichts!«

Der Hauptmann bewegte zornig seinen Unterkiefer, dann schüttelte er den am Boden liegenden Darian kräftig durch. »Nein, ich verstehe nichts mehr!«, brach es aus dem älteren Mann heraus. »Was ist nur aus dem König geworden, an den ich all die Zeit geglaubt habe? Ihr wart früher ein guter junger Mann, aber jetzt besauft Ihr Euch nur noch, lasst Euer Königreich verkommen und geht auf sinnlose Rachefeldzüge, anstatt Euch um Eure Leute oder zumindest um Euren Sohn zu kümmern.«

»Kayne ist nicht mein Sohn«, brüllte Darian zurück, und nutzte Torgals momentane Verwirrung, ihm kräftig in die Seite zu boxen. Der Hauptmann kippte nach rechts, während Darian sich rasch erhob. »Ich habe niemals mit dieser kleinen Hure geschlafen«, rief er. Wasser tropfte aus seinen Haaren und von seinen Kleidern.

Keuchend kam auch Torgal wieder auf die Füße, und einige Atemzüge lang betrachtete er Darian völlig fassungslos. »Wie meint Ihr das?«

»Er ist nicht mein Sohn, er kann es gar nicht sein. Ich habe Elysia kein einziges Mal angerührt.« Darian wandte den Blick voller Sehnsucht zur Nebelinsel, dann sackte er auf die Knie. »Ich habe immer nur Mia geliebt.«

»Warum habt Ihr Elysia dann nicht öffentlich angeklagt?«

Darian raufte sich die nassen Haare. »Weil es nichts bringt, weil überhaupt nichts etwas bringt. Ich bin bis in alle Ewigkeit verdammt!« Seine Stimme hatte einen hysterischen Tonfall angenommen.

»*Warum* seid Ihr verdammt?« Torgal nahm ihn an den Schultern. »Darian, sagt es mir doch!«

Einen Augenblick schwankte Darian, aber er konnte Torgal einfach nicht die Wahrheit sagen. »Ich reite jetzt auf die Insel, und danach töte ich Samukal.«

»Du kannst ihn nicht töten, du dummer Junge!«, brüllte Torgal und schüttelte Darian so kräftig, dass dieser beinahe wieder umkippte.

»Doch, das kann ich. Ich bin der König von Northcliff.«

»Nein!« Torgal sah ihn mit wütenden Augen an, während auch aus seinen Haaren und Kleidern das Wasser tropfte. »Du bist ein Narr, ein Trunkenbold, und hast außer mir und dieser Wölfin keinen einzigen Verbündeten mehr.«

Zorn kochte in Darian hoch, wahrscheinlich, weil Torgal noch niemals so zu ihm gesprochen hatte – er aber tief in sich wusste, dass der Hauptmann Recht hatte. In seiner Wut schlug er Torgal nieder, und der ältere Mann landete vor ihm auf dem nassen Sand. Sofort tat es Darian leid, und er wollte ihm aufhelfen.

Doch Torgal lehnte die ihm dargebotene Hand ab, stand mit blutender Nase mühsam auf und humpelte zu seinem Pferd.

»Ich habe Euch so lange begleitet, aber jetzt ist Schluss«, sagte er müde. »Solltet Ihr die Nebelinsel überleben, Samukal wirklich töten können und anschließend zur Besinnung kommen – was ich nicht glaube –, findet Ihr mich bei meinen Männern am Rannocsee.« Torgals Blick war traurig, als er Darian ansah. »Aber so lange Fehenius in Northcliff regiert, braucht Ihr uns nicht aufzusuchen.«

»Dann verschwinde doch! Ich brauche dich nicht! Ich brauche niemanden.«

Mit hängenden Schultern ging Torgal zu seinem Pferd und zog sich mühsam in den Sattel.

»Viel Glück, Darian«, murmelte er, und seine Augen füllten sich mit Tränen, »mögen die Götter mit dir sein und dich auf den richtigen Pfad zurückbringen. Ich konnte es nicht.«

Während Torgal davongaloppierte, stieg Darian wutschnaubend auf Menhir. Es traf ihn härter, dass der alte Hauptmann gegangen war, als er sich eingestehen wollte. Die Qual in Torgals Augen würde er niemals vergessen – dennoch glaubte er, die richtige Entscheidung getroffen zu haben. Nun trieb er sein Pferd in rasantem Galopp durch das Watt, sprang über kleine Ströme aus Meereswasser und näherte sich immer weiter der Insel. Die Wölfin blieb dicht hinter ihm.

Instinktiv wusste er, dass Torgal die Wahrheit gesagt hatte. Wahrscheinlich konnte er Samukal tatsächlich nicht töten, und wahrscheinlich war er es, der am Ende sein Leben lassen würde. Und trotzdem sah er keinen anderen Ausweg: Zuerst wollte er Mias Grab sehen, und dann würde er sich seinem Schicksal stellen und sie zu rächen versuchen.

Tief in Gedanken versunken wusste Darian nicht, wie lange er schon unterwegs war. Als Menhir dann das felsige Ufer betrat, überkam ihn eine seltsame Ruhe. Der Nebel hüllte ihn mit sanfter Stille ein, nicht einmal Menhirs Hufschlag war zu hören. Ziellos ritt er durch felsiges Land, in dem keine menschliche Behausung zu sehen war. Nur die Wölfin blieb seine treue, schattenhafte Gefährtin.

»Kannst du mich zu Mias Grab bringen?«, fragte er sie irgendwann. Er kam sich dumm dabei vor, doch das Tier stellte sich tatsächlich vor Menhir und trabte zielstrebig durch den Nebel.

Zwei Tage ritt Darian in Richtung Norden – zumindest glaubte er das in jenen wenigen Augenblicken, in denen sich der Nebel kurz lichtete. Das Land war faszinierend, rau, von Felsen durchsetzt, jedoch zugleich von lieblichen, grünen Weiden überzogen. Hier und da zeigten sich uralte Haine, und viele Male fühlte er sich beobachtet, doch da sowohl Menhir als auch die Wölfin ruhig blieben, machte er sich keine großen Sorgen. Er fand ausreichend Wasser, am Wegrand wuchsen Beeren, und hin und wieder konnte er sich ein Kaninchen oder ein Wildhuhn schießen. Am dritten Tag ritt er durch ein düsteres Tal. Rechts und links von ihm erhoben sich hohe Berge. Der Nebel hatte sich verzogen, und so ragte die Bergkette majestätisch und atemberaubend über den Wäldern auf. Große Raubvögel zogen ihre Kreise über den kahlen Gipfeln, und als die Sonne durch die Wolken brach, funkelten die grünen Bäume und die dunklen Felsen in den intensivsten Farben.

Darian war ganz verzaubert, daher entging ihm die Bewegung rechts. Wie aus dem Nichts trat ein seltsames Wesen, mindestens fünfzehn Fuß groß, vor ihn. Er zuckte so heftig zusammen, dass Menhir scheute und stieg. Die Kreatur hatte keine festen Konturen, sondern wirkte wie ein lebendig gewordener, gewaltiger Monolith von durchscheinender, gräulicher Farbe.

»Keinem Wesen von reinem Blut ist es gestattet, die Insel der Nebel zu betreten«, dröhnte eine tiefe Stimme in Darians Ohren, und er wollte mit zitternden Händen sein Schwert ziehen.

»Keine Waffe kann mir etwas anhaben. Ich bin ein Culahan, ein Geist der Berge, Beschützer der Nebelhexen und aller magischer Wesen, die auf dieser Insel weilen.«

»Ich will den Nebelhexen nichts tun«, versicherte Darian, wobei er selbst bemerkte, wie dünn und zittrig seine Worte klangen.

»Worin liegt dann deine Absicht?«

Darian schluckte und entschloss sich, bei der Wahrheit zu bleiben. »Ich möchte das Grab von Aramia besuchen.« Er senkte den Blick. »Ich habe sie sehr geliebt.«

Der Berggeist sah ihn aus seinen tief in den Höhlen liegenden grauen Augen an. »Kein Mensch liebt eine Nebelhexe«, dröhnte er mit einer mächtigen Stimme, die Darian an das Donnern einer Lawine erinnerte, und kam drohend näher.

Menhir schnaubte panisch, rollte mit den Augen und war kurz davor durchzugehen. Nur mit äußerster Mühe gelang es Darian, das Pferd unter Kontrolle zu halten.

»Doch, ich liebe sie!«

»Beweise es.« Der Berggeist hatte ihn beinahe erreicht und ragte über fünfzehn Fuß groß vor Darian auf. Dieser bekam urplötzlich keine Luft mehr und hatte das Gefühl, als legten sich unsichtbare Seile um seinen Brustkorb, drückten ihn mit aller Macht zusammen.

»Lilith, sie weiß es, sie kann es bestätigen«, keuchte Darian, und bemerkte, wie ihm langsam die Sinne schwanden.

Doch das beklemmende Gefühl verflüchtigte sich so schnell, wie es gekommen war, und der Culahan wich zurück.

»Lilith, die Heilerin, wird für dich bürgen, hast du gesagt?«

Darian nickte und rieb sich den Hals. Auch Menhir unter ihm schüttelte sich, so als hätte er die gleiche Beklemmung verspürt.

»Warte hier.« Der Berggeist verschwand in einer plötzlich aufkommenden Nebelschwade, und Darian atmete auf. Er fragte sich, ob er tatsächlich warten oder lieber die Gunst der Stunde nutzen und weiterreiten sollte. Doch mit Liliths Hilfe würde er zumindest sicher das Grab finden, und so verharrte er, nicht ohne immer wieder nervös die düsteren Felswände hinaufzublicken. Jetzt war die Sonne wieder verschwunden, und die unheimliche Präsenz des Bergmassivs drohte ihn zu ersticken. Auch der sonst so nervenstarke Menhir zuckte bei jedem kleinsten Geräusch zusammen, woraufhin ihm Darian beruhigend über die dichte schwarze Mähne strich.

»Niemand tut uns etwas, keine Angst«, murmelte er, wohl mehr, um seine eigene Unsicherheit zu überspielen.

Erst jetzt fiel Darian auf, dass die Wölfin gar nicht mehr in seiner Nähe war. Hatte auch sie Angst vor dem Berggeist bekommen und das Weite gesucht? Er hoffte, dass sie bald wiederkäme, denn sie hatte ihm schon häufiger das Leben gerettet, und er befürchtete, dass er ihre Hilfe auf dieser feindlich anmutenden Insel noch nötig haben könnte.

Eine für ihn endlos erscheinende Zeit lang geschah überhaupt nichts, dann materialisierte sich wie aus dem Nichts erneut eine durchscheinende Gestalt vor ihm. Diesmal war es nicht der Culahan, sondern eine Frau mit bleichem, leicht elfisch anmutendem Gesicht und langen Haaren, die wie Nebelschwaden um ihren Kopf wehten. Ein langes, gräuliches Gewand umspielte einen schlanken Körper.

»Folge mir, der Culahan wird deine Weiterreise nicht behindern«, sagte eine leise Stimme, zart wie ein Windhauch.

»Wer bist du?«, stammelte Darian und griff Menhirs Zügel fester.

»Ich bin der Geist einer Nebelhexe.« Die Stimme des Wesens klang traurig. »Vor langer Zeit wurde ich getötet, nun warte ich darauf, dass mein Liebster zu mir kommt, damit wir gemeinsam die Weiterreise antreten können.«

»Das … ähm … tut mir leid.« Darian blickte sich unbehaglich um. Er fragte sich, ob Mias Geist hier vielleicht auch irgendwo herumschwebte.

»Komm jetzt, ich bringe dich zur Gedenkstätte der Nebelhexen und der anderen Bewohner der Insel.« Das Wesen schwebte vor Menhir und kam bisweilen sehr nahe an Darian heran, dem dann immer ein kalter Schauer die Wirbelsäule entlangfuhr. Während der ersten Meilen saß er stocksteif im Sattel und wagte kaum, sich zu bewegen. Daher fiel ihm auch erst nach einer Weile auf, dass Menhir keinerlei Anzeichen von Angst vor dem Geist der Nebelhexe zeigte. Zunächst wunderte er sich, aber dann erinnerte er sich, dass das Pferd im Elfenreich wahrscheinlich mit Geistern und Ähnlichem aufgewachsen war. Nur der Culahan hatte Menhirs Nerven wohl ein wenig überstrapaziert.

Der Tag schritt weiter voran, und der Stand der Sonne zeigte Darian, dass er nach Westen ritt. Sie überquerten sanfte Hügel und passierten Täler, in denen wilde Bäche sich ihren Weg durch das Moorland suchten. Ihm fiel auf, dass hier sehr viel mehr Elementarwesen zu sehen waren als auf dem Festland. Gruppen von Heidefeen tanzten über die Wiesen, durchscheinende Wassergeister schwebten in allen möglichen Formationen über nachtschwarzen Bergseen, und auch die eigentlich seltenen Baumgeister, die man in ihrem grünen Blätterkleid kaum erkennen konnte, sah Darian in den knorrigen Ästen sitzen.

Irgendwann erreichten sie einen dichten Mischwald, und als sie darin eintauchten, umfing Darian kühle Dunkelheit. Der Geist schwebte stumm vor ihm her, und nach kurzer Zeit erreichten sie eine moosbedeckte Lichtung, auf der, vom sanften Abendlicht beleuchtet, eine Vielzahl grobbehauener Grabsteine von unterschiedlicher Größe standen. Darian blieb zwischen den leise im Wind rauschenden Bäumen stehen.

»Dies ist ein magischer Ort«, sagte der Geist, und seine Stimme klang geheimnisvoll. »Hier verschwimmen Gegenwart und Erinnerung, Vergangenheit und Zukunft. Ich hoffe, du findest, wonach du suchst.« Wie ein Windhauch war das Wesen wieder verschwunden.

Mit zitternden Beinen stieg Darian ab und band Menhir an einem Baum fest, dann betrat er die Lichtung. Viele der Grabsteine waren verwittert, die eingemeißelten Zeichen für Darian kaum mehr erkennbar. Dennoch hatte er nicht das Gefühl, umsonst hergekommen zu sein. Plötzlich überkam ihn die Erinnerung an Mia mit einer Heftigkeit, wie er sie noch niemals zuvor verspürt hatte. Jahrelang aufgestaute und verdrängte Gefühle der Verzweiflung und Hilflosigkeit brachen aus ihm heraus.

Mit einem Schluchzen fiel er auf die Knie, versteckte das Gesicht in den Händen und seine Schultern begannen zu zucken.

Hinter dicken Bäumen und grünen Büschen versteckt beobachteten zwei in Umhänge gehüllte Gestalten die Szene.

Die größere der beiden schlug eine Hand vor den Mund und wollte auf die Lichtung treten.

»Nicht, du weißt, dass du ihm nicht helfen kannst.« Ernst blickte Lilith zu ihrer Gefährtin auf. »Noch nicht.«

»Aber ich kann das nicht mitansehen«, flüsterte die andere, und Tränen liefen ihre Wangen hinab.

»Du wirst alles nur noch schlimmer machen«, warnte Lilith eindringlich, doch sie konnte ihre Freundin nicht aufhalten.

»… o Gott, Mia, es tut mir alles so unendlich leid«, schluchzte Darian, überwältigt von Scham und Schuldgefühlen. »Ich wollte nicht, dass du stirbst, und ich wollte nicht so ein schlechter König werden. Das alles hätte niemals geschehen dürfen.« Viel zu lange zurückgehaltene Tränen stürzten aus seinen Augen. »Ich vermisse dich so sehr …«

Als Darian eine zarte Berührung an seiner Schulter spürte, drehte er sich zunächst gar nicht um. Selbst wenn es sich, wie Darian vermutete, um Lilith handelte, wollte er jetzt nicht gestört werden. »Lass mich in Ruhe.«

»Darian«, flüsterte eine tränenerstickte Stimme, die ihm seltsam bekannt vorkam.

Erschrocken fuhr er auf und erblickte eine Gestalt in einem unscheinbaren grauen Umhang, die sich ihre Kapuze weit ins Gesicht gezogen hatte.

»Mia, bist du es?« Darian starrte auf die Erscheinung, versuchte, etwas unter dem Umhang zu erkennen. »Wartest du etwa auch auf mich, so wie der andere Geist auf ihren Gefährten?«

»Nein, es ist alles ganz anders, bitte erschrick jetzt nicht.« Langsam führte die Gestalt eine schlanke Hand zu der Kapuze und schob sie zögernd zurück.

Darian hatte das Gefühl, seine Knie würden erneut nachgeben. Da stand tatsächlich Mia vor ihm. Und sie war nicht durchscheinend wie ein Geist, sondern sah aus wie früher – lebendig und aus Fleisch und Blut.

»Was … Wieso …«, stammelte er, doch statt einer Antwort kam Mia auf ihn zu und umarmte ihn schluchzend.

Darian konnte es nicht fassen. Auch wenn sie sich so lebendig anfühlte – das hier konnte doch nur ein Trugbild sein. Dennoch hielt er sie umklammert, mit geschlossenen Augen. Denn wenn er sie wieder öffnete, wäre sie vielleicht fort.

»Darian, es tut mir leid, ich muss dir etwas erklären«, sagte sie plötzlich und nahm sein tränennasses Gesicht in ihre Hände.

Darian torkelte zurück. »Du bist nicht tot?«, fragte er verwirrt. »Aber … warum?« Er raufte sich die Haare. »Was hat das alles zu bedeuten? Verliere ich jetzt vollkommen den Verstand?«

Mit schuldbewusstem Gesicht streckte Mia ihren Arm aus und nahm ihn an der Hand. »Ich bin kein Geist, auch keine Erscheinung, und du verlierst nicht den Verstand. Wir mussten dir damals einreden, ich wäre tot, weil …«

Plötzlich verwandelte sich Darians Freude und Fassungslosigkeit in Wut. »Was?«, schrie er und entriss Mia seine Hand. »Bist du verrückt? Weißt du, was ich mir für Vorwürfe gemacht habe und wie ich die ganzen Jahre gelitten habe?«, brach es aus ihm heraus, und seine Augen funkelten vor Zorn.

Mia senkte beschämt den Kopf. Ihre langen schwarzen Haare fielen wie ein seidiges Tuch um ihr Gesicht.

»Ich wollte das nicht«, versuchte sie zu erklären, »ich war schwer verletzt. Lilith und Ohaman ließen mich hierherbringen und …«

»Sie haben es gewusst?« Darians Stimme überschlug sich

beinahe. »Kein Mensch hat mir etwas gesagt, und ich hätte beinahe den Verstand verloren!«

»Darian, bitte, zunächst war ich auch dagegen, es war nur ...«

Bevor sie weiterreden konnte, war Darian bei ihr. In seinen Augen loderte Hass, als er sie an den Schultern ergriff. »Ich wollte nicht mehr leben, Mia, ich habe nur noch an Rache gedacht. Ich habe irgendein Dreckszeug geschluckt, damit ich endlich vergesse, was geschehen ist.« Er packte sie so fest, dass sie leise aufschrie. »Jetzt komme ich von dem Mist nicht mehr los, und das ist alles deine Schuld!« Seine Hand hob sich, zuckte nach vorne, und er hätte sie wohl geschlagen, wenn Mia nicht im letzten Augenblick mit entsetztem Gesicht zurückgewichen wäre.

»Hör auf, ich hatte meine Gründe«, sagte sie und ging noch weiter zurück, als er auf sie zukam.

»Es gibt keine verdammten Gründe dafür, mich sechs verfluchte Jahre leiden zu lassen«, brüllte er.

»Doch, die gibt es.« Nun verharrte Mia und hielt seinem Blick stand. Ihre Augen waren traurig. »Sieh nur, was aus dir geworden ist. Wo ist der fröhliche, liebevolle junge Mann geblieben, in den ich mich verliebt habe?«

»Was aus mir geworden ist?!« In seiner grenzenlosen Wut schlug Darian mit der Faust gegen den nächstbesten Stein. Blut tropfte auf den Boden, aber das bemerkte er nicht einmal. »Rate mal, wer daran schuld ist, dass es diesen Mann nicht mehr gibt?«

In Aramias Augen sammelten sich bittere Tränen, und sie wusste nicht, was sie tun sollte. Verzweifelt betrachtete sie den vor Wut schäumenden Darian. Hätte Lilith ihr nicht gesagt, dass Darian auf der Insel war, sie hätte ihn nicht mehr erkannt. Seine Augen waren kalt, er war ungepflegt, und das Lächeln, welches sie immer so an ihm geliebt hatte, schien sein Gesicht schon lange Zeit nicht mehr zum Strahlen gebracht zu haben.

»Irgendwann wirst du es verstehen«, versprach sie und wich langsam, Schritt für Schritt, zurück in den Wald, »aber jetzt ist es noch zu früh.«

»Für was? Für was ist es zu früh?«, schrie er und eilte hinter ihr her.

»Darian, ich liebe dich, aber so wie du jetzt bist, kann ich dir die Wahrheit nicht sagen«, flüsterte sie heiser, dann drehte sie sich um und rannte davon.

»Warte!« Darians Schrei verhallte unerhört in der Stille des Waldes. Er stürzte ihr nach, doch schon nach wenigen Schritten hatte er sie aus den Augen verloren.

»Mia! Mia, verdammt noch mal, du kannst jetzt doch nicht einfach fortgehen!«, schrie er voller Wut. Ziellos rannte er durch den Wald, rief ihren Namen, und als keine Antwort kam, brüllte er ihr üble Verwünschungen hinterher. Aber all das brachte nichts.

Irgendwann ließ er sich vor Wut und Erschöpfung zitternd auf dem Boden nieder. Er trank viel zu viel von Edvans Gebräu, in der Hoffnung, für kurze Zeit alles vergessen zu können.

Als der Morgen graute, fragte sich Darian, ob er vielleicht nur geträumt hatte. Er lag irgendwo im Wald, der Himmel war heute klar, und eine milde Brise, die den Geruch von Meer mit sich brachte, wehte über die Insel. Schwankend kam er auf die Füße und wischte sich über das Gesicht. Nein, es war kein Traum gewesen, er befand sich tatsächlich auf der Nebelinsel. Mia lebte – und hatte ihn schlimmer verraten, als jemals ein Mensch zuvor. Jetzt wollte er Antworten, er musste noch einmal mit ihr sprechen.

Zwei Tage lang ritt er ziellos und verzweifelt über die unwirtliche, zum Teil märchenhaft anmutende Insellandschaft, aber er fand Mia nicht. An den Abenden betäubte er sich mit Alkohol und Edvans Trank, nahm mehr denn je davon, ohne dass es ihn noch kümmerte.

Gegen Mittag des dritten Tages machte Darian in einem lieblichen Tal Rast. An einer munter sprudelnden Quelle hielt er seinen Kopf unter das Wasser, dann ließ er sich gegen den moosbewachsenen Felsen sinken – er hatte die Hoffnung aufgegeben, Mia noch zu finden.

Und dann, ohne dass er ein Geräusch gehört hatte, stand plötzlich Lilith vor ihm. Klein, zierlich, mit dieser merkwürdigen Knollennase im Gesicht.

»Du!«, schrie er voller Wut und sprang auf.

Lilith hob eine Hand. »Wenn Ihr vorhabt, mich zu schlagen, muss ich Euch enttäuschen, das wird Euch nicht gelingen.«

»Ich wollte nicht …«, setzte er an und brach dann ab. Normalerweise schlug er keine Frauen, doch bei Mia wäre es beinahe geschehen, und er wusste, dass er immer öfter die Kontrolle verlor. Schnaubend griff er nach dem letzten Rest Schnaps und trank ihn provokativ aus.

»Meint Ihr, so kommt Aramia zu Euch zurück?«, fragte Lilith und deutete auf die leere Flasche.

»Ob Aramia zurückkommt?«, höhnte Darian und lehnte sich gegen den Felsen. »Das ist mir doch scheißegal. Sie hat mich betrogen und belogen, sie hat mich verzweifeln lassen. Dann steht sie plötzlich vor mir und verschwindet wieder, ohne irgendeine Erklärung.« Er spuckte auf den Boden.

»Wenn sie Euch gleichgültig wäre, würdet Ihr nicht seit Tagen nach ihr suchen«, stellte Lilith gelassen fest.

In Darian kochte erneut Zorn hoch, und seine Augen funkelten gefährlich. »Ich habe über sechs Jahre um sie getrauert – vollkommen sinnlos –, und jetzt ist sie fort, kaum dass ich sie wiedergefunden habe!«

Mit zwei Schritten war Lilith bei ihm, fasste ihn mit für ihre zierliche Statur überraschender Kraft am Arm und schob ihn zu dem kleinen Teich, in den die Quelle sich ergoss.

»Seht Euch an, vielleicht erkennt Ihr dann, wieso sie Euch verlassen hat.«

»Ich habe schon besser ausgesehen«, murmelte Darian und fuhr sich schuldbewusst über den ungepflegten Bart.

»Es ist nicht Euer ungepflegtes Äußeres, es sind nicht Eure schmutzigen, abgerissenen Kleider, so etwas hätte sie nicht gekümmert.«

»Was ist es dann?«

Ein trauriges Lächeln erschien auf Liliths Gesicht. »Eure Augen, Euer ganzes Auftreten. Ihr habt ihr Angst gemacht.«

»Aber … warum?«, stammelte er, dann senkte er beschämt den Blick. Nur um kurz darauf wieder von unbändigem Zorn durchflutet zu werden.

»Ihr habt mich alle betrogen. Du, Ohaman, Mia. Sie hatten alle Recht – Nebelhexen sind Abschaum.«

Lilith schüttelte betrübt den Kopf, ging aber nicht auf seine Schuldzuweisungen ein.

Mit einem verächtlichen Schnauben ging er zur Satteltasche seines Pferdes, nahm eine kleine Flasche heraus und trank davon.

»Das hier, das ist mein einziger Freund. Mit ihm kann ich euch ganzes widerwärtiges Gewürm vergessen«, spie er aus.

»Was ist das?«

»Keine Ahnung.« Darian nahm noch einen Schluck, und die Droge tobte durch sein Blut. Für kurze Zeit verzerrte sich alles, und er konnte Liliths Fragen kaum noch folgen. Torkelnd ging er zu einem Stein und setzte sich.

Irgendwann hörten auch Liliths drängende Fragen auf, und Darian dämmerte langsam in eine Art Halbschlaf hinüber.

Im Morgengrauen wachte er mit dröhnenden Kopfschmerzen auf und stellte überrascht fest, dass Lilith noch hier war. Als er erneut die kleine Flasche an den Mund führte, hielt sie seine Hand fest.

»Bitte, sagt mir, was das für ein Trank ist, vielleicht kann ich Euch helfen.«

Verächtlich schnaubend machte sich Darian los und nahm

einen tiefen Schluck. Nachdem die Wirkung eingesetzt hatte, seufzte er erleichtert.

»Niemand kann mir helfen. Ich habe, glaube ich, alle Heiler des Landes befragt. Irgendetwas ist in dem Mittel, das mich abhängig macht.«

»Vielleicht habt Ihr alle Heiler befragt, aber noch keine widerwärtige Nebelhexe wie mich«, sagte sie mit einem süßen Lächeln, das sogar von ihrer Knollennase ablenkte.

»Ich habe es aufgegeben. Und selbst wenn«, er sah sie verächtlich an, »von dir würde ich ohnehin keine Hilfe wollen.«

»Auch dann nicht, wenn ich Euch Aramia zurückbringe und sie Euch Eure Fragen beantwortet?«

Mit einem Satz sprang Darian auf. »Dann führ mich zu ihr, verdammt.«

»Nicht, so lange Ihr in solch einem Zustand seid.«

Er wollte ihre Hände ergreifen, doch als er eine Art Stromschlag spürte, wich er erschrocken zurück.

»Miststück«, knurrte er und rieb sich die Handgelenke, die sich nun merkwürdig pelzig anfühlten.

»Ich sagte doch, Ihr könntet mir keine Gewalt antun«, wiederholte sie ruhig.

In Darian brodelte es, dann versuchte er sich wieder zu beruhigen und rieb sich die Schläfen. »Gut. Wie also kannst du Mia zu mir zurückbringen?«

»Wenn es mir gelingt, Euch wieder in den Mann zurückzuverwandeln, der Ihr einmal wart, und wenn Ihr nicht mehr trinkt, dieses geheimnisvolle Mittel nicht mehr nehmt und Euren Zorn überwunden habt, dann wird Aramia erneut zu Euch zurückkehren.«

Für einen Augenblick keimte Hoffnung in Darian auf, doch dann schüttelte er traurig den Kopf. Er hob die Flasche hoch. »Ich werde niemals davon loskommen.«

»Habt Ihr es versucht?«

Voller Bitterkeit lachte er auf. »Hundert Mal. Es geht nicht.«

»Erzählt mir, was geschieht, wenn Ihr nichts davon nehmt«, verlangte Lilith.

Zunächst hielt Darian dies für Zeitverschwendung, doch dann setzte er sich hin und schilderte Lilith die Entzugserscheinungen.

»Und jetzt lasst mich die Flüssigkeit sehen«, bat sie am Schluss.

»Niemand konnte bisher den süchtig machenden Bestandteil erraten. Der Einzige, der ihn kennt, ist Edvan, und der ist unauffindbar.«

»Edvan? So etwas hätte ich ihm niemals zugetraut, denn es widerspricht jeglichem Heilerkodex«, murmelte Lilith überrascht. »Und selbst wenn er alle Moralvorstellungen über den Haufen wirft, müsste er ein berühmter Magier oder Heiler sein, wenn niemand die Zutaten entschlüsseln kann, die er hineingegeben hat. Gebt mir die Flasche.«

»Warum solltest ausgerechnet du herausfinden, was mich süchtig macht?«

»Weil ich eine Nebelhexe bin. Ihr wisst, dass wir alle besondere Fähigkeiten besitzen. Meine ist die der Heilkunst, und ich kenne alle Heilpflanzen dieser Welt. Ich kenne die, die Euch vor dem Tode retten, und die, die Euch zu Euren Ahnen bringen.«

»Bist du dir da nicht zu sicher?« Darians Stimme klang spöttisch, und er umklammerte die Flasche wie ein Ertrinkender ein Stück Treibholz.

»Lasst es mich versuchen«, bat Lilith sanft, »Ihr habt doch nichts mehr zu verlieren.«

Mit zitternder Hand reichte Darian der kleinen Nebelhexe die Flasche. Eine ganze Weile starrte Lilith auf das Gefäß, dann löste sie den Korken, roch daran, kostete einen winzigen Schluck. Erneut hielt sie ihre Nase an die Öffnung, dann schüttelte sie den Kopf.

»Ich wusste es«, stöhnte Darian, »du hast keine Ahnung, was da drin ist.«

»Nein, das ist es nicht«, sagte Lilith verwirrt. »Ich kann es nur nicht glauben. In dieser Flüssigkeit ist Azetá, ein sehr seltener und eigentlich giftiger Pilz der Dunkelelfen. Wie lange nehmt Ihr diesen Trank schon?«

»Seit sechs Jahren«, hauchte er und konnte nicht fassen, dass Lilith tatsächlich das Geheimnis, an dem alle anderen Heiler bisher gescheitert waren, so einfach gelüftet hatte.

»Es muss eine sehr kleine Konzentration sein, sonst hätte es Euch getötet. In dieser geringen Menge und in Verbindung mit den Heilkräutern ...« Nun schien Lilith ganz in ihrem Element zu sein, ihre Stirn war angestrengt gerunzelt, und sie roch noch einmal an der Flüssigkeit.

Bevor sie fortfahren konnte, hatte Darian sie am Arm gefasst und sah sie hilfesuchend an.

»Kannst du mich von dem Zeug befreien? Kannst du mir helfen, wieder ein normales Leben zu führen?«

Lilith legte ihm mitleidig eine Hand an die Wange. »Ich weiß es nicht. Ihr nehmt diese starke Droge schon sehr lange Zeit. Wenn, dann wird es ein harter Kampf und ...«

»Das ist mir egal«, unterbrach Darian sie aufgeregt. »Ich tue alles, ich will nur von dem Zeug loskommen, und dann werfe ich Fehenius aus der Burg. Dann kann ich endlich der König werden, der ich sein wollte, und ich ...«

»Das sind eine ganze Menge guter Gründe, aber Ihr braucht etwas, das Euch Verzweiflung und Schmerzen ertragen lässt, etwas, das Euch anspornt weiterzumachen, wenn Ihr denkt, Ihr haltet es nicht mehr aus. Sind die Rache an Fehenius und ein Königreich genug?«, fragte sie herausfordernd.

Darian schüttelte den Kopf, dann sah er sie fest an, und der Blick in seinen Augen überzeugte die Nebelhexe. »Tausend Königreiche sind nicht genug. Mia aber ist es.«

Mit Menhir am Zügel folgte Darian Lilith ein gutes Stück nach Süden. Sie hatte ihm eindringlich klargemacht, dass er Mia nicht zu Gesicht bekommen würde, bevor er nicht von der Droge losgekommen war. Darian hatte zugestimmt und hoffte, dann, wenn es soweit war, endlich eine schlüssige Antwort von ihr zu erhalten, warum sie ihn so lange im Unklaren gelassen hatte. Insgeheim zerbrach er sich den Kopf darüber, und immer wieder kochten Wut und Verzweiflung in ihm hoch. Doch nun hatte er endlich ein Ziel: Er wollte sich von seinen Fesseln befreien und dann noch einmal neu anfangen – wenn er Glück hatte, sogar mit Mia an seiner Seite.

»Warum bin ich nur nicht schon früher hierhergekommen?«, seufzte Darian, als er an Liliths Seite über eine grüne Hochebene schritt.

Die Nebelhexe lächelte ihn an. »Vielleicht war es nicht der richtige Zeitpunkt. Grämt Euch nicht, König Darian, man kann die Vergangenheit nicht ändern, so sehr man es auch möchte.«

»Ich hätte eine Bitte, Lilith.«

Die zarte kleine Frau machte ein abweisendes Gesicht und hob die Hände. »Ich werde Euch nicht verraten, wo Aramia sich aufhält.«

»Das ist es nicht«, erwiderte Darian mit traurigem Lächeln. »Auch wenn ich mir nichts sehnlicher wünsche, als sie wiederzusehen, will ich ihr doch erst dann gegenübertreten, wenn ich in den Spiegel blicken kann, ohne mich vor mir selbst zu ekeln.«

»Das ist ein guter Vorsatz, aber was wollt Ihr dann von mir?«

»Bitte, sag du zu mir«, bat er und verzog das Gesicht, »ich bin ohnehin ein lausiger König.«

Kurz zögerte Lilith, dann nickte sie. »In Ordnung, diese Bitte kann ich Euch …«, schmunzelnd schüttelte sie den Kopf, »… dir erfüllen.«

Nach etwa drei weiteren Meilen Fußmarsch über mit Heidekraut bewachsene Hügel, die von winzigen bunten Heidefeen bevölkert waren, erreichten sie das Meer. Im Schutze eines Hügels, den knorrige, vom Wind gebeugte Bäume bedeckten, lag ein kleines Dorf.

»Wer lebt hier?« Darian blieb wie angewurzelt stehen.

»Wir Nebelhexen, die meisten der verstoßenen Mischlingskinder, die sonst niemand haben will.« Lilith sah Darian mit einem merkwürdigen Blick an. »Ich hoffe, das stört dich nicht.«

»Nein«, erwiderte er rasch, dann zögerte er, »aber, könntest du ihnen bitte nicht verraten, dass ich der König von Northcliff bin?«

»Das würde sie ohnehin nicht interessieren, aber wie du willst.« Lilith nahm ihn an der Hand, und sie gingen einen schmalen Pfad hinunter zum Dorf.

Seltsame Kreaturen starrten Darian an. Winzige Wesen, die Gnomen ähnelten, anmutige Halbelfen, ein wahrer Riese von einem Mann, der vermutlich Trollblut in sich hatte, und einige andere Halbblüter, wie Lilith rasch erklärte. Darian konnte nur staunen. Auch einige Kinder rannten herum, manche so klein, dass sie ihm nicht einmal bis zum Knie reichten, obwohl sie schon wesentlich ältere Gesichtszüge hatten.

Ein zartes kleines Mädchen mit strahlend blauen Augen kam auf sie zu. Bei näherem Hinsehen entdeckte Darian Flügel an ihrem Rücken.

»Wer ist das, Lilith?«, fragte sie mit glockenheller Stimme.

Lilith lächelte sie an. »Das ist Darian, er ist ein Freund und wird einige Zeit bei uns bleiben.«

»Was bist du?« Sie versuchte offensichtlich, seine Herkunft zu erraten.

»Ein Mensch, ich, ähm, habe nur ein Problem, bei dem Lilith mir helfen wird«, antwortete er zögernd.

Das Mädchen wich erschrocken und mit großen Augen zurück. »Menschen hassen uns«, sagte sie weinerlich und versteckte sich hinter dem sich nähernden Halbtroll.

Dieser überragte Darian um einen Kopf und war beinahe doppelt so breit wie er. Er hatte ein derbes Gesicht, dessen borkenartige Haut von einer gräulich braunen Farbe war. Kurze, borstige Haarstoppeln bedeckten seinen Kopf, und beeindruckende Muskeln zeichneten sich unter einem fleckigen Hemd ab.

»Ich hau dem eins drauf, wenn böse«, knurrte er.

Abwehrend hob Darian die Hände. »Ich will ihr nichts tun.«

Doch der Halbtroll trat trotzdem bedrohlich vor, bis Lilith sich ihm in den Weg stellte.

»Murk, Darian ist ein Freund und wird niemandem hier etwas zuleide tun. Du lässt die Finger von ihm!«, sagte sie entschieden und piekste ihn in seinen dicken Bauch.

Darian musste sich das Lachen verbeißen, als das gewaltige Wesen vor der zierlichen Lilith zurückwich und ein schmollendes Gesicht machte, das an einen kleinen Jungen erinnerte.

»Wollt doch nur Siah ver...sch...schützen«, murmelte er.

»Beschützen, heißt das«, korrigierte Lilith, »und jetzt geh Holz hacken.«

Murk trollte sich und nahm die kleine Siah überraschend vorsichtig an der Hand. Heimlich warf er Darian noch einen warnenden Blick zu.

Kopfschüttelnd blickte Lilith den beiden hinterher. »Murk ist noch recht jung, und sein Trollerbe tritt häufig zu Tage. Aber an sich ist er ein guter Kerl, und er würde die kleinen Kinder mit seinem Leben verteidigen.«

»Das ist sehr nett von ihm«, erwiderte Darian höflich, auch wenn der Kerl ihm nach wie vor unheimlich war.

»Pass etwas auf«, warnte Lilith, »so lange er dich nicht kennt, könnte er aggressiv werden. Er wurde als Kind aus seinem Dorf geprügelt und ist auf Menschen nicht sehr gut zu sprechen.«

»Ich werde ihm aus dem Weg gehen.«

Am Abend, als das Licht mehrerer Lagerfeuer in den Himmel strahlte, hieß Lilith Darian offiziell willkommen. Er vermutete, dass sie eine Art Dorfvorsteherin war, denn alle hörten auf sie und behandelten sie mit großem Respekt. Sie erklärte, Darian sei ihr Gast, müsse gut behandelt werden, und er würde ihnen weder etwas zuleide tun noch ihren Aufenthaltsort verraten. Darian nickte zustimmend und kam sich unter den prüfenden Blicken der etwa zwanzig erwachsenen Nebelhexen und der fünfzehn Kinder recht merkwürdig vor. Als sich die Inselbewohner dem Essen, einem Eintopf mit Lammfleisch, zuwandten, war er erleichtert.

»Sie haben alle magische Fähigkeiten?«, fragte Darian an Lilith gewandt.

»Ja, zumindest die Mädchen, warum, weiß niemand. Aber auch Wesen wie Murk, oder das kleine Halbblut dort«, sie deutete auf einen Jungen, der bereits einen beeindruckenden Bartwuchs vorweisen konnte, was auf sein Zwergenerbe hinwies, »kommen zu uns, wenn sie das Glück haben, dass ihre Eltern sie auf die Insel schicken oder sie von einem von uns gefunden werden.« Lilith nahm einen Schluck von ihrem Kräutertee, dann sprach sie weiter. »Etwa fünfundzwanzig von uns erwachsenen Nebelhexen sind im Reich der Menschen, Elfen und Zwerge unterwegs, um Mischlingskinder zu suchen und herzubringen.«

»Mia auch?«, erkundigte sich Darian vorsichtig, da er natürlich noch immer wissen wollte, wo sie sich aufhielt.

»Nein«, antwortete Lilith knapp, »aber such sie nicht, du darfst das Dorf nicht verlassen. Morgen beginnen wir damit, dich vom Azetá zu entwöhnen.«

Mit Grauen dachte Darian an die bevorstehenden Entzugserscheinungen.

»Du wirst sehr stark sein müssen«, Lilith sah ihn mitleidig an, »aber da du bereits aus eigener Kraft einige Tage ohne den Trank ausgekommen bist, glaube ich, dass du es schaffen kannst.«

Darian deutete ein Lächeln an. »Ich war nicht sehr erfolgreich, ich habe es nie lange ausgehalten.«

Beruhigend legte Lilith ihm eine Hand auf den Arm. »Ich werde dir Tränke brauen, die es dir etwas leichter machen. Der Wille durchzuhalten muss jedoch tief aus deinem Inneren kommen.«

Nachdenklich nickend blickte Darian aufs Meer hinaus, wo die im Westen stehende Sonne alles in ein weiches, rötliches Licht tauchte. Er hoffte so sehr, dass er das hier durchstehen würde.

Schon an diesem Abend nahm er nur die Hälfte der Ration, die er normalerweise brauchte.

Lilith führte ihn in ihre Hütte, die wie die anderen aus Steinen der Umgebung erbaut und mit Stroh gedeckt war. In dem kleineren der beiden Räume richtete sie ihm ein Lager her.

»Wir werden das Fenster mit Brettern verschließen und an der Tür einen Riegel anbringen.« Sie seufzte, als sie ihn anblickte. »Und nachts werde ich dich in Zukunft ans Bett fesseln müssen, damit du dir nicht selbst schadest.«

»Was?«, fragte Darian entsetzt, doch dann dachte er daran, wie aggressiv er immer geworden war, wenn er ohne den Trank auskommen musste. »In Ordnung, aber heute noch nicht, oder?«

Sie schüttelte den Kopf und gab ihm zwei Decken zum Schlafen. »Und jetzt gib mir alle Flaschen, die du noch hast.«

Zögernd griff Darian in sein Bündel und reichte Lilith die zwei kleinen Gefäße. »Drei weitere sind in meinen Satteltaschen«, murmelte er. »Ich hatte vor, länger fortzubleiben.«

Lilith nickte stumm, drückte seine Schulter und verließ den Raum.

Mit offenen Augen legte sich Darian aufs Bett, und seine

Gedanken wanderten zu Mia. Wo war sie gerade, und dachte sie vielleicht auch an ihn?

Am Morgen des folgenden Tages begann der vielleicht härteste Kampf, den er jemals gekämpft hatte. Darian fühlte sich furchtbar, er war unruhig, und sein Kopf schmerzte höllisch, als Lilith zu ihm kam und fragte, wie es ihm ging.

»Beschissen«, knurrte er und drückte seine Hände gegen die Schläfen.

»Es wird schlimmer werden«, warnte sie und reichte ihm einen Becher mit einer kleinen Menge an Azetá.

Obwohl Darian dem Drang, es zu nehmen, kaum widerstehen konnte, fragte er misstrauisch: »Ich denke, ich soll damit aufhören.«

»Du kannst nicht sofort alles auf einmal weglassen, das würdest du nicht aushalten. Ich gebe dir später etwas gegen die Kopfschmerzen. Danach kannst du Murk beim Holzhacken helfen, das lenkt dich ab und wird deine Aggressionen in andere Bahnen lenken. Heute Nacht bekommst du dann einen Trank, damit du schlafen kannst.«

Mit mürrischer Miene nickte Darian, dann nahm er etwas von dem Azetá und fühlte sich zumindest ein klein wenig besser.

Lilith führte ihn zu Murk und einem merkwürdigen Wesen, das, wie sie sagte, halb Gnom und halb Troll war. Karad, wie er hieß, hatte etwa die Größe eines kleinen Menschen, jedoch borkenähnliche Haut, eine breite Nase, die einer deformierten Kartoffel glich, und für seinen Körper viel zu große Hände. Er gab knurrende Laute von sich, die Darian nicht verstand, ganz im Gegensatz zu Murk, der die eigentümliche Sprache Karads offenbar entschlüsseln konnte und lautstark, untermalt mit ausladenden Gesten, erklärte, man dürfe Darian nicht fressen.

»Sehr beruhigend«, knurrte Darian und machte sich daran, einen dicken Holzstamm in kleine Stücke zu hacken.

Im Laufe des Tages wurde er zunehmend gereizt. Er begann einen Streit mit Murk darüber, wie man das Holz am besten aufschichtete, und erst als Lilith dazwischenging und ihm einen bitter riechenden Tee brachte, beruhigte er sich ein wenig.

»Hab ihn nicht schlagen«, erklärte Murk stolz.

»Das hast du gut gemacht.« Lilith lächelte ihn an, woraufhin Murk vor Stolz die gewaltige Brust schwoll.

Darian lehnte sich mit geschlossenen Augen gegen den Holzstapel und wusste schon jetzt nicht, wie er den Tag überstehen sollte.

»Der Tee wird sicher helfen«, versprach Lilith mitfühlend.

Darian nickte und biss die Zähne zusammen, obwohl sein Schädel zu platzen drohte.

Zur Ablenkung schlug Lilith nach dem Abendessen einen kleinen Spaziergang vor. Widerstrebend stimmte Darian zu, obwohl er überhaupt keine Lust dazu verspürte. Sie wanderten durch uralte Wälder, über Felder, auf denen Heidefeen im Abendlicht spielten, und Hügel voller bunter Blumen, und schließlich musste Darian zugeben, dass es eine gute Idee gewesen war. Die Schönheit dieser Insel brachte ihn auf andere Gedanken. Als sie ein ausgedehntes Hochmoor erreichten, über dem der für diese Insel so typische Abendnebel hing, blieb Darian plötzlich ruckartig stehen. Auf einer von Schilf umgebenen Halbinsel aalte sich ein äußerst ungewöhnlich aussehendes Wesen. Zunächst hatte Darian gedacht, es handle sich um eine Sumpfnyade, aber diese Kreatur hier sah anders aus. Zwar hatte sie die gleichen weiblichen Formen und die schlammfarbene Haut, aber ihr Gesicht wirkte beinahe wie das eines Wolfes, und sie hatte borstige Haare an der Wirbelsäule. Unwillkürlich wich Darian zurück. Lilith hielt ihn fest und hob grüßend die Hand, woraufhin das Wesen sich erhob und mit anmutigen Bewegungen näher kam, um Darian zu mustern. Kurz glaubte er, so etwas wie Verwunderung in den dunklen und seltsam verheißungsvollen Augen der Kreatur aufblitzen zu sehen.

»Das ist Tena, sie gehört zu uns Nebelhexen«, stellte Lilith vor. »Tena, Darian ist hier, weil er mich um Hilfe bat.«

Darian bemerkte, wie sich die Haare am Rücken der anderen Nebelhexe aufstellten und sie mit einem Zischen zurückwich. Ihm wurde klar, dass er sie sehr auffällig angestarrt und wahrscheinlich auch die Abscheu in seinem Blick nicht verborgen hatte, was ihm nun leidtat. Bevor er sich jedoch entschuldigen konnte, war sie im Sumpf verschwunden.

Als Darian sein Bedauern zum Ausdruck brachte, winkte Lilith ab. »Viele sind von Tenas Anblick abgeschreckt, und das ist kein Wunder. Wir Nebelhexen sind groteske Wesen gewohnt, aber bei Menschen verhält sich das anders.« Während sie zurück zum Dorf spazierten, erklärte Lilith, Tena sei ein Mischling aus einer Sumpfnyade und einem männlichen Halbling, der vor langer Zeit auf die Nebelinsel gekommen war. Dieser wiederum war der Verbindung eines Menschen mit einem Cradul entsprungen. Auf Darians Nachfrage hin – er hatte noch niemals von diesen Wesen gehört – erklärte Lilith, dass Craduls seit über hundert Sommern ausgestorben seien. Die kleine Nebelhexe sagte, man könne sie am ehesten als menschenähnliche Tiere beschreiben, die einer Mischung aus Wolf und Bär glichen. Craduls jedoch seien aufrecht gegangen und hätten in festen Verbänden gelebt. Durch eine Seuche seien sie ausgelöscht worden.

»Ich weiß, eine Mischung aus Mensch und Cradul mag dir mehr als nur außergewöhnlich erscheinen«, gestand Lilith ein, »aber vermutlich haben diese seltsamen Liebenden damals tatsächlich Gemeinsamkeiten gefunden, und Tenas Geschichte ist vielleicht eine der tragischsten überhaupt«, erzählte Lilith. »Ihr Vater Taruk kam schon als kleiner Junge auf die Insel. Ich selbst habe ihn in einem Dorf gefunden, als er ersäuft werden sollte.«

Erschrocken sog Darian die Luft ein, aber Lilith fuhr bereits fort: »Er wuchs hier auf und verliebte sich eines Tages in eine der Sumpfnyaden der Insel.«

»Ich dachte, sie töten die Männer?«, fragte Darian verwundert nach.

»Normalerweise schon, und ganz konnten wir dieses Rätsel auch niemals entschlüsseln, aber Taruk und Tenas Mutter muss etwas Besonderes verbunden haben. Ihm zuliebe verzichtete sie darauf, ihn in einen Moorgeist zu verwandeln, und kam sogar gelegentlich zu uns ins Dorf. Allerdings können Sumpfnyaden nicht viel länger als ein paar Tage dem Moor, in dem sie geboren wurden, fernbleiben. Ein unwiderstehlicher Drang treibt sie zurück.« In Gedanken versunken blickte Lilith hinauf in den östlichen Himmel, wo schon der Halbmond aufgegangen war, wenngleich es noch Tag war. »Du musst wissen, Sumpfnyaden können sowohl männliche als auch weibliche Gestalt annehmen und sich daher auch ohne Partner fortpflanzen, aber Tenas Mutter entschied sich, eine Frau zu bleiben, und vielleicht konnte sie deshalb mit Taruk ein Kind zeugen.«

Tenas Geschichte versetzte Darian in Staunen, und die seltsame Faszination für die vielen ungewöhnlichen Wesen Albanys ließ ihn sogar seine Entzugserscheinungen für kurze Zeit vergessen. Gespannt lauschte er Liliths weiteren Ausführungen.

»Nachdem sie alt genug war, lebte Tena die meiste Zeit bei uns im Dorf, denn sie konnte das Moor sehr viel länger verlassen als ihre Mutter, meist sogar für fünf oder sechs Monde.« Nun seufzte Lilith traurig. »Sie war ein so aufgewecktes kleines Mädchen, voller Neugierde und Abenteuerlust, aber das wurde ihr leider zum Verhängnis.«

»Wieso?«

»Tena wollte aufs Festland, wollte sehen, welchen Wesen ihr Vater entstammte, und obwohl wir versuchten, sie davon abzuhalten, ging sie fort, nachdem sie etwa vierzehn Sommer alt war.« Lilith sah Darian an, und er kam nicht umhin zu bemerken, dass ihr Blick ein wenig vorwurfsvoll war. »Hier auf der Insel sind wir alle mit ungewöhnlichen Wesen vertraut – viele von uns sind alles andere als hübsch anzusehen –, aber dort draußen, auf dem Festland, muss Tena schlimme Dinge erlebt haben. Nachdem sie über sechs Monde lang verschwunden war, haben wir uns auf die Suche nach ihr begeben. Wir wussten, dass sie zu ihrem Geburtsort hatte zurückkehren wollen, und da sie dort niemals angekommen war, vermuteten wir, dass ihr etwas zugestoßen war.« Die Gesichtszüge der Nebelhexe wurden hart und bitter, als sie weitersprach. »Einer von uns fand sie, wie sie auf einem Marktplatz ausgestellt wurde, eingepfercht in einen kleinen Käfig. Die Menschen haben sie angestarrt und gequält und dafür auch noch mit Silbermünzen bezahlt.«

»Das ist unmenschlich«, keuchte Darian entsetzt, und nun tat ihm sein Verhalten umso mehr leid.

»Leider ist es im Gegenteil nur allzu menschlich«, meinte Lilith, und Darian wusste, was sie meinte.

»Wir brachten Tena zurück. Sie war vollkommen verstört und kam viele Monde lang nicht aus dem Moor heraus. Dann stand sie eines Tages wieder im Dorf, gekleidet wie ein Mensch, und meinte, sie wolle anderen Mischlingen helfen. Zunächst waren wir skeptisch, aber sie ließ es sich nicht nehmen, immer wieder aufs Festland zurückzukehren. Sie blieb jedes Mal länger fort. Tena redet nicht viel, und was sie auf dem Festland treibt, ist uns bis heute nicht ganz klar. Das Einzige, was uns zu Ohren kam, ist, dass der Mann, der sie in dem Käfig gehalten hat, auf äußerst grausame Weise ums Leben gekommen sein soll.«

»Wer kann ihr das verdenken«, murmelte Darian.

»Nimm dich in Acht vor ihr«, riet Lilith, unnötigerweise, denn Darian hatte nichts anderes vorgehabt.

»Gibt es eigentlich viele Sumpfnyaden auf der Insel?«, fragte er unbehaglich und blickte schaudernd in den nun schon recht dichten Nebel.

Mit einem beruhigenden Lächeln schüttelte die kleine Halbgnomin den Kopf. »Nein, in dem Moor, das ich dir vorhin gezeigt habe, halten sich nur Tenas Mutter und eine weitere sehr alte Nyade auf, von der du nichts zu befürchten hast. Und ganz oben im Norden lebt eine kleine Gruppe.«

»Was ist eigentlich aus Tenas Vater geworden?«, wollte Darian wissen, froh, dass sie in der Zwischenzeit das Dorf wieder erreicht hatten, denn obwohl er die ganze Zeit über abgelenkt gewesen war, kündigten sich schon wieder bohrende Kopfschmerzen an.

»Als seine Lebenszeit abgelaufen war, entschied er sich, freiwillig ein Moorgeist zu werden, um weiterhin bei seiner Geliebten bleiben zu können«, erklärte sie, so als wäre das gar nichts Besonderes. »Ich glaube, auf ihre Art sind die beiden sehr glücklich.« Nachdem sie in Darians angespanntes Gesicht geblickt hatte, legte sie ihm tröstend eine Hand auf den Arm. »Ich sehe, dir geht es nicht gut. Komm, ich werde dir noch ein paar Kräuter geben.«

Während der nächsten Tage wurde es stetig schlimmer. Lilith gab Darian immer weniger von dem Azetá, und obwohl ihre Tränke die Entzugserscheinungen tatsächlich zeitweise linderten, glaubte Darian, verrückt zu werden. Eingesperrt in seine Kammer schrie und tobte er in der Nacht und war jedes Mal schweißgebadet, wenn ihn endlich der Schlaf übermannte. Tagsüber konnte er seine Aggressionen kaum noch beherrschen. Häufig ging er auf Murk los, der seine Schläge und Tritte mittlerweile mit stoischer Gelassenheit an sich abprallen ließ und ihn einfach festhielt, bis die Wutanfälle nachließen.

Nach zwanzig Tagen in dem Dorf nahm Darian kein Azetá mehr. Er fühlte sich entsetzlich, konnte kaum noch schlafen, selten das Essen bei sich behalten, und verließ auch die Hütte nicht mehr. Wiederholt hatte er Lilith angefleht, ihm etwas von dem Trank zu geben, versucht zu fliehen, aber die Dorfbewohner achteten gut auf ihn. Seit einiger Zeit wussten sie von seiner Sucht und versuchten alle, ihm zu helfen. Für die Bewohner der Nebelinsel war es selbstverständlich, sich umeinander zu kümmern, ganz gleich welche Probleme der Einzelne hatte, ganz gleich welcher Abstammung er war.

Auch in dieser Nacht lag Darian in Liliths Hütte, mit den Händen an sein einfaches Holzbett gefesselt. Liliths Schlaftrank hatte vor kurzem seine Wirkung gezeigt, trotzdem schlief Darian unruhig. Er zitterte am ganzen Körper und murmelte wirres Zeug vor sich hin. Schon drei Tage lang hatte er keinen Azetá mehr genommen und glaubte nicht, dass er den Entzug überleben würde.

Mitten in der Nacht öffnete jemand den Riegel. Ein paar mal schon hatte er seine Lederbänder zerrissen – nicht ohne sich dabei die Handgelenke blutig gescheuert zu haben –, daher hielt Lilith die Tür zu seinem Zimmer immer verriegelt, obwohl er inzwischen nicht mehr die Kraft hatte, sich aus eigenem Antrieb zu befreien.

Leise knarrend öffnete sich die alte Holztür, und im schwachen Schein des heruntergebrannten Feuers wurde eine schmale Gestalt im Wohnraum sichtbar.

»Aramia, du sollst doch nicht herkommen«, ertönte plötzlich eine Stimme aus dem Dunkel.

Ertappt fuhr Aramia herum. Im Nachtgewand stand Lilith vor ihr und funkelte sie wütend an.

»Du sagtest doch, durch den stärkeren Schlaftrank schläft er jetzt die Nacht durch. Er wird mich nicht bemerken.« Vorsichtig trat Aramia näher und setzte sich neben Darian auf das Bett.

Er murmelte etwas, zerrte im Schlaf an seinen Fesseln und zitterte unkontrolliert, woraufhin Aramia ihrer Freundin einen erschrockenen Blick zuwarf.

»Das wollte ich dir ersparen«, seufzte Lilith.

»Aber er schafft es doch«, flüsterte Aramia mit heiserer Stimme und streichelte Darian über die wirren halblangen Haare.

»Ich gebe die Hoffnung nicht auf, aber es sind erst drei Tage ohne den Trank, und er ist fast am Ende seiner Kräfte.«

Tränen traten in Aramias Augen. »Ich wäre so gerne bei ihm und würde ihm helfen. Bitte, Lilith, lass mich bei ihm bleiben.«

»Nein. Er wird nur von dem Azetá loskommen, wenn er das Ziel vor Augen hat, dir wieder vollkommen gesund und bei klarem Verstand gegenüberzutreten.«

»Aber ich ...«

»Wenn er dich jetzt sieht, wirst du alles verderben. Er wird mit dir fortgehen wollen und denken, er kann ohne Azetá auskommen, doch er wird wieder rückfällig werden. Vertrau mir.«

Aramia biss sich auf die Lippe und streichelte über Darians Wange. »Dann lass mich heute Nacht bei ihm bleiben, und lös seine Fesseln. Ich passe auf, dass ihm nichts geschieht.«

Lilith zögerte, dann nahm sie seufzend noch etwas von dem Schlaftrank und träufelte ihn Darian in den Mund. »Bei Morgengrauen musst du fort sein. Und weck mich, falls er um sich schlägt.« Sie löste die Lederfesseln, woraufhin Aramia Darian dankbar in den Arm nahm und ihn an sich drückte.

Als Darian am nächsten Morgen von Lilith geweckt wurde, stellte er verwundert fest, dass er nicht mehr gefesselt war.

Sie reichte ihm einen Becher voll dampfenden Kräutertees. »Wie fühlst du dich?«

Darian schnitt eine Grimasse. »Mein Kopf fühlt sich an, als würde Murks Axt drinstecken, und mir ist schlecht.« Dann zeigte sich seit langer Zeit ein zögerndes Lächeln auf seinem Gesicht. »Aber ich habe heute Nacht von Mia geträumt. Es hat sich so echt angefühlt.« Er sah Lilith ernst an und streckte seine zitternde Hand nach ihr aus. »Ich glaube, ich kann es schaffen.«

Überrascht sah Lilith ihn an. Während der letzten Zeit hatte er nur getobt, sie beschimpft oder verflucht und gesagt, sie solle ihm endlich wieder seinen Trank geben. Obwohl er furchtbar aussah, dunkle Ringe unter den Augen hatte und deutlich abgemagert war, sah sie heute einen Funken Hoffnung in seinem müden Blick.

Lilith drückte seine Hand. »Sicher schaffst du es, und heute kommst du mal wieder mit hinaus an die frische Luft.«

Stöhnend ließ sich Darian zurück aufs Bett sinken. »Nein, ich kann nicht aufstehen.«

»Doch, das kannst du. Murk wird dich zum Strand begleiten, dann könnt ihr Seetang sammeln.«

Widerstrebend ließ sich Darian von Lilith auf die Füße ziehen und hatte dabei das Gefühl, seine Beine wären aus Gummi. Aber als er nach draußen an die frische Luft trat, erwachten seine Lebensgeister tatsächlich ein wenig. Eine angenehme, nach Salz und feuchter Erde riechende Brise strich über sein Gesicht.

Murk stand bereits mit einem Korb draußen vor der Tür.

»Kommst mit?«, fragte er und betrachtete ihn kritisch von oben bis unten.

»Hmm«, brummte Darian zustimmend.

»Siehst aus wie Scheiße von Kuh!«

Gegen seinen Willen musste Darian lachen. »Das ist nicht halb so beschissen, wie ich mich fühle.«

Der Halbtroll drückte Darian einen Korb in die Hand und stapfte ihm voran ans Meer.

Eine Zeit lang fühlte sich Darian tatsächlich besser, aber nach und nach schlich sich das Verlangen nach dem Azetá unauslöschlich in seine Gedanken. Sein Blick wanderte nach Osten, etwas in ihm drängte ihn, aufs Festland zurückzukehren und sich Edvans Trank zu besorgen. In dem Versuch, sich abzulenken, stopfte er wütend Seetang in die Körbe.

Du darfst nicht daran denken, sagte er sich immer wieder, *du tust es für Mia, du wirst sie wiedersehen!*

Doch dann flüsterte eine böse kleine Stimme in seinem Kopf, dass sie ihn belogen hatte, dass sie ihn verlassen hatte, als er sie am nötigsten gebraucht hätte. Brennender Zorn kochte in Darian hoch, und er konnte dem Drang zu fliehen nicht mehr widerstehen.

»Murk, ich muss mal«, behauptete er und deutete in Richtung des nächsten Hügels.

»Hmpf. Wirklich? Lilith sagt, nicht aus Augen lassen.«

»Ich gehe nicht weit, versprochen.« Darian dachte nach. Menhir graste nicht weit entfernt auf einer Weide, und wenn er sich beeilte, könnte er genügend Vorsprung erhalten. Murk war schwerfällig und träge, der würde ihn sicher nicht so schnell einholen. Darum, wie er die Reise ohne Liliths Kräuter durchstehen sollte, machte er sich im Augenblick keine Gedanken, denn allein das Verlangen nach dem Azetá beherrschte seinen Geist.

»Aber gleich zurück!«, verlangte Murk ernst und versuchte wohl, Liliths strengen Blick nachzumachen, was bei ihm allerdings nur ein wenig seltsam wirkte.

»Ja, ja«, versprach Darian und meinte dann: »Sieh mal, Murk, dort hinter den Felsen ist eine Menge guter Seetang.« Er deutete auf einen weit entfernten Felsen, der nur bei Ebbe erreichbar war.

Murk nickte und stiefelte langsam davon. Und schon rannte Darian los. Alle guten Vorsätze waren vergessen, sein einziges Ziel war, an den Trank zu kommen, und dann wollte er Mia auf eigene Faust suchen und zur Rede stellen. Seine schlechte Kondition verfluchend rannte er in Richtung der Weide. Schon nach wenigen Schritten war er total außer Atem.

Plötzlich sprang ihn etwas von hinten an, und er landete fluchend im nächsten Matschloch. Murk kniete mit wutverzerrtem Gesicht über ihm und verpasste ihm eine donnernde Ohrfeige.

»Abhauen wolltst!«

»Nein«, versuchte Darian sich herauszureden, doch der Halbtroll drückte Darians Kopf mit wütendem Gesicht in den Matsch.

»Dableibst! Lilith sagt, dableiben musst.«

»Murk!«, keuchte Darian und versuchte, sich aus dem eisernen Griff zu befreien. Er befürchtete zu ersticken.

Endlich ließ Murk von ihm ab und zog ihn mit spielerischer Leichtigkeit wieder hoch, während Schlamm von Darians Kleidern tropfte.

»Durchhältst!« Murk nickte nachdrücklich, dann schlug er Darian so kräftig auf den Rücken, dass diesem die Luft wegblieb, und schubste ihn vorwärts.

Nachdem sich Darian beruhigt hatte, war ihm sein Fluchtversuch furchtbar peinlich, und er verfluchte sich dafür, wieder schwach geworden zu sein. Sie füllten ihre Körbe, und dann folgte Darian Murk mit gesenktem Kopf zurück zum Dorf, wo ihn Lilith mit einem Kräutertrank empfing. »Wie siehst du denn aus?«, fragte sie kritisch, Darians blaue Wange und seine von oben bis unten mit moorigem Schlamm bedeckte Erscheinung musternd.

Verlegen überlegte Darian, wie er seine Schwäche beichten sollte, aber da trat Murk neben ihn und legte ihm seine enorme Pranke auf die Schulter.

»Hinfalln, dummer Mensch«, sagte er kopfschüttelnd.

Die Heilerin stemmte die Hände in die Hüften, blickte vom einen zum anderen und musterte sie wie kleine Jungen, die etwas ausgefressen hatten. Dann zuckte sie mit den Achseln und meinte, Darian solle sich zum Abendessen umziehen.

Erleichtert schluckte Darian etwas von Liliths Kräutertrank, der die schon wieder einsetzenden Kopfschmerzen halbwegs vertrieb. Dann blickte er zu Murk auf.

»Warum hast du ihr nicht verraten, dass ich fliehen wollte?«

Der ungelenke Halbtroll trat verlegen von einem Bein aufs andere und antwortete nicht.

»Warum, Murk?«

Dieser blickte ihn mit einem unsicheren Grinsen an. »Freund bist.«

Eine Woge der Zuneigung zu diesem ungewöhnlichen, derben Wesen durchflutete Darian. Gerührt klopfte er Murk auf die Schulter und ging in Liliths Hütte. Während er sich umzog, dachte er über Murk nach und musste sich eingestehen, dass der junge Halbtroll tatsächlich sein Freund geworden war. Beim Abendessen überließ er ihm eine schöne fette Hammelkeule, und Murk drückte Darian so kräftig, dass ihm die Luft wegblieb. Vielleicht war ihm erst heute so richtig bewusst geworden, wie viel ihm die Bewohner der Nebelinsel bedeuteten. Und wie gut sie zu ihm waren. Die kleine Siah brachte ihm immer heißen Holundersaft, da sie wusste, dass er ihn gerne trank. Die Halbzwerge Think und Phred versuchten ihn mit Kartenspielen aufzumuntern, und Lilith hatte er ohnehin unglaublich viel zu verdanken. Unwillkürlich musste er an Torgal und Edur denken. Auch sie waren seine Freunde gewesen, und er hatte sie vergrault, was ihm nun mehr denn je leidtat.

Später, als die Feuer im Dorf bereits heruntergebrannt waren und sich der Nebel still und geheimnisvoll über die Insel gelegt hatte, ging Darian zu Lilith. Sie saß bei Kerzenschein in ihrer Hütte und flickte eine alte Decke.

Darian setzte sich zu ihr und machte ein betretenes Gesicht.

»Ich wollte heute fliehen«, gestand er.

Zu seiner Verwunderung wirkte Lilith gar nicht überrascht, sondern nähte ungerührt weiter.

»Ich weiß.«

»Woher?«

Seufzend legte sie ihr Nähzeug hin. »Es war mir klar, dass du noch immer unter dem Einfluss des Azetá stehst, und es hat mich ehrlich gesagt gewundert, dass du nicht schon früher der Versuchung erlegen bist.«

Darian stützte seinen Kopf in die Hände. »Wann hört das endlich auf?«

Beruhigend legte Lilith ihm eine schmale Hand auf die Schulter. »Du machst gute Fortschritte, und wir alle helfen dir.« Sie lächelte. »Es erfüllt mich mit Freude, dass Murk nichts verraten hat. Früher hätte er entweder nur mit großen Augen zugeschaut oder dich in Grund und Boden geprügelt. Jetzt denkt er nach und kann Freundschaft empfinden.« Sie hob die Augenbrauen. »Allerdings ist er ein lausiger Lügner!«

Darian lachte leise. »Ich danke euch allen. Ihr seid wundervoll.«

»Das sieht der größte Teil der Bewohner Albanys anders.« Plötzlich wirkte Lilith sehr bedrückt. »Wir alle, die wir hier unter dem trostspendenden Tuch des Nebels leben, sind Teil von zwei Völkern und gehören doch zu keinem.«

»Hast du jemals versucht, bei den Elfen oder Gnomen zu leben?«, fragte Darian vorsichtig.

»Die Elfen haben mich so seltsam angestarrt, dass ich bei meinem ersten und letzten Besuch im Elfenreich auf dem Absatz kehrtgemacht habe.« Dann verzog sie den Mund. »Die Gnome sind nicht gut auf die Elfen zu sprechen, und in ihren Augen sehe ich aus wie ein Elf. Den Elfen wiederum bin ich zu hässlich.« Beschämt fuhr sie sich über die dicke Knollennase.

»Du bist nicht hässlich«, versicherte Darian tröstend und nahm ihre Hand. »Du siehst ungewöhnlich aus, aber du bist ein wundervoller …« er stockte, eigentlich hatte er Mensch sagen wollen, »… ein wundervolles Wesen.«

Zu seiner Bestürzung sah er Tränen in ihren großen runden Augen schimmern. »Das hat noch niemals jemand zu mir gesagt … außer …« Rasch wandte sie sich ab, und Darian sah ihre Schultern zucken.

»Lilith, was hast du denn?« Unbeholfen streichelte er ihr über die feinen blonden Haare.

»Ich hatte niemals gedacht, dass sich ein Mann für mich interessieren könnte«, schluchzte sie plötzlich, »schon gar nicht ein Mensch.«

»Wer?«, wollte Darian wissen, und zum ersten Mal wurde ihm bewusst, dass es auch in Liliths Leben jemanden gab, den sie begehrte.

»Ohaman!« Lilith drehte sich um, und Tränen standen in ihren Augen. »Ich hatte mich in ihn verliebt, als wir damals, vor sechs Sommern am Stein von Alahant auf dich warteten. Er hat versprochen, zu mir zu kommen und mit mir hier zu leben.«

Fassungslos starrte Darian sie an, und dachte voller Schuldgefühle an den großen, ruhigen Zauberer mit dem struppigen braunen Bart. Dann nahm er Lilith in den Arm. »Das tut mir unendlich leid. Du musst mich hassen, denn es war meine Schuld, dass er starb.«

Lilith machte sich von ihm los und starrte ihn verwirrt an. Nach kurzem Zögern erzählte Darian von dem Angriff der Dunkelelfen in dem nächtlichen Wald und dass Ohaman ihnen abgeraten hatte, diesen zu betreten. Lilith hörte stumm zu, und am Ende senkte sie den Blick.

»Ich wusste nicht, dass er tot ist«, sagte sie mit belegter Stimme, dann lächelte sie traurig zu ihm auf, »und ich hasse dich nicht. Ich dachte, Ohaman hätte es sich anders überlegt und wollte mich nicht wiedersehen, weil ich eine Nebelhexe bin. Jetzt weiß ich zumindest, dass er es ernst mit mir gemeint hat.«

»Ich bin mir sicher, er hat dich aufrichtig geliebt, Lilith!«

Mit stummem Nicken stand die kleine Nebelhexe auf und ging zur Tür, wandte sich jedoch noch einmal kurz um. »Über dem Feuer hängt dein Schlaftrank. Ich werde dich ab heute nicht mehr einsperren.«

Nachdenklich blickte Darian ihr hinterher – die immer so gefasst wirkende Lilith hatte offensichtlich auch ihre Geheimnisse und Sorgen.

Nach einigen weiteren Tagen begann Darian wieder mit Holzschwertern zu trainieren. Außerdem hatte Lilith Tagilis, einen älteren Halbelfen, zu ihm geschickt. Der hochgewachsene Mann, der mehr an einen Elfen als an einen Menschen erinnerte, sollte Darian das Meditieren beibringen. Zu Anfang konnte dieser sich kaum konzentrieren. Der Gedanke an den Azetá ließ ihn einfach nicht los, und mehrfach verlor er vollkommen die Kontrolle über sich und ging auf Tagilis los. Doch dank der unerschütterlichen Geduld des Halbelfen machte Darian langsam Fortschritte.

»Werde eins mit dem Wind und den Wellen«, sagte Tagilis auch an diesem Tag mit seiner sanften Stimme, während sie am Rande einer Klippe saßen. Die Sonne fing sich in Tagilis' hellem Haar und ließ sein schmales, edel geschnittenes Gesicht leuchten. »Leere deine Lungen, wenn sich die Wellen zurückbewegen, und atme tief ein, wenn sie wieder an den Strand rollen. Werde eins mit dem Ozean, dann wirst du Stille finden und dein Geist kann zur Ruhe kommen.«

Zunächst schweiften Darians Gedanken ständig ab, und er rutschte unruhig auf dem weichen Gras herum. Aber nach und nach gelang es ihm, sich auf das stetige Donnern der Brandung zu konzentrieren. Wie Tagilis es ihm schon so viele Male versucht hatte zu erklären, ließ er heute die überflüssigen Gedanken einfach mit dem Wind davonfliegen und versuchte, ein Teil des Ozeans zu werden. Darian gab sich den Wellen hin, lauschte auf die Geräusche des Meeres und auf seinen Atem. Irgendwann machte sich eine Veränderung in ihm breit, so als rolle eine Welle in seine Seele hinein, verbinde sich mit dem Rhythmus seines Atems – und dann war sie plötzlich da, die Stille, nach der er sich, ohne es zu wissen, gesehnt hatte. Als Darian die Augen wieder öffnete, stand die Sonne bereits deutlich tiefer im Westen.

Tagilis stand mit zufriedenem Lächeln vor ihm und hielt ihm zum Aufstehen die Hand hin. »Du hast es geschafft.«

»Danke. Ich danke dir vielmals, Tagilis«, sagte er aufrichtig und rannte zum Dorf zurück.

Lilith hängte gerade mit einigen der anderen Frauen Wäsche auf, Murk und die meisten Kinder arbeiteten auf den Feldern rund um die kleine Siedlung.

»Es ist mir gelungen!«, rief er strahlend und blieb keuchend vor ihr stehen. »Ich konnte meinen Geist leeren und meine Gedanken ziehen lassen.«

Lächelnd warf Lilith ein Betttuch über die Leine, dann nahm sie Darian am Arm und ging mit ihm zum Rand des Dorfes.

»Es ist bereits dein dreiundzwanzigster Tag ohne den Trank«, stellte sie fest und blickte hinaus aufs Meer.

Darian nickte aufgeregt. »Ich denke gar nicht mehr so oft daran. Die Kopfschmerzen sind inzwischen erträglich, und ich kann mich auch immer besser beherrschen.«

»Das ist wunderbar.« Trotz ihrer freundlichen Worte hatte Lilith einen besorgten Ausdruck auf dem Gesicht und musterte ihn durchdringend.

»Bitte, darf ich Mia jetzt sehen? Kann ich gehen und mir mein Leben zurückholen?«, brach es aus ihm heraus.

»Du bist noch nicht vollständig von deiner Sucht geheilt.«

»Aber ich …«, rief er empört, doch Lilith schüttelte den Kopf und zog ihn mit sich. In ihrer Hütte wühlte sie in einer Truhe herum und hielt plötzlich eine wohlbekannte kleine Flasche in der Hand.

Erschrocken wich Darian erst zurück und ging dann doch, so als wäre es nicht sein eigener Wille, näher heran. Seine Hand begann zu zittern, und er musste sie gewaltsam zurückziehen.

»Was meinst du, was geschieht, wenn du zurück nach Northcliff gehst, und Fehenius dir genau so eine Flasche unter die Nase hält?«

»Ich lehne ab«, knurrte Darian. Doch insgeheim konnte er sich kaum noch beherrschen, Lilith die Flasche nicht aus der

Hand zu reißen. Unbändige Gier und auch Zorn wallten in ihm auf.

»Nein, das tust du nicht!«, entgegnete die Nebelhexe.

Darians Mund war knochentrocken, er zitterte am ganzen Körper, und obwohl sein Verstand ihn warnte, wollte er im Augenblick nur eines – einen winzigen Schluck aus dieser Flasche.

Als Lilith die Hütte verlassen wollte, stürzte er ihr hinterher und drückte sie gegen die Wand.

»Gib es mir!« Darians Augen blitzten gefährlich.

»Und wenn nicht?«, fragte Lilith traurig. »Bringst du mich dann um?«

Kurz zögerte er, dann ließ er sie entsetzt los. »Entschuldige«, stöhnte er und torkelte zurück. Dann ließ er sich auf den Stuhl plumpsen und versteckte sein Gesicht in den Händen.

Lilith trat zu ihm und stellte die Flasche vor seine Nase. »Es ist nur Wasser drin, Darian, ich hätte den Trank niemals in der Hütte gelassen, wo du ihn problemlos hättest finden können.«

Überrascht hob er den Blick.

»Aber ich denke, es hat dir gezeigt, dass du noch nicht vollständig genesen bist«, fuhr sie fort.

Mit betretenem Gesicht nickte Darian, dann warf er die Flasche gegen die Wand, wo sie zerbrach. »Wann bin ich endlich soweit?«, rief er resigniert.

Tröstend legte Lilith ihren Arm um seine Schultern. »Wir werden nach und nach sehen, ob du auch ohne meine Kräuter zurechtkommst. Du kannst dich mit körperlicher Arbeit, mit Schwertkampf und Laufen ablenken. Durch die Meditation wird sich dein Geist klären, du hast heute schon einen großen Schritt vorwärts getan.« Sie sah ihm tief in die Augen und fasste ihn an den Schultern. »Darian, es wird der Tag kommen, an dem ich dir eine Flasche mit echtem Azetá hinhalte, und du wirst sie nicht mehr wollen. Das wird der Tag sein, an dem ich dich ziehen lasse.«

Eine Weile blickte Darian sie an, dann nickte er und ging in sein Zimmer. Er wusste, dass er noch einen weiten Weg vor sich hatte.

Tief in den Kerkern von Rodgill saß Nordhalan und brütete düster vor sich hin. So viele Male hatten er und sein neuer Freund, der Mann, den sie Elwin nannten, in all den Jahren an Fluchtplänen herumgefeilt. Doch es schien kein Entrinnen zu geben, Elwin konnte den Riegel vor Nordhalans Tür nicht öffnen, und selbst wenn – die Gänge wurden streng bewacht, und auch Elwin, der bereits seit über vierzig Sommern hier unten schuftete, hatte keine Ahnung, wie man dem Gefängnis entfliehen konnte. Viele Nächte lang hatten sie miteinander geredet, hatten darüber spekuliert, was wohl auf der Oberfläche vor sich ging, aber sie waren zu keinem Ergebnis gekommen.

Auch an diesem Tag, nach seiner schweren Sklavenarbeit in den Kohleminen, trat Elwin erschöpft vor Nordhalans Zelle.

»Ein neuer Sklave stieß heute zu meiner Gruppe«, erzählte er leise, immer wieder über die Schulter blickend, um sicher zu stellen, dass sich keiner der Aufseher näherte.

»Was hat er gesagt?« Gespannt setzte sich Nordhalan näher ans Gitter.

»Darian soll angeblich das Volk tyrannisieren. Er lässt reihenweise Bauernhöfe anzünden und gibt das Land denen, die den Lords willenlos gehorchen.«

»Das kann ich nicht glauben«, rief Nordhalan entrüstet, dann senkte er rasch seine Stimme.

»Wer weiß?«, seufzte der zerlumpt aussehende Mann mit dem langen, zottigen Bart. »Ihr sagtet, er stünde unter Fehenius' Einfluss, das erklärt einiges.«

»Nein«, Nordhalan schüttelte seinen Kopf mit den mittlerweile ebenfalls zottelig aussehenden langen Haaren, »Darian würde niemals so etwas tun, er ist ein aufrichtiger junger Mann.« Nachdenklich sah der Zauberer sein Gegenüber an.

Tief in seinem Inneren zweifelte Nordhalan an seinen eigenen Worten, denn schließlich hatte Darian kaum Unterstützung. Ohaman war kein sehr durchsetzungsfähiger Zauberer, Aramia laut Fehenius tot.

»Wir können nichts tun«, sagte Elwin voller Bitterkeit in seine Gedanken hinein und schlug mit der Hand gegen die kalten, feuchten Wände. »Weder können wir herausfinden, ob die Gerüchte stimmen, noch können wir ihm irgendwie helfen.«

»Wir finden eine Möglichkeit zu fliehen«, versicherte Nordhalan mit all der Überzeugung, die er nach der langen Zeit noch aufbringen konnte.

»Das dachte ich während der ersten fünf Sommer und Winter ebenfalls«, entgegnete Elwin zynisch, dann musste er rasch verschwinden, denn mit ratternden Handkarren näherte sich eine Gruppe Sklaven.

Elwin zog sich in eine der kalten Höhlen zurück und wickelte sich in seine zerlumpte, stinkende Decke. Obwohl er wusste, dass er dringend schlafen musste, denn bald würde er wieder geweckt werden, starrte er mit offenen Augen an die Decke. Mit aller Macht versuchte er sich vorzustellen, was an der Oberfläche vor sich ging, versuchte sich an den Duft von Blumen und Bäumen zu erinnern, an das Gefühl, wenn einem der Wind durch die Haare strich, aber es gelang ihm nicht mehr. All sein Sehnen war vergeblich, selbst die Farben der Sonne, wenn sie über dem westlichen Meer unterging, hatte die ewige Finsternis Rodgills aus seinem Gedächtnis gelöscht. Über vierzig Sommer und Winter waren einfach zu viel.

Kapitel 16

Neubeginn

Langsam zeigten sich auf der Nebelinsel die ersten zögernden Herbstboten. Noch waren die Tage, an welchen die Sonne durch den Nebel brach, angenehm warm, aber die Blätter der Bäume begannen sich hier und da bunt zu färben. Wie stumme Geister hingen in den Morgenstunden feine Spinnweben an Büschen und Sträuchern, und die Nächte wurden deutlich kälter.

Darian stand an den Klippen und blickte aufs Meer hinaus. Neben ihm graste Menhir, und auch dem Hengst sah man an, dass bald die kältere Jahreszeit beginnen würde, denn sein Fell wurde länger und dichter.

»Mein Freund«, Darian klopfte ihn am Hals, »wenn ich heute den Test bestehe, können wir endlich aufbrechen und uns unser Leben zurückholen.«

Das Pferd stupste ihn ungerührt an und interessierte sich offensichtlich nur für die Mohrrübe, die Darian der Halbgnomin Wila beim Zubereiten des Eintopfes stibitzt hatte.

Abwesend reichte Darian dem Hengst den Leckerbissen, dann ging er mit klopfendem Herzen zurück zu Liliths Hütte.

Diese blickte überrascht auf, als sie Darian sah, und er vermutete, dass sie sich über den fehlenden zotteligen Bart und seine nun wieder halbwegs in Form gebrachten Haare wunderte. »Möchtest du es heute noch einmal versuchen?«, fragte sie mit ihrer sanften Stimme.

Während der vergangenen drei Monde hatte Lilith Darian

noch einige Male den Azetá unter die Nase gehalten, und jedes Mal hatte er nicht oder nur mit äußerster Mühe widerstehen können. Andererseits spürte er selbst, dass er seit dem letzten Vollmond gute Fortschritte machte. Er brauchte keinen Schlaftrank mehr, auch die beruhigenden Kräutertränke hatten sie abgesetzt. Außerdem bekam Darian keine Wutausbrüche mehr und fühlte sich deutlich entspannter. Die Meditationen und das Training mit Tagilis hatten ihm gutgetan, und Darian sah den ruhigen Halbelfen inzwischen als Freund an – so wie viele andere Dorfbewohner, die ihm wirklich ans Herz gewachsen waren.

Ruhig und bedächtig holte Lilith eine der Phiolen aus einem Versteck in der steinernen Wand der Hütte, während Darian aufs Äußerste angespannt vor ihr stand. Schon so viele Male hatte er sich vorgenommen, dem Azetá zu widerstehen, aber jedes Mal hatte ihn seine Sucht wieder übermannt.

Ich brauche es nicht, ich brauche es nicht, ich kann widerstehen, sagte er sich, schloss die Augen und ballte hinter seinem Rücken die Fäuste.

Langsam trat Lilith zu ihm.

»Das ist echter Azetá, Darian«, sagte sie leise und beobachtete ihn genau, während sie ihre schmale Hand zu ihm hinstreckte.

Nur zögernd öffnete Darian die Augen und blickte auf die kleine Flasche. Voller Furcht erwartete er, dass das Bedürfnis nach dem Trank emporsteigen und wieder Besitz von ihm ergreifen würde.

Seine Kiefermuskeln spannten sich an, er wappnete sich, den Kampf gegen die Sucht aufzunehmen, und war fest entschlossen, es diesmal zu schaffen. Doch heute, an diesem Herbsttag, den Darian nie vergessen würde, blieb das Verlangen aus. Ruhe und Stille waren in seinem Inneren, eine Ruhe, die er während der Meditationen mit Tagilis gefunden hatte.

»Ich will es nicht.«

»Bist du sicher?« Lilith sah ihm fest in die Augen.

»Ich will es nicht mehr, und ich brauche es nicht mehr!« Darian war selbst überrascht davon, dass diese Worte ehrlich gemeint waren und aus tiefstem Herzen kamen. Erleichtert lachend umarmte er Lilith und wirbelte die kleine Frau glücklich herum.

Auch Lilith lächelte, aber sie schien noch nicht gänzlich überzeugt zu sein. Sie hielt Darians Hand fest und drückte die Flasche hinein. Kurz runzelte er die Stirn, dann schüttelte er den Kopf, nahm Lilith an der Hand und ging nach draußen. Eine plötzliche Windböe ließ seine halblangen dunkelblonden Haare auffliegen. Darian holte aus und warf die Flasche in hohem Bogen an den nächsten Felsen, wo sie klirrend zerschellte.

»Es war doch wirklich echter Azetá, oder?«, fragte er, von plötzlicher Ungewissheit ergriffen.

Mit Freudentränen in den Augen nickte Lilith und umarmte ihn. »Du hast es wirklich geschafft.«

Von unglaublichem Glücksgefühl durchflutet schloss Darian die Augen und genoss den Wind, der über sein Gesicht strich. Endlich war er frei – er hatte sein Leben zurück.

Lilith räusperte sich und wischte sich eine Träne fort. »Ich kann Aramia holen lassen. Wenn sie sich beeilt, ist sie in zwei Tagen hier, sie hält sich im Norden der Insel auf.«

Zu Liliths sichtlicher Überraschung schüttelte er jedoch entschieden den Kopf. »Ich würde nichts lieber tun, als auf der Stelle mit Menhir zu ihr reiten, aber ich habe noch etwas zu erledigen, bevor ich ihr wieder unter die Augen treten kann.«

Nun wurden Liliths Gesichtszüge ernst. »Alles war umsonst, wenn du tot bist. Samukal ist sehr stark.«

»Nein, es geht hier nicht um Samukal. Sicher, eines Tages wird er bezahlen müssen, aber ich will zuerst Fehenius aus der Burg werfen und mich bei den Menschen entschuldigen, denen ich großes Unrecht angetan habe. Erst dann habe ich meine Selbstachtung zurück und kann ihr gegenübertreten.«

Lilith zögerte. »Du wirst sie trotzdem nicht öffentlich zur Frau nehmen können. Du bist verheiratet, und sie ist eine Nebelhexe.«

Darian runzelte die Stirn. »Du hast Recht, aber sag mal, kann ich mich nicht scheiden lassen?«

»Was soll das bedeuten?«

»Mich von Elysia trennen, die Ehe auflösen.«

»Das ginge nur, wenn sie dich betrogen oder deinem Königreich Schaden zugefügt hat – *und* du das beweisen kannst. Allerdings kam so etwas, soweit ich mich erinnern kann, nur ein einziges Mal in der Geschichte der Menschen vor.«

»Ich bin mir sicher, dass Elysia mich betrogen hat, aber ich kann es nicht beweisen«, murmelte Darian bedrückt.

Lilith legte ihm eine Hand auf ihren Arm. »Wenn Elysias Sohn seinen fünfundzwanzigsten Geburtstag gefeiert hat, kann er auf die Insel der Drachen gehen. Dort wird sich herausstellen, ob er ein rechtmäßiger Erbe von Northcliff ist. Bis dahin wirst du höchstens eine heimliche Beziehung mit Aramia führen können.«

»Das ist ja eine halbe Ewigkeit«, rief er entsetzt aus.

Mit einem milden Lächeln sah Lilith ihn an. »Ihr beide habt viele Sommer zu leben, ihr könnt warten.«

Unzufrieden runzelte Darian die Stirn. »Wie auch immer, zuerst muss ich einige Dinge erledigen.«

»Darian, Aramia hat dir etwas wirklich Wichtiges zu sagen, ich denke, du solltest sie zuerst anhören.«

»Was denn?« Nun wurde er doch neugierig.

Lilith runzelte die Stirn, öffnete den Mund, dann biss sie sich auf die Lippe. »Ich gab ihr mein Wort, es für mich zu behalten. Es war Aramia sehr wichtig, dass du es aus ihrem Munde erfährst.«

Zu gern hätte Darian gewusst, was es war, aber er kannte

Lilith mittlerweile zu gut. Sie würde nichts verraten, wenn sie es versprochen hatte.

»Wie auch immer, ich muss das erst in Ordnung bringen. Diese Schuld lastet zu sehr auf mir. Vorher kann ich ihr nicht mit gutem Gewissen gegenübertreten. Ich hoffe, du verstehst das und kannst es ihr erklären.«

Voller Aufregung und Vorfreude begann Darian bereits seine Sachen zu packen, und Lilith schwieg, wenngleich sie immer noch ein wenig hin und her gerissen wirkte. Plötzlich hielt er inne und zog das lange vergessene Säckchen von seinem Hals.

»Eine Frage, Lilith, weißt du vielleicht, was das hier sein könnte?«

Die Nebelhexe kam näher, während Darian ihr erzählte, wie ihm das kleine Elfenmädchen damals das Säcken gegeben hatte.

Lilith sah sich den silbrigen Inhalt genau an und dachte angestrengt nach. »Es tut mir leid, Darian, ich weiß nicht, was das ist«, meinte sie bedauernd. »Es ist keine Heilpflanze oder kein sonstiges Heilmittel, sonst würde ich es kennen.« Sie drückte ihm das Stoffsäckchen in die Hand. »Aber wenn dir die kleine Elfe dieses Geschenk gemacht hat und sie tatsächlich eine Seherin ist, dann bewahre es auf, es ist sicher von großer Bedeutung.«

Darian hätte zu gerne gewusst, was es mit dem feinen Silberstaub auf sich hatte. Doch er würde warten müssen, und schließlich gab es wichtigere Dinge zu tun. Er verabschiedete sich von Lilith, dann ging er mit beschwingten Schritten durch das kleine Dorf, um auch den anderen Bewohnern Lebewohl zu sagen.

Murks derbes Gesicht zeigte tiefste Bestürzung, als Darian versuchte, ihm den Grund für seine plötzliche Abreise zu erklären.

»Weg?«, fragte der Halbtroll und schluckte lautstark.

Darian nickte und klopfte Murk auf die Schulter. »Aber ich komme wieder, das verspreche ich.«

Zu Darians Verwunderung sammelten sich Tränen in Murks Augen, und er schniefte. Wild fuchtelte er in Richtung Osten. »Menschen schlecht!«

»Nein, nicht alle, Murk. Ich habe dort draußen Freunde, denen ich Unrecht angetan habe, und nun muss ich es wiedergutmachen.«

Solche komplexen Zusammenhänge verstand der Halbtroll jedoch nicht. Er nahm Darian an den Schultern und schüttelte ihn durch. »Du bleibst. Hier Leben besser.«

Seufzend wand sich Darian aus Murks Umklammerung. »Es ist wichtig, ich muss es tun.«

Murk schluchzte und trat mit dem Fuß gegen einen Felsbrocken, der polternd den kleinen Hügel hinabrollte.

»Ich bringe dir Bier von den Zwergen mit«, versprach Darian, in dem Versuch, Murk irgendwie aufzumuntern.

Und seine Rechnung schien aufzugehen. Murk blinzelte die Tränen weg, und seine Mundwinkel hoben sich. »Bier?«

Einmal hatte einer der Zwergenmischlinge ein Fass Bier mitgebracht, und obwohl das bereits über zehn Jahre her war, erzählte Murk immer noch begeistert davon.

»Ja, Bier«, versicherte Darian lächelnd. »Das beste, das ich finden kann.«

»Ha!« Murk sprang auf und schlug Darian so fest auf die Schulter, dass dieser beinahe vom Felsen fiel. »Pferd nehmen, schnell reiten«, verlangte er ernst und deutete in Richtung von Menhir.

Nun begann Darian herzlich zu lachen. »Alles klar, mein Freund, gib gut auf alle acht.«

»Murk macht's«, betonte er, dann stürmte er davon, um seinen Freunden lautstark zu verkünden, dass Darian wegritt, um Bier zu holen.

Noch immer leise lachend schickte Darian sich an, sein

Pferd zu satteln und seine wenigen Sachen – eine Decke, ein Bündel mit Proviant und ein Hemd zum Wechseln – an Menhirs Sattel zu befestigen.

Beinahe lautlos trat Tagilis zu ihm. »Du brichst also auf.«

»Ich hoffe, ich muss dir nicht auch ein Fass Bier versprechen, damit ich gehen darf«, versuchte Darian zu scherzen, obwohl ihm mittlerweile doch etwas mulmig zumute wurde. Schließlich wusste er nicht, was ihn in Northcliff erwartete.

»Ich könnte dich begleiten«, bot Tagilis an, und seine sanften Augen, welche die Farbe des Meers hatten, sahen besorgt aus.

Kurz zögerte Darian, denn das Angebot war verlockend, doch dann schüttelte er den Kopf. »Das ist sehr nett von dir, aber ich glaube, diese Sache muss ich alleine klären.«

»Das verstehe ich.« Der Halbelf lächelte melancholisch. »Mal abgesehen davon hätte dir ein Halbelf von der Nebelinsel unter Umständen nur noch mehr Schwierigkeiten einbringen können.«

»Ich stehe dazu, dass du mein Freund bist«, entgegnete Darian entschieden.

»Sei vorsichtig, Darian, und kehre hierher zurück, bevor du dich in Gefahr begibst.«

Mit einem letzten, etwas wehmütigen Blick auf das Dorf schwang sich Darian in den Sattel und ritt rasch in Richtung Süden. Diesmal hielt ihn kein Berggeist auf, dennoch hatte er das Gefühl, beobachtet zu werden. Insgeheim hatte er gehofft, die schwarze Wölfin wiederzusehen, doch die blieb verschwunden.

Er ritt zur Küste und wartete, bis gegen Abend die Ebbe einsetzte, dann galoppierte er wie der Wind in Richtung Festland, um Fehenius so schnell wie möglich aus der Burg zu werfen.

Wie ein Sturmwind donnerte Menhir zuerst nach Osten über das mit Heidekraut und Herbstblumen übersäte Land, dann nach Norden. Darian hoffte, instinktiv den richtigen Weg zu finden. Schmerzhaft wurde ihm klar, dass sonst immer Torgal an seiner Seite gewesen war, der sich in Albany ausgekannt hatte wie kein anderer. Trotzdem verspürte Darian keine Angst. Er hatte ein schnelles, zuverlässiges Pferd, ein gutes Schwert, mit dem er umgehen konnte, und als König würde ihn ohnehin niemand erkennen. Während der letzten Jahre in der Burg hatte er immer einen zotteligen Bart getragen – mit seinem jetzigen Aussehen hatte der verwahrloste König von damals nichts mehr gemein.

In den ersten einsamen Nächten im menschenleeren Hochland starrte Darian in den sternenklaren Himmel. Der Wunsch, Mia bei sich zu haben und im Arm zu halten, um mit ihr in die Sterne zu blicken, überkam ihn immer häufiger. Doch ihm war bewusst, dass er zuerst sein Leben wieder in Ordnung bringen musste. Menhir stand ruhig und mit gespitzten Ohren ganz in seiner Nähe. Das Pferd würde ihn warnen, falls Gefahr drohte.

Am nächsten Tag ritt er durch ein düsteres Waldstück, über einen unwegsamen Pfad. Gegen Nachmittag setzte auch noch Regen ein, und der Waldweg verwandelte sich in eine schmierige, braune Brühe. Fluchend zog sich Darian seine Kapuze ins Gesicht. Er hoffte, bis zum Einbruch der Dunkelheit ein Dorf oder zumindest einen der kleinen Bauernhöfe zu erreichen.

In der Dämmerung auf einer Lichtung entdeckte er dann tatsächlich einige armselige, strohgedeckte Hütten und war mehr als erleichtert. Aus der größten Hütte erklangen Stimmen, Rauch stieg aus dem Kamin, und Darian vermutete, dass das eine Taverne war. Er band Menhir unter einem tropfenden Vordach an und bemitleidete das Pferd ein wenig, obwohl ihm bewusst war, dass das nasse, kalte Wetter dem Tier nichts ausmachte. Menhir hatte sich auf den weitläufigen, sturmumtosten Weiden der Nebelinsel deutlich wohler gefühlt als in den Stallungen von Northcliff.

»Ich bringe dir später etwas Heu«, versprach Darian und

klopfte das Pferd auf den Hals, dann eilte er mit gesenktem Kopf auf die abgewetzte Holztür zu.

Neugierige und auch deutlich misstrauische Blicke trafen ihn, als er eintrat. Fünf Männer, in die typischen weiten grauen oder braunen Hosen der Bauern gekleidet, saßen um das prasselnde Torffeuer herum, welches einen angenehmen Geruch verbreitete. Drei weitere Bauern saßen an einem Tisch und spielten Karten.

Der Wirt, ein kleiner, runder Mann mit Schweinsnase nickte Darian flüchtig zu. »Was willst'n?«, knurrte er.

»Ein Bier, und falls es möglich ist, etwas zu essen.«

»Eintopf«, brummte der Wirt, woraufhin Darian zustimmend nickte.

»Komm, setz dich ans Feuer«, krächzte ein alter Mann mit Glatze und ein paar wenigen Haaren, die ihm wie Fäden vom Kopf hingen.

Darian nahm das Angebot gerne an und nickte den Männern freundlich zu, die ihre Hocker zur Seite schoben, um ihm Platz zu machen.

»Wo kommst'n her?«, nuschelte ein älterer Mann, der nach Schweinen stank, und stopfte sich seine Pfeife.

»Aus dem Süden.« Dankbar nahm Darian die Schüssel mit dampfendem Eintopf entgegen und verbrannte sich beinahe die Finger daran.

»Dann haben dich Rocals Hunde wohl nicht erwischt«, stellte der Schweinebauer fest.

»Was sollten die schon von mir wollen?« Darian pustete in die Suppe, damit sie etwas abkühlte.

Überraschte Blicke trafen ihn.

»Alle jungen Männer werden wegen des Krieges gegen die Zwerge eingezogen. Egal ob hier oder im Süden«, erklärte der Alte mit der Glatze.

»Was?« Vor Schreck ließ Darian beinahe seinen Eintopf fallen.

»Na, du musst aber weit in den Bergen leben«, meinte ein jüngerer Bauer, welcher nur einen Arm hatte und eine breite Narbe im Gesicht trug. »König Rocal und König Darian haben sich miteinander verbündet. Seit zwei Monden sammeln sie Männer und schicken sie in den Osten, und nach der Schneeschmelze soll der Angriff beginnen.«

Nun blieb Darian der Mund offen stehen, während die Männer wild durcheinander diskutierten, was wohl der Frühling bringen würde. Auch die Kartenspieler gesellten sich dazu.

»Wie kann der Erbe von Northcliff nur so aus der Art schlagen?«, schimpfte ein kleiner, dürrer Mann mit piepsiger Stimme und erntete gerade zustimmendes Nicken, als sich erneut die Tür öffnete.

In Begleitung einer feuchten Windböe kam ein gebeugt gehender, kräftiger Mann herein. Als er seine nasse Kapuze vom Kopf zog, kamen borstige, graue Haare zum Vorschein. Ein Bart hing ihm bis auf die Brust, er trug eine Augenklappe, und sogleich machten die Männer ihm Platz. Offensichtlich war er bekannt und geachtet.

Nachdem der Neuankommling eine Weile der Diskussion gelauscht hatte, schaltete auch er sich ein.

»Ich kann mich noch an Atorian von Northcliff erinnern«, begann er und setzte sich auf den rasch herbeigeholten Hocker.

»Das ist Hermdal, unser Geschichtenerzähler«, flüsterte der Schweinebauer Darian zu und wandte sich dann sofort wieder dem alten Mann zu.

Langsam und umständlich zog Hermdal seinen Umhang aus, welchen eine junge Magd, die Darian einen schüchternen Blick zuwarf, ihm rasch abnahm. »Ich war ein Mann im besten Alter«, erzählte Hermdal, nachdem er einen tiefen Schluck aus seinem Bierkrug genommen hatte, »und fuhr zur See. Dann kamen eines Tages Atorian von Northcliff und einige seiner Männer zu mir. Sie beabsichtigten auf die Inseln westlich der Nebelinsel zu segeln.«

Man hörte einige Männer hörbar die Luft einsaugen. »Die Geisterinseln«, flüsterte einer von ihnen mit weit aufgerissenen Augen.

Hermdal nickte zustimmend. »Ja, die Geisterinseln. Auch sie liegen häufig im Nebel, aber die uralten Steine sollen denen, die eine Antwort suchen, manchmal einen Blick in die Zukunft weisen.«

»Hat Atorian seine Antworten gefunden?«, fragte Darian gefesselt.

Hermdal drehte sich langsam um, so als würde er ihn erst jetzt bemerken. Kurz zuckte er zurück, dann betrachtete er Darian so eindringlich, dass diesem unwohl zumute wurde. Schon häufiger hatte Darian gehört, dass er seinem Bruder ähnlich sah, und er hoffte, dass ihn Hermdal nicht erkannte.

Der ältere Mann wandte seine Augen nicht von ihm. »Atorian von Northcliff war ein mutiger, ehrenvoller Mann, der keine Gefahren scheute. Wir segelten über die See der tausend Stürme und trotzten den schlimmsten Orkanen und den Wassergeistern, doch kurz vor den Inseln tauchte mit Tosen und Gurgeln ein gewaltiges Seeungeheuer aus den Fluten.«

An Hermdals Gesicht sah man genau, dass er das Grauen auch heute noch nicht abgeschüttelt hatte. »Es erhob sich direkt vor uns und fünf meiner Leute wurden von ihm verschlungen, bevor sie auch nur schreien konnten. Alle kämpften mit dem Mut der Verzweiflung, aber keiner glaubte, das Festland noch einmal wiederzusehen.« Hermdal streckte sich. »Aber Prinz Atorian schrie uns immer wieder aufmunternde Worte zu und entfachte selbst dann noch unsere Hoffnung, als der gezackte Schwanz des Ungeheuers das Heck des Schiffes wegriss.« Kurz schloss der alte Mann die Augen. »Was dann geschah, daran kann ich mich nicht mehr erinnern. Als ich zu mir kam, lag ich in meinem Beiboot und Prinz Atorian ruderte aus Leibeskräften durch die stürmische See. Er hat mich gerettet, und auch wenn all meine Freunde ihr Leben gelassen haben, so hat er doch bis zum letzten Atemzug für sie gekämpft. Und das werde ich niemals vergessen.«

Zum Gedenken an Hermdals Freunde und auch an Prinz Atorian hoben alle Anwesenden ihre Krüge und verbeugten sich nach Westen.

»Ich bin seit diesem Tag niemals wieder zur See gefahren.« Bei diesen Worten klang Hermdal wehmütig. »Es ist, als würde ich ihre Seelen noch immer dort draußen auf dem Meer um Hilfe schreien hören.«

»Wenn König Darian doch nur einen Funken von dem Anstand Atorians in sich hätte«, spie der Schweinebauer aus, der nun bereits eine beträchtliche Anzahl leerer Krüge vor sich stehen hatte. Zustimmendes Gegrummel ertönte.

»Zu Anfang hat man auch Gutes von ihm gehört«, warf Hermdal ein.

»Ach was«, widersprach ein dürrer Mann mit langem Gesicht, der bisher sehr still gewesen war, »das waren doch nur Geschichten. Ich habe ihn selbst gesehen, er und seine Schergen haben unseren Hof niedergebrannt.« Sein ausgemergeltes Gesicht verzog sich hassvoll. »Nur zwei Pfund Mehl zu wenig konnte ich dieser Ratte von Berem liefern, und deshalb haben sie mir alles genommen. König Darian ist ein grausamer Schlächter.«

Mit einem Ruck sprang Darian auf. Er wollte richtigstellen, dass er diesen Mann niemals gesehen, geschweige denn seinen Hof niedergebrannt hatte, doch dann erinnerte er sich daran, dass er ja unerkannt bleiben wollte. Die Männer starrten ihn bereits an.

»Ähm, ich muss mal kurz vor die Tür«, murmelte er und stolperte nach draußen in die Kälte und Nässe einer düsteren Nacht.

Keuchend lehnte er sich gegen die Lehmwand der Taverne. Was war geschehen? Wieso glaubten die Leute, er selbst würde Höfe niederbrennen und Menschen umbringen? Da konnte nur Fehenius dahinterstecken. Wütend schlug er mit der Hand gegen einen Holzbalken und lehnte seine Stirn gegen das klamme Holz.

Als die Tür des Gasthauses knarrend aufschwang, hob er den Blick.

»Ihr braucht Euch nicht zu schämen«, sagte der alte Hermdal ruhig und legte Darian seine abgearbeitete Pranke auf den Arm. »Ihr seid ein Nachfahre einer Tochter der Northcliffs, nicht wahr?« Sichtlich verwundert musterte er Darian. »Die Ähnlichkeit mit Prinz Atorian ist verblüffend.«

»Also, ja«, murmelte Darian verwundert, war jedoch froh, dass Hermdal ihn nicht als den erkannte, der er war.

»Habt keine Angst, kaum jemand kann sich noch an Atorians Aussehen erinnern.« Er lachte bitter. »Nur die Alten.«

Darian biss sich auf die Unterlippe, dann fasste er Hermdal am Unterarm. »Es wird nicht immer bleiben wie es ist. Der Krieg gegen die Zwerge wird nicht stattfinden, das verspreche ich.«

Hermdal lachte kopfschüttelnd. »Junge Leute, sie glauben tatsächlich, sie könnten allein durch ihren guten Willen die Welt verändern.«

»Es ist mein Ernst …«

»Seid vorsichtig, junger Mann, und versteckt Euch, bis der Krieg vorüber ist. Es ist keine Zeit für Helden.« Langsam schlurfte er zurück in die behagliche Wärme der Taverne.

»Doch, genau diese Zeit ist nun gekommen«, sagte Darian, während Regen sein Gesicht hinab lief. Noch einmal betrat er die Taverne, bezahlte mit einem kleinen Silberstück, welches ihm Lilith gegeben hatte, dann eilte er zu Menhir und ritt noch in derselben Nacht weiter.

Beinahe kam bei Darian so etwas wie das Gefühl auf, nach Hause zu kommen, als er die Festung von Northcliff vor sich aufragen sah. Um Fehenius nicht vorzuwarnen, war er nicht durch Culmara geritten, sondern westlich der Stadt durch unwegsames Moor- und Heideland, wobei er sich vor den Sumpfnyaden in Acht genommen hatte.

Während der letzten Tage hatte sich Darian nicht mehr rasiert. Jetzt schmierte er sich außerdem etwas Wasser in die Haare, damit sie ungepflegt und fettig wirkten, denn er wollte nicht sofort das Misstrauen des Regenten erwecken.

Es war ein kühler, klarer Tag. Die Wachen ließen Darian passieren, als er mit Menhir durch das Tor trabte. Das Meer schlug in hohen Wogen gegen die Felsen, und Seevögel kreisten am Himmel. Darian hielt kurz inne und atmete die salzige Luft ein.

Ein Stallbursche, der seine Überraschung, den König zu sehen, kaum verbergen konnte, nahm Darian das Pferd ab. Mit festen, beinahe beschwingten Schritten eilte er die Stufen hinauf.

Als sich ihm Wachen in den Weg stellten, fragte er gutgelaunt: »Wo ist Fehenius?«

»In seinem, äh, Eurem Arbeitszimmer, soweit ich weiß, mein Herr«, antwortete der rothaarige junge Mann perplex.

»Danke.« Darian klopfte ihm auf die Schulter, dann rannte er die Treppen hinauf.

Fehenius saß, eine halb bekleidete Magd auf dem Schoß, in Darians Arbeitszimmer. Als sich die Tür öffnete, kreischte das Mädchen auf, und Fehenius setzte schon zu einem Donnerwetter an. Doch dann erstarrte er.

»König Darian …«, stammelte er und musterte ihn verwundert. Er scheuchte die junge Frau mit einer Handbewegung hinaus, und ein überlegenes Grinsen überzog sein faltiges Gesicht. »Ich habe bereits lange auf Euch gewartet, Euer Trank muss schon seit geraumer Zeit zu Ende sein.« Prüfend wanderten Fehenius' Augen über Darians Erscheinung. »Habt Ihr Samukal gefunden?«, fragte er scheinheilig. Doch da Darian noch lebend vor ihm stand, musste ihm klar sein, dass das nicht der Fall gewesen sein konnte.

»Nein«, antwortete Darian betont gelangweilt, dann trat er blitzschnell hinter Fehenius und packte ihn am Kragen.

Panik loderte auf in Fehenius' Augen. »Einen Augenblick, ich gebe Euch den Trank sofort«, beeilte er sich zu sagen. Seine zitternde Hand griff in die Schreibtischschublade und holte die kleine Flasche heraus.

Mit kaltem Blick ließ Darian Fehenius gewähren, dann nahm er ihm die Flasche ab, musterte sie mit Absicht einen Augenblick – und goss sie dem verwunderten Regenten über den Kopf.

»Du kannst den Dreck selbst saufen!« Damit zog er den kleineren Mann in die Höhe und drückte ihn gegen die Wand.

»Aber mein König«, stammelte Fehenius vollkommen verwirrt und konnte offensichtlich nicht glauben, was Darian gerade getan hatte.

»Und jetzt verschwinde aus meiner Burg, aus meinem Land, und lass dich nie wieder blicken«, sagte Darian kalt und mit stechendem Blick. »Eigentlich sollte ich dich aufschlitzen, aber ich will mein Schwert nicht mit dem widerwärtigen Blut eines mir körperlich Unterlegenen besudeln.«

Abgrundtiefer Unglaube und auch Angst zeichneten sich auf Fehenius' Gesicht ab. Er raffte seinen Umhang um die Schultern und richtete sich auf. »Wenn Ihr mich fortschickt, wird Edvan Euch keinen Trank mehr brauen und …«

Fehenius zuckte zusammen, als Darian mit einer wütenden Bewegung den Schreibtisch öffnete und drei Flaschen mit dem Azetá herausholte. Darian warf sie neben Fehenius an die Wand, und dieser hob schützend die Hände, als ihm die Glassplitter klirrend um die Ohren flogen.

»Dann soll Edvan in seinem Verließ oder wo auch immer er ist, verrotten. Ich bin geheilt«, erklärte Darian und trat wieder zu dem nun vor Angst zitternden Regenten, der offenbar all seine Felle davonschwimmen sah. »Es war ein Pilz der Dunkelelfen, aber ich habe jemanden gefunden, der mich davon heilen konnte.«

»Aber … aber …«, stammelte Fehenius, als Darian ihn erneut am Kragen seines Hemdes packte und nach draußen schleifte.

Überraschte Wachen starrten Darian irritiert an, als er, den zappelnden Fehenius hinter sich herziehend, durch die Burg schritt.

»Das könnt Ihr nicht tun«, kreischte der Regent außer sich.

»Und ob ich das kann.« Mit einer gewissen Befriedigung stieß Darian den verhassten Mann die Stufen hinunter. »Und ich hätte es schon viel länger tun sollen.«

Bedienstete, Soldaten und Hofdamen, die gerade im Burghof unterwegs waren, gafften Darian mit offenen Mündern an.

»Fehenius wird aus diesem Land verbannt«, rief er klar und deutlich, »sollte jemand ihn ab dem morgigen Tage in der Nähe der Burg sehen, kann er ihn entweder eigenhändig töten oder zu mir bringen, damit ich es erledige.«

Nach Luft schnappend lag Fehenius am Boden. »Edvan hat mir versichert, dass jemand, der so lange von dem Azetá abhängig ist, niemals wieder davon loskommt …«, jammerte er leise vor sich hin, aber als Darian sich, eine Faust drohend erhoben, zu ihm umdrehte, schlich er mit eingezogenen Schultern davon.

Von grimmiger Entschlossenheit erfüllt ging Darian zurück in seine Burg, und während er langsam durch die Gänge schritt, blickte er sich bewusst um. Jetzt war Northcliff endlich in seiner Hand. Kein verräterischer Regent würde seine Entscheidungen beeinflussen, und es war ihm, als würde er erst heute als der wahre Erbe von Northcliff nach Hause kommen. Endlich konnte er in die Fußstapfen seiner Vorväter treten. Es galt, viel Unrecht zu beseitigen, und vor allem musste der sinnlose Krieg gegen die Zwerge unterbunden werden. Zuerst jedoch wollte er Elysia aufsuchen und ihr seinen Entschluss mitteilen, dass er sie zu verlassen gedachte. Er beabsichtigte ihr zuzugestehen, in einem Teil der Burg zu bleiben, bis sich herausstellte, dass Kayne nicht sein Sohn war.

»Schade, dass es hier keine Gentests gibt«, murmelte er und klopfte an die Tür zu Elysias Gemächern.

Die junge Frau blickte Darian mit weit aufgerissenen Augen an. So lange Zeit war er fort gewesen, dass sie wahrscheinlich nicht mehr an seine Rückkehr geglaubt hatte. Kayne kam mit tapsigen Schritten auf ihn zu und lachte ihn an.

Der Kleine tat Darian leid, und er suchte nach einer versteckten Ähnlichkeit mit ihm oder einem seiner Vorfahren. Doch nichts in dem Gesicht des Jungen ließ verwandtschaftliche Züge erkennen. Geistesabwesend streichelte er Kayne über den Kopf.

»Elysia, ich bin zurück. Ich habe Fehenius aus der Burg geworfen und werde endlich meinen rechtmäßigen Platz als König einnehmen«, verkündete er mit so klarer und entschlossener Stimme, dass Elysia sichtlich überrascht war. Bevor sie etwas sagen konnte, fuhr Darian fort. »Ich bin mir sicher, dass Kayne nicht mein Sohn ist.« Er hob die Hand, als Elysia vehement widersprechen wollte. »Ich kann es nicht beweisen, bis er seine Weihe auf der Dracheninsel erhält, aber ich habe kein einziges Mal mit dir das Lager geteilt. Elysia, ich liebe eine andere Frau, und auch wenn sie während der nächsten Sommer nicht hier leben kann, so möchte ich doch mit ihr zusammen sein.«

»Du verstößt mich?«, kreischte sie hysterisch und schlang ihre Arme um ihren Sohn. »Ich habe dich nicht betrogen, niemals habe ich …«

Erneut hob Darian einen Arm. »Ich weiß nicht, was damals in der Nacht geschehen ist, als wir geheiratet haben.«

Elysias Gesicht zeigte eine so echte Mischung aus Empörung und Abscheu, dass Darian beinahe gewillt war, ihr ihre Treueschwüre abzunehmen. Bevor er allerdings noch ein weiteres Wort mit ihr wechseln konnte, flog die Tür auf, und eine

Gruppe von zehn Soldaten stürmte herein, gefolgt von Fehenius.

»Ich hatte dich doch eigenhändig vor die Tür gesetzt«, rief Darian aus, doch da war er schon umringt, und mehrere Schwerter zielten auf seine Kehle.

»Ergreift diesen Mann«, befahl Fehenius, und nun drückte sein Gesicht wieder Überlegenheit aus. »Er ist ein Betrüger. Er gibt sich als König Darian aus, aber ihr alle seht doch, dass er das nicht sein kann.«

Die Männer tauschten für einen Augenblick verunsicherte Blicke aus, aber Fehenius trat entschlossen nach vorne.

»Nun macht schon«, blaffte er.

Darian wollte nach seinem Schwert greifen, aber da bohrte sich schon eine Klinge in seinen Rücken. »Seid ihr wahnsinnig? Ihr wisst doch, dass ich es bin. Wer sonst sollte …«

»König Darian hält sich momentan gemeinsam mit König Rocal an der Grenze zum Zwergenreich auf«, behauptete Fehenius weiter, »nicht wahr, Greshar?«

Langsam und offensichtlich genussvoll trat der rothaarige Mann durch die Tür, wobei Darian flüchtig bemerkte, dass er deutlich an Gewicht zugelegt hatte.

»Ja, so ist es«, sagte Greshar und bedachte Darian mit einem süffisanten Grinsen, »und der wahre Darian von Northcliff hat mich in seiner unendlichen Weisheit auch wieder als Hauptmann eingesetzt.«

Schlagartig erkannte Darian, dass er einen Fehler gemacht hatte. Er war allein, hatte keinerlei Verbündete und niemanden, der zu ihm hielt. Zu lange war er von dem Azetá abhängig gewesen, und all die Zeit hatte Fehenius regiert. Zuerst hätte er versuchen sollen, zumindest Torgal und seine Männer zurückzuholen – jetzt stand er auf verlorenem Posten.

»Ich bin der König, und ihr alle wisst das«, knurrte er und versuchte, den Soldaten in die Augen zu blicken. Doch die Männer waren Fehenius treu ergeben, waren gewohnt, von ihm Befehle zu erhalten, und augenblicklich konnte Darian weitere Schwertspitzen in seinem Rücken fühlen.

Elysia stand währenddessen mit weit aufgerissenen Augen an der Wand und wusste augenscheinlich nicht, wie ihr geschah. Fehenius nahm sie beinahe zärtlich am Arm.

»Vergesst lieber, was hier geschehen ist, dieser Mann ist ein Verrückter.« Er schob die Königin und das Kind vor sich her aus dem Raum.

»Ja, aber …«, setzte Elysia verwirrt an, doch Fehenius geleitete sie mit sanfter Gewalt hinaus.

»Lasst mich los, verdammt noch mal. Elysia, du weißt, dass ich es bin …« Obwohl Darian wusste, dass es sinnlos war, begann er um sich zu schlagen. Als ihn ein Schwertknauf am Hinterkopf traf, blickte er in das grinsende Gesicht von Greshar.

Mia, dachte Darian, *jetzt werde ich niemals erfahren, was du mir sagen wolltest.* Dann wurde alles dunkel um ihn.

»Was sollen wir mit ihm tun, Hauptmann Greshar?«, fragte ein hochgewachsener junger Soldat.

Zu gern hätte Greshar den König eigenhändig getötet. Seitdem er ihm den Rang als Hauptmann genommen hatte, hasste er ihn von ganzem Herzen. Doch er fürchtete den Fluch. Fehenius' Plan, die Zwerge anzugreifen, sowie Darians und Torgals plötzliches Verschwinden waren ihm gerade recht gekommen. Er selbst hatte den Mann, den sie in Darians Namen Gräueltaten hatten ausführen lassen, einige Male begleitet und sich davon überzeugen können, wie gut die Täuschung funktionierte. Kaum jemand aus dem einfachen Volk hatte den echten Darian schließlich jemals gesehen, und sein Doppelgänger sah ihm recht ähnlich, glich Darian in Statur und Haarfarbe.

»Nach Rodgill, hat Lord Fehenius gesagt«, befahl er, und grinste boshaft. »Dort kann er gemeinsam mit dem Zauberer verrotten. Und falls einer von euch über die heutigen Vorkommnisse spricht, wird er ihnen Gesellschaft leisten.«

Die Männer salutierten und schleiften Darian nach draußen, wo sie ihn in eine Kutsche warfen, die ihn weit in den Osten des Landes brachte.

Darian wachte auf, als sein Kopf gegen eine hölzerne Wand krachte, und fand sich an Armen und Beinen gefesselt in einer Kutsche wieder, die, wie er annahm, in hoher Geschwindigkeit über einen unebenen Weg rumpelte. In seinem Mund steckte ein Knebel, der ein lautes Aufstöhnen verhinderte, als er sich aufsetzte. Jetzt konnte er sich wieder erinnern – Fehenius, Greshar, sie hatten ihn niedergeschlagen und brachten ihn nun wer weiß wohin.

Erneut verfluchte sich Darian für seine Dummheit. Wieder hatte er alles falsch gemacht, und nur Fehenius' Furcht vor dem Fluch bewahrte ihn jetzt vor dem sicheren Tod. Resigniert ließ sich Darian auf den Boden der Kutsche sinken. Fehenius, diese Ratte, hatte ein weiteres Mal gewonnen.

Den ganzen Tag lang litt Darian quälenden Durst, die dicke Beule an seinem Kopf schmerzte, und er konnte sich kaum bewegen. Irgendwann kam ein schmieriger Mann, riss ihm den Knebel aus dem Mund und hielt ihm eine Schale Wasser hin. Darian trank so gierig, dass er beinahe erstickte.

»Ich bin König Darian«, keuchte er, »mach mich los.«

Der Mann schnaubte nur und stopfte dem protestierenden Darian den Knebel erneut in den Mund. »Wenn du wirklich König Darian wärst, würde ich dich kräftig in den Arsch treten«, knurrte er. »Er hat meinem Bruder den ganzen Hof genommen, der Mistkerl. Aber du, du bist nur ein armer Irrer.«

Darian machte einige protestierende Geräusche und zappelte wild herum, aber der Kutscher schlug ungerührt die Tür zu, und kurz darauf holperte die Kutsche weiter.

Verzweifelt schloss Darian die Augen. Niemand würde ihm glauben, und falls doch, so durfte er auf keine Hilfe hoffen. Denn alle hassten ihn.

Kapitel 17

Gefangen

Nach einigen Tagen – Darian hatte das Zeitgefühl in der Düsternis der vernagelten Kutsche völlig verloren – hielten sie an und er wurde hinausgezerrt. Wiederholt hatte er versucht, mit dem Kutscher zu sprechen, doch der hatte nie zugehört, ihn im besten Fall einfach ignoriert oder ihn niedergeschlagen, wenn es ihm zu dumm geworden war.

Irgendwann war eine kleine neugierige Heidefee aufgetaucht, die um Darians Kopf herumschwirrte oder in seiner Nähe saß und ihn aus den großen Augen beobachtete. Sie war Darians einziger Trost gewesen und hatte ihm während der quälend langen Fahrt ein klein wenig Ablenkung verschafft.

Nun löste der Kutscher Darians Fußfesseln und zerrte ihn dann hinter sich her. Blinzelnd erkannte er hohe Berge, konnte aber nicht ausmachen, in welchem Teil Albanys sie sich befanden. Vor dem Eingang zu einer großen Höhle bildeten ein paar Baracken eine Art Dorf. Eine Menge Fuhrwerke mit schweren, kräftigen Pferden standen auf einer ausgefahrenen Lehmstraße. Schmutzige Männer und Trolle in Ketten luden Kohle oder Gestein auf die Wagen. Ein grimmiger Mann kam ihnen entgegen, gekleidet in die Uniform von Northcliff: dunkelblauer Umhang, Kettenhemd, schwarze Lederhosen, und hohe schwarze Lederstiefel.

»Hier, den soll ich euch bringen«, erklärte der Kutscher. Er schnitt Darians Knebel durch und hielt ihm einen Finger vor die Nase. »Und halt den Mund!«

»Ich bin König Darian von Northcliff«, schrie Darian dennoch.

Der Kutscher verdrehte die Augen. »Er ist ein armer Irrer, hört nicht auf ihn.«

Der Aufseher nickte, doch sein breites Gesicht mit den herunterhängenden Wangen nahm einen unwilligen Ausdruck an, als Darian darum kämpfte, freizukommen.

Dann schoss seine Faust vor und traf den Neuankömmling mit voller Wucht in den Magen. Dem blieb die Luft weg, und er klappte zusammen.

»Das wirre Gerede wird ihm bald vergehen.« Der Aufseher zog ihn an den Haaren hoch. »Er ist kräftig und kann arbeiten, zum Herumfaseln bleibt ihm ohnehin keine Zeit.«

Darian rang stöhnend nach Luft und konnte nicht glauben, was hier geschah. Das bulldoggenartige Gesicht des Aufsehers schob sich vor sein eigenes. »So, ›Eure Hoheit‹«, sagte er zynisch. »Wenn Ihr mir dann bitte in Eure neuen Gemächer folgen würdet.« Er schubste Darian, der noch immer nicht aufrecht gehen konnte, vor sich her. Mit einer Spur von Mitgefühl blickte ihm der Kutscher nach. »Armer Kerl«, murmelte er, dann ging er zurück zu seiner Kutsche.

Darian startete noch einen waghalsigen Fluchtversuch, indem er seinen Kopf gegen die Nase des Aufsehers krachen ließ und sich dann blitzschnell aus der Umklammerung wand. Doch er kam nicht weit. Ein anderer Wächter hielt ihn auf, und die Bulldogge, Nase und Mund blutverschmiert, rächte sich mit heftigen Schlägen. Die Heidefee schwirrte aufgeregt um Darians Kopf herum, und der Aufseher schlug auch nach ihr, dann zog er Darian in die Düsternis des Kerkers von Rodgill, des Gefängnisses, welches noch niemals jemand wieder lebend verlassen hatte.

Darian hatte keine Ahnung, wie lange er schon hier in dieser bedrückenden Dunkelheit war. Man hatte ihm seine Kleider genommen und ihm Lumpen gegeben. Noch einige Male hatte er versucht, die Aufseher davon zu überzeugen, dass er der König von Northcliff war – und glaubte mittlerweile, keine einzige Stelle mehr am Körper zu haben, die nicht grün und blau war. So hatte er schließlich aufgegeben. Er schien Tag und Nacht arbeiten zu müssen, und die kurzen Pausen brachten keine wirkliche Erholung. Bald schon waren seine Hände aufgeplatzt und blutig, und bei jeder Bewegung meldete sich quälender Muskelkater. Das Essen war spärlich und widerlich. Die meisten Männer hier sahen deutlich schlimmer aus als er selbst, und so wurde er am härtesten herangenommen.

Es war Glück im Unglück für Darian, dass einer der zahlreichen Gruppen von Gefangenen, die in noch tieferen Schichten des Berges arbeiteten, gleich drei Männer wegstarben, und so wurde Darian genau dieser Gruppe zugeteilt – derjenigen, die jeden Tag an einer ganz bestimmten Zelle vorbeikam.

Die abgemagerten, bärtigen Männer beachteten Darian kaum, als er zu ihnen stieß. Sie mussten schwere Kohlebrocken auf die Wagen laden, welche von Trollen in Ketten nach draußen transportiert wurden. Ihm fiel auf, dass einer der bärtigen Gefangenen vor einer vergitterten, in den Felsen gehauenen Tür stehen blieb. Eigentlich war Darian viel zu müde, um sich darüber Gedanken zu machen, doch dann blickte er zufällig zur Seite und erstarrte. Der Mann, der sich immer wieder nervös nach den Wachen umsah, unterhielt sich mit jemandem, dessen Gesicht Darian nur allzu gut kannte. Seine Gedanken überschlugen sich, und er blieb stehen, unschlüssig, was er tun sollte. Zum Glück waren im Augenblick keine Aufseher in der Nähe, und so wagte er es, vor die Zelle zu treten.

»Nordhalan, was tust du denn hier?«, fragte Darian schließlich, ohne sich um den anderen Mann zu kümmern. »Ich dachte, du wärst tot.«

Einen Augenblick entgleisten dem Zauberer sämtliche Gesichtszüge. Er klammerte sich an den Gitterstäben fest, wich dann jedoch fluchend zurück.

»Darian?« Unglauben und Entsetzen, gepaart mit Wiedersehensfreude schwangen in Nordhalans Stimme.

Kurz blickten sich die beiden stumm an, dann begannen sie gleichzeitig zu reden, und Darian bemerkte am Rande, wie ihn der fremde Mitgefangene anstarrte.

Nordhalan hob lächelnd eine Hand. »Warte, Darian, ich habe auch keine Erklärung, was dies alles zu bedeuten hat, aber erzähl mir bitte, welch tragische Umstände dazu führten, dass du hier bist. Anschließend werde ich berichten, was mir widerfahren ist.«

Während Darian nervöse Blicke nach rechts und links warf, versuchte er, die ganzen letzten Jahre in möglichst knappe Worte zu fassen. Nordhalan und der fremde Mann hörten ihm aufmerksam und fassungslos zu.

Nachdem Darian irgendwann erschöpft geendet hatte, seufzte Nordhalan auf.

»Ich wusste, dass die ganzen fürchterlichen Geschichten über dich nicht der Wahrheit entsprechen können.« Der alte Zauberer wirkte erleichtert. Auch der fremde Mann neben ihm nickte zustimmend und sah Darian weiterhin verwundert an.

»Dies scheint geradezu ein Familiengefängnis zu werden«, scherzte Nordhalan mit Galgenhumor.

»Wie meinst du das?«, wollte Darian wissen.

Nordhalan deutete mit einer Hand auf den bärtigen Fremden. »Darf ich vorstellen: dein Bruder Atorian.«

Ein fahler Mond hing über der Burg von Northcliff, als Aramia mit ihrer hellgrauen Stute darauf zuritt. Noch immer brodelte Zorn in ihr, denn sie hatte für das Verhalten ihrer Freundin Lilith kein Verständnis. Lilith hätte Darian in jedem Fall aufhalten müssen, denn Aramia hatte ihm etwas sehr Wichtiges sagen wollen. Nun war er einfach alleine aufgebrochen, und sie machte sich große Sorgen um ihn. Lilith hatte ihr abgeraten, ihm zu folgen, hatte sie gebeten, zu bleiben, bis er zurückkehrte, doch sie verspürte eine viel zu starke Unruhe in sich, als dass sie hätte einfach nur dasitzen und abwarten können.

»Es geht hier nicht alleine um dich«, hatte die Heilerin sie ermahnt, aber Aramia hatte nicht auf sie gehört. So lange war sie vernünftig gewesen, hatte die Stimme ihres Herzens ignoriert und war nicht zu Darian gegangen, aber jetzt musste sie ihm einfach helfen. Sie glaubte kaum, dass es ihm gelingen würde, sein Königreich ganz allein wieder zu dem zu machen, was es einmal gewesen war.

In einer von Ginsterbüschen geschützten Senke ließ Aramia ihr Pferd zurück, stahl sich von der Wäscheleine eines Bauernhauses Kleider, die sie wie eine Magd aussehen ließen, und band sich ein Tuch um den Kopf. So würde sie niemand erkennen. Selbst wenn sie nicht den magischen Schleier um sich legte, sah sie bei Tag aus wie eine unauffällige junge Frau. Dann wartete sie ungeduldig auf den Morgen und darauf, dass das Tor geöffnet wurde.

Unerkannt erreichte sie die Burg von Northcliff und blickte sich ein wenig um. Ruhe lag über dem Burghof, und nur einige Bedienstete gingen noch ein wenig verschlafen ihren täglichen Pflichten nach. Als Aramia Fehenius über den Hof stolzieren sah, erstarrte sie, denn sie wusste, dass Darian ihn hatte hinauswerfen wollen. War er am Ende doch rückfällig geworden? Angst stieg in ihr auf, wenngleich Lilith ihr versichert hatte, dass Darian geheilt wäre.

Unauffällig schlich die Nebelhexe in Richtung der Küche, schnappte sich ein Tablett und fragte, ohne den Kopf zu heben eine der Köchinnen: »Ich bin die neue Magd und soll dem König einen Krug voll Wasser bringen. Wo finde ich ihn?«

Kopfschüttelnd betrachtete die Köchin Murga die junge Frau. »Du dummes Kind, König Darian befindet sich gar nicht auf der Burg.« Ihre Stimme verriet eine Spur von Zynismus, als sie sagte: »Und wenn, dann würde er sicher kein Wasser, sondern Wein und Schnaps trinken. Wahrscheinlich sollst du der Königin etwas bringen.« Sie versetzte Aramia, die sich nur mühsam beherrschen konnte, einen Klaps auf den Hinterkopf. »Hör gefälligst richtig zu, wenn man dir etwas aufträgt, sonst bleibst du nicht lange auf der Burg.«

»Ja, natürlich«, murmelte Aramia gepresst.

Die dicke Köchin stellte einen Krug mit frischem Wasser und einen Becher auf das silberne Tablett. »Die Treppe hinauf, die vierte Türe links. Tritt erst ein, wenn du dazu aufgefordert wirst, und sprich nicht mit der Königin, bevor sie dich etwas fragt.« Die Köchin sah Aramia zweifelnd an. »Kannst du das behalten?«

»Sehr wohl.« Aramia deutete einen Knicks an, und machte sich eilig davon.

»Immer diese jungen Dinger«, schimpfte Murga und walzte zurück zum Feuer.

Kopfschüttelnd ging Aramia ihres Weges. Sie hatte es noch niemals verstehen können, warum sich Dienstboten so herumkommandieren ließen.

Wie Murga gesagt hatte, klopfte Aramia an die Tür zu den Gemächern der Königin und trat auf deren Geheiß hin ein. Mit einer Mischung aus Neugierde und Eifersucht betrachtete Aramia die Frau, die Darian geheiratet hatte. Wie sie zugeben musste, war Elysia recht ansehnlich, zumindest, was den Geschmack der meisten Menschen anging.

»Was willst du?«, fragte die Königin mit einer leicht gereizt klingenden Stimme. »Ich habe nicht nach Wasser verlangt.«

Rasch blickte Aramia sich um. Elysia war bis auf ihren kleinen Sohn, der in einer Ecke mit Holzklötzen spielte, allein.

Bevor Elysia auch nur schreien konnte, war Aramia mit einem Satz zu ihr gesprungen und hielt ihr ihren Dolch an die Kehle.

»Wo ist Darian?«

Die Königin sah aus, als würde sie gleich in Ohnmacht fallen und warf einen ängstlichen Blick auf ihren kleinen Sohn, der ungerührt weiterspielte.

»Ich weiß es nicht«, jammerte sie. »Man sagte mir, er sei an der Grenze zum Zwergenreich.«

»Das ist Blödsinn«, zischte Aramia. »Er muss hier gewesen sein, ich habe sein Pferd gesehen. Also lüg mich nicht an!«

Nur mit äußerster Mühe behielt Elysia die Fassung, ihre Augen waren vor Angst geweitet. »Vor einigen Tagen war er hier. Oder ich glaube zumindest, dass er es war. Er sah anders aus, und Fehenius hat behauptet, es wäre ein Betrüger.«

Dankbar schloss Mia für einen Augenblick die Augen. »Und wo ist er jetzt?«

Elysia war kurz davor, in Tränen auszubrechen. »Man hat ihn fortgebracht ... Ich weiß nicht ...«

»Sag es mir, sonst wird dein Kind ohne Mutter aufwachsen«, drohte Aramia, obwohl sie keineswegs vorhatte, die junge Frau umzubringen.

»Ich weiß es wirklich nicht, und ich bin mir auch nicht sicher, ob es wirklich Darian war oder nicht. Ich habe ihn während der letzten Monde kaum gesehen.« Als Aramias Dolch sich weiter in Elysias Haut bohrte, schrie die Königin leise auf. »In ein Gefängnis! Greshar sprach von einem Gefängnis, aber ich kann Euch nicht sagen, in welches.«

Nun ließ Aramia den Dolch sinken und betrachtete die Frau eingehend. Sie sah keine Lüge in ihren Augen, nur blanke Panik.

»Gut, geh zu deinem Sohn und verlass das Zimmer bis zur Abenddämmerung nicht.« Aramia durchbohrte die Frau mit Blicken. »Und kein Wort zu irgendjemandem. Ich bin eine Nebelhexe, und wenn du etwas sagst, werde ich dein Kind verhexen.« Beinahe tat ihr die junge Königin jetzt leid, denn Elysias ohnehin schon blasses Gesicht verlor jegliche Farbe. Eilig nickend nahm die Königin ihren Sohn in den Arm und drückte sich in die äußerste Ecke des Raumes. Sie wusste ja nicht, dass Aramia selbst dann niemanden hätte verhexen können, wenn sie es wirklich gewollt hätte. Aber in diesem Fall war es wichtig, dass Fehenius nicht gewarnt wurde.

»Denk daran!« Um ihre Drohung zu unterstreichen befahl Aramia den Feuergeistern, das Feuer im Kamin ausgehen zu lassen. Kurz schossen die Flammen lodernd empor, warfen groteske Schatten in den Raum, dann knisterte das Holz laut und mit einem Schlag erlosch das Feuer.

Elysia riss die Augen weit auf und begann leise zu weinen.

Wie ein Schatten verschwand Aramia aus der Burg. Sie bat die Windgeister, ein wenig für Unruhe zu sorgen, und tatsächlich erhoben sich plötzlich heftige Böen. Blätter wirbelten durch die Luft, und ein großes hölzernes Gestell, auf dem Fleisch zum Trocknen aufgehängt war, fiel mit einem lauten Krachen zu Boden. Erschrockene Bedienstete kamen eilig näher, und in dem Tumult fiel niemandem auf, dass Aramia in die Stallungen schlich und Menhir hinausführte. Vor dem Tor schwang sie sich auf das Pferd und ritt zu ihrer Stute zurück, wo sie sich zunächst einmal niederließ und mit allen Elementarwesen in ihrer Nähe Kontakt aufnahm. Sie bat Heidefeen, Wind- und Baumgeister nach Darian zu suchen – und hoffte dabei inständig, dass die flatterhaften Wesen ihn auch fanden.

Fassungslos starrte Darian den bärtigen, ungepflegten Mann an, der neben ihm vor Nordhalans Zelle saß. Der Fremde, den der Zauberer Atorian genannt hatte, musterte Darian ebenfalls mit einer Mischung aus Unsicherheit und unverhohlener Neugierde.

»Du bist Atorian?«, stammelte Darian. »Ich dachte, du seist tot.«

»Manchmal erscheint es mir auch so«, seufzte dieser, ohne den Blick von Darian zu nehmen, doch bevor er noch etwas sagen konnte, kam einer der Aufseher um die Ecke.

»Was lungert ihr hier herum?«, brüllte er, und Darian durchzuckte ein heftiger Schmerz, als ihn eine dicke Eisenkette im Rücken traf.

Bevor der muskulöse Aufseher, welcher beinahe die Ausmaße eines Waldtrolls hatte, weiter auf Darian einprügeln konnte, stellte Atorian sich jedoch vor ihn.

»Lass ihn, Urgol, du bekommst mein Abendessen.«

Zunächst sah es so aus, als wolle der Mann erneut zuschlagen. Dann schien er sich jedoch zu besinnen, milde gestimmt durch die Aussicht auf eine zusätzliche Mahlzeit. Er deutete hinter sich. »Geht jetzt, sonst bekommt ihr nichts mehr.« Urgol stapfte weiter seines Weges, und Atorian half Darian, der das Gesicht zu einer schmerzverzerrten Maske verzogen hatte, auf die Beine.

»Kannst du laufen?«

Darian nickte nur und humpelte mit zusammengebissenen Zähnen neben seinem Bruder her. »Vielleicht kannst du mir später einiges erklären«, keuchte er.

»Natürlich«, sagte Atorian und wirkte selbst höchst verwundert über das unerwartete Auftauchen seines Bruders. Er fasste Darian am Arm und führte ihn zu der Ausbuchtung im Fels, wo die meisten Männer der Gruppe sich bereits in einem nicht sonderlich erholsamen Schlaf hin und her warfen.

»Wieder getrödelt, hä?«, knurrte der Wächter, der das Essen verteilte. Er ließ eine Kelle voll widerlich aussehender Suppe in zwei Holzschüsseln klatschen. »Ist der Rest, ist fast kalt.«

Atorian nahm schweigend die Schüsseln und folgte Darian in die abgelegenste Ecke, wo dieser sich stöhnend auf den Boden sinken ließ.

Fassungslos und neugierig zugleich musterte Darian seinen Bruder, suchte nach irgendwelchen Ähnlichkeiten, die er unter dem verwahrlosten Äußeren seines Gegenübers jedoch nicht fand. Der Gedanke, dass Atorian, der fast schon eine Legende war, noch lebte, war ihm fremd, und er musste sich erst daran gewöhnen. Und gestand sich klammheimlich ein, dass er noch nicht einmal wusste, ob er sich nun darüber freuen sollte oder nicht.

»Was tust du hier unten?«

Mit einem Seufzen hielt Atorian ihm die Schüssel hin. »Iss, solange das Zeug halbwegs genießbar ist. Ich habe mich im Laufe der vielen Sommer und Winter mit den Wächtern arrangiert. Wenn man ihnen etwas von dem Fraß hier abgibt, sind sie manchmal gnädig gestimmt.«

Vorsichtig begann Darian zu essen, schnitt jedoch eine Grimasse, denn das Zeug schmeckte wirklich ekelerregend. Nach einigen Löffeln reichte er seinem Bruder die Suppe.

»Komm, wir teilen es, schließlich hast du wegen mir dein Abendessen verloren.«

Atorian zuckte mit den Achseln und aß ein wenig. Anschließend begann er zu erzählen: »Als Nordhalan mir sagte, dass schon mehr als vierzig Sommer vergangen sind, konnte ich es kaum glauben. Hier unten verlierst du jegliches Zeitgefühl. Die Zeit in diesem Kerker ist wie ein grausiger Dämon, der dich in einem Moment glauben macht, du wärst erst wenige Monde hier, und dann im nächsten, es müssten hundert Sommer sein.«

Darian nahm die Schüssel zurück und lauschte gespannt.

»Ich kann mich an diesen feigen Angriff erinnern, als wäre es erst gestern gewesen«, erzählte der Mann mit den zotteligen langen Haaren und wirkte nun sehr ernst. »Meine Männer und ich waren auf einem Erkundungsritt im Süden. Ich hatte Gerüchte gehört, dass eine alte Frau in der Nähe des Kratersees wisse, wo die Chroniken von Northcliff und damit die Karte zu finden wären, auf der die Portale, die in andere Welten führen, eingezeichnet sein sollen.«

Darian bemerkte, dass Atorians Augen bei diesen Worten zu glänzen begannen.

»Du hast also tatsächlich danach gesucht, so wie Readonn

erzählt hat.« Fasziniert betrachtete Darian seinen älteren Bruder.

»Readonn«, seufzte Atorian wehmütig. »Wie geht es ihm?«

»Ich denke, gut«, antwortete er ausweichend, und überlegte, ob er Atorian davon erzählen sollte, dass er den Hüter der Steine vergeblich um Hilfe gebeten hatte. Aber Atorian fuhr bereits fort, versunken in die Vergangenheit.

»Leider stellte sich heraus, dass die Frau nur eine billige Fälschung der Chroniken hatte. Wir waren auf dem Rückweg, als wir von einer Gruppe vermummter Männer angegriffen wurden.« Atorian schauderte. »Meine Leute waren wirklich hervorragende Kämpfer, aber die anderen waren in der Überzahl. Eldiras, mein Hauptmann und bester Freund, drängte mich zu fliehen, doch wir kamen nicht weit.« Von lange verdrängten Szenen eingeholt schloss Atorian die Augen. »Er wurde von einem Pfeil getroffen. Ich konnte ihn noch hinter einem Abhang in Sicherheit bringen, doch er wusste, dass er sterben würde. Also sagte er, ich solle seine Kleider nehmen und fliehen. Er wollte unsere Verfolger ablenken, da sie es vermutlich hauptsächlich auf mich abgesehen hatten. Du musst wissen, wir hatten eine gewisse Ähnlichkeit. Zunächst wollte ich nichts davon hören, aber als er seinen letzten Atemzug tat, zog ich seine Kleider an und gab ihm mein Schwert in die Hand, dann versuchte ich zu fliehen. Die fremden Krieger fingen mich jedoch und brachten mich hierher, in dieses Gefängnis.«

»Und alle dachten, du seist tot. Haben sie sich nicht gewundert? Deine …«, Darian korrigierte sich, »äh, unsere Eltern müssen doch bemerkt haben, dass nicht du der Tote warst.«

»Wir hatten einen langen Kampf hinter uns. Eldiras hatte, ebenso wie wir alle, zahlreiche Verletzungen, auch im Gesicht. Außerdem war es Sommer und die Männer waren sicher einige Zeit unterwegs, bis sie die Leiche nach Northcliff gebracht hatten. Ich vermute, dass die Körper stark verwest waren und deshalb niemand etwas bemerkt hat«, meinte Atorian.

»Da magst du Recht haben«, gestand Darian ein.

Atorian fuhr sich über das schmutzige, bärtige Gesicht und lehnte sich gegen die kalte Wand. »Ich habe kaum etwas von der Welt da draußen mitbekommen. Nur wenn neue Gefangene kamen, hörte ich hin und wieder Neuigkeiten.« Zögernd lächelte er seinen Bruder an. »Ich wusste lange Zeit gar nicht, dass du existierst, und später dachte ich, du wärst ebenso tot wie unsere Schwester und unsere Eltern.«

»Ich kannte sie gar nicht«, sagte Darian leise und traurig.

Gerade wollte Atorian ihm zumindest von ihrem gemeinsamen Vater erzählen, da kam der grobschlächtige Urgol hereingepoltert und fixierte Atorian mit gierigem Blick.

Rasch reichte Atorian ihm die Schüssel, und der Aufseher stürzte die Suppe hinunter. Dann wischte er sich zufrieden über den Mund. »Viel zu gut für euch Abschaum.« Er deutete mit seinem klobigen Finger auf Darian. »Dein neuer Freund, hä?«

»Ja, lass ihn in Ruhe.«

Der Aufseher schnaubte nur, dann stapfte er davon, und Darian atmete erleichtert auf.

»Als ich noch nicht lange hier war«, meinte Atorian grinsend und zupfte an seinen Lumpen herum, »habe ich den Kerl mal vor einem Steinschlag bewahrt und ihn, eigentlich eher aus Reflex, zur Seite gezogen. Obwohl er sicher nicht der Klügste ist, hat er sich das gemerkt und lässt mich in Frieden, wenn ich ihm hin und wieder einen kleinen Gefallen erweise. Viele der anderen Aufseher sind schlimmer.«

»Er reicht mir schon.« Darian rieb sich den Rücken, dann sah er seinen Bruder hoffnungsvoll an. »Meinst du, wir können hier irgendwie fliehen? Wir sind zu dritt und Nordhalan ist ein Zauberer …«

»Ich kann Nordhalan nicht aus seiner Zelle holen. Und selbst wenn, diese Gänge sind so verzweigt, dass sich kein Mensch zurechtfindet.«

»Aber die Aufseher müssen doch auch irgendwann nach draußen. Wenn wir einem folgen …«

»Nein«, erwiderte Atorian resigniert. »Es sind immer die gleichen Aufseher, und selbst diese werden nur hin und wieder mit verbundenen Augen von Soldaten ans Tageslicht geführt. Glaube mir, ich hatte über vierzig Sommer und Winter, um herauszufinden, dass es keine Hoffnung gibt.«

Entsetzen breitete sich in Darian aus. »Aber wir müssen …« Er schluckte krampfhaft. »Wir können doch nicht hier unten verrotten!«

Seufzend legte Atorian seinem Bruder den Arm um die Schultern. »Wahrscheinlich doch, und obwohl ich dir ein solches Schicksal nicht wünsche, freue ich mich, dich kennengelernt zu haben.«

Bestürzt blickte Darian auf die kalten, dunklen Wände, die ihn nun mehr denn je zu erdrücken schienen, und kämpfte mit der aufwallenden Panik. Sollte er tatsächlich niemals mehr hier rauskommen? Die Tatsache, dass noch nicht einmal sein Bruder Atorian, der strahlende Held zahlreicher Geschichten, Hoffnung auf Flucht hatte, erschreckte ihn zutiefst.

Samukal saß zufrieden in seinem Landsitz in der Nähe des Kratersees. Es war eines der alten Gebäude, welche hier schon seit vielen hunderten von Sommern und Wintern leerstanden. Aus Angst vor Dunkelelfenangriffen oder Trollen, die sich hier unten im Süden gerne herumtrieben, hatten die vorherigen Bewohner das Anwesen verlassen. Das Land galt als verflucht, und die abergläubigen Menschen flüsterten, finstere Wesen würden sich aus dem nachtschwarzen Kratersee erheben und die Seelen der Sterblichen fressen.

Samukal jedoch fühlte sich wohl hier. Niemand kam in seine Nähe, er war in der Reichweite von König Rocal, der ihm ein treuer Diener war, selbst wenn das dem einfältigen Mann nicht bewusst war. Ein leises Lachen entstieg Samukals Kehle, als er daran dachte, dass nicht einmal Fehenius wusste, dass er selbst Rocal dazu gebracht hatte, sich als König aus dem Süden auszugeben. Und auch der Gedanke, Krieg gegen die Zwerge zu führen, entstammte seinem eigenen Sinn für gekonnte Intrigen. Samukal war darauf bedacht, gezieltes Chaos zu säen und eine neue Welt zu erschaffen, eine Welt, in der er der Herrscher war.

Was Samukal jedoch wunderte, war, dass Darian noch nicht aufgetaucht war. Doch vielleicht war sein Adoptivsohn auch schlicht und einfach einem Trollangriff zum Opfer gefallen.

Auch gut, dachte er, *Hauptsache, er ist mir nicht im Weg, und ich muss ihn nicht selbst töten.*

Niemals würde es Samukal offen zugeben, aber selbst er hatte Angst vor dem Fluch. Glücklicherweise kannte er jemanden, dem der Gedanke, einen Northcliff zu töten, keineswegs Unbehagen bereitete. Seine früheren, beinahe väterlichen Gefühle hatten sich verflüchtigt. Er würde es Darian nie verzeihen, dass er ihn in der anderen Welt lächerlich gemacht und überlistet hatte.

Die trüben Gedanken abschüttelnd nahm Samukal einen der gerösteten Hummer und ließ die toten Glieder des Tieres genüsslich in seiner Hand knacken. Dazu trank er samtig weichen Rotwein, denn auch dieser gedieh hier im Süden sehr viel besser.

Nachdem er gespeist hatte, trat er zum Fenster und nickte zufrieden. Eine Gruppe ausgewählter Krieger, die ihm König Rocal zur Verfügung gestellt hatte, übte sich im Kampf mit einigen Dunkelelfen. Zwar mochten diese Wesen das Tageslicht nicht sonderlich, aber Samukal war es gelungen, ihnen ein überaus verlockendes Angebot zu machen, und irgendwann hatten sie sich dann dazu bereiterklärt, diese Mühen auf sich zu nehmen. Denn Samukal hatte ihnen die Herrschaft über das Elfenreich versprochen, das Land ihrer verhassten Verwandten, wenn er erst der Herrscher über Northcliff und die Zwerge besiegt waren. Samukal hegte schon lange Beziehungen mit dem dunklen Volk, und obwohl es nicht ganz ungefährlich war, mit diesen Wesen Geschäfte zu machen, hatte sich das Ganze als fruchtbar herausgestellt. Sie bildeten die besten Krieger aus, die Samukal jemals gesehen hatte, und auch seinen Diener Rashkár hatte er letztendlich ihnen zu verdanken.

Nach dem Essen verfasste Samukal einen Brief an seinen Halbbruder Fehenius, um zu erfahren, ob Darian vielleicht doch wieder aufgetaucht war. Dann rief er nach Rashkár.

»Bring das zu Fehenius nach Northcliff.« Er runzelte die Stirn. »Aber erschreck ihn nicht zu Tode.«

»Der Tod ist nicht das größte allen Übels«, erwiderte der Dämon mit emotionsloser Stimme, dann wirbelte er mit wehendem Umhang herum und verschwand geradewegs durch die Wand.

»Da könntest du Recht haben«, murmelte Samukal und setzte sich mit einem bösen Lächeln im Gesicht in seinen Stuhl. Der nächste Frühling würde interessant werden und versprach jede Menge Abwechslung.

Danksagung

Einen herzlichen Dank an alle, die mich bei der Entstehung der »Weltennebel« unterstützt haben, an meine Freunde und Verwandten, an meine Testleser, die mich auf Ungereimtheiten aufmerksam gemacht haben, meine Lektorinnen bei Goldmann, die mich auch schon bei Thondras Kinder unterstützt haben und mit deren Hilfe jetzt Albany zum Leben erweckt wurde. Außerdem natürlich all meinen treuen Lesern, über deren Emails oder Kommentare bei Facebook ich mich sehr freue, die mich bei Leserunden oder auf Lesungen begleiten, und natürlich auch diejenigen, die einfach still und leise zu Hause in ihrem Sessel sitzen und sich in fremde Welten entführen lassen.

Und nicht zuletzt einen Dank an die schottischen Highlands, die mich zu immer neuen Geschichten inspirieren!

Personenverzeichnis

Unsere Welt

Darian Drake	Student in London
Samuel Drake	Darians Adoptivvater
Mia Eshwood	Studentin in London, Darians Kommilitonin
Norman	Bettler in Edinburgh

Albany

Adena von Northcliff	Darians Mutter
Jarredh Isarius von Northcliff	Darians Vater
Atorian von Northcliff	Darians Bruder
Elysia von Rodvin	Darians Frau
Kayne	Elysias Sohn
Kaya Eshwood	Junge Meuchelmörderin, die Fehenius nach dem Leben trachtet
Ohelia Eshwood	Aramias Mutter
Fehenius	Regent Northcliffs

Luvica	Fehenius' Frau
Edvan	Heiler in Fehenius' Diensten
Jeroman	Wirtshausbesitzer
Godana	Jeromans Frau
Murga	Köchin auf Northcliff
Arden	Stalljunge auf Northcliff
Readonn	Hüter der Steine auf der Dracheninsel
König Rocal von Adalonn	König aus dem Süden Albanys
Torgal Elamànn	ehemaliger Hauptmann von Darians Vater, jetzt in Diensten Darians stehend
Nassàr	Torgals alter Kampfgefährte und Freund
Fendor	Krieger in Torgals Truppe
Markat	Krieger in Torgals Truppe
Gordan	Krieger in Torgals Truppe
Greshar	Feherius' Hauptmann

Zauberer

Atene	Menschliche Zauberin
Dimitan	Menschlicher Zauberer, später Darians Hofzauberer
Lorgrim	Menschlicher Zauberer
Minera	Zwergenzauberin
Nordhalan	Menschlicher Zauberer

Ohaman	Menschlicher Zauberer
Redeban	Verschollener menschlicher Zauberer
Revtan	Zwergenzauberer
Samukal	Menschlicher Zauberer, Oberhaupt der Zauberer
Vahira	Elfenzauberin

Zwerge

Baldur III.	König der Zwerge
Brambur	Zwergenhauptmann
Edur	junger Zwerg, Darians Freund
Elmor	Zwergenkrieger
Horac	Edurs Onkel

Elfen

Lharina	Tochter des Elfenkönigs und Seherin
Tahilán	Elfenwächter

Bewohner der Nebelinsel

Aramia	Dunkelelfenmischling, Nebelhexe
Karad	halb Gnom, halb Troll
Lilith	halb Elfe, halb Gnom; als Nebelhexe eine begabte Heilerin und Aramias beste Freundin

Murk	Halbtroll
Siah	kleines Mischlingsmädchen
Tagilis	Halbelf
Tena	Mischling aus Sumpfnyade und Cradul, einem wolfsähnlichen Wesen, Nebelhexe
Veliah	Geist einer Halbelfe

Drachen

Apophyllion	Herr des Nordens
Aventura	Herrin des Südens
Smaragonn	Herr des Ostens
Turmalan	Herr des Westens

Andere Wesen

Culahan	Berggeist
Rashkár	Dämon